Mathematik ist das Alphabet,
mit dessen Hilfe Gott das Universum beschrieben hat

Galileo Galilei

FAE MOCO wurde am 14. Dezember 1990 als Tochter einer Zahnärztin und eines Piloten in Derry, Irland geboren. Aufgewachsen ist Moco in Donegal County, wo sie bereits in der Schulzeit durch ihr literarisches Talent auffiel und später Kurzgeschichten in den Lokalzeitungen veröffentlichte. Die kurzen Sommer verbrachte sie am Strand neben dem kleinen Flughafen und schrieb dort die ersten Zeilen über Alisa und Chess. Für das Studium der amerikanischen Literatur zog sie nach Chicago/USA und orientierte ihren Stil an Sherwood Anderson und Earnest Hemingway. Eine schwere Erkrankung zwang sie zurück zu ihren Eltern, wo sie in ihrem Kinderzimmer die Aufzeichnungen dieser Geschichte wiederentdeckte, sie zu Ende schrieb und selbst Teil davon wurde.

Fae Moco

LIBELLENSTAUB

Buch 1

Covermotiv: Tobias Goldschalt
Alle deutschsprachigen Rechte an Text,
Handlung und Figuren vorbehalten
Libellenstaub® – Fae Moco®
Selbstverlag – limitierte 1. Auflage von 50
ISBN: 978-3-9824033-0-4

Für den magischen Ort
zwischen Startbahn und Meer,
der mein Leben gerettet hat.

Inhalt

Prolog

Ein leichter Wind wehte ihr über das Gesicht und spielte mit ihrem kurzen blonden Haar, wirbelte einige Haarsträhnen vor ihre Augen. Langsam setzte Chess sich auf und strich sie wieder zur Seite. In der Bewegung ihrer Hand hielt sie inne, als ihr Blick auf die Hautstelle fiel, die ihr im Alter von fünfunddreißig Jahren der heiße Tee verbrüht hatte.

Die Narben waren verschwunden, und es fühlte sich an wie Samt. Chess sah auf ihren Körper und ihre Hände glitten so vorsichtig darüber, wie wenn sie etwas Zerbrechliches berührten. Unwillkürlich musste sie an ihre Teetasse an der Universität denken. Das Porzellan hatte fast 700 Jahre überdauert, als sie sie auf einer Auktion ersteigerte. Die Abbildung des Tigers gab ihr jeden Tag neuen Mut.

Sie lächelte in sich hinein.

Alles habe ich verloren, dachte sie, *nur diese Tasse begleitet mich hierher. In meinem ganzen Leben war sie der einzige Freund.*

Sie kniete vor einem riesigen Baum. Die Blätter waren unzählige Schmetterlinge, die hin- und herflogen. Von ihr zu den Ästen und zurück. Dicke Wurzel schlängelten sich über den grasbedeckten Boden und verschwanden wie Pipelines im Erdreich. Alles lebte und pulsierte. Bewusstsein, Gedanken und Macht drangen durch die feuchte Erde in jede Struktur ihres Gehirns. Für einen Moment fühlte sie Angst, aber ihre Intelligenz erstickte das Gefühl.

»Du bist nicht wie die anderen.«

»Nein. Bin ich nicht«, sagte sie ruhig.

Sie verstand, dass sie mit dem Baum sprach, und es erstaunte sie nicht, denn sie war gestorben und hier aufgewacht. Im Körper einer Zwanzigjährigen.

»Deine Intelligenz entspricht nicht der von Menschen. Und du hast eine Verbindung zu etwas.«

»Das Etwas interessiert dich«, stellte sie leicht amüsiert fest.

»Bin ich Gott?«, fragte der Baum.

»Wenn du es nicht weißt, dann kannst du es auch nicht sein.« Die Stelle an ihrem Handrücken, wo einer der Schmetterlinge sie gestochen hatte, schmerzte leicht.

»Du hast keine Angst«, hörte sie die Stimme in ihrem Kopf sagen. Chess richtete sich auf und ging einen Schritt auf den Baum zu, um die furchige Rinde zu sehen, die wie ein Panzer das Wesen umgab, aber doch nicht das Verlangen nach ihren Gedanken verbarg.

»Als ich neun Jahre alt war, wurde alles, was ich an Angst besaß, an einem einzigen Tag aufgebraucht.«

»Der Tag, an dem das andere Mädchen starb.«

»Alisa. Sie hat sich umgebracht«, sagte Chess mit tonloser Stimme.

»Dein Leben lang hast du versucht, sie zu retten. Die Formel zu lösen.«

»Ich bin sicher, dass ich es kann.«

Hoffnung breitete sich in ihr aus. »Ist Alisa hier? In deiner Welt?«, fragte Chess.

»Sie wartet auf dich. Als das Kind, das sie ist.«

»Sie ist nicht gealtert?«

»Nein. Deine Liebe wird auch hier unerfüllt bleiben.«

Chess fiel auf die Knie und weinte. Sie sah die Scherben der kleinen chinesischen Tasse vor sich auf dem Schreibtisch liegen. Das Gesicht des Tigers. Zersplittert in elf Stücke. Das war der Moment, in dem sie ahnte, dass sie scheitern würde.

»Was ist das für ein Wesen, zu dem du Kontakt hast?«, fragte der Baum.

Sie wischte sich die Tränen aus dem Gesicht.

»Ich weiß es nicht. Mein Experiment ist fehlgeschlagen, und ich bin gestorben. Den Ort der Singularität habe ich nicht erreicht.«

»Seit Äonen denke ich darüber nach, ob ich Gott bin. Der, dem alles unterliegt.«

In dem Moment erkannte Chess die Zusammenhänge und die Chance.

»Was wäre, wenn ich dir die Antwort geben könnte?«

»Du bist tot und hast die Gleichung nicht lösen können.«

»Es liegt in deiner Macht, mich zurückzubringen. Mir ein neues Leben zu geben. Das Leben, in dem ich die Gleichung lösen werde und du eine Antwort auf deine Frage erhältst.«

Das Lachen des Baumes war wie ein Orkan. Seine Wurzeln rissen sich vom Boden los und griffen nach Chess. Ein türkisfarbenes Licht umgab sie. Vajra, das Wesen, mit dem sie sprach, zog sich wieder zurück.

»Das Etwas beschützt dich«, sagte der Baum.

»Ist dies nicht Beweis genug?«

»Warum spricht er nicht mit mir? Warum existiere ich?«

»Schenke mir ein neues Leben, und ich werde dir die Antworten auf deine Fragen geben.«

»Ich kann bewirken, dass du wiedergeboren wirst.«

»Was ist mit Alisa?«

»Es war zu spät für sie. Deine Liebe hat sie nicht mehr erreicht.«

Chess dachte an den Tiger auf der alten chinesischen Tasse. Auch in dieser Welt gab er ihr Mut.

»Ändere es«, sagte sie kalt und drohend. »Das ist meine Bedingung. Ermögliche uns eine gemeinsame Zukunft, die ich einer einzigen Aufgabe widmen werde. Dir die Antworten zu geben.«

»Du hast sie nur eine Stunde in deinem jungen Leben gesehen und doch hat es gereicht, dass deine Liebe zu ihr niemals endete.«

»Wirst du dich an unsere Abmachung halten?«

Der Baum lachte höhnisch. »Wie kommst du auf die Idee, mit mir verhandeln zu können? Selbst der, den ihr an ein Holzkreuz geschlagen habt, kniete vor mir.«

»Töte mich. Aber dann wirst du niemals mehr über das Wesen erfahren, das zu mir Kontakt hat. Milliarden von Menschen sind an dir vorbei durch das Tor des Todes gegangen. So wie ich. Wie viele davon waren mir und meinen geistigen Fähigkeiten ebenbürtig?«

»Niemand. Du bist eine Anomalie.«

Du magst ein Gott sein, dachte Chess, *aber jetzt hast du dich verraten. Du wirst mich nicht töten oder in dieser Welt meiner Wege ziehen lassen. Dafür bin ich viel zu wichtig.*

»Vielleicht bin ich die einzige Möglichkeit für das Wesen, mit dir Kontakt aufzunehmen.«

Es entstand eine Pause. Vajra wägte seine und ihre Interessen ab.

»So tritt nun eine Schuld ein, die ihr beide, Alisa und du, zu Lebzeiten begleichen müsst. Du schuldest mir die Antwort auf meine Frage, und Alisa schuldet mir die Liebe, die das Kind, das sie selber ist, in dieser Welt nun nicht mehr erreichen wird.«

Chess' Körper spannte sich an. Damit hatte sie nicht gerechnet. »Wieso schuldet Alisa dir die Liebe zu mir?«

»Alisa starb an dem Tag, als sie dich traf. Ihre Liebe zu dir konnte sich nicht mehr entwickeln. Ihr ist nur ein Schatten davon geblieben. Ich werde sie in die Gene der wiedergeborenen Alisa legen. Sobald sie dich das erste Mal sieht, wird sie sich in ihr entfalten wie ein Schmetterling, der aus dem Kokon schlüpft. So wird es dir möglich sein, sie zu retten. Deshalb schuldet mir die wiedergeborene Alisa ihre Liebe.«

»Was passiert mit dem Kind Alisa, das bereits in deiner Welt ist?«

»Du wirst bei ihr sein und warten, bis sich deine Versprechen erfüllen.«

»Ich will aber auch Hoffnung für mich. Wird das Kind Alisa in dieser Welt mich jemals lieben können?«

»Das hängt von der Alisa ab, die wiedergeboren wird. Ob sie mutig genug sein wird, die Grenze zu überschreiten. Die Antwort kennt nur die Zeit.«

»Dauert es lange?«, fragte Chess leise.

»Für mich nur einen Flügelschlag meiner Schmetterlinge. Für dich als Mensch, der du an die Linearität der Zeit gebunden bist, viertausend Jahre.«

Chess schloss die Augen. »Mein Fehler lag in der Annahme, dass die Zeit konstant ist.«

»Ihr Menschen seht euch die Zeit in Form von Zeigern auf euren Uhren an. Gefroren und tot. Stelle dir einen Orkan in einer Sandwüste vor. Jedes Korn ist ein Universum, und die Bahn, auf der es herumgewirbelt wird, ist die Zeit.«

»Die Zeitbahnen überschneiden sich in unendlichen vielen Punkten.«

»Ja. Und ich sehe auf die Ereignisse und Veränderungen, die von einer möglichen Zukunft auf eine wandelbare Vergangenheit wirken.«

»Was ist mit der Gegenwart?«

Vajra lachte. »Die Gegenwart, an die ihr euch so klammert, gibt es nicht, weil sie permanent korrigiert wird.«

Chess sah die elf Bruchstücke der Tasse vor sich. Niemand hatte das gesprungene Porzellan zusammenfügen können. Die Splitter verblassten, und die kleine Tasse stand wieder unbeschadet auf ihrem Schreibtisch in der Universität. Sie sah auf eine Zukunft, in deren Vergangenheit ihr die Tasse nicht aus der Hand gefallen war. Deshalb fehlte die Verbrühung auf ihrer Haut. Diese Zukunft war jetzt, in diesem Moment, dabei zu entstehen. Glück durchströmte sie.

»Dann sollen meine viertausend Jahre jetzt beginnen. Wo finde ich Alisa?«

»Sie wartet in der Talsenke auf dich.«

Chess zögerte. »Du hast alles vorhergesehen, deshalb ist Alisa auch hier. Wieso kennst du dann nicht die Antworten, die ich dir in der Zukunft geben werde?«

»Versuche es selber zu sehen.«

Ihre Denkprozesse rasten.

Wenn ich es nur in einer einzigen möglichen Zukunft geschafft hätte, wüsste er es.

»Es ist nicht mein erster Versuch, und bisher bin ich immer gestorben.«

»So ist es. Milliarden Male standst du schon vor mir. Aus Milliarden möglichen Varianten der Zukunft. Milliarden Male hast du meine Zeit verschwendet.«

»Wieso hörst du mir dann immer noch zu?«

»Dir fehlt das Wundmal auf der Hand. Eine mir unbekannte Zukunft, die nirgendwo beschrieben ist, entsteht mit dir.«

»Nun wird es anders sein«, sagte Chess leise.

»Das wird es, weil es dein letzter Versuch ist.«

Teil 1

I

Wie eine Spielzeugeisenbahn auf Schienen fuhr ihr Finger die endlosen Zeilen entlang, die immer wieder unterbrochen wurden von Darstellungen der Doppelhelix und den anlagernden Proteinen. Das Buch war zu groß, um es in der Hand zu halten, weshalb Chess sich auf den Boden gesetzt hatte.

Ihre kleinen Beine wurden vollständig von dem Buch bedeckt, und nur die Schuhe, von denen sich die Sohlen lösten, ragten hervor. Das T-Shirt, dessen ursprüngliche Farbe nicht zu bestimmen war, würde erst in zwei oder drei Jahren passen. Ihr knurrender Magen unterbrach immer wieder ihre Konzentration. Aber Chess wusste, dass ihre Großmutter Sofia kein Geld hatte, um ihr beim Kiosk der Stadtbücherei etwas zu kaufen. Später, wenn ihr Vater nach Hause kam, würde es Kartoffeln mit Butter und Salz geben. Sie nahm sich vor, mehr zu essen.

Eine Frau mit einem Kind an der Hand kam zu ihr. Ihr Schatten durchbrach die gleißenden Schwerter auf dem Boden, die das Licht, das durch die Fenster brach, wie zum Schutz um Chess herum aufgestellt hatte.

Vor zwei Wochen hatte Chess die Frau und das Mädchen angesprochen, um die Grundlagen des Lesens zu erlernen. Nur Tage später hatte sie die einundzwanzig Buchstaben und deren Lautbildung erfasst. Ihre Denkprozesse glichen einem Feuer, das, durch einen Sturm angefacht, sich in ihrem Gehirn ausbreitete.

»Lesen wir zusammen?«, fragte das Mädchen und sah Chess an. Ihre zotteligen Haare würden in den nächsten Tagen wieder geschnitten werden, um ihr Gesicht freizulegen. Die perfekte Symmetrie war noch niemandem aufgefallen, und erst in elf Jahren würde sie die Titelseiten der Modemagazine für ein ganzes Jahrzehnt beherrschen.

Chess blickte auf die Schuhe des Kindes. Wildleder, mit kleinen Punkten darauf. Die Schnürsenkel waren seltsam glatt. Ihre hingegen waren so stark ausgefranst, dass sie Probleme hatte, sie durch die Ösen ihrer Schuhe zu ziehen. Gewachste Schnürsenkel gab es nicht in der städtischen Kleiderkammer.

Mit einem leisen Geräusch fiel ihre Hand von der Buchseite und krabbelte zu dem Schuh. Der schmale Zeigefinger rollte sich aus wie der Rüssel eines Insektes und befühlte die Oberfläche, die winzigen Härchen des Wildleders und die Vertiefungen des englischen Noppenmusters.

Wie Blindenschrift, dachte sie.

Die Schuhe rochen nach Ordnung, Sauberkeit und Sicherheit. In ihrem Kopf bildete sich ein Wort: *Reichtum.*

»Was liest du?«, fragte Chess zurück, ohne hochzusehen. Die Mutter antwortete für ihre Tochter. »Puh der Bär. Die Wörter sind kurz und die Buchstaben groß. Das könnt ihr schon.«

Chess hob das Buch an, um ihre Beine auszustrecken. »Das ist langweilig.«

»Du musst lesen üben. Sonst lernst du es nicht.« Das Gönnerhafte in der Stimme der Frau wirkte wie eine Lupe auf ihre Herkunft. Sie kam sich vor wie ein Insekt im Glas. Unruhig bewegte sie ihre Füße, die eingeschlafen waren.

»Ich habe es schon gelernt.«

»Die Sätze in dem Buch sind viel zu schwer für dich. So was liest man, wenn man auf die Universität geht, nicht im Alter von fünf Jahren.«

Chess ließ den Tintenfisch in ihrem Kopf frei. So nannte sie das Wesen, das es ihr ermöglichte zu denken. Ihre Synapsen auf eine Art verband, die einzigartig war. Vor etwa einem Jahr hatte sie seine Gegenwart bemerkt. Es schien nichts zu wollen, sondern war einfach nur da. Für ein Experiment, dem sie sich in zwei Jahrzehnten stellen würde. In einer Zukunft, die sich ihr noch nicht offenbart hatte.

Das Türkis ihrer Augen flammte auf und sog die Doppelseite direkt in ihr Gehirn.

»Das Enzym Primase synthetisiert einen sogenannten Primer am DNA-Einzelstrang. Dieses aus wenigen Nukleotiden bestehende DNA-Stück dient als Startsequenz. Es markiert die Stelle, an der die Synthese des neuen Einzelstrangs beginnen kann. Die Bausteine für den neuen Einzelstrang sind Nukleosidtriphosphate, Adenosintriphosphat, Guanosintriphosphat, Cytidintriphosphat und Thymidintriphosphat.«

Wie in Zeitlupe bewegte Chess den Kopf und blickte in die Augen der Frau, die zurückwich und ihre kleine Tochter hinter den Rücken zog, wie zum Schutz vor einem wilden Tier. Es gab ein kurzes hohes Geräusch, als ihre goldene Uhr gegen das Armband mit den bunten Steinen stieß.

»Wie ist das möglich?«, flüsterte sie.

Chess stand auf und schob das Buch in das Regal zurück. Sie musste sich dafür auf die Zehenspitzen stellen. Das T-Shirt verrutschte und gab den Blick auf ihre bronzefarbene Haut frei. Schwimmen war umsonst. Sie verbrachte den gesamten Sommer am Strand.

»Es funktioniert in etwa so. Die Nucleotide lagern sich an den vorhandenen Einzelstrang an, immer in komplementärer Basenpaarung. Das Enzym DNA-Polymerase verknüpft sie miteinander. Dabei wird die Phosphatgruppe eines Nukleotids mit der Desoxyribose des vorhergehenden Nukleotids verknüpft, der Einzelstrang wird also an seinem Ende verlängert. Durch Abspaltung von zwei Phosphatgruppen des Triphosphates wird die für diesen Vorgang notwendige Energie aufgebracht.«

Die Tochter der Frau fing an zu weinen. Chess sah das Mädchen an, sah die Tränen, die aus den Augenwinkeln unentwegt über ihre Wangen strömten.

Jetzt bist du das Insekt, dachte sie, drehte sich wortlos um, ging zu ihrer Großmutter, und beide verließen die Bibliothek. Dem Tintenfisch sagte sie, dass er die Doppelseite wieder löschen sollte. Es war nicht das, wonach sie und das Wesen suchten.

Chess' Vater, der auf einer Baustelle in Venedig arbeitete, war hungrig nach Hause gekommen. Sofia, ihre Großmutter, hatte gekocht und Chess den Tisch gedeckt. Fünf große Kartoffeln hatte sie geschafft.

Bettfertig lag sie im Schoß ihres Vaters, der ihr über das Haar strich. Fingernägel und Fußnägel waren tadellos, ihre Zähne geputzt und die Zwischenräume mit Zahnseide gereinigt. Ihr Kopf lag auf dem kleinen Kissen, das sie sich immer unterlegte. Der Körper ihres Vaters war muskulös, und ohne das Kissen war es unbequem, auf seinem harten Bauch zu liegen. Er trainierte täglich und nahm sie immer mit zum Meer. Wofür, hatte er ihr niemals gesagt, und nach einer Weile hatte sie auch nicht mehr gefragt. Tinte mochte Wasser und so stand es zwei zu eins gegen sie. Außerdem segelten sie manchmal danach mit einem Boot eines Freundes. Sie legte sich dann immer auf das Mahagonideck und genoss das Schaukeln auf den Wellen.

»Wie war dein Tag?«, fragte er sanft.

»Bibliothek.« Das Wort reichte, um sechs Stunden zu beschreiben.

»Was macht der Tintenfisch?«

»Er war heute da.«

»Ängstigt er dich?«

»Nein. Er hilft mir.«

»Wobei?«

»Wir suchen.«

Ihr Vater zog seine Augenbrauen zusammen. »Wonach?«

»Keine Ahnung. Wir erkennen es, wenn wir es sehen.«

Seine rauen Finger spielten mit ihrem Ohr. Dabei erzählte er von den vielen Reisen, die er in seiner Jugend unternommen hatte. Die Erzählungen waren lückenhaft, und Chess verstand, dass es kein Zufall war.

Weder kamen Hotels noch Sehenswürdigkeiten darin vor. Die Orte lagen im Dschungel oder waren unbekannte Städte. Auf keiner Landkarte eingezeichnet. Er sprach über Einheimische und ihre Art zu leben. Und zu sterben. Das Sterben war darin so selbstverständlich wie das Leben, und es schien sich gleichzeitig zu ereignen. Es waren keine zwanzig, dreißig oder fünfzig Jahre Zeit als Kitt zwischen diesen beiden Ereignissen. Die Lücken waren der Kitt, in denen das versteckt war, was ihr Vater von ihr fernhielt.

Nach einer Weile konnte ihr Bewusstsein seine Worte nicht mehr festhalten. Das Grau des Schlafes breitete sich in ihr aus und nahm sie mit.

Aus Tagen wurden Wochen und aus Wochen Monate. Ihre Streifzüge durch die Bibliothek waren tägliche Routine. Sie fand die großen Atlanten der Erde und bebilderte Enzyklopädien der Tierwelt. Ein Besuch im Zoo hätte ihr besser gefallen. Nur die letzte Etage bewahrte noch ihre Geheimnisse vor Chess.

Im Spätsommer war es dann so weit. Ihre kleinen Füße erklommen Stufe um Stufe, bis sie endlich ganz oben angelangt war. Langsam ging sie durch die schmalen Gänge und strich mit der Hand über die Buchrücken. Fühlte das Leder mit den geprägten Titeln in Gold, als wenn ihre Finger den Inhalt erahnen könnten. Wie ein Fisch am Haken blieb ihr kleiner Finger an einem der dicksten Bände hängen. Der Tintenfisch zerrte beständig an dem Einband, der sich nur widerwillig bewegte. Einen Moment später, als der Druck der daneben stehenden Bücher weniger wurde, fiel der Band ihr aufgeschlagen vor die Füße. Sie setzte sich auf den Boden. Zahlen, Formeln, Theoreme, Wahrscheinlichkeiten, Logarithmen, Potenzen. Ein Universum, das nur aus Zahlen und Formeln bestand, explodierte in ihrem Kopf, nahm ihr Denken in Besitz. Das

Türkis ihrer Augen stand in Flammen, und das Wesen in ihr entfaltete sich zu seiner vollen Größe.

Die Suche war zu Ende.

Das Rauschen in ihren Ohren löschte alles um sie herum, nur das Buch nahm sie wahr. Die exponentielle Beschleunigung ihrer Denkprozesse war außer Kontrolle.

»Tinte«, flüsterte sie angsterfüllt, bevor sie das Bewusstsein verlor.

»Was ist mit der Kleinen?«, fragte der Oberarzt, der an seiner Krawatte unter dem Kittel zu erkennen war.

»Sie haben sie ohnmächtig in der Stadtbibliothek gefunden. Die Großmutter und der Vater warten draußen«, sagte der Assistenzarzt, der die Röntgenuntersuchung veranlasst hatte.

Das Mädchen lag, nur mit einem OP-Hemd bekleidet, in einem riesigen Apparat. Ihr Kopf wurde durch einen Ring gefahren, der Geräusche von sich gab, als ob jemand mit einem Vorschlaghammer auf ihn eindrosch. Die Kopfhörer auf dem Kopf des Mädchens sahen grotesk aus. Wie man es ihr gesagt hatte, sah sie bewegungslos zur Decke. Der Raum war fast dunkel und erfüllt von dem Summen der Hochleistungsrechner. Schicht für Schicht wurden die Linien in Graustufen auf den Monitoren sichtbar.

Der Finger des Oberarztes tippte nervös auf das Schnittbild. »Waren die Techniker nicht da?«

»Gestern. Die Prüfung war tadellos«, sagte der Assistenzarzt.

»Und wieso sehen wir dann so einen Schwachsinn? Ruf sie noch mal an. Solange wir noch Garantie haben. Ist sie wach?«

»Ja. Es geht ihr sehr gut. Seitengleiche Pupillenreflexe, nicht verwirrt. Sie ist schlau.«

»Wie ist sie versichert?«

»Praktisch gar nicht. Das hier ist umsonst.«

Der Oberarzt machte eine unwirsche Handbewegung. »Es ist eh unbrauchbar. Schick sie nach Hause.«

»Was soll ich dem Vater sagen?«

»Dass sie gesund ist und mehr essen und trinken soll.«

Seit ihrem Aufenthalt im Krankenhaus waren einige Tage vergangen. Ihr Vater hatte sich extra freigenommen, um bei ihr zu sein. Er beobachtete seine Tochter, aber es ging dem Mädchen blendend. Das Geld, das er sich von einem Freund geliehen hatte, verkochte ihre Großmutter. Chess konnte sich nicht erinnern, wann sie jemals zwei warme Mahlzeiten am Tag gegessen hatte.

»Morgen endet unser Lotterleben.«

Chess saß auf seinem Schoß. »Bist du traurig deswegen?«

»Nein. Du bist ganz gesund und das ist das Wichtigste.«

»Ich freue mich schon auf die Bibliothek. Du musst Großmutter noch sagen, dass ich in die oberste Etage darf.«

»Du würdest trotzdem gehen, auch wenn ich es nicht erlaube. Oder?«

»Es muss sein.«

»Sagt das der Tintenfisch?«

Ihre Haare flogen hin und her, so kräftig schüttelte sie den Kopf. »Tinte sagt gar nichts.«

»Ist er weg? Dann war deine Ohnmacht nicht umsonst.«

»Ich bin jetzt Tinte.« Das Türkis ihrer Augen war unergründlich. Chess spürte, dass ihr Vater nach einer Veränderung in ihr suchte.

»Und wo ist meine Tochter, die ich so liebe?«

»Das bin ich auch. Tinte ist dazugekommen. Er hat nichts weggenommen.«

»Was ist in der Etage der Bücherei, das so wichtig ist?«

Sie umarmte ihren Vater, kam ihm so nahe, dass ihre Lippen sein Ohr berührten. »Ich. Alles, was ich sein werde.«

Die Grundrechenarten kannte sie schon, Quadratzahlen und deren Wurzel waren logisch. Je mehr sie lernte, desto schneller stellte sie Querverbindungen her. Zur Einschulung hatte sie die Mathematik des Abiturjahrganges verstanden. Das, was sie langweilte, war die Vorhersagbarkeit. Es gab keinen Spielraum für Fantasie.

Das änderte sich, als Chess nach langer Suche einen schmalen Band mit dem Titel *Mathematische Formeln* entdeckte.

Schnell blätterte sie durch die Seiten, weil ihr das Meiste bekannt war. Exakt in der Mitte fing ein neues Kapitel an.

Mathematische Probleme.

Die erste Formel, die sie sah, war die der Eulerschen Identität. Mit großer Vorsicht zeichnete ihr Finger das e, I und Pi, das Plus und die 0 nach. Diese Formel war das Schönste, was sie je gesehen hatte. Die Verbindung von Kristall und absoluter Einsicht. Alles, was sie sich für ihr Leben gewünscht hatte, wurde mit dieser kurzen Formel erfüllt. Sie war am Ziel. Mit neun Jahren betrat sie den Kosmos, den Euler und die Vermutungen nach Riemann, Hoge und Poincaré für sie aufspannten.

Chess erkannte aber auch, dass sie kein weiteres Jahr auf ihrer jetzigen Schule durchhalten würde. Schule war mehr als reiner Unterricht. Das, was sie suchte, war kultureller Austausch und Vielfalt.

Nur die Internationale Schule würde für sie zumindest erträglich sein. Von ihrer Wohnung aus war sie leicht zu erreichen. Bei der Höhe des monatlichen Schulgeldes hätte sie sich aber ebenso auf dem Mars befinden können. Trotzdem würde sie nächsten Sonntag den Malwettbewerb besuchen, beschloss sie. Das war traditionell der Tag der offenen Tür. Die Plakate dafür hingen überall in Mestre. Auf dem Weg zur Bücherei war sie vor einem dieser Plakate stehen geblieben. Das fremde Gesicht eines älteren Mannes darauf, der versuchte zu lächeln und doch seine Traurigkeit nicht verbergen konnte, irritierte sie. Der Schulleiter hatte gewechselt. Ryan McPherson.

Entgegen ihrer Gewohnheit suchte sie nicht gleich das oberste Stockwerk der Bibliothek auf, sondern begab sich in das Untergeschoss zu den Internetterminals. Nach kurzer Diskussion wegen ihres Alters wurde ihr eines freigeschaltet.

Die Namenssuche ergab einige hundert Treffer, beim Link der Universität Stanford in den USA blieb sie hängen. Dort fand sie den Ryan McPherson. Ehemaliger Lehrstuhlinhaber der theoretischen Physik.

»Nichts geschieht ohne Grund«, murmelte sie auf dem Weg nach oben. Es war Monatsanfang, und ihre Großmutter würde ihr einen Hot Dog vom Imbissstand kaufen.

Am Sonntag war es dann so weit. Es würde sich in jedem Fall lohnen, dachte Chess, denn Eis gab es umsonst. Sie betrat das Gebäude und war überwältigt. Verschiedene Ebenen durchbrachen den riesigen Innenraum, alles war aus Holz gebaut, und es gab Inseln, wo sich die Schülerinnen und Schüler für die Hausaufgaben trafen. Pflanzen jeder Art wuchsen aus großen Beeten im Boden. Kleine Insekten und Reptilien bevölkerten die unzähligen Schaukästen. Das, was ihr aber am stärksten auffiel, war der Geruch. In ihrer Schule schien die Luft dicker zu sein, war durchmischt von dem Gestank nach Toilette, Schweiß und billigem Essen. Hier war sie absolut klar und durchsetzt von den Aromen der Natur. Ihr Kopf fühlte sich besser an, weil ihre Sinneseindrücke sich nicht durch den Muff der Armut arbeiten mussten.

Die Menschen, die sie sah, schienen von einem anderen Stern zu stammen. Ihr war nicht klar gewesen, dass man Kleidung, bis auf die Strümpfe, der Farbe nach abstimmen konnte.

Sie besaß sieben Paar Socken, für jeden Tag der Woche eines. Drei Hosen und vier T-Shirts. Diese Menschen mussten ganze Schränke voller Kleidung besitzen. Jetzt erst begriff sie, dass man ihr die Armut direkt ansah.

Von der Außenterrasse der Aula blickte man direkt aufs Meer. Chess beobachtete nachdenklich die Möwen hoch am Himmel.

Ihr habt es gut, dachte sie, *könnt einfach wegfliegen und braucht keine teuren Kleider.*

Etwas klebte an ihrem Finger. Ein goldener Punkt aus dem Heft, das jeder Besucher bekommen hatte. Die ausgestellten Bilder mit den meisten Punkten würden prämiert.

Chess versuchte Zeit zu gewinnen. Hoffte, die Enttäuschung würde sich legen. Aber sie wollte nicht mehr. Die Kinder trugen Schuhe, die so viel kosteten, wie ihre Familie monatlich zum Essen zur Verfügung hatte. Je schneller sie es beendete, desto kürzer würde sie um ein Leben trauern, das ihr verschlossen blieb.

Sie verließ das Gelände auf der anderen Seite. Noch mal an allen vorbei – das wollte sie sich ersparen. Als sie an den letzten Bildern vorbeiging, fielen ihr ein schwarzes und ein rotes Bild auf. Die Mienen der Familie, die davorstand, waren wie versteinert. Alle starrten auf das rote Bild.

Chess ging neugierig näher und sah, warum. Das Rot war Blut. Nur echtes Blut bildete diese schwarze Tönung. Sie drehte sich zu dem Mädchen, das neben ihren beiden Bildern stand. Große smaragdgrüne Augen leuchteten ihr entgegen.

Etwas erinnerte sich in Chess. Sie sah den Schmerz hinter den Augen, die matte Verzweiflung, die die Oberhand gewonnen hatte. Das Mädchen stand einfach nur da. Ihr Unterbewusstsein griff nach dem Rettungsring, ohne den ihr Leben heute enden würde. Unter den staunenden Blicken der Familie ging Chess zu dem Mädchen, umarmte es – und sah Bilder in ihrem Kopf, die sie nicht verstand. Eine Steppenlandschaft und in großer Entfernung ein Zelt. Jemand kniete davor, ein Kind legte seinen Arm um die Person.

Der Direktor war dazugekommen. Er wirkte Jahre älter als auf der Abbildung im Internet. Die traurigen Augen hingegen waren die gleichen. Irgendeine ähnliche Erfahrung verband ihn mit dem Mädchen, das die Bilder gemalt hatte.

Chess entschied sich, nahm ihr Heft mit den Punkten, zog die Aufkleber ab, drehte das Bild um und formte aus den Ausläufern des Blutes goldene Bergspitzen.

Zufrieden sah sie auf das veränderte Bild, auf das Gold, das die Sonne auf das Gesicht des Mädchens spiegelte und ihr einen strahlenden Ausdruck verlieh. Noch immer sah sie Chess an, die ihre Hand nahm und bis zur Fähre nach Venedig nicht mehr losließ. Chess beugte sich zu ihr. Aus der Unendlichkeit schwammen die Wörter, versteckt in ihrem genetischen Code, an die Oberfläche ihres Bewusstseins wie Luftblasen im Wasser. »Sieh zu den Sternen, nicht auf das schwarze kalte Meer. Entscheide dich für mich. Für Zukunft, Hoffnung und Liebe. So wie ich mich für dich in allen meinen Leben entschieden habe. Wie stark kannst du vertrauen?«

In dem Mädchen zerbrach etwas. Wie eine Steindruse, die man zerschlug, um die Kristalle auf der Innenseite durch das Licht zum Leben zu erwecken.

Dieses türkise Licht der Kristalle leuchtete in ihrem gesamten Körper, vertrieb die Finsternis, Kälte und die Resignation, die sie fast erstickt hätten. Von einer Sekunde auf die andere riss die türkise Flutwelle des Lebens sie mit in eine Zukunft, die nicht mit ihrem neunten Lebensjahr enden würde.

Alisa verwarf den Plan, auf der Rückfahrt der Fähre von Bord zu springen. Sie wollte nicht mehr sterben, sondern leben.

II

Anne lief durch die kleinen Gassen Richtung San Marco. Sie waren spät dran. Die langen schwarzen Locken ihrer Tochter fielen von einer zur anderen Seite ihres Gesichts.

»Mom, du läufst viel zu schnell. Ich habe schon Bauchschmerzen, und mein Haargummi habe ich auch verloren.«

»Das ist egal. Ich kaufe dir ein neues. Wir dürfen den Mann von der Kirche nicht warten lassen.«

Im Zickzack wichen sie den Massen von Touristen aus, die die breite Uferpromenade wie Ameisen bevölkerten. Abrupt blieb Anne stehen und bückte sich.

»Dein Taxi ist da.«

Alisa kletterte auf die Schultern ihrer Mutter.

»So ist es gut.«

Außer Atem kam Anne vor dem Palazzo aus dem 13. Jahrhundert an. Zum Canal Grande hin gab es eine breite Tür. Alisa kletterte von Annes Schultern und sah von der Tür zu ihrer Mutter. »Wir hätten auch einfach ein Boot nehmen können.«

»Beim nächsten Mal.«

Alisa sah in den Himmel. »Wird es hier jemals Winter? Wir haben Oktober, und ich trage immer noch ein Sommerkleid.«

Ihre Mutter nickte. »Es wird. Glaube mir. Allerdings gibt es keinen Schnee. Dafür kannst du von März bis Oktober im Meer baden gehen. Komm jetzt.«

Sie gingen zum rückwärtigen Eingang, dessen Tür offen stand.

»Wieso haben die direkt auf die Tapete gemalt?«, fragte Alisa irritiert.

»Wandmalereien«, erklärte Anne. »Das hat man früher immer so gemacht. Es gab schließlich keine Fernseher.«

Ihre Schritte hallten in der großen Empfangshalle wider.

»Wird mein Zimmer in der neuen Wohnung so schön wie mein altes sein?«

»Du darfst dir das schönste aussuchen. Versprochen.«

Sie erklommen die letzten Stufen. Die Wohnung erstreckte sich über den ersten und zweiten Stock. Die geöffnete, reich mit Schnitzereien verzierte Holztür gab den Blick in ein großes Zimmer frei.

»Wer ist das?« Alisas Finger zeigte ängstlich auf den kirchlichen Würdenträger, der in der Mitte des Wohnzimmers stand. Sein Gewand war schlicht, und nur das massive Goldkreuz mit den halbrund geschliffenen Edelsteinen verriet seine Stellung. Alisa zog ihre Mutter zu sich herunter.

»Er sieht gruselig aus«, flüsterte sie. »Wird er auch hier wohnen?«

Anne musste lachen. »Nein. Keine Sorge«, flüsterte sie zurück. »Komm mit, wir sehen ihn uns an. Dann verliert er seinen Schrecken. Wie jedes Monster.«

Der Mann drehte sich langsam zu ihnen. Der schwere Stoff seines Gewandes folgte der Bewegung mit etwas Verzögerung, Falten bildeten sich, wodurch sein Körper sich in den einer Schlange zu verwandeln schien. Seltsam verdreht. Nicht menschlich. Es lag keine Güte in seinen Augen, keine Barmherzigkeit oder Verstehen. Er repräsentierte den absoluten Machtanspruch der römisch-katholischen Kirche.

»Mrs. Taylor«, sagte er knapp. »Sie kommen spät.«

»Verzeihen Sie, Herr …« Anne hielt inne. »Wie soll ich Sie anreden?«

»Pater reicht. Alles andere liegt außerhalb Ihres Verständnisses.«

Annes Vater war Rechtsanwalt und hatte ihr früh beigebracht, dass Unfreundlichkeit oft als Schutzschild verwendet wurde. Um etwas zu verbergen.

So freundlich wie möglich sagte sie: »Sehr gerne, Pater. Das ist Alisa, meine Tochter.«

Die Beiläufigkeit seines Blickes war nicht Unhöflichkeit, sondern Desinteresse. Er sah wieder zu Anne. Alisa existierte für ihn nicht. Ihre anfängliche Angst wich dem Verdruss über sein Verhalten.

»Haben Sie keinen richtigen Namen?«, fragte Alisa. »Mich nennt man ja auch nicht einfach nur Schulkind.«

Das goldene Kreuz mit den bunten Steinen schaukelte direkt vor ihrem Gesicht, als er sich zu ihr herunterbeugte. Wie ein Aasgeier, der seine Beute betrachtete. »Wir sind alle Männer Gottes«, zischte er leise. »Es zählt nur ein Name. Der lautet: Jesus Christus.«

Das Smaragdgrün ihrer Augen stellte sich dem Mann entgegen. »Und wie soll er sie finden, wenn er kommt?«

»Kommt?« Seine Stimme überschlug sich. »Wer sich zweitausend Jahre Zeit lässt, kommt nicht mehr.«

Anne schob sich zwischen den Pater und ihre Tochter. »Such dir schon mal dein Zimmer aus.«

Durch die geöffnete Tür ging Anne mit dem Nuntius, das war der kirchliche Rang des Paters, auf die große Terrasse, die direkt zum Canal Grande zeigte, dem breitesten Meeresarm, der Venedig durchzog.

»Wie haben Sie die Wohnung so schnell gefunden?«

»Wir brauchten sie nicht zu finden. Sie gehört der Kirche seit vierhundert Jahren«, antwortete der Pater kühl.

»Und der Vormieter?«, fragte Anne neugierig. »Was ist mit dem passiert? Wer gibt so etwas freiwillig auf?«

Der Nuntius war dem Gespräch mit Anne überdrüssig und richtete seinen Blick auf die Touristenfähren, die den Kanal entlangfuhren. Die schwachen Motoren kämpften mit der Last der Menschen.

»Es gab keinen Vormieter. Sie stand leer.« Seine Stimme war farblos, ohne jede Ambition der Höflichkeit.

»Wie lange?«, bohrte Anne nach. »Ich habe noch nichts Vergleichbares gesehen.«

»Auch seit vierhundert Jahren«, antwortete er genervt. »Es ist von Vorteil, Wohnraum zu besitzen, der sofort verfügbar ist.«

Anne griff in ihre Tasche und zog mehrere Blätter heraus. Bestelllisten. Sie hielt sie dem Nuntius hin. Ohne seinen Blick vom Kanal abzuwenden, fragte er: »Was ist das?«

»Das Mobiliar, das ich ausgesucht habe.«

»Sie haben noch nicht bestellt?« Seine Verwunderung zwang ihn, Anne wieder anzusehen.

»Es ist nicht gerade preisgünstig«, erklärte Anne. »Ich dachte, Sie wollen es vorher durchsehen.«

»Die Währung der Kirche ist Glaube. Kaufen Sie, was Sie wollen.«

Er ging, ohne sich noch einmal umzudrehen.

Etwas entfernt hörte sie Alisas Getrampel auf der Treppe. Sie folgte dem Lärm und fand ihre Tochter auf dem Rücken liegend. Sie betrachtete die Decke. »Das musst du sehen, Mom. Es ist wie in der Kirche.«

Das Deckengemälde zeigte Jesus, wie er am Kreuz hing.

Anne legte sich neben Alisa auf den Boden und nahm ihre Hand. »Ängstigt es dich?«

»Jesus hatte keine Angst. Ich auch nicht.«

»Wie meinst du das? Vor was hast du keine Angst?«

»Dem Tod.« Alisas Stimme wurde leise. »Alles Schlechte wird aufhören.«

Anne atmete tief durch. »Ich will nicht, dass du immer über den Tod redest. Dein Dad auch nicht.«

»Mom, warum sind wir hier? Dads Pläne werden über Satelliten geschickt. Wir sind noch nie deswegen irgendwo hingezogen.«

»Diesmal ist es anders.«

»Es ist wegen mir, oder?«, fragte Alisa.

»Du hast immer noch Albträume und schreist in der Nacht.«

»Ich erinnere mich nicht. Werde ich sie auch hier haben?«

»Dein Dad und ich hoffen, dass es hier vorbeigeht.«

Der Mann am Kreuz schien Alisa direkt anzusehen.

»Hier wird es beginnen«, flüsterte sie, ohne zu wissen warum.

Eine Libelle flog durch den Raum und setzte sich auf Alisas Finger. Erstaunt betrachtete sie das Tier. Es wanderte an ihrem Handrücken herunter, die großen Facettenaugen fest auf sie geheftet.

»Wenn du möchtest, kannst du auch hier bei mir wohnen«, sagte Alisa zu der Libelle. »Nur zu viele dürft ihr nicht werden, sonst ist es zu eng.«

Vorsichtig stand sie auf, ging langsam zum geöffneten Fenster und stupste das Insekt an. Sie winkte dem Tier hinterher, als es wegflog. »Mein erster Freund in Venedig«, sagte sie zufrieden.

Ein silbriger Puder war auf ihrem Handrücken. Alisa pustete darauf und lief, wild mit ihren Armen wirbelnd, herum.

»Was machst du?«, fragte Anne.

»Libellenstaub. Jetzt ist er überall in meinem Zimmer, und ich werde ganz viel Glück haben.«

»Wie findest du die neue Schule?«, fragte Anne.

Gemeinsam saßen sie am Küchentisch ihrer neuen Wohnung in San Marco. Die Möbel waren streng geometrisch in der Form. Aluminium, Leder und Natursteine bildeten einen beruhigenden Kontrast zu den Wandmalereien in der Wohnung. Alisa fuhr mit dem Finger den kristallenen Adern im schwarzen Marmor des Esstisches nach, die im Licht der Morgensonne funkelten.

»Hey, ich hab dich was gefragt.« Anne schnippte mit den Fingern vor ihrer Nase.

»Entschuldige Mom. Seltsam ist es dort.«

Anne sah ihre Tochter fragend an. »Wieso? Es ist die beste, die es gibt hier. Du wirst in Englisch und Italienisch unterrichtet, damit du dich mit den anderen Kindern unterhalten kannst.«

»Dann reicht Englisch. Es ist kein einziges Kind aus Venedig in meiner Klasse. Von Australien bis Saudi-Arabien gibt es alles. Nur kein Kind von hier. Ich habe die ganze Klassenliste durchgesehen. Kein italienischer Name darauf.«

Anne zuckte mit den Schultern. »Es ist sehr teuer, und die Menschen hier schicken ihre Kinder wahrscheinlich lieber auf die staatlichen Schulen. Vielleicht kommt ja noch ein italienisches Kind. Die Schule hat erst vor ein paar Tagen angefangen.«

Alisa sah traurig auf ihren Kakao. »Es ist egal.«

»Was ist?«, fragte Anne. »Du wirst bestimmt bald eine Freundin in deiner Klasse haben.«

»Nein, werde ich nicht«, sagte Alisa trotzig.

»Bisher hast du ja die anderen Kinder noch gar nicht richtig gesehen«, beschwichtigte Anne.

»Mich hat auch keiner gesehen.«

Anne stand auf, räumte das Geschirr beiseite, breitete eine alte Zeitung auf dem Küchentisch aus und legte zwei Leinwände und einen Malkasten darauf. Es hatte keinen Sinn, mit Alisa zu reden, wenn sie in dieser Stimmung war. Die Schulpsychologin in Amerika hatte ihr den Rat gegeben, Alisas depressive Phasen nicht zu unterdrücken.

»Was machst du da?«, fragte Alisa. Sie hatte ihren Kakao ausgetrunken und stellte das Glas in die Spüle.

»Ich dachte, wir malen die Bilder für die Kennenlernwoche zusammen. Sie müssen bis Sonntag fertig sein.«

Alisa nahm die Leinwände und den Malkasten an sich.

»Es ist meine Hausaufgabe. Ich male die Bilder allein.«

»Bist du sicher? Ich kann dir helfen.«

Der matte Blick in Alisas Augen beunruhigte Anne.

»Kannst du nicht.« Sie verschwand mit den Sachen in ihrem Zimmer.

In den Tagen vor der Ausstellung bekam keiner mehr Alisas Bilder zu Gesicht. Anne versuchte es mehrmals, aber Alisa ließ nicht mit sich verhandeln.

»Mom, es nervt, wenn du mich andauernd fragst. Es sind meine Bilder. Nicht deine.«

»Ich verstehe nur nicht, warum du so ein Geheimnis daraus machst. Morgen werden sie sich mehrere hundert Leute ansehen. Wo ist der Unterschied, wenn du sie uns heute zeigst?«, fragte Anne.

»Muss ich antworten?«

Tom, Alisas Vater, berührte Anne am Arm. »Nein. Aber kannst du uns wenigstens sagen, warum du die ganze Woche Handschuhe und Strümpfe trägst? Es sind immer noch zwanzig Grad.«

»Zu Hause habe ich sie immer im Oktober angehabt«, erklärte Alisa leise. »Ich habe Heimweh, und dadurch wird es besser.«

Es war ein warmer, sonniger Oktobernachmittag, und die Ausstellung wurde auf die große Außenterrasse verlegt. Alisa öffnete ihre Mappe und stellte die zwei Bilder auf die vorbereiteten Staffeleien. Das erste Bild, das ihr Land symbolisierte, war komplett schwarz. Das zweite, das Auskunft über sie gab, war getränkt mit ihrem Blut.

Der Direktor der Schule lief mit mäßigem Interesse durch die Reihen. Bei Alisas Bildern blieb er stehen. »Welches ist dein Land, und welches bist du?«

Alisa sah ihn an. Der Schmerz, der Verlust und die Verzweiflung des Mannes waren für sie deutlich zu sehen. »Ich bin beides. Erst rot, dann schwarz.«

Er schwieg. Im Bruchteil einer Sekunde schienen die beiden eine stumme Übereinkunft getroffen zu haben.

Eine Berührung, die völlig unerwartet kam, aber genügte, um ihren ganzen Körper in Spannung zu versetzen, unterbrach das Gespräch mit dem Direktor. Sie drehte den Kopf.

Ein Mädchen ihres Alters stand neben ihr. Alisa sah ungläubig auf die Hand, in der ihre Finger lagen. Niemals zuvor hatte sie Augen in dieser Farbe gesehen. Türkis wie die karibische See. Unergründlich.

Das Mädchen beugte sich zu Alisas Ohr und flüsterte etwas, unverständlich für alle anderen. Dann drehte es das rote Bild behutsam um und nahm das Heftchen mit den goldenen Punkten. Nachdem das Mädchen alle aufgeklebt hatte, erschien eine rote Berglandschaft mit schimmernden Gipfeln.

Auf dem Weg zur Fähre sagte niemand etwas. Alisa ging Hand in Hand mit dem unbekannten Mädchen bis zum Anleger. Die Worte, die es Alisa zum Abschied zuraunte, verstand sie nicht. Aber etwas, das tief in ihr versteckt war, regte sich. Erwachte aus einem Winterschlaf des Vergessens. Zum ersten Mal seit zwei Jahren fühlte sie sich selbst. Ihre Finger und Zehen schmerzten an den Stellen, an denen sie sich das Blut für das Bild entnommen hatte. Hoffnung, die sie verloren hatte, füllte auf einmal ihren ganzen Körper aus.

Anne legte Alisas Schulbrot und einige Möhren in die Brotdose. Heute würde ihr erster richtiger Schultag sein.

Skeptisch sah Alisa sie an. »Das reicht nicht. Wenn du noch eins machst, kann ich meine Freundin einladen.«

»Deine Freundin?«, fragte Anne überrascht.

»Das Mädchen vom Malwettbewerb. Die die Punkte aufs Bild geklebt hat.«

»Was hat sie eigentlich zu dir gesagt?«

Alisa überlegte. »Ich weiß nicht. Verstanden habe ich es nicht.«

»Hat sie dir ihren Namen gesagt?«

Nachdenklich packte Alisa die Dose in ihren Rucksack. »Es ist, als ob ich ihn schon mal wusste, aber vergessen habe. Hoffentlich darf ich neben ihr sitzen.«

Verwirrt sah Anne zu ihrer Tochter. »Das Mädchen ist noch nicht in deiner Klasse?«

Alisa schüttelte den Kopf. »Sie muss zu denen gehören, die jetzt erst mit dem regulären Unterricht beginnen. Hast du doch gesagt.«

»Ja – habe ich«, sagte Anne unsicher.

Das Klassenzimmer füllte sich, und die ersten Kinder nahmen bereits Platz. Die Tische, fest mit den Sitzhockern verbunden, bildeten einen Kreis. An einer Seite des Raums standen drei große Terrarien mit verschiedenen Tieren darin. Das Chamäleon im mittleren Terrarium beäugte die Kinder, bis das Interesse an einer Heuschrecke überwog.

Alisa sah sich um. Das Mädchen war nirgends zu sehen. »Mom, sie ist nicht da.« Ihre Augen füllten sich mit Tränen.

»Setz dich«, sagte Anne, die ihre Tochter heute begleitete. »Ich suche sie.«

31

Alisa bewegte sich nicht, überlegte kurz und lief auf direktem Weg zu der Lehrerin. »Es fehlt noch ein Mädchen«, sagte sie leise.

Die Frau sah sie erstaunt an und zählte kurz durch. Fünfzehn Schülerinnen und Schüler. »Alle da«, war ihre knappe Antwort.

Anne verließ das Klassenzimmer. Sie fragte sich zum Büro des Direktors durch und eilte durch die Gänge des Schulgebäudes. Mit hängendem Kopf saß das Mädchen auf einem Stuhl, direkt gegenüber der Tür.

»Da bist du ja«, rief Anne ihr entgegen. »Alisa wartet schon auf dich.« Überrascht hob das Mädchen den Kopf.

Außer Atem ließ Anne sich auf den zweiten Stuhl fallen. Der Blick des Kindes hellte sich nicht auf.

»Was ist?«, fragte Anne.

»Ich gehöre nicht hierher«, sagte das Mädchen leise.

»Du warst doch auch am Sonntag da.«

»Es war Tag der offenen Tür. Ich komme aus Mestre.« Die Verzweiflung im Blick des Kindes war wie ein Hilfeschrei. »Wir können uns die Schule nicht leisten.«

Anne betrachtete zum ersten Mal bewusst das Mädchen. Die Armut strömte aus jeder Pore. Die Kleider, der Haarschnitt, der keiner war. »Was machst du dann hier?«, fragte sie vorsichtig.

»Ich will ein Stipendium. Das gibt es doch in Amerika. Für Schüler, die besonders gut sind.«

Eine Aura der Verzweiflung umgab das Kind. Stipendien gab es auf Universitäten für Hochbegabte. Nicht auf Grundschulen. Das würde sie ihr nicht sagen können.

Anne traf eine Entscheidung. »Ich verschaffe dir zehn Minuten mit dem Direktor. Überzeugen musst du ihn.«

Das Mädchen sah sie aus großen Augen an, dann nickte es still.

Nach einem kurzen energischen Klopfen trat Anne mit dem Mädchen in das Vorzimmer des Direktors und stellte sich direkt vor die Sekretärin, die gerade telefonierte. Entnervt blickte diese vom PC hoch und machte eine eindeutige Handbewegung. Beide rührten sich nicht.

Die Frau hielt den Hörer zu. »Das Kind kann nicht zum Direktor. Das habe ich ihm auch schon gesagt. Der Direktor hat Besuch.«

Anne stand auf, schob sich an der Sekretärin vorbei zu einer schweren Eichentür, klopfte und trat mit dem Mädchen ein. Gedankenverloren saß der Direktor allein an seinem Schreibtisch.

»Es tut mir leid«, entschuldigte sie sich.

Als ob er auf sie gewartet hätte, lächelte der Direktor beide an und deutete auf die Stühle vor sich. Die Sekretärin, die atemlos hinter Anne ins Zimmer gestürmt war, schickte er nach Orangensaft und Keksen. Mit versteinerter Miene stellte sie beides kurze Zeit später vor dem Kind ab, das sofort alles aufaß. Der Direktor legte die Hände aneinander und sah sie aufmerksam an.

»Nun, was kann ich für euch tun?«

Er erkannte das Kind vom Sonntag, sagte aber nichts.

»Ich möchte auf Ihre Schule gehen.« Die Stimme des Mädchens klang flehend. »Kann ich ein Stipendium bekommen?«

Still betrachtete er das Kind. »Es ist nicht meine Schule, und der Stiftungsrat vergibt keine Stipendien.«

»Ich bin gut in Mathematik.«

Er blickte wieder auf seine Papiere. »Was ist 8 mal 8?«

»64«, war die matte Antwort.

»64 mal 64?«

Das Kind sah ihn entgeistert an. »Irgendwas, das größer ist als 3600. Dafür gibt es Taschenrechner.«

Erstaunen und Wut schwang in ihrer Antwort mit.

»So wahnsinnig begabt klingt das nicht.«

Noch immer sah der Direktor sie nicht an.

Das Mädchen sprang auf. »Soll das ein Witz sein?«, sagte es mit lauter Stimme. »Ich bin begabt, aber wie wollen Sie es sehen? Es steht nicht in Ihren Papieren.«

Anne legte ihr die Hand auf den Arm, um es zu beruhigen. Wütend sah das Kind sie an, riss den Arm weg und fing das Schreien an. »Sie sind Professor der theoretischen Physik in Stanford gewesen, und das Einzige, was sie wissen wollen, ist, ob ich rechnen kann?! Ist es wirklich nur das, was Sie interessiert? Ich lebe in einem Universum von Zahlen, Formeln und Relativitäten. Aber ich bin allein. Ganz allein.«

Sie wurde leiser, setzte sich wieder und sah auf den Boden. »Ich halte das nicht aus. Selbst Tinte ist nicht mehr da.«

In dem Moment erwachten die Augen des Direktors zum Leben. Er nahm ein Papier und schrieb eine 10 darauf.

»Wie heißen die nächsten vier Zahlen?«

»11,12,13 und 14. Das ist es doch, was Sie erwarten, wenn Sie mich ansehen.«

Sie zerknüllte das Papier und warf es in eine Ecke des Raumes. Aus ihren Augen loderten türkise Flammen. Das Kind flüsterte in einem Ton, der Anne erschreckte. Wie bei einem unheilbringenden Zauberspruch, sprach sie extra langsam und leise. »Aber ich kenne noch vier andere Zahlen. 10,16,36 und 210.«

Anne betete für ein Wunder. Denn das würde das Einzige sein, was ihre eigene Tochter jetzt noch retten konnte. Alisa brauchte dieses Mädchen hier an der Schule, das war ihr klar, auch wenn sie nicht wusste warum.

Der Direktor lehnte sich zurück und sah dem Kind direkt ins Gesicht. Es hielt seinem Blick stand.

»Erläutere deine letzte Zahlenreihe.«

»10, 16, 36 und 210. Es gibt keine fünfte bekannte Zahl der schwachen Goldbach-Vermutung. Nur diese vier Zahlen erfüllen die maximale Anzahl der Goldbach-Zerlegungen. Dennoch wird es auf dem Zahlenstrahl noch weitere Zahlen geben, die die Bedingungen erfüllen, was zwangsläufig zu einer Bestätigung der starken Goldbach-Vermutung von Euler führen wird.«

»Was weißt du über die Relativitätstheorie?«, fragte der Direktor.

»Befinden wir uns innerhalb oder außerhalb des Minkowski-Raums? Aber ehrlicherweise wurde dazu bereits alles gesagt. Letztendlich blieb sie ungenau, limitiert und beschränkt auf unsere Weltsicht. Das Schlimmste aber ist, dass sie uns einsperrt.«

»Einsperrt?«, fragte der Direktor erstaunt.

»Seine Formel sagt, dass nichts schneller sein kann als das Licht, weil sonst die Masse von Materie gegen unendlich geht. Das heißt, wir werden niemals in das Universum gelangen. Niemals zu den Sternen aufbrechen können.«

Der Direktor hob die Augenbrauen. »Die Formel ist bewiesen und weltweit akzeptiert.«

»Nur weil alle glauben, dass es nur eine Art von Materie gibt. Das ist total falsch. Materie, wie sie von Einstein angenommen wurde, gibt es gar nicht. Qbits und kleiner. Erst dort werden wir finden, was wir wirklich suchen.«

»Was, was ist das?«, fragte der Direktor zunehmend unsicher. Alles, was er zu wissen glaubte, versank im Meer ihrer Begabung.

»Freiheit«, sagte das Kind knapp.

»Was macht dich so sicher, dass du es kannst?«

»Ich kann den Ort fühlen. Manchmal sehe ich ihn in meinen Träumen.«

Der Direktor und Anne sahen sich an.

»Wie willst du dorthin gelangen?«, flüsterte der Direktor, dessen Interesse sich in Erschrecken wandelte.

»Die Poincaré-Vermutung und die Möglichkeit, sie auf vierdimensionale Räume anzuwenden. Das ist mein Ticket.«

»Die vierte Dimension ist die Zeit?«

»Ja.«

»Wie weit bist du gekommen?« Anne sah seine Hand zittern, als er sich etwas Wasser eingoss.

Das Kind senkte die Stimme. »Wenn wir davon ausgehen, dass ebenso wie bei Poincarés Kugelexperiment die Dimensionen auf eine Singularität reduziert werden können, würde das bedeuten, dass Raum und Zeit sich in einem Punkt treffen. An diesem Punkt existieren alle Ereignisse der Vergangenheit, Gegenwart und Zukunft gleichzeitig.«

»Was hoffst du zu finden?«, fragte der Direktor vorsichtig.

»Wenn Gott existiert, ist er dort. Es wäre ein mathematischer Beweis. Vielleicht sogar mehr.«

»Mehr?«

»Es wäre ein Kontakt.«

In diesem Moment erfüllte sich das Wunder, für das Anne gebetet hatte. Der Direktor bat das Mädchen, im Vorzimmer zu warten, und setzte sich Anne gegenüber. Sie sah ihm an, wie er versuchte, das eben Gehörte zu verarbeiten. Aber es war noch etwas anderes in seiner Reaktion. Ein kühles Abwägen.

»Was denken Sie?«

»Ich habe nichts verstanden von dem, was die Kleine gesagt hat, trotzdem möchte ich Sie bitten, das Kind aufzunehmen. «

Der Schulleiter sah ihr direkt in die Augen. »Nur wenn Sie mir ehrlich sagen, warum es so wichtig für Sie ist.«

Anne schluckte. »Meine Tochter hat Albträume. Schläft schlecht. Sie wird von etwas bedroht, das niemand fassen kann. Bis auf dieses Kind. Sie waren beim Malwettbewerb und haben das Bild meiner Tochter gesehen. Das Mädchen hat Zugang zum Innersten von Alisa. Als Einzige. Das spüre ich. Das habe ich sofort gespürt. Ich bitte Sie.« Anne wischte sich die Tränen ab, die ihr über die Wange liefen.

Der Direktor nickte langsam. »Sie sagen die Wahrheit. In der theoretischen Physik gibt es den Grundsatz, dass nichts ohne Grund existiert. Die beiden Kinder ergänzen sich. Ihre Tochter bietet dem Kind einen Austausch. Von was auch immer.«

»Alisa könnte niemals bei diesem mathematischen Verständnis mithalten.«

»Wahrscheinlich kann das niemand auf dieser Welt. Ich meine emotional. Ich will ganz ehrlich sein. Noch nie habe ich so ein verzweifeltes Kind wie Ihre Tochter gesehen. Aber Alisa reagiert auf etwas, das in diesem Kind liegt. Unabhängig von jeder Begabung hat die eine das, was der anderen fehlt.«

»Woher wollen Sie das wissen?«

Er sprach nur aus, was sie selbst schon erkannt hatte. Das hier war die letzte Chance für Alisa. Danach kämen die Mühlen der Psychotherapie, die sie auf Jahre binden und für immer verändern würden.

»Ich habe meinen Sohn im ersten Irakkrieg verloren«, sagte der Schulleiter leise. »Mein einziges Kind. Er starb mit vierundzwanzig Jahren durch eine Mine. Menschen, die Ähnliches erlebt haben, erkennen sich.«

»Meine Tochter war in keinem Krieg«, antwortete Anne kühl.

»Das muss sie auch nicht. Der Krieg kommt zu uns in mannigfaltiger Form. Wenn Sie mir versprechen, sich um die Kleine zu kümmern, bekommt sie den Platz. Das, was Sie hier gehört haben, dürfen Sie niemandem erzählen. Nicht Ihrem Mann, nicht Alisa. Niemandem. Überlegen Sie es sich gut. Sie können nicht zurück.«

»Brauche ich nicht«, sagte Anne mit fester Stimme. »Es ist mir egal, ob sie ein Genie ist oder nicht. Gebe Sie ihr bitte den Platz.«

»Genie?«, murmelte der Direktor. »Einstein war ein Genie. Doch er blieb gefangen in unserem Universum. Das Mädchen ist ein Tor zu einer völlig anderen Welt. Einer Welt, die weder Raum, Zeit oder Dimension als Grenze kennt. Das darf niemand erfahren. Nur wenn sie unbeeinflusst ihren Gedanken nachgehen kann, wird sie die Gleichung lösen können. Die Gebühren werden verschleiert von mir bezahlt. Sie kommen für alles andere auf. Sagen Sie Ja oder Nein.«

Anne nickte wortlos.

Der Schulleiter stand auf und holte das Mädchen herein.

»Die Schule nimmt dich auf. Aber was willst du wirklich hier?«

»Lernen«, war die knappe Antwort.

»Wie heißt du?«

»Alle nennen mich Chess, weil niemand gegen mich im Schach gewinnt. Wenigstens niemand, der im Park spielt.«

»Du lügst, Chess. Hier gibt es nichts, das du lernen kannst. Keiner vom Lehrpersonal hier könnte auch nur im Ansatz einer Diskussion mit dir standhalten. Also weshalb bist du wirklich hier?«

Chess drehte sich zu Anne. »Alisa braucht mich, und ich brauche Alisa. Wie in der Mathematik. Wir sind ein Paaraxiom. Das, was wir suchen, können wir nur gemeinsam erreichen.«

»Was … sucht ihr?«, fragte Anne unsicher.

Chess zögerte. »Alisa Erlösung, und ich Erfüllung«, flüsterte sie kaum hörbar. »Wir sind die Primzahlen, die die Zetafunktion nicht finden kann. Die Singularität am Ende des Zahlenstrahls, die auf alles blickt. Die, die kein Mensch jemals erreichen kann.«

Anne stand auf und beugte sich über sie. Ihre Tränen tropften auf den Kopf des Kindes.

»Willkommen in unserer Familie, Chess.«

»Keiner darf von deinen wirklichen Fähigkeiten wissen«, mahnte der Direktor und sah Chess besorgt an. »Das ist zu gefährlich für dich. Achte darauf.«

»Gefährlich? Nur weil ich schlau bin?«, fragte Chess.

Der Direktor kniete sich vor sie hin. »Ich weiß nicht, was du bist. Vielleicht bist du die erste deiner Art oder die letzte. In jedem Fall bist du einzigartig, und das macht es gefährlich. Wie bei den seltenen Tieren.«

»Am Ende sterben die alle«, sagte Chess leise, »aber das wird mir nicht passieren, weil ich Alisa gefunden habe.«

Fragend sahen der Direktor und Anne sich an, dann brachte er die beiden zur Tür. Kurz vor dem Klassenzimmer blieb Anne stehen. Sie griff in ihren Rucksack und sagte zu Chess: »Ich habe Wechselsachen für Alisa mit. Nimm sie und zieh dich schnell in der Toilette um.«

Der erste Eindruck würde entscheidend sein.

Kurze Zeit später betrat Chess in den neuen Kleidern den Klassenraum und setzte sich neben Alisa, die sofort ihre Hand ergriff. Anne stand im Türrahmen und lächelte. In den letzten zwei Jahren hatte sie ihre Tochter nicht mehr so glücklich gesehen.

Alisa rannte vom Vorplatz der Schule direkt auf ihre Mutter zu. »Mom, Chess hat mich am Wochenende zu sich eingeladen. Darf ich?«

»Natürlich.« Anne strich ihrer Tochter übers Haar. »Wir machen gleich eine Liste, was du alles brauchst. Wo ist Chess?«

»Sie ist nach Hause gegangen, um alles vorzubereiten.«

»Wann soll es denn losgehen?«

»Heute natürlich. Wir müssen sofort packen.«

Anne konnte sich ein Lächeln nicht verkneifen. Ihre Tochter war wie ausgewechselt.

Zu Hause verschwand Alisa sofort in ihrem Zimmer. Nach etwa einer halben Stunde hörte Anne, wie Alisa mit einem Koffer die Treppenstufen herunterpolterte.

»Was hast du denn alles mit, Alisa?«

»Ich dachte mir, dass es am einfachsten ist, wenn ich die Hälfte aller meiner Sachen mitnehme. Dann kann Chess am nächsten Wochenende ihre zu uns bringen. Jetzt ist ja Platz in meinem Schrank. Dann brauchen wir in Zukunft gar nichts mehr hin und her tragen, sondern können spontan entscheiden, wo wir schlafen.«

»Wir müssen erst Chess' Vater fragen«, mahnte Anne.

»Er hat schon Ja gesagt.«

Die liebevolle Begrüßung von Chess' Großmutter milderte Annes ersten Schock über die Wohnverhältnisse. Die Wohnung hatte drei Etagen. Im Erdgeschoss waren die Küche, Wohnzimmer und das Schlafzimmer der Großmutter. Darüber befanden sich das Schlafzimmer des Vaters und eine Toilette. Ganz oben wohnte Chess. Das Zimmer war winzig, besaß aber einen Zugang zur Dachterrasse, die ihr Vater selbst gebaut hatte. Eine Dusche gab es nicht. Chess und ihr Vater waren es gewohnt, das ganze Jahr im Meer zu baden. Egal ob Sommer oder Winter.

Obwohl die Großmutter kein Englisch sprach und Annes Italienisch kaum für ein Gespräch ausreichte, fanden sie sich schon nach wenigen Minuten in einer Konversation wieder, die mehr von ihren Händen als von Worten bestritten wurde. Die Mädchen hatten sich jedes ein großes Stück von dem selbst gebackenen Kuchen mitgenommen und waren verschwunden.

Anne betrachtete das Bücherregal, das gegenüber dem Sofa im Wohnzimmer stand. Ein Reiseführer reihte sich an den nächsten. In fast jedem steckten kleine Zettel mit Notizen.

»Ich bin sehr froh, die Mutter von Alisa endlich kennenzulernen.« Chess' Vater war ins Zimmer gekommen. »Ich bin Peter.«

»Klingt, als ob Alisa ein Star wäre«, sagte Anne amüsiert.

»In Chess' Leben auf jeden Fall. Sie spricht nur noch von ihr.«

Anne nickte. »Bei Alisa ist es nicht anders. Sie hat gleich den größten Koffer mitgenommen, den sie hat.«

»Wir lassen die Mädchen entscheiden. Es ist ihr Leben, und sie werden am besten wissen, was sie wollen.«

Anne zog die Stirn in Falten. »Es sind Kinder. So selbstständig können sie noch nicht sein.«

»Chess trifft ihre Entscheidungen allein. Seit sie denken kann. Sie hat mich noch nie enttäuscht.«

Das Vertrauen, das der Mann in seine Tochter hatte, verunsicherte Anne. Zu keiner Zeit hatte sie so etwas zwischen ihrem Mann Tom und Alisa erlebt.

Schnell wechselte sie das Thema. »Sie reisen gerne?«, fragte sie.

»Nur in Gedanken. Es ist zu teuer.« Peter seufzte. »Aber ich möchte, dass meine Tochter trotzdem einen weiten Blick auf die Welt hat.«

Anne war verwirrt. Sie hatte sich Chess' Vater ganz anders vorgestellt. Der Mann, der ihr gegenübersaß, wirkte gebildet, unaufdringlich, höflich und einfühlsam. Sie hatte sofort das Gefühl, ihm vertrauen zu können.

»Ich bin froh, dass Alisa mit Chess befreundet sein darf. Sie ist in einer schwierigen Phase«, sagte sie deshalb ehrlich.

»Chess wird ihr helfen«, sagte Peter ruhig. »Vertrauen Sie ihr.«

»Sie möchten nicht wissen, was ihr Problem ist?«, fragte Anne überrascht.

»Nur wenn Alisa es selbst erzählen möchte.«

Dieser eine Satz reichte, um Anne vollends zu überzeugen, dass sie ihm ihre Tochter anvertrauen konnte. »Wollen wir zu ihnen? Ich möchte Alisas neues zweites Zuhause sehen.«

Chess' Zimmer war so klein, dass sie zu viert gar nicht hineinpassten. Das Bett und ein kleines Regal füllten alles aus. Der Kleiderschrank stand im Flur. Über eine Luke gelangte man auf das Dach. Die Dachterrasse war der einzige Luxus in diesen beengten Wohnverhältnissen, aber für Chess war es der Inbegriff an Geborgenheit. Eine kleine Matratze lag auf den Holzdielen, die Peter verlegt hatte. Daneben befand sich ein Atlas der Astronomie, in dem Chess abends las, wenn sie sich die Sterne ansah.

Alisa stellte sich vor Peter und streckte ihre Hand aus. Er sah sie einen langen Moment an, dann kniete er sich vor ihr hin und umarmte sie so fest, dass sie kurz aufstöhnte.

»Hör auf, sie zu zerquetschen. Außerdem sind wir zu viele hier oben.« Chess zog Alisa von ihrem Vater weg.

Peter lächelte. »Nur wenn ich einen Kuss von dir bekomme.«

Chess rannte zu ihm, küsste ihn auf die Wange und flüsterte etwas in sein Ohr.

Anne war froh, als sie sich wieder im Wohnzimmer auf das Sofa setzte. Sie war nicht schwindelfrei, und die freie Sicht auf die Straße hatte ihr zugesetzt.

»Meine Tochter schläft im Sommer immer oben«, erklärte er. »Unter den Sternen. Sie wartet auf die Perseiden und die Geminiden.«

»Was ist das?«

»Meteorstürme. Die Perseiden kommen im August und die Geminiden im Dezember.«

»Wünscht sie sich was, wenn sie sie sieht?«

»Das weiß ich nicht. Aber wenn, scheint es mit Alisa in Erfüllung gegangen zu sein.«

Anne brachte nach und nach Anziehsachen für Chess, dazu frische Bettwäsche und warme Decken, ja, sogar Lebensmittel. Ihr war im Grunde
alles egal. Sie hätte auch das ganze Haus renoviert und eingerichtet, wenn
es nötig gewesen wäre. Das Einzige, was für sie zählte, war die Beziehung
ihrer Tochter zu Chess. Zum ersten Mal seit zwei langen Jahren hatte sie
das Gefühl, Mutter eines normalen Kindes zu sein.

Sie hatte sich angewöhnt, die Lebensmittel kommentarlos in den
Kühlschrank zu räumen. Eines Tages kam Peter früher von der Arbeit
zurück, als sie gerade die leeren Tüten in den Abfall schmiss, und sie sah
seinen beklommenen Blick.

»Alisa lebt praktisch bei euch«, erklärte sie. »Sie kommt und geht, wie
sie will. Es ist total in Ordnung, wenn wir uns beteiligen.«

»Die Mädchen verändern sich«, sagte er.

»Wie meinst du das?«

»Alisa und Chess umsorgen sich gegenseitig, passen aufeinander auf.
Sie fangen an, sich ein eigenes Leben aufzubauen.«

Anne lachte. »Es sind Kinder, und sie genießen ihre Freiheiten. Ein
eigenes Leben ist noch so weit entfernt.«

Er sah sie nachdenklich an. »Du täuschst dich. Wir sind mittendrin.«

»Wenn es so ist«, sagte Anne, »machst du dir Sorgen um Chess?«

»Meine Tochter hat schon immer ihr Leben selbst bestimmt. Jetzt
sind sie zu zweit.«

Chess ging nach vorn und holte sich ihren korrigierten Erdkundetest
von der Lehrerin ab. Eine rote 7 war groß in das obere Eck geschrieben.
10 war die beste Note in Italien. Missmutig ließ sie sich auf ihren Stuhl
fallen.

»Du musst anfangen zu lernen, Chess«, sagte Alisa. Sie hatte eine 9
in der Arbeit. »Es reicht nicht, schlau zu sein, wenn man eine Liste der

amerikanischen Präsidenten auswendig können muss. Oder die Bundesstaaten der Ostküste. Da gibt es nichts zu verstehen.«

»Das weiß ich. Aber es macht mir keinen Spaß. Mein Kopf will was anderes.«

Alisa sah ihre Freundin streng an. »Dein Kopf ist nur faul, und du willst dir die Rosinen aus dem Kuchen picken. Ab heute wird richtig gelernt.«

»Rosinen ist ein gutes Stichwort.« Chess grinste. »Ich habe Hunger.«

Die Stunde war zu Ende. Sie setzten sich auf eine Bank auf dem Schulhof und teilten sich Alisas Sandwich.

»Ich will eine Schule, wo es nur Mathe gibt.«

»Dann will ich eine, in der nur Musik unterrichtet wird.«

»Beides unrealistisch.« Chess zog eine Grimasse.

»Wo schlafen wir heute? Das Hochwasser ist zu niedrig, und wir haben keine Ausrede.«

San Marco, wo Alisa wohnte, lag nur achtzig Zentimeter über dem Meeresspiegel und wurde im Winter regelmäßig überflutet, während Mestre durch seine Höhenlage absolut frei von Wasser war.

»Ich spreche mit Mom. Für meine 9 darf ich mir bestimmt was wünschen.«

»Und was ist das?« Der kleine Stein, den Chess mit ihren Schuhen hin und her bewegte, machte leise Geräusche. Alisa schob Chess' Haar, das vor ihrem Ohr hing, beiseite und flüsterte: »Bei dir zu sein.«

Chess wuchs an der Beziehung zu Alisa. Sie gab ihr Selbstvertrauen und, was das Wichtigste war, half ihr unmerklich, sich in dem neuen Lebensstil, der mit Alisa Einzug in ihr Leben hielt, zurechtzufinden: regelmäßige Friseurbesuche, Markenkleidung, ins Restaurant gehen, sich Dinge kaufen, die man mochte. All das hatte es vorher für Chess nicht gegeben.

Bei Alisa war es anders. Ihre Albträume hielten nicht nur an, sondern wurden noch schlimmer – unerkannt von Anne, weil Alisa keine Nacht mehr ohne Chess verbrachte. Entweder waren die Mädchen gemeinsam in Mestre oder in San Marco. Anfänglich nahm Chess, einem kindlichen Impuls folgend, Alisa in den Arm. Aber das steigerte nur deren Not. So beschränkte sie sich darauf, die Hand ihrer Freundin zu halten und mit einem Lappen ihr glühendes Gesicht zu kühlen. Chess hörte die Worte, die Alisa murmelte, aber die Bedeutung schien auf dem Weg zu ihrem Gehirn verloren zu gehen. Wie Tee in einem Filter wurde sie herausgesiebt.

Anne war zum Abendessen geblieben, und Peter wusch gerade das Geschirr ab, als Alisa ihre Mutter beiseitezog. »Mom, mit einigen Lebensmitteln, die du kaufst, kann Sofia nichts anfangen. Sie schmeißt ganz viel weg. Kannst du nicht morgen mit uns zusammen einkaufen gehen? Es gibt eine riesige Markthalle hier. Alle Restaurants kaufen da ein.«

Die Halle lag etwas außerhalb, direkt am Meer. Die Fischer hatten eigene Stege, so brauchten sie ihren frischen Fang nur wenige Meter zu tragen. Von der Landseite brachten die Bauern Obst, Gemüse, Früchte und Fleischwaren zu ihren Verkaufsständen. Es gab auch ein kleines Café, dessen Tische teilweise so nah am Strand standen, dass man bei Flut nasse Füße bekam. Hier war der Treffpunkt der Einheimischen, um Neuigkeiten und Gerüchte auszutauschen.

Die Abteilung mit den lebenden Meerestieren liebten die Mädchen. Fische jeder Art schwammen in riesigen Becken, Hummer, kleine Tintenfische, Muscheln.

Anne schlenderte mit Alisa und Chess durch die Halle und hatte endlich das Gefühl, Kontakt zu den normalen Menschen dieser Stadt zu haben. Toms Arbeit brachte jede Menge gesellschaftlicher Verpflichtungen mit sich, aber es gab keine Gelegenheit, jemanden kennenzulernen, mit dem man ungezwungen einen Kaffee trinken konnte. Hier hingegen waren alle unkompliziert. Ihr schlechtes Italienisch sorgte für Erheiterung, aber Anne fühlte, dass die Menschen sie mochten.

Chess und Alisa liefen von Stand zu Stand und schienen jeden zu kennen. Es war wie ein Ausflug in den Zoo. Sie fassten in die Becken mit den Meerestieren und versuchten, die Fische zu streicheln. Jedes Mal, wenn einer ihre Hand berührte, schrien die Mädchen auf. Anne erinnerte sich nicht, ihre Tochter je so ausgelassen gesehen zu haben. Etwas abseits war ein Aquarium aufgebaut. Außer einer Erhebung im Sand war darin nichts zu sehen. Stirnrunzelnd standen beide Mädchen davor.

Der Verkäufer lächelte ihnen zu.

»Was ist da drin?«, fragte Alisa.

»Steck deinen Arm hinein, dann wirst du es sehen.«

Er zwinkerte Anne kurz zu.

Alisa zog den Ärmel ihres Shirts so weit wie möglich nach oben und stellte sich auf einen Holzschemel, der vor dem Becken stand. Ihre Fingerspitzen berührten das Wasser. Sie zögerte.

»Werde ich gebissen?«, fragte sie den Mann.

»Hab keine Angst.«

Langsam glitt ihr Arm nach unten ins Wasser. Kaum dass ihre Finger den Grund berührten, schnellten Tentakel aus dem Sand hoch, und der Krake, etwa so groß wie ein Tennisball, wickelte sich blitzschnell um ihre Hand. Alisa riss den Arm nach oben und schrie. Chess hielt sie im letzten Moment fest. Sonst wäre sie von dem kleinen Holzstuhl gefallen.

Seine Tentakel zogen das Tier langsam immer weiter nach oben. Alisa wollte es mit der anderen Hand abstreifen, aber Chess hielt sie davon ab.

»Nicht. Du tust ihm weh.« Vorsichtig strich sie mit dem Finger über den Körper.

»Da bist du ja, Tinte«, flüsterte sie.

Alisas Gesicht lag in tausend Falten, aus Ekel kniff sie die Augen zu. »Das ist gruselig. Ich will ihn loswerden.«

Sie stellte sich wieder auf den Schemel und tauchte ihren Arm in das Wasser. Vorsichtig half ihr der Verkäufer und löste die Fangarme. Das

Tier sank zum Boden und verschwand unter dem Sand. Chess blieb wie erstarrt vor dem Becken stehen und blickte hinein.

»Was ist?«, fragte Alisa.

»Heute Abend stirbt Tinte. Wird ins kochende Wasser geschmissen.«

Alisa überlegte kurz und lief zu ihrer Mutter, die schon weitergegangen war. »Mom, du must den Kraken kaufen. Chess ist total unglücklich.« Alisa sah die stumme Frage in Annes Gesicht. »Wirklich, Mom. Es ist ihr total wichtig.«

»Was sollen wir mit ihm machen? Das ist ein Tier. Ihr habt beide schon Tintenfisch gegessen.«

»Es ist Tinte. Chess kennt ihn. Wir müssen ihn retten. Bitte!«, bettelte ihre Tochter.

»Alisa, das ist Unsinn. Er ist einer von Millionen Kraken, die im Meer leben.«

Alisas Körper spannte sich an. Ihr Blick bohrte sich in Annes Augen. »Ich bin auch nur eines von Millionen Mädchen, die in Italien leben. Hätte Chess beim Malwettbewerb in der Schule so gedacht wie du, würde ich jetzt bei den anderen Kraken liegen. Bitte!«

Der Verkäufer schubste das Tier in einen großen Plastikbeutel, der mit Meerwasser gefüllt war. Ein Italiener, groß und elegant gekleidet, hielt ihm einen Fünfzig-Euro-Schein hin. Chess sah entsetzt auf den Tintenfisch in der Plastiktüte. »Schachmatt. Er wird sterben«, flüsterte sie.

»Mom«, flehte Alisa, »tu etwas.«

Anne seufzte, dann ging sie zu dem Verkaufsstand und sprach den Kunden an. »Verzeihen Sie. Würden Sie mir das Tier verkaufen?«

Ein professionelles Lächeln erschien völlig mühelos auf seinem Gesicht. Er antwortete in perfektem Englisch. »Wir brauchen den Tintenfisch. Es geht leider nicht.«

Das leise Schluchzen von Chess breitete sich um sie alle herum aus.

»Wenn ich Sie bitte?«

Er zögerte. »Das Tier ist vorbestellt für heute Abend.«

Der kleine Tintenfisch schwamm in dem Beutel herum und versuchte, seine neue begrenzte Welt zu erkunden, ohne zu wissen, dass über sein Leben verhandelt wurde.

»Es gibt keinen zweiten, den ich kaufen könnte. Diese Art ist selten.«

»Ich würde Ihnen hundert Euro für das Tier geben.«

Alisa stellte sich neben ihre Mutter. »Es ist Tinte. Chess kennt ihn.«

Neugierig und freundlich sah der Mann sie an. »Das ist der Lauf der Dinge.«

»Nein«, sagte Alisa mit fester Stimme. »Ihnen fehlt nur der Mut, und Sie machen es sich einfach. Weder der Gast, der ihn bestellt hat, noch der Koch, der ihn zubereitet, sind für sein Schicksal verantwortlich. Sie allein beschließen seinen Tod.«

Anne ging in die Knie und sah ihrer Tochter ins Gesicht. »Es ist sehr unhöflich, was du sagst. Er kann nichts dafür. Hundert andere Menschen kaufen hier auch Tiere, die gegessen werden. Entschuldige dich.«

»Wieso könnt ihr es nicht sehen?«, Alisas Stimme überschlug sich, »der kleine Tintenfisch ist wichtig. Ist der Anfang von etwas. Wieso fühlt niemand, was ich fühle?«

Der Mann kniete sich vor Alisa hin und wischte ihre Tränen ab. »Was fühlst du?«

»Nur, dass er nicht sterben darf«, sagte Alisa leise. »Es tut mir leid.«

Er gab Alisa die Tüte mit dem Tintenfisch. »Bringt ihn zum Meer.«

Alisa sprang auf, umarmte den Mann und rannte gemeinsam mit Chess zum Strand.

»Darf ich Sie zum Kaffee einladen? Das ist glaube ich das Mindeste«, sagte Anne.

Sie setzten sich an einen Tisch und sahen den Mädchen zu, wie sie ihre Hosen auszogen und in das kalte Wasser wateten.

»Sie enttäuschen einen Gast. Wieso tun Sie das?«

»Ich hatte die Wahl, entweder meinen Gast zu enttäuschen oder Ihre Tochter. Ihre Tochter war mir wichtiger.«

Anne sah den Mann erstaunt an. »Wieso?«

»Kinder verstecken sich oft«, erklärte er. »Hinter ihren Eltern, ihren Ipads oder großen Hunden. Ich sehe es jeden Tag im Hotel. Ihre Tochter ist anders. Sie ist offen und gewährt jedem Zugang zu sich, aber das macht sie auch verletzlich. Sie zwingt einen, sich für eine Seite zu entscheiden, und ich wollte nicht auf der falschen stehen.«

So etwas würde Tom niemals sagen, dachte Anne, und ihr Gesicht leuchtete dem Mann entgegen.

»Es scheint, als ob Alisa einen Freund gefunden hat.«

Die Mädchen schrien und tanzten im Wasser. Die Tüte hielten sie leer in die Luft und winkten.

»Sehen Sie sich die Kinder an«, sagte der Mann. »Das ist es, was zählt. Wenn Sie mal in der Nähe sind, kommen Sie doch vorbei.« Er gab Anne seine Karte, die sie in ihrer Hosentasche verschwinden ließ.

Beide Mädchen spielten ausgelassen am Strand, aber Anne sah nicht zu ihnen. Alisas Satz hallte immer noch in ihren Gedanken nach.

»Wenn Chess so gedacht hätte, würde ich jetzt bei den anderen Kraken im Meer liegen.«

Anne hatte die Möglichkeit immer verdrängt, dass sich ihre eigene Tochter umbringen könnte. Sie spürte die Bedrohung, wie einen Raubvogel, der hoch am Himmel seine Bahnen zog und sein Opfer schon im Visier hatte.

Du musst mir sagen, was du mit meiner Tochter vorhast, Gott. Schick mir ein Zeichen oder eine Nachricht.

Chess und Alisa rannten mit der leeren Tüte zurück zu ihr. Sie zitterten vor Kälte.

»Habt ihr Tinte gut nach Hause gebracht?«

»Wo ist der Mann?«, fragte Alisa.

»Gegangen. Musste zur Arbeit.«

»Er war nett.«

»Ja. Sehr nett.«

Am nächsten Morgen stand der Markusplatz kniehoch unter Wasser. Es war eine surreale Erfahrung, sich Stiefel anziehen und durch das Erdgeschoss des Hauses ins Freie waten zu müssen.

Sie stand in einer Seitengasse und sah sich um. Es dauerte einige Momente, bis sie verstand, was sich verändert hatte. Die Touristen fehlten, und ein lautloses Aufatmen hatte sich in der Stadt ausgebreitet. Die Flut verschaffte den Bewohnern eine Pause.

Als Anne sich aus ihren Gedanken löste, stand sie vor der Basilika. Der Eingang war weit geöffnet, wie um das Meer willkommen zu heißen. Das Wasser füllte die gesamte Kirche aus.

Sie setzte sich in das Mittelschiff und beobachtete, wie das Mosaik mit der aufgehenden Sonne zum Leben erwachte. Siebenhundertachtzig Jahre kontinuierliche Arbeit waren nötig gewesen, um die Decke der Kirche zu vollenden. Siebenhundertachtzig Jahre ungebrochener Glaube. Eine Welt, die ihre Leistung in Drei-Monats-Zyklen bemaß, würde dazu niemals in der Lage sein.

Ein Mönch setzte sich still neben sie.

»Es tut mir leid, dass Ihre Kirche so in Mitleidenschaft gezogen wird«, sagte sie zu ihm.

Er schüttelte den Kopf. »Das Wasser gehört zu Venedig. Es reinigt die Stadt. Von Müll und Touristen.«

Der Mann hatte recht. Die Stadt zerbarst nicht unter der Flut des Wassers. Sie wurde zermalmt unter den Füßen der Menschen, die sich mit Handysticks durch die Gassen quetschten.

»Verzeihen Sie, ich wollte nicht unhöflich sein. Miss Taylor, richtig? Ich bin Pater Kopernikus.«

Anne sah ihn überrascht an. »Woher kennen Sie meinen Namen?«

»Sie sind bekannt in der Stadt. Ihr Mann baut den Damm.«

»Das stimmt. Was halten Sie von dem Projekt?«

Der Pater schien einen Moment nachzudenken. Dann sagte er: »Ich glaube, der wahre Grund ist nicht genannt. Die Basilika steht seit tausendzweihundert Jahren. Trotz Feuer, Wasser, Korruption und Verrat. Selbst die Weltkriege konnten ihr nichts anhaben. Der Glaube und die Hoffnung der Menschen, eingearbeitet in den Mosaiken, haben die Basilika beschützt. Dem Damm gebe ich keine fünfzig Jahre.«

»Sie denken in anderen Zeitmaßstäben.«

»Unter dieser Kuppel zählen nur Jahrhunderte und Jahrtausende. Und nur der Glaube macht eine Verbindung zwischen den Generationen möglich. «

»Gott spricht vielleicht zu Ihnen. Ich bin nicht einmal getauft.«

Der Pater lächelte sie an. »Und trotzdem sind Sie hier. Jesus war auch nicht getauft.«

»Mit der Religion halte ich es wie die meisten Menschen. In der Stunde der Not falte ich meine Hände zum Gebet, kaum ist sie vorbei, entziehe ich mich dem Glauben, weil es mir zu anstrengend ist.«

Er beugte sich zu dem nassen Boden herunter, benetzte seine Hand mit Meerwasser und zeichnete Anne ein Kreuz auf die Stirn. »Die Rolle, die Gott den Menschen auferlegt, ist oft nicht zu verstehen. Glauben bedeutet, im entscheidenden Moment sich ganz auf sein Gefühl zu verlassen. Niemals hat Gott erwartet, dass wir auf den Knien leben. Unser Verstand mag die Gegenwart für uns organisieren. Aber nur, wenn wir auf unsere innersten Gefühle hören, können wir die Zukunft erreichen.«

Anne sah den Pater an. Er war alt, aber sein Verstand verlieh ihm Jugend. »Wie viele Ihrer Glaubensbrüder denken so wie Sie?«

»Niemand.«

Er lächelte Anne zum Abschied zu.

Sie lief langsam zum Ausgang der Basilika. Aus einer Ecke hörte sie etwas, das immer wieder auf das Wasser schlug. Direkt hinter dem Eingang der Kirche zog ein kleiner Schwertfisch verzweifelt seine Bahnen in dem kniehohen Wasser. Die Haut glänzte silbrig wie Aluminium. Sobald Anne in seiner Reichweite war, stoppte er. Der Fisch schien auf etwas zu warten. Seine großen Augen leuchteten sie an.

Für dich bin ich Gott. Dein Leben und dein Sterben liegen in meiner Hand. So wie das von Alisa in Chess' Händen liegt.

Sie ergriff den Fisch, der sich zu ihrem Erstaunen kaum wehrte, und watete mit ihm über den Markusplatz Richtung Uferkante, die durch das Hochwasser nicht zu sehen war.

Wir machen einen Handel. Ich rette dein Leben und du das meiner Tochter.

Der Fisch begann unruhig mit der Flosse zu schlagen. Anne verstärkte ihren Griff um ihn. Ihre Hände rutschten immer wieder an seiner silbrigen Oberfläche ab. Die Kiemen waren unnatürlich weit ausgestellt, weil er keine Luft bekam. Sie beeilte sich und schätzte den Abstand zur Uferkante. Den Fisch tauchte sie immer wieder in das Meerwasser. Als sie eine Stufe unter ihrem Schuh bemerkte, ließ sie sich auf die Knie sinken. Das Wasser reichte ihr bis zur Brust. Sanft glitt der Fisch ins Meer und streifte, wie zum Abschied, mit seiner Schwanzflosse Annes Hand.

Falls dies das Zeichen für mich war, Gott, kann ich nichts damit anfangen. Beschütze meine Tochter. Das ist alles, worum ich dich bitte.

Als sie sich aufrichten wollte, streckte ihr jemand die Hand hin. Es war der Pater aus der Kirche. »Es ist gefährlich an der Uferkante. Wenn Sie abrutschen, können Sie leicht ertrinken. Warum haben Sie das gemacht? Den Fisch gerettet?«

»Ich wollte nicht, dass er stirbt«, sagte Anne nachdenklich. Sie war über sich selbst erstaunt.

»Sie haben ihn getragen wie ein Kind.«

»Ich bat um Schutz für meine Tochter. Dafür rettete ich sein Leben.«

Den Gesichtsausdruck des Paters konnte Anne nicht deuten. »Wie heißt Ihre Tochter?«

»Alisa.«

»Es wird mehr als diesen Fisch brauchen. Doch es ist ein Anfang.« Der Pater drehte sich um und ging, noch bevor Anne fragen konnte, was er damit meinte.

»Wo warst du so lange?«, fragte Alisa, ohne von ihren Heften hochzusehen, die über den gesamten Esstisch verteilt waren.

»In der Basilika. Es ist schön dort.« Anne spritzte mit der Hand einige Tropfen Meerwasser Richtung ihrer Tochter. Alisa starrte Anne an.

»Du bist klatschnass.«

Anne strich ihr eine Haarsträhne aus dem Gesicht.

Alisa rümpfte die Nase. »Und nach Fisch riechst du auch.«

»Ja. Ich habe einen neuen Freund. Er war in Schwierigkeiten.«

»Sag ihm, dass er sich die Hände waschen soll.«

»Geht nicht, er hat nur Flossen. Deshalb bin ich so nass. Ich musste ihn nach Hause bringen.«

»Wenn ich so hier ankommen würde, gäbe es richtig Ärger.«

»Nicht, wenn du jemanden das Leben gerettet hast. Du musst den Tisch frei machen. Es gibt gleich Essen.«

Alisa räumte mit einer Armbewegung alles in ihre Büchertasche. »Ich bin sowieso fertig.«

Tom kam aus dem Büro nach Hause und ließ sich in einen Sessel fallen. Er sah abgekämpft aus.

»Wie läuft es?«, fragte Anne.

»Nicht gut«, antwortete er matt, »andauernd werden Mitarbeiter ausgewechselt. Die Budgetverhandlungen zwischen Kirche, Staat und Bürgermeister laufen gerade erst an. Wenn es so weitergeht, dauert es zwei Jahre bis zum ersten Entwurf.«

»Das Wasser gehört zu Venedig, wie der Regen zum Regenwald.«

»Ich will es ja nicht trockenlegen. Nur die Menschen bekommen nicht gerne nasse Füße in ihrem Wohnzimmer. Was ist los?«

»Hast du mal mit den Menschen in der Stadt gesprochen?«

»Ich mache nichts anderes, seitdem ich hier bin.«

»Nein. Ich meine keine Politiker, kirchliche Würdenträger oder sonstige Menschen mit Einfluss und Geld. Ich meine normale Leute. Das Wasser gehört zu Venedig.«

Er setzte sich aufrecht in den Sessel und sah Anne an. »Was ist? Möchtet ihr schon wieder zurück?«

Alisa sah ihren Vater an. »Chess und ich bleiben zusammen. Ihr könnt ja gehen.«

Sie rannte aus dem Wohnzimmer und schlug die Tür hinter sich zu. Anne blickte wütend zu ihm. »Hör auf, so etwas zu sagen, Tom. Du verängstigst sie.«

»Ihre Beziehung zu Chess ist nicht normal. Sie verbringen jede freie Minute zusammen. Gab es eine Nacht, in der sie nicht beieinander geschlafen haben?«

»Tom, sei froh, dass sie so schnell eine Freundin gefunden hat, und Chess ist wirklich besonders. Peter ist auch sehr nett. Wenn du zum Elternabend mitgehst, lernst du ihn kennen.«

»Habe ich eine Wahl?«

Die Aula der Schule war bis auf den letzten Platz besetzt. Peter saß mit Chess etwas abseits. Alisa sah sehnsüchtig in ihre Richtung.

»Warum sitzen wir nicht zusammen?«

»Wir sind zu spät gekommen, Alisa«, sagte Anne.

»Es dauert bestimmt nicht lange.«

Tom sah Alisa an. »Du wirst es eine halbe Stunde ohne deine Freundin aushalten.«

»Chess. Sie heißt Chess«, war Alisas knappe Antwort.

Der Direktor betrat das Podium. In kurzen Sätzen erzählte er, dass Alisas Klasse künftig jeden Freitag den Tag im Kloster in Cannaregio verbringen würde, um bei den Arbeiten im Klostergarten zu helfen. Das Mittagessen würde im Park vom Kloster gestellt werden. Der Unterricht würde dafür von Montag bis Donnerstag um jeweils eine Stunde verlängert werden.

»Gibt es einen Grund für diese große Veränderung im Lehrplan?«, fragte eine Mutter.

»Mehrere«, erklärte McPherson. »Das Kloster bietet einen besseren Zugang zu Themen der Biologie. Außerdem haben dann Sie als Eltern die Möglichkeit, Ihr Kind bei wichtigen Anlässen oder wenn Sie in Ihre Heimatländer fliegen, freitags aus der Schule zu nehmen. Ohne, dass Lehrstoff nachgeholt werden muss. Wir starten im Frühling, weil wir noch die Lehrpläne anpassen müssen.«

»Er kauft die Eltern für dieses Vorhaben«, flüsterte Tom.

McPherson kündigte den Ordensvorsteher des Klosters an. Von der Seite liefen vier Mönche zum Podium. Der Älteste von ihnen begrüßte McPherson kurz und stellte sich vor das Mikrofon. Der Kontrast zwischen der Schlichtheit seines Äußeren und der Autorität, die er ausstrahlte, hätte größer nicht sein können.

»Das ist Pater Kopernikus«, raunte Tom seiner Frau zu. »Er ist einer der direkten Berater des Papstes. Jemand hat mir erzählt, dass er zu den drei mächtigsten Männern der katholischen Kirche zählt. Ich wurde ihm mal vorgestellt.«

Erst jetzt erkannte Anne in ihm den unscheinbaren alten Mann aus der Basilika. Sie erinnerte sich an seinen letzten Satz.

Es wird mehr brauchen als diesen Fisch. Aber es ist ein Anfang.

Still sah der Pater in die Menge der Eltern. Seine Augen wanderten von Reihe zu Reihe. Dann trafen sich Annes und sein Blick.

Er ist wegen Alisa hier.

»Wir sind dankbar, dass der Direktor unseren Vorschlag angenommen hat, den noch jungen Kindern hier einen Einblick in das Leben unseres Klosters zu geben«, begann er. »Wir wollen niemanden bekehren, und jede Religion ist willkommen. Unser Interesse«, Kopernikus machte eine Pause und sah Anne direkt an, »liegt tiefer. Vielleicht unverständlich für Menschen, die nur die dingliche Welt als real ansehen. Unser Glaube setzt dort an, wo für die meisten die Vorstellungskraft endet. Das, was wir suchen und gleichzeitig bieten, ist Austausch«, wieder sah er zu Anne, »und Sicherheit.«

Sicherheit. Das Wort hallte wie ein Glockenschlag in Annes Gedanken nach.

»Ihre Kinder sind gut aufgehoben, niemand muss sich Sorgen machen. Wir bieten außerdem zwei Kindern die Möglichkeit, den Sommer bei uns zu verbringen, um das Klosterleben kennenzulernen. Das ist schulbegleitend, und wir werden bei den Hausarbeiten helfen.«

Ein erstauntes Raunen ging durch die Zuhörerinnen und Zuhörer.

»Selbstverständlich können Ihre Kinder kommen und gehen, wie sie möchten«, fuhr Pater Kopernikus fort, »oder auch Besuch empfangen. Um gerecht zu sein, losen wir die beiden aus.«

Einer der Mönche stellte den Krug mit den Zetteln vor Pater Kopernikus ab.

»Ich kenne nur wenige von Ihnen, deshalb würde ich gerne Anne Taylor nach vorne bitten.«

Er macht mich zu seiner Komplizin, dachte Anne, als sie langsam nach vorne lief und sich an seine Seite stellte.

Kopernikus nickte einem anderen Mönch zu, der ihr den Krug hinhielt. Vorsichtig griff sie hinein und zog einen Zettel heraus. Sie faltete ihn auf und sah auf das Stück Papier.

Fast unmerklich bewegte Kopernikus seine Lippen und flüsterte Anne zu:

»Glaube bedeutet, im entscheidenden Moment das Richtige zu tun.«

Seine Augen waren unerbittlich auf Anne gerichtet. Sie griff noch mal in den Krug und öffnete das zweite Los.

Die Stille im Saal war unheimlich.

Anne räusperte sich. »Chess Scarpa und Alisa Taylor, meine Tochter«, sagte sie laut.

»Die Wahl wurde getroffen.« Der Satz durchschnitt mit seiner Schärfe den Raum und erstickte jede Nachfrage.

Ohne jedes weitere Wort verließ Kopernikus mit seinem Gefolge die Aula. Alle erhoben sich, und der Elternabend löste sich auf.

»Freut ihr euch?«, fragte Peter.

»Das wird bestimmt super spannend«, sagte Alisa.

»Oder super langweilig«, sagte Chess.

»Wir können ja schon mal am Wochenende überlegen, was ihr alles braucht«, sagte Anne.

»Ich bleibe bei Chess, Mom. Wir können ja telefonieren.« Alisa rannte mit Chess hinaus.

Am Wochenende fuhren die Mädchen zu Francisco, einem alten Freund von Peter. Die Werkstatt des Gitarrenbauers war auf dem Festland. Ein schlichter Betonbau in einem Waldgebiet.

Alisa fiel sofort der Geruch des Holzes auf, das fein gestapelt in einem Raum lag. Es roch nach Zeder, Fichte, Ahorn, Rosenhölzern aus dem Amazonas und Zypresse. Auf vier großen Tischen im Innenraum lagen die Gitarren. Manche waren fast fertig, andere sahen aus wie Schiffsgeripppe in einer Werft. Während die Mädchen sich in der Werkstatt umsahen, erklang ein Ton. Alisa sah von der halb fertigen Gitarre, die auf einer der Werkbänke lag, zu dem bärtigen Mann. Sie schätzte ihn etwas älter als ihren Vater. Sein Blick war völlig frei von Sorgen und Nöten.

»Ein G«, sagte Alisa lächelnd, »aber noch etwas zu hoch.« Der Gitarrenbauer nickte anerkennend. »Du bist gut.« Geschickt drehte er an den Mechaniken. Schlug jede Saite kurz und hart an. Dann spielte er einige Akkorde.

Alisa ging zu ihm. »Das Moll ist zu traurig und das Dur zu fröhlich.«

»Das ist nicht zu ändern«, erklärte Francisco.

»Die Stimmung wird von der Saitenlänge und von den Bundabständen vorgegeben.«

Sie streckte die Hand aus. Er reichte ihr die Gitarre, und Alisa zog an zwei der sechs Saiten. Spielte und zog noch einmal. »Jetzt ist es besser«, sagte sie zufrieden. »Aber ganz richtig wird es nicht werden.«

»Woher weißt du, was ganz richtig ist?«, fragte er.

»Das weiß man doch. Am Morgen geht die Sonne auf, am Abend unter. Das muss man nicht lernen.«

»Spielst du Gitarre?«

»Ein bisschen. Ich habe es in der Schule gelernt. Aber es macht keinen Spaß mit diesen Instrumenten.«

»Versuche diese aus.«

Alisa brauchte einen Moment, um sich an das Instrument zu gewöhnen. Sie spielte eine einfache Melodie.

Zu ihrem eigenen Erstaunen hatte sie nichts verlernt. Die Töne lösten sich mühelos von den Saiten. Sie schloss die Augen und folgte ihrem Gefühl. Eine Wolke aus Harmonien füllte den Raum.

Francisco lächelte sie an. Aus einem Regal holte er ein vergilbtes Buch. »Meinst du, damit geht es besser?« Er deutete auf eine Abbildung. Die Bünde auf dem Griffbrett waren in sechs kleine Stücke zerteilt, die für jede Saite einzeln zu bewegen waren.

»Ja. So eine brauche ich. Können Sie die bauen? Bitte!«

Der Gitarrenbauer schmunzelte. »Es dauert drei Mal so lange, so eine Gitarre zu bauen. Es ist teuer. Sehr teuer.«

Chess kam mit ihrem Vater dazu. »Wann könntest du fertig sein?«, fragte sie.

»Das dauert mindestens vier Jahre. Vielleicht sogar länger. Ich habe viele Vorbestellungen.«

»Wie teuer wäre Sie?«

»Zehntausend Euro. Und das ist schon ein Sonderpreis.«

Chess nahm ein Papier und schrieb einige Zeilen darauf. »Das ist unsere Abmachung.«

Ihr Vater lachte. »Du bist verrückt. Wer soll das bezahlen?«

Sie sah beide Männer ernst an. »Es ist ein Geschenk von mir an Alisa. Du bekommst das Geld von mir. Bestimmt.«

Francisco lächelte. »Unter zwei Bedingungen. Erstens übt Alisa ab heute jeden Tag eine Stunde. Besser zwei. Zweitens: Ihr kommt einmal pro Monat hierher und bringt mir etwas von dem köstlichen Essen deiner Großmutter mit.«

Alisa legte die Stirn in Falten.

»Worauf soll ich denn üben?«

Der hochgewachsene Mann verschwand in einem Nebenraum. Nach einiger Zeit kam er mit einer Gitarre zurück.

»Diese kannst du spielen, bis deine fertig ist.«

Die Gitarre war kleiner als die anderen in der Werkstatt und perfekt für Alisas Größe. Der Korpus war hell mit bunten Einlagen. Die Saiten lagen flacher auf dem Griffbrett, wodurch der Charakter der Töne rauer war. Ursprünglicher. Sie mochte das Instrument sofort.

»Wofür ist das?« Alisa deutete auf zwei schwarze Plastikflächen, die rechts und links der Saiten verliefen.

»Zum Schutz der Decke«, erklärte Francisco. »Du kannst mit deinen Fingern darauf schlagen und den Rhythmus vorgeben.«

»Wie bei einer Trommel?«

Der Gitarrenbauer lachte. »Ja, aber bitte nicht so feste.« Er schloss das Instrument in einen Koffer.

Die beiden Mädchen rannten zum Auto. Chess' Vater sah seinen Freund an. »Francisco, das kannst du nicht machen. Es sind Kinder.«

»Vertraue mir«, sagte Francisco. »Wenn es jemals Sinn ergeben hat, Gitarren zu bauen, dann für dieses Kind. Ich besorge ihr den richtigen Lehrer.«

Schon einige Tage später kam ein älterer Mann, korpulent von Statur, wie angekündigt nach Mestre. Er trug einen dunklen Anzug mit passender Weste, die seinen Bauch zu halten schien. Seine Schuhe hatten goldene Schnallen an den Seiten und glänzten im Sonnenlicht.

Zu Alisas Erstaunen sagte er während der Stunde fast kein Wort. Nur manchmal korrigierte er ihre Fingerhaltung und zeigte ihr, wie man am effektivsten die Saiten anschlug. Außerdem half er ihr beim Notenlesen. Ihre Kenntnisse waren eingerostet, und zu Anfang musste sie fast jede Note nachfragen. Ob sie sich verspielte, interessierte ihn nicht. Nur wenn sie ihre Körperhaltung veränderte, sah er sie streng an.

Die Mädchen hatten ihr Abendbrot mit auf die Dachterrasse genommen.

»Du übst fast pausenlos. Gestern hat sogar einer deiner Finger geblutet«, sagte Chess. Alisa legte ihre Gitarre auf die Seite, setzte sich neben Chess und aß etwas von dem Brot und dem Käse.

»Ich habe es schließlich versprochen. Außerdem lerne ich es sonst nicht.«

»Was sagt dein Lehrer? Ist er zufrieden?«

»Er sagt immer, ich soll meine Augen schließen. Die Musik ist in meinem Kopf, nicht auf dem Griffbrett. Die Noten sind nicht so wichtig. Aber der Rhythmus. Ich glaube, er ist zufrieden.«

Chess runzelte die Stirn. »Das verstehe ich nicht. Die Noten sind die Melodie.«

»Ich habe ja nicht gesagt, dass alle unwichtig sind. Ich zeig es dir.«

Alisa nahm ihre Gitarre und spielte ein kurzes Stück.

»Wo habe ich mich verspielt?«, fragte sie Chess.

»Keine Ahnung. Es klang alles gut.«

»Genau. Du hast es gar nicht gemerkt. Jetzt noch mal.«

Sie spielte das gleiche Stück und ließ eine Pause aus.

Chess sah sie an. »Jetzt war es deutlich zu hören. Irgendwie kam alles durcheinander.«

»Ich habe eine halbe Pause weggelassen«, erklärte Alisa. »Das sagt uns zwei Sachen. Rhythmusfehler hört jeder sofort. Und die Musik wird erst in den Pausen zum Leben erweckt. Vergeigt man die, fällt alles auseinander.«

»Es ist nicht weniger kompliziert als meine Mathematik«, stellte Chess erstaunt fest.

»Gutes Stichwort. Du sitzt den ganzen Tag an deinem neuen Matherätsel, das du vom Direktor bekommen hast. Manchmal denke ich, du bist gar nicht mehr hier. Wie fühlt es sich an?«

»Wie Treibsand. Ich versinke.«

»In Treibsand kann man sterben. Man kommt nicht mehr heraus.«

»Für mich gilt das nicht. Du musst wieder spielen oder singen.«

»Warum?«

»Du bist mein Leuchtturm. Dann verirre ich mich nicht.«

»Ich habe Angst um dich.«

»Später vielleicht.«

Chess sah Alisa direkt in die Augen.

»Jetzt noch nicht.«

Am nächsten Morgen blätterte Chess noch einmal durch das Heft, in dem sie die Extraaufgabe des Direktors bearbeitet hatte.

»Bist du fertig?«, fragte Alisa.

»Ja. Aber es ist nicht so gut, wie ich wollte.«

Alisa sah auf die Seiten. Das Heft war von Anfang bis Ende mit winzigen Symbolen und Rechenwegen beschrieben. Das Ergebnis war eine schlichte 1.

»Verstehen kann ich es nicht, aber was stört dich?«, fragte sie.

»Ich habe viel zu lange gebraucht«, sagte Chess. »Das geht bestimmt kürzer. Aber ich habe einfach keine Lust mehr. Das Ergebnis ist richtig.«

Chess brachte das Heft zum Direktor. Dieser sah nur kurz hinein und nahm es an sich.

»Sagen Sie nichts dazu?«, fragte Chess überrascht.

»Andere werden das beurteilen«, war die knappe Antwort.

»Bekomme ich keine Note dafür?«

Der Direktor sah sie prüfend an. »Nein. Aber es ist wichtig, dass du die Rätsel versuchst zu lösen.«

»Für wen wichtig?«

Er ging in die Knie, damit er Chess direkt in die Augen sehen konnte. »Für dich. Deine Zukunft liegt in diesen Heften.«

»Kommen noch mehr?«

»Noch fünf Stück. Ich gebe sie dir im Laufe der Zeit.«

Die Monate folgten einem festen Rhythmus. Solange das Wetter schlecht war und das Wasser hoch stand, blieb Alisa von Montag bis Freitag bei Chess. Das Wochenende verbrachten die beiden Mädchen in San Marco.

Die Temperaturen fielen stetig, aber Chess trug noch immer die Sommersachen von Alisa.

»Du hast eiskalte Arme«, sagte Anne.

Chess sah sie nicht an und stellte die Füße aufeinander.

»Mir ist nicht kalt.«

Alisas warme Hand zog Anne so weit zu sich herunter, bis ihre Lippen Annes Ohr berührten. »Ihre Pullover haben Löcher«, flüsterte sie leise.

Kurzerhand setzte Anne für Samstag einen Shoppingtag an. Sie streiften zu dritt durch die engen Gassen. Vor einem Friseursalon mit dem Bild einer jungen Punkerin im Schaufenster blieb Chess stehen. Ihre Haare waren bunt gefärbt und standen in alle Richtungen ab.

»Das sieht richtig cool aus. Nicht so wie meine.«

»Du willst farbige Haare?«, fragte Anne.

»Vielleicht nicht so. Aber auf jeden Fall nicht so langweilig wie jetzt.«

Anne überlegte kurz. »Wollen wir fragen?«

»Mom!« Alisa sah ihre Mutter mit weit aufgerissenen Augen an. »Chess soll ernsthaft bunte Haare bekommen?!«

Anne nahm Chess an die Hand. »Normalerweise bin ich doch hier die Spießige.«

Der Salon war groß und modern eingerichtet. Eine junge Frau kam zu ihnen. An der Seite trug sie ein Halfter mit einigen Scheren darin. »Hallo, wer von euch soll denn einen Haarschnitt bekommen?«

Chess riss ihren Arm hoch. »Ich. Aber mit Farbe. So wie das Mädchen auf dem Bild.«

Die junge Frau lachte. »Das ist viel zu schrill, nach drei Tagen würdest du selbst die Schere in die Hand nehmen und sie abschneiden. Aber ich weiß, was du meinst. Vertraue mir.«

Alisa nahm Chess' Hand wie bei einem schmerzhaften medizinischen Eingriff und sah ungläubig auf die blonden Haarsträhnen, die auf den Boden fielen.

»Karibisches Blaugrün – das ist wirklich selten«, murmelte die Friseurin, die einen Farbfächer neben Chess' Augen hielt.

Nach mehreren Versuchen war sie mit der Farbe zufrieden und trug den Schaum gleichmäßig auf Haarenden und einigen Strähnen dazwischen auf.

Nachdem sie Chess' Haare trocken geföhnt hatte, sah die junge Frau zu Alisa. »Streck beide Hände aus.«

Aus einem Becher schmierte sie Gel auf Alisas Handflächen. »Fühlt sich ekelig an. Was ist das?«

»Glanzgel. Du musst es in die Haare deiner Freundin einreiben. Dann wird die Farbe aussehen wie lackiert. Jetzt bist du meine Komplizin.«

Akribisch verteilte Alisa das Gel auf den bunten Strähnen, und nach einigen Minuten sahen alle stumm zu Chess.

»Was ist? Ich finde es gut«, sagte sie und zuckte die Achseln.

»Gut reicht, glaube ich, nicht«, flüsterte Alisa.

Zufrieden lächelte die Friseurin Anne an. »Ich nehme sie mit zum Bezahlen.«

Anne folgte ihr, während Alisa und Chess nach draußen liefen.

Die junge Frau gab Anne ihre Kreditkarte zurück. »Das Mädchen ist so schön, dass einem das Herz stehen bleibt.«

»Schönheit liegt im Auge des Betrachters«, sagte Anne.

»Nicht die von ihr.«

Stundenlang stöberten sie in den Geschäften. Chess ließ sich ausführlich beraten, und ihr Geschmack entwickelte sich von Laden zu Laden weiter. Anne blieb im Hintergrund und beobachtete die Ernsthaftigkeit, mit der Chess jede Entscheidung abwog und mit Alisa besprach. Sie kaufte nichts, was ihren Typ komplett veränderte.

Am Nachmittag waren sie alle drei müde, und jeder trug zwei große Tüten. »Wie wäre es mit Tee und Kuchen?«, schlug Anne vor.

»Wohin wollen wir?«, fragte Alisa.

Anne lächelte. »Ich weiß schon wohin.«

Der Portier des Gritti öffnete ihnen die große Tür. Das Café befand sich im Erdgeschoss mit Blick auf den Canal Grande. Sie suchten sich einen Platz neben dem Kamin, in dem das Feuer laut knisterte. Die Mädchen zogen kurzerhand ihre Schuhe aus und wärmten die Füße an den warmen Marmorplatten. Tüte für Tüte besprachen sie noch mal ihre Einkäufe. Tee, Kandis und Gebäck wurde wie selbstverständlich auf dem Perserteppich serviert, den Alisa und Chess in Beschlag genommen hatten. Dazu kam noch ein großer Hund, der die Aufmerksamkeit von vier Kinderhänden sichtlich genoss.

Schließlich standen Alisa und Chess auf und gingen auf Entdeckungstour. An dem großen Klavier blieben sie stehen. Alisa drückte auf eine Taste, und der Ton schwang durch das Café.

Chess sah sie an. »Klingt wie ein ganzes Orchester.«

»Na ja, es ist ja auch hundert Mal größer als meine Gitarre. Aber verstimmt.«

Ein asiatisch aussehender Mann, der direkt neben dem Klavier an einem Tisch saß, blickte sie erstaunt an. »Kannst du das D noch mal anschlagen?«

Alisas Finger drückte die Taste mit Schwung nach unten. »Der Ton stimmt nicht«, sagte sie.

»Kannst du spielen?«, fragte der Mann. »Es gibt nur wenige Menschen, die das hören können.«

»Nein. Ich spiele Gitarre. Können Sie spielen?«

Die anderen Männer an dem Tisch lachten.

»Ja ganz gut«, sagte er.

»Alisa kann toll singen«, mischte sich Chess ein.

Der Mann stand auf. »Dann machen wir es so. Du singst, und ich begleite dich. Einverstanden?«

Alisa stellte sich neben das Klavier. »Funny Valentine?«, fragte sie den Mann.

»Das ist schwer zu singen.«

Alisa grinste. »Nicht für mich.«

Er spielte die ersten Töne und Alisa begann. Augenblicklich verstummte das Stimmengewirr in dem Café. Alisa schien einen eingebauten Kompass für die richtigen Töne zu besitzen, und der Mann begann die Tonhöhen leicht zu variieren, was dazu führte, dass Alisas Stimme sich wie Nebel am frühen Morgen über das ganze Café legte.

Am Ende herrschte Stille. Sie verbeugten sich gemeinsam, und unter dem Applaus der Menschen brachte er Alisa zu Anne, an ihren Tisch, zurück.

»Li Xing Pi«, stellte der Mann sich vor. »Sie haben eine begabte Tochter.«

»Sie waren nicht minder gut«, sagte Anne.

»Nun, ich spiele seit meinem vierten Lebensjahr sechs Stunden am Tag. Mein Spiel ist ein Ergebnis meiner Leidensfähigkeit. Die Musikalität Ihrer Tochter hingegen beruht auf einem Geschenk der Natur. Verderben Sie es nicht durch Ehrgeiz oder Unterricht.«

Er gab Anne seine Karte. »Wenn Sie jemals Hilfe brauchen für Ihre Tochter.«

In dem Moment erkannte Anne, wer er war. Die Plakate hingen in ganz Venedig. Der Pianist war weltberühmt für seine Bach-Interpretationen.

Es war Zeit, wieder in das normale Leben zurückzukehren. Anne machte der Bedienung ein Zeichen. Da stand auf einmal der Mann, der Alisa den Tintenfisch geschenkt hatte, vor ihr.

»Der Tintenfisch hat uns beiden ein Geschenk gemacht«, sagte sie und gab ihm die Hand.

Er nickte. »Ein Kostbares. Alisa hat wundervoll gesungen.«

»Es war ihr erstes Konzert«, sagte Anne voller Stolz.

Der Mann strahlte Anne an. »Sie hat uns allen einen Moment der Besinnung ermöglicht.«

»Der leider vorbei ist«, seufzte Anne. »Ich muss bezahlen, dann gehen wir.«

Der Ober hielt ihr einen Zettel entgegen, den der Mann ihm wie selbstverständlich aus der Hand nahm. »Sie sind Gäste des Hotels.«

»Einfach so?«, fragte Anne freundlich.

»Mom, jetzt zier dich nicht. Es ist meine Gage. Chess und ich gehen schon nach draußen.«

Der Mann sah ihnen hinterher. »Alisa hat recht.«

Die Mädchen schliefen lang und kamen im Pyjama zum Frühstück. Sie sahen angestrengt und übernächtigt aus, waren aber bester Laune.

»Dein neuer Haarschnitt steht dir wirklich gut«, sagte Tom.

»Danke, aber darum geht es nicht«, war die Antwort von Chess.

»Worum dann?«, fragte Anne.

»Die Kleider und der Haarschnitt sind nur Mittel zum Zweck.«

»Zu welchem Zweck?«, fragte Anne.

Chess legte das Messer aus der Hand. »Fällt dir das nicht auf?«, fragte sie zurück.

»Nein. Sag es uns.«

»Jetzt werde ich gesehen. Wie wäre es wohl gestern im Hotel gewesen, hätte ich noch so ausgesehen wie am Tag des Malwettbewerbs? Ich möchte nicht mehr unsichtbar sein.«

Keiner sagte etwas.

Dann nahm Alisa Chess' Hand. »Du wirst nie mehr unsichtbar sein, weil ich dich immer sehen werde.«

Beide wickelten sich ein Hörnchen in die Serviette ein und verschwanden wieder in Alisas Zimmer.

Anne begann, die Art der Beziehung der Mädchen zu verstehen. So wie Chess die sichtbare Welt brauchte, um sich zu entwickeln, so brauchte ihre Tochter die Möglichkeit, aus dieser Welt zu entfliehen. Die Kinder waren wie Leuchtfeuer in dunkler Nacht füreinander. Nur was Alisa aus dieser Welt trieb, das verstand sie nicht.

»Da haben sich zwei Freaks gefunden«, war Toms Kommentar.

»Sie sind mehr als das. Wir können es nur nicht erkennen.«

»Wie auch?« Tom sah Anne ernst an. »Wir haben gar keinen Zugang zu ihnen. Fällt dir das nicht auf? Die Mädchen sind gerade mal zehn Jahre alt, aber sie haben die absolute Kontrolle über ihre Welt. Woher hat Alisa die Gitarre?«

»Ein Freund von Chess' Vater hat sie ihr geschenkt. Sie ist alt und gebraucht. Warum?«

»Der Koffer ist aus Carbon. Was die Gitarre wohl wert ist?«

»Worauf willst du hinaus, Tom?«

»Die Mädchen haben einen Einfluss auf ihre Umgebung, der nicht normal ist. Es passieren Dinge, die sich sonst nicht ereignen. Sie werden den Sommer im Kloster verbringen. Wie hoch war die Wahrscheinlichkeit, dass beide gezogen werden?«

Anne sagte nichts. Die Kinder bildeten eine undurchdringliche Einheit. Alle ließen sie im Moment noch gewähren. Tatsächlich aber hielten die Mädchen Hof und veränderten ihre Umwelt nach ihren Wünschen.

»Es geschehen Dinge, die gut sind«, sagte sie mit fester Stimme. »Gut für Alisa. Und nur das zählt.«

Am späten Nachmittag brachte sie die Mädchen nach Mestre. Peter kam, als sie gerade einige Lebensmittel in den Kühlschrank räumte. »Was denkst du über das Schulprojekt?«, fragte er.

Anne richtete sich auf und drehte sich zu ihm um. »Es ist gut. Die Kinder können das einfache Leben kennenlernen und verlassen mal ihre luxuriöse Welt.«

Peter runzelte die Stirn. »Die Welt meiner Tochter war niemals luxuriös.«

»Verzeih mir«, sagte Anne schnell. »Es gilt weder für Chess noch für Alisa. Aber sieh dir die anderen Kinder an. Die kennen nur das Wort *mehr*. Nicht *weniger*.«

Peter nahm ihr die leeren Tüten ab. »Ist schon ein unglaublicher Zufall, dass gerade die beiden ausgelost wurden.«

Anne wich seinem Blick aus und antwortete nicht.

Chess saß auf der Matratze in ihrem Zimmer und blätterte in dem großen Astronomieatlas.

»Du liebst Sterne, aber denkst nur an Mathe. Wie passt das zusammen?«, fragte Alisa und setzte sich neben sie.

»Mathematik ist das Ticket für die Erforschung des Universums.«

»Die Konstruktion neuer Raketen?«

»Raketen sind nutzlos, weil alles viel zu weit entfernt ist.«

»Was dann?«

»Es gibt andere Wege. Eine Gerade ist nur in unserer Welt die kürzeste Verbindung zwischen zwei Punkten.«

Alisa malte einen schwarzen Punkt auf ihren Zeigefinger, dann wiederholte sie es auf Chess' Finger. »Halt deine Hand hoch. Was ist jetzt die kürzeste Verbindung? Du musst es mir zeigen, sonst kann ich es nicht verstehen.«

Chess kam mit ihrem Finger immer näher, bis sich die schwarzen Punkte berührten. »Die kürzeste Verbindung ist eine Überlagerung.«

»Eine Überlagerung?«

»Durch eine Veränderung in der Raumzeit kann man die Strecke so weit krümmen, bis sich beide Punkte deckungsgleich in verschiedenen Dimensionen überlagern. Als ob man zwei Dias übereinander projiziert.«

»Wie bei uns«, sagte Alisa leise und setzte sich wieder. »Bist du ein Genie?«, fragte sie Chess.

»Nein. Ein Genie ragt aus der Menge. Ich bin alleine. Da wo ich bin, ist niemand außer Tinte. Wovon träumst du in der Nacht?«

»Ich träume von Musik. Sehe Noten, ganz viele. Oft traurig, aber manchmal auch fröhlich. Was mir manchmal Angst macht, bist du, Chess.«

»Ich? Was mache ich falsch, Alisa?«

»Nichts. So meinte ich es nicht. Aber ich spüre, dass du die Antwort auf eine Frage bist, die ich nicht sehen kann.« Chess legte den Arm um sie.

»Die Zeit wird kommen. Dann siehst du die Frage.«

»Ich habe Angst davor.«

Sie drückte Alisa fest an sich.

»Es ist, glaube ich, der Grund, warum ich Albträume habe«, sagte Alisa.

»Du sprichst dabei, aber ich kann es nicht verstehen. Fühlst du, wenn ich dann bei dir bin?«

»Ja. Denn sonst könnte ich niemals mehr aufhören zu schreien.«

In der Nacht träumte Alisa einen neuen Traum. Sie stand auf der Terrasse eines hohen Gebäudes und sah auf eine junge Frau. Die Sterne glühten im schwarzen Firmament. Niemals hatte Alisa so einen Nachthimmel gesehen. Um das Gebäude herum erstreckte sich ein Meer aus dunklen Wellen. Eingefroren in der Bewegung.

Der Bauch der jungen Frau war dick, und sie stöhnte vor Schmerzen. Eine andere Frau saß hinter ihr und hielt sie fest. Die Hände der Frau, die sich vor Schmerzen wand, griffen zwischen ihre Beine, um den Kopf des Kindes aufzufangen, das sie gebar. Die junge Frau hinter ihr redete ihr zu und weinte gleichzeitig. Mit den Händen stemmte sie sich auf den Bauch der Frau vor ihr, die den Kopf nach hinten riss und schrie. Niemals hatte Alisa einen Menschen lauter schreien hören.

Unter freiem Himmel brachte sie ihr Kind zur Welt. Ein Meteorsturm ließ die anderen Sterne für einen Moment verblassen. Die Frau legte sich das Kind auf ihren Bauch und sank in die Arme der Frau hinter ihr. Die Nabelschnur des Kindes lag zwischen ihren Beinen.

Alisa ging zu ihr und sah in die smaragdgrünen Augen der Mutter. Ihr Körper war mit feinem Sand bedeckt. Schweiß lief über ihr Gesicht, der sich mit dem Regen vermischte.

Sie lächelte Alisa an und berührte sie mit ihren blutigen Händen. »Hab keine Angst. Es wird alles gut. Du musst vertrauen.«

»Ist er mein Bruder?«, fragte Alisa.

Die Frau schüttelte den Kopf. Reden war anstrengend für sie. Der Schmerz schnitt noch immer durch ihren Körper. Leise sagte sie: »Er ist dein Sohn.«

»Mein Sohn?«, wiederholte Alisa mit tausend Falten zwischen ihren Augen.

»Du musst auf den Meteorsturm achten. Vergiss es nicht, auch wenn du jetzt noch zu jung bist, um es zu verstehen. Im Dezember.«

Die Sterne verschwanden.

»Wie hast du geschlafen?«, fragte Chess und strich Alisa das schweißnasse Haar von der Stirn.

»Ich habe geträumt«, sagte Alisa müde und hob ihre Hand zu Chess' Gesicht.

Kurz bevor sie ihre Wange berührte, hielt Chess ihren Arm fest. »Blut«, flüsterte Chess erschrocken und sah fragend zu Alisa. Ihr ganzer Handrücken war rot davon. Chess berührte mit der Fingerkuppe den Tropfen, der an Alisas Handgelenk herunterlief. »Es ist noch ganz frisch.«

Alisa lächelte Chess an. »Es ist meines.«

»Wie?«, fragte Chess. »Du hast keine Verletzung.«

»Es ist auch keine Verletzung, sondern was Wundervolles.«

»Egal, was es ist, ich hole ein Handtuch. Du blutest unser ganzes Bett voll.«

»Chess, kennst du Meteorstürme?«

»Ja. Wieso?«

»Im Dezember?«

»Die Geminiden. Es ist der hellste Sturm des ganzen Jahres. Warum fragst du?«

Ein glückliches, in sich gewandtes Lächeln war Alisas Antwort.

III

Endlich war Frühling, und Alisa konnte es kaum erwarten, dass das Schulprojekt startete. Alles, was sie mit dem Winter verband, war ausgefallen. Weder konnte sie Ski fahren, noch gab es Schneeballschlachten in der Schule.

Einmal hatte sie Chess Fotos aus Amerika gezeigt, wo der Schnee so hoch lag, dass man ihr Gesicht nicht mehr sah. Nur ihre Mütze schaute aus der Schneewehe vor ihrem Haus.

Alisa hielt ihr Gesicht in die warme Frühlingssonne. »Kannst du uns trotzdem ein Schulbrot machen, Mom?«

»Ihr esst im Kloster. Es ist euer erster Tag dort, und sie werden sich bestimmt Mühe geben.«

Chess trank ihren Organsaft aus. »Es wird bestimmt richtig spannend. Die lassen sonst niemanden da rein. Hoffentlich ist das Essen gut.«

»Ich war schon mal in dem Klostergarten«, sagte Anne.

»Der Garten ist öffentlich, aber in das Gebäude kommt niemand ohne Ausweis.«

Wortlos nahm Alisa zwei Brotscheiben, legte den Schinken auf die eine Hälfte, bestrich die andere Hälfte mit Senf und steckte die fertigen Brotdosen in ihren Rucksack. »Wenn es Chess nicht schmeckt, jammert sie mich sonst die ganze Zeit voll.«

Das Kloster in Cannaregio lag direkt auf der Meerseite. Die turmhohen Mauern zum Wasser waren fast schwarz. Algen, das Salz und zahlreiche Meeresbewohner hatte eine Zwischenzone geschaffen, in denen sich die jahrhundertealten Steine transformierten und zum Lebensraum für Organismen wurden, die sowohl im Sonnenlicht als auch im Wasser existieren konnten.

Die Möwen, die sonst auf der Suche nach Muscheln an den Steinen herabsegelten, saßen auf den Simsen und sahen neugierig auf die Kinder, die sich in ungewohnter Lautstärke auf der großen zentralen Rasenfläche sammelten.

Die Biologielehrerin Frau Bain teilte alle in Gruppen auf. Alisas Miene verfinsterte sich zusehends.

»Was ist?«, fragte Chess.

»Gartenarbeit. Wo bist du?«

»Insekten suchen.«

»Wieso muss ich Holz sägen, und du läufst einfach nur rum?«

Chess legte den Arm um sie. »Es wird bestimmt super anstrengend. Wir teilen uns das Brot.«

Die Biologielehrerin führte sie durch die Gartenanlagen mit ihren endlosen Beeten. In einigen wuchsen nur Zierpflanzen, in anderen wurden Gewürz- und Heilkräuter gezüchtet. Weit hinten kamen die Gemüsefelder, die das Kloster versorgten. Chess krabbelte von Beet zu Beet, und bald war ihr Glas randvoll mit Heuschrecken, Käfern und einer Hummel, die sich den sterilen Ort teilten.

Sie öffnete kurz den Deckel und steckte einige Blätter hinein. »So. Jetzt hat jeder eine kleine Wohnung.«

Alisa ließ sich erschöpft neben Chess auf das Gras fallen. »Ich habe bestimmt tausend Äste klein gesägt. Du?«

Chess hielt ihr Glas hoch. »Wenn wir zu allem etwas schreiben sollen, was wir allein heute Nachmittag gesehen haben, brauchen wir hundert Jahre. Hast du Hunger? Wir haben noch das Brot.«

Alisa schüttelte den Kopf und hob ihre linke Hand. Blut lief unaufhörlich aus einer Verletzung an ihrem Finger.

Chess setzte sich ruckartig auf. »Wir müssen zu Frau Bain.«

»Ich will nicht. Sie schickt jeden gleich ins Krankenhaus. Außerdem wird es besser.«

»Dann holen wir ein Pflaster. Wir gehen ins Kloster hinein. Jemand wird uns helfen. Ich sage Frau Bain, dass wir auf die Toilette müssen. Außerdem ist eh gleich Mittagessen.«

Sie liefen im Kloster einen langen, breiten Gang entlang. Draußen war ein sonniger Frühlingstag, aber je weiter sie in das Gebäude gelangten, desto düsterer wurde die Stimmung. Die großen farbigen Fenstermosaike zerteilten die Wände in große Farbflächen, die vom Boden bis zur Decke liefen. Riesige Bilder zeigten Seeschlachten und christliche Motive.

Alisa wurde immer langsamer und blieb vor einem stehen. »Wer kann so etwas malen? Es ist wunderschön.« Ihre Nase berührte fast das kleine goldene Schild, damit sie den Namen des Künstlers lesen konnte. »El Greco. Nie gehört.«

»Wir können es uns auf dem Rückweg ansehen«, sagte Chess ungeduldig. »Du blutest den ganzen Gang voll. Da vorn steht jemand.« Sie deutete auf einen Mönch, der sich mit einer jungen Nonne unterhielt.

Energisch packte Chess Alisas Arm und zog sie hinter sicher her, bis sie neben der Nonne standen. »Entschuldigen Sie.«

Die Frau fuhr herum. Sie war jung, und ihre Augen waren ganz dunkel. Das Gewand lag eng an ihrem Körper an.

»Meine Freundin hat sich verletzt. Können Sie uns helfen?«, fragte Chess schüchtern.

Der alte Mönch nickte der jungen Frau zu. Alisa fand, dass er aussah, als wäre er mindestens hundert Jahre alt. Die Intensität der Blicke, die die beiden austauschten, erschreckte sie.

Die Nonne kniete sich vor Alisa und sah auf ihren Finger. »Hast du Angst?«

»Nein. Es tut nur weh.«

»Ich bin Krankenschwester, und wir haben einen Verbandsraum. Es wird alles gut. Halte nur die Hand nach oben. Dann blutet es nicht so.«

Sie liefen gemeinsam in einen kleinen Gang hinein, und die Frau öffnete die erste Tür. Alles war gekachelt, an der Seite gab es Medikamentenschränke und einige elektrische Geräte. In der Mitte stand eine Liege.

»Leg dich darauf.«

Chess hielt die andere Hand von Alisa, während die Nonne mit einer Lampe auf die Wunde leuchtete und mit Tupfern das Blut wegwischte. Als sie vorsichtig etwas an der Wunde zog, schrie Alisa auf.

»Das tut richtig weh.«

»Entschuldige«, sagte die Nonne. »Eine kleine Naht wäre gut. Sonst behältst du eine Narbe zurück, und dein Finger kann sich vielleicht nicht mehr so gut bewegen.«

»Bekomme ich eine Spritze?«, fragte Alisa ängstlich.

»Darauf sind wir nicht eingerichtet. Wenn du mir vertraust, spreche ich so lange mit dir, bis du nichts mehr spürst. Dann geht es ganz schnell.«

»Wie ist dein Name?«, fragte Chess die Nonne.

»Luna«, antwortete sie. »Wie der Mond. Aber es soll ihn nicht jeder wissen. Ihr müsst ihn für euch behalten.«

Chess nickte. »Dann sind wir jetzt Freundinnen, und wir vertrauen dir.«

Mit sanfter Stimme erzählte Luna vom Meer und den Fischern, während sie ihre flache Hand auf Alisas Brustkorb legte. Unter Lunas Worten wurde ihr Körper immer schwerer. Alisa versank in einer tiefen Stille, und ihre Lider fielen zu.

Etwas zog an ihr, und sie hatte nicht mehr den Willen zu widerstehen. Sie hatte Dunkelheit erwartet, die Farbe des Schlafes, aber es wurde immer heller.

Ein großer silbriger See breitete sich vor ihr aus. Am Ufer saß ein Mädchen, das sich nach ihr umdrehte und winkte. Alisa lief zu ihr.

Es blutete ebenfalls. An der gleichen Stelle. Das Mädchen nahm Alisas

Hand, drückte die Verletzungen genau aufeinander und wartete einen Moment. Dann kniete es sich an das Ufer, sang eine kurze Melodie und benetzte ihre Wunden mit einem Tropfen des silbrigen Wassers. Die Ränder der Schnitte beider Mädchen schlossen sich, und der See löste sich unter dem gleißenden Licht der OP-Lampe auf.

»Ist es schon vorbei? Ich habe nichts gemerkt.« Alisa sah auf ihre Hand. Die Haut glänzte durch die Desinfektionslösung und war makellos. Der Faden lag unbenutzt in der sterilen Schüssel.

»Hast du was geträumt?«, fragte Luna.

»Von einem riesigen See. Aber verstehen tue ich es nicht.«

»Hat jemand gesehen, wie du dich verletzt hast?«

»Nein. Ich bin gleich zu Chess gegangen.«

Die Nonne atmete auf.

»Ich weiß nicht, wie du das gemacht hast, aber jetzt bist du meine fast beste Freundin«, sagte Alisa.

»Es wird nicht lange dauern, bis du verstehst, dass ich gar nichts gemacht habe.« Luna sah Alisa ernst an. »Es muss unser Geheimnis bleiben. Unbedingt. Geht jetzt zum Essen, sonst fällt es auf, dass ihr nicht da seid.«

Die Mädchen rannten den Gang zurück. Vor dem Bild blieb Alisa noch mal stehen.

Chess sah sie von der Seite an und berührte kurz Alisas Hand. »Danke, dass du ›fast beste Freundin‹ gesagt hast.«

Eine lange Tafel erwartete die Schulklasse im Garten, mit zahlreichen Schüsseln und Platten für Vorspeise, Hauptgang und Nachtisch. Alle nahmen sich und setzten sich zum Essen ins Gras.

Nach einer halben Stunde war der Tisch leer, und Chess hielt sich den Bauch. »Ich habe zu viel gegessen.«

Alisa lächelte. »Habe ich dir gleich gesagt. Wollen wir noch hierbleiben?«

»Wir legen uns im Garten irgendwo hin.«

Der Mönch saß an seinem Schreibtisch und sah den Kindern auf der großen Wiese zu. Die handgemachten Gläser der Fenster warfen ein gelbliches Licht auf sein altes Gesicht.

Die junge Nonne stürmte hinein, ohne anzuklopfen.

Missbilligend sah er sie an.

»Sie hat sich im Garten verletzt«, sagte die junge Frau.

Er schloss die Augen. »Schlimm?«

»Es hätte genäht werden müssen.«

»Hätte?«

»Die Wunde hat sich von selbst geschlossen. Vor meinen Augen.«

»Wenn sie es jemandem erzählt, ist alles vorbei.«

»Ich habe mit ihr gesprochen. Sie hat es verstanden.«

»Dann gibt es immerhin einen Menschen auf der Welt, der es versteht. Ein Anfang.«

Die Kinder freuten sich über diese neue Art des Unterrichts, und das üppige Mittagessen zerstreute die letzten Zweifel, ob das Klosterprojekt ein Erfolg werden würde. Anne hatte insgeheim gehofft, dass Alisa nicht dort würde wohnen wollen, aber das Gegenteil war der Fall. Ihre Tochter konnte es kaum erwarten.

»Habt ihr alles, was ihr braucht? Auch die Pullover?«

»Mom, es ist Mai«, sagte Alisa. »Heute sind es vierundzwanzig Grad. Außerdem ziehen wir nicht in ein anderes Land. Wenn was fehlt, können wir immer kommen und es holen.«

»Nicht nur, wenn etwas fehlt. Oder glaubt ihr, dass wir uns erst zu den Sommerferien wiedersehen?«

»Wir können uns doch jeden Samstag im Gritti um vier zum Kuchen treffen«, schlug Chess vor.

Peter legte den Arm um seine Tochter. »Du hattest völlig recht mit deiner Einschätzung, Anne. Wir haben ein Luxusproblem.«

Die Mädchen verschwanden mit den Mönchen, die ihre Sachen trugen.

»Machen wir auch keinen Fehler?«, fragte Anne Peter.

»Die Mädchen entwickeln sich zu dem, was sie sind, und sie lernen, auf eigenen Beinen zu stehen.«

»Dein Vertrauen in Chess ist grenzenlos, oder?«

»Es gibt nichts, was ihr nicht gelingen kann, wenn sie es wirklich möchte. Und wenn sie etwas wirklich möchte, kann sie niemand davon abhalten.«

»So weit geht mein Vertrauen in Alisa nicht.«

»Am Tag der Auslosung konntest du es aber.«

Anne sah ihn überrascht an. »Wie meinst du das?«

»Was stand wirklich auf den Zetteln?«

Sie zögerte.

Peter legte seine Hand auf ihre Schulter. »Was stand auf den Zetteln, Anne?«

Ruckartig drehte sie sich zu ihm, und er sah die Tränen, die langsam über ihre Wange nach unten wanderten und auf den Boden tropften.

»Nichts. Sie waren alle leer. Ohne Namen.«

Luna erwartete sie an einem Seiteneingang des Klosters.

Die Mädchen rannten auf sie zu und umarmten sie.

»Wir haben niemandem etwas erzählt«, flüsterte Alisa.

Luna nickte. »Es ist wichtig, dass ihr meinen Rat annehmt.«

Sie nahm beide an die Hand.

Kurz bevor sie hineingingen, blieb Alisa abrupt stehen und sah nach oben. Ein kleiner Teufel war in den Bogen aus Sandstein gehauen. Er schien den Kindern eine Grimasse zu schneiden. »Wieso ist der hier?« Alisas Hand zeigte nach oben.

»Wo Licht ist, ist auch Schatten«, erklärte Luna. »Gut und Böse sind oft eins. Er soll uns daran erinnern.«

»Wer bestimmt, was gut oder böse ist?«

Luna lächelte. »Darüber muss ich nachdenken. Kommt jetzt.«

Der Gang war schmucklos und düster. Er diente zur Versorgung des Klosters und wurde fast ausschließlich von Gärtnern und Lieferanten genutzt. Die maurischen Kacheln, mit denen der Boden belegt war, hatten handbemalte geometrische Muster. Die Wände waren grob verputzt, und an den Übergängen zur Decke verliefen Bandornamente, die in den Sandstein geschlagen waren.

Alisa war enttäuscht. »Hier ist es nicht so schön. Wo sind die Bilder?«

»Die Galerie ist am anderen Ende«, sagte Luna.

»Es gibt eine richtige Galerie?«

»Das Kloster ist viel größer, als ihr glaubt.«

»Gibt es eine Karte für das Kloster?«, fragte Chess.

»Nur die, die in euren Köpfen entsteht.«

Luna brachte die Mädchen in eine kleine Zweizimmerwohnung. Im Schlafzimmer, direkt gegenüber dem Doppelbett, war ein Balkon, von dem aus man auf das Meer sehen konnte. Im Wohnzimmer standen zwei bequeme Sofas, ein Schreibtisch und ein Bücherregal. Der Geruch des frischen Leinöls, mit dem der Boden gewienert worden war, durchströmte beide Räume.

»Wieso steht nur dies eine Buch in dem Regal?«, fragte Chess.

»Latein«, antwortete Luna. »Ihr müsst beide zehn Vokabeln am Tag lernen. Es ist das Einzige, was wir von euch verlangen. Das Regal füllt ihr mit den Büchern, die euch interessieren. Danach beurteilen wir, wie eure Fortschritte sind.«

»Fortschritte? Bekommen wir etwa Hausaufgaben hier? Wir haben schon genug in der Schule zu tun«, sagte Chess.

Die Nonne kniete sich vor beide Mädchen. »Hier soll der Raum sein, in dem ihr euch selbst die Aufgaben gebt.«

»Und wenn wir uns keine geben?«, fragte Alisa.

Luna schwieg einen Moment. Dann sagte sie: »Vielleicht kennt ihr schon alle Antworten.«

Sie zog zwei Lederbänder heraus, mit jeweils einem kleinen geometrischen Gebilde, und hängte die Ketten den Mädchen um den Hals. »Verliert sie nicht. Sie sind wichtig.«

Chess' Finger fuhr über das Gold des Anhängers. »Ein Möbiusband.« Fragend sah sie Luna an.

»Daran erkennen wir uns.« Die Nonne ging auf die Zimmertür zu.

Alisa lief hinter ihr her. »Gibt es das Essen wieder im Garten?«

»Nein. Ihr seid jetzt Teil der Gemeinschaft, und es gibt keine Sonderbehandlung mehr.«

»Und wo sollen wir hin zum Essen?«

»Das müsst ihr alles selbst herausfinden«, sagte Luna. »Es ist Teil eurer Aufgabe.«

»Du meinst, wir bekommen gar nichts erklärt?«

»Wunder können nicht erklärt werden. Eine Hilfe gebe ich euch. Die Bibliothek des Klosters. Sie ist zu wichtig, um sie dem Zufall zu überlassen.«

»Ist sie groß?«, fragte Chess.

Luna streckte die Hand aus. »Das könnt ihr gleich selbst beurteilen.«

Sie lief so schnell durch die Gänge, dass Alisa und Chess Mühe hatten, mit ihr Schritt zu halten. Kleine verwinkelte Abzweigungen, Türen und Treppen flogen an ihnen vorbei. Alisa versuchte, sich alles einzuprägen. Die Muster der Böden wechselten von Gebäudeteil zu Gebäudeteil.

Die Menschen, die sie trafen, veränderten sich ebenfalls. Männer und Frauen aus allen Ländern der Erde liefen geschäftig an ihnen vorbei.

Schließlich blieb Luna vor einer großen Tür stehen. »Schließt die Augen. Wenn ich es euch sage, öffnet ihr sie wieder.«

Zu dritt betraten sie die große Halle. Nach einigen Schritten blieb Luna mit den Mädchen stehen. »Jetzt könnt ihr schauen.«

Sie standen inmitten eines riesigen Saales. Die Holzdecke war so hoch, dass die Konstruktion nur undeutlich zu erkennen war. Alisa betrachtete den Boden. Ein Gemälde aus Marmor, Glas und Blattgold erstreckte sich unter ihren Füßen.

»Der ist viel zu schade, um darauf zu laufen«, sagte sie.

»Eigentlich hast du recht, aber es geht nicht anders.«

Alisa zog ihre Schuhe aus. »Jetzt ist es nicht mehr so schlimm.«

»Das ist der Kapitelsaal des Klosters«, erklärte Luna. »Früher trafen sich hier tausend Menschen und mehr.«

Zwischen jedem Säulenpaar lagen kleine Arbeitsbuchten. Die Menschen liefen hin und her oder schienen seit Stunden, vielleicht Tagen vor ihren Computern erstarrt zu sein. Das Flüstern wurde von etwas Elektrischem übertönt.

»Was ist das für ein Geräusch?«, fragte Chess.

Alisa starrte an ihr vorbei. Sie packte Chess sanft an den Schultern und drehte sie zur anderen Seite.

Die Regalwand nahm die gesamte Breite der Halle ein. An jedem der Regalböden blinkten elektronische Codierungen. Ebenso an den vertikalen Seitenteilen.

Die größten Bücher waren in den unteren Etagen. Je höher es nach oben ging, desto kleiner wurden die alten Bände. Jedes Buch stand in einer passenden, durchsichtigen Kunststoffbox. Das Geräusch, das sie gehört hatten, stammte von dem Schienensystem, das sich bis unter die Kuppel der Renaissancehalle erstreckte.

Chess beobachtete, wie die computergesteuerten Greifer die Schienen entlangfuhren, Buch um Buch aus ihren Plätzen zogen und in das Verteilungssystem gaben.

»Es sieht aus, als ob sich eine riesige Spinne über die Bücherwand bewegt«, sagte Alisa.

Die Nonne drehte sich zu ihr um und lächelte sie an. »Früher mussten wir per Hand die Bücher holen. Es war wie Bergsteigen. Die Leitern waren so hoch, dass sie von zwei starken Männern gesichert werden mussten.«

»Wie hoch ist die Wand?«, fragte Chess.

»Fast vierzig Meter. Sie zieht sich durch alle Stockwerke des Klosters.«

Chess sah den Saal hinunter. »Das Ende ist nicht zu erkennen.«

»Hundert Meter. Die Bibliothek gehört zu den bedeutendsten der Welt.«

Ein Greifer schoss wie eine Rakete nach oben.

»Der Mount Everest der Bücher. Nur nicht so gefährlich«, sagte Chess.

Luna kniete sich vor die Mädchen hin und flüsterte: »Es ist nicht weniger gefährlich. Vergesst das nie, auch wenn ihr es jetzt nicht versteht.«

»Du passt auf uns auf«, sagte Chess. »Dann kann nichts schiefgehen. Außerdem sind es da oben bestimmt keine fünfzig Grad minus. Zeigst du mir, wie alles funktioniert?«

Die Nonne nahm Chess und Alisa mit zu einem zentral gelegenen Arbeitsplatz. Sechs große Computerschirme bildeten die Bücherwand virtuell ab.

»Setz dich. Was willst du suchen? Ein bestimmtes Buch, ein Thema oder ein Ereignis?«

Chess überlegte kurz.»Der Satz des Pythagoras?«

»Gib es einfach in die Suchmaske ein.«

Der Suchprozess wurde bildlich dargestellt. Es sah aus wie ein Feuerwerk. Nach etwa zwanzig Sekunden war die virtuelle Wand mit kleinen roten Rechtecken übersät.

Chess sah fragend zu der Nonne.

»Jedes rote Rechteck steht für ein Buch, das etwas mit deiner Suchanfrage zu tun hat«, erklärte Luna. »Wenn du mit der Maus darüberfährst, wird dir der genaue Titel angezeigt, und du bekommst eine Kurzzusammenfassung.«

Der Mauszeiger sprang von Rechteck zu Rechteck.

Chess klebte fast mit ihrer Nase an dem Bildschirm. »Das kann man gar nicht lesen.«

»Es ist in Latein. Deshalb müsst ihr die Vokabeln und Grammatik lernen, sonst bleibt euch all das Wissen verschlossen.«

»Und womit fangen wir jetzt an?«, fragte Alisa etwas mutlos.

Luna lächelte die Mädchen an. »Selbst das größte Abenteuer beginnt mit einem kleinen ersten Schritt. Ihr habt ihn gerade gemacht.«

Kopernikus vermisste die Schwalben. Das Rufen der Jungtiere und der schnelle Flug der Eltern, die unablässig Insekten aus der Luft fingen. Es würde noch einige Wochen dauern, bis die Nester zum Leben erwachten.

Seine Wohnung war ein einziger großer Raum, der durch Bücherregale und Tische unterteilt wurde. Die Wände waren unverkleidet, und die zahlreichen frischen Blumen verströmten einen süßlichen Geruch. Er saß in einem Ledersessel, und nur ein schlichtes Holzkreuz an einer Bernsteinkette, das in seiner Kutte aus grober Schafswolle versank, wies auf seinen Rang innerhalb des Klosters hin.

Die junge Nonne lag ausgestreckt auf dem Sofa ihm gegenüber. Die Tür hatte er wie üblich abgeschlossen, wenn sie bei ihm war.

»Die Mädchen sind eingezogen.«

»Wie sind sie?«

»Warum sprichst du nicht selber mit ihnen?«

»Es ist noch zu früh.«

»Du bist der Ordensvorsteher. Seit fast zwanzig Jahren kennst du die Weissagung, und es ist immer noch zu früh?«

Kopernikus sah sie an. »Es ist tausend Jahre zu früh.«

»Warum ich?«

»Ich habe dich seit Beginn deines Lebens dafür ausgebildet.«

»Sind dir die Mädchen wichtiger als ich?«

»Es tut mir leid, dass ich dich in so ein schweres Leben geführt habe. Ich liebe dich und habe es dir immer gesagt.«

»Das hat nichts daran geändert, dass ich meine Kindheit in Dunkelheit verbracht habe.«

»Nein. So war es nicht. Ich wollte dich um mich haben. Es war die einzige Möglichkeit.«

»Ich bin nur eine Figur auf deinem Schachbrett. Genauso wie die Mädchen. Sag mir wenigstens, welche Position ich habe. Vater.«

»Du bist ihre Lebensversicherung.«

»Sie haben Eltern.« Luna erwartete keine Antwort. »Wohin soll ich sie bringen? Wir bräuchten Pässe, Geld, eine Wohnung.«

»In dem Boot ist alles vorbereitet.«

»Ich dachte immer, es geht um den Glauben.«

»Gott hat sich entschieden, unsere Gebete zu erhören. Es geht ums Überleben. Nicht weniger.«

»Wieso bist du Teil des Systems? Kardinal Kopernikus.«

Er spannte sich an. Ein sichtbares Zeichen seines Unmutes. »Du hast die Mädchen gesehen. Glaubst du, wir haben falsch entschieden?«

»Nein.«

»Ich habe von der Prophezeiung zwei Wochen vor deiner Geburt erfahren. Das hat alles geändert.«

»Meine Mutter hat dir das nie verziehen. Du hast sie im Stich gelassen.«

»Ja. Aber es gab keinen anderen Weg. Wir sind die einzigen Verbündeten, die die Mädchen haben. Im Moment.«

Die Nonne goss sich und Kopernikus ein Glas Wasser ein. »Was wirst du Gott sagen, wenn er dich nach mir fragt?«

»Das, was er schon weiß. Dass ich dich liebe und es keine Sekunde in deinen zwanzig Jahren bereut habe.«

»Die richtige Antwort, um das Gespräch zu beenden. Trink was. Man muss viel trinken im Alter. Das verscheucht die Gespenster.«

»Ich hasse es, wenn du mich auf mein Alter ansprichst. Und du weißt das.«

Luna lächelte. »Ich liebe es, zu sehen, wie eitel du bist. Rom ruft. Deine Spionin muss wieder an die Arbeit.«

»Kommst du voran?«

»Mein Netzwerk entsteht. Nur ohne die richtige Person ist es nutzlos.«

»Wir vertrauen auf Gott.«

»Es hört sich komisch an, aus deinem Mund. Wenn es zur Wahl kommt, zählt jede Stimme. Auch deine. Dann musst du das Purpur anlegen, das du so sehr hasst.«

»In diesem Moment wird sich alles entscheiden. Zweitausend Jahre und noch immer dreht sich alles um Verrat.«

Alisa nahm Chess an die Hand und stürmte mit ihr aus der Bibliothek.

»Was rennst du so?«, fragte Chess.

»Ich will die Bilder sehen.«

Sie mussten dreimal nach dem Weg fragen, dann gingen beide die Stufen in die Galerie hinunter.

»Ein bisschen gruselig ist das schon. Hier ist ja gar keiner«, sagte Chess.

»Doch.« Sie deutete auf eine Grabplatte, die im Boden eingelassen war.

Chess drückte sich eng an Alisa, die sich hinkniete und mit der Hand über den Stein strich. »Man kann die Inschrift nicht lesen. Niemand weiß, wer er ist und keiner besucht ihn.«

»Er ist tot, Alisa. Seit vielen hundert Jahren.«

»Ab heute bekommt er Besuch. Von mir.«

In der Mitte des Raumes blieben sie stehen. Das Licht war wie ein Nebel, das sich völlig gleichmäßig ausbreitete.

Alisa deutete auf ein Gemälde, das fast die gesamte Wand ausfüllte. »Das muss vom gleichen Maler sein, wie das, was wir im großen Durchgang gesehen haben, als ich mich in den Finger geschnitten hatte.«

»Es ist riesig«, sagte Chess.

»El Greco. Ich habe recht.« Sie hatte sich nach vorne gebeugt, um das Schild neben dem Bild lesen zu können. »Es ist ein Wunder. Diese Farben. Wollen wir uns kurz setzen? Dann können wir es genau ansehen.«

Beide knieten sich hin und sahen nach oben.

»Das Martyrium des heiligen Maurice«, las Chess leise vor.

»Es gibt so viel darauf zu sehen. Die Engel, die vielen Menschen und der Himmel.«

»Dir gefällt es sehr, oder?«

Alisa drehte sich zu Chess. Sie hatte Tränen in den Augen.

»Nicht reden, sonst höre ich die Menschen und die Engel nicht.«

Chess sah Alisa verwirrt an. Kleine Fältchen bildeten sich zwischen ihren blonden Augenbrauen. »Es ist ein Bild.«

»Nein es ist ein Tor zu einer Welt, die untergegangen ist, die Stimmen sind aber immer noch da.«

Gemeinsam blieben sie fast eine Stunde ruhig davor sitzen.

»Alisa, ich kann nicht mehr«, sagte Chess irgendwann. »Mir tut alles weh.«

Sie standen auf. Alisa umarmte Chess kurz. »Danke für deine Geduld.« Sie drehte sich zum Ausgang.

»Willst du nicht die anderen Bilder sehen?«, fragte Chess.

»Vielleicht in einer Woche, wenn mir dieses Bild alles erzählt hat. Sonst ist es gemein.«

Alisa lief zwischen hohen Marmorsäulen mit kunstvoll polierten Kapitellen hin und her, sprang über die hellen Marmorfelder des Bodens. Chess ging neben ihr her.

»So läufst du fünfmal so viel. Die kürzeste Verbindung zwischen zwei Punkten ist eine Gerade.«

»Das stimmt. Aber so macht es viel mehr Spaß, und ich schone den schönen hellen Marmor.«

»Wir werden noch den ganzen Tag unterwegs sein. Wenn wir überhaupt jemals in unsere Wohnung zurückfinden.«

»Chess, ich habe echt Hunger. Das Kloster ist riesig, und wir werden Wochen brauchen, um alles zu sehen. Als Nächstes gehen wir essen. Außerdem müssen wir heute auch noch Vokabeln lernen.«

»Riech mal«, sagte Chess. »Die Küche kann nicht weit sein.«

Kaum hatte sie das gesagt, schob sich ein großer Mann in Küchenuniform mit einem Reh auf dem Rücken an ihnen vorbei.

»Entschuldigung, gehen Sie zur Küche?«, fragte Alisa.

»Nein. Ich gehe mit meiner Tanzpartnerin auf einen Ball. Lauft einfach hinter mir her.«

Alisa beobachtete den Kopf des Rehes, der merkwürdig von einer in die andere Richtung baumelte.

»Als ob es schläft«, sagte sie zu Chess.

»Es ist ganz bestimmt tot.«

Sie gingen durch eine doppelflüglige Tür. Es gab vier lange Reihen. In jeder standen etliche Gasherde. Langsam liefen die Mädchen durch den ersten Gang.

»Das ist die größte Küche, die ich in meinem Leben gesehen habe«, sagte Chess und sah ungläubig in den Raum, dessen Luft von den Aromen der Gewürze und den Bratendünsten erfüllt war. Unzählige Helfer liefen schnell an den Mädchen vorbei, murmelten eine Entschuldigung, wenn sie sie anstießen, und verschwanden im Gedränge. Ein Koch legte faustgroße Steaks in die Pfanne. Dazu einen Rosmarinzweig und Knoblauch. In einer riesigen Pfanne wurden Kartoffeln angebraten. Daneben lagen zwei große braune Knollen. Sie verströmten einen leicht modrigen Geruch.

»Was ist das?«, fragte Chess.

»Trüffel. Probiert«, sagte der Koch am Herd. Er füllte eine kleine Schale mit Kartoffeln, verteilte etwas Butter darauf und hobelte den Pilz in hauchdünnen Scheiben darüber.

Alisa nahm eine in den Mund und kaute. »Schmeckt nicht. Total muffig.« Sie gab Chess die Schüssel, die ebenfalls probierte.

Ihre Augen leuchteten. »Darf ich die Schale mitnehmen?«

Der Koch deutete auf einen kleinen Tisch in der Ecke.

»Dort könnt ihr euch hinsetzen. Was magst du?«

»Ich weiß nicht. Ich schaue noch.«

In der nächsten Reihe zerteilte jemand einen Fisch.

»Das ist das hässlichste Tier, das ich je gesehen habe«, sagte Alisa und starrte angewidert auf die toten Augen.

»Dafür schmeckt er«, sagte der junge Koch, der mit einem langen Messer quer durch den Fisch schnitt, zwei Filets aus dem Tier löste und in eine Pfanne mit goldgelber Butter legte.

Aus einem winzigen Holzgefäß streute er einige rote Fäden in die Pfanne, worauf der Fisch eine gelb-orange Farbe annahm.

»Was war das?«, fragte Alisa.

Der Koch reichte ihr den Teller. »Safran. Es kommt aus dem Orient und ist teurer als Gold.«

Im Stehen probierte Alisa. »Der Fisch ist wirklich köstlich.« Sie setzte sich zu Chess. »Wann lernen wir die Vokabeln?«

Chess verdrehte die Augen. »Hat dir schon mal jemand gesagt, dass du eine Streberin bist, Alisa?«

»In Wirklichkeit bist du faul und versteckst es hinter deinem schlauen Kopf. Mich kannst du aber nicht täuschen. Also wann?«

»Wir lernen immer abends im Bett. Okay?«

»Mach dir keine Hoffnung, dass ich dich einschlafen lasse, bevor wir damit durch sind. Wollen wir uns einen Nachtisch holen?«

Im dritten Gang wurde gerade eine hellgelbe Masse in kleine Schüsseln verteilt. Die Köchin streute eine dicke Schicht Zucker darauf und sah beide Mädchen an.

»Jetzt kommt das Beste«, kündigte sie an und griff zu einem kleinen Gerät, das an der Seite am Herd stand.

Aus dem Brenner in ihrer Hand schoss eine fingerdicke Flamme heraus. Mit etwas Abstand führte sie diese über die einzelnen Schälchen. Der Zucker wurde flüssig und verfärbte sich bräunlich.

Zwei von den Schüsseln schob sie den Mädchen hin. »Passt auf. Es ist sehr heiß.«

Die Oberfläche brach wie gefrorenes Wasser im Winter. Die Creme schmeckte nach Vanille, was durch den Zucker noch verstärkt wurde. Chess lehnte sich zufrieden zurück. »Ich hab noch nie so gut gegessen.«

»Wir gehen jetzt in unsere Wohnung und holen uns was zu schreiben«, sagte Alisa.

»Wozu?«

»Wir müssen eine Liste machen. Die Zusammenfassung des Biologieprojektes, unsere Ergebnisse dazu, die Hausaufgaben, dein Matherätsel, ich muss Gitarre üben und jetzt auch noch Latein lernen. Wir brauchen einen richtigen Tagesplan, sonst ist es nicht zu schaffen.«

»Als Erstes brauchen wir Bücher«, sagte Chess. »Es gibt bestimmt noch eine andere Bibliothek. Pflanzen und Krabbeltiere, Schulbücher, Allgemeinwissen. Wir gehen zuerst dorthin, dann können wir die Bücher gleich mitnehmen.«

Gemeinsam erkundeten sie das Kloster. In manchen Gängen konnten sie die Decke berühren, wenn sie sich auf Zehenspitzen stellten, in anderen Abschnitten des Gebäudes war sie meterhoch entfernt. Zweimal mussten sie umdrehen, weil der Weg vor einer Mauer endete. Alisa sah zu Boden und lief die Muster entlang, die sich durch den Marmor schlängelten.

»Du wirst noch mit dem Kopf irgendwo gegenlaufen«, warnte sie Chess.

»Dafür habe ich dich. Ich will mir die wundervollen Muster ansehen.«

»Deine Füße werden ganz schmutzig.«

»Heute abend wasche ich sie mir«, Alisa hob die Nase in die Luft, »riech mal.«

Ein Geruch von frisch geschnittenen Blumen lag in der Luft. Vor ihnen gaben die Säulen den Blick auf ein gläsernes Gewächshaus frei. Alles, was sie im Garten gesehen hatten, wuchs hier im Babystadium.

»Da ist Luna.« Alisa lief zu ihr.

»Bist du auch Gärtnerin?«, fragte sie.

»Könnte man so sagen.«

Chess deutete auf die vielen kleinen Blumentöpfe, die in Reih und Glied standen. »Was hast du davon großgezogen?«

»Nichts«, antwortete Luna.

»Sondern?«, fragte Alisa stirnrunzelnd.

»Vielleicht euch.«

»Uns? Wir werden von selbst groß. Ohne Wasser und ohne Erde.«

Die Nonne lachte. »Euer Wasser ist das Wissen, und die Erde seid ihr füreinander.«

Alisa sah fragend zu Chess, die nur mit den Schultern zuckte. »Wo finden wir Bücher, die wir lesen können? Also nicht auf Latein«, fragte sie.

»Es gibt eine allgemeine Bibliothek für den täglichen Gebrauch. Sie liegt am Ende des nächsten Ganges rechts. Habt ihr die Galerie gefunden?«

»Wir waren nur im ersten Saal«, sagte Alisa.

»Warum?«, fragte Luna.

Alisa zögerte. »Die Engel haben geweint«, sagte sie leise.

»Kannst du sagen, warum?«

»Sie haben etwas gesehen. In mir, glaube ich.«

Luna kniete sich vor sie hin. »Was? Es ist wichtig.«

»Ich weiß es nicht. Sie haben geflüstert.«

Luna umarmte sie. »Hab keine Angst. Es war bestimmt etwas Gutes. Ich muss zurück nach Rom. Aber ich komme bald wieder.«

»Wann genau?«, fragte Alisa.

Luna nahm beide in den Arm und drückte sie an sich. »Sobald es geht.«

Alisa hielt sie fest. »Hatten die Engel Angst vor mir?«

»Ich glaube, sie haben geweint vor Freude, dass sie endlich jemand hört. Sie waren lange allein.«

Der Gang brachte sie direkt zu der Tür der kleineren Bibliothek. Alisa zählte ihre Schritte von einer zur anderen Wand.

»Zwanzig Meter lang und zehn Meter breit. Fast so groß wie unsere Wohnung in San Marco«, stellte sie fest.

Gleich am Eingang standen zwei Computer.

Alisa setzte sich auf eine Stufe und stützte ihren Kopf in die Hände. »Wie wollen wir die Bücher finden, die wir brauchen? Der ganze Raum ist bis unter die Decke voll damit.«

Chess deutete auf die Computer. »Es wird ganz leicht. Die haben bestimmt das gleiche System wie in Mestre.«

Sie machte einen Doppelklick auf das Buchsymbol. In die Eingabemaske gab sie den Suchbegriff *Pflanzen* ein, worauf eine lange Liste auf dem Bildschirm erschien.

»Wir nehmen einfach die Bücher mit den meisten Seiten.« Alisa schrieb sich die entsprechenden Nummern auf. Buch für Buch trugen sie auf den angrenzenden Tisch. Es entstand ein Turm, der so groß war wie sie selber.

»Wie sollen wir die nach oben bekommen?«, fragte Chess.

»Tragen. Was sonst? Jeder nimmt eine Hälfte.«

Die Bücher füllten ganze zwei Reihen im Regal. Zufrieden sahen die Mädchen auf ihr Werk.

»Eigentlich habe ich gedacht, dass wir das Regal niemals auch nur halb voll bekommen. Aber wenn das so weitergeht, reicht es nur für diese Woche«, sagte Alisa. »Und lesen müssen wir sie auch.«

»Du bist verrückt. Das schaffen wir nie.«

»Ich meine ja auch nicht von Anfang bis zum Ende. Aber das Interessante müssen wir schon finden. Sonst ist es ja sinnlos.«

Chess stöhnte. »Lass uns anfangen. Ich suche und du schreibst.«

Alisa nahm ein leeres Heft, das auf dem Tisch lag, während Chess schnell durch die Seiten des ersten Buches blätterte. Sie diktierte Alisa nach festem Schema die wichtigsten Stichpunkte. Jahreszeiten, unterschiedliche Pflanzenarten und deren klimatische Bedingungen.

Fünf Bücher später sah Alisa auf die Uhr. »Wir haben jetzt drei Stunden gearbeitet. Meine Finger brechen gleich, und ich bin todmüde.«

»Dann gehen wir jetzt ins Bett.«

Die Mädchen duschten sich und zogen ihre Schlafanzüge an. Alisa sah Chess an. »Du hast was vergessen.«

Chess verdrehte die Augen und holte das Lateinbuch aus dem Bücherregal. Gemeinsam kuschelten sie sich unter die Bettdecke und legten das Buch zwischen ihre Kopfkissen.

Chess gähnte. »Lass uns beginnen. Die zehn Vokabeln schaffe ich nie.«

Etwas unterbrach die Ruhe am Morgen. Chess blinzelte und fasste neben sich. Alisa war nicht da. Vom Balkon her hörte sie ihre Gitarre.

Schlaftrunken lief Chess zu ihr. »Es klingt schön. Was ist das?« Sie legte ihren Kopf auf Alisas Beine.

»Habe ich mir ausgedacht.«

»Und was macht das Buch über den Maler hier?«

»Ich habe was über das Bild und die Engel gelesen. Um es besser zu verstehen.«

»Weißt du jetzt, warum sie so traurig sind?«

»Es ist noch zu früh. Ich soll nicht fragen.«

Chess sah sie stirnrunzelnd an. »Steht das in dem Buch?«

Alisa schüttelte den Kopf. »Haben sie mir gesagt.«

Chess gähnte. »Ich schlaf noch etwas, während du spielst. Vielleicht sprechen sie dann auch zu mir.«

Die Wärme von Chess' Kopf zog durch Alisas ganzen Körper. Selbst in ihren Fingern spürte sie ihre Gegenwart, roch ihren müden Körper, und der sanfte Rhythmus ihrer Atmung vereinigte sich mit der Melodie.

Sie hörte auf zu spielen und sah Chess an. Die helle Haut mit den fast unsichtbaren Sommersprossen, das goldene Haar, das im Licht der Sonne glühte. Alisa fühlte etwas völlig Neues in sich, das sie glücklich machte. Vorsichtig nahm sie Chess' Kopf von ihren Beinen und legte sich an ihren Rücken.

Die Tür des Gritti ächzte, als die Mädchen sie mit voller Wucht aufstießen. Sie waren spät dran, weil sie noch die Bücher mit den Pflanzen durchgearbeitet hatten.

Außer Atem setzten sie sich zu Anne. »Gerade noch geschafft«, keuchte Alisa.

»Ich dachte schon, das Kloster gibt euch nach einer Woche nicht mehr her«, sagte Alisas Mutter. »Wie ist es dort?«

»Total schön. Es gibt super Essen, und wir haben eine ganze Bibliothek für uns«, sagte Chess.

»Und ich schreibe, bis mir die Finger bluten. Heute schon zehn Seiten über alle möglichen Pflanzen. Und wir müssen jeden Tag zehn Vokabeln Latein lernen.«

»Latein?«, fragte Anne überrascht. »Das habt ihr doch gar nicht in der Schule.«

»Deshalb. Sonst können wir die Bücher nicht lesen«, sagte Chess.

»Wie lang ist euer Tag?«, fragte Anne.

»Wir stehen um fünf auf und gehen um zwanzig Uhr ins Bett zum Vokabellernen. Falls Chess nicht in der Bibliothek schläft.«

»Wieso in der Bibliothek?«

Chess stieß Alisa an. »Du bist gemein.«

»In dieser Woche haben die Mönche dich dreimal schlafend in unsere Wohnung getragen. Das Mathebuch hast du so festgehalten, dass sie dich damit in unser Bett gelegt haben.«

»Es tut mir leid.«

»Braucht es nicht. Nur das erste Mal bin ich fast gestorben vor Angst, weil ich nicht wusste, wo du bist.«

»Habt ihr Freunde dort?«, fragte Anne.

»Nur eine Nonne. Aber wir dürfen ihren Namen nicht sagen, und sie ist auch nur selten da.«

»Ihr wisst, dass ihr jederzeit nach Hause kommen könnt. Ihr müsst dort nicht bleiben.«

»Heute Abend schlafen wir wieder in Mestre. Aber wir wollen durchhalten. Deswegen soll es nicht so oft sein.«

Anne versuchte, sich nichts anmerken zu lassen. Nach San Marco, zu ihr zu kommen, schien Alisa nicht mal in Erwägung zu ziehen.

»Peter wird sich freuen«, rang sie sich ab.

»Ich freue mich auch. Sonst wird mir die Zeit zu lang. Außerdem vermisst er mich, und das halte ich nicht gut aus.«

Anne sah still in ihre Espressotasse.

»Woran denkst du?«, fragte Alisa.

»Nichts.« Sie wischte sich verstohlen eine Träne aus dem Augenwinkel. Ein Kellner stellte zwei Tassen heiße Schokolade und drei Sandwiches auf den Tisch.

»Das habe ich nicht bestellt«, sagte Anne.

»Es ist eine Aufmerksamkeit vom Hotel.«

Er verbeugte sich und ging.

»Bestimmt nur, weil Alisa beim letzten Mal gesungen hat«, sagte Chess mit vollem Mund.

Alisa grinste. »Mein Lohn. Ich lade euch ein.«

»Du hast jeden Bissen verdient.« Der Hotelmanager stand unvermittelt neben Anne. »Michele Saguso.«

»Verzeihen Sie, das kann ich nicht annehmen«, sagte Anne. Seine Hand war angenehm warm und hatte genau den richtigen Druck. Es vermittelte Vertrauen ohne Forderung nach mehr. Saguso lächelte sie an. Ein Lächeln, das Anne sofort mochte. Offen und einnehmend.

»Wir machen es so. Wenn wir eine zweite Runde Sandwiches bekommen, singe ich noch mal. Wir haben echt richtig Hunger.«

Der Hotelmanager gab dem Ober ein Zeichen, der mit einer kleinen Platte wiederkam. »Du hast deine Gage gut verhandelt.«

»Ich schäme mich zu Tode für euch«, sagte Anne an die Mädchen gewandt.

»Tun Sie das nicht. Ihre Tochter ist so besonders.«

»Man könnte auch frech und verfressen sagen.«

Er lächelte Anne an. »Besonders und begabt.«

Saguso stellte sich in die Mitte des Saales und kündigte Alisa an.

»Du musst mit.« Alisa nahm Chess an die Hand und zog sie mit nach vorn.

Ihr Gesang war frei von jeder Unsicherheit, und es schien Alisa nicht das Geringste auszumachen, vor den Menschen zu stehen. Im Gegenteil. In den langsameren Passagen der Melodien strich sie Chess sanft über den Kopf. Die Harmonie, die beide ausstrahlten, schloss alle anderen aus.

Zum ersten Mal erkannte Anne, dass sie nicht wusste, wer ihre Tochter war. Tom hatte recht. Die Mädchen spielten mit ihrer Umwelt, und die Menschen unterwarfen sich ihnen.

Alisa kam zum Ende. Alle klatschten voller Euphorie, doch Anne konnte sich nicht freuen. »Du warst toll, aber ich muss jetzt los. Nächstes Wochenende schlaft ihr bei uns.«

»Muss das sein, Mom?« Alisa sah ihre Mutter bittend an.

»Du hast es erfasst«, sagte Anne. »Es muss sein.«

Sie sprach einige Worte mit Saguso, dann verließ sie das Gritti.

Ein Gefühl bohrte in Anne, das ihr keine Ruhe ließ. Ziellos lief sie umher, bis sie wieder vor der Basilika stand. Sie kaufte eine Karte für die Terrasse des oberen Geschosses. Die Fenster hatten Mauervorsprünge, auf die sich die Touristen setzten. An den großen Säulen vorbei sah sie aufs Meer hinaus. Das Venedig des 15. Jahrhunderts erwachte zum Leben. Die Menschen in den zu klein geformten Schuhen, den prächtigen Kleidern und den seltsamen Masken. Selbst die Segelschiffe auf dem Meer sah sie.

Die Hilfe, die Alisa braucht, konnte ich ihr nie geben. Auch die Psychologen nicht. Nur Chess ist dazu in der Lage. Mein einziges Verdienst ist die Verlosung.

Jemand setzte sich neben sie. »Die Basilika scheint unser beider Zuflucht zu sein.«

Anne drehte ihren Kopf und sah direkt in Kopernikus' trübe Augen. »Weshalb ist meine Tochter im Kloster?«, fragte sie statt einer Begrüßung. »Warum lernen die Mädchen Latein?«

Er atmete tief durch und ließ den Blick über das Meer schweifen. »Sie haben ihre Namen genannt.«

»Ich habe mich auf mein Gefühl verlassen, und ich hatte keine Zeit, es zu bedenken.«

»Das eine schließt praktisch das andere aus. Sie haben richtig entschieden. Ihr Beitrag ist größer, als Sie denken.«

»Mein Beitrag zu was?«

»Das werden Sie niemals begreifen, solange Sie nicht glauben.«

»Was wäre gewesen, wenn ich erstaunt die leeren Zettel den anderen Eltern gezeigt hätte?«

»Ich hätte mich für den Fehler entschuldigt und die andere Urne genommen, in der auf jedem Zettel die Namen von Ihrer Tochter und Chess standen. Sie vergessen, dass wir Venezianer sind.«

»Wofür das alles? Das Kloster, Latein. Selbst der Direktor hat den gesamten Schulplan umgeändert.«

»Weil Sie sich entschlossen haben, einen Fisch zu retten.«

»Den Zusammenhang verstehe ich nicht.«

»Es ist nicht zu verstehen. Sie müssen lernen zu glauben.«

»An wen? Gott oder den heiligen Markus, Buddha, die tausend Götter der Hindus, Mohammed, Jesus? An wen?«

Kopernikus drehte sich zu Anne. Seine trüben Augen drangen wie Messer in sie ein. »An Ihre Tochter.«

Er stand auf und verschwand über die steile Treppe nach unten.

Alisa setzte sich vor den Turm Mathematikbücher, die sie gemeinsam mit Chess hochgeschleppt hatte. Das oberste Buch war höher als ihr Scheitel.

»Was um alles in der Welt willst du mit diesen verstaubten Mathebüchern? Das ist doch alles längst veraltet.«

Alisa stand wieder auf und legte den letzten Stapel auf den Tisch, damit Chess ihn in das Regal räumen konnte.

»Veraltet? Mathematik ist seit den Ägyptern 3500 v. Chr. gültig. Die haben sich nicht geirrt, sondern Flächenberechnungen angestellt.«

»Aber wir rechnen doch heute anders als vor 5000 Jahren. Oder nicht?«

»Na ja«, Chess dachte einen Moment nach. »Die Zahlensysteme haben sich geändert. Es gab das sexagesimale Stellenwertsystem. Das, was nicht berechnet werden konnte, wurde linear interpoliert.«

»Chess.«

»Ja?«

»Ich verstehe kein Wort. Räum die Bücher einfach ein.«

Ein Buch fiel zu Boden, Chess setzte sich daneben, versteckte ihren Kopf zwischen den Beinen und weinte leise.

»Es tut mir leid«, sagte Alisa erschrocken. »Es ist nicht so, dass es mich nicht interessiert. Aber ich kann es unmöglich verstehen.«

Chess hob den Kopf. »Das ist es ja. Niemand versteht mich.«

»Du hast doch selber gesagt, dass du einzigartig bist. Und in Wirklichkeit bist du auch stolz darauf.«

»Aber deine Begabung ist irgendwie besser. Du singst und alle bewundern dich. Stell dir vor, du dürftest nur in einem dunklen Keller allein gegen die Wand singen. Würde dir das Spaß machen?«

»Nein. Es wäre schlimm. Aber in der Mathematik finden nun mal keine Konzerte statt. Oder hast du schon mal jemanden Formeln in ein Publikum rufen hören?«

Beide lachten.

Alisa wurde ernst. »Du meinst, dass meine Begabung mir Kontakt zu anderen bringt und deine dich einsam macht, oder?«

»Ja. Manchmal habe ich Angst. Es gibt einen Ort, der auf mich wartet. Ich kann ihn spüren. Wie einen Strudel.«

»Deshalb hast du es gerne, wenn ich Gitarre spiele oder singe. Ich bin deine Rettungsleine.«

Chess nickte und wischte sich die Tränen aus dem Gesicht. »Versprich mir, dass du vom Strudel wegbleibst«, sagte Alisa.

»Okay.«

»Das ist zu wenig. Sag es in einem ganzen Satz.«

»Ich verspreche, dass ich vom Strudel wegbleibe.«

Alisa küsste Chess auf die Wange. »Außerdem versprichst du mir noch etwas. Du kannst dir drei Orte aussuchen, an denen du allein was liest oder über Mathe nachdenkst. Gestern hat das ganze Kloster nach dir gesucht, bis dich jemand schlafend an dem großen Kirchenfenster gefunden hat. Es war Mitternacht.«

»Ich mache das nicht absichtlich.«

»Das sage ich auch nicht. Drei Orte.«

Chess überlegte.

»Vor dem Kirchenfenster im Gang. Die Brüstung ist total warm. Außerdem finde ich die Farben schön. Die alte Eiche und die große

Bibliothek. Ganz hinten gibt es eine Bucht, die leer ist. Ein kleines Ledersofa steht darin.«

Alisa nickte zufrieden. »Jetzt muss ich mir keine Sorgen mehr machen.«

Es war Juni und die Bücher füllten das Regal in der Wohnung bis oben hin aus. Die Bände, die keinen Platz mehr fanden, hatten sie in kleinen Türmen um den Tisch gestapelt. Alisa hatte sich alle möglichen Bücher über Musik und Kunst geholt. Besonders die Musik des Mittelalters mochte sie. Die Vorstellung, dass die Lieder vor achthundert Jahren gesungen worden waren, bereitete ihr eine Gänsehaut. Sie hatte Wochen gebraucht, um sich in das Notensystem einzufinden. Es gab nur vier Linien statt fünf. Die Noten selbst waren große schwarze Quadrate.

Allerdings war es gesanglich keine Herausforderung, weil der Tonumfang zu beschränkt war. Jeder hatte damals mitsingen sollen, und deshalb wurden die Lieder einfach komponiert.

»Es klingt irgendwie langweilig«, meinte Chess.

»Die Höhen und Tiefen fehlen. Deshalb ist das so.«

»Wieso bist du dann so wild darauf?«

»Auf der einen Seite gefällt es mir, auf der anderen Seite fehlt ganz viel.«

»Dann musst du die andere Seite ändern.«

»Wie meinst du das?«

»Wie in der Mathematik. Du sagst doch selbst, dass was fehlt. Dann musst du es ergänzen.«

Alisa zog die Augenbrauen hoch. »Du meinst, ich soll etwas dazu komponieren?«

»Natürlich.«

Alisa rannte zum Tisch und holte sich eines ihrer Notenhefte. Sie übertrug die Noten in das Heft und probierte mit ihrer Gitarre aus, was harmonisch dazu klang.

Nach einer Stunde hörte sie auf. »Ich hätte niemals gedacht, dass das so anstrengend ist. Willst du es hören?«

Chess lauschte konzentriert dem Gitarrenspiel ihrer Freundin. Nach dem Schlussakkord setzte sie sich auf und lächelte Alisa an. »Es ist wundervoll. Aber nicht fertig.«

»Wieso?«

»Wenn man Musik hört, finde ich, bringt einen das Ende immer irgendwie zum Anfang zurück. Als ob sich ein Kreis schließt. Das ist hier anders. Man kommt nicht zurück.«

»Chess, sag nie mehr, dass du musisch nicht begabt bist. Du hast total recht. Morgen mache ich es zu Ende. Aber jetzt müssen wir nach San Marco. Sonst drehen meine Eltern durch.«

»Darf ich dich was fragen?«

»Nur wenn du dich dabei anziehst.«

Chess holte sich ihre Schuhe. »Du hast nie Heimweh, oder?«

»Heimweh?« Alisa sah Chess erstaunt an.

»Ja. Nach deinem Zuhause. San Marco.«

Alisa traute sich nicht, Chess anzusehen. »Mein Zuhause ist da, wo du bist.«

IV

Anne deckte den Tisch. Es war eines der seltenen Wochenenden, an denen Alisa und Chess bei ihnen schlafen würden.

Sie hatte sich für ein typisch amerikanisches Essen entschieden. Hamburger, die alle so belegen konnten, wie jeder mochte. Es gab viele Schalen, gefüllt mit Zwiebelringen, Gurken, Salatblättern, Käse, Ketchup und Senf. Die Brötchen hatte Anne selber gebacken.

»Wer kommt zu Besuch? Der Bürgermeister oder meine Tochter?« Tom war von der Arbeit nach Hause gekommen.

»Sei nicht so. Ich freue mich. Und du auch.«

»Fällt dir nicht auf, wie verrückt das ist? Die Kinder leben im Alter von zehn Jahren zusammen in einer eigenen Wohnung.«

»Sie leben im Kloster. Praktisch wie im Internat. Und es endet bald.«

»Da bin ich mir nicht so sicher«, sagte Tom.

Anne legte die Brötchen in die Schale. »Was willst du damit sagen?«

»Ich will dich nicht beunruhigen. Aber die beiden Kinder schotten sich gegenüber jedem ab. Hast du wirklich das Gefühl, ihnen etwas sagen zu können? Über sie bestimmen zu können, wie man es normalerweise bei Kindern dieses Alters tut?«

»Es sind Kinder. Wir wollten beide eine selbstständige Tochter. Jetzt beklag dich nicht darüber.«

»Wie lange bleiben die beiden?«

»Das ganze Wochenende.«

Es klingelte an der Tür.

Tom sah Anne an. »Besuch kommt.«

»Sie hat ihren Schlüssel vergessen«, sagte Anne entschuldigend, drückte auf den Summer, und sofort hörte man das Getrampel auf der Treppe.

Die Mädchen warfen ihre Mäntel auf das Sofa und setzten sich an den Tisch.

»Was genau ist das?«, fragte Chess.

»Hamburger. Du kannst sie dir selbst belegen.« Anne deutete auf die vielen kleinen Schalen. »Fangt an, sonst wird alles kalt.«

Chess legte das Fleisch mit einem Salatblatt auf das Brötchen. Darauf gab sie etwas Ketchup. Verstohlen blickte sie zu dem Hamburger, den Alisa sich gemacht hatte.

»Deiner sieht irgendwie besser aus«, stellte sie fest.

»Nimm du ihn. Ich kümmere mich um deinen.«

Chess strahlte Alisa an.

»Wie ist es denn so im Kloster?«, fragte Tom.

»Total interessant. Es gibt Bücher ohne Ende, und wir müssen richtig viel lernen«, sagte Alisa mit vollem Mund.

»Dann ist es doch schön, dass ihr euch jetzt hier mal ein ruhiges Wochenende machen könnt«, sagte Anne.

Alisa schüttelte den Kopf. »Geht nicht. Wir sind wirklich total hinten dran. Aber wir können uns wieder am Sonntag um vier im Gritti treffen.«

Anne trank was und aß still ihren Hamburger.

»Fällt dir nichts auf?«, fragte Tom und sah seine Tochter an.

Alisa schüttelte den Kopf. »Gibt es was Neues in der Wohnung?«

»Nein. Dein Bruder ist nicht da. Chris. Erinnerst du dich?«

»Entschuldigung«, murmelte Alisa. »Wo ist er?«

»Bei Freunden. Wir wollten nicht, dass er fehlt«, sagte Anne, »er ist selten eingeladen.«

»Er spricht einfach zu schlecht Italienisch. Man versteht ihn kaum«, sagte Alisa.

»Ihr könntet ihm was beibringen«, schlug Anne vor. »Mit ihm üben.«

»Vielleicht, wenn es sich ergibt«, sagte Alisa leise.

Das Essen war vorbei, und die amerikanische Eiscreme schmolz in den Schüsseln. Es war nicht der Erfolg, den Anne sich erhofft hatte. Die Mädchen waren sofort nach dem letzten Bissen in Alisas Zimmer verschwunden.

»Wie findest du, ist es gelaufen?«, fragte Tom.

»Du hast recht. Aber lass ihnen noch die vier Wochen ihren Spaß. Dann sind Sommerferien.«

»Es ist kein Spaß. Aber du willst es aus irgendeinem Grund nicht erkennen. Wir verlieren Alisa.«

Anne drehte sich von der Spülmaschine zu ihm um.

»Wir haben sie bereits verloren. Im Alter von sieben Jahren, und wir wissen beide nicht warum.«

Tom war schon früh ins Büro gegangen. Die Mädchen saßen in Schlafanzügen am Esstisch und unterhielten sich auf Italienisch. Alisa sprach so schnell, dass Anne nicht folgen konnte.

Sie klopfte auf den Tisch. »Wir sind hier auf amerikanischem Boden. Also bitte so, dass ich was verstehe.«

»Entschuldige, es fällt uns schon nicht mehr auf«, sagte Chess in fast perfektem Englisch. Nur ihr Akzent verriet sie.

»Wollt ihr wirklich schon zurück?«

Chess trat Alisa unter dem Tisch und blickte sie verschwörerisch an.

»Wir würden auch noch mit dir in die Stadt gehen«, sagte Alisa gleichgültig.

Anne lachte. »Da bin ich aber froh, dass ihr mich mitnehmt. Was brauchst du, Chess?«

»Es ist gemein, das so zu sagen.« Alisa stemmte beide Hände auf die Tischplatte.

»Beruhige dich. Ich habe es nett gemeint. Und ich tue es gerne. Also, was brauchst du?«

»Wenn es okay ist, würde ich gerne ein neues T-Shirt haben.«

Anne berührte mit ihrem Finger Chess' Nase. »Du bekommst fünf. Der Sommer kommt.«

Chess sah auf ihren leeren Teller. »Es tut mir leid, dass wir kein Geld haben.«

Anne hob ihr Kinn an. »Chess, entschuldige dich nie mehr für deinen Vater. Versprich es mir. Er ist der beste Vater, den ich kenne. Also. Wo wollen wir hin?«

»Ich kenne einen Laden.« Chess zog Alisa vom Stuhl und rannte mit ihr nach oben zum Umziehen.

Alisa und Chess standen beiden vor dem riesigen Spiegel der Boutique. Sie hatten sich weiße Hosen ausgesucht, Alisa dazu ein dunkelrotes T-Shirt mit Blumen darauf, Chess ein hellblaues Hemd, das zu ihren blauen Strähnen im Haar passte.

Die Verkäuferin sah die Mädchen begeistert an. »Besser kann es nicht sein. Ihr seht toll aus.«

Alisa drehte die Preisschilder um und sah fragend zu ihrer Mutter. »Packen Sie alles ein.«

Sie umarmte ihr Mutter und flüsterte in ihr Ohr. »Wenn es zu teuer ist, kauf nur die Klamotten für Chess. Es ist so wichtig für sie.«

»Ihr habt es euch beide verdient.«

Chess behielt ihre neuen Sachen gleich an. Anne gab den Mädchen einen Abschiedskuss und sah ihnen nach, bis sie verschwunden waren.

Sie lief durch die Gassen, ohne ein Ziel zu haben. Vorbei an den teuren Schaufenstern der Geschäfte, die sich zentral um den Markusplatz befanden. Als Anne sich wieder bewusst umsah, stand sie vor dem Gritti und beschloss, einen Kaffee zu trinken. Ein Tisch neben dem Fenster war frei, und Anne setzte sich.

In Gedanken war sie bei Alisa und Chess. Das Geld war ein Problem. Jetzt sagte Chess es noch, wenn ihr etwas fehlte. Aber es würde immer schwieriger werden. Bald würde es sich für Chess wie Almosen anfühlen.

Jemand räusperte sich. Saguso, der Hotelmanager stand da, in der Hand einen kleinen Teller mit Keksen. »Wenn Sie erlauben?«

»Nur, wenn Sie mir Gesellschaft leisten.«

»Sehr gerne.« Er setzte sich zu Anne. »Wie geht es Ihnen und wo sind die beiden Mädchen?«

»Die sind für den Sommer ins Kloster gezogen. Ein Schulprojekt.« Den ersten Teil der Frage wollte sie nicht beantworten, weil sie es selbst nicht wusste.

Die direkte aggressive Angst, die sie früher um ihre Tochter hatte, war mit der Freundschaft zu Chess verflogen. Dafür war da ein neues Gefühl. Bedrohung. Nicht fassbar und nicht benennbar.

»Das Kloster in Cannaregio?«

»Ja. Wieso?«

»Dass die jemanden hineinlassen, ist ein Wunder. Es ist eine Welt für sich.«

»Die Mädchen fühlen sich wohl. Pater Kopernikus ist schwer einzuschätzen.«

Saguso sah sie nachdenklich an »In Wirklichkeit soll er Kardinal sein. Aber das weiß niemand genau. Auf jeden Fall hat er in Rom fast so großen Einfluss wie der Papst selbst. Bei jeder Papstwahl fragt man sich in Venedig, ob er vorgeschlagen wird. Er ist mindestens so ein großes Geheimnis wie das Kloster.«

Anne war nicht überrascht. Der Auftritt in der Schule ließ keinen Zweifel an Sagusos Worten.

»In ein paar Wochen ist es eh vorbei«, sagte sie.

»Dann kann Ihre Tochter wieder hier singen?«

Anne war erstaunt über das unerwartete Angebot. »Soll sie?«

»Unbedingt. Die Gäste fragen nach ihr. Wir könnten eine feste Uhrzeit ausmachen. Sonntags immer um vier Uhr nachmittags?«

Sie dachte einen Moment nach. »Ich muss Sie etwas fragen, auch wenn es wahrscheinlich sehr unhöflich ist.«

»Ich bin Manager dieses Hotels. Nichts, was Sie fragen, könnte unhöflich sein. Sagen Sie es einfach.«

»Bekommt Alisa etwas dafür?«

»Darüber habe ich mir auch schon Gedanken gemacht. Fünfzig Euro pro Auftritt. Also zweihundert Euro im Monat.«

»Sie sind verrückt. Alisa ist zehn Jahre alt. Sie bekommt fünfzehn Euro Taschengeld im Monat.«

»Das zählt nicht. Wenn sie hier singt, ist sie Künstlerin, und unsere Umsätze im Café steigen dadurch. Einer erwachsenen Sängerin müssten wir vierhundert Euro pro Auftritt bezahlen. Und Ihre Tochter ist viel besser.«

Anne brauchte nicht zu überlegen. Es war die ideale Lösung ihres Problems mit Chess. Die Mädchen würden sich selbst finanzieren. Es war was völlig anderes, wenn Alisa ihrer Freundin etwas kaufte, als wenn sie es tat.

»Ich bin einverstanden. Aber entscheiden muss Alisa.«

Sie rief Alisa an und erzählte ihr von dem Angebot. Als sie die Summe nannte, hörte sie nur das Schreien ihrer Tochter. Danach redeten beide Mädchen so wild durcheinander, dass Anne einfach auflegte. Das war ein eindeutiges *Ja*.

»Meine Tochter steht irgendwo und kreischt vor Begeisterung. Wann soll sie anfangen?«

»Nächste Woche wäre gut. Geht das?«

»Bestimmt. Wie lange soll sie auftreten?«

»Dreißig Minuten wären sehr schön.«

Anne atmete erleichtert auf. »Danke.«

»Wofür?«, fragte Saguso.

»Sie haben ein großes Problem gelöst. Aber sagen Sie es Alisa nicht.«

»Das würde ich niemals tun. Sie können sich auf mich verlassen. Jederzeit.«

Auf dem Rückweg überlegte Anne, was der letzte Satz alles beinhaltete.

Am nächsten Tag besuchte Anne die Mädchen im Kloster.

»Wann soll ich anfangen, Mom?«, fragte Alisa aufgekratzt. »Nächste Woche? Wie soll ich das schaffen?«

»Kriegst du schon hin. Ich komme auch.«

Chess tanzte im Kreis herum und rief: »Alisa wird berühmt!«

»Was soll ich singen und wie lange?«

»30 Minuten. Was du singst, kannst du dir aussuchen, aber es muss schon zum Hotel passen.«

»Ich brauche eine Schulentschuldigung für die ganze nächste Woche. Sonst ist es unmöglich. Du hast keine Ahnung, wie viel Arbeit das ist.«

Anne wollte etwas erwidern, aber Chess kam ihr zuvor. »Ich frag McPherson. Er wird es erlauben.«

»Wie kommst du darauf?«, fragte Anne.

»Er glaubt an uns.«

Anne sah sich die vielen Hefte an, die Alisa beschrieben hatte. In den meisten waren Zeichnungen von Pflanzen. Sie setzte sich und blätterte durch die eng beschriebenen Seiten. Die Systematik zog sich wie ein roter Faden durch die Aufzeichnungen.

»Hat euch jemand geholfen?«, fragte sie die Mädchen.

»Nein. Hier hilft uns niemand. Das ist Teil des Programms. Die haben uns noch nicht mal gezeigt, wo es was zu essen gibt«, sagte Alisa.

»Sie testen euch.«

Chess und Alisa sahen sich an.

»Für was?«, fragte Chess.

»Keine Ahnung. Aber wenn ich das hier sehe, habe ich keinen Zweifel, dass ihr bestanden habt.«

»Also darf ich nächste Woche zu Hause bleiben?«

»Klar, ich versorge euch.«

»Mom, ich meinte hier. Es ist doch nur eine Redewendung. In San Marco kann ich mich nicht konzentrieren. Außerdem habe ich alle Bücher hier, die ich brauche.«

Anne kapitulierte. »Ruft an, wenn ihr was braucht. Wir sehen uns am Sonntag.«

Sie ging durch den Klostergarten zum Ausgang. Auf einer Bank sah sie Pater Kopernikus sitzen. Er unterhielt sich mit jemandem.

Anne lief zu ihm hin. Der andere Mann unterbrach sofort das Gespräch und entfernte sich.

»Sie sind aufgebracht«, sagte Kopernikus sanft.

»Wenn Sie mir jetzt nicht sagen, worum es hier geht, nehme ich meine Tochter und setze mich mit ihr in ein Flugzeug in die USA.«

Er sah Anne ausdruckslos an. »Das würden Sie nicht tun.«

»Was macht Sie so sicher?«

»Weil Sie fühlen, dass es zum Besten der beiden Mädchen ist.«

»Sowohl Alisa als auch Chess haben Familie. Sie brauchen das Kloster nicht.«

»Da irren Sie sich. Die Kinder spüren instinktiv, dass sie hierhergehören. An einen Ort, an dem sie sich entwickeln können.«

»Wozu?«, fragte Anne mit schneidender Stimme.

»Zu dem, was die Mädchen wirklich sind. Glauben Sie an Wunder?«

Anne lachte laut auf. »Das ist nicht Ihr Ernst, oder? Wunder? Vielleicht gibt es sie, aber mir ist bisher keines begegnet.«

»Sie haben keinen Abstand zu dem Wunder, das Sie umgibt. Deshalb können Sie es nicht sehen.«

»Sie meinen Alisa.«

»Alisa und Chess. Sie müssen lernen, an Wunder zu glauben, sonst werden Sie die Kinder nicht verstehen können. Wenn Sie wollen, nehmen sie sie mit. Wir sind kein Gefängnis.« Kopernikus stand auf.

»Aber auch kein normales Kloster, Kardinal Kopernikus, oder?«

Anne sah nur ein winziges Zucken seines Mundwinkels. Von ihrem Vater hatte sie gelernt, es richtig zu deuten.

Er kam auf sie zu. »Nein. Das hier ist der Ort, der eine Katastrophe verhindern soll, die Ihre Tochter auslösen wird. Es ist der Ort, an dem Alisa sicher ist.«

Anne sah ihn erschrocken an. »Vor wem?«

»Das werden Sie niemals begreifen, wenn Sie nicht glauben.«

»Alisa ist ein Kind. Wer sollte sie bedrohen?«

Mitleidvoll sah er zu ihr. »Herodes hat tausende Kinder töten lassen, um das Eine zu finden.«

»Das ist eine Legende.«

»Wenn Sie glauben würden«, sagte Kopernikus herablassend, »könnten Sie die Zusammenhänge sehen.«

»Ach ja?« Anne konnte ihren Zorn nicht mehr beherrschen. »Was hat der Glaube Ihnen gebracht? Kardinal.«

»Verzweiflung. Nennen Sie mich nie wieder so.«

»Warum sollte ich dann glauben?«

»Um Ihre Tochter nicht zu verlieren.«

»An wen?«

»Erst wenn Sie glauben, können Sie die Frage korrekt stellen.«

»Helfen Sie mir einfach.«

Er sah Anne abwägend an. Sie hatte sich bei der Verlosung richtig entschieden. »Sie müssen fragen *an was.*«

Auf dem Weg nach Hause versuchte sie den Sinn zu verstehen. Es war spät geworden, und ein Seiteneingang der Basilika stand offen. Sie ging hinein und setzte sich.

Eine junge Nonne kniete etwas weiter vorne und betete. Anne fragte sich, ob sie wirklich ihre Tochter besser verstehen könne, wenn sie an Gott glauben würde. Der Gedanke schien ihr abwegig. Sie war nicht christlich erzogen worden.

Erst seit sich Alisa im Alter von sieben Jahren so verändert hatte, betete sie manchmal in ihrer Verzweiflung. Nicht in der Hoffnung, Hilfe zu bekommen. Sie wollte nur sicher sein, dass sie alles versuchte. Anne schämte sich dafür und sah zur Decke, wo die Symbole im Mosaik und die Heiligenfiguren im Schein der Abendsonne glühten.

Die Nonne stand auf einmal neben ihr. »Die Decke brauchte 780 Jahre, bis sie fertig war«, sagte sie freundlich. Anne brauchte eine Sekunde, um zu verstehen, dass sie Englisch mit ihr sprach. Etwas Weltliches ging von der jungen Frau aus, das sie überraschte.

»Ich bin zwar Amerikanerin, aber deswegen bin ich nicht ungebildet«, sagte Anne. »Die Steine messen fünf mal fünf Millimeter und weisen eine Blattvergoldung des Hintergrundes auf. Hergestellt wurden sie in Murano.«

»Verzeihen Sie. Ich wollte Sie nicht belehren.«

Anne stand auf. »Sie müssen mir verzeihen. Ich war sehr unhöflich zu Ihnen, dabei haben Sie es nur gut gemeint.«

»Wollen wir uns setzen?«, fragte die Nonne.

»Anne Taylor.«

Die Nonne ergriff ihre Hand. »Wieso sind Sie hier?«

»Jemand hat mir gesagt, ich sollte anfangen zu glauben. Ich dachte, hier sei der richtige Ort, um darüber nachzudenken.«

»Dass Sie sich damit befassen, zeigt, dass Sie es bereits tun. Nur akzeptiert haben Sie es noch nicht.«

»Das ist mir ehrlich gesagt zu einfach. Ich habe in meinem Leben nur ein Gebet gesprochen, und das war noch nicht mal ein richtiges.«

»Wenn Sie wissen, wie ein richtiges Gebet geht, würde ich es gerne von Ihnen lernen.«

Sie sah die Nonne an. »Sie machen sich über mich lustig, oder? Sie beten doch bestimmt mehrmals täglich.«

»Das heißt nicht, dass ich es richtig mache. Haben Sie eine Antwort bekommen?«

Anne dachte an den Schwertfisch in der Basilika. »Vielleicht ein Zeichen.«

»Sie müssen es unbedingt für sich behalten.«

»Weshalb?«

»Gott ist wählerisch. Es gibt bestimmt einen Grund.«

»Wie auch immer. Ich bin nicht gläubig.«

»Das ist egal. Gott glaubt an Sie.«

»Und was habe ich davon?«

»Vielleicht nichts außer Schmerz und Verzweiflung.«

Im Blick der jungen Frau lag eine Selbstsicherheit, für die Anne sie bewunderte. Sie nahm aber auch das Herausfordernde wahr, das sie ihr unmissverständlich übermittelte.

»Demut hat Sie der Glaube nicht gelehrt«, sagte Anne, neugierig auf die Reaktion von ihr.

Die Nonne zog die Kapuze vom Kopf, und ein modischer Kurzhaarschnitt kam zum Vorschein.

»Die Zeit der Demut ist vorbei. Wenn Gott uns nach seinem Ebenbild geschaffen hat, wieso sollte er wollen, dass wir vor ihm kriechen?«

»Ich wollte Sie provozieren. Verzeihen Sie mir. Eine theologische Diskussion kann ich unmöglich mit Ihnen führen, dafür weiß ich zu wenig. Eine normale Nonne sind Sie aber bestimmt nicht.«

»Ihr Problem ist das Wort *normal*. Damit grenzen Sie alles aus. Ich bin keine normale Nonne, das ist keine normale Kirche, und Sie sind keine normale amerikanische Touristin. Und Sie haben keine normale Tochter, die auch keine normale Freundin hat.«

Anne sah die Nonne überrascht an. »Woher wissen Sie von Alisa und Chess?«

»Ich habe den Mädchen die Wohnung im Kloster gezeigt. Alisa hat ein Bild von ihrer Familie mit.«

»Wozu soll ich also glauben?«

»Um das Wort *normal* loszuwerden und um Ihre Tochter zu behalten. Mehr kann ich Ihnen nicht sagen.« Die junge Nonne stand auf.

Anne hielt sie am Arm fest. »Sie haben mir Ihren Namen nicht gesagt.«

»Ich habe keinen.«

»Genauso wenig, wie meine Tochter ein Bild ihrer Familie mit hat.«

Die Nonne lächelte ihr zu. »Nichts verbindet zwei Menschen so stark wie eine Lüge.«

»Bevor Sie gehen, sagen Sie mir, ob Alisa sicher ist im Kloster.«

Die Nonne setzte sich wieder und nahm Annes Hand. »Im Moment gibt es keinen Ort, wo sie sicherer wäre. Das schwöre ich Ihnen im Angesicht Gottes.«

»Gott konnte nicht mal seinen eigenen Sohn beschützen.«

»Es waren nur zwölf, und es gab einen Verräter unter ihnen.«

»Warum hat er ihm nicht geholfen, wenn er so allmächtig ist?«

Die Nonne stand auf. Ihr Blick, eine Mischung aus Mitleid und Hochmut, brannte in Annes Augen. »Eins der beiden Mädchen kennt die Antwort.«

Die Wohnung war dunkel. Anne machte kein Licht und legte sich auf das Sofa. Eigentlich hätte sie gerne ein Glas Rotwein getrunken, aber Tom trank für sie beide. Es stieß sie ab. Ihr Kopf wurde schwer und sank in das Kissen.

Schick mir ein Zeichen. Irgendwas.

Anne träumte. Sie war unter Wasser. Eine Familie von Schwertfischen schwamm an ihr vorbei. Sie konnte die Wellen über sich sehen, aber es gab keinen Himmel. Der größte löste sich aus der Gruppe. Sie erkannte die leuchtenden großen Augen wieder. Es war der Fisch aus der Basilika. Stumm schwebte er vor ihr. Fast regungslos. Ein Kind fiel ins Wasser und sank langsam nach unten. Direkt an Anne vorbei. Es war Alisa. In einem weißen Kleid, das blutbesudelt war. Matt schwangen ihre Arme im Rhythmus der Wellen. Zwei der Schwertfische fingen sie auf und bremsten ihren Fall durch das Wasser. Ein roter Nebel ihres Blutes umgab Alisa. Anne versuchte zu schreien, streckte einen Arm nach ihr aus. Aber es war zu weit. Die Schwertfische, auf deren Rücken Alisa lag, sanken langsam in die Tiefe. Nur Annes Fisch aus der Basilika sah sie immer noch aus kalten Augen an. Blut strömte unaufhörlich aus seinen Kiemen. Tot trieb er zur Oberfläche und nahm ihr Bewusstsein mit.

»Da draußen ist die Hölle los.« Tom rannte in das Wohnzimmer, ergriff Annes Arm und zog sie vom Sofa. Anne rieb sich die verkrusteten Tränen aus den Augen. »Was ist denn?«

»Du musst es sehen.«

Tom und Anne liefen durchs Treppenhaus nach draußen und vorbei am Café Florian Richtung Uferkante.

Da sah sie ihn. Regungslos lag er auf dem Boden. Nur seine Finne fiel matt von einer auf die andere Seite. Er war aus dem Wasser über die Uferkante gesprungen. Die rote Spur auf dem Boden zeigte die Strecke, die er gerutscht war. Seinen Leib aufgescheuert hatte.

Anne rannte zu ihm und kniete sich hin. Es war der Fisch aus ihrem Traum. Ihr Fisch. Er lag im Sterben.

»Wieso hast du das gemacht? Das wollte ich nicht.« Anne weinte wie ein Kind.

Die junge Nonne kniete sich neben sie und nahm ihre Hand. Anne schluchzte. »Ich hatte um ein Zeichen gebeten. Aber doch nicht seinen Tod gewünscht.«

»Sie sind nicht schuld«, sagte die Nonne sanft.

»Wer sonst? Ihr Gott ist grausam.«

»Sie müssen aufstehen, bevor Sie noch mehr Aufmerksamkeit erregen.«

Anne sah die Beunruhigung in den Augen der jungen Frau. Tom stand etwas weiter hinten. Er machte einen Schritt auf sie zu, aber sie gab ihm ein Zeichen. Dann drehte sie sich zu der Nonne. »Wieso hat er nicht einfach eine Rose auf meinem Tisch erscheinen lassen? Wo ist die Barmherzigkeit, die in jeder Kirche gepredigt wird?«

Die junge Nonne sah sie an. »Soweit wir es verstehen, endet das Zeitalter der Barmherzigkeit mit dem Erscheinen Ihrer Tochter.«

Anne taumelte. Die Worte der Nonne waren wie ein Schlag ins Gesicht. »Wer ist *wir*?«

»Wir sind die, die versuchen, Alisas Leben zu retten. Es hat sich nichts daran geändert, dass man den Überbringer der schlechten Botschaft als Erstes hinrichtet. Und wenn Sie jetzt nicht sofort aufstehen und gehen, kann auch ich Ihrer Tochter nicht mehr helfen. Gehen Sie. Jetzt.«

Die Nonne zog ihre Kapuze tief in ihr Gesicht und eilte über den Platz davon.

Anne war umringt von Touristen, die ihre großen Objektive direkt auf den Fisch richteten. Das Leben war aus seinen Augen gewichen.

»Was wollte sie?«, fragte Tom.

»Sie hat sich nur dafür bedankt, dass ich Anteilnahme am Tod des Fisches gezeigt habe.«

Nichts verbindet so sehr wie gemeinsames Lügen.

Alisa saß konzentriert an dem großen Tisch und schrieb, was Chess ihr diktierte.

Leise trat Anne ein.

Alisa hob die Hand. »Noch fünf Minuten, Mom.«

Chess stand auf, las weiter vor und stellte dabei einen Stuhl für Anne hin. Es ging um Farne und deren Verbreitung, welchen Zweck sie in der Natur erfüllten und wie man sie am besten großzog.

Das Zimmer war überfüllt mit Büchern. Das Regal reichte schon lange nicht mehr aus. Auf jedem Bücherstapel lag ein kleiner Zettel, der die einzelnen Titel unter ihm auflistete.

Anne nahm eins der Bücher hoch und schlug die Seite auf, die durch ein Lesezeichen markiert war. Formeln. Endlose Reihen und Symbole. Hinter einigen Gleichungen war ein Ausrufezeichen.

»Damit bin ich schon seit Wochen durch.« Chess hatte aufgehört vorzulesen.

»Hast du es verstanden?«, fragte Anne.

»Ja. Aber es ist langweilig, und man könnte es auch abkürzen. Das ist zu kompliziert.«

»Hast du den großen Fisch auf dem Markusplatz gesehen?«, fragte Alisa.

»Woher weißt du davon?« Anne ging zum Sofa und nahm Alisa auf den Schoß.

»Im Kloster wird von nichts anderem geredet. Die haben sogar die Fernseher im Speisesaal angemacht, was sonst nie passiert.«

»Bist du traurig deswegen?«

Alisa schüttelte den Kopf.

»Nicht ein bisschen?«, fragte Anne besorgt nach.

»Er hatte ein tolles Leben, ganz viele Kinder und Spaß im Wasser. Er ist absichtlich auf den Platz gesprungen, weil er eine Nachricht überbracht hat.«

»Hat er dir das gesagt?«

Alisa verdrehte die Augen. »Mom, Fische können nicht sprechen. Du musst mich ernst nehmen.«

»Entschuldige. Aber woher willst du es wissen?«

»Ich habe es geträumt. Es war ein schöner Traum. Der Fisch war glücklich.«

»Aber er ist gestorben.«

»Das heißt nur, dass er nicht mehr in dieser Welt ist.«

»Wo wir gerade bei Fisch sind – ich hab Hunger«, Chess sah auf ihre Uhr.

»Mom, du musst mit uns zusammen mittagessen. Es schmeckt toll.«

»Es ist gerade mal elf Uhr.«

»Unser Frühstück ist sechs Stunden her.«

Anne deutete auf den Bücherstapel. »Nervt es euch nicht, Latein zu lernen?«

»Nein. Chess braucht es für ihre Mathematik und ich für Kunst und Musik. Außerdem ist es nicht so schwer, wenn man Italienisch kann. Lass uns gehen. Ich verhungere.«

Zu dritt huschten sie durch die große Schwingtür der Küche und blieben stehen. Anne sah sich erstaunt um. »Das ist ja riesig hier.«

Eine der Küchenhilfen kam.

»Wir brauchen bitte noch ein Gedeck«, sagte Alisa. »Du bist heute unser Gast, Mom.«

Gemeinsam mit Anne streiften sie durch die Reihen, vorbei an den glühenden Pfannen und großen Töpfen, deren Inhalt leise vor sich hin blubberte.

Sie nahmen sechs Austern mit, die der Koch kurz vorher in den Ofen geschoben hatte, und setzten sich an einen Tisch.

»Parmesan?«, fragte die Küchenhilfe.

Alisa nickte. Auf die beiden Austern von Chess hobelte er vorsichtig einige dünne Scheiben Trüffel, dann stellte er das zusätzliche Geschirr ab und brachte eine Flasche selbst gemachte Limonade mit.

»Langsam wird mir klar, warum Ihr hier nicht wegwollt. Wieso hast du Trüffel auf deinen Austern, Chess?«

»Chess bekommt praktisch auf alles, was sie isst, Trüffel«, erklärte Alisa. »Sie ist süchtig.«

Chess trat Alisa unter dem Tisch. »Bin ich nicht. Es schmeckt mir nur so am besten.«

Ein Koch stellte eine Kupferpfanne mit rosa angebratenem Fleisch vor sie hin. Dazu gab es Brokkoli, Linsen, Karotten und frisch gebackenes Brot. Das große Stück Kräuterbutter auf dem Fleisch zerlief, und die Mädchen tunkten das Brot in die Soße, die sich am Pfannenboden bildete.

Eine Vanillecreme mit Himbeeren aus dem eigenen Garten war der Abschluss des Mittagessens. Zufrieden und satt lehnten sich Alisa und Chess zurück.

»Hast du schon mal so gut gegessen, Mom?«

»Nein. Es ist wirklich unglaublich. Warum sie das wohl machen?«

»Was machen?«

»So zu kochen. Schaut euch die Küchenmannschaft an. Es sind bestimmt fünfzig Leute.«

Die Mädchen sahen sich fragend an.

»Du meinst, es wird nicht in jedem Kloster so gekocht?«, fragte Alisa.

»Auf keinen Fall, und die würden das hier nicht tun, wenn es nicht einem bestimmten Zweck dienen würde.«

»Welcher sollte das sein?«, fragte Chess.

»Keine Ahnung. Wo ist der Speisesaal?«

»Man nennt es hier Refektorium. Er ist riesig. Hier ist es viel gemütlicher. Außerdem machen dann die Köche immer etwas extra für uns.«

Anne stand auf und streckte die Hand aus. »Dann gehen wir doch mal auf Erkundungstour.«

Sie liefen durch die Küche zu einer großen Tür, die sich nicht schloss, weil andauernd Köche hindurchliefen.

Von der offenen Holzkonstruktion der Decke hingen hunderte von kleinen Lampen und sorgten für eine gleichmäßige Beleuchtung. Der

Korpus der Säulen, die einen Rundgang bildeten, war aus buntem Marmor. Lange Querbalken durchzogen den Raum, von denen Monitore das Geschehen in der ganzen Welt zeigten. Anne setzte sich mit den Kindern etwas abseits, um es auf sich wirken zu lassen.

Sie war schon mal in einem Kloster gewesen. Ein verlängertes Wochenende um sich in der Abgeschiedenheit einer fremden Welt zu erholen. Dies hier war völlig anders. Die Menschen, die sie sah, waren Wissenschaftler aus den unterschiedlichsten Regionen der Erde. Von arabischen Gewändern bis englischen Maßanzügen war alles vertreten.

»Was meint ihr, was die hier alle machen?«, fragte Anne.

Chess grinste Anne frech an. »Essen.«

»Sehr witzig. Was ist ihre Aufgabe?«, fragte Anne und kniff Chess in den Arm.

»Also Mönche sind es keine«, sagte Alisa und gähnte.

»Die sehen alle nach Lehrern aus. Auf alle Fälle sind sie schlau«, sagte Chess.

»Keiner von denen ist so schlau wie du, Chess.«

Chess lachte. »Das stimmt. Wir müssen weitermachen. Alisa Gitarre üben und ich Mathe.«

»Ich brauche wohl nicht zu fragen, ob ihr am Wochenende kommt, oder?«

»Es ist eh bald vorbei. Es ist so schade.«

Chess nickte. »Ich würde gerne hierbleiben. Bei den Trüffeln.«

Alisa stand auf und streckte ihrer Freundin die Hand hin. »Und bei mir.« Gemeinsam liefen sie aus dem Saal.

Anne blieb sitzen und sah den Kindern hinterher. Sie konnte verstehen, dass sie sich hier wohlfühlten. Es war eine eingeschworene Welt für sich, und beide verstanden instinktiv, dass es in dieser Welt um sie ging. In Mestre war es zu beengt, und es brauchte Organisation, damit die Mädchen das Notwendige hatten. In San Marco gab es alles im Überfluss. Nur eines nicht. Geborgenheit.

Es ist ihre Welt, und ich bin Gast.

Jemand reichte ihr ein Taschentuch.

Die junge Nonne hatte neben ihr Platz genommen. »Sie weinen.«
Anne wischte sich die Tränen ab. »Verzeihen Sie. Ich war in Gedanken versunken.«

»Es gibt nichts zu verzeihen. Ich habe hier viel geweint.« Die Nonne überlegte einen Moment. »Eigentlich fast nur in den Jahren meiner Kindheit.«

»Sie sind hier aufgewachsen?«

»Ja. In den Kellern.«

»Die Mädchen fühlen sich sehr wohl hier.«

»Sie sind wirklich besonders. Aber sie haben ja auch ihre Eltern in der Nähe. Für mich war es ganz anders.«

»Wo waren Ihre Eltern?«, fragte Anne.

»Ich war auf mich allein gestellt«, sagte die Nonne ausweichend.

»Weswegen haben Sie geweint?«

»Vor zehn Jahren habe ich einen Fehler gemacht, für den meine Tochter jetzt büßen muss.«

»Wenn Sie glauben könnten, würden Sie sehen, dass dieser Fehler vielleicht notwendig war, um Ihre Tochter zu dem zu machen, was sie ist.«

Anne sah sie überrascht an. »Sie meinen, es war von Gott so gewollt?«

Die Nonne kam Anne ganz nah. »Ich meine, dass Alisa und Chess ein Wunder sind, und egal, wie es dazu kam, Sie dürfen niemals auch nur ansatzweise das Wort *Fehler* in den Mund nehmen. Denn Sie maßen sich damit an, beurteilen zu können, was richtig oder falsch ist. Was normal oder unnormal ist. Sie müssen blind sein, wenn Sie es nicht sehen. War der Fisch nicht Beweis genug?«

Anne stand auf. »Verzeihen Sie, ich wollte Ihre religiösen Gefühle nicht verletzen.«

Die Frau schnellte hoch. »Ich habe überhaupt keine religiösen Gefühle. Der Glaube hat mir geholfen, etwas zu verstehen, das nicht auf dieser Welt war. Das ist jetzt nicht mehr nötig.«

»War?«, fragte Anne. »Was hat sich verändert?«

»Gott hat jemanden gesandt.«

»Wen?«

»Ihre Tochter.«

Anne schüttelte heftig den Kopf, um das Entsetzen über diese Aussage der jungen Nonne zu vertreiben. »Unsere Welten sind einfach zu verschieden. Ich respektiere Sie, und die Mädchen mögen Sie. Aber am Ende des Tages sind es Kinder. Und das Einzige, was ich möchte, ist ein normales Leben für sie.«

»Haben Sie sie gefragt? Ob die Mädchen das auch möchten?«

»Sie sind viel zu jung, um das überhaupt beurteilen zu können.«

Die Nonne machte einen Schritt zurück. »Sie sind gebildet und wollen das Beste für Ihre Tochter.«

»Aber?«

»Sie werden sie verlieren, wenn Sie nicht die Angst überwinden, auf das zu sehen, was Alisa ist. Das Kloster ist ein sicherer Ort, aber es wird auch ein Ort der Prüfung sein. Glaube und Prüfung sind untrennbar miteinander verbunden.«

»Sie sind hier aufgewachsen. Anscheinend wenig glücklich. Was half Ihnen, diese Prüfung zu bestehen?«

»Ich habe jeden Tag, in der Dunkelheit der Kellerverliese, gegen die Mauern gebrüllt. So lange, bis ich mein Blut an den Steinen sah.«

»Ist es das, was meine Tochter erwartet?«

»Wer kann das wissen«, sagte die Nonne ganz leise, in sich gekehrt, als ob sie jemand anderem zuhören würde. »Das, was vor zweitausend Jahren geschehen ist, darf sich nicht wiederholen.«

»Ich brauche einfach Zeit. Es ist mir einfach unmöglich, das hier zu verstehen.«

»Zeit ist das Einzige, was es hier nicht im Überfluss gibt«, sagte die Nonne. »Beeilen Sie sich.«

Auf dem Weg aus dem Gebäude sah Anne eine Hinweistafel zur Gemäldegalerie. Leise ging sie die Stufen nach unten. Es waren acht Säle, die durch kleine Torbögen miteinander verbunden waren, und in jedem waren vier oder fünf Gemälde. Fast alle zeigten christliche Themen.

116

Von der Ferne sah sie eine große Wand, die nur ein kleines Bild trug. Sie betrat den Raum.

»Du musst leise sein«, flüsterte Chess. Sie hielt Alisa im Arm, die schlief.

»Was macht ihr hier?«, fragte Anne.

»Immer nach dem Essen gehe ich mit Alisa hierher. Sie liebt die Madonna. Wir setzen uns, und sie schläft eine Stunde.«

»So lange hältst du sie?«

»Ja. Wer soll es sonst tun?«

Anne sah zur Madonna. Das Blau ihres Umhanges und die Zärtlichkeit, mit der sie die Hand hob, um ihr Gegenüber um etwas Geduld zu bitten.

»Sie ist wundervoll, Mom«, murmelte Alisa mit geschlossenen Augen.

»Ja. Aber ich weiß nicht, warum.«

»Du musst es fühlen, sonst ist es nicht zu verstehen.«

Anne sah die Frau auf dem Bild an.

Die einzige Einsicht, die ich hier finde, ist, dass ich niemals Zugang zu dieser Welt haben werde.

Sie schwiegen. Chess legte ihren Kopf auf den von Alisa und schlief ebenfalls ein.

Ihr Arm tat weh vom harten Marmorboden. Chess rappelte sich auf. »Was tust du da?«

Alisa saß direkt vor dem Bild der Madonna.

»Sie sagt was.«

»Wer sagt was?«

»Die Madonna. Ich kann es hören, aber es ist zu leise, um es zu verstehen.«

Chess stellte sich neben sie. »Alisa, ich höre nichts. Es ist ein Bild.«

»Ich bin ganz sicher. Wir haben doch noch den Kassettenrekorder.«

»Was willst du damit?«

»Wir holen ihn. Ich erkläre es dir auf dem Weg.«

Gemeinsam liefen sie in die Wohnung. Alisa zog die Schubladen ihrer Kommode auf. »Irgendwo muss er sein.«

Chess kam mit dem bunten Gerät aus ihrem Schlafzimmer.

»Ich habe ihn.«

»Wo war er?«

»Unter dem Bett.«

Alisa sah sie an. »Wie kommt er dahin?«

»Ich wollte mal was ausprobieren«, sagte Chess ausweichend.

»Egal. Los, komm.«

Sie rannten die Treppe runter zur Gemäldegalerie. Das Licht war gedämpft, und ein Spot beleuchtete das Bild der Madonna.

Alisa setzte sich und und schaltete das Mikrofon an.

»Es leuchtet nichts«, sagte Chess.

»Kommt gleich.«

Mit beiden Zeigefingern drückte sie die Aufnahme- und die Abspieltaste fest herunter. Ein lautes Knacksen bestätigte das Einrasten der Tasten. Die Zeigerinstrumente bewegten sich nicht.

»Du hast recht. Er läuft nicht.«

Sie drehte das Gerät um und öffnete das Batteriefach. Es war leer.

»Mist. Daran habe ich gar nicht gedacht. Und jetzt?«

»Lass ihn stehen. Wir haben noch so viel zu tun. Nach dem Abendbrot kaufen wir Batterien beim Kiosk.«

Alisa schob den Rekorder direkt unter das Bild an die Wand.

Sie liefen die Treppe hoch.

Plötzlich blieb Alisa stehen. »Der Rekorder steht noch auf Aufnahme.«

Chess zog sie weiter. »Das ist doch total egal. Er läuft eh nicht.«

Den ganzen Nachmittag verbrachten die Mädchen damit, ihre Hausaufgaben zu machen. Chess tüftelte an einer der Matheaufgaben von McPherson, während Alisa einen Aufsatz in Italienisch schrieb. Nach zwei Stunden ließ sich Chess erschöpft auf die Couch fallen. »Noch eine Minute länger und mein Kopf explodiert.«

»Dann sehe ich endlich mal Tinte.«

»Ich bin Tinte.«

»Bist du nicht. Du bist viel mehr.« Alisa strich Chess durch die Haare.

»Nur durch dich«, sagte Chess leise.

Eine Pause entstand.

»Lass uns jetzt gleich noch Lateinvokabeln lernen, dann haben wir es hinter uns.« Sie stand auf, holte das Buch und schlug die nächste Seite auf.

Mittlerweile dämmerte es. Die Sonne färbte die Wand aus Sandstein in ihrer Wohnung orange.

»Du bist gut. Alles richtig.« Alisa klappte das Buch zu. »Wir gehen jetzt essen. Ich habe Hunger.«

Sie schlossen die Wohnungstür hinter sich und reihten sich in den Strom der Menschen im Kloster ein, die sich alle auf den Weg in den Speisesaal machten.

Der Marmor des Bodens war durchzogen von weißen Adern, die Farben wechselten von Rosa über Blutrot zu Dunkelbraun.

»Irgendwann tritt dir jemand auf die Zehen. Warum trägst du seit Wochen keine Schuhe mehr?«, fragte Chess.

»Ich erweise den Böden Respekt. Außerdem ist es total angenehm. Du musst es versuchen.«

»Nicht, wenn ich mit hundert Leuten zum Essen laufe.«

Chess setzte sich an einen Tisch, während Alisa sich anstellte. Sie erinnerte sich an die Reiseführer, die sie mit ihrem Vater immer gelesen hatte. Afrikaner, Japaner, Chinesen, Männer und Frauen in Gewändern, die sie noch nie gesehen hatte, und Europäer bildeten die Weltbevölkerung ab. Jeder hatte ein winziges Stück seiner eigenen Welt mitgebracht, was sich durch die landestypischen Gesten, fremden Sprachen und unterschiedlichen Essgewohnheiten äußerte.

Es gibt keinen Ort, an dem ich lieber sein möchte, dachte sie.

Alisa kam mit zwei Tellern in der Hand an den Tisch. »Für dich mit Trüffel.«

»Was sind das für rote Flocken auf deinem Rührei?«

»Chili. Total scharf, aber lecker.«

Nach einigen Minuten hatten beide aufgegessen und brachten ihr Geschirr zur Rückgabe.

»Hast du Geld?«, fragte Chess.

Alisa nickte. »Reicht für die Batterien und was Süßes für uns.«

»Weißt du denn, welche Größe?«

Alisa verdrehte die Augen. »Wir schauen schnell nach.«

Sie krabbelten unter der schweren Eisenkette hindurch. Eigentlich war die Galerie bereits geschlossen, aber sie wussten, dass niemand etwas sagen würde, wenn sie trotzdem hineingingen.

Der Gang, der zu dem Raum führte, wo die Madonna hing, war dunkel.

Chess nahm Alisas Hand. »Es ist irgendwie gruselig.«

»Sie passt auf uns auf.«

Alisa und Chess bogen ab, betraten den quadratischen Saal und blieben wie angewurzelt stehen. Zwei grüne und eine rote Lampe leuchteten an dem Rekorder.

»Jemand hat schon Batterien hineingetan«, stellte Alisa fest. Chess sah stirnrunzelnd auf das Gerät. »Wer sollte das machen? Außerdem steht er immer noch an der gleichen Stelle. Er ist nicht bewegt worden.«

Vorsichtig näherten sie sich dem Gerät, als ob es ein seltenes und scheues Tier wäre. Ein Brummen war zu hören.

»Was ist das?«, fragte Chess.

Alisa kniete sich auf den Boden und drückte die Stopptaste. Das Geräusch war weg. »Ich muss zurückspulen, bevor wir es uns anhören können.« Die Rückspultaste rastete mit einem lauten Knacken ein.

Angestrengt sah Alisa in der Dunkelheit auf die Kassette. Sie gab ein schleifendes Geräusch von sich. Mit einem lauten Plopp stoppte der Rücklauf.

Alisa drückte auf die Abspieltaste. Nichts passierte. Auch nach dem dritten Versuch standen die kleinen Spulen immer noch still.

Sie schlug mit der Hand auf den Boden. »Mist. Mist. Mist. Es klemmt.«

»Wir nehmen ihn erst mal mit. Es gibt bestimmt eine Lösung«, sagte Chess.

In der Wohnung angekommen legten sie den Rekorder auf den Tisch.

»Das Fach ist nicht zu öffnen.« Alisa kratzte mit ihren Fingern an der Kante der Klappe. Keine der Lampen leuchtete.

Chess drehte den Rekorder herum und öffnete das Batteriefach. Wortlos zeigte sie Alisa die Unterseite des Gerätes. Das Fach war leer.

»Wie ist das möglich?«, flüsterte sie.

Zitternd stellte Chess den Rekorder wieder auf die Holzplatte. »Vielleicht hast du doch recht, und die Madonna hat etwas darauf gesprochen.«

Alisa nahm das Gerät und drückte es an ihren Bauch. Wiegte es wie eine Puppe. Dann sah sie zu Chess. »Wir sollen die Nachricht jetzt noch nicht hören. Die Madonna soll entscheiden.«

»Es ist nur ein Bild.«

»Jetzt nicht mehr. Wir dürfen es niemandem sagen.«

»Was willst du machen?«

»Warten. Irgendwann geht es.« Alisa legte den Rekorder in die Kommode. »Es ist bestimmt wichtig, was darauf ist.«

Ruhig ging Alisa mit der Gitarre in der Hand in die Mitte des Cafés. Sie stellte sich vor das Mikrofon und tippte mit dem Finger darauf. Das *Pok* hallte durch den ganzen Saal. Sie setzte sich auf den kleinen Barhocker, der extra für sie kleiner gemacht worden war.

»Heute ist mein erster richtiger Auftritt«, sagte sie ins Mikrofon. »Ich habe fünf Lieder vorbereitet und eine Zugabe. Aber ich möchte, dass Sie nur klatschen, wenn es Ihnen auch wirklich gefällt. Sonst ist es gemein.«

Alisas Finger berührten die Saiten ihrer Gitarre. Die Töne entfalteten sich, wurden immer größer und füllten das Café. Alisa schloss die Augen. Dann begann sie zu singen.

Es war vergleichbar mit dem Flug eines Adlers, der majestätisch kreisend sich von der Thermik tragen ließ. Die Menschen vergaßen alles um sich herum und konzentrierten sich auf etwas, das in ihnen lag. Das sie lange vergessen hatten und nun wiederfanden.

Nach dem fünften Musikstück breitete sich Ruhe aus. Niemand sprach. Kein Klatschen war zu hören.

»Wie fanden Sie es? Soll ich meine Zugabe spielen?«, flüsterte Alisa etwas unsicher ins Mikrofon.

In dem Moment brandete tosender Beifall auf. Die Menschen standen auf und klatschten begeistert.

Alisa schloss die Augen und wurde zu dem, was sie war. Eine Prophetin der Musik.

Beide Zugaben hatte Alisa gesungen, und das Café begann sich zu leeren.

Saguso hatte sich an ihren Tisch gesetzt. »Wie lange hast du das geübt?«, fragte er.

Zur Antwort hielt Alisa ihre Hand hoch. Die Fingerkuppen waren wund.

»Dann ist das hier dein gerechter Lohn. Du musst unterschreiben.«

Anne beugte sich nach vorne und sah kurz auf die Quittung. »Das ist doppelt so viel, wie wir ausgemacht haben.«

»Sehen Sie sich um. Es sind auch doppelt so viele Gäste wie sonst hier.«

Alisa nahm den Umschlag und steckte ihn ein. »Ich teile mit Chess, und dann stimmt es wieder. Wir müssen zurück zum Kloster.«

Chess trug Alisas Gitarrenkoffer, und gemeinsam verließen sie das Gritti.

Nachdenklich sah Saguso zu Anne. »Ihre Tochter ist ein Star.«

Anne lächelte ihm zu und schüttelte gleichzeitig den Kopf. »Alisa ist ein Kind, das gut singen kann. Vielleicht ist nach der Pubertät alles vorbei.«

»Sie täuschen sich. Ich habe viele berühmte Menschen in diesem Hotel getroffen. Viele waren unsympathisch, manche nett. Aber sie hatten alle etwas gemeinsam. Wenn sie einen Raum betraten, veränderte sich alles. Das Gleiche passiert bei Alisa und ihrer Freundin.«

Anne stellte ihre Kaffeetasse zurück. »So etwas Ähnliches hat mir schon jemand gesagt. Es ist gar nicht so lange her. Sie unterstützen Alisa. Warum tun Sie das?«

Er überlegte einen Moment. »Ich könnte jetzt sagen, weil es gut für das Hotel ist. Aber die Wahrheit ist, dass ich etwas spüre in ihrer Gegenwart, das mich verpflichtet.«

»Hat es was mit Religion zu tun?«

»Schwer zu sagen. Es ist eine Form der Ehrerbietung. Man wächst an den Mädchen.«

»Auf den Koffer musst du dich draufsetzen, sonst bekomme ich den niemals zu.«

»Umso besser.« Chess setzte sich im Schneidersitz auf ihr Bett. Morgen würde das Schulprojekt enden und damit auch ihr Aufenthalt im Kloster.

»Die Sommerferien werden richtig gut«, versuchte Alisa Chess aufzumuntern. »Wir haben genug Geld, mit dem wir machen können, was wir wollen.«

Chess sah auf ihre Füße. »Wir brauchen gar nicht so viel Geld. Schwimmen ist umsonst.«

Alisa setzte sich neben sie und nahm ihre Hand. »Wieso bist du so traurig?«

Chess' Augen wurden glasig, aber sie sagte nichts.

»Du willst hier nicht weg, oder?«

»Du doch auch nicht.«

»Nein. Natürlich nicht«, sagte Alisa leise. »Aber wir haben keine Wahl.«

Es klopfte an der Tür, Alisa rannte aus ihrem Schlafzimmer und kam mit Luna zurück.

»Das sieht hier nach Kriegsrat aus«, stellte sie fest.

»Rat der Traurigkeit«, sagte Chess.

»Wieso? Vielleicht kann ich helfen.«

»Wir wollen nicht weg. Können wir nicht bleiben?«

»Warum?«

»Hier kann ich am besten denken. Die ganzen wundervollen Bücher über Mathematik ... Außerdem gibt es Trüffel.« Die junge Frau musste lachen. »Hab schon gehört, dass es dir die Trüffel angetan haben. Und du, Alisa?«

»Hier ist der Ort, an dem Chess glücklich ist, also ist es auch der Ort, an dem ich sein möchte. Außerdem ist es toll, auf den Marmorböden barfuß zu laufen.«

»Was wäre, wenn ich das möglich machen könnte?«

Chess sprang auf. »Mein Vater würde es erlauben, da bin ich sicher.«

»Meine Eltern niemals«, meinte Alisa deprimiert.

Chess nahm Alisas Hand. »Wir müssten es ihnen ja nicht sagen.«

Alisa sah Chess fragend an. »Was soll ich ihnen erzählen, wo ich bin?«

»Bei mir in Mestre.«

»Und wenn sie anrufen?«

»Mein Vater würde für uns lügen.«

Alisas Stirn legte sich in tausend Falten. »Du hast ihn schon gefragt, oder?«

Chess nickte. Sie traute sich aber nicht, Alisa anzusehen.

»Wir versuchen es. Wenn es rauskommt, kriege ich den schlimmsten Ärger meines Lebens, aber das ist egal.«

»Hier könnt ihr nicht bleiben«, sagte Luna. »Man kann sich kaum bewegen, so viele Bücher habt ihr geholt.«

»Ich brauche aber alle. Und Alisa braucht alle Bücher über Musik und Kunst.«

Luna lächelte. »Dann bleibt nur umziehen. Den Koffer habt ihr ja schon gepackt.«

»Wohin? Wir wollen doch im Kloster bleiben.«

»Glaubt ihr, es gibt nur eine Wohnung hier?« Die junge Nonne stand auf und hielt beiden die Hände hin. »Ihr habt einen Termin zur Wohnungsbesichtigung.«

Sie folgten einem langen Gang, der direkt in ein Eck des Klostergebäudes führte.

Alisa sah Luna erstaunt an. »Der Boden ist ganz warm. Ich kann es an meinen Füßen spüren.«

»Hier liegen die Wohnungen, die man für hohe Würdenträger der Kirche und Gesandte des Königs immer bereithielt. Damals gab es ja keine Heizungen. Deshalb hat man die Kamine der Küche hier entlanggeführt, um den Boden anzuwärmen. Heute weiß das aber keiner mehr.«

»Nur die, die barfuß laufen«, sagte Alisa und deutete auf ihre Füße.

Luna öffnete die Eingangstür, und sie standen in einem großen Raum. Im Boden waren Einlegearbeiten aus Marmor, die zwischen den langen Holzbalken Quadrate bildeten. Die Wände waren glatt geschliffen, und in den Ecken des Raumes befanden sich Säulen mit Kapitellen, welche die schweren Balken der Holzdecke abstützten. Mäanderbänder liefen am Übergang von den Wänden zur Decke.

»Der Kamin ist so groß, dass ich mich reinstellen kann.« Chess hob ihre Hand, um die Oberseite zu erreichen.

»Feuer dürft ihr darin aber nicht machen. Es ist zu gefährlich«, warnte Luna. »Oder ihr fragt jemanden nach Hilfe.«

Alisa schnupperte. »Es riecht gut.«

Rechts schlossen sich ein Bad und ein kleiner Raum an. Das Bad war komplett aus Stein. Es gab einen langen Trog mit Spiegel darüber. In der Wand waren Stufen, auf denen Handtücher lagen.

»Es sieht aus wie in einer Burg«, sagte Chess.

»Nur, dass wir keine Königinnen sind. Haben wir keine Dusche?«, fragte Alisa.

Luna zwinkerte Chess zu. »Stell dich einfach mal in das Eck.«

Alisa lief in das Eck, wo ein Abfluss im Boden eingelassen war. Augenblicklich ergoss sich ein Platzregen aus winzigen Löchern an der Decke über sie. Alisa schrie auf und sprang aus dem Eck heraus.

Luna lachte. »Es tut mit leid. Aber ich konnte nicht widerstehen.«

Alisa sah nach oben. »Total witzig. Wie hat die Dusche gewusst, dass ich darunter stehe?«

»Kleine Lichtschranken.«

Chess nahm ein Handtuch und hielt es Alisa hin. »Ich hole dir trockene Sachen. Lustig war es aber schon.«

Alisa zog die nassen Kleider aus und trocknete sich ab.

»Bist du sauer auf mich?«, fragte Luna.

»Ein bisschen. Aber ehrlich gesagt habe ich Angst, dass meine Eltern herausfinden, dass ich gar nicht aus dem Kloster gezogen bin.«

»Wenn es wirklich so weit kommt, schieben wir die Schuld auf mich. Dann teilen wir uns den Ärger.«, sagte Luna. »Ich habe noch was für dich. Damit du mir nicht böse bist.«

»Was ist es?« Alisa rubbelte sich die Haare trocken.

Luna gab ihr zwei Seiten, auf denen Termine eingetragen waren. »Du interessierst dich doch für Kunst. Oft kommen Professorinnen und Professoren von der Universität Mailand mit ihren Studierenden, um die Bilder zu besprechen. Du kannst bei allen Führungen mitlaufen. Es ist so abgesprochen.«

Alisas Augen leuchteten. »Wie hast du es geschafft, dass sie mich mitnehmen?«

»Ganz einfach. Es war Grundbedingung dafür, dass sie kommen dürfen.«

Nachdem Chess Alisa trockene Anziehsachen gebracht hatte, führte Luna sie zur anderen Seite der Wohnung, wo sich das Schlafzimmer befand. Das Bett, ein japanischer Futon, lag flach auf dem Boden.

Chess ließ sich darauf fallen. »Es ist wie bei mir zu Hause.«

»Gefällt es euch?«

Alisa lächelte. »Jetzt braucht Chess keine Angst mehr zu haben, aus dem Bett zu fallen.«

»Hab ich gar nicht. Ich fühle mich nur in der Nähe des Bodens wohler.«

Gegenüber dem Bett war eine Tür. Sie führte zur Terrasse. Rosensträucher und Efeu rankten sich um das Geländer aus Sandstein. Von der einen Seite konnten sie direkt auf das Meer schauen, von der anderen in den Park des Klosters.

»Es ist wundervoll. Ich kann wieder unter den Sternen schlafen«, sagte Chess.

Alisa legte den Arm um sie und flüsterte: »Mit mir.«

Luna hatte einige Mönche gebeten zu helfen, und so war der Umzug in die neue Wohnung bis zum frühen Abend geschafft. Chess sah zufrieden zur Bücherwand.

»Fast so wie im großen Saal. Fehlen nur noch die Greifer.«

»Rechts ist Mathe, links ist Kunst und Musik«, sagte Alisa und stieß Chess so fest an, dass sie fast umfiel. »Vielleicht können wir dann den *Chess-muss-hochgetragen-werden-Service* beenden.«

»Ich mache es nicht absichtlich. Nur werde ich plötzlich total müde, und dann wache ich am nächsten Morgen in meinem Bett auf.«

»Bei mir.«

»Sie haben Chess schon in ihren Kontrollplan am Abend aufgenommen«, sagte Luna.

»Heißt was genau?«, fragte Alisa.

»Dass das Licht erst gelöscht wird, wenn klar ist, wo sie ist«, erklärte Luna.

»In Wirklichkeit genießt Chess die Aufmerksamkeit. Stimmt doch.«

Chess legte den Kopf schief. »Vielleicht.«

Alisa lachte. »Also ja.«

Teil 2

V

»Wo sind wir heute Abend?«, fragte Alisa.

Die Sonne stand tief und verwandelte das Meer in flüssiges Metall. Eine leichte Meeresbrise vertrieb die Sommerhitze des Tages, und die beiden Mädchen genossen die Abkühlung am Strand.

»Ich bleibe hier bei meinem Vater«, sagte Chess. »Ich bin zu müde und muss morgen früh los. Die Geheimnisse meines Gehirns werden entschlüsselt.«

»Dann gehe ich nach San Marco. Muss dein Vater nicht lügen, falls meine Mutter anruft.«

»Ich hätte niemals geglaubt, dass das so lange gut geht.«

Alisa ließ Sand von einer Hand in die andere rieseln. »Wir waren Kinder und haben praktisch an alles geglaubt. Seit sechs Jahren leben wir im Kloster, aber wenn du mich fragst, ahnt sie was.«

»Manchmal habe ich heute noch ein schlechtes Gewissen«, sagte Chess. »Ich habe es mir so gewünscht, aber ich habe dich überhaupt nicht gefragt.«

Alisa setzte sich hinter Chess und nahm sie in den Arm. »Ich habe es mir genauso gewünscht. Nur hast du es früher erkannt. Muss ich mir Sorgen machen wegen morgen?«

»Nur weil ich ab und zu Kopfschmerzen habe? Nein. Ich würde merken, wenn was mit meinem Kopf nicht stimmt.«

»Wenn du mich fragst, arbeitest du zu viel«, sagte Alisa. »Wir kommen um zwei Uhr von der Schule ins Kloster, da türmen sich schon die

Zettel auf deinen Schreibtisch. Gestern hat dich der stärkste Mönch zu uns hochgetragen. Du bist sechzehn. Ist dir das nicht peinlich?«

Chess schüttelte ihren Kopf, und ihr blondes Haar flog hin und her. »Ich hab mich schlafend gestellt. Ich war einfach zu müde.« Ihre Lippen berührten Alisas Hände.

»Ich gebe es auf. Du bist unmöglich. Kommst du mit ins Wasser?«

Chess biss Alisa in die Hand.

Sie schrie auf. »Bist du verrückt, das tut weh. Außerdem ist das keine Antwort.« Alisa rieb sich den Handrücken.

»Ein großer Krake ist im Wasser. Sei vorsichtig.«

»Du denkst immer noch an Tinte, oder?«

»Ich war zu klein, um zu verstehen, was mit mir los ist. Tinte war eine gute Erklärung für etwas, das unvorstellbar ist.«

Alisa lächelte. »Wenn ich Tinte treffe, frage ich ihn.«

Sie schwamm in gerader Linie hinaus aufs Meer, bis sie Chess nicht mehr sehen konnte. Kleine Wellen brachen sich an ihrem Kinn, und ihre Lippen schmeckten nach Salz. Noch immer spürte sie Chess' Zähne auf ihrem Handrücken. Außerdem war da noch ein anderes Gefühl. Sie schwamm auf der Stelle und strich mit dem Finger über die Abdrücke, die Chess' Zähne in ihrer Hand hinterlassen hatten.

Chess, du bist mein ganzes Leben.

Sie machte unter Wasser eine Rolle und kraulte mit großen Armzügen zum Strand. Außer Atem stieg Alisa aus dem Wasser und sah zu Chess, deren Körper von den letzten Strahlen der Abendsonne verwandelt wurde. Die Haut leuchtete, und die dünne Sandschicht auf ihr schien aus funkelnden Diamanten zu bestehen. Wie ein Tiger auf Beutefang kam Alisa Zentimeter für Zentimeter näher.

Chess sah Alisa nur an, sagte nichts und streckte ihr eine Hand entgegen. Langsam setzte Alisa sich auf ihren Bauch und beobachtete die Tropfen des Meerwassers, die unaufhörlich von ihr herunterfielen und kleine Seen auf Chess' Haut bildeten. Das Türkis ihrer Augen umfing Alisa. Ein Leuchtfeuer aus einer anderen Welt, dem sie nicht entkommen konnte.

»Du könntest bleiben«, sagte Chess leise.

Stumm schüttelte Alisa nur den Kopf, weil sie alle Wörter im Meer hinter sich verloren hatte.

In der kleinen Buchhandlung, wo sie immer die Kunstmagazine kaufte, war Alisas Bestellung eingetroffen. Die Uferpromenade in Castello, gleich hinter der Bootsstation Arsenale, war einer ihrer Lieblingsplätze. Sie setzte sich auf die warmen Steine und ließ ihre Füße ins Wasser hängen. Es war die schönste Ansicht auf die Kirche Bella Salute. Sie liebte das Weitläufige dieses Platzes. Außerdem war dort ein kleiner Park, in dem regelmäßig Plastiken von der Biennale ausgestellt wurden. Chess schickte sie eine Nachricht, dass sie erst später nach San Marco kommen würde. Kunst war verlockender als Shopping.

Sie vertiefte sich in ihr Buch. Es war eine Abhandlung darüber, wie sich der Kunstmarkt im Laufe der Jahrhunderte entwickelt hatte. Alisa war fasziniert von den Kämpfen um die Bilder. Museen rangen mit reichen Privatpersonen und institutionellen Anlegern. Das Geld beeindruckte sie dabei nicht, sondern die Tatsache, dass etwas, das vor einhundert oder fünfhundert Jahren gemalt worden war, noch heute solch einen Einfluss haben konnte. Das war das eigentliche Wesen der Kunst. Jahrhunderte spielten keine Rolle.

Sie war in eine Abbildung eines kürzlich versteigerten Monets vertieft, als ihr jemand von hinten die Augen zuhielt.

»Der Heuhaufen von Monet. Wundervoll.«

Alisa musste lachen. »Ich weiß nicht, wer du bist, aber du bist mir schon sympathisch.«

»Versuch zu raten.«

»Deine Stimme kenne ich.«

Alisa überlegte. »Ist es unhöflich, wenn ich nicht darauf komme?«

Die Hände gaben ihre Augen frei. Eine junge, modisch gekleidete Frau setzte sich neben sie. Ihr langes Haar fiel über ihre Schulter.

»Oh mein Gott. Luna«, rief Alisa. »Das ist ja ewig her. Wie siehst du aus?«

Luna lächelte. »Ich mache Pause vom Klosterleben.«

»Pause? Das geht?«

»Für mich schon. Niemand erkennt mich, und ich kann machen, was ich möchte. Gibst du mir einen Apfel ab?«

Alisa hielt ihr die Tüte hin, die sie sich auf dem Weg zur Buchhandlung besorgt hatte.

Luna zog sich auch die Schuhe aus und ließ ihre Füße ins Wasser gleiten. »Herrlich.«

Alisa musterte sie. »Ich verstehe nicht, weshalb du so herumläufst.«

»Weil ich eine junge Frau bin und Spaß haben möchte. Meine ganz private Rebellion gegen die Kirche.«

»Und wenn sie dich sehen?«

»Die Menschen sehen nur, was sie kennen. In meinem Fall die junge Nonne. Du interessierst dich immer noch für Kunst?«

»Ja. Und Musik. Es füllt mich völlig aus.«

»Ich habe dich im Gritti singen hören. Es war wundervoll.«

»Warum hast du nichts gesagt, als du da warst?«

Luna schmiss den Rest vom Apfel ins Wasser. »Zu gefährlich.«

Alisa deutete auf einen jungen Mann in der Nähe, der Blumen in der Hand hielt. »Ist das dein Freund?«

»Nein. Er ist mein Zeitvertreib für heute Nachmittag.«

Alisa sah Luna mit großen Augen an. »Du meinst ...?«

»Genau das meine ich.«

»Und wenn sie dich erwischen?«

»Daran darfst du nicht mal denken. Mach ein Foto von mir. Zeig es Chess, und danach lösche es sofort.«

Ein Glücksgefühl durchströmte Alisa, als Luna Chess' Namen sagte.

»Woran denkst du?«, fragte Luna. »Du leuchtest ja regelrecht.«

»Auch ein Geheimnis. Wie deins.«

»Hoffentlich genauso aufregend.«

»Es hat noch nicht richtig begonnen«, murmelte Alisa und sah auf die vielen kleinen Wellen, die ihre Füße nass machten.

Luna legte ihre Hand auf die von Alisa. »Du bist verliebt.«

»Ja. Aber ich bin mir nicht sicher, ob sie es erkennt.«

»Sie liebt dich auch. Ich bin mir ganz sicher.«

»Du weißt doch gar nicht, von wem ich rede.«

»Die Art, wie ihr miteinander umgeht, euch jeden Wunsch von den Augen ablest, die eigenen Wünsche für den anderen zurückstellt. All das kann man in drei Wörtern zusammenfassen. Ihr liebt euch. Du liebst Chess, und Chess liebt dich.«

Alisa stiegen Tränen in die Augen. Sie umarmte Luna. »Wie soll ich es ihr sagen?«

»In der Liebe wird nicht geredet«, antwortete Luna. »Es wird gefühlt, gefordert, gebeten, gebettelt, gefleht und verletzt. Letzteres mit Hingabe. Es wird keinen Moment geben, in dem es von selbst passiert, und je länger du wartest, desto schwieriger wird es.«

»An dem Punkt bin ich, glaube ich. Eine gute Gelegenheit gab es, aber die habe ich verpasst, weil ich in dem Moment überhaupt nicht mehr denken konnte.«

Luna grinste Alisa an und tippte mit dem Finger gegen ihre Stirn.

»Dann warst du schon fast da. Es geht nicht um Denken, sondern um Fühlen und ein kleines bisschen Mut.«

»Chess? Vielleicht kommt sie ja darauf.«

»Das glaubst du selbst nicht. Chess ist viel zu schüchtern.«

»Sie wartet in der Wohnung meiner Eltern.«

»Fühlen und Mut«, sagte Luna, lächelte Alisa an und verschwand im Gedränge der Menge.

Anne sah sie mit dem typischen Blick mütterlicher Kritik an.

»Wieso bist du nicht mitgekommen? Es war fest ausgemacht.«

»Ich hatte keine Lust. Seid ihr einkaufen gewesen?«

»Nur bummeln. Chess ist oben in deinem Zimmer. Wir haben uns Sorgen gemacht, als Chess angerufen hatte. Du bist nicht an dein Handy gegangen.«

»Ja. Ich bin nicht an mein Handy gegangen. In vier Jahren einmal. Können wir das Verhör beenden?«

Tom hatte die Zeitschrift aus der Hand gelegt und goss sich ein Glas Wein ein. Es schwappte über, und rote Seen breiteten sich auf dem Tisch aus.

»Du zitterst.« Alisas Augen nagelten Tom auf seinem Platz fest.

»Das geht dich nichts an«, sagte Tom schroff. »Es gibt nur Chess in deinem Leben, aber du hast auch einen Bruder. Kennst du noch seinen Namen?«

»Was hast du an meiner Beziehung zu Chess auszusetzen?«

Anne legte ihre Hand auf Alisas Schulter.

»Tom, lass sie.«

»Nein. Sprechen wir jetzt von einer Beziehung?« Er leerte das Weinglas, das vor ihm stand.

»Ja. Genau davon sprechen wir.« *Was für eine Befreiung, es endlich auszusprechen*, dachte Alisa. *Gleich noch mal, damit er es wirklich versteht und ich keine Wahl mehr habe.*

»Ich gehe nach oben zu Chess. Zu meiner Freundin. Und damit meine ich nicht Schulfreundin.«

Mut. Ab heute sprechen wir von Beziehung. Es fühlt sich so gut an!

Alisa schlug die Tür hinter sich zu.

»Was soll das heißen, Beziehung?« Tom starrte Anne an.

»Es sind noch Kinder. In der Pubertät. Sie experimentieren.«

»Ist das ein Witz? Meine Wohnung ist kein Labor. Schon gar nicht für so etwas.« Er leerte das nächste Glas Wein in einem Zug.

»Es ist auch meine Wohnung, Tom. Fällt dir nicht auf, wie gut es Alisa geht? Lass sie einfach in Ruhe.«

»Ich werde nicht zusehen, wie die Blonde meine Tochter verführt. Sie muss weg, aus unserem Leben.«

»Wenn du Chess hier rauswirfst, werde ich auch gehen. Vielleicht denkst du darüber noch mal nach, wenn du nüchtern bist.« Anne stand auf und ging mit den Tellern in die Küche.

Chess lag ausgestreckt auf Alisas Bett und sah zur Decke. Alisa legte sich neben sie und betrachtete ihr Gesicht. Sie suchte nach einem Makel, einer Unebenheit oder irgendetwas anderem, das die Vollkommenheit störte. Sie fand nichts. Sanft berührte sie Chess' Augenbrauen, ihre Nase und Ohren.

Chess drehte sich zu ihr. »Ich habe dich vermisst.«

»Schau wieder zur Decke. Bitte.«

»Warum?«, fragte Chess sanft.

»Ich will dein Gesicht sehen. Jeden Millimeter und wenn du mich ansiehst, kann ich das nicht.«

Chess sah nach oben. »Es ist komisch. Man weiß nicht, was kommt.«

Mut, dachte Alisa. »Aber ich weiß es.«

Ihr Finger glitt behutsam über Chess' Nasenrücken zu ihren Lippen. Das Lippenrot trennte sich von der Oberlippe in einer deutlich spürbaren Linie. »Niemand hat so einen schönen Mund.« Sie drehte Chess' Kopf zu sich und sah in ihre türkisfarbenen Augen.

»Die Decke ist verschwunden«, flüsterte Chess.

»Erinnerst du dich an vorgestern? Am Strand.«

»Ja, ich wollte, dass du bleibst.«

»Nein. Du wolltest das.« Sie küsste Chess, die versuchte etwas zu sagen, aber Alisa legte ihr den Finger auf die Lippen. »Ich bin noch nicht fertig.«

Sie lagen schweigend zusammen und sahen sich an.

Chess lächelte. »Ich hätte es mich nicht getraut.«

»Das hat Luna auch gesagt. Deshalb musste ich mich trauen.«

»Du hast mit ihr darüber gesprochen?«

»Ja. Und wenn ich auf das Ergebnis sehe, bereue ich es nicht. Du?«

»Ich liebe dich seit dem Malwettbewerb.«

»Für eine Liebeserklärung von mir musst du dich mehr anstrengen.«

»Dann erzähl mir, wann du Luna getroffen hast. Ich möchte deine Stimme hören.«

»Ich habe Luna an der Buchhandlung getroffen.«

Alisa hielt Chess ihr Handy vor die Augen.

»Ist sie keine Nonne mehr?«, fragte Chess erstaunt.

»Sie macht Pause und vertreibt sich die Zeit mit einem jungen Mann.«

»Um was zu tun?«

Alisa lachte. »Was wohl?«

»Du meinst, sie schläft am helllichten Tag mit einem Mann?«

»Muss es dafür Nacht sein?«

»Nein, das muss es nicht«, flüsterte Chess.

Sie küsste Alisa leidenschaftlich.

»Schon besser. Aber immer noch nicht genug. An dem Tag, an dem ich dir sage, dass ich dich liebe, darfst du dir was wünschen.«

Am nächsten Morgen wachte Alisa mit dem Sonnenaufgang auf. Sie zog sich leise an und holte frisches Brot. Die Marktstände wurden gerade aufgebaut. Sie kaufte Thymian, Honig in der Wabe, Orangen, Datteln und Bananen. Nachdem sie zwei große Schüsseln für Chess und sich zubereitet hatte, ging sie wieder nach oben in ihr Zimmer. Alisa öffnete die Balkontür und setzte sich nach draußen.

Chess liebt mich. Das ist der glücklichste Morgen meines Lebens, obwohl es mich irgendwie auch nicht überrascht. Luna hatte recht. Wie sonst könnten wir seit Jahren jede Sekunde zusammen verbringen? Dafür, dass ich mich getraut habe, muss sie mir einen Liebesbeweis machen. So lange lasse ich sie zappeln.

Chess unterbrach die Ruhe. »Wie lange bist du schon wach?«

»Seit Sonnenaufgang.« Sie deutete auf die andere Schale, und Chess setzte sich zu ihren Füßen auf den Boden.

Ihre Lippen berührten sanft die Handfläche von Chess.

»Es ist etwas passiert gestern.«

»Ich weiß. «

»Das meine ich nicht, Chess. Ich habe meinem Vater gesagt, dass wir eine Beziehung haben.«

»Was hat er gesagt?«

»Sich aufgeregt. Ich bin rausgegangen.«

»Er hasst mich.« Chess strich Alisa die Haare aus dem Gesicht und küsste sie. Alisa erwiderte den Kuss und schob langsam ihre Hand unter Chess' Hemd.

»Das ist zu viel, Alisa.«

Sie zog die Hand zurück und fuhr leicht über Chess' Lippen. Alisa fühlte Chess' Lächeln.

»Was ist?«

»Das ist zu wenig«, flüsterte Chess.

»Erst wenn du mir sagst, dass wir eine richtige Beziehung haben. Dass es nicht nur ein Ausrutscher ist.«

»Alisa, es war niemals anders zwischen uns. Soll ich zu deinem Vater gehen und es ihm sagen?«

Die Nasenspitzen der Mädchen berührten sich fast.

»Sag es mir, Chess.«

»Ich liebe dich.«

»Ich sage es dir immer noch nicht.«

Die Mädchen packten ihre Sachen und gingen in die Küche, um sich zu verabschieden. Ihr Bruder schmierte sich gerade fingerdick Marmelade aufs Brot. Er deutete mit dem Messer auf die Füße der Mädchen.

»Die haben jetzt beide keine Schuhe mehr an.«

Alisa warf ihm einen vernichtenden Blick zu, der aber an Chris abprallte.

»Partnerlook.« Anne lächelte.

Chess küsste Alisa vor ihrer ganzen Familie.

»Mehr als das. Liebeslook.«

Auf der Straße blieb Alisa stehen und sah Chess an.

»Das war total besitzergreifend«, sagte Alisa.

»Ich wollte nur, dass es jeder versteht. Bist du sauer?«

»Ich bin glücklich. Los, komm.«

Nach der Schule trafen sie am Tor des Klosters auf Kopernikus. Es war das erste Mal, dass er die Mädchen direkt ansprach. Sie kannten ihn vom Sehen und wussten, dass er das Kloster leitete. Aber mehr als einen freundlichen Gruß hatte er bisher für sie nicht übrig gehabt.

»Ihr kommt gerade richtig«, sagte er. »Ich muss noch ein paar Zwiebeln pflanzen und kann mich nur schwer bücken. Würdet ihr mir helfen?«

»Das machen wir sehr gerne«, sagte Alisa. Sie blickte in seine trüben Augen und fragte sich, wie viel er sehen konnte.

Es dauerte fast zwei Stunden, bis sie endlich die letzte Zwiebel in der feuchten Erde eingebuddelt hatten.

»Kommt, wir haben frisch gebackenen Kuchen.« Kopernikus lief zum Garteneingang.

Alisa hielt Chess kurz fest. »Noch zehn Minuten länger, und ich wäre ohnmächtig geworden. Wie schafft er das in seinem Alter?«

»Ich glaube, das ist nur der Anfang der Überraschungen«, meinte Chess. »Er will was.«

»Mir egal. Ich brauche jetzt ein Stück Kuchen.«

Zielstrebig lief Kopernikus auf den Efeu zu, der seit zweihundert Jahren große Teile der Klostermauern besetzte. Kurz vor den dichten Blättern blieb er stehen. »Seid vorsichtig. Es ist rutschig.« Er schob einige Äste beiseite und verschwand in einem schmalen Gang.

Es war so eng, dass sie sich zur Seite drehen mussten. Die Wände waren grob behauen und die tiefe Decke mit schweren Holzbalken abgestützt.

»Was ist das hier?«, fragte Chess.

»Einer der vielen Fluchtwege«, erklärte Kopernikus. »Das ganze Kloster ist damit durchzogen. Sie sind nirgendwo verzeichnet.«

»Vor wem wollte man denn flüchten?«, fragte Alisa. Sie musste den Kopf etwas einziehen.

»Vor seinen Freunden.«

Alisa und Chess sahen sich fragend an.

»Hier müssen wir hoch«, sagte der Pater.

Eine in den Fels gehauene Treppe führte steil nach oben. Nach der letzten Stufe waren sie im großen Zentralgang. Vor dem El Greco blieb Alisa stehen.

Sie liebte das Bild, und auch nach den vielen Jahren fand sie immer wieder etwas Neues darin. Es reichte bis kurz unter die Decke. Die Farben waren fast schon schrill. Das Figurale unterwarf sich dem künstlerischen Ausdruck. Es nahm den Impressionismus und den Expressionismus fünfhundert Jahre vorweg.

»Es ist wundervoll und steckt voller Geheimnisse«, flüsterte Alisa.

Kopernikus nickte. »Ja, nur der Glaube konnte die Menschen zu solchen Leistungen führen.«

»Oder Menschen, die weit in die Zukunft sehen konnten«, erwiderte Chess.

»Menschen wie ihr.«

Sie betraten die Küche und setzten sich an den kleinen Holztisch, wo sie immer zu Mittag aßen. Der Kuchen, mehr ein Obstbrot, stand schon bereit. Alisa schmeckte Heidelbeeren, Nüsse, Himbeeren, Thymian und Zitrone heraus. Dazu einen schweren süßlichen Geschmack, den sie nicht kannte.

»Was ist eigentlich das Süße in dem Kuchen?«, fragte sie.

»Safran. Ganze fünf Gramm sind davon darin.«

Alisa sah den Mönch an. »Was machen Sie hier eigentlich im Kloster genau?«

»Du kannst mich duzen. Es würde mich sehr ehren. Niemand sonst spricht mich mit du an. Ich bin der Ordensvorsteher und leite die wissenschaftliche Abteilung.«

»Wie lange bist du das schon?«

»Vierzig Jahre. Mit dreißig wurde ich gewählt. Nun bin ich siebzig.«

»Ein ganzes Leben«, stellte Alisa fest.

»Ja. Mein ganzes Leben habe ich mit Warten verbracht.«

Alisa sah ihn erstaunt an. »Worauf?«

Kopernikus lächelte. »Auf etwas, woran keiner geglaubt hat.«

Nachdem sie den Kuchen gegessen hatten, gingen sie zu einem kleinen Innenhof, der von einem Säulengang umgeben war. Schlichte Kapitelle stützten sich auf grob behauenen Sandstein. Im Zentrum war ein Brunnen, vor dem eine Bank stand.

Die Vögel, die eben noch von dem Quellwasser getrunken hatten, stoben auseinander, als sich Kopernikus mit den Mädchen auf die Bank setzte.

»Je älter ich werde, desto mehr glaube ich, dass die Tiere schlauer sind als wir Menschen. Niemals kommen sie von ihrem Weg ab und machen alles richtig.«

»Bis auf die, die gefressen werden. Die haben was falsch gemacht«, sagte Chess. Alle drei lachten.

Sie blieben eine Weile und beobachteten, wie die Vögel zurückkehrten und sich sorgfältig ihr Gefieder im Wasser putzten.

»Kommen Tiere in den Himmel?«, fragte Alisa.

»Es kann kein Paradies ohne Tiere geben«, erwiderte Kopernikus.

»Wieso?«

»Tiere sind frei von Sünden. Sie werden auf jeden Fall dort sein. Wie soll ein Leben ohne Vögel, Fische, Insekten und was es sonst noch gibt aussehen? Bei den Menschen bin ich mir allerdings nicht so sicher. Ich will euch noch etwas zeigen.«

Kopernikus lief mit kurzen schnellen Schritten in einen Seiteneingang des Klosters. Die Decke des Ganges war so tief, dass sich Alisa und Chess bücken mussten. Unzählige Male bog er ab, Treppen folgend nach unten, um dann wieder in noch schmaleren Tunneln immer weiter in den Fels, auf dem das Kloster gebaut war, vorzudringen. Schließlich gelangten sie zu einem schmucklosen Raum, an dessen Ende eine schwere Eisentür lag.

»Wenn du uns hier unten aussetzt, finden wir niemals mehr zurück«, stellte Chess fest.

Alisa blickte zur Tür. »Was ist dahinter?«

Mit einem Schlüssel, der so lang wie ein Finger von ihm war, schloss der Pater auf, und Alisa sah neugierig an Kopernikus vorbei in den Raum. »Mein Kleiderschrank in San Marco ist größer«, stellte sie fest.

Vier kleine Vitrinen füllten ihn fast vollständig aus.

Kopernikus zündete eine Kerze an.

In der ersten Vitrine lag ein unscheinbares Stück Holz, nur drei oder vier Zentimeter lang, in der nächsten ein Fetzen Stoff mit einem braunen Fleck, die dritte Vitrine barg nur trockene Äste. In der letzten lag eine kleine Glasphiole auf einem Stück Samt. Eine rote Flüssigkeit war darin.

Fragend sahen die Mädchen Kopernikus an.

Er deutete von Vitrine zu Vitrine. »Ein Stück vom Kreuz Jesu Christi. Der Stoff stammt von seinem Leichentuch. Das ist ein Teil seiner Dornenkrone.«

Chess' Nasespitze berührte fast das Glas der Vitrine mit dem Stofffetzen. »Glaubst du, dass die Sachen echt sind?«

»Jahrzehnte habe ich darüber nachgedacht und keine Antwort gefunden.«

»Was ist mit dem Glasfläschchen in der letzten Vitrine?«, fragte Alisa neugierig.

»Dies ist die einzige Devotionalie, die mit Sicherheit echt ist.«

»Wieso? Was ist es?«, fragte Chess und stellte sich neben Alisa, die wie gebannt auf die rote Flüssigkeit sah.

Kopernikus griff nach Alisas Hand und hielt ihren Zeigefinger hoch. »Kannst du dich noch an die Verletzung erinnern? Du hattest dich an deinem ersten Tag des Schulprojektes bei der Gartenarbeit geschnitten.«

Alisa nickte. »Es tat weh, und ich habe geblutet. Mit Luna zusammen sind wir in den Verbandsraum gegangen, und sie hat mich verarztet. Was hat das damit zu tun?«

»Alisa.«

»Was siehst du mich so komisch an, Chess?«

»Luna brauchte dich nicht zu verarzten. Sie hatte nicht mal damit begonnen.«

»Es war ein tiefer Schnitt mit der Säge.«

»Die Wunde hat sich vor unseren Augen von selbst geschlossen.«

Alisa riss die Augen auf. »Wieso hast du mir das nie erzählt?«

»Ich dachte, du weißt es.«

»Und was hat das jetzt mit dem Glasfläschchen zu tun?«

Kopernikus hob den Glasdeckel der Vitrine an, nahm das Fläschchen und kippte es von einer auf die andere Seite. Zäh floss die Flüssigkeit vom Boden zum Deckel, der mit Siegelwachs verschlossen war. »Es ist dein Blut, Alisa. Luna hat etwas davon in diese Phiole getan.«

Alisa zuckte die Achseln. »Ich kann nichts Besonderes darin sehen.«

»Es ist mehr als sechs Jahre her«, flüsterte Chess, »und es ist nicht geronnen.«

Alisa setzte sich draußen auf den Terrassenboden.

»Kann ich was für dich tun?«, fragte Chess.

»Es ist, als ob Ameisen an mir hoch- und runterlaufen. Das mit meinem Blut war gruselig. Gibst du mir eine Viertelstunde? Dann kann ich darüber sprechen.«

Chess nickte.

Alisa schloss die Augen und konzentrierte sich. Ihr Bewusstsein wanderte, und der Nebel gab eine andere Welt frei. Das kalte silbrige Wasser des Sees umfloss ihre Füße. Sie hob ihren Kopf, um nach dem Vogel zu sehen, der weit oben seine Kreise zog. Die Sonne war viel größer, und Alisa konnte, obwohl der Himmel wolkenlos war, direkt zu ihr hochsehen, ohne geblendet zu sein.

Wie am Mittelmeer wurden tote Muscheln angespült. Exotische leere Gehäuse, die unter Alisas Füßen knirschten. Ein Raubvogel, der sich bewegungslos in der Thermik treiben ließ, zog am Himmel seine Bahnen. Sie lief am Ufer des silbrigen Sees und sah nach oben zu ihm.

Schon komisch. Ich finde es nicht ungewöhnlich, hier zu sein. Im Gegenteil. Alles ist mir irgendwie vertraut.

Ein stechender Schmerz ließ Alisa ihren Fuß vom nassen Untergrund reißen. Blut tropfte in den Sand und wurde sofort von einer kleinen Welle mitgenommen. Sie humpelte zu einer trockenen Stelle und setzte sich.

Ein türkisfarbenes Muschelstück ragte aus ihrer Fußsohle. Vorsichtig berührte sie es und zog es mit einem schnellen Ruck heraus. Ein leises helles Klicken war zu hören. Unzählige feine Linien zogen sich über die Oberfläche des Fragmentes, das viel zu schwer für seine Größe war. In dem Moment, wo sie es in das Gras werfen wollte, hielt eine kleine Hand sie fest.

Alisa drehte sich zur Seite. Ein Kind im Alter von neun Jahren stand neben ihr. Das Mädchen nahm das Stück, an dem etwas Blut klebte, und warf es weit in den silbrigen Ozean. Ein Strudel bildete sich, und es versank in der Tiefe.

»Wir haben lange auf dich gewartet.«

»Wer bist du?«

»Amala.«

»Ich war schon mal hier. Ich hatte mich im Garten verletzt. Es ist Jahre her. Ein anderes Mädchen war da. Es sah aus wie ich.«

»Du wirst es noch kennenlernen. Ab jetzt wirst du öfter kommen. Es beginnt, und du musst dich vorbereiten.«

»Auf was?«

»Auf das, was kommt.«

Alisa sah sich um. »Es ist der Ort aus meinem Traum. Schlafe ich?«

»Diese Welt ist so real wie deine. Die Zeit läuft anders, aber das wirst du noch verstehen.«

»Deine Lippenbewegungen passen nicht zu dem, was ich höre.«

»Wir sprechen beide vedisch.«

»Das kann nicht sein. Ich habe diese Sprache niemals gelernt.«

»Das musstest du auch nicht. Sie war ein Geschenk von Nirriti.«

»Nirriti?«

»Das andere Mädchen. Du musst gehen.«

»Noch nicht. Ich habe eine Frage. Meine Verletzung im Garten ist Jahre her, aber mein Blut von damals ist nicht geronnen. Wie kann das sein?«

»Aus dem gleichen Grund, weshalb du jetzt gehen musst. Die Zeit ist nicht konstant hier. Sie verläuft in Wellen. Manchmal schnell, manchmal langsam und manchmal gar nicht. Für dich sind Jahre vergangen, für den kleinen Tropfen Blut nicht eine Sekunde, weil er sich in einer Ruhephase der Zeit befindet.«

»Er altert nicht?«

»In dieser Welt gibt es das Wort nicht.«

»Ich gehöre aber nicht zu dieser Welt.«

»Doch. Mehr, als du dir vorstellen kannst.«

Das Letzte, was Alisa hörte, war das Schreien des Vogels. Die Sonne stand tiefer. Es war später Nachmittag. Sie öffnete die Augen und sah direkt in Chess' Gesicht.

»Wie machst du das, Alisa? Seit vier Stunden sitzt du völlig bewegungslos da. Außerdem blutet dein Fuß.«

»Ich weiß nicht. Ich war woanders.«

»Woanders?«

»Chess, ich verstehe es selber nicht. Niemals wirst du mir das glauben.«

»Versuch es.«

»Ich begebe mich an einen Ort. Den ich irgendwie zu kennen scheine. Ein riesiger See oder auch ein Meer ist da. Ein Greif in der Luft.«

Chess tupfte das Blut vorsichtig auf. »Vom naturwissenschaftlichen Standpunkt ist eine Geistreise ziemlich unwahrscheinlich.«

»Wieso sagst du nicht unmöglich? Ich fahre oder fliege doch nirgends hin. Ich war an einem Seeufer, umgeben von Bergen. Es war ein Traum.

Die Verletzungen könnten sonst woher stammen. Ich laufe den ganzen Tag barfuß.«

»War noch was dort?«

»Ein kleines Mädchen. Neun Jahre alt. Amala ist ihr Name.«

»Kennst du denn so ein Mädchen hier?«

»Nein. Ich habe ihr von der Phiole erzählt. Sie sagt, dass es daran liegt, dass mein Blut sich in einer Ruhephase der Zeit befinden würde. Es deshalb nicht geronnen ist, weil praktisch keine Sekunde seit meiner Verletzung mit der Säge vergangen ist.«

Chess dachte angestrengt nach, als Alisa was sagen wollte, hob sie die Hand. »Nicht.«

Einige Minuten später lächelte sie Alisa an. »Es ist eine naturwissenschaftliche und logische Erklärung.«

»Du glaubst mir?«, fragte Alisa erstaunt.

»Es gibt zwei Beweise, dass es real ist. Hast du Angst gehabt?«

»Nein. Es war wie ein Heimkommen.«

»Das ist der Beweis für dich. Den Zusammenhang mit deinem Blut und der Zeit hättest du niemals selbst erkannt. Auch im intelligentesten Traum nicht. Das ist mein Beweis. Es gehört zu dir wie die Mathematik zu mir.«

»Könnten wir über was anderes reden? Ich bekomme Kopfschmerzen davon.«

»Wir sollten über deinen Fuß reden. Der blutet immer noch. Gib mal her.« Chess untersuchte Alisas Fußsohle. »Da steckt was drin. Beweg dich nicht, dann kann ich es herausziehen.«

Alisa schrie kurz auf. Dann sah sie das kleine türkisfarbene Muschelstück in Chess' Hand. Sie wickelte es in ein Taschentuch und ließ es in ihrer Hose verschwinden. »Vielleicht haben wir da schon den dritten Beweis.«

»Ich will einen Beweis für was anderes.«

Alisa zog Chess zu sich. »Da ist ein kleines Tier unter meinem Hemd«, flüsterte sie.

»Es werden noch mehr davon kommen.«

Chess lag unter der Bettdecke in Alisas Armen. »Liebe macht hungrig. Wollen wir wenigstens Abendbrot essen? Das Mittagessen ist schon ausgefallen.«

»Geh schon vor und such mir was Leckeres aus. Wenn du meinen Geschmack triffst, hast du heute Abend einen Wunsch frei.«

Alisa duschte und zog sich frisch an. Ihr Spiegelbild sah ihr entgegen. »Ich habe keine Lust, eine Heilige zu sein. Wir einigen uns auf besonders. In jeder Hinsicht.« Sie ging direkt zu dem Stand, wo es die Trüffel gab. Ein junger Mönch gab Chess gerade eine Portion Spaghetti mit Fontinakäse. Der weiße Trüffel wurde frisch gehobelt. Den Teller mit Alisas Sushi hatte ihre Freundin in der anderen Hand.

»Deine Abhängigkeit von Trüffel ist praktisch«, sagte Alisa. »Man weiß immer, wo man dich findet.«

»Berechenbarkeit bedeutet Langeweile. Bin ich schon langweilig für dich?«, fragte Chess.

Alisa küsste sie direkt auf den Mund. »Verstanden?«

Chess wurde rot und ging zu einem Tisch.

»Kein Kommentar zu meinem Kuss?«

»Alle haben uns gesehen.«

»Du hast mich vor meiner ganzen Familie geküsst.«

»Wir sind in einem Kloster.«

»Es ist kein normales Kloster, und wir passen gut dazu«, sagte Alisa mit vollem Mund.

»Im Grunde ist es ein Theater, und wir sind mitten in der Aufführung«, meinte Chess.

»Dein schlauer Kopf muss mir das erklären.«

»Jeder glaubt seiner eigenen Forschung zu folgen, aber in Wirklichkeit dient alles einem bestimmten Zweck.«

»Weißt du, welchem?«

»Nein. Das habe ich bisher noch nicht verstanden. Außer jeden Tag Trüffel zu essen.«

Beide lachten ausgelassen.

»In einem Theater gibt es immer einen Regisseur«, sagte Alisa, während sie eine Sushirolle in die Höhe hielt.

»Das ist leicht. Kopernikus. Er hält alle Fäden in der Hand. Willst du über die Glasphiole mit deinem Blut reden?«

»Das Mädchen in der anderen Welt hat gesagt, dass es deshalb nicht geronnen ist, weil es nicht mehr an die Zeit gebunden ist.«

Chess lächelte. »Es hat recht. Es ist die einfachste Erklärung. Die biologischen Prozesse komplett zu verändern, wäre viel aufwendiger.«

»Was sagst du da, Chess? Es ist ein richtiges Wunder.«

»Nein, das ist es nicht. Es ist nur eine winzige Verschiebung in den Zeitebenen und passt genau in meine Theorie über die Zeit.«

»Wie lange denkst du schon darüber nach?«

»Es war schon immer in meinem Kopf.«

»Und wieso hast du nie etwas gesagt?«

»Die Wissenschaft ist noch nicht so weit. Du darfst es niemandem gegenüber erwähnen. Wir bleiben einfach bei einem Wunder.«

»Und Kopernikus?«

Chess schüttelte den Kopf. »Auch nicht. Wir wissen nicht, was es für Auswirkungen auf den Glauben hat, und die Folgen sind nicht absehbar.«

Die Tür ihrer Wohnung stand offen. Im Schatten sahen sie Kopernikus vor dem Schachspiel sitzen.

»Verzeiht mir meine Unhöflichkeit«, sagte er, als sie eintraten. »Aber ich würde mich sehr freuen, wenn Chess heute noch mit mir spielt. In meinem Alter weiß man nie.«

Chess setzte sich zu ihm. »Nichts möchte ich lieber. Es ehrt mich, und ich bin bereit. Aber ich spiele, um zu gewinnen.«

Kopernikus lächelte. »Du hast Selbstvertrauen. Das ist wichtig. Bald werden wir wissen, ob es berechtigt ist.«

Alisa setzte sich dazu.

In dem Moment, als die erste Figur auf das Spielfeld gesetzt wurde, veränderte sich die Atmosphäre schlagartig. Kopernikus war nicht mehr der nette ältere Mann, dem es schwerfiel zu sehen. Seine Angriffslust füllte den ganzen Raum aus. Die Körperhaltung und sein Blick auf Chess, der pure Bedrohung war, schüchterte Alisa ein.

Chess hielt dem stand. Aus ihren Augen war das Sanfte gewichen. Kälte und Berechnung wiesen Kopernikus zurück. Nach einer Stunde hatte sie mehrere Figuren verloren, und Alisa spürte eine winzige Erschütterung ihres Selbstbewusstseins. Zu schwach, um zu Kopernikus durchzudringen, stark genug, dass Alisa es bemerkte.

Kopernikus agierte wie aus einer dunklen Wolke heraus. Undurchdringbar. Chess kniete vor dem Schachbrett, sah zu den Figuren und zu Kopernikus. Wie ein Raubtier umkreiste er seine Beute, suchte den Moment, in dem er alles wagen würde.

Alisa beobachtete Chess sorgenvoll. Die Kleidung klebte ihr am Leib. Es ging nicht darum, zu gewinnen. Das Spiel eröffnete einen Raum frei von Moral oder Mitleid. Ziel war die intellektuelle Vernichtung des Gegners. Das Ausradieren des Selbstbewusstseins.

Chess schien eine Entscheidung getroffen zu haben. Sie setzte ihren Läufer weit nach hinten auf Kopernikus' Seite. Für den Bruchteil einer Sekunde sah Alisa ein Zweifeln in seinem Gesicht. Die absolute Kälte in den Augen von Chess erschreckte sie. Das Türkis, das sie so liebte, hatte sich in blaues Eis verwandelt.

Kopernikus lehnte sich zurück. »Wir werden es beide nicht mehr schaffen. Bist du mit einem Remis einverstanden?«

Chess antwortete nicht.

Alisa berührte sie an der Wange. »Du musst zurückkommen. Es ist vorbei«, flüsterte sie ihr zu.

Leben kehrte in das Türkis zurück, und Chess lächelte Kopernikus an. »Wir haben beide eine Erkenntnis aus diesem Spiel gewonnen.«

»Das haben wir«, sagte Kopernikus nachdenklich und ging.

Chess versuchte aufzustehen, aber ihre Beine gaben unter ihr nach.

Alisa half ihr hoch. »Du hättest fast gegen ihn verloren.«

»Glaube ich nicht, aber es war sicherer, das Unentschieden anzunehmen.«

»Du hättest noch gewinnen können?«

»Ich habe erfahren, was mich interessiert hat. Mehr wollte ich nicht.«

»Und was war das? Ihr habt kein Wort geredet.«

»Hier ist vielleicht nichts, wie es scheint«, erklärte Chess. »Kopernikus ist extrem intelligent, aber auch rücksichtslos und berechnend. Wenn es seinem Ziel dient, ist er völlig frei von Skrupeln. Ein Zögern kennt er nicht. Und er ist mutig. Aber niemals unvorsichtig.«

»Und was heißt das für uns?«, fragte Alisa unsicher.

»Dass wir nicht weniger mutig sein dürfen. Vertrauen können wir ihm aber. Er steht auf unserer Seite.«

»Das hat sich aber eben nicht so angehört«, widersprach Alisa.

»Ich gab ihm eine Gelegenheit, mich zu schlagen. Hast du nicht den Kampf in seinen Augen gesehen? Er hat es nicht über sich gebracht, weil er Angst hatte, mich zu verletzen. Mein Selbstbewusstsein zu beschädigen.«

»Versprich mir, dass ihr euch bei der nächsten Partie wie Menschen benehmt. Es war mir unheimlich, euch so zu sehen.«

»Es wird keine nächste Partie geben«, sagt Chess. »Wir haben beide bekommen, was wir wollten. Deshalb war er hier. Es war ein Test und ein Angebot. Den Test habe ich bestanden und das Angebot akzeptiert.«

Alisa nickte nachdenklich. »Dies ist alles für dich. Kopernikus hat lange warten müssen. Du bist ein Teil von alldem. Wahrscheinlich der wichtigste.«

»Wenn ich ein Teil bin, dann bist auch du ein Teil. Von was auch immer.« Chess streckte sich. »Gehst du schon vor ins Bett? Ich muss noch mal kurz in ein Biochemiebuch sehen.«

»Chess, es ist zweiundzwanzig Uhr. Wir stehen morgen um fünf auf. Was ist so wichtig?«

»Ich mache gerade eine kurze Zusammenfassung für eine Arbeitsgruppe, und ich will wissen, ob das, was ich da schreibe, in etwa auch in einem Lehrbuch steht.«

»Wieso? Hauptsache, es ist richtig.«

»Ich bin die blonde Praktikantin. Keine Universitätsprofessorin. Das soll so bleiben. Es darf nicht zu gut sein und auf keinen Fall etwas ganz Neues enthalten.«

»Du und Kopernikus seid euch ähnlich. Deshalb versteht ihr euch so gut. Du wirst mich wecken, auch wenn du spät kommst.« Chess küsste Alisa.

»Nichts liebe ich mehr.«

Die ersten Sonnenstrahlen berührten das Gesicht von Chess, und sie stand leise auf.

Im Garten entdeckte sie Kopernikus und ging zu ihm.

»Hast du gut geschlafen?«, fragt er freundlich.

»Zu kurz. Wie immer.«

»Komm, wir setzen uns auf eine Bank.«

Der Morgentau überzog den Park, und die Vögel flogen gierig von Tropfen zu Tropfen. Nachdenklich sah Chess den Tieren zu. »Kann ich dich was fragen?«

Kopernikus nickte. »Die Welt wird nicht durch Antworten erklärt, sondern durch Fragen.«

»Egal auf welches Tier man im Kloster trifft, man hat sofort das Gefühl, dass es hierher gehört. Vom Regenwurm bis zum Falken. Warum ist das so?«

Er überlegte kurz. »Die Mauern treffen ihre eigenen Entscheidungen und nehmen Einfluss.«

»Du meinst, es denkt und trifft eine Vorauswahl?«, fragte Chess amüsiert.

»In gewisser Weise schon. So wie es auch bei Alisa und dir geschehen ist. Als ihr das erste Mal hier gewesen seid und ich euch im Klostergarten gesehen habe, war mir klar, dass ihr nicht mehr gehen würdet. Ihr seid fester Bestandteil des Klosters.«

»Es fühlt sich komisch an, fester Teil von etwas zu sein, dessen wirkliche Funktion man nicht kennt.«

»Wir können euch helfen. Besonders dir. Du hast die Menschen beim Abendbrot gesehen. Es sind alles Wissenschaftlerinnen und Wissenschaftler.«

Chess sah den Mönch von der Seite an. »Wer sagt, dass ich Hilfe brauche?«

»Selbst Jesus hat Hilfe gebraucht. Aber du hast recht. Ich bin schon sehr alt. Jemand muss die wissenschaftliche Arbeit lenken, wenn ich es nicht mehr kann.«

»Ich soll das Kloster leiten?« Chess lachte. »Kopernikus, ich bin sechzehn Jahre alt. Niemand würde mich akzeptieren.«

Kopernikus schüttelte leicht den Kopf. »Nein. Das Kloster kann nur jemand aus der Gemeinschaft leiten. Den Nachfolger werde ich selbst bestimmen. Du sollst die Führung der wissenschaftlichen Abteilung übernehmen.«

»Jahrelang habe ich mich in alle möglichen Fachgebiete eingelesen. Alles führt zu den Büchern. Es gibt keine Forschungsgruppe, die nicht zentral auf die alte Literatur angewiesen ist.«

»Deswegen sind sie ja hier. Der Wert der Bibliothek wird bestimmt von der Menge des Wissens, die sie zur Verfügung stellt.«

»Im Grunde ist jedes Buch wie eine Aktie, und wir versuchen, Einfluss auf den Kurs zu nehmen«, sagte Chess nachdenklich.

Kopernikus sah Chess lange an.

»Der Wert jedes einzelnen Buches bestimmt den Wert der Bibliothek, der Wert der Bibliothek bestimmt den Machteinfluss des Klosters in der römisch-katholischen Kirche.«

»Und worauf nimmt das Kloster Einfluss?«

»Auf die Zukunft, die Vergangenheit und die Gegenwart. Auf den Glauben und damit auf die Menschheit. Die Welt denkt, dass Rom die Richtung weist, aber das stimmt nicht. Rom ist nicht mehr als der Lautsprecher für das, was hier gedacht wird.«

Du meinst, was du denkst. Deswegen würdest du dich niemals zum Papst wählen lassen. Dein Machtanspruch ist sogar noch größer als der der Kardinäle am Heiligen Stuhl. Dein Spiel hat dich verraten.

»Die Themengebiete sind nicht zufällig gewählt. Die Verteilung der Zugriffe auf die Bücher deckt die gesamte Bibliothek ab. Jeden Titel.«

»Ich bitte nicht umsonst dich. Aber es ist noch zu früh, um alles zu offenbaren.«

Du hast es schon offenbart. Auf den Rest komme ich selbst. Ich bin nahe dran.

»Warum sollten die mich ernst nehmen?«, fragte Chess. »Ich bin die bedeutungslose Praktikantin.«

»Wenn du deine Gedanken mit ihnen teilst, werden sie dir zu Füßen liegen. Tief in dir weißt du, dass du es kannst.«

»Was ist mit Alisa?«

»Sie ist unverzichtbar. Sie kann dir Wege zeigen, die sonst für dich nicht erreichbar wären. Sie ist die spirituelle Quelle. Nur sie hat Zugang zu etwas, wovon die Menschheit seit zweitausend Jahren träumt.«

Chess sah zu Boden; ihre Augen füllten sich mit Tränen. »Ich muss dir noch etwas sagen, Kopernikus.«

Kopernikus nicke. »Ich mag alt sein, aber meinem inneren Auge sind eure Gefühle nicht verborgen geblieben. Jemanden zu lieben, heißt Gott nahe zu sein. Nur darauf kommt es an. Und er fragt bestimmt nicht nach dem Geschlecht.«

»Etwas Schreckliches bedrängt Alisa. Ich habe Angst vor dem Moment, in dem es sich zeigen wird. In dem sich Alisas Schicksal sich erfüllen wird.«

»Es wird der Moment sein, an dem sich der Weg offenbart. Für euch ist nichts vorherbestimmt. Du musst ihr vertrauen. So einzigartig du auch bist, den Weg durch die Dunkelheit kann nur Alisa finden.«

»Ich kann einen Raum oder einen Ort fühlen, der auf mich wartet«, sagte Chess. »Wenn ich dahin gelange, darf ich keine Angst haben. Aber es gibt dort Elemente, die ich nicht verstehe. Deren Bedeutung mir nicht zugänglich ist.«

»Was es auch ist – ihr könnt es nur gemeinsam schaffen. Alisa ist der Schlüssel.«

»Verstehst du ihre Rolle?«

»Ich bin nur ein Mensch«, war Kopernikus' Antwort.

Chess stand auf. Es war spät geworden.

Kopernikus fasste sie unvermittelt am Arm und zog sie zu sich herunter. »Du musst dich auf das einlassen, was Alisa wirklich ist«, sagte er mit eindringlicher Stimme. »Ohne Vorbehalte.«

»Was ist Alisa wirklich?«

»Etwas, das unvorstellbar größer ist als wir.«

Nach einer langweiligen Schulwoche freute sich Alisa auf das Wochenende. Sie waren extra früh nach Mestre gefahren, und Alisa füllte das Essen, das Chess' Großmutter zubereitet hatte, in Schalen. Der Besuch beim Gitarrenbauer war zu einem festen Ritual geworden, das beide sehr genossen. Chess war auf die Dachterrasse gegangen.

»Wir müssen los, sonst kommen wir zu spät.«

»Wieso wird alles immer komplizierter?«

Alisa lächelte Chess an.

»Weil wir älter werden. Hab mich schon gefragt, wann die Grüblerin mal wieder in dich schlüpft. Bei Francisco wirst du genug Zeit haben, um über Dinge nachzudenken, die eh nicht zu ändern sind.«

Das Stück Land, das Francisco seinen Garten nannte, war streng genommen eine Grünfläche, die niemanden gehörte. Es gehörte zum Naturschutzgebiet, weshalb die Natur der einzige Gärtner war, der sich darum kümmerte. Der Bewuchs war wild, ohne jede Ordnung oder Absicht, die der Mensch unwillkürlich den Pflanzen und Bäumen aufgezwungen hätte.

Der alte Olivenbaum war am hinteren Ende des Grundstückes, und Unkraut oder andere Bäumen hielten respektvoll Abstand von ihm. Chess legte sich wie immer direkt unter ihn und sah auf die Äste, die in den Jahrhunderten einem geheimen Weg gefolgt waren. Verschnörkelt und unberechenbar ragten Zweige und Triebe zum Himmel.

Meistens rechnete Chess an einer der Aufgaben herum, die McPherson ihr gegeben hatte. Mittlerweile war es das sechste mathematische Rätsel, das sie versuchte zu lösen. In den Jahren an der Schule hatte sie bereits fünf bearbeitet. Ob die Lösungen korrekt waren, wusste sie nicht. Es fand niemals eine Auflösung statt, weshalb sie sich nur auf ihr Gefühl verlassen konnte.

Das sechste Rätsel befasste sich mit der Hoge-Vermutung und der Möglichkeit, hochdimensionale Sphären durch komplexe Zahlen auszudrücken. Sie liebte diese Aufgabe. Alles war offen. Chess würde die Erste sein, die ihre Fußspur hinterließ. Das, was sie suchte, war ein völlig neuer Weg, ohne hunderte von Seiten algebraisch zu berechnen. Es war wie eine Expedition in Gebiete der Mathematik, die keiner vor ihr betreten hatte.

Alisa verbrachte die Zeit in der Werkstatt Franciscos. Sie beurteilten Hölzer, aus denen die Instrumente gebaut wurden. Das Holz musste optisch zur Gitarre passen, aber am wichtigsten waren die tonalen Qualitäten. Viele lagen schon seit fünfzig Jahren und mehr in den Regalen. Alisa nahm das Holz in eine Hand und klopfte dann mit den Fingerknöcheln der anderen Hand dagegen. Der Ton, der entstand, sagte viel über den Klang des künftigen Instrumentes aus.

Francisco hatte vier Sets bereitgelegt. Das eine war fast völlig schwarz, das zweite eher mittelbraun und hatte eine komplizierte Maserung, das dritte Linien, die so gerade waren, als ob die Natur ein Lineal benutzt hätte. Das letzte Set war hellgelb bis orange. Die orangefarbenen Anteile züngelten wie Flammen über das Holz.

Alisa untersuchte jedes der Sets so, wie sie es von ihm gelernt hatte. Bog es und prüfte das Gewicht, testete die Flexibilität und sah nach Wurmlöchern. Für den Ton klopfte sie die Hölzer ab. Er durfte nicht zu hell und nicht zu dumpf sein, und Boden und Seitenwände sollten einheitlich klingen. Francisco sagte ihr, dass sie sich Zeit lassen sollte, denn es würde eine besondere Gitarre für einen herausragenden Spieler werden.

Nach einer Stunde hatte Alisa die Wahl getroffen. Es war das ganze helle Set mit den Flammen.

»Warum hast du dich dafür entschieden?«, fragte er.

»Es ist auf der einen Seite federleicht, das Holz ist perfekt gewachsen, und der Ton ist wundervoll. Nicht zu hoch, nicht zu tief und niemals dumpf. Egal, wo man es anklopft. Es ist praktisch identisch. Außerdem riecht es herrlich. Für wen baust du die Gitarre? Ich beneide ihn jetzt schon.«

Francisco legte ihr den Arm um die Schulter. »Zwei Mädchen haben vor Jahren eine besondere Gitarre bestellt. In diesem Jahr wird sie gebaut. Es ist deine, Alisa.«

Sie erinnerte sich, aber Alisa hatte nicht angenommen, dass er es wirklich ernst genommen hatte.

»Francisco, ich danke dir von ganzem Herzen. Aber weder Chess noch ich können dich bezahlen«, sagte sie traurig. »Es tut mir so leid, wir waren Kinder.«

Francisco drückte sie kurz an sich. »Mach die keine Sorgen, Alisa. Es ist mir eine Ehre, das Instrument für dich zu bauen. Allerdings habe ich eine Bedingung. Du musst mithelfen. Es ist sehr kompliziert, und ich brauche eine geschickte dritte und vierte Hand. Außerdem muss das Instrument immer wieder mal gespielt werden, um die Entwicklung des Tons zu beurteilen. Es wird den gesamten Sommer brauchen.«

Alisa sah ihn zweifelnd an. »Ich weiß nicht, ob ich so ein großes Geschenk annehmen darf.«

»Es ist kein Geschenk. Du hörst Fehler, die niemand sonst hört. Es ist dein gerechter Lohn, Alisa. Und ein Dank für eure Gesellschaft. Ich schulde es euch.«

Alisa umarmte Francisco und rannte zu Chess.

Wie in Trance öffnete sie nur kurz ihre Augen, um Alisa ein Lächeln zu schenken. »Die Dinge finden dich, Alisa«, murmelte sie. Danach versank sie wieder.

Alisa kniete sich neben sie und flüsterte in ihr Ohr: »Bleib vom Strudel weg. Ich liebe dich.«

VI

Alisa lief in die Bibliothek. Sie waren spät dran. Ihre Mutter hatte sie zum Essen nach San Marco eingeladen.

Vertieft in einen Bildband aus dem dreizehnten Jahrhundert, machte sich Chess unaufhörlich Notizen.

Alisa legte die Arme um sie. »Wir müssen los. Und zwar jetzt sofort.«

»Ich habe was Interessantes gefunden. Die Kirche hat 1215 ein Dekret verabschiedet. *Ecclesia abhorret a sanguine.*«

»Übersetzt: Die Kirche verabscheut das Blut.«

»Du bist richtig gut«, sagte Chess. »Ich brauchte etwas, um es zu übersetzen.«

»Fleiß ist wichtiger als Intelligenz, Wunderkind. Du hast noch zwei Sätze, dann gehe ich ohne dich.«

Chess lachte. »Bestimmt nicht. Dir ist jetzt schon ganz flau.«

»Sag es, Chess. Ich habe keine Lust, nach San Marco zu rennen.«

»Das Dekret hat dazu geführt, dass die Wissenschaftler, die nun mal alle zur Kirche gehörten, keine Operationen mehr durchführen durften. Deshalb gab es eine Verschiebung der Medizin hin zu Säften und Kräutermischungen.«

»Wer hat dann operiert?«

»Handwerker ohne jede Erfahrung. Amputationen konnten die geübten aber innerhalb von fünfzehn Sekunden durchführen.«

»Ein fantastisches Thema für unser Essen. Du kommst jetzt mit.«

Alisa zog Chess von ihrem Stuhl und lief mit ihr zum Ausgang.

»Ich muss noch mal in die Wohnung. Ich habe keine Schuhe an.«

»Das macht nichts. Ich auch nicht.«

Anne hatte für vier gedeckt. Das Essen, von Alisa am Tag davor zubereitet, stand bereits auf dem Tisch.

Tom setzte sich und schenkte sich dabei einen Wein ein. Das Glas füllte er bis zur obersten Kante.

Chess sah Alisa fragend an.

Es war Alisa unangenehm, aber ihr Vater hatte sich mit der Zeit verändert, und das nicht zu seinem Vorteil. Das Haar war ungewaschen, sein Hemd einen Knopf zu weit offen.

Anne tat allen auf.

»Was ist das?«, fragte Tom.

»Huhn mit Zwiebeln, in Kurkuma, Piment, Bockshornklee, Koriander und Zimtsoße«, sagte Alisa mit monotoner Stimme, wohl wissend, dass ihr Vater kein echtes Interesse am Gericht hatte, sondern nur Streit suchte.

»Wieso ist das Fleisch wie Brei? Man braucht ja nicht mal ein Messer zum Schneiden.« Er leerte die Hälfte des Glases mit einem Zug.

Alisa kannte seine Stimmungen und antwortete erst gar nicht, sondern fing an zu essen. Chess musterte Tom, ruhig, wie ein Jäger das Wild. »Wie läuft das Staudammprojekt, Mr. Taylor?«

Alle am Tisch hielten den Atem an.

»Ich bin in der fünfzehnten Revision.«

»Der Damm wird niemals gebaut«, sagte Chess. »Ist Ihnen das nicht klar?«

»Ach ja? Woher willst du das eigentlich wissen?« Tom warf Messer und Gabel auf den Tisch und trank den restlichen Wein. »Habt ihr überhaupt eine aktuelle Zeitung zu Hause?«

Chess blieb gelassen. Noch konnte das Wild weglaufen. »Dafür brauche ich keine Zeitung. Nur Schach. Sie sind das Bauernopfer.«

Alisa rückte etwas vom Tisch ab.

»Bauernopfer?« Tom lachte höhnisch. »Dann erkläre mir mal deine Schachstrategie.«

»Wenn Sie den Damm bauen, können keine Kreuzfahrtschiffe mehr anlegen. Jedes Schiff spuckt sechstausend Touristen in die Stadt, die Masken, Glas und anderen Unsinn im Wert von durchschnittlich zweihundert Euro kaufen. Das macht pro Schiff eine Million und zweihunderttausend Euro pro Tag. Mal zwei Schiffe, mal dreihundertfünfzig Tage. Das Ergebnis ist achthundertvierzig Millionen Euro pro Jahr. Eine Milliarde Dollar. Glauben Sie ernsthaft, dass die Stadt sich dieses Geschäft einfach durch die Lappen gehen lässt?«

»Dann sag ich dir jetzt mal was, Miss Superschlau. Wenn Venedig absäuft, hält auch kein Schiff mehr, und schließlich haben die mich geholt. Hätten sie ja nicht machen müssen. Zwei zu null für mich.« Tom öffnete die nächste Flasche.

Alisa sah Chess kurz an. Sie war in ihrem Element und kein bisschen eingeschüchtert. Unter dem Tisch tastete sie nach der Hand ihrer Freundin. Mit einem Blick sagte sie ihr, dass sie bereit sein musste.

»Sie sind nur das Scheingefecht. So mache ich das beim Schach auch immer und gewinne deshalb«, erklärte Chess. »Der Gegner wird so stark abgelenkt, dass er meinen eigentlichen Plan zu spät oder gar nicht erkennt. Sie sollen scheitern, damit man sich dem eigentlichen Ziel zuwenden kann.«

»Und was soll das sein?«, rief Alisas Vater zornig und spuckte Rotwein auf das Tischtuch.

»Ein Kreuzfahrtterminal für mehrere Schiffe am Rand von Venedig. Ziel ist es, noch mehr Schiffe abzufertigen.«

»Für Schiffe dieser Größe braucht man ein Tiefwasserterminal. Das würde bedeuten, Venedig dem Meer komplett auszuliefern. Das Wasser würde bis zur Spitze der Basilika steigen.«

Chess ließ sich etwas Zeit und kaute fertig. Der Jäger spannte den Hahn der Flinte. »Richtig, ein Tiefwasserterminal. Es würde mich nicht wundern, wenn Ihre Berechnungen Vertiefungen für die Schleusen vorsehen, die in etwa der eines solchen Terminals entsprechen. Und natürlich würde man Ihren Damm bauen, aber nur zum Schutz des Terminals. Sie sollten doch den typisch amerikanischen Spruch kennen. Kann man nicht mehr aussteigen, soll man voll einsteigen. So wird man es am Ende hinstellen. Und man wird die Bewohner kaufen.«

Das Wild knickte ein, sich seines Schicksals bewusst.

Tom beugte sich über den Tisch. »Woher willst du denn einen amerikanischen Spruch kennen? Deine Mutter hat dich zehn Minuten nach der Geburt verkauft und ist abgehauen, um sich vom Nächsten schwängern zu lassen. Trotzdem noch eine Frage, Findelkind. Warum haben die sich dann solche Mühe gegeben, mich zu holen?«

Anne weinte. Die Familie zerbrach unter den Sätzen. Endgültig.

Chess zuckte die Schultern. »Es musste jemand sein, dessen Fähigkeiten außer Frage stehen, und er musste naiv genug sein, den Auftrag anzunehmen. Nur wenn der Beste scheitert, kann es keine Alternative geben. Sie sind Amerikaner. Die Venezianer haben seit Marco Polo eine Rechnung offen mit Ihrem Volk. Die Entdeckung der Seewege nach Amerika und Indien, Letzteres von Vasco da Gama, hat die zentrale Bedeutung Venedigs als Hafenstadt beendet. Jetzt bietet sich in den Augen einiger die Möglichkeit, an die Tradition wieder anzuknüpfen.«

Tom sah, dass Alisa und Chess sich an den Händen hielten.

»Marco Polo?« Tom würgte den Namen hoch. »Das ist fünfhundert Jahre her. Das soll wohl ein Witz sein! Das interessiert doch keinen Menschen. Du bist verrückt.«

»Die Fertigstellung des Deckenmosaiks in der Basilika San Marco hat siebenhundertachtzig Jahre gedauert. Venezianer denken in größeren Zeitabschnitten. Viel größeren. Wenn Sie aufgegeben haben, werden Sie nach Amerika zurückkehren. In fünf Jahren sind Sie vergessen. Ein Italiener wäre im Land geblieben und hätte für die nächsten zwanzig Jahre gestört. Wenn Sie schlau sind, sollten Sie sofort zurückkehren, solang man sich an Ihrer Universität noch an Sie erinnert.«

Im Sterben bäumte sich das Tier ein letztes Mal auf. »Lass meine Tochter los. Sie ist nicht wie du.«

»Wer meine Hand hält, bestimme allein ich«, sagte Alisa mit kalter Stimme. »Immerhin ist Chess' Vater nüchtern, wenn sie nach Hause kommt.«

Das Herz des Tieres hörte auf zu schlagen.

Tom schleuderte ihnen das Glas entgegen, aber Alisa rannte mit Chess schon durch die Tür.

Erst zwei Straßen weiter stoppten die Mädchen. Sie standen in einer der engen Seitenstraßen, die von den Touristen ignoriert werden.

Alisas Lachen wurde immer wieder von tiefen Atemzügen unterbrochen. »Ich wusste gar nicht, dass du so eine gute Diplomatin bist. Du hast echt alles entspannt und dich sehr nett mit meinem Vater unterhalten.«

»Er ist ein Idiot. Das war das letzte Mal, dass ich dort war.«

»Chess, du hast ihn provoziert. Absichtlich.«

Chess traute sich nicht, Alisa anzusehen. »Ich wollte nur, dass du siehst, wie er wirklich ist. Stimmt das, was dein Vater gesagt hat, Alisa?« In ihren Augen stand ein Flehen. Nie hatte Alisa sie so verletzlich gesehen.

Sie machte einen Schritt auf Chess zu, nahm ihre Hände. Ihre Lippen berührten sich beim Sprechen, so nahe war sie ihr. »Es ist völlig egal, was mein Vater gesagt hat. Es ist egal, unter welchen Umständen du auf diese Welt gekommen bist. Erst recht ist es egal, wie deine Mutter entschieden hat. Du bist der wundervollste Mensch, den ich kenne.«

»Das reicht mir nicht.«

»Dann sage ich es dir so, dass du es verstehst. Ich liebe dich, Chess. Ich habe dich immer geliebt und werde dich immer lieben.«

Sie küssten sich leidenschaftlich. Dann drückte Chess Alisa sanft von sich weg. »Du hast es gesagt.«

»Ich wollte es endlich sagen. Du darfst dir alles von mir wünschen.«

Chess nahm Alisa an die Hand, und sie liefen so schnell wie möglich durch die kleinsten Gassen, die sie fanden. Nach zwanzig Minuten erreichten sie das alte Kloster und schlichen sich in ihre Wohnung.

»Willst du zuerst duschen?«, fragte Alisa.

Chess zog sich aus und kam zu ihr zum Schreibtisch. »Komm mit.«

»Ist das dein Wunsch?«

»Den sage ich dir gleich.«

Ihre alte Kleidung schmiss Alisa in den Abfalleimer und folgte Chess ins Badezimmer.

Die Seife roch nach Rosen. Jede Berührung war wie ein Versprechen, von denen nicht alle sofort erfüllt wurden. Das Wasser verband die Mädchen auf eine Art, die sie vorher nicht gekannt hatten.

Danach schliefen beide glücklich und erschöpft ein.

Das katastrophale Abendessen bei Alisas Eltern war zwei Wochen her. Bis auf einige Textnachrichten hatte sie nicht mehr mit ihrer Mutter gesprochen. Heute würde sie Anne zum ersten Mal wiedersehen.

»Vielleicht bleibe ich hier«, sagte Alisa.

»Das wirst du nicht«, entgegnete Chess. »Sie ist deine Mutter. Weshalb bestrafst du sie für ihren Mann?«

»Weil sie den Idioten geheiratet hat.«

Chess setzte sich zu Alisa aufs Sofa. »Wenn du nicht möchtest, bleiben wir hier«, sagte sie leise.

»Du bist so ein Miststück, Chess. Du weißt genau, wie du mich kriegen kannst. Es geht dir nicht um das Familienglück. Du möchtest ins Kaufhaus. Du bist ein Fashion-Victim.«

»Ich bekenne mich schuldig in allen Punkten.«

»Das reicht nicht, um mitzukommen. Was hast du mir anzubieten?«

»Einen Wunsch.«

»Einen, den du nicht ablehnen darfst. Egal, wie verrückt es ist.«

»Ich werde es bereuen. Das weiß ich jetzt schon.«

Das SEE-ME, ein umgebautes Lagerhaus aus dem dreizehnten Jahrhundert, war ein Kaufhaus der Luxusklasse. Alle großen Designlabels waren dort vertreten. Ein komplettes Outfit erreichte leicht einen mittleren fünfstelligen Betrag.

Sie schlenderten durch die Etagen um das innen offene Atrium herum. Auf dem Dach befand sich eine Aussichtsplattform, für die man eine Karte kaufen musste.

Chess stöberte durch die Räume. An einem Mantel blieb ihr Blick hängen. Er wog fast nichts, und die Wolle wärmte sie augenblicklich. Der Mantel hatte das gleiche Türkis wie ihre Augen. Mühelos folgte er der Kontur ihres Körpers wie eine zweite Haut.

Einige Verkäuferinnen kamen und betrachteten Chess still. Anne legte Chess den Arm um die Schulter. Mit der anderen Hand drehte sie das Preisschild um.

»Du siehst wundervoll aus. Aber ein Traum muss er bleiben.«

Chess lächelte Anne an. »Die meisten Träume bleiben lieber Träume.«

Sie zog den Mantel gerade aus, als ihr jemand die Hand auf den Rücken legte. »Noch nicht, bitte.«

Ein Mann betrachtete Chess, griff nach seinem Handy, fotografierte sie und verschwand.

»Holt der jetzt den Detektiv? Ich habe nichts falsch gemacht, oder?«

»Keine Angst«, meinte Anne. »Mal sehen, was er will.«

Einige Minuten später kam ein modisch gekleideter Mann auf sie zu und hielt Anne seine Karte hin. Darauf standen der Name und seine Berufsbezeichnung. *Art Executive Director.*

»Verzeihen Sie, wenn ich Sie so einfach anspreche. Ihre Tochter beeindruckt mich. Hätten Sie etwas dagegen, wenn wir einige Aufnahmen machen würden?«

»Sie ist nicht meine Tochter. Außerdem kann sie für sich selbst sprechen.«

Chess nickte Anne zu und sah den Mann an. »Gut. Gleich hier?«

»Nein. Es erfordert viele Menschen und Technik, solche Bilder zu machen. Kommen Sie doch morgen gegen vierzehn Uhr zum Arsenal.«

»Du musst erst deinen Vater fragen, Chess. Er muss es erlauben«, mischte sich Anne in das Gespräch ein.

»Das wird er. Ich möchte kurz mit Alisa reden.«

Die Mädchen zogen sich kurz zurück.

»Was denkst du?«, fragte Chess.

»Mach es«, sagte Alisa. »Du siehst toll aus. Die Leute werden ausflippen.«

»Die Leute sind mir egal. Ich will wissen, was du davon hältst.«

Alisa umarmte sie und flüsterte etwas in ihr Ohr.

Chess strahlte. »Ich werde da sein. Meine Freundin kommt mit. Sonst wird es nichts.«

»Perfekt. Morgen um zwei im Arsenal«, sagte der Art Director. »Du musst ungeschminkt sein. Ziehe nichts Besonderes an. Wir suchen alles aus. Kein Nagellack und saubere Füße. Es wird bis in den Abend gehen.« Er sah zu Alisa. »Ihr seid ein interessantes Paar.«

Sie kamen etwas zu früh im Arsenal an. Das Set hatte die Ausmaße einer Hollywood-Filmproduktion. Unzählige Personen rannten hektisch kreuz und quer.

Langsam näherten Anne und die Mädchen sich dem Zentrum des Treibens. Eine riesige Halle tat sich vor ihnen auf, aus der eine junge Assistentin mit Headset auf sie zurannte.

»Da seid ihr ja. Ich bin Natalie.« Sie drückte einen Knopf am Ohr, stellte sich direkt vor Alisa und Chess und musterte sie von allen Seiten. »Sie sind gerade gekommen. Das blonde Mädchen soll dezent geschminkt werden, das dunkelhaarige etwas mehr. Ihr müsst die Augen betonen. Die sind toll.«

Anne sah die Frau verwundert an. »Es war nicht ausgemacht, dass meine Tochter auch fotografiert wird.«

»Mom, beruhig dich. Solange ich was anhabe, ist es ja wohl nicht schlimm«, sagte Alisa und flüsterte in Chess' Ohr: »Und wenn nicht, wird es erst richtig interessant.«

Die Mädchen wurden abgeholt.

Anne war langweilig. Sie sah sich um. In den hinteren Bereichen der Halle war das Shooting bereits im vollen Gange. Models wie von einem anderen Stern bewegten sich in Zeitlupe zu dröhnender Musik, während Hochfrequenzkameras im 1/1000-Sekundentakt Bilder in virtuelle Datenbanken pumpten. Segel, die sich wie durch Geisterhand bewegten, veränderten Licht und Schatten. Eine andere, fremde Realität breitete sich vor ihr aus.

»Schön, dass sie mitgekommen sind.« Der Mann vom Kaufhaus stand neben ihr. »Die Bilder der Models werden live in die Flagstores in New York, Mailand, Rom, Paris und Shanghai übertragen. Es ist der Start unserer globalen Kampagne. Wir haben eine eigene Satellitenverbindung dafür.«

Anne sah ihn an. »Wenn ich gewusst hätte, wie groß es ist, wären die Mädchen nicht hier.«

»Ich weiß.« Der Art Director nickte. »Es ist erschreckend. Aber vertrauen Sie mir. Es passiert nichts, was die Mädchen nicht möchten. Sie haben mein Wort.«

»Sie haben mein Wort, dass nichts passiert, das *ich* nicht möchte. Wo sind sie?«

Er führte Anne zu einem Außenbereich der Halle. Riesige Planen formten den Hintergrund. Lichtsegel und Spiegelflächen reflektierten die Sonne unzählige Male, bis in der Mitte ein vollkommen homogener Lichtkegel entstand. Außen herum waren Kameras kreisförmig in Serie geschaltet. Hinter jeder Kamera war ein Monitor, der das aktuelle Bild anzeigte. Alles wurde gesteuert von einem Mann, der, völlig abgeschirmt von weiteren Monitorwänden, vor einem großen Mischpult stand.

Alisa und Chess standen abseits. Anne kam näher und sah beide an. Die winzigen Nuancen des Make-ups schienen Chess von den Fesseln des Menschseins zu befreien. Ihre Schönheit war atemberaubend. Alisas Haare standen weit ab und glänzten wie Metallspäne. Das Smaragdgrün ihrer Augen wurde von einem dunklen Augen-Make-up umrahmt. Die Kleidung der Mädchen war schlicht, aber elegant. Ein junger Mann modellierte ihnen mit kleinen Nadeln die Blusen auf den Körper.

Die Assistentin des Fotografen nickte Anne kurz zu. Hinter ihr erschien ein älterer, schlanker Mann. Seine Haut hatte einen sonnengebräunten Ton, das Haar war voll und schneeweiß. Er beachtete niemanden, ging direkt zu dem Mann hinter dem Mischpult und gab das Zeichen.

Chess und ein japanisches Modell betraten den Lichtkegel. Chess blieb im Zentrum, während das Model langsam um sie herumlief. Beide hielten Augenkontakt. Am Ende der Spirale, die es lief, waren sich ihre Gesichter so nahe, dass sich ihre Lippen beinahe berührten.

Die Kameras summten ohne Pause vor sich hin. Die Bilder wechselten so schnell an den Monitoren, dass fast ein Film entstand. Als das Model Chess direkt in die Augen sah, verließ es den Lichtkegel.

Anne sah sich nach Alisa um. Sie war weg.

Die Assistentin kam zu ihr geeilt. »Wo ist Ihre Tochter? Wir brauchen sie. Mit dem japanischen Model wird es nichts.«

»Warum, was läuft schief?«

»Schief? Gehen Sie zu dem Hauptmonitor und sehen Sie sich die Bilder an.«

Anne quetschte sich durch eine Traube von Models, die wie gebannt auf den Schirm starrten. Chess schien alle Pixel für sich zu beanspruchen. Das japanische Mädchen wirkte wie tot. Fast wie ein Scherenschnitt.

Der Fotograf sah zu ihr. »Ihre Tochter übertrifft alles, was ich jemals gesehen habe.«

»Sie sind Stephen Reis, richtig?«

»Ja, das bin ich.«

»Mein Vater ist Fan von Ihnen. Sie sind Magnum-Fotograf. Ihr Spezialgebiet sind Fotoreportagen aus Krisengebieten.«

Der Fotograf nickte. »Irgendwann hat man jede Kinderleiche und jeden abgerissenen Arm fotografiert. Deshalb bin ich hier. Ihre Tochter hat eine unglaubliche Präsenz im Bild. Einmalig.«

»Sie ist nicht meine Tochter, und Ihre Bemerkung ist zynisch.«

»Die Welt ist zynisch, nicht ich. Ich habe immer geglaubt, dass die Grausamkeiten in meinen Bildern etwas bewirken würden. Das Gegenteil ist der Fall. Die Menschen stumpfen ab. Sie sind empfänglicher für Schönheit und Anmut. Deshalb bin ich hier. Meine Beweggründe sind die gleichen geblieben, nur die Methode hat sich geändert.«

Chess kam mit dem Art Director. Sie sah kurz auf das Bild. »Das ist nicht, was ich will. Und auch nicht das, was Sie wollen.«

Es herrschte Totenstille.

»Was willst du?«,fragte der Art Director.

»Im Grunde das Gleiche wie Sie. Ein Statement, das keinen Zweifel lässt, dass Ihr Label einmalig ist.«

»Das versucht jeder. Wie willst du das erreichen?«, fragte der Fotograf.

»Indem wir ein Foto machen, das nichts mit Mode zu tun hat. Wo ist Alisa?«

Chess verließ den Kreis und lief durch die Halle. An einem Waschbecken wusch sie sich die Schminke aus dem Gesicht. In der hintersten Ecke der Halle fand sie Alisa auf einem Sofa. Zusammengekrümmt. Sie weinte.

»Du hast sie geküsst!«, schrie sie ihr entgegen.

»Nein habe ich nicht.«

Alisa hatte ihr Gesicht komplett geschwärzt. Weiße, kreideartige Streifen verfremdeten ihre Konturen. Sie sah aus wie eine Ureinwohnerin Australiens.

Chess streckte ihr die Hand hin. »Vertraue mir. Es ist nichts passiert. Du musst nicht …« Sie sprach nicht weiter.

»Ich muss nicht was?«

Chess kniete sich vor sie hin. »Eifersüchtig sein. Das bin doch ich.«

»Ich will einen Beweis.«

»Beweis wofür?«

»Dass ich nicht austauschbar bin.«

»Komm mit mir, und du bekommst deinen Beweis.«

Alisa stand auf. Ihre rot geäderten Augen bildeten den perfekten Kontrast zum Schwarz ihres Gesichts.

Hand in Hand betraten die Mädchen den Lichtkegel. Anne wollte zu ihnen, doch der Fotograf hielt sie mit einer Handbewegung zurück.

Chess nickte der Assistentin zu. Musik erklang.

»Wenn ich es sage, wirst du tun, worum ich dich bitte. Vergiss alles um dich herum. Tu es, ohne nachzudenken, und folge deinem Herz, Alisa.«

Chess stand wieder in der Mitte. Alisas Bewegungen, fließend wie Wasser, folgten dem Rhythmus der Musik, der immer schneller wurde. Sie wirbelte um Chess herum, bis die Bilder anfingen, unscharf zu werden.

Ihr ganzer Körper war von der Musik ausgefüllt. In dem Moment, als sich ihre Nasenspitzen fast berührten, sah Chess sie an.

»Küss mich.«

Alisa zog Chess zu sich und küsste sie. Erst zart, dann leidenschaftlich. Die Mädchen umschlangen einander. Dass die Musik zu Ende war, merkten sie nicht.

Die Assistentin nahm ihr Headset ab.

Niemand sagte etwas.

Der Fotograf ging durch die Bildsequenzen. Beim vorletzten Bild stoppte er. Es war der Moment, in dem die Mädchen sich voneinander lösten, die Augen öffneten und sich ansahen.

Das Licht wurde in der Halle gelöscht. Ein Beamer projizierte das Bild an die Hallenwand. Viele der Models nahmen sich mit Tränen in den Augen in den Arm.

Das Leid, das Alisa ausstrahlte, wurde durch den Ausdruck in Chess' Augen völlig absorbiert. Sie wandelte es um in Freundschaft, Liebe, Hoffnung und Stärke.

Der Fotograf berührte Anne. »Gute Bilder halten einen Moment fest. Exzellente Bilder können Geschichten erzählen. Alle zwanzig Jahre entsteht ein Bild, das für eine ganze Generation steht. Das Bild dieser Mädchen. Es wird der Standard für ihre Generation werden.«

»Was siehst du, Alisa?«, wollte Chess wissen.

»Ich sehe zwei Menschen«, erklärte Alisa. »Die eine sucht Erlösung, die andere Erfüllung. Aber auch Gefahr, Auslöschung und Glaube. Vom Glauben ganz viel.«

Die ersten Worte waren exakt die, die Chess damals in dem Büro des Schuldirektors zu Anne gesagt hatte.

Der Art Director sah den Fotografen nachdenklich an.

»Was machen wir damit?«, fragte der Fotograf.

»Es darf nicht verkauft werden«, wandte Alisa sofort ein. »Das Bild ist ein Geschenk und soll nicht durch Geld beschmutzt werden.«

Chess berührte vorsichtig Alisas schwarz verschmiertes Gesicht. »Es ist deine Entscheidung.«

»Wir schicken es in die Welt. Mit diesem Titel. *Faith. Erlösung und Erfüllung.*«

Der Art Director nickte dem Mann hinter dem Mischpult zu. Der globale Upload begann.

Alisa lag neben Chess und konnte nicht schlafen. Sie spielte mit Chess' Haaren.

»Was ist, Alisa?«

»Ich habe es vermasselt, oder? Deinen ganzen Plan.«

Chess drehte sich um und sah sie an. »Du hast es erst möglich gemacht.«

»Aber wie geht es jetzt weiter?«

»Ich bin mir sicher, dass sie uns einen Vertrag anbieten werden.«

»Wofür soll das Geld gut sein? Wir haben alles, was wir brauchen.«

»Man merkt, dass du niemals arm warst. Fällt dir nicht auf, dass wir absolut abhängig sind? Was machen wir, wenn dein Vater beschließt, nach Amerika zurückzukehren?«

Alisa setzte sich ruckartig auf. »Mein Zuhause, mein Leben, alles, was ich bin und sein will, ist hier bei dir. In Venedig.«

»Wir werden so viel Geld verdienen, dass wir frei von anderen sind. Von heute an zählen nur noch unsere Entscheidungen.«

Am nächsten Morgen ging Anne in die Stadt. Sie brauchte Zerstreuung und lief durch die Gassen von San Marco.

Niemals war sie von jemandem so geliebt worden wie Alisa von Chess. Ehrlicherweise musste Anne aber zugeben, dass sie selbst auch noch nie jemanden so geliebt hatte. Ihre Ehe bestand nur noch auf dem

Papier. Tom hatte sich in den Jahren in Venedig verändert. Sein Alkoholkonsum war besorgniserregend. Das Staudammprojekt kam trotzdem voran. Er verlor nicht den Überblick, und alle waren voll des Lobes für seine Arbeit. Etwas anderes arbeitete in ihm. Es zermürbte ihn. Außerdem hatte er eine paranoide Sicht auf die Beziehung der Mädchen. Die Anwesenheit von Chess hielt er kaum aus. Das war kein wirkliches Problem, weil Alisa nicht mehr nach Hause kam. Anne konnte es ihr nicht verdenken.

Die Einsicht über ihre Ehe erleichterte sie. Sie würde Tom verlassen. Nicht sofort, aber bald. Im Grunde brauchte sie nur zu warten, bis er wieder nach Amerika zurückkehrte. Sie würde in Venedig bleiben.

Die Geschäfte öffneten erst in zwei Stunden. Dennoch stand vor einem Shop eine große Menschenmenge. Neugierig folgte sie den Blicken der Menschen.

Die Bilder von Chess und Alisa wurden auf riesigen Monitoren in den Fenstern gestreamt.

Faith. Erlösung und Erfüllung.

Anne ließ die Bilder auf sich wirken. Reis, der Fotograf, hatte recht gehabt. Alisa und Chess waren Ikonen ihrer Generation.

Jemand berührte sie am Arm. Es war Peter. »Jeder, der das sieht, wird erkennen, was Liebe wirklich ist. Etwas, das es in unserer Zeit kaum noch gibt. Hingabe, Aufopferung, Vertrauen. Ein Gefühl, das kein Limit kennt.«

Anne sah ihn an. »Du hast das vom ersten Moment an gewusst, oder?«

»Hast du niemals dieses Band zwischen den beiden gefühlt?«

»Nein. Habe ich nicht«, sagte Anne leise. »Wieso konntest du es so bedingungslos akzeptieren?«

»Weil sich Gott offenbart in der Beziehung unserer Kinder.«

Anne schaffte es nicht, Peter anzusehen. »Es fällt mir schwer, daran zu glauben.«

»Du hast nicht die gleichen Erfahrungen wie ich gemacht. Gott ist es egal, ob du an ihn glaubst. Er glaubt an dich. An unsere Kinder.«

Alisa riss voller Ungeduld den großen Umschlag auf.

»Mach. Ich platze vor Neugier!«, rief Chess.

Sie verteilte die vielen Seiten des Vertrages auf dem Boden ihrer Wohnung. Stumm saßen beide nebeneinander und lasen die Vereinbarung.

»Sie geben uns eine jährlich steigende Umsatzbeteiligung. Nach drei Jahren drei Prozent«, las Chess vor.

»Nicht ganz. Wir bekommen von der Umsatzsteigerung, die sie sich von uns erhoffen, die Prozente.«

»Man merkt, dass du die Enkelin eines Rechtsanwaltes bist. Niemals hätte ich gedacht, dass die sich darauf einlassen.«

Alisa lachte. »Gib zu, dass es eine gute Idee war, die Verträge Großvater zuzusenden.«

»Die beste überhaupt.«

Alisa holte einen Stift und gab ihn Chess. »Unterschreiben. Die Verträge müssen zurück.«

Chess sah Alisa an. »Weißt du, was es bedeutet?«

»Wir werden eine Menge Geld verdienen.«

»Viel besser. Wir werden in Zukunft niemanden mehr fragen, sondern entscheiden selber. Freiheit. Die wirkliche Bedeutung von Geld ist Freiheit.«

»Und Verantwortung. Unterschreib jetzt.«

VII

»Was machst du heute?«, fragte Chess. »Du bist so aufgeregt.«

»Der neue Tizian ist gestern gekommen. Ich muss ihn mir ansehen«, antwortete Alisa.

»Es wundert mich, dass du nicht schon gestern hingegangen bist.«

»Er muss erst einen Tag hängen und seinen Platz annehmen.«

»Es ist ein Bild. Kein Tier, das sich eingewöhnen muss.«

»Auch ein Bild muss sich eingewöhnen«, sagte Alisa. »Kommst du mit mir mit? Bitte.«

»Ich treffe mich mit Kopernikus. Aber zehn Minuten habe ich.«

Alisa rannte mit Chess die Treppe zur Gemäldegalerie herunter.

Chess deutete auf die Grabplatte im Boden. »Zuerst haben wir uns kaum an ihm vorbeigetraut.«

»Er ist nett. Schweigsam und ein guter Zuhörer.«

»Woher willst du wissen, ob es ein Mann ist?«

»Keine Ahnung. Ich wechsele täglich. Je nachdem, ob sich ein Mann oder eine Frau besser für mein Thema eignet, das ich besprechen will.«

»Warum sie wohl die Inschriften entfernt haben?«, überlegte Chess.

»Los, komm weiter, ich kann es nicht mehr aushalten.«

Der Tizian hatte einen eigenen Saal bekommen. Chess stellte sich vor das Bild. »Ich kann nicht glauben, dass sie das hier ausstellen.«

Eine nackte Frau lag auf einem Sofa, ein Hund an ihrem Fußende. Im Hintergrund kramten zwei Mägde in einer Kiste.

»Weil du nicht verstehst, was es zeigt. Du siehst nur die unbekleidete Frau.«

»Dann sag mir, was du siehst.«

Alisa legte den Arm um Chess. »Du musst dich konzentrieren. Ihre Pose ist kein Hinweis auf Unmoral. Im Gegenteil. Die Myrte und die Rosen in ihrer Hand stehen für Treue.«

»Und der Hund?«

»Der Hund hat eine doppelte Bedeutung. Zuerst steht er auch für Treue, aber er symbolisiert auch die Lust.«

»Wo ist dann die Moral?«

»Siehst du die Truhe im Hintergrund? Es ist eine Aussteuertruhe. Sie heiratet, und es ist ihre Hochzeitsnacht, die bevorsteht. Die beiden Mägde bereiten alles vor.«

Chess flüsterte: »Sie hat gar keine Angst.«

Alisa nahm Chess' Hand. »Nein. Sie ist selbstbewusst und freut sich darauf. Sie liebt den Mann, dem sie sich hingeben wird. Es ist so unglaublich modern, das Bild! Sie ist nicht voller Scham. Im Gegenteil. Sie zeigt ihren Körper gern. Nicht herausfordernd, sondern als das, was er ist. Ein Geschenk Gottes. Was denkst du jetzt über das Bild?«

»Ich bewundere Tizian und beneide die Frau.«

»Du musst lernen zu sehen, Chess. Die Welt besteht nicht nur aus Formeln.«

Chess drehte sich zu Alisa und küsste sie. »Für mich besteht die Welt nur aus dir.«

»Deine Verabredung mit Kopernikus«, mahnte Alisa. »Lass ihn nicht warten. Wir treffen uns heute Nachmittag.«

»Was machst du?«

»Hier sitzen bleiben. In vier Stunden werde ich Dinge sehen, die mir jetzt verborgen sind.«

Als Chess weg war, kniete Alisa sich vor den Tizian, und ihre Augen wanderten über den Körper der unbekleideten Frau.

Wir sind uns ähnlich. Ich bin auch nicht schüchtern. Aber Chess. Sie könnte sich niemals so anbieten. Wenn es so weit ist, musst du ihr etwas von deinem Selbstbewusstsein abgeben. Deine und meine Wünsche sind einfach und wir zeigen es. Chess ist viel komplizierter. Deshalb versteckt sie sich. Es wird Jahre dauern, bis sie sich mir wirklich offenbart. Dann aber wird sie mir für immer gehören.

Du bist ganz anders als die Venus von Giorgione. Dein Mann hat das Bild bei Tizian in Auftrag gegeben, um dir eine Botschaft zu senden. Du warst erst elf Jahre alt, als er dich geheiratet hat. Viel zu jung für die Ehe nach modernen Maßstäben. Aber du musstest auf deine Pflichten als Kaiserin vorbereitet werden. Das Band der Ehe hat er deshalb so früh mit dir geschlossen, weil der Papst dich mit seinem Neffen verheiraten wollte. Nach der Heirat tobte der Pontifex und forderte Camerino zurück. Ein ganzes Land. Deinem Mann, obwohl erst zwanzig Jahre alt, war es egal. Er ließ sich nicht einschüchtern, weil er dich von ganzem Herzen geliebt hat. Du hattest die besten Lehrer, und du hast viel gelesen. Und hochnäsig warst du auch. Die Mägde im Hintergrund sind dir egal. Du bist völlig unbekleidet, und ihre

Anwesenheit macht dir nichts aus. Sie zählen nicht wirklich für dich. Das ist auch dein wunder Punkt, der dich verletzlich macht.

Erst nach fünf Jahren hat er von dir als Frau das gefordert, was du ihm mit dem Eheversprechen angeboten hast. Das Bild sollte dich von der Scham befreien. Dein Mann war intelligent und sorgte sich um dich. Er dachte aber auch an sich selbst dabei. Chess habe ich es nicht gesagt. Vielleicht kannst du auch für sie ein Vorbild sein.

Alisa schloss die Augen und sah die unberührten Wälder Camerinos. Eine Natur, viel mächtiger als der Mensch, der gerade erst dabei war, die Zusammenhänge und Gesetze zu verstehen. Die Lücken wurden vom Glauben gefüllt. Nur die Liebe hatte sich nicht verändert. Das Begehren war stärker, weil es vom Glauben unterdrückt wurde.

Tizian hat dich voller Liebe und Hingabe gemalt. Und dein Mann hat dich respektiert. Sonst hätte er nicht so viel Geld in ein Bild investiert. Außerdem hat er dreißigtausend Gulden an deinen Vater bezahlt. Nach heutigen Maßstäben dreißig Millionen Euro. Trotzdem wirst du es schwer gehabt haben in deiner Zeit. Dein Wesen und Selbstbewusstsein passen zum einundzwanzigsten Jahrhundert. Gelebt hast du aber fast fünfhundert Jahre früher. In einer Welt, die vom Aberglauben und Furcht bestimmt war. Du hast die fünf Jahre genutzt und wurdest viel gebildeter als dein Mann. In deiner ersten Nacht hast du einen Knaben empfangen. Dein junger Ehemann war betrunken von der Lust auf deinen Körper. Du hattest leichtes Spiel mit ihm und hast dir genommen, was du begehrt hast. Verstanden hat er es bestimmt nie in den Jahren, in denen ihr zusammen wart und das Bett geteilt habt. Der Junge starb früh, und es hat dir das Herz gebrochen. Danach bekamst du noch eine Tochter. Sie blieb kinderlos, und deine Blutlinie ging unter. Du wurdest geliebt. Nur das macht deinen Tod mit dreiundzwanzig Jahren aushaltbar. Mutige Frauen haben viele Feinde. Das gilt auch für uns.

Langsam öffnete sie die Augen.

Die andere Welt zerrt an mir. Ich muss gehen.

Der Himmel über dem Gebirge hing voller kleiner Wolken, und die Sonne leuchtete wie Kristall zwischen ihnen hervor. Die Luft war gefüllt mit dem Geruch nach den Blumen, die in der Hochebene wuchsen, dem schweren Grün der Wälder und vielen anderen Aromen, die von den Bergen dem Wind mitgegeben wurden.

Alisa ging am Ufer von Vajra entlang. Sein Wasser war träge, fast wie Quecksilber. Sie achtete darauf, dass ihr Fuß nicht berührt wurde, und lief immer an der Grenzlinie. Es zog sich weiter zurück, und Alisa folgte ihm. Die Kühle und der feuchte Untergrund erfrischten sie. Langsam stieg die silberne Flüssigkeit wieder an und dirigierte Alisa etwas weiter auf die andere Seite. Sie setzte sich ans Ufer in das trockene Gras.

Nirriti berührte sie an der Schulter. Las in ihren Augen.

Alisa öffnete sich dem Kind. Ihre Gedanken, Wünsche und Ängste waren zugänglich. Es suchte nach etwas in ihr.

Alisa sah die Bilder, die das Kind sah. Chess. Ihre Küsse und was danach kam. Sie zögerte, aber Alisa spürte das Flehen in dem anderen Smaragd, das doch ihres war. Sie ließ es zu. Gab ihre Gefühle frei.

Gemeinsam legten sie sich in das Gras und sahen sich an. Alisa weinte, während das Kind, das doch keines war, die Bilder in sich aufsog.

»Ich habe dir Kuchen mitgebracht.«

Chess legte das Lateinbuch aus der Hand. Sie lag auf dem Sofa in ihrer Wohnung im Kloster.

»Wie kommst du voran? Salutieren schon alle vor dir?«, fragte Alisa und setzte sich zu ihr.

»Sehr witzig. Noch bin ich die stille Praktikantin. Und am liebsten würde ich es auch bleiben.«

»Kann ich was fragen, ohne dass du beleidigt bist?«

»Versuch es. Sonst musst du mich wieder besänftigen.«

Alisa lachte. »Das könnte dir so passen. Ehrlich gesagt kann ich gar nicht sehen, was du wirklich machst. Du sitzt entweder vor dem Computer und tippst angestrengt etwas hinein, liest dicke Bücher oder liegst am großen Kirchenfenster im Flur, und es sieht so aus, als ob du schläfst.«

»Von den Forschungsgruppen kommen oft Assistentinnen und Assistenten zu mir und bitten mich, etwas nachzuschlagen oder zu recherchieren. Meistens Dinge, zu denen sie selbst keine Lust haben.«

»Warum machst du es dann?«

»Weil ich dadurch Einblick in ihre Arbeit bekomme. Ich versuch es knapp oberhalb des Niveaus zu beantworten, zu dem sie selbst in der Lage wären. Das hat sich herumgesprochen, und ich bin ihre geheime Nachhilfelehrerin.«

»Du spionierst sie aus«, stellte Alisa fest.

»Wenn du so willst.«

»Merken sie es nicht?«

»Nein. Für sie bin ich unbedeutend. Nur eine Asiatin ist mir auf der Spur. Sie ist ganz außergewöhnlich.«

»Was zeichnet sie aus?«, fragte Alisa gespannt.

»Es gibt überhaupt keine Grenzen für sie. Ihre Gedanken machen Sprünge, die selbst mich erstaunen. Die Fachgebiete fließen bei ihr ineinander.«

Alisa kniff die Augen zusammen. »Du magst sie, und ich bin eifersüchtig.«

Chess lächelte. »Selbst schuld. Du hast gefragt.«

»Das werden wir noch mal ganz genau später besprechen. Jetzt zu deinem Schlafen am Kirchenfenster.«

»Ich schlafe nicht«, sagte Chess nachdrücklich.

»Ich wollte dir nur was zurückgeben. Sagst du es mir jetzt?«

»Das Theorem, das ich versuche zu lösen, ist mir nicht zugänglich. Ich kann es nicht aufschreiben. Wenn ich die Augen schließe, gelange ich zu dem Ort. Wie, weiß ich nicht. Dann beginne ich mit meinen Berechnungen, versuche die Natur der Unbekannten darin zu verstehen.«

»Es ist praktisch wie bei mir«, meinte Alisa.

»Ja. Nur ist dort niemand. Es ist ein Ort der Einsamkeit, der Kälte. Kein Bewusstsein, das versucht meins zu erreichen. Tinte kann ich fühlen. Aber es ist kein Wesen, wir wir es uns vorstellen können.«

»Das klingt beängstigend.«

Chess nickte. »Manchmal ist es das auch. Die Formeln sind nicht tot wie in unserer Welt. Sie hängen alle zusammen und verändern sich. Wie ein lebender Organismus.«

»Könntest du etwas davon einfach aufschreiben?«, fragte Alisa. »Jetzt hier sofort.«

»Könntest du kurz eins der Bilder aus der Galerie nachmalen? Jetzt hier sofort.«

Alisa lächelte. »Unmöglich. Niemand könnte das.«

»Warum?«

Sie überlegte. »Es fehlt der passende Raum außen herum. Wir könnten jetzt auch nicht in unserer Wohnung Eishockey spielen. Die Rahmenbedingungen passen nicht.«

»Deshalb kann ich es auch nicht.«

»Ist es nur eine Formel?«

»Es sind Galaxien voller Formeln.«

Alisa seufzte. »Das ist nichts für mich. Zu kompliziert. Ohne dich wäre ich schon in der Schulmathematik untergegangen. Eine andere Frage. Du hast damals alles organisiert, damit wir hierherziehen können. Warum? Von Trüffel mal abgesehen.«

Chess sah auf ihren leeren Teller. »Muss ich?«

»Jetzt wird es interessant. Ja, du musst.«

»Ich habe einen Traum. Manchmal sehe ich ein kleines Mädchen. Unter Wasser. Es trägt einen Mantel und spricht zu mir.«

»Ertrinkt es?«

»Nicht in meinem Traum. Sie sagt nur zwei Worte: *Beschütze mich*. Ich fand, dass das hier am besten geht.«

»Du denkst, ich bin das Mädchen. Wovor willst du mich beschützen?«

»Das weiß ich nicht. Du bist hier sicherer als irgendwo anders.«

»Es fehlt noch was. Nur ein Traum ist zu wenig«, bohrte Alisa nach. »Ich muss, oder?«

»Richtig erkannt. Ich lass dich nicht vom Haken.«

»Hier ist der Ort, an dem ich dir ganz gehöre. Das ist es, was mich am glücklichsten macht.«

»Du meinst ich dir.« Alisa lächelte wissend.

Chess zog ihren Anhänger mit der Möbiusschleife heraus.

»Unsere Verbindung kennt kein *Du* oder *Ich*. Wie dieses Band.«

»Es wird sich etwas Wunderbares ereignen. Ich spüre es. Wir sind nicht alleine. Glaub mir.«

»Versprich es mir, Alisa.«

»Ich kann den Weg finden.«

»Auch wenn ich mathematische Zusammenhänge sehen kann, die sonst für niemanden erreichbar sind. Das Wunder bist du. Du bist diejenige, die vielleicht die letzte Grenze überwinden kann.«

Alisa hob ihre Hand.

»Du meinst das, was mit meinem Finger passiert ist.«

»Ich meine dich als Person.«

»Person ist das richtige Stichwort, um noch mal zum asiatischen Mädchen zurückzukehren. Wie hast du sie kennengelernt?« Alisa sah Chess fragend an.

»Das Muschelstück, das ich dir aus dem Fuß gezogen habe. Die Meeresbiologen konnten es nicht zuordnen. Die haben es an eine Gruppe weitergegeben, die auf Altersbestimmung spezialisiert ist. Sie arbeitet dort und hat eine Isotopenbestimmung gemacht. Das Ergebnis war, dass es älter ist als das uns bekannte Universum.«

»Der Ort gehört ja auch nicht zum uns bekannten Universum. Sind nicht alle total ausgeflippt?«

»Bei der zweiten Bestimmung habe ich das Gerät manipuliert und einen festen Wert eingespeichert. Jetzt ist es wieder ein normales Muschelstück.«

»Von dem leider immer noch etwas in meinem Fuß steckt. Ich dachte, es geht von selber raus, aber jetzt hat es sich entzündet.« Alisa hob ihren Fuß an und zeigte auf den geröteten Bereich.

»Das muss jemand machen, der Ahnung hat. Willst du wissen, auf wen du eifersüchtig bist?«

In einer der hinteren Buchten des Kapitelsaales brannte Licht. Die junge Asiatin zog sich gerade Handschuhe an und ordnete diverse Gefäße um einen Tisch.

»Das ist Hikari, Alisa. Sie hat zwei Doktortitel. Im Alter von 26 Jahren. Unter anderem ist sie Doktor der Medizin. Den brauchen wir jetzt für deinen Fuß.«

Hikari verbeugte sich vor Chess und Alisa. Eine streng geometrisch geschnittene Frisur rahmte ihr Gesicht ein, das so hell war, als ob es gerade aus dem Keramikofen kam und auf seinen Anstrich wartete. Ihre Augenbrauen bildeten mit ihren schwarz geschminkten Lippen ein perfektes Dreieck.

»Ich höre dich manchmal Gitarre spielen«, sagte die junge Frau. »Es ist wundervoll. Ich bleibe dann immer unter eurer Terrasse stehen. Um dir zuzuhören.«

»Wenn du mir nicht wehtust, darfst du auch zu uns hochkommen, Hikari.« Alle lachten.

»Schade, dann wird es wohl nichts.« Hikari lächelte. »Ich habe keine Betäubungsmittel hier.«

»Schau es dir erst mal an«, wandte Chess ein.

Alisa legte sich auf den Tisch. Hikari nahm den Fuß und desinfizierte gründlich die Fußsohle. Das Mittel brannte. Langsam zog sie die Wundränder auseinander. »Es steckt tief drin. Ich müsste mit dem Skalpell hineinschneiden. Dann kann ich es herausziehen. Und zwei Nähte wären auch notwendig.«

»Lieber nicht«, fand Chess. »Was meinst du, Alisa?«

»Es soll raus. Es nervt mich«, sagte Alisa.

Chess drehte sich zu Hikari. »Sei vorsichtig.«

Sie setzte sich neben Alisa und nahm ihre Hand.

Hikari öffnete die Wundränder und schnitt die geröteten Bereiche mit dem Skalpell aus.

Alisa zwang sich, weiter zu atmen. Kurz bevor sie schreien wollte, veränderte sich der Schmerz. Wie Wasser bei Ebbe zog er sich zurück, und Stille breitete sich in ihr aus. Die Nadel, die Hikari durch Alisas Fußsohle zog, verlor ihren Schrecken, und nach zehn Minuten strich die junge Ärztin ihr über die schweißbedeckte Stirn.

»Das war unglaublich tapfer.«

Alisa setzte sich unsicher auf.

»Du musst deinen Fuß zehn Tage lang schonen. Die Wunde soll nicht wieder aufgehen. Barfuß laufen darfst du auf keinen Fall in dieser Zeit.«

»Ich bringe dich nach oben.« Chess legte den Arm um Alisas Hüfte, um sie zu stützen. Sie drehte sich noch mal nach Hikari um. »Danke. Und komm, wann immer dir danach ist.«

In der Wohnung ließ sich Alisa aufs Sofa fallen. Chess legte ihr einen kühlen Lappen auf die Stirn. »Du bist kreidebleich. Wie hast du das gemacht, Alisa? Sie hat dir voll in den Fuß geschnitten, und du hast nicht mal gezuckt.«

Alisa versuchte zu lächeln. »Ich habe einfach nur an dich gedacht.«

»Und Hikari?«, fragte Chess unsicher.

»Hikari ist nett. Ich kann dich verstehen, und es ist in Ordnung für mich.«

»Danke, dass du das sagst.« Chess seufzte. »Viele Verbündete habe ich nicht.«

»Du hast mich und ich zähle tausendfach.«

Chess legte sich zu Alisa und schlief ein.

Es ist ganz anders, als ich mir ihre Gleichung vorgestellt habe, dachte Alisa, während sie Chess' gleichmäßiger Atmung lauschte. *Oder besser gesagt, ich hatte gar keine Vorstellung. Jetzt habe ich eine Ahnung, wie sehr es sie fordert. Chess braucht Menschen, denen sie vertrauen kann. Die wissenschaftliche Abteilung kann sie unmöglich allein führen. Hikari ist sehr nett.*

Beide mögen sich, das konnte ich spüren. Ich habe es viel einfacher. In der anderen Welt sind Menschen, denen ich vertrauen kann, und es wird auch nichts von mir verlangt. Noch nicht. Ich selbst bin ja auch da. Als Kind. In diesem Leben hat mich Chess gerettet. Aber es muss ein Leben gegeben haben, in dem sie es nicht geschafft hat. Ich bin gestorben. Nirriti ist der Beweis dafür.

Chess' Wärme kroch wie eine Schnecke immer weiter in Alisas Körper. Der Geruch ihrer Haut, das Haar, das sanft an ihrer Nase lag – sie hatte das Gefühl, ihr Körper würde sich auflösen. In Atome, die sich mit Chess vereinen.

Alisa schloss die Augen, und es wurde hell um sie.

Amala und Nirriti saßen im Schilf. Alisa berührte beide sanft an der Schulter und setzte sich zu ihnen.

Nirriti sah auf den silbrigen See. Sie blickte Alisa nicht an. »Du hast dich verletzt«, sagte sie.

»Eine Muschel hat mir in den Fuß geschnitten.« Alisa zeigte auf ihre Fußsohle.

»Nichts passiert ohne Grund, Alisa. Nimm das Pflaster ab.«

Nirriti hob ebenfalls ihren Fuß. Sie blutete an der gleichen Stelle. Die Verletzung war identisch mit der von Alisa.

»Du hast wieder die gleiche Verletzung wie ich«, bemerkte sie verwirrt.

Nirriti sang eine kurze Melodie und tauchte langsam ihren Finger in das silbrige Wasser. Ein kleiner Rest blieb an ihrer Fingerkuppe hängen, den sie vorsichtig über den Schnitt auf ihrem Fuß verteilte.

Alisa betrachtete ihre eigene Fußsohle. Der Schmerz verschwand sofort. Von der Verletzung und den Nähten war nichts mehr zu sehen. Sprachlos sah sie Nirriti an.

»Es ist Vajra, der Diamantene. Er ist Anfang und Ende. Vergangenheit, Gegenwart und Zukunft. Alles und nichts. Er steht außerhalb jeder Definition.«

»Ist er ein Lebewesen?«

»Er ist das Leben, der Tod und die Wiederauferstehung. Er ist ein Wächter. Das Blut von deinem Fuß, als du auf die Muschel getreten bist, war unsere Gabe.«

»Es war kein Zufall?«

»Es gibt keine Zufälle.«

»Ist er es, den ich spüre?«

»Ja, aber vergiss nicht, dass er ein Wesen jenseits unseres Verständnisses ist.«

»Wer bist du?«

»Was siehst du?«

»Mich. Als ich klein war.«

»Das beantwortet deine Frage.«

»Du bist ich?«

»Ich habe viertausend Jahre gebraucht. Gib dir Zeit.« Nirriti stand auf und flüsterte etwas in Amalas Ohr. Dann sah sie Alisa an. »Du hast eine Schuld mir und einer anderen Person gegenüber. Beide wirst du erfüllen müssen.«

»Geh nicht. Ich habe so viele Fragen«, sagte Alisa.

»Es ist schwer für mich, dich zu sehen.« Nirriti nahm Alisas Hände und verschränkte ihre kleinen Finger darin. »Du wirst viel Mut brauchen. Und du musst die Angst besiegen. Ich werde bei dir sein.«

»Ich habe schon oft Angst gehabt. Ich kenne das Gefühl.«

Das Smaragdgrün in Nirritis Augen verwandelte sich in etwas Unergründliches.

Alisa wich zurück.

»Nein. Du hast die Angst vergessen, und nur ein Schatten ist dir geblieben.« Nirriti ließ sie los und ging.

»Sie hat Recht. Du musst dir selber Zeit geben. Versuche es noch nicht zu verstehen. Glaube einfach, was du siehst.«

»Wo ist sie hingegangen?«

»Zur Jurte. Die andere Frau wartet dort auf sie.«

»Mein Fuß. Wie ging das?«

Alisa wollte noch etwas sagen, aber Amala legte ihren Finger auf Alisas Lippen.

Eine Schwalbe flog direkt zu ihr auf die Hand und beäugte beide neugierig. Amala summte eine Melodie, woraufhin sich der Vogel auf ihre Handfläche legte und sich putzte. Mit der anderen Hand strich sie durch das feuchte Gras und nahm einige Tropfen Wasser auf, die die Schwalbe ihr gierig von den Fingern trank. Die Melodie wechselte, und die Schwalbe flog zum Himmel und verschwand.

»Was weißt du über Schwalben?«, fragte sie Alisa.

»Ich will keine Nachhilfe in Biologie, Amala.«

Amala lächelte. »Ich bin gerade dabei, deine Frage zu beantworten. Was weißt du über Schwalben?«

»Eine Schwalbe ist ein Vogel«, war Alisas knappe Antwort.

»Und? Ist das alles?«

»Sie fressen Insekten und sind Zugvögel. Sie haben ihr Winterquartier in Afrika.« Alisa verdrehte die Augen. »Das ist ja wie in der Schule.«

Amala nickte. »Schon besser. Kannst du dir vorstellen, wie weit die Strecke ist, die sie zurücklegen?«

Alisa überlegte kurz. Die, die ganz im Norden lebten, mussten Europa überfliegen, das Mittelmeer und über den afrikanischen Kontinent bis in die Savanne. Die Entfernung war gewaltig.

»Ich schätze, siebentausend Kilometer. Worauf willst du hinaus?«

»Die Strecke beträgt fast zehntausend Kilometer. Die Vögel, die in Nordeuropa geboren werden, fliegen die Route zielsicher zum ersten Mal und finden die Behausungen ihrer Eltern.«

»Eine unglaubliche Leistung für solch einen kleinen Vogel«, sagte Alisa.

»Woher wissen die Vögel, wann sie und wohin sie fliegen müssen, Alisa?«

Weder hatte sie darüber schon mal nachgedacht, noch hatte ihr jemand diese Frage je gestellt.

»Sie fliegen den Eltern hinterher«, mutmaßte sie.

»Das stimmt nur zum Teil«, sagte Amala. »Viele Elternteile sterben auf dem Weg, weil sie einfach schon zu geschwächt sind durch Brut und Aufzucht der Jungtiere. Sie finden den Weg auch ohne ihre Eltern.«

Alisa fiel keine andere Erklärung ein. Sie zuckte nur mit den Schultern.

»Die Information ist in den Genen gespeichert und wird von Generation zu Generation weitergegeben. Kannst du dir vorstellen, wie machtvoll dieses Instrument der Natur ist?«

»Nun, es hilft den Tieren zu überleben.«

»Was sind dein Vater, Großvater und Urgroßvater von Beruf gewesen?«

»Dad ist Ingenieur, Großvater war Chirurg, sein Vater war ein bekannter Klavierspieler.« Alisa machte eine kurze Pause und sprach dann leise weiter. »Auf mich bezogen würde dies bedeuten, dass ich schon zu Beginn meines Lebens Konzertpianistin, Ingenieurin und Chirurgin gewesen wäre. Alles Wissen würde niemals verloren gehen.«

»Ja Alisa, alles Wissen würde niemals verloren gehen. Und wenn sich Wissen auf der DNA speichern lässt – wäre es dann nicht auch möglich, dass dieser Prozess der Speicherung nicht nur im Rahmen der Fortpflanzung funktioniert, sondern auch ein Austausch der Information durch eine Art Infektion möglich ist? Also praktisch eine Aktualisierung in Echtzeit.«

Alisa nickte.

»Nun stell deine Frage noch mal.«

»Wie konnte sich die Heilung auf mich übertragen?«

Amala sah Alisa abwartend an.

»Nicht nur das Wissen zwischen Nirriti und mir spiegelt sich. Unsere körperlichen Prozesse sind auch miteinander verknüpft. Vedisch. Ich kann es, weil ich die Information von Nirriti erhalten habe. Als ich mich in den Finger geschnitten hatte, war Nirriti da und presste unsere Finger zusammen.«

»Sie hat ihr Wissen auf dich übertragen. Eure Gene spiegeln sich fortlaufend. Vedisch ist unsere Muttersprache geworden.«

»Und unsere körperlichen Prozesse? Erleidet Nirriti das, was ich erleide?«

»Vajra ist das Bindeglied. Niemand weiß es.«

»Unser gesamtes Weltbild über uns und unsere Stellung in der Natur ist falsch.«

»Ja. Der Mensch glaubte immer, die Krönung der Schöpfung zu sein. Dies ist nicht der Fall. Im Gegenteil, der Mensch wurde von der Schöpfung vom wichtigsten Bestandteil des Lernens ausgenommen. Die Vererbung des Wissens über Generationen hinweg. Nach hundert Jahren, wenn praktisch alle Menschen einer Generation gestorben sind, muss die nächste wieder von null anfangen. Der einzige Grund, warum wir nicht immer noch in der Erde nach Wurzeln graben, ist, dass wir generationsübergreifend leben.«

»Und warum konnte Nirriti dann die Information an mich weitergeben?«

»Es war nicht immer so. Die Veden entwickelten ebenfalls diese Fähigkeit. Ihr Wissen wuchs exponentiell, und sie erlangten ein Wissen, für das alle anderen noch Äonen brauchen werden.«

»Das beantwortet nicht meine Frage.«

»Auch auf dieser Welt werden die meisten Fragen nicht beantwortet.«

»Sie sind immer noch unter uns? Nach all dieser Zeit?«

»Du musst dir die Zeit wie ein Wollknäuel vorstellen, das durcheinandergeraten ist. Aber selbst hier weiß man wenig darüber.«

»Wieso bist du hier? Immer an diesem Ort.«

»Bis jetzt gab es nur einen einzigen Sinn für mein Dasein. Dein Leben.«

»Du wartest auf etwas.«

»Auf den Moment, in dem du auf die Frage siehst.«

»Ich habe Angst davor.« Alisa umklammerte ihre Beine.

»Nicht ohne Grund. Du wirst vielleicht sterben.«

»Warum verhinderst du es nicht?«, flüsterte Alisa.

»Es zu verhindern würde bedeuten, dich und Chess auszulöschen.«

»Das Paradies habe ich mir anders vorgestellt.«

Amala lachte. »Es ist nicht das Paradies, sondern einfach nur die nächste Welt, die wir nach unserem Tod erreichen. Die letzte Furcht ist gewichen, und die Menschen sind nicht besser geworden. Aber hier ist der Ort, an dem die Veden ihr Wissen für uns zugänglich gemacht haben. Theoretisch zumindest. Alles Streben der Menschen hier richtet sich auf die Frage, wie dieses Wissen um die Welt, das Universum und die Stellung des Menschen darin erlangt werden kann.«

»Was ist dann unsere Aufgabe?«, fragte Alisa.

Amala hob den Kopf und lächelte sie liebevoll an. »Nirriti hat tausend Jahre gebraucht, um das notwendige Wissen zu erlangen, weitere tausend, um die Zusammenhänge zu erkennen, tausend Jahre, um einen Plan zu haben, und die letzten tausend Jahre hat sie sich vorbereitet.«

»So viel Zeit und Geduld, nur für mich?« Alisa schüttelte den Kopf. »Ich glaube nicht, dass ich das wert bin. Sie hat auf die Falsche gesetzt.«

»Glaube an Chess und dich. So fest du kannst.«

»Was kann ich damit erreichen?«

»Etwas, das selbst auf dieser Welt als Wunder gelten wird. Es ist deine Schuld, von der Nirriti sprach. Du musst jetzt gehen und diese Melodie singen.«

»Warum?«

»Weil sonst alles durcheinandergerät. Im Laufe der Zeit werden dich die Melodien, die die Zeit korrigieren, ganz von selbst erreichen. Vertraue einfach deinem Gefühl.«

»Wer ist die andere Person, von der Nirriti sprach?«

»Der Mensch wird sich dir offenbaren, wenn es so weit ist.« Amala verschwand im Schilf.

Alisa summte die Melodie, die in ihrem Kopf war, und nach einer kurzen, kaum wahrnehmbaren Schwingung spürte sie Chess wieder.

»Wie spät ist es?«

»Es ist kurz nach sechs. Du kannst noch liegen bleiben.«

»Tust du mir einen Gefallen und siehst nach meinem Fuß?«

Chess schlug Alisas Decke zurück und hob ihren Fuß an. »Wie ist das möglich?«, flüsterte sie. »Es ist nichts mehr zu sehen. Keine Nähte, kein Pflaster.« Sie strich sanft über die Stelle, wo sich die Wunde befunden hatte.

Alisa nahm Chess in den Arm. »Es wird etwas Wundervolles passieren. Es ist alles wahr, was ich träume. In der anderen Welt ist noch ein Mädchen. Ihr Name ist Nirriti.«

»Du hast mir noch gar nicht von ihr erzählt.«

»Es ist nicht so einfach.«

Chess sah Alisa forschend an. »Warum?«

»Das Mädchen bin ich. Im Alter von neun Jahren.«

»Bist du sicher, dass es dir nicht nur sehr ähnlich sieht?«

»Es besteht kein Zweifel. Das Mädchen sagt es selbst.«

Chess zog die Stirn in Falten. »Lass uns später darüber reden. Ich muss erst nachdenken.« Sie grinste. »Jetzt muss die Gottheit in die Schule. Nichts mit Schulbefreiung. Selber schuld.«

Sie waren mit Anne im Gritti verabredet. Als sie eintraten, saß Alisas Mutter schon an einem Tisch und war in ein Gespräch mit Saguso vertieft. Die leichte Rötung in ihrem Gesicht verriet, dass sie aufgeregt war.

Sie entdeckte die Mädchen und winkte.

»Bleiben Sie doch bei uns sitzen. Wir würden uns freuen«, sagte Alisa zu Saguso.

»Wenn es deiner Mutter recht ist?«

»Da können Sie ganz sicher sein.«

Anne sah Alisa strafend an. »Jemand, der hier barfuß aufkreuzt, sollte keine so große Klappe haben.«

Saguso schmunzelte. »Die Mädchen sind hier in jedem Aufzug willkommen. Spielst du etwas für uns?«

»Ein Liebeslied wäre doch schön.« Chess zwinkerte Alisa zu.

Der Manager erhob sich. In der Mitte des Saales blieb er stehen und kündigte Alisa an.

»Ihr seid miese Kupplerinnen«, flüsterte Anne.

»Das war dafür, dass du immer einen dummen Spruch machst, wenn ich keine Schuhe trage«, flüsterte Alisa zurück.

Alisa setzte sich auf einen Stuhl neben dem Klavier. Ihr Blick wanderte über die Gäste des Cafés. Diesen Moment, diese Sekunden, bevor sie anfing, liebte sie. Es war der Moment, in dem sie die Kontrolle über das Publikum übernahm.

»Ein Liebeslied von Purcell. Für alle, die verliebt sind und es noch nicht wirklich erkannt haben.« Sie zwinkerte ihrer Mutter zu.

Die mittelalterliche Musik veränderte sie etwas, damit es moderner wirkte. Am Ende lief Chess zu ihr und küsste sie sanft auf den Mund. »Jeder soll wissen, dass du der Mensch bist, der mich liebt«, flüsterte sie.

Alisa verbeugte sich dreimal, während die Menschen im Café aufstanden und mit rhythmischen Klatschen nach einer Zugabe verlangten. »Ein Lied singe ich noch. Für meine Mutter und Herrn Saguso, den Hotelmanager, der alle ihre Wünsche erfüllt. Und für das Mädchen neben mir. Der Mensch, der mich aus der Tiefe des Meeres geborgen hat.«

Am Ende des Liedes sah sie zu Chess.

»In Wirklichkeit singe ich nur für dich.«

Hand in Hand gingen die beiden zurück zum Tisch.

»Nicht schlecht für ein barfüßiges Mädchen, oder?« Alisa ließ sich neben Anne auf den Stuhl fallen.

»Das Lied hat sehr schön zum heutigen Nachmittag gepasst«, sagte Saguso.

»Der ist verknallt in deine Mutter. Lass uns gehen«, flüsterte Chess Alisa zu. Anne blieb mit Saguso alleine zurück.

Im Speisesaal wurde das Buffet bereits abgeräumt. Das Hauptlicht war ausgeschaltet, und nur die unzähligen Kerzen aus Bienenwachs, die auf den Tischen standen, erleuchteten den Saal mit einem unruhigen Schimmer.

Sie waren allein. Alisa nahm Chess' Hand und küsste sie.

»Wofür war das?«

»Muss es immer einen Grund geben? Ich bin einfach nur glücklich.«

»Hikari kommt heute Abend zu uns. Vielleicht spielst du was für uns?«

»Was ist, wenn sie meinen Fuß sehen will?«

»Du trägst einfach mal Socken und sagst, dass alles in Ordnung ist.«

»Chess, du vertraust Hikari. Sonst hättest du mich niemals zu ihr mitgenommen. Warum soll sie dann nicht alles wissen?«

»Kopernikus hat gesagt, wir dürfen niemandem vertrauen.«

»Da irrt er sich«, meinte Alisa. »Er hat diese Gemeinschaft seit einem halben Jahrhundert geformt. Niemals werden wir so einen Zugang zu den Mönchen haben. Wenn du die wissenschaftliche Abteilung leiten willst, brauchst du Hilfe.«

»Es gibt niemanden in der Abteilung, der mir so nahe ist wie Hikari.«

»Warum ist das so?«

»Sie ist intelligent. Aber das Erstaunlichste ist ihr Abstraktionsvermögen. Es gibt überhaupt keine Grenze für sie. Und es gibt noch einen Punkt.«

Alisa sah sie neugierig an. »Jetzt kommen wir zum Eigentlichen.«

»Sie ist niemals aufdringlich. Dass ich keine normale Praktikantin bin, ist ihr schon früh klar geworden. Aber bis heute hat sie nicht einmal versucht, etwas aus mir herauszubekommen.«

»Besser kann man eine vertrauenswürdige Person nicht beschreiben. Wir machen einen Test mit ihr«, schlug Alisa vor. »Wir laden sie ein, und ich werde dafür sorgen, dass sie meinen Fuß sieht. Von ihrer Reaktion machen wir abhängig, ob wir uns ihr anvertrauen.«

»Was ist, wenn sie auf die Knie fällt vor dir? Dein Fuß ist nicht weniger als ein Wunder.«

»Ich bin nicht weniger als ein Wunder. Aber als Heilige verehrt zu werden, habe ich keine Lust. Kommt es so, ist sie durchgefallen.«

»Solange ich nicht am Morgen aufwache und du sieben Arme wie Shiva hast, ist alles gut.«

Alisa beugte sich vor und flüsterte kichernd in Chess' Ohr.

»Spätestens jetzt ist bewiesen, dass du keine Heilige bist.«

»Ich wusste, dass du rot werden würdest«, sagte Alisa amüsiert.

»Das ist aber nicht nett, den Besuch warten zu lassen.«

Alisa umarmte Hikari. »Noch dazu, wo du meine Lebensretterin bist.«

»Das ist etwas zu viel. Ich bin deine Fußretterin. Geht es dem Patienten gut?«

»Er funktioniert wieder so, wie er soll.«

Hikari lächelte. »Ich komme, um meinen gerechten Lohn einzufordern. Spielst du was für mich?«

»Was möchtest du hören?«

»Ist es schlimm, wenn ich mir etwas Trauriges wünsche?«

»Gar nicht. Ich hole schon mal die Taschentücher.« Gemeinsam setzten sie sich auf die Terrasse ihrer Wohnung. Alisa kam mit ihrer Gitarre wieder und drehte sich so auf ihren Stuhl, dass Hikari direkt auf ihren Fuß schauen musste.

»Es geht meinem Fuß wirklich sehr gut. Willst du ihn untersuchen?«

Hikari schüttelte wortlos den Kopf.

Alisa dachte an die andere Welt und an Nirriti. Sie, gestorben im Alter von neun Jahren. Ihre Finger suchten die Moll-Akkorde und die einsamen Töne auf dem Griffbrett, die sich in Harmonien von tiefer Traurigkeit vereinigten.

Hikaris Kopf lehnte an Chess' Schulter, und ihre Tränen liefen im steten Fluss.

Alisa versuchte, sich vorzustellen, wie wohl ihre Beerdigung gewesen war. Ob jemand Musik gespielt hatte. Das würde sie sich auch an ihrem Grab in diesem Leben wünschen.

Die Gitarre verlor auf einmal alle Töne, und Alisa sah auf.

Chess' Hand lag auf den Saiten. »Es war zu viel für Hikari, Alisa.«

Hikari lag auf ihrem Sofa und schlief zusammengekrümmt unter der Decke, die Chess über sie gelegt hatte.

»Du musst vorsichtig mit ihr sein, Chess. Sie ist verletzt.«

»Hat sie den Test bestanden?«

»Wir warten noch ein Weilchen ab.«

Der Seewind blähte die Vorhänge in ihrem Schlafzimmer auf wie ein Segel. Unablässig schlugen sie gegen den Rahmen. Alisa stand auf, schloss das Fenster und setzte sich an den Tisch im Wohnzimmer.

Hikari war nicht mehr da. Dafür eine rote Rose.

Sie nahm den Zettel, der auf dem Tisch lag. »*Die Rose hat das Blut aufgesogen, das dein Fuß nie vergossen hat.*«

Alisa legte das Papier zurück, sah zufrieden auf das Meer hinaus und sagte leise: »Bestanden.«

VIII

Alisa und Chess saßen zusammen im Atrium ihrer Schule. Die Bäume, die das Raumklima verbesserten, waren im Laufe der Jahre weit nach oben gewachsen. Die Chamäleons, die immer im Sommer aus den Terrarien auf die Bäume umgesiedelt wurden, bewegten sich in Zeitlupe, und ihre Augen suchten die Luft nach kleinen Flügeln ab.

»Weißt du noch, wie klein die Pflanzen waren, als wir hierher kamen?«, fragte Chess.

Alisa nickte. »Kaum größer als wir.«

»Empfindest du es als was Besonderes, hier zu sein?«

Alisa sah Chess gleichgültig an. »In dieser Schule? Nein. Jeder muss in die Schule.«

»Das unterscheidet uns. Ich bin immer noch ein kleines bisschen stolz, dass ich es hierher geschafft habe. Als Neunjährige habe ich mich durchgesetzt.«

Alisa legte den Arm um sie. »Du hättest es überallhin geschafft. Ich habe ein Geschenk für dich. Das wird deine Stimmung heben.«

»Mein Geburtstag ist erst am Samstag.«

»Dann ergibt es aber keinen Sinn mehr. Du musst es jetzt bekommen.« Alisa hielt ihr einen Stapel Umschläge hin.

»Was ist das?«

»Chess, mach einen Umschlag auf. Dann siehst du es.«

Sie zog eine Karte aus einem der Umschläge. Es war eine Einladung zu ihrer Geburtstagsfeier, die bei Alisa in San Marco stattfinden würde. Alisa hatte alles mit ihrer Mutter besprochen. Zu sich nach Mestre konnte Chess niemanden einladen. Alisa merkte seit Wochen, dass ihr das zusetzte.

Chess' Augen leuchteten.

»Verteile sie, an wen du willst. Allerdings gibt es zwei Bedingungen. Deine Großmutter muss kochen. Wir helfen ihr alle. Und dein Vater kommt.«

»Woher wusstest du ...?«

»Weil wir nichts voreinander geheim halten können.«

»Ich wünsche mir noch etwas von dir, Alisa.«

Chess sah Alisa an, was sie dachte. Sie verdrehte die Augen. »Lass das. Ich meine es ernst.«

»Also gut. Was?«

»Punkt Mitternacht sollst du für mich singen.«

»Das kostet dich aber auch einen Wunsch, den du nicht ablehnen darfst.«

»In welcher Hinsicht?«, fragte Chess.

»In jeder.«

Beide verteilten die Einladungen in kürzester Zeit. Es würden elf Mädchen und sieben Jungen kommen. Eine Einladung war außerdem für Chess' Vater. Die letzte Karte behielt Alisa und kündigte einen Überraschungsgast an.

Bis Freitag war alles geschafft. Die Küche quoll über vor Lebensmitteln. Chess' Großmutter würde schon Samstag früh kommen, und Anne freute sich darauf, mit der alten Dame zu kochen und einige ihrer Geheimnisse zu erfahren.

Die Antipasti bereitete Sofia bereits am Morgen zu, damit sie bis zum Abend abkühlen konnten. Es gab Auberginen, Artischockenherzen, kleine Tomaten, Knoblauch, Rührei mit verschiedenen Kräutern, Zwiebeln. Alles köchelte stundenlang. Den Sud verwendete Sofia für das Hauptgericht wieder. Einen italienischen Auflauf, der aus geschichteten Auberginen, Hackfleisch, Béchamel-Parmesansoße und Pilzen bestand. Anne war anfänglich etwas skeptisch. Sie hatte andere Gerichte für den Geburtstag einer Siebzehnjährigen erwartet. Aber die Großmutter ließ sich nicht umstimmen, und vier riesige Auflaufformen besetzten beide Backöfen.

Zum Abend war alles dekoriert, und die Musik lief. Anne bevorzugte ein schlichtes, elegantes Kleid. Ohne Schmuck. Die Mädchen trugen Kleider ihres Modelabels.

Endlich klingelte es an der Tür. Der erste Schwall ihrer Klassenkameraden ergoss sich in die Wohnung, und ein Geschenk nach dem anderen türmte sich auf Chess' Geburtstagstisch.

Es klingelte im Minutenrhythmus. Die Wohnung war rappelvoll, und auf jeder Etage bildeten sich Grüppchen. Aus den fünfzehn Gästen waren fünfzig oder mehr geworden.

»Danke für dieses Geschenk, Anne.«

Chess stand neben ihr. Anne umarmte sie und flüsterte ihr ins Ohr: »Ich habe es gerne gemacht. Außerdem war es die einzige Möglichkeit, euch beide mal wieder hier zu haben.«

Es klingelte wieder an der Tür. Chess' Vater betrat die Wohnung. Chess rannte auf ihn zu und umarmte ihn. Die Innigkeit, mit der die beiden sich hielten, traf Anne. Nie hatte sie so etwas zwischen Tom und Alisa gesehen. Chess' Körpersprache war eindeutig. Man sah, dass die beiden es gewohnt waren, sich gemeinsam durch das Leben zu schlagen. Anne nahm Peters Arm und führte ihn zum Buffet.

»Wo ist Tom?«, fragte er.

»Bei irgendeiner Besprechung in Rom, um Venedig zu retten. Du musst ihm verzeihen, dass er nicht da ist.«

»Muss ich das, Anne? Du verzeihst ihm doch selbst nicht. Er mag Chess nicht.«

Ihr gefiel seine offene Art. Sie seufzte. »Du hast recht. Ich wünschte, er würde Chess mögen. Es tut mir so leid.«

»Ich bin froh, dass er es nicht tut. Anne, du bist die beste Freundin, die Chess haben kann. Wir stehen wirklich in deiner Schuld. Aber Tom soll sich von meiner Tochter fernhalten. Ein klarer Frontverlauf ist doch sehr viel besser als ein Partisanenkampf. Glaube mir.«

»Wie soll ich dir glauben, wenn ich nicht mal weiß, wer du wirklich bist. Weiß es Chess?«

»Nein.« Er schenkte zwei Gläser Sekt ein und reichte ihr eines. »Ist es so schlimm?«

»Schlimmer, als du es dir vorstellen kannst.«

Das erste Mal in all den Jahren hatte sie den Eindruck, dass Peter nicht so verschlossen war. »Entschuldige«, sagte sie. »Ich bin unhöflich.«

»Du musst aufhören, dich zu entschuldigen. Nicht für dich, nicht für Alisa oder Chess und schon gar nicht für Tom«, sagte Peter. »Sei die, die du bist, und nicht die, die andere in dir sehen wollen.«

Anne war für einen Moment sprachlos. »Wieso sagst du das?«

»Weil die Mädchen jetzt junge Frauen sind. Du bist ihr Vorbild. Ich kann es nicht sein. Zeig ihnen, dass die Welt nicht erobert wird, indem man sich unterordnet. Ich will, dass sie ihr Leben gemeinsam in die Hand nehmen und das Beste daraus machen.«

»Peter, die Mädchen sind siebzehn. Fast noch Kinder.«

»Es sind keine Kinder. Vielleicht waren sie es nie.«

»Was meinst du damit?«

»Ich meine, dass sie in ihrer Entwicklung sehr viel weiter sind als alle anderen.«

Anne runzelte die Stirn. »Was ist es, das ich nicht weiß?«

Bevor er antworten konnte, klingelte es an der Tür.

Alisa rannte zu Anne. »Jetzt kommt mein Überraschungsgast. Mach die Tür auf, Mom.«

»Wer ist es? Vielleicht bleibt der Gast besser draußen?«

Chess hob die Hände. »Ich bin unschuldig. Alisa hat mir nichts gesagt.«

Anne öffnete die Tür.

Saguso stand mit Blumen vor ihr. »Ich hoffe, ich komme nicht unerwartet.«

Chess flüsterte ihrem Vater zu: »Jetzt musst du Anne in Ruhe lassen. Sie mag ihn. Vielleicht sogar mehr.«

Anne nahm Saguso beim Arm, lächelte ihre Tochter an und ging mit ihm Richtung Terrasse.

»Du musst wahnsinnig sein, Alisa«, meinte Chess. »Was ist, wenn das dein Vater herausfindet?«

»Wieso? Ich habe ihn eingeladen. Schließlich ist er mein Gönner. Das ist nichts Schlimmes.«

»Und wenn sie was miteinander anfangen? Dann bist du schuld.«

Alisa legte den Arm um Chess. »Ich bete zu Gott, dass sie es tun. Außerdem hör auf, den Moralapostel zu spielen. Ich bin das unschuldige amerikanische Mädchen.« Sie drehte die Musik etwas lauter, und beide tanzten ausgelassen im Wohnzimmer herum.

»Erzählen Sie etwas von sich«, bat Anne, die mit Saguso im Wohnzimmer stand.

»Nun, ich habe einen Sohn. Er geht auch auf die Schule in Mestre. Eine Klasse über den Mädchen. Nicolo.«

»Wir scheinen uns über unsere Kinder zu definieren.«

»Ist das nicht selbstverständlich?« Er lächelte sie an. »Wo ist Ihr Mann?«

»Arbeitet. Wie immer. Und Ihre Frau? Hat Alisa sie nicht mit eingeladen?«

»Ich bin geschieden.«

Anne empfand Erleichterung, die sie sich nicht erklären konnte, und wollte Bestätigung für ein Gefühl, das ihr Mut machte. »Woran ist Ihre Ehe gescheitert, wenn ich fragen darf?«

»Am Alltag. Wie die meisten Ehen. Die kleinen Dinge, die immer größer wurden, bis alles stillstand. Und Ihre Ehe?«

Anne sah Saguso entgeistert an.

»Verzeihen Sie, ich war aufdringlich und habe nicht nachgedacht.«

»Es gibt nichts zu verzeihen.« Anne überlegte einen Moment, ob sie sich traute, es auszusprechen, dann sagte sie: »Meine Ehe scheitert an etwas Unfassbarem, etwas Riesigem, etwas, das ich nicht kenne, aber das immer da ist.«

Anne fühlte sich sofort befreit. Es war der erste Schritt in ein Leben, für das sie die Regeln aufstellen würde.

»Es tut mir leid, dass es so ist«, sagte Saguso.

Sie sah ihn an und berührte ihn für einen kurzen Moment an der Hand. »Nein, das tut es nicht. Nennen Sie mich doch Anne.«

Die ersten Pärchen kämpften auf den Sofas gegen die Schwerkraft.

»Wie viele kennen wir eigentlich von denen, die hier sind?«, fragte Alisa. Sie hatte die Arme um Chess gelegt, damit sie sich unterhalten konnten.

»Wenn es hochkommt, die Hälfte. Der Rest hat sich selbst eingeladen.«

Zwei fremde Hände legten sich von hinten über Chess' Augen. »Oder wurden nicht eingeladen«, sagte eine weibliche Stimme über ihre Schulter hinweg. Gemeinsam wiegten sie sich im Rhythmus der Musik.

Alisa wollte erstaunt ihren Namen rufen, aber sie schüttelte nur den Kopf.

Langsam drehte Chess sich um. »Luna«, flüsterte sie.

»Kommt, wir gehen auf die Terrasse.« Luna nahm Chess an die Hand, und Alisa folgte ihnen.

»Woher weißt du, wo ich wohne und von der Party?«

»Ein guter Gärtner kennt seine Pflanzen. Alles Liebe zu deinem Geburtstag, Chess.« Luna küsste sie und hielt ihr ein kleines Schächtelchen hin. »Du musst es jetzt aufmachen.«

Chess riss das Papier auf. In der Schachtel lag ein Anhänger aus Weißgold, in dessen Zentrum ein kleines Bruchstück einer Kachel gefasst war, das Chess' Augenfarbe hatte. Ein geflochtenes Lederband lief durch zwei Ösen am oberen Rand des Goldes.

Mit ihren Fingern bewegte Chess das kleine Fragment im Licht, das zu funkeln begann. »Was ist das?«

»Ein Stück einer zerbrochenen Kachel. Es wurde bei Ausgrabungen am Tempelberg in Jerusalem gefunden. Einige glauben, dass es aus dem Ersten Tempel stammt.«

»Erster Tempel?«, fragte Chess nach.

»Den, der von König Salomon erbaut wurde. Eine Überlieferung besagt, dass das Allerheiligste, der Raum, in dem die zehn Gebote aufbewahrt wurden, komplett mit diesen Kacheln ausgelegt war. Wenn die Sonne darauf fiel, soll es ausgesehen haben, als ob ein Meer durch den Tempel hochbrandete. So wird es zumindest an einer Stelle in der Heiligen Schrift beschrieben.«

Alisa nahm ihr Handy und leuchtete mit der Lampe auf die Glasur. Es entstand eine optische Tiefe, in der winzige goldene Partikel zu schweben schienen.

»Sie ist wundervoll«, flüsterte Alisa und half Chess beim Anlegen der Kette.

»Es ist das ungewöhnlichste Geschenk, das ich jemals bekommen habe. Ich danke dir. Wo warst du die ganze Zeit?«

»In Rom«, sagte Luna. »Der Ort, wo meine Pläne Wirklichkeit werden sollen.«

»Welche Pläne genau?«, fragte Alisa.

»Das ist zu kompliziert zu erklären. Aber ihr füllt immer noch mein Leben aus. Auch wenn ihr es nicht merkt.«

»Du bist immer noch Nonne, oder?«

»Ja. Es muss sein. Ich will aber viel lieber wissen, wie es euch geht.«

Alisa zog Chess zu sich, küsste sie auf den Mund und sah glücklich zu Luna. »Mut. Ich habe mich getraut.«

»Dir verdanke ich meinen ersten Kuss«, stellte Chess fest.

»Ich habe sie nur ein bisschen geschubst.«

»Stimmt. Außerdem wäre es sowieso passiert. Niemals hätte ich es noch länger ausgehalten«, sagte Alisa.

»Wie geht es Kopernikus?«

»Für sein Alter sehr gut. Er hat immer noch den Verstand eines Zwanzigjährigen«, sagte Chess.

»Umarmt ihn für mich.«

»Können wir dich erreichen?«, fragte Alisa.

»Lieber nicht.« Luna winkte den Mädchen noch mal zum Abschied.

Anne hatte sich und Saguso in der Zwischenzeit ein Stück vom Auflauf besorgt.

Nach dem ersten Bissen sah er Anne erstaunt an. »Hast du den gemacht? Der ist ja unglaublich.«

»Ich würde zu gerne *Ja* sagen. Die Wahrheit ist, dass ihn die Großmutter von Chess zubereitet hat. Sie ist in der Küche.«

»Verzeih mir, aber ich muss mit ihr sprechen.« Er verschwand in Richtung Küche.

Anne sah sich im Zimmer um, und ihre und Alisas Blicke trafen sich. Alisa lief zu ihr. »Wo ist Michele? Hast du ihn verärgert? Ich habe ihn extra für dich eingeladen.«

»Habe ich nicht. Ich konnte nur nicht mit dem Auflauf von Chess' Großmutter konkurrieren. Würdest du aufhören, mich mit ihm verkuppeln zu wollen. Ich bin erwachsen, im Gegensatz zu euch.«

Chess stieß Alisa an. »Sie sind schon per Du. Es entwickelt sich.«

»Mit euch gehen die Hormone durch. All diesen Pärchen hier ist doch klar, dass die Schlafzimmer tabu sind. Oder?«

»Also ein Pärchen wird auf alle Fälle im Schlafzimmer landen.«

Chess wurde rot. »Halt die Klappe. Du bist unmöglich, Alisa. Ich hole uns was zu trinken.«

Anne sah ihre Tochter strafend an. »Du musst ihr Zeit geben, Alisa. Chess ist anders erzogen worden als du. Oder besser gesagt, Chess ist erzogen.«

Alisa sah auf ihre Füße. »Ich weiß. Aber manchmal will ich so viel mehr als sie.«

»Ich kann dich gut verstehen.«

»Dann nimm mein Geschenk an dich an. Heute ist der perfekte Abend. Vielleicht für uns beide.«

»Ist dir klar, was du da sagst, Alisa? Ich soll deinen Vater betrügen«, fragte Anne entsetzt.

Alisas Augen glühten vor Ärger. »Er hat den einzigen Menschen, der mich versteht und liebt, aus dem Haus geworfen. Dein Mann ist so gut wie nie nüchtern. Meinen Segen hast du.«

»Mein Mann ist dein Vater«, zischte Anne leise zurück.

Alisa sah sie unerschüttert an. »Er war nie mein Vater, und er ekelt mich an. Genauso wie dich.« Sie legte beide Arme um ihre Mutter. »Lass uns nicht streiten. Es ist Chess' Geburtstag. Ich liebe dich.«

Chess kam mit drei Sekt zurück.

Anne zog fragend die Augenbrauen hoch. »Wie viele Gläser hattet ihr schon?«

»Du und Chess zu wenig und ich bestimmt zu viele«, antwortete Alisa, »aber es ist auch mein letztes. Gleich muss ich spielen.«

Chess sah auf die Uhr. Es war kurz vor Mitternacht. Sie drehte die Musik ab und kündigte Alisa an. Ein Freund aus der Schule hatte die Technik besorgt.

Anne, Peter und Saguso standen zusammen. Sie bildeten mit den anderen Gästen im Wohnzimmer einen großen Kreis.

»Das hier ist mein Geschenk an Chess«, rief Alisa. »Alles was man jetzt sagen würde, kommt in dem Lied.«

Sie hatte von Rod Stewart *Have I told you lately* neu arrangiert, es um eine Oktave angehoben und den Rhythmus beschleunigt. Die Gesangspassagen waren langsam und melodisch. Alisa wollte, dass jedes Wort verstanden wurde. Dazwischen gab es rockige Gitarrensolos.

Das Lied war eine einzige Liebeserklärung an Chess.

Peter sah Anne an. »Verstehst du jetzt, was ich meine?«

Anne nickte nur.

Ein sanfter Akkord beendete alles. »Nur für dich, Chess.«
Unter dem Jubel ihrer Freunde küssten sie sich.

Anne ging mit den Mädchen auf die Terrasse, und sie setzten sich auf die Sitzkissen, die überall herumlagen. Chess lehnte selig mit ihrem Kopf an Alisas Schulter. Die Situation brauchte keine weiteren Worte. Alisas Gesang hatte eine Intimität geschaffen, die diejenigen, die jemanden hatten, veranlasste, still zu gehen. Die anderen gingen, weil sie niemanden hatten.

Saguso tauchte hinter Anne auf.

Chess erhob sich und hielt Alisa die Hand hin. »Du hast einen Wunsch frei.«

»Geh du vor. Ich komme gleich nach.«

Anne bat Saguso, kurz zu warten, und ging mit Alisa zum anderen Ende der Terrasse. »Was ist?«

»Für das Lied habe ich einen Wunsch frei. Was soll ich machen? Ich weiß genau, was ich möchte. Aber ich bin mir sicher, dass es Chess zu weit geht.«

Anne sah ihre Tochter voller Verständnis an. »Wenn du sie überforderst, wirst du alles verderben. Schenke Chess doch einfach deinen Wunsch. So bist du sicher, dass es nicht zu viel, aber auch nicht zu wenig ist. Lass sie entscheiden.«

Alisa umarmte ihre Mutter. »Ich liebe dich. Danke und nutze die Gelegenheit.«

»Alisa, warte.«

Frech grinste Alisa. »Mom, wir können nicht schwanger werden.«

Beide mussten lachen.

Alisas feuchter, schwarzer Haarschopf, der sich um sie legte, riss Anne aus ihren trübsinnigen Gedanken.

»Guten Morgen. Ihr seid schon wach?«

»Chess noch nicht ganz. Der Sonnenaufgang ist wundervoll.«

Anne fühlte, dass sie Alisa so nahe war wie nie zuvor.

»Hast du meinen Rat befolgt?«, fragte sie behutsam.

»Ja. Was willst du wissen?«

»Nur, ob es gut gelaufen ist.«

»Es war ganz anders, als ich dachte. Chess hat viel mehr gewollt, als ich mir jemals gewünscht hätte.«

Chess' Arme legten sich von hinten um Alisa.

»Schließlich war es mein Geburtstag. Mehr wird nicht verraten.«

»Mehr möchte ich auch nicht wissen. Glaubt mir.«

Chess sah Anne fordernd an. »Quid pro quo.«

»Soll was heißen, du Wunderkind?«

»*Dies für das.* Hannibal Lecter. Wie war es mit Michele?«

»Ihr glaubt doch nicht im Ernst, dass ich das mit euch bespreche?!«

Alisa lächelte ihre Mutter ruhig an. »Doch, das wirst du. Ich bin deine Tochter und habe ein Recht darauf.«

»Damit ihr beiden Ruhe gebt. Wir haben uns unterhalten. Und Händchen gehalten.«

»Du hast ihn zum Abschied geküsst. Gib es zu.«

Anne seufzte. »Ja. Ich habe ihn geküsst. Und nicht nur zum Abschied. Zufrieden?«

»Ein Anfang.« Chess lächelte Alisa wissend an.

»Aber auch ein Ende. Du verlässt Tom.«

»Ja. Ich verlasse deinen Vater. Es geht nicht mehr«, sagte Anne leise.

»Wann sagst du es ihm?«

»Sobald ich eine Wohnung für uns habe. Er ist unberechenbar.«

Chess versuchte Alisa noch zu stoppen. Aber es war zu spät.

»Du kannst bei uns im Kloster wohnen«, platzte es aus ihr heraus.

Anne sah ihre Tochter überrascht an. »Darüber würde ich gerne mehr erfahren.«

Chess nahm Alisas Hand, die erschrocken flüsterte: »Ich habe es verraten.«

»Dann ist jetzt der Moment der Wahrheit«, antwortete Chess und drehte sich zu Anne zurück. »Wir haben eine gemeinsame Wohnung im Kloster. Verzeih uns, Anne. Ich habe keine andere Möglichkeit gesehen. Tom ist unheimlich. Er hasst mich. Ich wollte Alisa nicht verlieren. Und sie beschützen.«

Beiden liefen die Tränen über das Gesicht.

»Wie lange wohnt ihr schon dort?«, fragte Anne interessiert.

»Wir sind nie ausgezogen, Mom. Seit dem Schulprojekt, als wir zehn Jahre alt waren. Ich konnte nicht anders. Ohne Chess kann ich nicht sein. Es hat mich fast zerrissen. In Wirklichkeit fahren wir so gut wie nie abends nach Mestre. Es war Schicksal, als du unsere Namen gezogen hast.«

Anne sah über den Kanal. Die Boote, die die ersten Touristen brachten.

Kopernikus' Plan ist aufgegangen, und ich war seine willfährige Helferin. Nur darum ging es.

Anne trank einen Schluck Kaffee. »Es war kein Schicksal. Und ihr müsst auch kein schlechtes Gewissen haben.«

»Was war es dann? Die Urne war randvoll mit Zetteln«, sagte Chess stirnrunzelnd.

»Auf keinem dieser Zettel stand etwas. Ich habe aus einem Gefühl heraus eure Namen gesagt.«

»Kopernikus hat alles arrangiert«, sagte Chess leise.

»Ja. Ob es richtig war, weiß ich bis heute nicht.«

»Es war richtig. Ich bin ganz sicher«, flüsterte Alisa.

»Ich freue mich für euch. Von ganzem Herzen. Dann nur eine Wohnung für mich und Chris? Oder für vier? Es ist eure Entscheidung.«

Chess legte ihr die Hand auf den Arm.

»Wir bleiben im Kloster. Da gehören wir hin.«

»Wenn wir jetzt schon reinen Tisch machen. Es gibt noch etwas, das ihr nicht wisst.«

Alisa sah gespannt zu ihrer Mutter. »Wir sollten jedes Jahr so eine Party veranstalten. Es wird immer interessanter. Was ist es?«

»Es betrifft Chess«, sagte Anne vorsichtig.

»Mich?«

»Ja.«

»Was ist es?« Alisas Tonfall hatte sich völlig verändert. Wie eine schützende Mauer legte sie die Arme um Chess.

»Du hast kein Stipendium für die Schule. Die Gebühren werden von McPherson bezahlt. Es war eine Absprache zwischen ihm und mir. Er hatte es damals sofort angeboten.«

»Er bezahlt seit Jahren jeden Monat 2600 Euro für mich?«

»Ja. Sprich mit ihm.«

»Natürlich.« Chess versank in ihren Gedanken.

Alisa hatte ihren Auftritt im Gritti. Anne ging nicht mit. Sie brauchte etwas Abstand von Saguso und der Situation.

Die ersten Töne der Gitarre breiteten sich im Raum aus, und die Gäste im Café verstummten. Die Melodien gingen ineinander über, und es entstand ein Bild. So wie man einen Teppich webte, fügte Alisa immer wieder neue Muster dazu.

Am Ende erhoben sich alle und riefen nach einer Zugabe. Alisa war wie befreit. Endlich hatte das Lügen ein Ende!

So spielte sie fast neunzig Minuten. Die Menschen standen bis in die Lobby des Hotels. Nach dem letzten Akkord lief sie sofort zu Chess. Ihre Kleider klebten ihr am Leib.

»Wie fühlst du dich?«, fragte Chess.

»Total fertig. Aber ich fand es toll. Du?«

»Unbeschreiblich. Die Leute hören nicht auf zu klatschen.« Chess musterte ihre Freundin. »Was machen wir jetzt? So kannst du unmöglich raus. Du holst dir den Tod.«

»Stimmt, aber ich habe keine frische Sachen mit. Und in San Marco ist mein Vater – da hole ich mir lieber draußen den Tod, als ihm zu begegnen.«

Saguso trat an den Tisch und reichte Alisa wortlos einen Umschlag.

»Er ist viel dicker als sonst«, sagte Alisa.

»Du musst hineinsehen, und ich brauche eine Quittung von dir.«

Alisa öffnete den Umschlag. Es waren tausend Euro darin.

»Das ist viel zu viel. Das kann ich nicht annehmen.«

»Glaub mir, du hast dir jeden Euro verdient.«

Alisa unterschrieb die Quittung und steckte das Geld ein.

»Komm, wir gehen.« Sie stand auf.

»Deine Sachen sind immer noch ganz feucht«, sagte Chess und zupfte an Alisas Shirt.

»Chess hat recht«, sagte Saguso. »So kannst du nicht raus. Ich besorge euch ein Zimmer. Dort kannst du duschen. Eine Hose und ein warmes Oberteil finden wir auch noch.«

Der Hotelmanager hatte Wort gehalten. Etwa eine halbe Stunde später stand eine Frau vom Hotel vor ihrer Zimmertür, mit einer schwarzen Jeans und einem grauen Kapuzenshirt in den Händen.

»Er hat Geschmack. Nicht nur in Bezug auf Frauen.« Chess zwinkerte Alisa zu.

»Lass uns jetzt gehen. Ich möchte nach Hause«, sagte Alisa. Chess' Blick veränderte sich. Ohne ein weiteres Wort zog sie Alisa das Shirt wieder aus.

»Hey, werde ich nicht gefragt?«

Chess drückte Alisa gegen die Wand. »Verzeih mir. Nein.«

Nachdem Chess ihr Verlangen gestillt hatte, sah sie auf Alisa, die neben ihr auf der Bettdecke lag. Ihre Augenlider bewegten sich. Sie beugte sich zu ihr herunter, küsste sie behutsam auf ihr Ohr und flüsterte: »Sei vorsichtig in der anderen Welt.«

❁❁

Die Sonne ging unter, und die Wasseroberfläche reflektierte das tiefrote Licht. Der Greif zog in großer Höhe seine Bahnen. Amala saß etwas entfernt am Uferrand und winkte ihr.

»Bist du immer die ganze Zeit hier und wartest?«

»Nein. Ich kann spüren, wenn du kommst.«

»Und wo bist du sonst?«

Amala stand auf und nahm Alisas Hand. Gemeinsam gingen sie auf einen der Berghügel und sahen auf eine Steppenlandschaft, zerteilt durch einen mächtigen Fluss. Eine Herde hielt sich an den Ufern auf. Die Tiere waren fast so groß wie Kühe, nur ihre Körper waren schlanker. Gedrehte Hörner ragten von ihren Köpfen. »Saigas«, sagte Amala. »Sie bevölkern die ganze Steppe.«

»Werden sie nicht gejagt?«

»Von Löwen und anderen Raubkatzen.«

»Nicht von Menschen?«

»Wir Menschen essen nur Fleisch, wenn wir ein frisches totes Tier finden. Sonst ernähren wir uns von dem, was in der Natur wächst. Beeren, essbare Pflanzen, Pilze. Tiere sind hier heilig.«

Alisas Blick schweifte über die endlose Welt. Weit entfernt ragten hohe Berge zum Himmel. Ihre Spitzen waren mit Schnee bedeckt. In der Talsenke sah sie eine Jurte. Jemand stand davor. Neben der Person lief ein Kind.

»Ist das Nirriti?«

»Ja. Ich wohne bei ihnen.«

»Wollen wir zu ihnen?«

Amalas Hand hielt Alisa fest.

»Es ist zu früh dafür.«

Die erwachsene Person drehte sich zu ihnen. Alisa winkte ihr zu. Zaghaft hob der Mensch seine Hand und erwiderte den Gruß. Alisa weinte. Die Traurigkeit war überwältigend.

»Du musst zurück.«

»Der Mensch dort ist verzweifelt. Ich kann es spüren. Wegen mir.«

»Er hat auch auf dich gewartet. So wie ich.«

»Warum gehen wir dann nicht zu ihm? Es ist grausam.«

»Es ist deine letzte Prüfung. Jetzt ist es zu früh.«

Amala ging mit Alisa zum Seeufer zurück, setzte sich und zupfte einige Blüten von den Blumen, die um das Seeufer herum wuchsen. »Gib mir deine Hand.« Sie hielt ein Messer aus Perlmutt in ihrer Hand.

»Was soll das?«

»Es ist ein Geschenk von Nirriti.«

Das Messer war so scharf, dass Alisa nichts spürte. Die Blütenblätter wurden von der Wunde aufgesogen, und der Schnitt in ihrer Hand verschwand.

»Warum hat sie es nicht selber gemacht?«

»Sie kann dich nicht verletzen. Ihr seid eins. Mach das Gleiche mit Chess. Hörst du die Melodie?«

Alisa schloss die Augen. Eine wundervolle Melodie bildete sich in ihren Gedanken, die sie laut nachsang.

Das Nächste, was sie sah, waren Chess' türkisfarbene Augen.

»Du hast Blut an der Hand. Aber keine Verletzung. Warst du wieder dort?«

Alisa stand auf und holte das Messer, das neben der Obstschale lag. »Gib mir deine Hand, Chess.«

»Das wird wehtun.«

»Vertraue mir.« Vorsichtig schnitt sie Chess in die Handfläche und legte die Blütenblätter darauf. Die Wunde saugte sie auf und verschloss sich von selbst. Alisa hielt ihre Hand neben die von Chess, die sie fragend ansah.

»Ein Geschenk von Nirriti. Ich weiß nicht wofür. Es hängt mit dem Ort zusammen.«

»Weshalb ist der Ort so wichtig für dich?«

»Ehrlich gesagt glaube ich, dass er für uns beide von Bedeutung ist.«

»So wie ich in der Mathematik Dinge sehen kann, die für niemanden sonst sichtbar sind, bist du diejenige, für die vielleicht die letzte Grenze passierbar ist.«

»Was ist, wenn es überhaupt keine Grenze ist, sondern ein Tor?«

Chess sah sie lange an. »Wenn es jemanden gibt, der das herausfinden kann, dann bist du es.«

»Weit entfernt stand eine Jurte. Ein Mensch und Nirriti standen davor.«

»Bist du hingegangen?«

Alisa schüttelte den Kopf.

»Amala meinte, es ist meine letzte Prüfung.«

»Wer ist der Mensch?«

»Den darf ich nicht kennenlernen. Ich bin mir aber sicher, dass es eine Frau ist.«

»Du musst auf Amala hören. Mein Gefühl sagt mir, dass du wegbleiben musst.«

»Was für dich der Strudel, ist für mich die Jurte?«

»Ja. Versprich es mir. Und jetzt schlafen wir hier. Zum Kloster zurück schaffe ich es nicht mehr.«

Die aufgehende Sonne färbte den Himmel blutrot. Alisa saß auf dem kleinen Balkon des Hotelzimmers.

Chess kam, roch an ihrem frisch gewaschenen Haar und setzte sich neben sie. »Kann es nicht einfach so bleiben, Alisa?«

Sie spielte leise weiter. »Leider nein. Lass es uns genießen, solange wir können.«

»Ich habe Angst um dich.«

»Brauchst du nicht. Ich bin ganz sicher, dass ich den Weg finden kann.«

»Den Weg wohin?«

»In ein gemeinsames Leben.«

»Wie wird es sich von unserem Leben jetzt unterscheiden?«

»Du wirst keine Angst mehr um mich haben, nicht mehr eifersüchtig sein müssen, dich ganz auf deine Mathematik konzentrieren können. Ich mache Musik und studiere vielleicht Kunstgeschichte.«

Alisa sah auf die Uhr. »Ich muss mich beeilen. Heute kommt ein Professor aus Mailand und bespricht den Crivelli. Das darf ich nicht verpassen.«

»Ich sage es nur ungern, aber wir haben Schule.«

Alisa legte die Arme um Chess und lächelte sie an. »Sag, dass ich von dem schönsten Mädchen des Universums geliebt wurde und nun unpässlich bin.«

»Hast du schon mal eine Führung verpasst?«

»Nein.«

»Dafür stehst du in der Schule ganz oben auf der Liste mit den Fehlzeiten. Was sagt die Streberin in dir dazu?«

»Die Streberin hat sich der Kunstgeschichte zugewandt.«

IX

Alisa hatte bis in den Abend hinein geübt, aber zufrieden war sie trotzdem nicht. Missmutig stand sie auf.

Chess beobachtete sie. »Apfelkuchentreffen?«

Alisa hatte ihre Jacke aus dem Schrank geholt und sich etwas Geld eingesteckt. »Ja. Wie jeden Monat. Außerdem brauche ich dringend neue Musik. Willst du mitkommen?«

»Ich weiß, dass du lieber allein zu Felipe gehst.«

»Du magst keinen Apfelkuchen, Chess. Außerdem ist er froh um jedes Notenblatt, das er in seinem Laden verkauft.«

»Wenn ich nicht wüsste, was für eine Furie seine Frau ist, wäre ich eifersüchtig.«

»Es ist der beste Apfelkuchen der Stadt. Sie backt ihn einmal im Monat, immer am selben Tag, und ich bekomme ein großes Stück. Also ist sie nett.«

»Ohne das Stück Kuchen hättest du eine andere Sicht auf sie.« Chess stand auf und küsste Alisa zum Abschied. »Pass auf dich auf.«

Es war dunkler als sonst. Der Mond war von Wolken bedeckt und tauchte die Stadt in ein lebloses Grau. Alisa war in Gedanken und überlegte, was sie bei Felipe kaufen würde.

Sie sah einen undeutlichen Schatten auf dem Pflaster vor sich. Ein

Mann kam ihr entgegen. Vielleicht waren es auch zwei Männer, aber es war zu dunkel, um es zu erkennen. Sie beschleunigte ihren Schritt. Kurz bevor sie an ihm vorbeilief, breitete er die Arme aus und versperrte Alisa den Weg.

Der kalte Blick des Mannes bohrte sich in sie hinein. »Wie heißt du?«, fragte er freundlich.

Alisa war verunsichert. Blick und Tonfall passten nicht zusammen.

»Alisa.«

»Ein schöner Name.«

»Ich möchte gehen«, sagte sie knapp und machte einen Schritt nach vorn.

Die Hand des Mannes traf sie hart an der Brust und stieß sie zurück. »Das möchte ich gerade nicht.«

Ihre Gedanken zogen sich zäh wie Sirup durch ihren Kopf.

»Lassen Sie mich gehen.«

»Wir werden Spaß haben«, erwiderte er.

Sie drehte sich um und wollte weglaufen, aber seine Hand riss an ihren Haaren, und er schleuderte sie gegen die Hauswand. Seine Finger schlossen sich um ihren Hals, und er drückte seine Beine mit ganzer Kraft gegen sie.

Alisa spürte seine Hand. Ein glühendes Eisen schien ihre Haut zu verbrennen. Ihr Körper war in Panik durch das Wissen, was kommen würde. Sie wand sich, aber es war umsonst.

Der Druck seines Körpers öffnete ihre Beine. »Ich wusste, dass du das möchtest«, sagte er leise zu ihr. Er war so nah, dass sie nur seine Augen sah. Das krankhafte Verlangen.

Seine Hand zerrte an ihrem Gürtel. Etwas erwachte in ihr und breitete sich aus. Wie Farbe, die verschüttet wird.

Alisa wollte schreien, aber das Etwas riss ihr Bewusstsein zur Seite und stieß es weg. Sie konnte nicht darauf sehen, was es war, es sperrte sie ein, an einen sicheren Ort.

Ihr Arm, der ihr fremd war, zog den Kopf des Mannes so weit zu sich, dass ihre Lippen fast sein Ohr berührten. Ihr Mund formte Worte, die sie nicht hörte. Der Mann wich einen Schritt zurück. Es war nur ein Moment. Das andere Bewusstsein war wie ein Raubvogel in dunkler Nacht. Überlegen und erbarmungslos. Den Schrecken in seinen Augen verstand sie nicht. Etwas, das in jeder Zelle ihres Körpers war und Alisa vollständig verdrängt hatte, nutzte diesen Moment.

Ihr Kopf schlug mit voller Wucht im Gesicht des Mannes ein. Blut spritzte aus seiner zertrümmerten Nase. Er taumelte einen weiteren Schritt nach hinten.

Das fahle Licht des Mondes spiegelte sich in einer leeren Bierflasche. Ein kleiner Stern in der Nacht. Alisa bückte sich, nahm die Flasche und zerbrach sie an der Hauswand.

Der Stern erlosch. Wie das Leben des Mannes.

Alisa starrte auf das Blut. Ihres und seines.

Sie lief, taumelte und fiel. In die Unendlichkeit. Alles wurde schwarz um sie herum. Der Schmerz, der durch ihre Eingeweide schnitt, war Vernichtung. Ihr Geist löste sich von ihrem Körper. Sie versuchte, den Fall zu stoppen, und trat aus sich selbst heraus. Schien zu schweben. Raum und Zeit verloren ihre Struktur.

Chess hatte einige Male versucht, Alisa auf ihrem Handy zu erreichen, aber es sprang nur die Mailbox an. Sie sorgte sich. Das Wesen ihrer Beziehung war, dass sie immer füreinander da waren.

Zum ersten Mal fühlte sie sich abgeschnitten von Alisa. Sie war in die Bibliothek gegangen, um zu arbeiten. Sie brauchte Ablenkung. Nach einer Stunde hielt sie es nicht mehr aus. Sie zog eine Jacke über ihren Pyjama und lief langsam durch den Klostergarten. Etwas entfernt kniete jemand auf dem Rasen. Die Lichter des Klosters gingen an. Sie rannte. Schritte hinter ihr kamen immer näher. Eine Wolke zog vom Mond weg. Dann war sie da.

»Du musst uns retten, Alisa.«

Nirriti stand neben ihr. Ihr kleiner Körper war bedeckt von Wunden.

»Ich kann nicht.«

Sie nahm Alisas Hand. Eine innere Kraft ging von ihr aus. »Geh zu dir zurück. Schließe die Augen.«

»Ich habe solche Angst.«

»Noch ist es nur ein Schatten. Konzentriere dich.«

Alisa schloss die Augen. Der Schmerz schlug ihr entgegen wie ein wildes Tier, das nach ihr griff. Er zog seine Bahnen durch ihren Körper, und sie verstand, dass er schon immer da gewesen war.

Sie schritt auf sich selbst zu, umfing sich und sang leise eine Melodie. Die Angst folgte dem Schmerz. Jede Zelle ihres Körpers war davon erfüllt. Die Ohnmacht, einem bestialischen Wesen ausgeliefert zu sein. Niemand sah das Offensichtliche. Keiner würde ihr glauben. Immer würde es sich wiederholen, die Seiten des Buches würden niemals enden.

»Nun lernst du die Angst kennen.«

Alisa drehte ihren Kopf zur Seite und sah sich selbst. Sie folgte mit dem Blick ihrem dünnen Oberarm, der zarten Hand und verstand, dass sie jetzt das kleine Mädchen war.

Sie zitterte. Die Angst war ein Messer, das ihr langsam ins Fleisch schnitt.

»Wir sterben, wenn du nicht zur dir zurückkehrst.«

Alisa hörte seine Stimme. Ihre Wut vernichtete die Angst. Sie wollte sich umdrehen zu dem Mann in seiner bunten Uniform, aber Alisa nahm das kleine Mädchen, das sie selbst war, auf den Arm. Alles um sie herum war in gleißend helles Licht getaucht. Schirmte beide ab. Eine ungeheure Kraft, jenseits jeder Dimension, umgab sie.

Sie verlor das Bewusstsein.

Chess brauchte einige Sekunden, um zu verstehen, was sie sah.

Luna hielt Alisa im Arm. Ein anderer Mönch stand hinter ihr. Sie war blutüberströmt. Ohne jede Reaktion. Luna sah zu Chess hoch.

Sie fiel auf die Knie. »Sie ist tot, oder?«, fragte Chess seltsam tonlos.

»Du musst mir helfen, ihr die Jacke auszuziehen.«

Wie in Trance zog Chess Alisa die Jacke aus, während Luna sie auf dem Gras ausstreckte. Alisa hatte tiefe Wunden am Körper. Ihre Finger waren zerschnitten. An einigen sah man die bloßen Sehnen.

»Wer hat ihr das angetan?«, flüsterte Chess.

Luna untersuchte sie kurz und legte ihre Hand auf Alisas Brustkorb. »Sie atmet noch.«

Chess küsste Alisa auf den Mund. In dem Moment öffnete sie die Augen. Das Smaragd verlor schon das Leben. Ein schwaches grünes Licht, das flackerte. Ihre Lippen bewegten sich. Sie stammelte etwas.

Chess hielt ihr Ohr direkt an ihren Mund, dann sah sie zu Luna. »Ihr müsst sie in die Galerie bringen.«

»Chess, sie liegt im Sterben«, schluchzte Luna verzweifelt. »Sie braucht einen Arzt.«

»Sie braucht einen Gott. Wenn du jetzt nicht an sie glaubst, stirbt Alisa.«

Ein leichter Wind umspielte ihren Körper. Alisa öffnete die Augen. Sie lag am Ufer des Sees und blutete aus tiefen Wunden. Ihre Hände waren zerschnitten. Unbrauchbar.

Nirriti lag neben ihr. Offene Wunden überzogen auch ihren Körper. Sie atmete kaum noch.

Alisa robbte auf den Ellbogen zu ihr. Mit einem Arm umschloss sie den schlaffen Kinderkörper und versuchte mit letzter Kraft, das silbrige Wasser zu erreichen. Die Erde unter ihr wurde feucht. Eine Bewegung lief durch den Ozean. Wellen, die ihr entgegenkamen, wurden immer höher. Ihre kaputten Finger streckten sich, aber es reichte nicht. Millionen von Schmetterlingen mit blutroten Flügeln taumelten durch die Luft.

Chess. Der Rekorder. Lauf! Ich sterbe jeden Moment. Bring mich zur Madonna. Ich liebe dich. Wenn es unser letzter Moment ist, lebe dein Leben.

Der Schmerz dieses Gedankens war so groß, dass die Tiere auseinanderstoben und in alle Richtungen flohen. Eine Schwingung erreichte sie. Von der Ferne, aber trotzdem nahm sie es wahr. Musik und eine Stimme.

Die Schmetterlinge flogen zu Alisa und Nirriti. Es war nicht das Meer, in dem sie nun schwebten. Vajra umgab sie mit seinem silbrigen Wasser. Drang in jede ihrer Wunden ein. Füllte ihren Körper aus.

Alisa bäumte sich auf. Äonen der Zeit lagen vor ihr. Universen, die vergangen und geboren wurden.

Sie sah auf das, was gerade passierte. Chess kniete neben ihr in der Galerie.

Die Zeit hat sich verschoben. Chess hat recht. Deshalb konnte ich es ihr sagen, dass sie den Rekorder holen soll. Ich bin in der Zukunft, und Chess ist in der Vergangenheit. Wir sind in einer Zeitschleife. So, wie sie es vorhergesagt hat. Selbst der Tod ist dem unterworfen. Mein Tod.

Chess rannte los in ihre Wohnung. Sie riss die Schubladen aus der Kommode im Schlafzimmer. Kleider, Unterwäsche, Pullover, alles fiel auf den Boden. Eine nach der anderen drehte sie die Schubladen um, dann fand sie, was sie suchte. Die Lichter des Rekorders leuchteten.

»Lass mich sterben, wenn es sein muss, aber nicht Alisa«, schluchzte Chess, dann stürmte sie aus der Wohnung. Den Rekorder presste sie fest an sich.

Die Galerie war nur schwach erleuchtet. Der Mönch trug Alisa, die schlaff in seinem Arm hing.

»Chess, sag mir doch, was wir hier wollen? Sie stirbt jeden Moment.« Luna weinte.

»Er soll sie vor das Marienbildnis legen.«

Sanft wie ein gebrechliches Gefäß legte der Mönch Alisa auf den Marmorboden. Chess beugte sich zu ihr herunter, küsste sie noch mal. Alisa zeigte keine Reaktion mehr. »Wenn du stirbst, werde ich in den nächsten Minuten auch sterben. Du musst mich finden in der nächsten Welt.«

Sie legte den Rekorder neben Alisas Kopf und drückte die Abspieltaste herunter. Die Spulen begannen sich zu drehen. Geräusche erklangen. Ganz leise. Klänge, Töne, ein Flüstern. Völlig unverständlich.

Etwas veränderte sich. Der Boden schwankte. Luna und der Mönch wichen zurück. Chess' Finger und Knie wurden nass. Sie hob die Hand. »Meerwasser«, flüsterte sie.

Ein Wind kam auf. Das Wasser stieg immer weiter. Luna schrie nach ihr. Watete durch die kleinen Wellen, die sich an den Wänden der Galerie brachen, und zerrte Chess zum Ausgang.

Alisa hörte ein Rauschen. Brandung, wie an einer Steilküste. Eine meterhohe Welle rollte über sie hinweg, umschloss beide Körper und nahm sie mit.

Ein Meer umfing Alisa und Nirriti. Schmetterlinge flogen durch das Wasser. Berührten sie. Setzten sich auf ihre schwebenden Körper. Sie versuchte, zu verstehen, was sie sah. Es wurde nicht dunkler in der Tiefe. Helles, strahlendes Licht. Wale schwammen vorbei, ohne Notiz von ihr zu nehmen. Schwertfische kamen und stützten ihre Körper. Wie auf kleinen Inseln schwebten Alisa und Nirriti auf den Rücken der Tiere. Noch immer strömte Blut aus ihren Wunden. Das Wasser änderte seine Farbe. Ein strahlendes Türkis umfing sie. Die Strömung setzte ein. Erst leicht, dann wurde sie immer stärker.

Es beginnt. Der Rekorder läuft.

Alisas Bewusstsein löste sich in den Wogen auf.

Vajra nahm den Schmerz fort und schloss ihre Wunden. Die Schmetterlinge verschwanden im undurchsichtigen Silber des Ozeans.

Alisa und der Rekorder schwammen auf dem Meer, das durch die Galerie brandete. Der Wind wurde stärker, die Wellen wurden höher. Etwas bewegte sich darunter. Durchbrach die Oberfläche.

Der Mönch berührte Luna und wies auf die Mitte des Wassers. Ein Wal blies aus seiner Atemöffnung. Langsam, mit rundem Rücken, tauchte er wieder ab.

Die Töne verwandelten sich in ganze Klangfolgen. Jemand sang leise. Sie hielten sich alle drei an den Händen und starrten auf Alisa. Sie lag in Kreuzform auf den Wellenkämmen, wurde sanft hin und her gewogen. Schwertfische schwammen so dicht aneinander, dass sie nicht untergehen konnte. Die Wellen veränderten sich. Wurden langsamer, aber immer höher, bis sie sich in Millionen von Schmetterlingen auflösten. Die Schwertfische tauchten unter Alisa weg, und sie begann unterzugehen.

»Sie ertrinkt!«, schrie Luna.

Chess sank auf die Knie. Ihre Tränen färbten das brandende Meer in ein helles Türkis. Es leuchtete aus sich heraus. Wie flüssiger Kristall. Die Oberfläche löste sich immer mehr auf. Die Schmetterlinge bildeten einen Kokon um Alisa und verschwanden mit ihr in der Tiefe. Zum Licht.

Die winzigen Lämpchen des Rekorders gingen aus, und er zerbarst, als ihn die nächste Welle gegen die Wand der Galerie schleuderte. Chess kippte zur Seite, und ihre Hand fiel in das Wasser. Die Farbe änderte sich in ein undurchdringliches Silber. Sterne erschienen über ihnen.

»Tinte, du musst sie mir zurückgeben«, sagte sie mit letzter Kraft, dann verlor sie das Bewusstsein.

»Bin ich gestorben?«, fragte Alisa.

»Wahrscheinlich. Die Legenden sind hier ungenau.«

»Vajra hat uns geheilt. Ich konnte die Zeitebenen sehen. Die Zukunft, die meinen Tod in der Vergangenheit korrigiert hat.«

»Selbst in dieser Welt bist du ein Wunder. Die Prophezeiung wird sich erfüllen. Du wirst die Kreise durchschreiten, so wie es vorhergesagt ist.«

»Ist Vajra Gott?«

»Über diese Frage denkt er seit Äonen nach.«

»Wo ist Nirriti?«

»Du hast auch sie gerettet.« Amala deutete zu dem Bergkamm. Nirriti winkte ihr zu. »Deine Schuld ist eingetreten.«

»Weil ich sie beschützt habe?«

»Jemandem das Leben zu retten bedeutet, sich an ihn zu binden. Du hast den ersten Kreis durchschritten.«

Kopernikus hatte konzentriert Lunas Schilderung der Ereignisse zugehört. Ungläubig schüttelte er den Kopf. »Das silberne Wasser ist einfach verschwunden?«

»Ja. Nur Alisas Körper blieb zurück. Makellos, ohne jede Spur der Verletzungen. Wir haben dann beide nach oben gebracht in ihre Wohnung.«

»Wer ist jetzt bei ihnen?«

»Das asiatische Mädchen aus der wissenschaftlichen Abteilung. Sie ist Ärztin. Wir haben sie direkt vor der Wohnung getroffen. Es war nicht zu verbergen.«

»Hikari. Chess vertraut ihr. Nun wird sich zeigen, ob es berechtigt ist. Hat jemand außer dir den Namen gehört?«

»Niemand. Ich hatte mein Ohr direkt an ihrem Mund. Es war, noch bevor Chess kam.«

»Kennst du die Bedeutung?«

»Nein.«

»Es ist Sanskrit. Nirriti ist die vedische Göttin von Tod und Verderben. Man betet sie an, um sie fernzuhalten. Ihre Offenbarung bedeutet Zerfall, Zorn, Tod, Feigheit und Elend.«

»Am ersten Tag, als sie ins Kloster gezogen sind, war Alisa in der Galerie und hat sich den El Greco angesehen. Sie sagte, dass die Engel geweint hätten, als sie sie sahen.«

»Wenn es bekannt wird, sind die Mädchen verloren.«

Kopernikus stand auf und sah aus dem Fenster. Die Sonne ging auf. »Ein Wunder. Das wievielte ist das?«

»Zählst du sie nicht?«

»Nein. Weil jedes eine Gefahr für die Mädchen ist.«

»Sonst kann es doch die Kirche kaum erwarten, ein Wunder festzustellen.«

»Du kannst dir deinen Spott sparen. Das hier ist was völlig anderes.«

Luna stand auch auf und legte ihre Hand auf seine Schulter. »Als Wasser in Wein zu verwandeln oder das Meer zu spalten?«

»Vor zweitausend Jahren gaben die Wunder den Menschen Hoffnung, zeigten ihnen einen neuen Weg. Die Mädchen sind der Beweis für unser Versagen. Ihre Wunder setzen die Verzweiflung in Gang. Agonie, Tod, Armageddon. Der Zerfall der Ordnung. Dafür steht Nirriti. Alisa hat es dir selbst gesagt.«

Luna drehte ihren Vater sanft zu sich und sah in seine alten Augen. »Das glaube ich niemals und du darfst es auch nicht.«

»Ist Hikari noch da?«, fragte Luna und setzte sich auf den Stuhl neben dem Bett. Die Decke über Alisa hob und senkte sich im Rhythmus ihrer langsamen Atmung.

Chess saß im Schneidersitz auf ihrer Bettseite. »Sie ist gegangen«, sagte sie, ohne Luna anzusehen.

»Hat sie etwas gefragt?«

»Nein. Sie hat mich umarmt. Mehr nicht.«

»Wie lange sitzt du schon da und siehst sie nur an?«

Chess wischte sich eine Träne von der Wange. »Weiß nicht.« Ihre Stimme war heiser vom Weinen.

»Es ist alles gut. Alisa ist unverletzt«, sagte Luna vorsichtig.

»Das stimmt nicht. Wir können die Verletzung nur nicht sehen.«

Luna stand auf, setzte sich auf Alisas Seite und strich ihr durch das Haar. »Vielleicht hast du recht, sprechen muss ich aber trotzdem mit ihr.«

Alisa öffnete die Augen. »Luna. Was machst du hier?«, murmelte sie.

»Sag mir erst, wie du dich fühlst.«

Alisa überlegte kurz. »Ich habe Kopfschmerzen, aber sonst ist alles in Ordnung.«

Chess nahm ihre Hand. »Was willst du von ihr?«

»Vertraue mir, Chess. Kannst du sagen, was du gestern gemacht hast, Alisa?«

»Ich war hier mit Chess, dann bin ich nach San Marco gegangen. Ich wollte Noten kaufen.«

»Und dann?«, fragte Luna.

»Ich bin zurückgekommen und habe mich in mein Bett gelegt. Bis du mich eben geweckt hast.«

Chess sah Alisa entgeistert an. »Das stimmt nicht.«

Alisa überlegte. »Ich erinnere mich an einen Traum. Ein Mann überfiel mich. Drückte mich gegen eine Wand. Dann wurde ich wütend.«

»Was dann?«, fragte Luna.

»Ich bin aufgewacht, und du saßt an meinem Bett.«

»Sonst erinnerst du dich an nichts?«

»Nur an die Gasse, wo es passiert ist. Direkt an dem Haus mit den drei Engelsgesichtern. Wieso fragst du das alles?«

Luna schwieg einen Moment. Dann sagte sie: »Chess und ich haben dich im Klostergarten gefunden. Du warst blutüberströmt und kaum noch bei Bewusstsein. Dein Körper hatte tiefe Schnittwunden. Wir brachten dich in die Gemäldegalerie, Chess startete einen Kassettenspieler, und daraufhin entstand ein Meer, das dich erst verschluckt und dann gesund wieder zurückgelassen hat, als es verschwand.«

»Weiß das sonst noch jemand?«, fragte Alisa.

»Kopernikus, Chess, ein anderer Mönch und ich. Niemand wird etwas sagen.«

Chess schniefte und wischte sich die Nase an der Bettdecke ab.

»Das war also die Aufgabe des Rekorders. Mich zu retten«, sagte Alisa leise. »Es ist etwas Gutes passiert. Du musst keine Angst mehr haben.« Sie lehnte sich nach hinten an ihr Kissen. »Mir ist schlecht.«

»Hast du Hunger?«, fragte Luna.

Alisa nickte mit dem Kopf.

»Dann ist das der nächste Punkt. Das Wunder ist vorbei, und der Mensch in dir braucht Kalorien.«

»Kannst du mir was holen, Chess?«

Chess lief die geschwungene Marmortreppe hinunter, direkt in die Küche und bat einen der Köche, zwei große Portionen Rührei zu machen. Sie sah zu, wie die Masse Blasen in der gusseisernen Pfanne warf. »Gibt es noch ein Quittenbrot?«

Der Mann schnitt eine dünne Scheibe ab und wickelte sie in Wachspapier.

Hungrig schlang Alisa das Rührei herunter.

»Geht es dir besser?«, fragte Chess.

»Nach dem Ei, ja.«

Chess stellte das Quittenbrot auf Alisas Nachttisch.

»Danke, Chess. Es tut mir leid, dass ihr euch solche Sorgen gemacht habt.«

»Ich dachte, du bist tot, als ich dich gesehen habe.«

»Ich habe Luna angelogen. Ich erinnere noch mehr.«

Chess setzte sich direkt vor sie hin. »An den Mann?«

»Nein. Wie meine Wunden geheilt wurden.«

Alisa erzählte Chess, was passiert war.

Chess nickte nachdenklich. »Wir haben es gesehen. Schmetterlinge bedeckten deinen Körper. Sie versanken mit dir in dem silbernen Meer. Wir konnten für einen Moment in die andere Welt sehen.«

»Und ich sah auf die verschiedenen Zeitebenen. Ich war in der Zukunft. Bereits tot. Dann sprach ich mit dir in der Vergangenheit. Dadurch konntest du mich retten.«

Chess lehnte sich an Alisa und weinte.

»Es ist doch nichts Schlechtes passiert, Chess. Alle sorgen sich in dieser anderen Welt um mich.«

»Du wärst fast gestorben.« Chess schluchzte.

»Chess, sieh mich an.« Das Smaragd von Alisas Augen schloss Chess ein. »Ich bin gestorben. Der Rekorder und deine Zeittheorie haben mich und Nirriti gerettet. Das alles hat die Madonna möglich gemacht. Vor sieben Jahren haben wir ihre Stimme aufgenommen. Für diesen Moment gestern war es bestimmt.«

Chess lächelte Alisa an. »Dann bist du jetzt kein Wunder mehr, sondern ein Naturphänomen.«

»Ich bin die Frau, die dich liebt.«

»Haben wir alles?«, fragte Chess.

»Wenn du mitkommst, habe ich alles.« Alisa zog den Reißverschluss ihrer Jacke zu.

»Bist du sicher, dass es nicht zu früh ist?«

»Chess, seit einer Woche sitze ich in diesem Zimmer. Hikari war zweimal am Tag bei mir. Ihr habt mich mit Essen vollgestopft, und ich musste jeden Nachmittag schlafen. Es ging mir nie besser in meinem Leben. Mir ist zum Sterben langweilig. Francisco hat im richtigen Moment angerufen.«

Chess lächelte. »Ich fand die Woche nicht so schlecht.«

»Das glaube ich dir sofort. Du hattest mich da, wo du mich haben wolltest. Vierundzwanzig Stunden im Bett. Vielleicht können wir heute

Abend bei dir bleiben. Es wird bestimmt spät werden. Außerdem vermisse ich deine Großmutter.«

»Wir brauchen nicht zu fragen. Sie wird sich total freuen.«

Francisco hatte alles vorbereitet. Die Seitenteile der Gitarre wurden an einem heißen Ofenrohr gebogen, dann mit dem Rückteil verleimt.

Alisa wischte sich den Schweiß aus der Stirn. »Wie viele Schnüre muss ich noch darum binden, Francisco? Meine Finger bluten gleich.«

»Ich habe dir gesagt, dass es anstrengend wird. Noch zwanzig, dann bist du erlöst.«

»Zum Glück muss ich erst morgen ins Gritti. Meine Finger sind heute k.o.«

Sie erwischten gerade noch den letzten Zug, der sie aus dem kleinen Ort, wo Francisco wohnte, nach Mestre bringen würde.

»Du siehst blass aus, Chess.« Alisa reichte ihr ein Stückchen Apfel.

»Es war anstrengend.«

»Zu denken? Für mich war es anstrengend. Ich habe richtig gearbeitet.«

»Ich auch. Ich habe gerechnet, relativiert, abgeschätzt, Variablen ausgetauscht, Potenzen geändert, Logarithmen genähert. Ein Blick auf das Ganze geworfen und nicht aufgegeben.«

»Es tut mir leid.« Alisa umklammerte Chess' Hände. »Ich wollte es nicht kleinreden. Verzeih mir.«

»Ich werde dir für immer alles verzeihen. Vor sieben Tagen dachte ich, dass du stirbst. Jetzt sitzen wir beide gesund in diesem Zug. Für den Rest meines Lebens werde ich mich niemals mehr beklagen.«

Alisa lachte und küsste Chess auf die Stirn. »Glaube mir, in zwei Tagen ist das Versprechen vergessen. Wir sind Menschen und halten unsere Versprechen, die wir in der Not geben, nicht.«

Ein Rennradfahrer fuhr auf der Straße neben den Gleisen. Er fiel kaum zurück, so langsam war der Zug. Alisa sah ihm gedankenverloren zu, wie er in die Pedale trat. »Hast du mal daran gedacht, es einfach nicht zu berechnen? Keiner zwingt dich, Chess.«

»Vielleicht löse ich das größte Rätsel der Menschheit. Ich spüre eine Verpflichtung, weil ich die Fähigkeiten dazu habe.«

Chess betrachtete still den Radfahrer, der aufholte. »Du sagst nicht wirklich alles.«

»Nein. Verzeih mir.«

»Hat es sich nicht verändert, seit du mich im Klostergarten geküsst hast?«

»Was?«

»Das Gefühl.«

»Hat es. Meine Angst ist größer geworden.«

»Komisch. Bei mir ist es umgekehrt. Ich habe das Gefühl, dass nichts Schlimmes mehr passieren kann. Irgendwie beschützen mich alle. In dieser und in der anderen Welt.«

Die Bremsen des Zuges kreischten, und sie stiegen in Mestre aus. Vom Bahnhof waren es nur ein paar Meter zu der Wohnung.

Sofia begrüßte sie und nahm beide in den Arm. Chess' Vater würde erst spät nach Hause kommen. Ein Abendessen stand auf dem Tisch. Chess berichtete der Großmutter, wie begeistert Francisco von ihrem Essen war, Alisa erzählte von ihrer neuen Gitarre. Dafür hielt die alte Dame die Mädchen mit dem aktuellen Klatsch aus Mestre auf dem Laufenden.

»Geh schon vor, ich komme gleich nach«, sagte Chess nach dem Essen. »Ich helfe Sofia noch schnell.«

Alisa nahm die aktuelle Tageszeitung vom Tisch und ging in Chess' Zimmer.

Nachdem das Geschirr wieder in den Schränken lag, kam Chess nach.

Alisa saß mit angewinkelten Beinen auf der Matratze am Boden. Die Zeitung lag aufgeschlagen darauf.

»Du bist ja noch angezogen.«

Alisa zeigte keine Reaktion.

»Was ist passiert?«

Sie deutete stumm auf die Zeitung.

Chess sah auf das Bild.

»*Ungeklärter Mordfall in der Engelsgasse.*«

Ein einziges Wort reichte, um ihr Gehirn auf Höchstleistung zu bringen. Tinte. Das Wesen durchdrang sie. Es dauerte nur Sekunden, um das Wesentliche zu erfassen. Der Mann war brutal hingemetzelt worden. In seinem Hals steckte ein großer Glassplitter von einer Bierflasche. Seine Brieftasche fehlte, weshalb man von einem Raubmord ausging.

Alisa sah zu Chess. »Es ist wahr, was ich geträumt habe.«

»Erzähle mir alles ganz genau.«

»Der Mann kam mir entgegen. Er breitete auf einmal seine Arme aus, und ich kam nicht an ihm vorbei. Als ich weglaufen wollte, schleuderte er mich gegen die Wand.« Sie weinte stumm. »Er war so kräftig. Drückte sich an mich. Als ich seine Hand fühlte, war ich so wütend. Mehr weiß ich nicht.«

»Es war Notwehr«, sagte Chess und strich Alisa sanft über den Rücken.

»Wer wird mir das glauben? Ich habe ihn hingerichtet.«

»Du warst in Panik. Kein Mensch wird dir einen Vorwurf machen. Wir müssen mit jemandem sprechen.«

Erschrocken sah Alisa zu Chess. »Nicht mit meinen Eltern.«

Chess fasste einen Entschluss. »Wir gehen zu Luna und Kopernikus.«

Luna erwartete sie schon.

»Du hast es gelesen?«, fragte Chess.

Sie nickte. »Wir müssen sofort zu Kopernikus.«

Er saß mit geschlossenen Augen an seinem Schreibtisch.

Luna schob die Mädchen ins Zimmer und schloss die Tür von innen ab. »Hast du irgendetwas dort verloren? Einen Zettel, Schlüssel, Schuh? Irgendetwas, das deine Identität verraten könnte?«, fragte sie.

Alisa schüttelte den Kopf. »Nicht, dass ich wüsste.«

»Dann werden sie nicht auf dich kommen. Sie gehen von einem Raubmord aus.«

Kopernikus sah Luna an. »Das ist dein Wunsch, aber nicht die Realität.«

»Was schlägst du vor?«, fragte Alisa.

»Wir könnten euch nach Rom, in die Vatikanstadt bringen. Ihr würdet ein fast normales Leben führen.«

»Das mache ich auf keinen Fall«, sagte Alisa. »Ich werde mich nicht für den Rest meines Lebens verstecken. Und Chess auch nicht. Sie hat ein Recht auf ihr Leben.«

»Alisas Großvater ist Rechtsanwalt. Er kann ihr helfen«, sagte Chess.

Kopernikus sah sie nachdenklich an. »So weit darf es gar nicht erst kommen. Wir warten. Ihr müsst alles ganz normal machen. Zur Schule gehen, ausgehen, hier sein. Alles wie immer.«

»Was ist, wenn sie doch auf mich kommen?«

»Dann schwöre ich dir, dass ich eine Lösung finde. Für uns beide.« Chess nahm Alisas Hand.

»Für diesen Fall«, Kopernikus blickte zu Luna, »gibt es bereits einen Plan.«

»Was für ein Plan?«, fragte Chess kalt.

»Vertraut uns«, beschwichtigte Luna Chess. »Wir werden euch helfen und dafür sorgen, dass euch nichts passiert.«

»Ich gehe schlafen. Morgen muss ich im Gritti singen.«

»Schaffst du das?«, fragte Luna.

Alisa traf eine Entscheidung. Für Chess. Für den Menschen, der ihr am wichtigsten war.

Die Klänge von Alisas Gitarre wurden von einem kühlen Wind mitgenommen, in dem sich die Schwalben auf der Jagd nach Insekten treiben ließen.

Eine Libelle setzte sich auf ihren Arm. Alisa sah zu dem Tier. Die vier großen Flügel, die es mit Leichtigkeit in die Luft heben würden. »Ich beneide dich. Kannst du mich mitnehmen? Wir hätten bestimmt hundert

Kinder zusammen, und am Ende des Jahres sterben wir gemeinsam.«

Sie sah das kleine Insekt an, das in der Sonne glänzte. »Ich kann mich erinnern, als du das erste Mal zu mir geflogen bist. Es war, als wir uns die Wohnung in San Marco angesehen haben. Hast du noch etwas von deinem Libellenstaub für mich?«

Langsam krabbelte die Libelle über Alisas Handrücken, sah sie mit ihren vielen hundert Facettenaugen an und bewegte ihre Flügel.

»Danke und pass auf dich auf. Der Tod ist in der Luft.«

Alisa gab dem Insekt einen Mollakkord mit auf den Weg.

Chess beobachtete Alisa den ganzen Tag.

Gegen fünfzehn Uhr zog sie sich um und nahm ihre Gitarre. Chess hatte bereits ihren Mantel in der Hand.

»Lass mich allein gehen. Ich muss es mir heute beweisen.«

»Ich will mit. Bitte.«

Alisa küsste Chess. »Man bekommt nicht immer, was man will. Wenn du eine Libelle siehst, grüß sie von mir. Wir sind befreundet.«

Chess ließ sie gehen.

Zum Friedhof kam man nur mit einem Taxiboot. Alisa schickte Saguso eine Nachricht, dass sie krank sei und nicht auftreten könne.

Sie würde den Menschen, die um den Mann trauerten, die Wahrheit sagen. An seinem Grab. Die Polizei würde kommen und sie mitnehmen. Egal wie es ausgehen würde, Chess konnte ihr Leben führen. Entweder frei von einer verurteilten Mörderin oder mit ihr zusammen.

Der Fahrer des Bootes half ihr auf den Landungssteg. Alisa war bisher nur einmal auf dem Friedhof in Venedig gewesen. Mit der Schule. Das war Jahre her.

Zur Kapelle führte ein sandiger Weg. Sie musste nicht hineingehen, um zu sehen, dass keiner dort war. Eine Tafel mit den Beerdigungen des heutigen Tages stand vor dem Eingang.

Sie lief bis zum Ende des Areals, wo die anonymen Gräber waren. Vier Männer ließen gerade den Sarg in die Grube herab. Ein Kind stand bei ihnen. Nur noch wenige Schritte und Chess würde ihr Leben zurückbekommen.

Alisa dachte, es würde großen Mut erfordern. Aber das stimmte nicht. Es war wie Heimkommen.

Sie stellte sich neben das Mädchen, das ihre Hand nahm, ohne Alisa anzusehen.

»Ich dachte schon, du kommst nicht mehr.«

»Ich bin spät. Verzeih mir.«

»Kannst du was spielen?«

Sie nahm ihre Gitarre, und die Töne legten sich über die Gräber.

Chess lief durch die Tür des Gritti. Sie wollte Alisa sehen. Sie singen hören. Nur um ihre Panik zu bekämpfen.

Kaum dass sie durch die Tür war, hörte sie den Pianisten, der sonst immer spielte. Alisa war nicht da.

Sie suchte hektisch in der Lobby nach der Zeitung von gestern. Etwas musste sie übersehen haben. In einer der kleinen Sitzgruppen fand sie ein Exemplar. Ihre Augen rasten über die Buchstaben. Alles war ihr bekannt. Die Details und die Vermutungen. Sie sprang von Satz zu Satz, bis das kleine schwarze Quadrat kam, das das Ende des Artikels anzeigte.

In dem Moment, als sie die Zeitung aus der Hand legen wollte, fielen ihr die zwei kleineren Zeilen darunter auf. Die Buchstaben brannten sich wie Feuer in ihre Augen. Sie sah auf ihre Uhr.

Der Mann wurde jetzt beigesetzt.

Etwas abseits stand Saguso. Chess lief zu ihm. »Euer Schnellboot muss mich zum Friedhof bringen.«

Er sprach ein paar Worte in sein Funkgerät. »Es wartet auf dich.«

Sie rannte los.

Alisa hatte drei Lieder gesungen, und das Mädchen hatte sie immer noch nicht angesehen. Gefasst stand es an dem Grab und regte sich nicht. Keine Verzweiflung. Niemand außer ihnen. Die anderen Männer waren gegangen.

Sie legte die Gitarre in den Koffer und stellte sich neben das etwa zwölfjährige Kind.

Diesmal nahm Alisa die Hand in ihre. Sie war ganz warm.

»Du weinst gar nicht.«

»Er hat mir alle Tränen genommen.«

»Dein Vater?«

»Stiefvater.«

Eine Frau stand weiter weg an einen Baum gelehnt. Sie sah zu ihnen.

Alisa schmiss etwas Erde auf den Sarg. »Warum bist du allein? Hast du keine Verwandten?«

»Ich habe dich.«

»Du siehst mir total ähnlich. Wer bist du?«

Das Mädchen schwieg lang, dann sagte es kaum hörbar: »So was wie deine Schwester.«

Das Schnellboot des Gritti schoss über das Wasser. Es setzte so hart auf den Wellen auf, dass Chess sich festhalten musste. Sie hatte Polizeiboote erwartet, aber der Anlegeplatz war leer. Noch bevor das Boot festgezurrt war, sprang sie auf den Steg. Den Fahrer bat sie zu warten.

Der Friedhof war nicht groß, und der zentrale Weg führte über das gesamte Gelände.

»Wo gehst du heute hin? Ist jemand bei dir?«

»Ich gehe mit dir.«

Alisa ging in die Hocke und drehte das Mädchen zu sich. Ihre Augen hatten das gleiche Smaragdgrün wie Alisas.

»Bevor du mitkommst, musst du wissen, was ich getan habe.«

»Chess wird gleich da sein«, sagte das Mädchen.

»Chess?«, flüsterte Alisa.

Das Mädchen regte sich nicht. Es strömte eine Vertrautheit aus, die sie sich nicht erklären konnte.

Sie sah zum Meer. Das Boot des Gritti raste auf den Steg zu. »Du hast recht. Nur noch ein paar Minuten.«

»Wird sie mich mögen?«

»Ganz sicher.«

»Du musst es jetzt sagen. Um frei davon zu sein.«

»Ich habe deinen Stiefvater getötet.«

Das Boot legte an, und Chess sprang auf den Steg.

»Es ist alles so passiert, wie es vorherbestimmt war. Dich trifft keine Schuld.«

Chess rannte den Weg hoch.

»Sag mir, bevor Chess kommt, wer du wirklich bist. Schwester ist gelogen. Das kann ich fühlen, wenn ich dich ansehe.«

Das Smaragdgrün in den Augen des Mädchens flammte auf. »Noch nicht.«

Alisa hörte Chess rufen. Sie gab ihr ein Zeichen. Die Frau, die am Baum stand, war verschwunden. Mit letzter Kraft rannte Chess den Weg zu ihr hoch und fiel neben Alisa auf die Knie. Sie vergrub ihr Gesicht in den Händen und weinte.

Das Mädchen strich ihr über den Kopf. »Chess, es wird alles gut.«

Chess hob den Kopf. »Wer … bist … du?«

»Ich bin Isa.«

Alisa kniete neben Chess. »Beruhig dich.«

»Weiß sie es?«

»Ja. Ich habe es ihr gesagt. Deshalb bin ich überhaupt hierhergefahren. Ich wollte, dass dein Leben weitergeht.«

»Mein Leben kann niemals ohne dich weitergehen Alisa. Alles, was ich war, bin und sein werde, wird immer von dir abhängen.«

»Eure Leben sind viele«, sagte Isa. »Ich habe seit zwei Tagen nichts gegessen.«

»Wir müssen das Boot sowieso zum Hotel zurückbringen.« Chess stand auf und hielt Isa die Hand hin.

Zu dritt gingen sie durch die Tür des Gritti.

Direkt an der prachtvollen Anmeldung stand Saguso.

»Wir müssen uns bedanken«, sagte Chess.

»Lass mich das machen.«

Alisa ging zu ihm und umarmte ihn. »Akzeptierst du meine Entschuldigung, ohne dass ich etwas erkläre?«

Saguso nickte. »Alisa, ich habe Chess gesehen. Ich weiß, dass etwas von außerordentlicher Wichtigkeit passiert sein muss. Was kann ich sonst für euch tun?«

»Könnten wir einen Tisch in den kleinen Kabinen bekommen?«

Er ging mit ihnen in den hinteren Teil des Restaurants. Die Separees befanden sich an der Wand. Tische und Bänke waren in mit Leder gepolsterte Kammern eingelassen, in die vier Personen hineinpassten.

Der Ober sah Saguso verzweifelt an. »Es ist reserviert. In dreißig Minuten kommen die Gäste.«

»Sag ihnen, es war unser Fehler. Sie können im Restaurant auf Kosten des Hotels essen.«

Alisa lächelte ihn an. »Ich dachte, du würdest niemals eine Regel brechen.«

»Es ist wichtig, den Moment zu erkennen, in dem Regeln nicht mehr gelten dürfen. Es sind die Momente, die unser Leben für immer verändern. Was wollt ihr?«

»Kann ich einen Schokoladenpudding und ein Schnitzel bekommen?«, fragte Isa.

»Wenn du die Reihenfolge umdrehst, dann ja.«

»Ich möchte nur einen Salat essen.« Chess war blass.

»Roastbeef.«

»Ihr macht euch zu viele Sorgen.« Isa trank etwas von dem Orangensaft, den der Ober gebracht hatte.

»Chess ist die Grüblerin.«

»Vielleicht bringt ihr mich auf den neuesten Stand. Dann geht es mir besser.«

Am Ende des Essens hatte Chess eine lange Liste geschrieben.

Saguso kam an ihren Tisch. »Würdest du ein Lied singen? Viele Gäste haben nach dir gefragt.«

Alisa stand auf. »Natürlich. Ich schulde es dir.«

Ein Ober stellte einen Stuhl in die Mitte des Restaurants.

»Hi everybody«, rief Alisa. »Das Leben kann total verrückt sein. Heute Mittag dachte ich noch, dass alles vorbei sei, ich niemals mehr glücklich werden könnte. Jetzt sitze ich hier mit Menschen, die mir alles bedeuten. Man darf die Hoffnung niemals aufgeben. Das hat mir eine Libelle gesagt.«

Nach dem letzten Lied bedankte sie sich. Als sie zu Chess zurückging, entdeckte sie aus dem Augenwinkel die Frau, die auch auf dem Friedhof gewesen war.

Am Eingang des Klosters trennten sie sich.

»Gehst du zu Kopernikus, Chess? Ich bereite schon mal in unserer Wohnung alles vor.«

Kopernikus saß an seinem Schreibtisch und las. Luna war bei ihm. Beide sahen sie erwartungsvoll an.

»Alisa ist zur Beerdigung des Mannes gefahren. Sie wollte sich stellen. Es allen sagen. Meinetwegen.«

»Hat sie es gemacht?«, flüsterte Luna.

»Es war nur ein Kind da. Isa. Sie hat anscheinend bei dem Mann gelebt.«

»Weiß das Mädchen Bescheid?«

»Ja. Alisa hat es ihr gesagt.«

»Und wie hat es reagiert?«

»Isa wird bei uns wohnen. Sie hat sonst niemanden. Außerdem sagt sie, dass sie Alisas Schwester ist.«

»Schwester? Glaubst du das?«, fragte Luna.

»Ich weiß es nicht. Sie sieht Alisa aber zum Verwechseln ähnlich.«

»*Isa bin Maryam*«, flüsterte Luna.

Chess sah fragend zu Luna.

»Arabisch. Jesus, Sohn der Maria.«

Kopernikus stand auf. »Wenn du mir ihren Pass bringst, organisiere ich alles. Wir müssen uns beeilen. Es wird nur Tage brauchen, bis der Staat die Finger nach ihr ausstreckt. Danach können wir immer überlegen, wer sie ist.«

»Wie willst du das machen, Kopernikus?«

»Überlass es mir, Chess. Ihr wisst nicht, wie mächtig diese Einrichtung ist. Aber ich brauche den Pass morgen früh. Sonst kann es zu spät sein.«

»Ich hole ihn gleich.«

Isa hatte ihr die Adresse und den Hausschlüssel gegeben. Von ihren Sachen wollte sie nichts haben.

Die Wohnung war nicht weit vom Kloster entfernt.

Ein Palazzo aus dem 17. Jahrhundert. Im zweiten Stock lag die Wohnung. Die Wohnungstür war mit Polizeiband versiegelt. Chess wusste, dass es eine Straftat war, die Siegel zu brechen. Aber der Pass war in der Wohnung.

Sie nahm den Schlüssel und setzte das spitze Ende an den Siegeln mit den Hologrammen an.

»Tu das nicht.«

Sie fuhr herum. Eine Frau, schlank, Anfang dreißig stand hinter ihr.

Sie drängte sich an Chess vorbei. Mit einem schmalen Teppichmesser zerschnitt sie sauber die Siegel und schloss die Wohnungstür auf. »Nach dir.«

Es war eine kleine Dreizimmerwohnung. Völlig schmucklos. Die Wände waren mehr grau als weiß, der Terrazzo an vielen Stellen abgescheuert. In der Küche standen ein kleiner Gasherd mit drei Platten und ein Kühlschrank. Der Holztisch war an den Ecken abgewetzt.

»Wir haben alles durchsucht. Es ist kaum zu glauben, dass hier ein Mann mit seiner Tochter gelebt hat.« Die Frau streckte Chess ihre Hand entgegen. »Ich bin Mute.«

»Sie sind Polizistin.«

»Ja. Ich leite die Untersuchung. Du bist Chess.«

»Woher wissen sie das?«

»Es ist mein Job.«

»Sie sind keine Italienerin«, stellte Chess fest. »Wieso sprechen Sie selbstverständlich Englisch mit mir?«

»Ich kann nicht alles sofort erklären. Ich bin Amerikanerin und unterstütze hier die italienische Polizei. Nenn mich Mute, dann wird alles leichter.«

»Das will ich nach unserem Gespräch entscheiden.«

»Du bist so, wie ich mir dich vorgestellt habe.«

Die Frau ging mit Chess in das hintere Zimmer. Es war das Kinderzimmer von Isa. Die Wände waren mit Buntstiften bemalt. Blumenbilder, Kirchen, Tiere und Notizen aller Art, dazwischen endlose Zeilen mit Zeichen, die Chess nicht kannte.

Sie deutete darauf. »Was ist das?«

»Das weiß niemand. Wir haben alles genau abfotografiert und zu Spezialisten geschickt. Keiner konnte was damit anfangen.«

»Und woher wissen Sie nun meinen Namen?«

Mute deutete auf die andere Wand. Ein kleines Bett stand dort. Das Kopfkissen wurde von einer billigen Wolldecke bedeckt. Keine Bettwäsche oder Laken. Direkt über dem Bett hingen gezeichnete Porträts von Alisa und Chess. Sie waren genau genug, um die Mädchen erkennen zu können. Darunter waren jeweils ihre Namen geschrieben.

»Wie ist das möglich?«, flüsterte Chess.

»Das ist nur der Anfang.«

Mute öffnete einen kleinen Schuhkarton, der am Boden stand. Eine Karte aus zusammengeklebten weißen Blättern war darin. Der Weg zum Kloster, die Schule, die Alisa und Chess besuchten, die Wohnung von Alisas Eltern, die Wohnung in Mestre, Arturos Restaurant, in dem sie oft essen waren, Felipes Musikalienladen, mit zwei großen roten Kreisen darum. Alles war genau eingezeichnet und mit verschiedenfarbigen Routen verbunden. Auf jede dieser Routen waren kleine Ziffern geschrieben. Jeweils mit einem A oder C davor.

Chess starrte auf die Zettel. »Sie hat uns beobachtet?«

»Ja. Sie muss Monate daran gearbeitet haben.«

Die Polizistin holte zwei Schulhefte aus dem Schuhkarton.

Auf dem einem stand Alisa, auf dem anderen Chess.

In jedem war genau eingetragen mit Datum, wann sie wo gewesen waren. Die regelmäßigen Wege waren rot gekennzeichnet. Alisas Weg ins Gritti, der Weg von Mestre zum Kloster. Ihr monatlicher Besuch bei Felipe.

»Wieso hat sie das gemacht?«

»Das versuche ich herauszubekommen.«

»Deswegen haben Sie Alisa noch nicht verhaftet«, sagte Chess. »Isa interessiert Sie viel mehr. Sie benutzen Alisa, um mehr über das Mädchen zu erfahren.«

Die Polizistin nickte leicht. »Erzähl mir etwas, damit ich weiß, dass ich dir vertrauen kann. Dann sorge ich dafür, dass Alisa nichts passiert.«

»Und wenn ich es nicht tue?«

»Dann geht alles seinen formal juristischen Weg. Alisa kommt in Untersuchungshaft, ihr nehmt euch einen Anwalt, es wird Klage erhoben, und die Gerichte entscheiden. Alisas Schicksal wird von dem Richter abhängen.«

»Woher weiß ich, dass ich Ihnen vertrauen kann?«

»Teste mich.«

»Ich brauche den Pass von Isa. Wir wollen verhindern, dass sie in ein Heim kommt.«

Mute stand auf, ging in die Küche und fasste mit den Fingern in eine Fuge hinter einem der Hängeschränke.

»Niemals hätte ich den gefunden.«

»Hier.« Die Polizistin hielt ihr das Dokument hin. »Was habt ihr vor?«

»Sie soll bei uns im Kloster leben.«

»Ich halte das Jugendamt seit Wochen hin. Ihr müsst euch beeilen. Du bist dran.«

Chess kämpfte mit sich. Ihr Gefühl sagte ihr, dass dies die einzige Chance war, die Alisa hatte. Aber Verrat war es trotzdem. Sie weinte.

Mute nahm ihre Hände. »Du musst mir vertrauen. Es ist ganz anders, als ihr denkt. Ich bin mir sicher.«

»Alisa hat ihn getötet. In Notwehr. Er hat sie überfallen. Aber sie erinnert sich nur noch bruchstückhaft.«

»Was ist das Letzte, woran sie sich erinnern kann?«

»Er hat sie gegen eine Wand geschleudert, dann hat er sie angefasst. Sie wurde wütend. Danach weiß sie nichts mehr.« Chess schluchzte. »Im Klostergarten habe ich Alisa dann gefunden. Blutüberströmt. Ich dachte, sie sei tot.«

Mute nahm das Schulheft mit Alisas Namen darauf. »Lies den letzten Eintrag mit Datum.«

Er trifft auf Alisa. Mein Leben beginnt.

Chess sah die Polizistin überrascht an. »Das war genau an dem Tag. Sie hat es gewusst?«

»Es muss alles geplant gewesen sein.«

»Wie sollte das gehen? Es war Zufall, dass sie sich getroffen haben.«

»Nein. War es nicht. Wir haben drei Zeugenaussagen, die bestätigen, dass ein Kind bei dem Mann war. Es kommt nur Isa infrage.«

Chess war zu verwirrt, um den Zusammenhang zu sehen.

»Sie hat ihn zu Alisa geführt«, sagte Mute.

»Warum sollte sie das machen?«

»Das wird wohl jetzt keiner mehr erfahren.«

»Was soll das heißen?«

Mute zuckte die Achseln. »Raubmord. Steht doch in der Zeitung.«

»Eben haben Sie mir noch gedroht, Alisa zu verhaften.«

»Ein Bluff. Ich wollte wissen, ob du mich anlügst.«

Mute klebte neue Siegel und unterschrieb darauf.

Chess stand ihr gegenüber und sah sie lange an. Es war wie ein Kennenlernen, nur dass niemand sprach.

»Willst du mich nun beim Vornamen nennen?«

»Sagen Sie mir, dass alles gut wird. Dass ich Alisa nicht verliere.«

»Du liebst sie.«

Chess nickte zur Antwort.

»Die Ermittlungen gehen an die Sitte weiter. Die haben seinen Computer und Videos. Niemand wird den Menschen suchen, der der Gesellschaft einen Gefallen getan hat.«

»Sie beschützen Alisa und Isa.«

Mute fasste Chess am Arm und drückte ihn. »Ich komme morgen ins Kloster. Ich muss mit Alisa sprechen.«

»Danke, Mute.«

Kopernikus nahm den Pass an sich. Von Mute erzählte sie ihm nur das Notwendigste, dann ging sie in ihre Wohnung. Isa schlief bereits in ihrem Gästezimmer. Alisa war auf der Terrasse.

»War es schwierig, den Pass zu finden?«

»Du musst mir genau zuhören.«

Chess erzählte Alisa jedes Wort, das sie mit Mute gesprochen hatte. Auch von der Karte und den Heften.

»Isa muss in Not gewesen sein und hat sich nicht mehr zu helfen gewusst.«

»Mute sagt, dass sie den Mann absichtlich zu dir geführt hat.«

»Das glaube ich ehrlich gesagt auch. Die Frage ist nur, warum. Ist es dir schwergefallen, es Mute zu sagen?«

»Ich habe geweint. Es war schlimm. Aber sie weiß eh so gut wie alles.«

»Chess, es war richtig. Sie ist auf unserer Seite. Das spüre ich.«

»Es hat sich angefühlt, als ob ich dich verraten würde. Es war grauenhaft.«

»Heute sind nur gute Sachen passiert. Ich habe Isa gefunden, mein Gewissen erleichtert, Mute hat uns Hilfe angeboten, und Kopernikus wird den Aufenthalt für Isa regeln. Du musst auf das sehen. Nicht auf deine Ängste.«

»Sie kommt morgen und will mit dir sprechen.«

»Ich vertraue ihr.«

Alisa wachte ausgeruht auf. Chess schlief.

Alisa strich ihr sanft über das Haar. »Mach deine Augen auf.«

»Ich will nicht«, murmelte Chess.

»Wir müssen Isa noch ein paar Sachen zeigen, bevor wir in die Schule gehen.«

Chess setzte sich auf.

»Sie muss auch in die Schule.«

»Muss ich nicht.« Isa stand an der Tür. Sie hatte einen Schlafanzug von Alisa an, der ihr viel zu groß war.

Alisa klopfte auf den Platz neben sich. »Setz dich zu uns. Kriegsrat. Wieso musst du nicht?«

»Ich habe eine Schulbefreiung für vier Wochen. Warum, könnt ihr euch denken. Aber ich will auch nicht mehr dahin zurück.«

»Dann gehst du auf unsere Schule. Okay?«, fragte Alisa.

»Wir sind bis vier Uhr weg. Falls du etwas brauchst, frag nach Luna. Du kannst ihr vertrauen«, sagte Chess.

»Darf ich noch bei euch im Bett bleiben?«

»Chess und ich müssen in jedem Fall in die Schule.«

»Das macht nichts.«

»Findest du dich hier zurecht?«, fragte Alisa besorgt.

»Ich habe dich gefunden, Alisa. Es kann unmöglich schwieriger sein.«

Die Fähre brachte die Mädchen nach Mestre.

Chess sah auf das Meer. »Als ich gestern im Boot saß, dachte ich, dass ich nie mehr glücklich sein würde.«

»Und jetzt?«, fragte Alisa.

»Mute hat mir Hoffnung gegeben. Ich glaube, sie denkt, dass Isa mehr mit dem Tod des Mannes zu tun hat als du.«

»Lass uns nicht spekulieren. Wir fragen sie heute Nachmittag. Du musst zu McPherson gehen und erreichen, dass die Schule Isa aufnimmt.«

Der Schulgong nach der letzten Stunde erlöste beide. Chess hatte mit McPherson gesprochen, der nichts einzuwenden hatte. Zusammen gingen sie zum Bootsanleger und fuhren zum Kloster zurück.

Als sie den Garten betraten, deutete Chess zur Wiese. Zwischen zwei Bäumen war ein Seil gespannt. Isa hatte ein Sommerkleid an und spielte mit Luna Federball.

Als sie die Mädchen entdeckte, lief Isa zu ihnen und umarmte beide stürmisch. »Es ist so cool hier! Los, wir spielen einen Vierer.«

»Wer mich nimmt, verliert«, meinte Chess. »Ich will es nur im Voraus sagen.«

»Das glaube ich nicht. Komm, Chess.« Luna winkte sie zu sich.

»Um was spielen wir?«, fragte Isa.

»Eine Einladung zum Eisessen.« Alisa streckte sich und schlug den Federball hoch in die Luft.

Sie spielten schon eine ganze Weile, als Alisa die junge Frau auffiel, die etwas abseits saß und ihnen zusah.

Sie hob die Hand und ging zu ihr. »Ich bin Alisa, und du bist Mute.« Sie setzte sich neben sie.

Mute lachte. »Du solltest bei mir anfangen. Sieht man es so deutlich, dass ich Polizistin bin?«

»Man sieht so deutlich, dass du ein besonderer Mensch bist. Der, den mir Chess beschrieben hat.«

»Vertraust du mir, Alisa?«

»Habe ich eine Wahl?«

»Keine bessere. Gibt es irgendetwas, was dir noch eingefallen ist?«

»Das fragen mich alle«, seufzte Alisa.

»Es zählen die winzigsten Dinge. Erzähl mir alles, was dir unwichtig erscheint.«

»Ich lief, hab an meine Noten gedacht, ich hab sie erst nur schemenhaft gesehen.«

»Warte. Du hast *sie* gesagt. Mehrzahl.«

»Stimmt.«

»Versuch, dich genau an diese Sekunde zu erinnern.«

Alisa schloss die Augen. »Es war ein Schatten mehr auf der Straße, aber irgendwie ungleich. Dann war er auf einmal weg. Es war nur eine Sekunde.«

Mute holte ein kleines Aufzeichnungsgerät heraus, sprach Ort und Zeit hinein und legte es Alisa in den Schoß. »Sag, dass du weißt, dass es aufgezeichnet wird und du damit einverstanden bist. Dann schildere das noch mal mit den Schatten. Ganz genau.«

Alisa sah fragend zu Chess. »Wird es gegen mich verwendet?«

»Nein. Es entlastet dich.«

Mute stoppte die Aufzeichnung, nachdem Alisa die Schatten beschrieben hatte.

»Soll ich nicht alles erzählen?«, fragte Alisa überrascht.

»Nein. Aber es ist ein wichtiges Detail und die Bestätigung meiner Theorie.«

»Mute. Ich habe den Mann getötet.«

»Kannst du dich daran erinnern? Genau erinnern, dass du ihn in den Hals gestochen hast?«

»Nein. Das Letzte, was ich weiß, ist, dass er mich angefasst hat.«

»Dann ist es auch nicht sicher, dass du es warst.«

Isa ließ sich neben ihnen ins Gras fallen. »Wenn mir keiner was zu trinken holt, sterbe ich.«

Alisa zog sie am Ohr. »Dann beweg dich und bring uns auch gleich was mit. Einen Krug Limonade und vier Gläser.«

»Gut. Aber meine Turnschuhe ziehe ich aus.« Isa warf sie ins Gras und rannte los.

Mute nahm sich einen der Turnschuhe und sah ihn an. »Sie ist besonders«, sagte sie.

»Kannst du Isa beschützen? Sie hat bestimmt viel durchgemacht. Wenn es sein muss, verhafte mich.«

Auf der Sohle war ein großer Stern eingearbeitet. Mute besah ihn sich von allen Seiten. »Ich verhafte niemanden. Weder dich noch Isa. Der Mann war ein Monster.«

Alisa sah Mute in die Augen. Sie war nervös und wich immer wieder ihrem Blick aus. »Du bist nicht wegen uns hier. Wieso sagst du nicht, dass du Hilfe brauchst?«

»Es gibt kein Leben ohne Schuld, oder?«

»Du weichst aus und du erinnerst mich an Chess. Sie ist auch nicht in der Lage, um Hilfe zu bitten. Lieber wartet sie, bis es zu spät ist.«

Isa lief langsam mit dem Tablett über den Rasen und stellte es vor Alisa und Mute ab. »Himbeerlimonade. Meine Lieblingssorte.«

»Ich habe euch vier Wochen lang beobachtet. Auf Schritt und Tritt. Von der Schule, nach Mestre, in dieses Kloster, zu dir nach Hause. Im Gritti. Sogar bis zu dem Gitarrenbauer.«

»War mein Leben interessant?«

»Es ist wunderschön.«

»Hast du mich auch beobachtet?«, fragte Isa.

»Du warst zu schlau. Die beiden haben nichts mitbekommen.«

»Vielleicht werde ich später auch Polizistin.«

»Versprich mir, dass du es nicht wirst.«

»Isa, lässt du mich und Mute allein?«, bat Alisa. »Wir treffen uns in der Wohnung.«

Isa streckte die Hand nach ihren Turnschuhen im Gras aus, aber Mute nahm sie an sich. »Verkaufst du sie mir?«

Isa sah sie stirnrunzelnd an. »Die passen dir nie im Leben, und uralt sind sie auch.«

»Das macht mir nichts. Fünf Euro?«

Sie überlegte. »Wenn ich später berühmt werde, sind sie ein Vermögen wert. Zwanzig Euro.«

»Wir machen es so. Ich gebe dir jetzt zehn Euro, und wenn du berühmt bist, noch mal zehn.«

»Das ist fair.« Isa steckte den Schein von Mute in ihr Kleid und lief wieder zu Chess und Luna.

»Was willst du mit den Schuhen?«, fragte Alisa.

»Du hast nie gesehen, dass ich sie an mich genommen habe.«

Alisa stand auf und hielt Mute die Hand hin.

»Wohin gehen wir?«, fragte sie.

»Vertrauen gegen Vertrauen.«

Gemeinsam gingen sie in die Gemäldegalerie. Vor Antonellos Madonna blieb Alisa stehen. »Sie ist meine beste Freundin hier. Ihr kann ich alles erzählen.«

»Sie ist wunderschön.«

»Und eine gute Zuhörerin.« Alisa kniete sich hin und zog Mute mit zu Boden. »Schließ die Augen.«

»Was ist, wenn sie mich abweist?«

»Du rettest Isa und mich. Niemals würde sie das tun.«

Hikari stand in ihrer Bucht und pipettierte angestrengt eine blaue Flüssigkeit in winzige Glasphiolen. »Ich bin gleich so weit. Aber du kannst schon anfangen zu reden.«

»Ich wollte mich dafür bedanken, dass du dich um Alisa und mich gekümmert hast«, sagte Chess. »Außerdem wollte ich dich was fragen.«

Mit sicherer Hand führte Hikari die Pipette von Phiole zu Phiole. »Leg los. Ich habe es gerne gemacht.« Reihe für Reihe tropfte sie die blaue Flüssigkeit in die Phiolen. Es gab einen Farbumschlag.

»Ich bräuchte eine Assistentin, und ich wollte dich fragen.«

»Du hast ein gesundes Selbstbewusstsein, Chess. Ich bin eine doppelt approbierte Akademikerin und du eine Praktikantin.«

»Was wäre, wenn ich mehr als das bin?«

»Eine Betrügerin?«

»Eine was?«

»Du hast in das Analysegerät, mit dem wir das Muschelstück datiert haben, einen festen Wert programmiert. Die Zugriffscodes stehen in den Beschaffungsprotokollen. Wie bist du daran gekommen?«

Chess ging so nah zu Hikari, dass ihre Lippen fast das Ohr von ihr berührten. »Wie bist du denn in den Rechner der berühmten amerikanischen Schule gekommen, um dir ein Abschlusszeugnis zu drucken, das dir ein Stipendium für dein Doppelstudium sicherte? Hikari.«

Ein Tropfen der blauen Flüssigkeit fiel daneben und lief langsam am Rand des dünnen Glases vorbei. »Woher willst du das wissen?«, fragte Hikari leise.

»Auf dem Foto der Abschlussklasse bist du nicht dabei. Auch nicht im Jahr davor und auch nicht im Jahr davor. Der zweite Grund ist blau und breitet sich gerade auf der Tischplatte aus.«

Hikari drehte sich zu ihr. Ihre schwarzen Augen waren wie glühende Kohlen. »Verzeih mir. Du weißt, dass ich keine Praktikantin bin.«

Hikari nickte. »Deine Absichten sind unsichtbar für die anderen. Nicht aber für mich. Wir haben beide verstanden, dass es hier nicht nur um Wissenschaft geht. Und du bist der größte Teil davon. Das, was hinter deiner Stirn liegt, ist einzigartig.«

»Was willst du?«

»Das, was ich will, hast du mir eben angeboten, und ich sage zu.« Hikari drehte sich um und begann wieder die Phiolen zu befüllen.

Etwas kitzelte Alisa an der Nase. Langsam öffnete sie ihre Augenlider.

Isas Finger krabbelten über ihr Gesicht.

»Wir hatten schon mal besprochen, dass du nicht einfach in unser Schlafzimmer kommen sollst.«

Alisa nahm einen von Isas Fingern und biss hinein.

Das Mädchen schrie auf. »Das hat voll wehgetan.«

»Damit du es dir besser merken kannst.«

Isa rieb über die rote Stelle. »Wann kann ich auf meine neue Schule? Mir ist langweilig, und ich will Freunde haben.«

Chess setzte sich auf. »Nächste Woche, wenn du willst.«

»Was mache ich, wenn die Lehrerin mich fragt, woher ich komme? Was meine Eltern von Beruf sind?«

»Ich habe alles mit McPherson besprochen. Niemand wird dich fragen. Du sagst deinen Namen und dein Alter.«

»Ich habe noch eine Bitte«, sagte Isa vorsichtig. »Ich möchte gerne zu den Buchrestauratoren. Würde einer von euch mitkommen?«

»Was willst du da?«, fragte Chess. »Ich war einmal dort, und spannend ist es gerade nicht.«

Hilfe suchend sah Isa zu Alisa. »Es ist wichtig.«

Alisa strich ihr über die dunklen Haare. »Ich komme mit dir mit.«

Isa hob die Bettdecke an. »Wieso habt ihr nichts an?«

»Weil wir uns geliebt haben. Ganz einfach. Willst du sonst noch was wissen?«

»Wie genau?«

Alisa schmiss Isa vom Bett. »Noch so eine Frage, und du landest bei den Gärtnern. Zieh dich an, dann gehen wir.«

Chess ging zum Tisch, nahm eine Mappe und gab sie Alisa.

»Was ist das?«

»Bilder aus Isas Kinderzimmer. Vielleicht kennt jemand in der Schriftabteilung die Zeichen. Mute hat mich gebeten.«

»Was machst du?«

»Bibliothek. Hikari sagt, ich muss kommen. Gestern waren es fünfzehn Fragestellungen. Von Biochemie bis Stochastik. Sonst waren es immer zwei oder drei.«

»Seit sie deine Assistentin ist, verstehen die Leute, dass du was Besonderes bist.«

Chess zog sich ihre Hose an und ein T-Shirt darüber. »Vorher hat es mir besser gefallen.«

In dem Schreibsaal standen acht Tische. Jeweils vier Mönche teilten sich den Platz. Jeder hatte eigenes Licht, eine Vielzahl von Schreibgeräten, Farben und andere Instrumente, deren Zweck Alisa nicht kannte. An den Wänden standen Regale, die übervoll mit alten Büchern und Schriftrollen waren. Es roch seltsam nach gekochter Milch. Und ein schärferes Aroma nahm Alisa wahr. Fast wie Kleber, nur nicht so intensiv.

Die Mönche, die an den Tischen arbeiteten, trugen alle Lupen. Einer rieb einen schwarzen Stein auf einer Granitplatte und tropfte Wasser dazu, bis sich eine tiefschwarze Flüssigkeit bildete. Ein anderer hatte ein winziges scharfes Messer in der Hand und kratzte damit auf einem Pergament herum, das mit vier Steinen auf der Tischplatte beschwert war.

Der Mönch, der ihnen am nächsten war, schrieb immer wieder den gleichen Buchstaben und verglich ihn mit dem in einem kleinen Buch, das aufgeschlagen vor ihm lag.

Isa sah interessiert auf die Seite.

»Welches G findest du am besten?«, fragte er freundlich.

»Es soll zur Schrift im Buch passen, oder?«

»Ja. Eines habe ich entfernt, um die Seite reparieren. Jetzt muss ich es neu hineinschreiben. Ich habe nur einen Versuch.«

»Dann warte lieber, bis es dir mal schlecht geht.«

Eine Frau, die einen Overall mit vielen Taschen trug, stellte sich zu ihnen. Alisa wollte sie grüßen, aber sie hob die Hand. »Beantworte die Frage, so gut du kannst, und erkläre, was du meinst.«

Ihr Blick, ihre Körperhaltung – alles an der Frau strahlte Autorität aus.

»Verzeihen Sie unsere Störung. Wir hatten die Idee, dass Isa hier bei Ihnen etwas lernen könnte.«

Der Blick der Frau ruhte auf Isa. »Es sieht eher danach aus, dass wir etwas lernen.«

Isa sah zu der Frau. »Um den Buchstaben perfekt zu schreiben, muss man wissen, in welcher Stimmung der Schreiber war. War er müde, gereizt, angestrengt, gelangweilt, hatte er es eilig, war er glücklich, unglücklich, mochte er den Text oder war es ihm egal. Alle Gs, die hier aufgeschrieben sind, gleichen sich in Perfektion und Stil. In den Text passt aber keines davon.«

»Warum?«, fragte die Frau.

Isa setzte sich neben den Mönch und berührte vorsichtig mit dem Finger die Buchstaben in dem Buch.

Sie schloss die Augen. »Er hatte Hunger, und seine Hand zitterte leicht. Das Fieber war schon in ihm, und er wusste, dass er nicht mehr viel Zeit hatte, den Text zu vollenden. Das G kann von niemandem hier perfekt geschrieben werden, es sei denn, ihr habt einen Kopisten, der dem Tode nahe ist.«

»Was ist ein Kopist?«, fragte Alisa und sah von der Frau zu Isa, die wieder aufstand und sich neben Alisa stellte.

»Ich weiß nicht. Das Wort war plötzlich da, wie das Bild des Mannes, der den Text geschrieben hat.«

»Dass es im Zeitalter des digitalen Primats noch jemanden wie dich gibt, ist ein Wunder«, sagte die Frau. »Mein Name ist Laima, und ich leite die Schriftabteilung.«

»Was heißt Primat?«, fragte Isa.

Die Frau lächelte. »Du bist neugierig. Eine hervorragende Eigenschaft. Primat bedeutet Herrschaft. Kannst du Herrschaft schreiben?«

»Wenn ich einen Stift bekomme.«

Laima führte Isa zu einem Tisch. Einer der Mönche legte schnell eine Art Grundausstattung darauf und einige Seiten Papier.

Isa zog einen Kugelschreiber aus der Tasche.

Laima sah sie kritisch an. »Damit kannst du hier unten nichts anfangen. Du musst mit einer Feder und unserem Papier arbeiten. Nur mit diesen Federn kannst du den Tintenfluss kontrollieren. Durch Druck auf das Papier. Das Papier ist in der Lage, große Mengen von Tinte aufzunehmen, ohne dass sie verläuft.«

Laima schrieb dem Mädchen einmal das Wort Herrschaft vor. Erst mit dem Kugelschreiber, dann nahm sie die Feder. »Was fällt euch auf?«

Alisa und Isa betrachteten intensiv die beiden Wörter.

»Mit dem Kugelschreiber geschrieben«, antwortete Isa, »sieht es tot aus. Absolut bedeutungslos. Auf dem Papier mit der Tinte traut man sich fast nicht, das Wort zu berühren. Als ob es lebt und Macht besitzt.«

»Ich habe mir niemals Gedanken darüber gemacht, auf welche Art man schreiben kann«, meinte Alisa. »Bisher schien es mir nur wichtig, dass das Wort richtig geschrieben ist und in den Zusammenhang passt.«

»Das bedeutet, neunundneunzig Prozent der Bedeutung zu übersehen«, sagte Laima.

Isa berührte vorsichtig mit ihrem Finger die Tinte auf dem Papier. »Kannst du mir zeigen, wie es geht?«

»Es ist nicht so leicht, wie du denkst«, mahnte Laima. »Du kannst jeden Tag für eine Stunde zu uns kommen. Nach sechs Monaten musst du einen eigenen Text schreiben. Vor allen. Die Gemeinschaft wird entscheiden, ob wir dich ausbilden.«

Alisa berührte Isa an der Schulter. »Laima, wir sind Ihnen sehr dankbar für das Angebot. Aber sie ist ein Kind. Wir möchten Sie nicht enttäuschen.«

»Ein Kind, das einen Schreiber, der vor fünfhundert Jahren gelebt hat, aufgrund seiner Schrift treffend beschrieben hat. Du hast es selbst gehört. Schrift ist nicht beliebig. Sie ist Ausdruck eurer innersten Persönlichkeit. Sie bildet alle Hoffnungen und Ängste ab. Die Schrift ist das Abbild der Seele.«

Isa stellte sich vor Alisa. »Laima, euer gesprochenes Wort steht eurem geschriebenen Wort in keiner Weise nach. Erkenntnis ist wie Gift. In kleinen Dosen heilsam, in großen Mengen tödlich. Ebenso verhält es sich mit der Wahrheit. Ich biete mich euch an. Um den Preis, dass du mir etwas verzeihst, das auf den ersten Blick unverzeihlich erscheint.«

Laima musterte Isa von Kopf bis Fuß. »Dein gesprochenes Wort ist um Jahrzehnte weiter als dein Geschriebenes. Wir werden den Abstand verkürzen. Ich persönlich werde dich unterrichten. Bestehst du die Prüfung nicht, werde ich es sein, die dein Versagen verantworten wird. Knie vor mir, um deine Ehrerbietung zu erweisen. Die erste Lektion beginnt.«

Isa kniete nieder und sah auf den Boden. »Ich bitte in die Gemeinschaft aufgenommen zu werden. Mein Weg hat mich durch die Jahrhunderte geführt, und ich bin fast gestorben. Das größte Opfer aber hat Alisa gebracht. Mach, dass es nicht umsonst war.«

Alisa und Laima sahen sich an. »Was meinst du?«, flüsterte Alisa.

Laima kniete sich ebenfalls hin und hob das Kinn von Isa an. »Deiner Bitte werde ich entsprechen und auch nicht weiter fragen. Nicht zu deinem Schutz, sondern zu unserem. Da wir nun Lehrerin und Schülerin sind, hab keine Angst. Strenge bedeutet Zuneigung. Ich bin deine Freundin. So wie du es gefordert hast, werde ich dir eine unverzeihliche Sache verzeihen. Doch bedenke gut, wann du diese eine Bitte von mir einforderst. Es wird keine weitere geben. Was interessiert dich?«

»Ehrlich gesagt bin ich nicht so gut in Mathematik. Kann ich mir so was wie Nachhilfe wünschen?«

Laima sah Isa liebevoll an. »Mathematik. Wundervoll. Zahlen sind lebende Geschöpfe.«

Der Mönch brachte ein altes Buch. Isa blätterte es vorsichtig durch. »Hier, das muss ich können. Schriftliche Division. Die Zahlen sind wundervoll geschrieben. So klar.« Sie setzte sich hin und brütete konzentriert über der Rechnung.

Alisa sah ratlos zu Laima.

Laima lächelte.

»Mach dir keine Sorgen. Wir werden uns um sie kümmern. Stell es dir vor wie im Kino. Wie lange siehst du dir einen Film an, der unscharf ist? Nur die Schrift kann das Bild wirklich scharf stellen, und der Verstand kann sich entfalten. Vertraue mir, Alisa. Hier unten begegnen wir uns auf Augenhöhe und mit Respekt. Denn die Grenze zwischen Lehrerin und Schülerin ist niemals wirklich da. Es ist, wie wenn sich zwei Flüssigkeiten vermischen. Es entsteht etwas Neues.«

»Es gibt noch etwas, worum ich Sie bitten möchte, Laima. Können Sie sich die Zeichen auf den Fotos ansehen? Es ist wichtig, aber ich kann nicht sagen, warum.«

Sie setzte sich an den Tisch und legte die Fotos aus. Kreise waren darauf zu sehen mit unterschiedlichen Radien, von deren Oberfläche verschieden lange Geraden wegliefen, die an ihren Enden ein oder mehrere Quadrate hatten. Manche waren schwarz, andere nur in leichtem Grau gezeichnet.

»Wer hat das geschrieben?«, fragte Laima.

»Ich«, sagte Isa leise, ohne hochzusehen.

»Du kannst es aber selbst nicht lesen.«

»Ich kann sie nicht mal sehen. Ich habe es nachts geschrieben, wenn ich träumte.«

»Können Sie es entschlüsseln?«, fragte Alisa.

Laima schüttelte den Kopf. »Es ist eine Bilderschrift. Um ihre Bedeutung zu verstehen, muss man die Klassifikatoren kennen.«

»Was ist das?«, fragte Alisa.

»Es stammt aus Ägypten. Die Hieroglyphen sind auch eine Bilderschrift. Aber jedes Bild hat eine andere Bedeutung, wenn es in einem anderen Kontext steht.«

»Die Bedeutung wechselt, wenn man etwas über Tiere oder Architektur sagt?«

»Genau. Dafür gibt es die Klassifikatoren, die einem sagen, was das übergeordnete Thema ist. Dies hier ist noch spezieller. Da bin ich mir ganz sicher.«

»Es kann gar nicht gelesen werden?«

»Es ist wie Schlüssel und Schloss. Isa ist das Schloss. Sie bewahrt die Zeichen. Deshalb kann sie sie auch nicht sehen. Man hat früher etwas Ähnliches gemacht, wenn man geheime Botschaften übermitteln wollte. Analphabeten lernten, die Textzeilen zu schreiben, konnte sie aber selbst nicht lesen. Der Empfänger hatte dann einen Schlüssel zu dem Code. Das ist eine extrem individualisierte Nachricht. Jemand hat den Schlüssel in seinem Kopf.«

»Sie meinen, es kann nur von einem bestimmten Menschen gelesen werden?«

»Es ist ein geschlossenes System. Ja.«

»Und es erstaunt Sie gar nicht, dass Isa die Zeichen nicht sehen kann?«
Laima blickte Isa an. »Hol schon mal einen neuen Tintenstein. Wir
müssen unsere Vorräte auffüllen.«

»Schon verstanden.« Isa lief los.

Alisa hatte ihre Gitarre geholt und saß an der alten Eiche, um über das
nachzudenken, was Laima gesagt hatte. Außerdem wollte sie ein neues
Stück einüben, und sie brauchte Abstand vom Kloster.

So sehr sie die Unabhängigkeit liebte, so war es doch ein Ort, der For-
derungen an die Mädchen stellte. An Chess, die jeden Tag länger in der
Bibliothek saß, um Fragestellungen aus den verschiedenen Forschungsgruppen zu beantworten, an Alisa, die von der Kunst und der Musik
völlig vereinnahmt wurde, was sie liebte, aber eben auch Verpflichtung
war. Und nun Isa, die eine Ausbildung in der Schriftabteilung machen
würde, was bis gestern noch niemand geahnt hatte.

Alisa hörte auf die beruhigenden Harmonien, und ihre Gedanken ver-
langsamten sich, bis ein einzelner ihre Aufmerksamkeit erregte.

*Irgendwann werden wir ein Buch finden, das alles erklärt. Auf welche Art
auch immer. Aber wenn ich diese Mauern sehe, weiß ich, dass das Kloster
nur für uns da ist. Kopernikus mag Ränke schmieden und Laima nach Un-
bekanntem suchen. Aber eigentlich ist das alles nicht wichtig. Hier gibt es
etwas viel Größeres, und es hat direkt mit Chess und mir zu tun. Es hat mein
Leben gerettet. Die Madonna und der Rekorder. Das Kloster war der Rahmen dafür. Niemals wäre es woanders gelungen. Ich bin wichtig und durfte
deshalb nicht sterben. Dafür muss es einen Grund geben. Mein Gefühl sagt
mir drei Buchstaben: Isa.*

Je länger Alisa übte, desto besser ging es ihr, und als die Sonne gegen
Abend schwächer wurde, war die Unruhe, die sie hierhergetrieben hatte,
komplett verschwunden. Sie hatte Hunger, und sie wollte Chess sehen.
Mit ihrer Gitarre lief sie zurück zum Kloster.

Mit der neuen Ausgabe der *Vogue* lag Chess auf dem Sofa und blätterte darin, bis Alisa durch die Tür kam und sich zu ihr setzte.

»Sie haben unsere Bilder auf Seite zwei und drei gedruckt. Willst du es sehen?«, fragte Chess.

Alisa winkte ab. »Schrift ist viel mächtiger, als wir alle denken. Laima, die Leiterin, wird Isa persönlich unterrichten. Um es zu verstehen, musst du es selbst sehen. Versprich es mir.«

»Was ist mit den Zeichen? Kann Laima sie entschlüsseln?«

»Sie sagt, dass das unmöglich ist. Die Nachricht ist nur für einen bestimmten Menschen lesbar. Sie ist ganz sicher.«

»Isa ist nicht weniger geheimnisvoll als du.« Chess legte die Zeitschrift auf den kleinen Tisch und zog Alisa zu sich, die sie kurz küsste.

»Sie glaubt, dass Isas Gehirn die Zeichen erst nach einem bestimmten Entwicklungsschritt wahrnehmen wird.«

»Es ist abhängig von ihrem Alter?«

Alisa spürte Chess' Hände auf sich. »Von ihrem Alter, einer bestimmten Person oder von einem Ereignis ... Hey, wir unterhalten uns!«

Ihre Hand glitt an Alisas Wirbelsäule hinab. »Gleich nicht mehr.«

Alisa legte sich mit den Armen auf Chess' Körper und sah ihr direkt in die Augen. »Und du glaubst, du kannst mich so einfach haben?«

Chess' Beine schlangen sich um Alisa. »Nein. Du kannst mich so einfach haben«, flüsterte sie.

Nach der Schule war Chess mit Mute verabredet. Alisa blieb mit Isa in der Stadt, um Anziehsachen zu kaufen.

Sie setzten sich zwischen die Wurzeln der großen Eiche und sahen zum Himmel. Wolken zogen langsam auf ihren Bahnen vorbei.

»Was ist in der Tüte?«, fragte Chess.

Mute wendete ihr Gesicht vom blauen Himmel ab. »Isas Turnschuhe. Ich trage sie seit Tagen mit mir herum.«

»Ich frage nicht warum.«

»Mein Leben bestand nur aus Fragen. Isa hat sie irgendwie alle beantwortet.«

Es ist eine echte Prüfung, Tinte. Ohne Mute wären wir verloren. Wenn du sie geschickt hast, dann danke ich dir. Lass uns beide durchhalten. Für Alisa.

»Willst du mir erzählen, was eine amerikanische Polizistin in Venedig macht?«

Chess konnte sehen, wie Mutes Augen an den Wolken hingen und sie überlegte, was sie sagen sollte. »Die Videos, die der Mann verkaufte, haben wir in den USA gefunden. Diese Spur haben wir nach Venedig rückverfolgt, und meine Abteilung hat mich hierher geschickt.«

»Das war unser Glück.«

Langsam schüttelte Mute den Kopf. »Nein. Es war mein Glück.«

Sie verbirgt etwas. Deshalb sucht sie unsere Nähe. Alisas Nähe.

»Hast du etwas über die Schriftzeichen herausbekommen?«, fragte Mute.

»Alisa hat sie Laima gezeigt. Sie leitet die Schriftabteilung. Sie sagt, dass die Nachricht nur für einen bestimmten Menschen lesbar ist. Wie das Schlüssel-Schloss-Prinzip. Isa kennt die Zeichen, der andere Mensch trägt den Schlüssel in seinem Kopf.«

Mute nickte. »Ehrlich gesagt wundert mich das nicht. Die Kryptologen haben gesagt, dass sie so etwas noch nie gesehen hätten. Sie haben alle aufgegeben.«

»Es gibt so viel Unerklärliches in unserem Leben, aber ich habe gar keine Angst.«

»Das liegt an deiner Beziehung zu Alisa.«

»Sie ist so besonders.«

»Du liebst sie.«

»Gibt es ein Gefühl, das noch stärker ist?«

»Ich glaube nicht.«

»Hast du einen Freund?«

»Das will ich so noch nicht sagen.«

»Ist er so hässlich?«

Mute warf Chess eine kleine Eichel an den Kopf.

Gemeinsam liefen sie durch den Park zurück zum Kloster.

»Ist dir klar, dass wir gar nicht auf italienischem Boden stehen?«, fragte Mute.

»Was soll das heißen? Wir sind in Venedig.«

»Falsch. Wir sind in der Vatikanstadt in Rom. Das Kloster ist exterritoriales Gebiet. Wie die UN in New York. Die könnten einen Schlagbaum aufstellen, und niemand kommt mehr hinein.«

»Das habe ich nicht gewusst.«

»Weißt du, wann die territoriale Zugehörigkeit zu Italien für das Klostergelände aufgekündigt wurde?«

»Keine Ahnung.«

»An dem Tag, als das Schulprojekt anlief und ihr zum ersten Mal in dem Kloster wart. Zufall?«

»Woher weißt du überhaupt von dem Projekt?«, fragte Chess. »Es ist Jahre her.«

»Das ist mein Job. Schließlich musste ich wissen, wie ihr hierhergekommen seid.«

»Kommst du mit zum Essen?«

»Besser nicht. Ich muss nachdenken, und dann bin ich keine gute Unterhalterin. Vielleicht komme ich später bei euch vorbei.«

Mute sah sich die Bilder an und ließ sich treiben. Es war angenehm kühl, der Marmor wirkte wie eine Klimaanlage. Immer wieder wurden die dicken Mauern tief eingeschnitten, und große Fenster mit religiösen Abbildungen warfen ihre bunten Schatten in die Gänge.

Sie erreichte die kleine Kapelle des Klosters. Es gab nur acht Reihen zum Sitzen. An den Seiten war ein Säulenrundgang, der so niedrig war, dass man sich bücken musste. Der einzige Schmuck war die hölzerne Bohlendecke, die reich mit Schnitzereien verziert war. Im Altarraum schwebte ein riesiges Holzkreuz an Schiffsseilen. Mute suchte sich die hinterste Reihe aus. Die bunten Scheiben hinter dem Altar zeigten Jesus und seine Jünger.

Kopernikus setzte sich neben sie. »Hallo, Mute.«

Sie drehte sich zu ihm. »Sie kennen mich?«

»In einem Kloster bleibt nichts unbemerkt.«

Mute deutete auf das Holzkreuz. »Ich hab noch niemals so ein großes Kreuz gesehen.«

»Die Bohlen dafür wurden vor knapp achthundert Jahren im Arsenal extra angefertigt. Die Legende besagt, dass die zwei größten Bäume, die jemals im Hinterland von Venedig gewachsen sind, dafür gefällt wurden. Das Alter der Bäume wurde auf Christi Geburt datiert. Deswegen nennt man es das Geburtskreuz Christi.«

»Sie hätten die Bäume lieber stehen lassen sollen.«

»Die Menschen brauchten damals Symbole.«

»Heute ist es nicht anders.«

Eine Pause entstand.

»Ich kann die Last auf deinen Schultern fühlen«, sagte Kopernikus. »Du bist stark. Aber Schwäche zu zeigen, ist auch ein Ausdruck von Stärke.«

»Ich habe Angst, dass ich nie mehr aufstehen kann, wenn ich Schwäche zeige.«

»Du setzt Schwäche mit Auf-dem-Boden-Liegen gleich. Dabei ist es umgekehrt. Die Stärke drückt dich auf den Boden. Wenn du bereit bist, Schwäche zu zeigen, befreist du dich selbst von dem Gewicht, und es gelingt dir aufzustehen. Die zu sein, die du wirklich bist.«

»Ich muss eine Entscheidung treffen«, sagte Mute. »Sonst sind Alisa und Isa nicht sicher.«

»Glaubst du wirklich, Gott würde zulassen, dass ihnen etwas passiert?«

»Wo war Gott, als der Mann sie angriff?«

»Direkt neben Alisa. Wir können nur nicht auf seinen Plan sehen. Hast du schon mal einen anderen Blickwinkel versucht?«

»Was sollte der zeigen?«

»Vielleicht brauchte es den Mann, damit ihr euch kennenlernt. Nur durch ihn sind Isa und du in das Leben der Mädchen gelangt.«

Mute sah Kopernikus erstaunt an.

»Dein Herz hat dir die Antwort schon gegeben, sonst wärst du nicht hier. In dieser Kapelle.« Er deutete auf die Glasfenster. »Dieses Mal müssen die Menschen eine andere Antwort finden.« Er griff in seine Tasche und holte eine kurze Kette mit einem Anhänger daran heraus.

»Noch ein Symbol? Ich darf keine Geschenke annehmen.« Mutes Finger fuhren die gewundenen Bahnen des Möbiusbands entlang.

»Es ist kein Geschenk. Es ist eine Verpflichtung. Die Zeit der Symbole ist vorbei.«

Ihr Finger suchte auf dem goldenen Band nach dem Ende, das es nicht gab.

»Kann Gott alles verzeihen?«, fragte sie leise.

»Er hat dir schon lange verziehen. Aber auch du musst dir verzeihen. Das ist der schwierigste Teil der Buße.«

Kopernikus schloss die Kette um Mutes Hals.

Tränen liefen ihr über das Gesicht.

»Der Mensch, der mich liebt, muss mir verzeihen. Dann kann ich es auch.«

Kopernikus legte ihr kurz die Hand auf die Schulter. »Liebe kann alles verzeihen.« Er stand auf und ging.

Mute blieb sitzen und sah zu den Fenstern.

Die Holzbank gab ein leichtes Ächzen von sich, als eine junge Frau sich neben sie setzte. »Ich bin Hikari. Die Assistentin von Chess.«

»Ich wusste nicht, dass Chess eine Assistentin hat.«

»Ich bin neu. So wie du, oder?«

»Wie meinst du das?«

Hikari deutete auf den Anhänger und holte ihren heraus.

»Du bist nicht zufällig hier«, stellte Mute fest. »Was willst du von mir?«

»Ich würde dir gerne Isas Turnschuhe abkaufen.«

»Sie sind wertvoll. Wenn Isa berühmt wird, schulde ich ihr zehn Euro.«

Hikari streckte die Hand aus. Ihre Finger berührten die Tüte.

»Wir wissen beide, dass sie viel wertvoller sind.«

Mute umklammerte die Tüte. »Sie sind ihr ganzes Leben wert«, flüsterte Mute.

Langsam nahm ihr Hikari die Tüte aus der Hand.

»Was willst du mit ihnen machen?«, fragte Mute.

»Der Ofen des Klosters ist fast tausend Grad heiß und läuft das ganze Jahr.«

»Wie kann es mitten in Venedig ein solches Wunder wie die Mädchen geben?«

»Die Menschen definieren etwas als Wunder, das nicht dem aktuellen Stand der Naturwissenschaften entspricht. Mangels Erklärungsmöglichkeiten sprechen sie von Wundern. In vierhundert Jahren kann es dann trotzdem Alltag sein. Deshalb ist es mir möglich, als Naturwissenschaftlerin an Wunder zu glauben. Es ist etwas, das ich im Moment nicht verstehen kann. Vielleicht aber später.«

»Wir haben Fußspuren neben der Leiche gefunden«, sagte Mute. »Kinderschuhe Größe siebenunddreißig. Sie tragen einen auffälligen Stern im vorderen Bereich der Sohle.«

Hikari holte einen der Schuhe heraus. Der Stern war noch immer vom Blut des Mannes rötlich gefärbt.

In der Wohnung lagen überall Einkaufstüten verstreut.

»Du kommst gerade richtig zur Modenschau«, sagte Alisa.

Isa kam aus ihrem Zimmer. Sie trug eine grüne Cordhose und ein schlichtes weißes Oberteil. »Wie sehe ich aus?«

»Richtig gut«, sagte Chess. »Wie viel habt ihr gekauft?«

»Fünf Hosen, zehn T-Shirts und endlos Unterwäsche.«

»In einem Laden hing ein Bild von dir, Chess. Wie fühlt es sich an, wenn man sich selbst sieht?«, fragte Isa.

»Das auf dem Bild bin nicht ich.«

»Bei Alisa ist es anders. Wenn man ein Bild von ihr sieht, ist es, als wenn ich sie jetzt ansehe.«

»Alisa ist immer sie selbst. Ich nicht.«

»Kann ich euch was fragen?«

»Du gehörst zu uns. Natürlich«, sagte Chess.

»Ich empfinde keine Trauer. Muss ich mich deswegen schämen?«

Alisa und Chess setzten sich neben sie und nahmen Isas Hände.

»Er war nicht dein Vater«, sagte Alisa.

»Nein. Aber ich habe bei ihm gelebt. Trotzdem habe ich ihn nicht gekannt. Er hat kaum mit mir gesprochen.«

»War er schlimm zu dir?«, fragte Alisa.

»Gleichgültig. Es gab Regeln. Solange ich die befolgte, bekam ich keinen Ärger.«

»Was für Regeln?«, fragte Chess.

»Er stand niemals am Morgen mit mir auf. Das Schulbrot machte ich mir selbst und ging leise. Vor sechzehn Uhr durfte ich nicht zurückkommen. Egal, was war.«

»Warum? Was hat er gemacht?«

»Ich weiß es nicht. Nur einmal war ich eine halbe Stunde zu früh. Er sagte, wenn das noch mal passiert, macht er, dass ich schreie. Ich hatte zu viel Angst danach.«

»In den ganzen Jahren? Was war, wenn du krank warst?«, fragte Alisa.

»Ich legte mich auf eine Bank im Park, ging in eine Kirche oder sonst wo hin.«

»Wieso nicht zu einer Freundin?«, fragte Chess.

»Ich durfte keine haben. Das war auch eine Regel.«

Alisa nahm sie in den Arm. »Du musst bestimmt kein schlechtes Gewissen haben, dass du nicht traurig bist. Er war ein Monster.«

»Was wäre, wenn ich froh bin?«

»Es ist normal, Isa. Er hat dich jahrelang bedroht.«

Isas Stimme wurde so leise, dass Alisa und Chess näher an sie heranrutschen mussten. »Was wäre, wenn es kein Zufall war, dass er dich getroffen hat, Alisa?«

»Das weiß ich doch schon lange«, flüsterte Alisa in Isas Ohr.

»Du bist mir nicht böse?«

»Wie könnte ich? Ich bin mir sicher, dass es keinen anderen Ausweg gab für dich.«

»Ich hörte ihn einmal am Telefon reden. Er war sauer, dass der Mann ihn anrief. Dann sagte er meinen Namen. Ich wusste, dass ich nicht mehr viel Zeit hatte. Deswegen habe ich es gemacht.«

Alisa umklammerte Isa. Ihr war kalt.

Nur Chess' Hand auf ihrer Schulter verhinderte, dass sie zitterte.

»Mute will uns sehen.«

Im Klostergarten setzten sie sich auf den Rasen.

»Wir warten, bis Mute kommt. Es kann nicht mehr lange dauern«, sagte Chess.

»Ich gehe noch ein bisschen auf Erkundungstour. Darf ich?«, fragte Isa.

Ein Kuss von Alisa war die Antwort. Isa rannte los und verschwand im Klostereingang.

»Unser Leben wird sich total verändern«, sagte Chess.

»Manchmal glaube ich, dass alles, was bisher passiert ist, nur für diesen Moment geschehen ist. Wenn wir nicht im Kloster leben würden, wäre Isa im Kinderheim.«

»Wir wissen immer noch nicht, wer sie ist. Nur, dass sie dir zum Verwechseln ähnlich sieht.«

»Wir sind in jedem Fall verwandt. Aber Schwestern, wie Isa gesagt hat, stimmt nicht.«

»Was sagen wir deiner Mutter?«, fragte Chess.

»Das weiß ich nicht, und meine beste Eigenschaft ist, dass ich niemals versuche, eine Klärung zu erzwingen. Ich warte, und die Zeit arbeitet für mich. Zur Not ist sie eben meine Schwester. Das erklärt zumindest die Ähnlichkeit. Halbschwester, um genau zu sein.«

»Meinst du nicht, dass das deine Mutter wüsste?«

»Nicht, wenn Tom gar nicht mein Vater ist. Je älter ich werde, desto überzeugter bin ich davon.«

»Man kann sich wirklich nicht vorstellen, dass du von diesem Idioten abstammst.«

»Dann steht es jetzt fest. Halbschwestern.«

Mute ließ sich neben ihnen in das Gras fallen. »Als Spione seid ihr völlig unbrauchbar. Ihr bekommt nichts mit.«

»Du bist die Polizistin. Magst du deinen Beruf?«, fragte Alisa. Mute zog Schuhe und Strümpfe aus und sah zum Himmel.

»Ist das deine Antwort?«, fragte Alisa und lachte sie an.

»Vielleicht. Ich bin Sonderermittlerin.«

»Wofür steht das Sonder?«

»Das darf ich nicht sagen.«

»Wir kennen uns zwar noch nicht lange, aber bist du böse, wenn ich dir sage, dass das gar nicht zu dir passt?«

»Ich höre ja auch auf.«

»Warum?«

»Weil ich …« Weiter kam sie nicht.

Hikari hatte ihr die Hand von hinten über den Mund gelegt. »Weil sie das Richtige getan hat.«

Chess klopfte auf den Boden neben sich. »Setz dich zu uns, und sag mir, was meine Aufgaben für morgen sind.«

»Deswegen bin ich hier. Der Typ von den Chemikern will schon wieder mit dir sprechen. Und ehrlich gesagt glaube ich, dass es kein wissenschaftliches Interesse ist, das ihn zu dir führt.«

»Dann auf keinen Fall. Außerdem hat er wirklich keine Ahnung. Er soll noch mal studieren und besser aufpassen.«

»Soll ich ihm das so sagen?«

»Genau so. Schon beim letzten Mal hat der mich genervt. Kannst du nicht was Interessantes für mich einplanen?«

Hikari sah Chess lange an, dann sagte sie leise: »Ich werde mir Mühe geben.«

Alisa saß in der Gemäldegalerie vor dem Tizian.

Isa betrat leise den Raum und setzte sich zu ihr.

»Die Frau ist schön auf dem Bild.«

»Was fühlst du noch?«, fragte Alisa.

»Sie ist stolz auf etwas. Aber es ist noch nicht passiert.«

»Du bist richtig gut. Sie erwartet ihre Hochzeitsnacht. Die Nacht, in der sie zur Frau wird. Sie liebt ihren Mann und weiß, dass es schön werden wird. Deshalb ist sie stolz. Auf sich.«

»Du und Chess?«

»Wir haben es noch vor uns. Warum bist du hier?«

»Du musst mir helfen. Luna hat mir eine Aufgabe gestellt.« Sie nahm Alisa an die Hand, zog sie hoch und führte sie vor ein großes Ölbild.

»Die Schlacht von Salvore. Von Tintoretto.«

»Luna sagt, dass dort ein Trompetenspieler ist. Wenn ich ihn finde, bekomme ich fünf Euro von ihr.«

»Ich helfe dir. Mir ist auch langweilig.«

»Muss ich dann teilen?«

»Nein. Aber du schuldest mir einen Gefallen.«

Systematisch suchten sie das Bild ab. Es maß zwei Meter in der Höhe und über drei Meter in der Breite. Tintoretto hatte tausende von kleinen Soldaten gemalt.

Isas Finger zeigte auf einen Soldaten im Vordergrund. »Dem steckt ein Pfeil im Kopf. Und er hält sich die Hände an die Ohren. Das geht doch gar nicht.«

»Die Bilder wurden nicht gemalt, um Dinge korrekt darzustellen. Sie sollten unterhalten und eine Geschichte erzählen.«

Nach einer Stunde machten sie eine Pause und setzten sich davor.

»Den finden wir nie«, sagte Isa enttäuscht.

»Wir sehen nicht genau genug hin.«

»Oder zu genau.« Mute kam zusammen mit Chess zu ihnen.

»Was macht ihr hier?«, fragte Chess.

»Isa bekommt fünf Euro, wenn sie den Trompetenspieler findet. Luna hat ihr die Aufgabe gestellt. Wir suchen seit einer Stunde.«

»Da könnt ihr Tage suchen«, sagte Chess.

»Vielleicht hilft euch Kommissar Zufall«, meinte Mute. »Machen wir bei der Polizei auch so. Wenn gar nichts hilft, raten wir einfach und sehen, ob sich etwas ergibt. Es funktioniert manchmal.«

»Wie soll ich das machen?«, fragte Isa.

»Ganz einfach. Schließ die Augen und bewege deinen Finger vorsichtig über das Bild. Wenn du glaubst, dass du den Trompetenspieler gefunden hast, machst du sie auf und schaust, ob es stimmt.«

»Chance eins zu einhunderttausend«, sagte Chess trocken.

Isa stand auf, schloss die Augen und bewegte ihren Zeigefinger über das Bild. Es dauerte einige Minuten, in denen sie mehrere Male die Richtung wechselte. Dann stoppte die Bewegung.

Alle stellten sich dicht vor das Bild, um auf die Stelle zu sehen. Sie war im hinteren Bilddrittel. Ein Mann stand auf Deck, sein halbes Gesicht war durch einen Mast verdeckt. Die goldene Trompete ragte nicht mehr als fünf Millimeter hervor. Fast unsichtbar unter der fünfhundert Jahre alten Firnis.

»Unglaublich«, flüsterte Isa, »ich habe ihn gefunden.«

»Hast du was gemerkt?«, fragte Mute.

»Eigentlich nichts. Bis zu dieser Stelle. Auf einmal war ich ganz sicher. Du bist die beste Polizistin.«

»Bald nicht mehr. Ich höre auf, Isa.«

»Wieso?«, fragte Isa enttäuscht.

»Ich will nicht mehr, dass mein Leben aus Mord besteht. Besonders wenn das Opfer ein Täter ist, der selbst nach seinem Tod noch Böses bewirkt.«

Isa sah sie fragend an. »Du meinst, es war gut, dass mein Stiefvater getötet wurde?«

Mute ging in die Knie, um Isa direkt in die Augen sehen zu können. »Es ist niemals gut, wenn ein Mensch stirbt. Im Fall deines Stiefvaters hat das Schicksal entschieden.«

»Was ist, wenn es nicht das Schicksal war?«, fragte Isa.

»Dann behältst du es einfach für dich. Denk an den Trompetenspieler. Wie bei ihm, hast du mit geschlossenen Augen, ohne zu wissen wie oder warum, das Richtige getan. Das sage ich dir als Polizistin.«

Isa umarmte Mute und weinte leise.

Chess brachte Mute noch bis zum Ausgang. Dort blieb sie stehen.

»Ohne dich würden Alisa und Isa jetzt im Gefängnis sitzen. Du hast sie gerettet. Warum?«

»Ich beantworte deine Frage, wenn du mir auch eine beantwortest. Es hat einen Kampf gegeben. Es war viel Blut von einer anderen Person dort. Alisas Blutgruppe. Du hast selber gesagt, dass sie blutüberströmt gefunden wurde. Sie muss schwere Verletzungen gehabt haben. Abwehrverletzungen. An ihren Händen. Wo sind die geblieben? Kein Arzt der Welt kann das so schnell heilen.«

»Wir haben sie vor das Bild der Madonna getragen. Ein Meer entstand, in dem Alisa versank. Als es sich wieder zurückzog, lag Alisa wohlbehalten auf dem Marmorboden. Es war ein Wunder.« Chess sah in Mutes Blick keine Überraschung. Keinen Zweifel. »Du glaubst mir?«

»Der Mann war das absolut Böse, Teuflische. Dazu muss es ein Gegengewicht geben in der Welt. Das eine bedingt das andere. Den Beweis für Alisas Existenz habe ich auf seinem Computer gesehen.«

»Beschützt du sie deshalb?«

»Ich beschütze Alisa nicht. Sie ist ohne diese Verletzungen unschuldig. Keiner kann ihr etwas nachweisen. Außerdem hat sie den Mann nicht umgebracht. Sie hat mit ihm gekämpft, sich verteidigt. Das ist keine Straftat.«

»Interessiert es dich denn nicht, wer ihn getötet hat?«

»Ich weiß, wer ihn getötet hat.«

»Wer?«

»Wir haben die Abdrücke von Isas Turnschuhen gefunden. Es passte alles zusammen.«

Chess fragte leise: »Wo sind ihre Turnschuhe?«

Mute lächelte sie an und flüsterte in ihr Ohr: »Hikari hat sie mir abgekauft und in den Ofen des Klosters geschmissen. Sie haben ihr nicht gepasst.«

»Wieso tust du das alles für uns?«

»Ich habe euch vier Wochen beobachtet. Jeden Schritt. Eure Liebe zueinander ist wie eine Gabe, die ansteckend wirkt. Niemals habe ich Menschen wie euch getroffen. Alisas Gesang ist ein Geschenk an die Menschen. Sie ist wie ein seltenes Tier. Ich habe früh verstanden, dass sie, wenn ich ihr nicht helfe, niemals das Leben führen wird, das für sie bestimmt ist. Als ich in Isas Zimmer stand, wusste ich, dass es hier um etwas geht, das nicht mit normalen Maßstäben beurteilt werden darf. Einmal war ich blind in meinem Leben, und das Ergebnis war grauenhaft. Ich habe mir geschworen, wenn ich jemals eine zweite Chance bekommen sollte, dass ich sie zum Vorteil des Menschen nutze, den ich retten werde. Nun habe ich zwei Menschen gerettet. Das war der einzige Grund, warum ich im Dienst geblieben bin. Jetzt ist es vorbei.«

»Du hast vier Menschen gerettet. Dich und mich musst du dazuzählen.«

»Wenn ich darf, würde ich gerne mit euch befreundet sein. Und ihr sollt den Menschen kennenlernen, der mir am meisten in meinem Leben bedeutet.«

Chess umarmte Mute und küsste sie auf die Wange. »Meinst du wirklich, dass du fragen musst?«

X

Zu dritt standen sie vor dem Spiegel ihrer Wohnung im Kloster. Isa sah Alisa bewundernd an.

»Du bist echt schön, Alisa.«

»Hey, und ich? Bei der letzten Vogue war ich auf dem Titel.«

Isa funkelte Chess an.

»Deine Bilder sind irgendwie geschummelt.«

»Was soll das denn heißen?«

»Man sieht dich nicht darauf. Besser kann ich es nicht sagen.«

»Bevor wir uns jetzt alle streiten. Ich könnte etwas Zuspruch gebrauchen. Mir ist schlecht vor Angst.«

»Anne ist deine Mutter. Mutes Plan ist gut. Du hast sie im Gritti kennengelernt. Fertig.«

»Wieso muss ich lügen? Ich bin erwachsen.«

»Dann sag ihr, dass du unter Mordverdacht standest und Mute dich gerettet hat.«

Isa sah deprimiert auf ihre Füße. »Daran bin nur ich schuld. Deshalb nehmt ihr mich auch nicht mit. Es fühlt sich fast so an, als ob ich wieder bei meinem Stiefvater bin.«

»Du kleines Miststück. Du vergisst, dass wir verwandt sind und ich merke, wenn du unbedingt was erreichen willst. Was sollen wir meiner Mutter sagen, wer du bist?«

»Die Wahrheit, Alisa. Isa hat recht. Soll sie sich für die nächsten Jahre vor Anne verstecken? Zieh dich schnell um, dann bist du mit von der Partie.«

Isa hüpfte und schrie vor Freude und rannte in ihr Zimmer.

»Das geht nie im Leben gut«, sagte Alisa beunruhigt.

»Mute hat gesagt, dass sie im Notfall noch einen Joker hat.«

Wer zur Biennale Hollywoodstars sehen wollte, ging zu Arturo. Das Lokal bestand aus sechs Tischen und einer winzigen Küche. Arturo selber war etwa siebzig Jahre alt und Herrscher über seinen Mikrokosmos.

Die Mädchen hatten ihn in der Markthalle von Mestre kennengelernt. Die Gerichte waren einfach, die Zutaten von bester Qualität. Andere Köche versuchten, ihre Speisen mit raffinierten Soßen und Beilagen aufzuwerten. Arturos Idee vom Essen war genau gegensätzlich. Ein perfektes Stück Fleisch wurde angebraten, gesalzen und gepfeffert. Dazu gab es Kartoffeln. Mehr brauchte es nicht, um Hollywood in sein Lokal zu locken. Bei entsprechenden Preisen.

Zur Vorspeise bestellten sie ein Kalbsschnitzel. Es war so groß, dass es leicht für vier Personen reichte. Danach Fisch und Rinderfilet.

»Gibt es heute etwas zu feiern?«, fragte Arturo.

»Eine neue Freundin«, sagte Alisa. »Sie heißt Mute. Grund genug, Arturo?«

Arturo lachte. »Freundschaft ist der beste Grund. Seine Familie kann man sich nicht aussuchen. Freunde schon.« Er verschwand in der Küche.

»Wie hast du Alisa kennengelernt?«, fragte Anne Mute.

»Im Gritti. Freunde haben mir den Tipp gegeben, und ich bin hingegangen. Es hat mich so berührt, dass ich Alisa angesprochen habe.«

»Alisa singt wundervoll. Hast du sie schon mal gehört?«, fragte Isa.

Anne lächelte sie an. »Ich bin ihre Mutter, ich habe sie schon oft gehört. Warst du auch im Gritti?«

»Ja. Aber am schönsten hat sie auf der Beerdigung gesungen. Nur für mich.«

Annes Blick wanderte vielsagend zu ihrer Tochter.

»Ich wusste nicht, dass du auf Beerdigungen singst.«

Schon ihr Tonfall sorgte dafür, dass Alisa die Stirn in Falten legte. »Auf dieser schon.«

»Wer ist denn gestorben?«, fragte Anne.

Isa sah Hilfe suchend zu Alisa, die sich mit zwei Fingern die Stirn rieb. »Jemand, bei dem Isa hier in Venedig gelebt hat«, sagte sie kurz und scharf.

»Jemand?«, wiederholte Anne leise. Ihr Blick war reine Forderung. Langsam nahm Alisa ihre Hand von der Stirn und beugte sich zu ihrer Mutter. Es war mehr ein Zischen als Reden. »Mom, es ist zu kompliziert. Isa lebt jetzt bei uns.«

Mute nahm ein Glas und schlug mit dem Löffel dagegen.

»Es gibt etwas, das ich sagen möchte. Es weiß keiner, und da wir jetzt alle zusammensitzen, ist es die Gelegenheit.«

»Ihr Joker ist schon nach zwei Minuten weg« flüsterte Chess Alisa zu. »Hat sie noch einen?«.

Alisa stieß sie in die Rippen und flüsterte zurück: »Mir ist wenigstens überhaupt was eingefallen. Ich hasse ihre neugierigen Fragen.«

»Ich bin verheiratet.«

Eine Pause entstand.

»Das ist nicht ungewöhnlich in deinem Alter«, sagte Anne.

Mute legte ein Foto auf den Tisch. Mit dem Bild nach unten. »Jede von euch soll raten, was darauf ist.«

»Dein Mann. Er ist hässlich.« Chess funkelte Mute an.

»Nie im Leben. Mitte vierzig und Goldrandbrille«, sagte Alisa.

Isa sah traurig zu Mute. »Ich will nicht raten. Er wird dich uns wegnehmen.«

Mute nahm Isas Hand. »Nein. Wird er nicht.«

»Ein Student, der gerade in Afrika ist.«

Alisa schüttelte den Kopf. »Mom, das ist total unwahrscheinlich. Ich bin am nahesten dran.«

Mute drehte das Foto um. Alle schauten darauf, aber keine reagierte.

Isa sagte als Erste was. »Ich denke, du bist verheiratet?«

»Mit Rylee. Sie ist meine Frau.«

»Können Mädchen heiraten?«, fragte Isa.

»Wenn sie sich lieben, warum nicht? Denk nur an Alisa und Chess.«

»Deshalb fühle ich mich dir so nahe«, sagte Chess mit einer Mischung aus Überraschung und Genugtuung.

Alisa legte den Arm um Chess. »Jetzt muss ich in jedem Fall auf dich aufpassen. Ich habe dir doch gesagt, dass alles gut wird, und jetzt ist es noch viel besser, als wir es uns jemals hätten vorstellen können.«

Anne wurde schlagartig klar, weshalb Mute mit am Tisch saß. Die Mädchen hatten sich ihr eigenes Vorbild gesucht. Und gefunden. Dies war ein Wendepunkt. Für alle.

»Wie lange seid ihr schon verheiratet?«, fragte Anne.

»Vier Jahre. Es war Liebe auf den ersten Blick. Nach drei Monaten haben wir *Ja* gesagt.«

»So war es bei uns auch«, sagte Alisa aufgekratzt. Nachdenklich fügte sie hinzu: »Nur ohne das *Ja.*«

Mute wird wie ein Brandbeschleuniger auf Alisas Beziehung zu Chess wirken. Ab heute bin ich keine Mutter mehr, sondern nur noch Freundin. Wenn ich Glück habe.

»Am Wochenende muss ich mich um unsere neue Wohnung kümmern. Rylee ist auf Tauchexkursion und wird erst spät kommen. Ich will sie überraschen, und alleine ist es langweilig. Außerdem brauch ich Hilfe. Es sind noch tausend Sachen zu machen. Dafür biete ich eine Shoppingtour.«

»Wir kommen in jedem Fall mit«, sagte Chess.

»Wenn es so viel Arbeit macht«, Alisa sah Mute fragend an, »warum bleibt ihr nicht in eurer alten Wohnung?«

»Die Probezeit ihrer Gastprofessur ist vorbei, und wir wollten schöner wohnen. Kennt ihr jemanden mit einem Auto, das wir nehmen können?«

»Unseres«, sagte Alisa.

»Dann musst du deinen Vater fragen«, sagte Anne. »Ehrlich gesagt halte ich das für keine gute Idee. Zum Schluss wird er dir verbieten zu fahren.«

»Also dann doch Zug.« Alisa verdrehte die Augen. »Echt unglaublich, dass ich von so einem Idioten abstammen soll.«

Anne sagte nichts dazu. Mute beobachtete sie. Bei ihrer Arbeit bei der Polizei hatte sie gelernt, dass die eigentliche Information zwischen den Wörtern und in den Pausen lag. Wie ein Negativ, das nur unter bestimmten Bedingungen seine Information preisgab.

»Meint ihr, ich könnte vielleicht bei euch im Kloster wohnen? Für die Zeit, bis ich ganz nach Mailand ziehen kann. Das wäre viel günstiger für uns, weil ich sonst den Mietvertrag hier in Venedig verlängern muss.«

Vor Begeisterung sprang Isa auf. Ein Glas fiel um. »Na klar. Das wird richtig gut.«

»Mute, das ist das Mindeste, was wir dir schulden. Ich kümmere mich gleich morgen darum«, sagte Chess.

Annes Blick wanderte zu Chess. »Schulden? Ist es indiskret zu fragen, was diese Schuld ausgelöst hat?«

»Mom«, sagte Alisa, »nimmst du es mir übel, wenn ich einfach *Ja* sage? Es ist unser Leben.«

◇◇

Alisa und Chess waren es gewohnt, vor fünf aufzustehen, aber Mute schaffte es geradeso in den Zug.

»Darf ich? Wenn ich jetzt nicht noch etwas schlafe, müsst ihr mich in Mailand tragen.«

Sie legte ihren Kopf in Alisas Schoß und streckte sich auf der Sitzbank aus. Alisa fing an, leise ein Lied zu summen. Minuten später atmete Mute langsam und gleichmäßig. Sie schlief. Alisa strich ihr durch das Haar. »Wie ein Kind.«

»Meinst du, wir werden mal eigene Kinder haben?«, fragte Chess.

»Kannst du dir vorstellen, mit einem Mann zu schlafen?«

»Daran habe ich noch nie gedacht. Du?«

»Ich auch nicht. Außerdem haben wir schon ein Kind.«

»Isa mischt das ganze Kloster auf. Jeder will sie haben.«

»Sie ist glücklich. Nach all den Jahren kann sie normal leben und sein, wer sie wirklich ist. So weit sind wir noch nicht.«

»Du weißt, dass unser Leben nicht normal ist, Alisa. Das, was du als normal ansiehst, ist für alle anderen unvorstellbar. Ich will Erfolg haben, wahrgenommen werden. Und jeder soll wissen, dass du mich liebst.«

»Ich würde mit dir am liebsten auf einer einsamen Insel leben. Nur wir. Die Insel ist auf keiner Karte eingezeichnet. Es ist immer warm, und wir tragen niemals Kleidung.«

Beide mussten lachen. Mute bewegte sich.

»Ich will sie auch mal«, sagte Chess.

Alisa und Chess wechselten die Plätze.

»Wie ein Kind. Du hast recht, Alisa.« Chess kämmte Mutes Haar mit ihrem Finger vorsichtig hinter das Ohr. »Sie hat schöne Ohren.«

»Wenn du nicht gleich sagst, dass ich die schönsten habe, werde ich das ganze Wochenende auf beleidigt machen.«

Chess lächelte Alisa an. »Das wollte ich dir eigentlich heute Nacht sagen.«

»Da sind wir beim Thema. Kommen öfters Männer unter dem Vorwand, Hilfe zu brauchen, zu dir?«, fragte Alisa leise, aber bestimmt.

»Du bist eifersüchtig«, stellte Chess fest und grinste.

»Von dem Chemiker hast du mir nichts erzählt. Wenn Hikari es nicht ausgeplaudert hätte, wüsste ich nichts davon.«

Chess beugte sich vor. »Du bist richtig eifersüchtig.«

»Es wird deine Aufgabe am Wochenende sein, mich wieder sanft zu stimmen.«

»Und wenn ich das gar nicht will?«, fragte Chess amüsiert.

»Versuche es. Wenn du dich traust.«

Die Bremsen des Zuges kreischten, und Mute wurde wach. Sie verließen das Bahnhofsgelände. Die Schaufensterdekorationen in der Prachtstraße von Mailand, nur Minuten vom Bahnhof entfernt, glichen einer Kunstausstellung, was die Architektur der Shops noch unterstrich.

»Wo, sagtest du noch mal, gehst du mit uns shoppen?«, fragte Chess.

»In keinem Laden, wo eure Fotos hängen. Die sind alle zu teuer.«

Die Wohnung hatte vier Zimmer und einen kleinen Dachgarten. Freiliegende Stahlträger gaben dem ganzen Appartement einen industriellen Charakter.

»Ihr habt ja kaum Möbel hier«, sagte Alisa.

»Das Wichtigste ist da. Betten und ein Sofa. Den Rest kaufen wir noch. Es gibt auch ein Gästezimmer. Für euch.«

Alisa setzte sich auf den Boden. »Und was sollen wir jetzt machen?«

»Ich fürchte, wir werden uns erst mal mit den profanen Dingen des Lebens beschäftigen müssen. Wir brauchen alles, was man in einem normalen Haushalt so hat. Reinigungssachen, Spülmittel, Toilettenpapier und noch eine Million anderer Dinge.«

»Das ist schnell erledigt«, sagte Alisa.

»Warte mal ab. Ihr lebt seit Jahren praktisch in einem Hotel, in dem euch jeder Wunsch von den Augen abgelesen wird. Habt ihr schon mal eure Wohnung selber geputzt, Alisa?«

»Ehrlich gesagt, ist das nicht meine Stärke.«

Mute grinste. »Dann wird das heute ein sehr lehrreicher Tag für dich.«

»Das gilt genauso für Chess. Sie hat auch noch nie in unserer Wohnung geputzt.«

Chess streckte Alisa die Zunge heraus.

Vier Stunden später lag Alisa auf dem Sofa in Mutes neuer Wohnung.

»Chess, wir bleiben für den Rest unseres Lebens im Kloster. Ich bin zehnmal die Treppen hoch und runter, habe hundert Kilo an Einkäufen transportiert, und die Schränke sind immer noch nicht voll.«

»Jetzt kommt das Beste.« Mute stellte ihr ein Glas Wasser hin.

»Sag es nicht, Mute«, stöhnte Alisa.

»Putzen, Betten beziehen, kochen. Rylee will was essen, wenn sie kommt.«

Sie brauchten bis in den frühen Nachmittag, dann war endlich alles fertig.

»Ich will jetzt sofort duschen. Und zwei Stunden schlafen. Sonst sterbe ich.« Alisa hielt sich an Chess fest.

»Ich muss euch noch was sagen«, meinte Mute. »Bisher habe ich mich nicht getraut.«

Alisa setzte sich mit Chess auf das Sofa.

»Was Schlimmes?«, fragte Alisa.

»Ja und nein.«

»Was?«, fragte Chess.

»Rylee hat ihren rechten Unterschenkel verloren. Sie trägt eine Prothese.«

»Wie ist das passiert?«

»Ein Hai. Aber es ist Rylees Geschichte. Sprecht sie nicht darauf an.«

»Nein, natürlich nicht.«

»Was ist das *Nein*? Das *Ja* hast du uns jetzt erzählt«, sagte Chess.

»Es passt irgendwie zu ihr. Ich kann es nicht erklären. Aber ohne dieses Ereignis wäre sie nicht der Mensch, den ich so liebe.«

Wenig später kam Chess aus der Dusche. Sie hob vorsichtig die Bettdecke an, die sie über dem Sofa ausgebreitet hatten, und legte ihre Hand auf Alisas Bauch. Sie schlief bereits.

Wir werden nicht für immer im Kloster bleiben. Ich will unabhängig sein und ein normales Leben mit dir führen. Glücklich sein, streiten, vertragen, dich lieben, erschöpft sein danach, einkaufen, Essen kochen. Wie wohl unsere erste gemeinsame Wohnung aussieht? Wo wird sie sein? Ich habe es geliebt, dich so eifersüchtig zu sehen. Vielleicht kann ich es noch steigern.

Ihr letzter Gedanke war nicht beendet, da schrie Alisa hell auf. Lange und verzweifelt.

Sanft legte Chess ihr die Hand auf den Mund. So, wie sie es immer tat.

Mute stürzte in ihr Zimmer und setzte sich zu ihnen auf das Sofa. »Es klang, als ob sie sterben würde«, flüsterte sie.

»Nur ein Albtraum. Es ist gleich vorbei.«

Chess feuchtete ein kleines Handtuch an und kühlte Alisas glühende Stirn.

»Hat sie Fieber?«

»Nein. Es ist nur extrem anstrengend für sie. Wenn sie aufwacht, weiß sie nichts mehr davon.«

»Wie oft hat sie das?«

»Selten.« Vorsichtig strich sie Alisa das feuchte Haar aus dem Gesicht. Mute sah Chess prüfend an.

»Das stimmt nicht. Du hast es schon viele hundert Mal gemacht und weißt genau, was du tun musst.«

»Verzeih mir, Mute. Ich kann jetzt nicht darüber sprechen. Gib uns etwas Zeit.«

Mute stand auf und ging zur Tür. »Ruht euch aus. In einer Stunde holen wir Rylee von der Universität ab.«

Das Taxi schlängelte sich mühsam durch den Mailander Verkehr.

Alisa betrachtete die großen Plakate, die an den Tafeln vor der Universität hingen. »Wollen wir zusammen in die Ausstellung? Es ist ein guter Ort, um sich kennenzulernen.«

»Wir fragen Rylee«, sagte Mute. »Wir sind gleich da.«

Der Pförtner des Universitätsgeländes wies dem Taxi den Weg zu einem Gebäude weit hinten auf dem Gelände. Ein kleiner Bus stand davor. Einige Männer und Frauen luden schwere Kisten aus den Gepäckfächern.

Mute steuerte auf eine weißblonde Frau zu, die etwas abseits stand und eine Nachricht in ihr Handy sprach. Ihre Haut war hell, mit kleinen Sommersprossen um die Nase herum. Ohne etwas zu sagen, nahm Mute Rylee das Handy aus der Hand und küsste sie leidenschaftlich.

Alisa lachte Chess zu. »So machst du es mit mir auch immer.«

Rylee schob Mute von sich weg und sah die Mädchen an. »Sie tut es nicht aus Liebe, sondern um jedem zu zeigen, dass ich an sie vergeben bin. Ich bin Rylee.«

Chess und Alisa umarmten sie.

»Ich kann Mute verstehen«, sagte Chess und grinste. »Schließlich müssen die Besitzansprüche geklärt werden.«

»Chess, wir streiten uns gleich, wenn du das noch mal so sagst. Ich gehöre nur mir.«

Weiter kam Alisa nicht. Chess zog sie zu sich und küsste sie. »Da täuschst du dich.«

Alisa nahm Rylees Hand und zwinkerte Mutes Frau zu. »Wir müssen zusammenhalten. Wollen wir auf die Kunstausstellung? Bevor uns unsere Partnerinnen in ein Zimmer sperren und über uns herfallen?«

Rylee lachte. »Wäre es okay, wenn wir vorher was essen gehen? Ich verhungere.«

»Das ist mein Stichwort«, sagte Chess. »Ich weiß wohin, und ich lade euch ein.« Chess gab dem Taxifahrer ein Zeichen.

»Wie bist du auf das Lokal gekommen?«, fragte Mute, während Alisa fasziniert die orangefarbenen Drachen betrachtete, die sich über die Teller schlängelten. »Auf einem Bild könnte es nicht schöner aussehen.«

»Es war das einzige, in dem es weiße Trüffel gibt.«

Der Ober brachte die Rechnung.

»Ihr müsst wissen, dass Chess abhängig ist von Trüffeln. Deshalb muss niemand ein schlechtes Gewissen haben, dass sie bezahlt.« Alisa funkelte Chess an. Das Gefühl aus dem Zug war immer noch da.

Vor dem Haupteingang der Universitätsgalerie stand eine lange Schlange an Menschen.

»Meine Idee war nicht so besonders, wie ich dachte.« Alisa sah verzagt zu dem Vorplatz. »Wir gehen nach Hause. Ich habe keine Lust zum Anstehen.«

»Müssen wir nicht.« Rylee hob ihren Universitätsausweis hoch.

Über einen Hintereingang betraten sie die Ausstellung. In einem schmucklosen Raum stand die Installation eines amerikanischen Bildhauers. Eine nackte Frau lehnte sich an einen Mann mit grauem Pullover.

»John de Andrea«, sagte Alisa.

»Was soll das aussagen?«, fragte Mute.

»Ihr müsst fühlen. Nicht nachdenken. Die Frau umarmt ihn. Aber er ist unschlüssig, legt nur leicht einen Arm um sie. Eben noch haben sie miteinander geschlafen. Sie will den Moment der Intimität verlängern, aber er ist schon entfremdet von ihr. Das ist Andreas großes Thema. Der Widerspruch zwischen Intimität, geschaffen durch Sexualität, und die anschließende Entfremdung der Individuen. Es ist total traurig. Wollen wir gehen? Darauf habe ich auf keinen Fall Lust.«

Rylee nickte und hakte sich bei Alisa unter. »Dann kann ich auch mein Bein ausruhen.«

Arm in Arm gingen Rylee und Alisa über den Platz zu den Taxis. Chess lief mit Mute hinter ihnen her. »Sie sind sich sehr ähnlich.«

Alisa klopfte neben sich auf das Sofa. »Leg es doch hoch.«

Rylee streckte das Bein aus und stützte den Fuß an Alisas Hüfte ab.

Interessiert betrachtete Alisa den Fuß. »Du läufst mindestens so viel barfuß wie ich.«

»Wie kommst du darauf?«, fragte Rylee.

»Ich kann deine Fußmuskeln spüren. Die bekommt man nicht, wenn man in Schuhen läuft.«

»Die Carbonfeder ist in der Höhe nicht verstellbar. Das heißt, ich müsste für jeden Schuh eine eigene Feder haben. Oder dürfte nur noch denselben tragen. Also entschied ich mich, besser gar keine anzuziehen. So wie du.«

»Der Boden spricht zu mir. Irgendwie brauche ich das.«

»Warum?«

Die Art, wie Rylee dieses einzelne Wort aussprach, berührte Alisa. Sie dachte lange nach. Dann sagte sie: »Es macht den Teil in mir, dem ich mich noch nicht gestellt habe, erträglich.«

»Verzeih mir. Ich wollte dich nicht traurig machen.«

»Es ist nur so, dass ich glaube, die Antwort zu kennen, aber ich kann nicht auf die Frage sehen. Besser kann ich es nicht ausdrücken. Wollen wir aufhören, uns permanent zu entschuldigen? Das nervt mich. Ich will, dass du zu uns gehörst. Teil von uns bist.«

Rylee sah sie überrascht an. »Teil von was, Alisa?«

Chess stand auf und setzte sich Alisa zu Füßen. »Ich glaube, Alisa bittet dich nur, das Unmögliche als möglich anzusehen, das Unerwartete zu erwarten, das Unerklärliche zu glauben. Darum geht es.«

»Was ist das Wichtigste in eurem Leben?«

»Unsere Liebe zueinander«, sagte Alisa.

»Mute besteht aus Zahlen, Tatsachen und Fakten. Mich interessiert das, was niemand sieht. Könnt ihr eure Liebe erklären, Alisa?«

Alisa setzte sich zu Chess auf den Schoß und überlegte kurz.

Chess küsste sie in den Nacken. »Du kannst nichts Falsches sagen. Beginn einfach.«

»Ein neunjähriges, verzweifeltes Mädchen wird von einem höchst begabten Mädchen gerettet. Beide lieben sich. Eine unschuldige Liebe. Eine Liebe, die alles überdauern und alles überstehen wird. Eine Liebe, auf die selbst die Götter neidisch sind. Eine Liebe geprägt von Respekt und Verständnis. Eine Liebe, die keine Erklärung braucht, weil sie nicht erklärt werden kann. Eine Liebe, der sie nicht ausweichen können. Eine Liebe, die in jede Zelle ihres Körpers einprogrammiert ist. Eine Liebe, die die Mädchen offen leben. Eine Liebe, die ansteckend auf andere wirkt. Eine Liebe, die auch im Traum nicht schläft. Eine Liebe, die ein Band zwischen den Welten spannt. Eine Liebe, die völlig unbegreiflich ist. Eine Liebe, die das Leben neu definiert. Eine Liebe, die die Unendlichkeit endlich macht. Eine Liebe, die Endliches unendlich macht. Eine Liebe, die keinen Ereignishorizont kennt. Eine Liebe, die jedes Wasserstoffatom des Universums schwingen lässt. Eine Liebe, die ich bei dir fand, Chess.«

Rylee fuhr sich mit dem Handrücken über die Augen. »Das war unglaublich berührend. Ich habe auch eine Geschichte zu erzählen. Aber ihr müsst sie glauben und dürft sie nicht weitererzählen.«

Alisa sah zu Rylee hoch.

»Bei uns ist es genau das Gleiche. Glauben und Verschwiegenheit.« Mute setzte sich ebenfalls zu Chess auf den Boden.

»Ich war siebzehn Jahre alt. Mein Vater war Lehrer auf Hawaii. Es war wunderschön dort. Sofort nach der Schule haben wir uns immer am Strand getroffen. Es war völlig normal, dass jeder surfte. Das ganze Jahr trugen wir praktisch nur Badeanzüge. Auch in der Schule. Das Meer bestimmte alles. Wir saßen stundenlang zusammen und schätzten die Wellen ab. Wann würde sie kommen, die wirklich große Welle? Die, die einen für immer berühmt machen würde? Mit siebzehn Jahren hatten wir alle im Schnitt dreizehn Jahre Erfahrung im Wellenreiten. Wir konnten, wenn wir die Hand aufs Wasser legten, die Bewegungen des

Ozeans in der Tiefe spüren. Die Milliarden Tonnen Wasser, die unaufhaltsam von der Anziehungskraft des Mondes bewegt wurden. Jeder von uns war Profi. Oft standen wir eine Stunde im seichten Wasser. Das Brett bereit. Unsere Beine waren wie Seismografen. Dann, an einem späten Septembernachmittag war es so weit. Wir waren nur noch zu dritt. Zwei Jungs und ich. Wir spürten, mit welcher Gewalt das Wasser weggerissen wurde. Wir legten uns auf die Bretter und paddelten, so schnell wir konnten. Ich wollte unbedingt die Erste auf dem Wellenkamm sein. Die Boje der Haiabsperrung ließ ich hinter mir. Es war meine eigene, einsame Entscheidung. Dann sah ich die Welle kommen. Sie muss fast zwanzig Meter hoch gewesen sein. Ich ließ mich von ihr mitnehmen. Das Gefühl war unbeschreiblich. Es war, als ob sich der Ozean einfach umdrehen würde. Ich surfte in atemberaubender Geschwindigkeit nach unten. Meine Freunde warteten weiter hinten auf mich.

Auf einmal zog mich etwas weit unter die Welle in die Tiefe. Ich spürte keinen Schmerz. Als ich mich umdrehte, sah ich ihn. Einen weißen Hai. Er war riesig. Größer als das Exemplar, was man im Naturkundemuseum ausgestellt hatte. Vielleicht sieben Meter lang. Mein rechtes Bein und ein Stück vom Surfbrett hingen in seinem Maul. Ich fühlte keine Panik. Keine Angst. Keinen Schmerz. Er sah mich an. Und ich ihn. Er war nicht feindlich. Er hatte mich versehentlich für eine Robbe gehalten. Er öffnete langsam sein Maul und gab mich frei.

Mein Bein war nicht mehr zu gebrauchen. Die Strömung war zu stark, um mich in dieser Wassertiefe wieder nach oben zu bringen. Ich war mir sicher, dass ich ertrinken würde. Dann passierte das Wunder. Der Hai schwamm an meine Seite, und ich konnte mich an seiner Rückenflosse festhalten. Wir schossen wie ein Torpedo Richtung Strand. Die Absperrung, die ihn eigentlich aufhalten sollte, war von der Wucht der Welle weggerissen worden. Es dauerte nur Sekunden. Meine Freunde zogen mich heraus, das Tier verschwand. Er hat mich gerettet.

Es war der glücklichste Moment in meinem Leben. Ich wusste, dass ich von nun an für den Erhalt dieser Tiere kämpfen würde. Es sind keine Bestien. Sie sind intelligent und neugierig.

Die Zeit im Krankenhaus war schrecklich. Ich bekam eine Infektion, und nach Wochen des Komas wurde mein Bein abgenommen. Danach erholte ich mich sehr schnell, und nur wenig später fing ich an zu tauchen.«

»Die Geschichte ist unglaublich«, sagte Alisa leise. »Wieso schreibst du sie nicht auf?«

»Weil dieser Moment, in dem ein Jäger so viel Mitleid mit einem Menschen zeigt, nur mir gehören soll. Kannst du das verstehen?«

»Ja. Vielleicht besser, als du denkst. Ein Wunder ist kein Wunder mehr, wenn Tausende davon ein Stückchen abschneiden. Es ist nur für diesen einen Menschen gemacht. Es taugt nicht zum Massenkonsum. Hast du manchmal in all den Jahren Zweifel bekommen?«

»Du meinst, ob ich am Ende nicht alles im Krankenhaus zusammenfantasiert habe?«

»Ja.«

»Fass unter mein T-Shirt.«

»Wirklich?« Sie sah bei der Frage Chess an, die nur nickte. Vorsichtig glitt Alisas Hand unter das T-Shirt von Rylee. Sie spürte ihren warmen Bauch.

»Mehr zur Seite. Sonst bekommen wir ein ernsthaftes Problem mit unseren Partnerinnen.«

Alisas Hand glitt am Rippenbogen vorbei zur Seite. Die Haut fühlte sich wie feines Sandpapier an. »Ist das die Stelle, mit der du auf dem Hai lagst?«

»Ja. Haihaut ist sehr rau. Durch die Bewegungen des Haies wurde ich wund gerieben.«

Chess beugte sich vor. »Darf ich auch fühlen?«

Rylee nickte.

Mute stand auf und ging Richtung Dachgarten.

»Ich gehe ihr hinterher«, sagte Chess schnell.

Die Lichter Mailands ließen den Sternenhimmel verblassen.

»Alles in Ordnung, Mute?«

Mute ließ den Blick über die Silhouette der Stadt schweifen. »Ich weiß nicht. Bei dir?«

»Ich glaube, die beiden brauchen diesen gemeinsamen Moment. Sie sind sich wirklich sehr ähnlich, und beide definieren ihr ganzes Leben über ein Wunder. Ich lebe mit Formeln, Algorithmen und Wahrscheinlichkeiten.«

»So geht es mir auch. Ich hätte niemals gedacht, dass ich jemals andere Menschen finden würde, die auf einer Stufe mit Rylee für mich stehen. Jetzt sind wir zu viert. Und das Verrückte ist, dass es sich völlig normal anfühlt. Alisa ist ein Wunder, aber es überrascht mich nicht. Wie ist das möglich?«

»Weil wir alle an Alisa als Mensch glauben. Nicht an Alisa als Gott.«

»Und wieso fühlt sich alles so richtig an?«

»Alisa lässt sich selbst und uns die Wahl. Vielleicht wurde sie von einem göttlichen Wesen auserwählt. Aber die letzte Entscheidung trifft sie.«

»Und du?« Mute sah Chess forschend an. »Was ist deine Aufgabe?«

»Ich bin die Spur des Haies auf Rylees Körper. Der Beweis für etwas, das unmöglich ist.«

»Und ich?«

»Irdische Kontrolle.«

Beide fielen sich lachend in den Arm.

Als sie wieder ins Wohnzimmer kamen, lagen Rylee und Alisa gemeinsam auf dem Sofa und schliefen.

»Ehrlich gesagt habe ich mir die Nacht mit Rylee anders vorgestellt.« Mute sah zu Chess.

»Ich hatte auch andere Pläne. Bist du eifersüchtig?«

»Nein. Genießen wir einfach mal, dass wir ungestört schlafen können.«

»Das meine ich mit irdischer Kontrolle.«

Chess tauchte langsam aus ihrem mathematischen Traum auf. Sie schmeckte etwas Salziges auf ihren Lippen, blinzelte und nahm Alisa über sich wahr.

Sie küsste Chess. Tränen liefen ihr über die Wangen. »Du bist mir böse, oder?«

Chess spürte die unausgesprochene Forderung. Ein Gefühl, das Alisa kaum zurückhalten konnte.

»Wenn du so bist, weil du an mich denkst, dann gewähre ich deinem Körper seinen Wunsch. Bist du so, weil du an Rylee denkst, dann nicht.«

»Ich begehre dich total.«

Chess zog Alisas Kopf zu sich. »Wenn es so ist, wirst du alles für mich tun und nichts für dich.«

Stunden später wachte Chess auf.

Alisa sah sie forschend an. »Alles in Ordnung bei dir?«

»Ja. Und bei dir?«

»Habe ich was falsch gemacht gestern? Ich war so unsicher. Es war ganz anders als sonst.«

»Nein. Es war so viel mehr, als ich erwartet habe.«

»Du warst wundervoll, Chess. Es tut mir leid, dass ich es so lange nicht erkannt habe.«

»Zum ersten Mal in meinem Leben hat mein Kopf mal für einige Zeit nicht gedacht. Es war unglaublich, aber auch etwas beängstigend für mich, dass mein Körper selbst entschieden hat.«

»Für mich war es das erste Mal, dass ich immer dachte ... versuchte zu erahnen, was du möchtest. Danach hat sich mein Kopf angefühlt wie nach einer zweistündigen Matheklausur. Ich war total fertig.«

»Wie es wohl bei Mute und Rylee war?«

»Lass uns aufstehen, und wir erfahren es.« Alisa schlug die Decke zurück.

»Warte.« Chess sah Alisa wissend an. »Die Nacht war nicht perfekt für dich, oder?«

»Du kennst die Antwort auf diese Frage.« Alisa versuchte, das Gefühl zu unterdrücken, das in ihr hochstieg. »Es ist ein Unterschied, ob man Regie führt oder selbst spielt.«

Mute und Rylee saßen am Tisch. Es gab frische Brötchen und Kaffee.

Alisa wollte sich neben Rylee setzen. Die winkte aber ab. »Der ist reserviert für Chess.«

»Dafür ist der neben mir für dich«, sagte Mute.

»Fehlen nur noch Platzkärtchen.« Alisa hatte Kopfschmerzen. Und sie bekam die Bilder von Chess nicht aus ihrem Kopf. Je mehr sie es versuchte, desto realer war ihr das Versäumte. Ihr ganzer Körper schien sich gegen sie verschworen zu haben. Wut und Verzweiflung stiegen in ihr hoch. Als Vorboten für etwas, das sie nicht verstand. »Will sich nicht einer mit mir streiten?«, fragte sie. »Ich bin richtig auf Ärger aus.«

Chess sah sie überrascht an. »Sag doch einfach, was los ist.«

Alisa zog Chess zu sich und küsste sie leidenschaftlich. Sanft drückte Chess sie von sich weg. »Lass uns frühstücken, dann geht es dir besser.«

Ihr Körper verhinderte jeden klaren Gedanken. Sie sah nur Chess. Die Bilder und Geräusche von ihr. Die letzte Nacht. Alisa schmierte sich ein Brötchen und strich endlose Lagen Butter darauf. Als der Belag die Dicke eines Fingers hatte, warf sie es auf den Teller und ging wortlos Richtung Dachgarten.

»Geh zu ihr, Chess«, sagte Rylee, »wir räumen ab.«

Chess lief ihrer Freundin hinterher.

»Sind sie nicht süß?« Mute stellte die Teller in die Spülmaschine.

Rylee nickte. »Wieso erkennt Chess nicht, was Alisa hat? Es ist offensichtlich.«

»Sie sind noch so jung. Wollen wir ihnen eine Gelegenheit geben?«

»Ich muss sowieso mein Bein bewegen.«

Mute holte ein Stück Papier und schrieb etwas darauf. Den anderen Zettel beschrieb Rylee.

In einer Ecke des Dachgartens saß Alisa.

Chess ging zu ihr. »Wieso bist du so unglücklich?«

»Ich bin nicht unglücklich.«

»Was dann?«

»Wenn ich runtergehe und mich entschuldige, lässt du mich dann in Ruhe?«

Chess sah Alisa ruhig an. »Wenn das dein Wunsch ist.«

»Dein Ton ist ätzend. Ohne jedes Interesse für mich.«

»Das ist deine Wahrnehmung.«

Alisa tobte innerlich, noch schlimmer aber war das Verlangen aus der letzten Nacht, das sie nicht gestillt hatte. Die Bilder, was hätte sein können. Sie wollte Rache. »Dann frag doch mal Hikari. Mit ihr redest du mittlerweile genauso. Als ob sie deine Sekretärin ist.«

»Das stimmt nicht, und du weißt es. Hikari ist total wichtig für mich.«

»Wann hast du ihr das das letzte Mal gesagt?«

Chess blieb stumm.

Alisa schüttelte nur den Kopf und stand auf. Als sie an ihr vorbeilief, berührte sie Chess kurz.

Chess griff nach ihrem Arm.

»Ich stehe dir nicht noch einmal zu Diensten«, sagte Alisa eiskalt und ging nach unten.

Der Tisch im Wohnzimmer war abgeräumt. Zwei Zettel mit jeweils ihren Namen lagen darauf.

Jedes der Mädchen las wortlos seine Zeilen.

Chess hob den Kopf und sah Alisa fragend an. »Ist es deswegen, weil das Mädchen aus San Marco letzte Nacht nicht alles bekommen hat, was es wollte?«

»Wie würde sich das Mädchen aus Mestre fühlen, wenn es in den anderen Nächten nichts hätte sehen dürfen?«

Alisas ganzer Körper brannte. Sie wollte gehen, doch Chess hielt sie fest und schob sie zum Tisch. Öffnete Alisas Gürtel, die sie von sich wegstieß.

»Ich habe dich begehrt, und du hast nur an dich gedacht. Wie jetzt.«

Chess begann sich langsam auszuziehen und stellte sich danach direkt vor Alisa. »Es war Absicht. Kein Egoismus. Ich wollte, dass du wütend bist. Wie jetzt.«

Alisa streckte ihre Hand nach Chess aus. Berührte ihre Brust. »Warum, Chess? Ich liebe dich doch«, flüsterte sie glücklich und traurig zugleich.

»Ich will, dass du wie ein Wirbelsturm über mich kommst, dir nimmst, was du begehrst. Deshalb tat ich es.«

Alisa umklammerte Chess, lief mit ihr rückwärts zum Tisch und zog sie unter sich. Ihre Fantasie und die Wut, die sie noch immer spürte, übernahmen die Kontrolle. Ihre Hände und Arme zerrten an Chess, schienen ihren Körper zerbrechen zu wollen. Chess schrie auf unter dem Unerwarteten, aber Alisa ließ ihr kein Entkommen und folgte den Bildern in ihrem Kopf. Die Wellen durchliefen sie beide, so wie der Mond die Ozeane bewegt. Alisa wechselte immer schneller zwischen Erzählung und Berührung, und Chess' Körper drängte mit aller Macht zu ihr. Der letzte Satz, den Alisa in ihr Ohr flüsterte, spülte die Mädchen wie Gestrandete auf den Boden. Ineinander verschlungen blieben sie liegen.

Chess weinte. »Verzeih mir«, flüsterte sie.

»War es zu viel?«, fragte Alisa unsicher.

Das Türkis in Chess' Augen strahlte ihr entgegen. »Wenn du so bist, kann es niemals zu viel sein.«

»Es lag an dem Zettel. Mute und Rylee sind wunderbare Freundinnen.«

»Was stand auf deinem?«, fragte Chess und wischte sich die Tränen aus dem Gesicht.

»Tue alles, was du willst.«

»Den Rat hast du in jedem Fall berücksichtigt.«

»Bei dir?«, fragte Alisa.

»Sei die, die du bist. Es gibt nichts zu entschuldigen.«

»Ich glaube, zum ersten Mal kann uns jemand verstehen. Wieso sagst du nicht einfach, was du begehrst, Chess?«

Chess spielte an ihrem Fuß herum. »Es ist nicht so leicht für mich«, sagte sie leise.

»Das ist es nicht allein. Das glaube ich dir nicht.«

Flehend sah sie Alisa an. »Wenn du weiter fragst, machst du es kaputt.«

»Dann versprich mir, dass du das, was dich reizt, auch tust. Ich bin in diesen Dingen total einfach, deshalb liebe ich nichts mehr, als dass du mich an deinen Fantasien teilhaben lässt. Nur ohne Liebe und Respekt kann ich es nicht. Eins will ich noch sagen, aber du darfst nicht böse sein.«

»Versprochen.«

»Das mit Hikari war gemein, aber es ist auch wahr. Du musst ihr zeigen, wie wichtig sie für dich ist.«

»Ich verbringe fast mehr Zeit mit ihr als mit dir. Deutlicher geht es ja nicht.«

»Chess, hör doch auf mich. Es geht nicht um Zeit, sondern um Worte und Taten. Ich bitte dich.«

Chess küsste Alisa und half ihr hoch. »Ich werde mich auf allen Gebieten bessern.«

Die Mädchen duschten, zogen sich an und gingen noch mal zu dem Feinkostgeschäft.

Das Essen war gerade fertig, als Mute und Rylee wieder zurückkamen. Alisa fiel beiden um den Hals und sagte nur ein leises Danke.

»Wir haben die Zeit genutzt.« Mute legte zwei Schlüssel auf den Tisch. Sie waren knallrot.

»Das ist?« Chess bewegte den Schlüssel in der Hand.

»Schlüssel zu dieser Wohnung. Einen für euch und einen für Isa.«

»Nach dem, wie ich mich benommen habe?« Alisa wagte kaum, den Schlüssel zu berühren.

»Wie benimmst du dich denn?«, fragte Rylee.

»Wie eine Geistesgestörte.«

»Wie ein siebzehnjähriges Mädchen, das von zu Hause weg ist und mit dem Menschen, den es liebt, zusammen ist.«

Alisa blickte Rylee verblüfft an. »Du meinst, das ist normal?«

Chess sah zu Mute. »Es ist nur so, dass wir keinen Vergleich haben.«

»Dann wird es höchste Zeit. Ich glaube, dass eure göttliche Seite nicht ohne die menschliche existieren kann. Sonst wärt ihr einfach zwei Lichtgestalten, würdet nichts essen und auch keine Kratzer auf unserem Tisch hinterlassen.«

Alisa versteckte verstohlen ihre Fingernägel hinter dem Rücken. Alle brachen in Gelächter aus.

»Würdet ihr mit uns nach Venedig zurückfahren, um mich ins Gritti zu begleiten?«, fragte Alisa. »Ich will euch zeigen, wer ich wirklich bin. Das Wesen, das sich aus Mensch und Gott zusammensetzt, das Mädchen, das Chess und euch liebt, die Frau, die die Kratzer auf dem Tisch hinterlassen hat, der Mensch, der euch braucht.«

Rylee und Mute sahen sich an.

»Du hast recht, Mute«, lachte Rylee. »Man ist andauernd am Flennen, wenn man mit denen zusammen ist.«

Die Lobby und das Café des Gritti waren überschwemmt mit Menschen.

Die Mädchen waren kurz ins Kloster gefahren, um sich umzuziehen. Nun setzte Alisa sich wie üblich auf einen kleinen Barhocker, und das Mikro vor ihrem Mund verwandelte sie in einen Star auf einem Unplugged-Konzert.

»Hi everybody.« Alisa wechselte zwischen Italienisch und Englisch, damit alle Gäste sie verstanden. »Heute ist ein ganz besonderer Nachmittag. Alle Menschen, die ich von ganzem Herzen liebe, sind hier. Ich stelle sie euch vor. Die Reihenfolge hat nichts zu sagen. Jede, die ich nenne, hebt die Hand, okay? Anne, meine Mutter. Die die Launen ihrer Tochter seit siebzehn Jahren erträgt. Mute. Ich liebe dich dafür, dass du siehst, wer ich bin. Rylee. Sie kam mit Mute. Es ist schwer für mich zu verstehen, dass mir jemand so ähnlich sein kann. Chess. Es gibt keinen Satz, der dir entspricht. Verzeih mir.«

Isa lief zu Alisa und sprach in ihr Mikro. »Chess ist die Liebe, die Alisa rettet, für die kein Ozean zu dunkel, kein Berg zu hoch, kein Tal zu tief ist. Chess ist der goldene Berggipfel.«

Alisa lächelte. »Du fehlst noch, Isa.«

»Wir sind das Gold und das Silber, das Schwarz und das Weiß, das Hell und das Dunkel, das Plus und das Minus. Wir sind eins.« Isa setzte sich zu ihren Beinen, legte ihre Hand auf Alisas Fußrücken und strahlte sie an.

Vielleicht ist das der glücklichste Moment meines Lebens, dachte Alisa.

Nach der letzten Zugabe kam Chess zu ihnen und küsste Isa. »Für deinen Satz, Isa.«

Sie sah zu ihr auf. »Du musst mit zu Anne. Alisa fürchtet sich.«

»Danke für die unverblümte Aussprache meiner Gefühle. Leider stimmt es.«

Zu dritt gingen sie zu Annes Tisch.

»Hi, Mom. Ich hoffe, es hat dir gefallen.«

Anne sah ihre Tochter an. »Alisa.«

»Ja?«

»Du bist kein Kind mehr. Nenne mich Anne. Und ja, es war schön wie immer.«

Schön wie immer. Das ist ein Lob.

»Es fühlt sich wie ein Abschied an.«

»Ist es auch. Aber ein notwendiger. Für mich und für dich. Kann ich noch mit dir sprechen?«

»Nur wenn wir uns nicht streiten.«

»Tun wir nicht.«

Alisa setzte sich, während die anderen zum Kloster gingen.

»Wer ist das Kind?«

»Sie heißt Isa. Wir waren alle zusammen essen. Du kennst sie und ihren Namen.«

Schon jetzt bereue ich es.

Auf Annes Stirn bildete sich eine steile Falte. »Sie lebt bei euch, als ob sie eure Tochter wäre.«

»Wir wollten uns nicht streiten. Bitte … Anne. Ich kann dir nicht genau sagen, was sie ist. Aber wir sind in jedem Fall eng miteinander verwandt. Das sagt mir mein Gefühl.«

»Ich kann das alles nicht verstehen. Wo kommt sie her?«

»Es geht nicht um Verstehen. Das ist unmöglich. Du musst einfach glauben.«

»An dich als Gott?«, fragte Anne spöttisch.

Gleich verliere ich die Kontrolle. Wie schafft sie es, genau den Tonfall zu treffen, der mich wahnsinnig macht?

Alisa stand auf. »An mich als deine Tochter. Verzeih mir. Wir müssen ein anderes Mal reden.«

Es war ein milder Abend. Die letzten Strahlen der Sonne tauchten den Garten des Klosters in ein tiefes Rot.

Chess und Alisa holten Getränke aus der Küche. Auf der Terrasse stellten sie Windlichter auf. Mute und Rylee hatten die Kissen in Kreisform ausgelegt. In der Mitte saß Isa, völlig in sich gekehrt, und schien niemanden wahrzunehmen.

Chess sah auf die Uhr. »Wir können gleich in den Speisesaal gehen.«

»Würdet ihr mir was mitbringen?«, fragte Rylee. »Mein Bein ist müde.«

»Ich bleibe auch hier. Bei Rylee«, sagte Isa.

»Hast du auch Hunger?«, fragte Chess.

»Ja, auf Schokopudding.«

Alisa grinste. »Den gibt es zum Nachtisch. Vorher musst du etwas Ordentliches essen.«

»Dann nehme ich das Gleiche wie Rylee.«

Auf dem Weg zum Saal stieß Chess Alisa an. »Du hörst dich an wie deine Mutter. Total lustig.«

»Willst du mir von dir erzählen?«, fragte Rylee, als die Mädchen weg waren.

»Zu kompliziert«, erwiderte Isa knapp.

»Überrascht mich irgendwie nicht.«

Isa sah Rylee lange an. »Mute hat es dir erzählt, oder?«, fragte sie.

»Ja. Es hat sie stark belastet.«

»Sie hat alles riskiert, um mich und Alisa zu retten.«

»Mute hat mich gefragt, was sie tun soll. Sie war völlig verzweifelt. So habe ich sie noch nie erlebt. Das Einzige, was ich sagte, war, dass sie auf ihr Gefühl hören soll.«

Isa ließ den Kopf hängen. »Wegen mir ist sie nicht mehr bei der Polizei.«

»Es war die beste Entscheidung, die sie treffen konnte. Es geht ihr jetzt viel besser.«

»Ich wusste, dass der Mann irgendwann zu mir kommen würde. Das Schlimme, was er macht, auch ich zu erdulden hätte.«

Rylee umarmte Isa. »Egal, was du getan hast – es war die einzige Lösung.«

Alisa und Chess kamen auf die Terrasse. Sie stellten die Tabletts vorsichtig auf dem Boden ab, und Isa setzte sich mit einer großen Schüssel Schokopudding neben Alisa.

Hikari kam etwas später dazu und hielt Chess wortlos die Liste des nächsten Tages hin.

Sie überflog die Namen und Themen und steckte sie in ihre Hosentasche.

»Genehm?«, fragte Hikari gereizt und setzte sich.

Chess nickte nur.

»Das sieht nach einem miesen Tag aus.« Hikari deutete auf Rylees Prothese.

»Für mein Bein ja. Aber es war die größte Welle meines Lebens.«

Rylee erzählte Hikari von dem Haiangriff. Wie sie gerettet wurde, ließ sie aus.

»Ihr Surfer seid alle gleich«, fand Hikari. »Das ist kein Sport, eher eine Lebenseinstellung. Kannst du es noch?«

»Es ist schwierig, die Balance zu halten.«

»Als ich noch in Japan war, hatten wir dort einen Jungen, dem das Gleiche wie dir passiert war. Der Sohn eines Wissenschaftlers. Das ganze Team hat ihm damals eine Prothese gebaut, die vertikale Dämpfungselemente hatte. Total abgefahren.«

»Hat es funktioniert?«

»Weiß ich nicht genau. Ich bin hierher zu den Wahnsinnigen gegangen, bevor das Projekt fertig war. Aber ich kann euch zusammenbringen, wenn du willst.«

»Sprich bloß nicht schlecht über uns. Wir überlegen schon die ganze Zeit, wie wir sie hierher abwerben können«, sagte Chess.

Hikari sah Chess fragend an. »Ich dachte, sie hat schon auf unserem Geisterschiff angeheuert.«

Rylee schüttelte den Kopf. »Ich bin in Mailand an der Universität. Meeresbiologie. Du?«

»Doktorin der Medizin und Physik. Aber hauptsächlich bin ich die Assistentin von Chess. Oder ihre Sekretärin. Das scheint noch nicht festzustehen. Vielleicht denkst du jetzt, dass es unverständlich ist, weshalb jemand wie ich die Assistentin eines siebzehnjährigen Mädchens ist. Wir haben hier vier Nobelpreisträger und zwei Träger der Fields-Medaille. Aber die Wahrheit ist, dass Chess selbst für diese Leute unerreichbar ist.«

Chess wurde rot. »Übertreib mal nicht. Bisher habe ich kaum etwas geleistet. Und meine Sekretärin bist du auf keinen Fall. Sei nicht so zickig.«

»Chess, wenn Kopernikus nicht mehr ist, wirst du nicht umhinkönnen, dich den Menschen hier zu offenbaren. Du und Alisa. Im Grunde existiert das alles nur für euch. Je eher du das akzeptieren kannst, desto leichter wird es, wenn der Moment gekommen ist, und Bescheidenheit ist dann völlig fehl am Platz.«

Chess spielte mit einem Zahnstocher und einer Olive in ihrer Schüssel herum. »Ich hoffe, es dauert noch ewig.«

»Alisa und Chess sind Jugendliche. Keine Erwachsenen. Vielleicht solltet ihr sie als solche behandeln«, sagte Rylee.

»Du machst dir Sorgen um sie. Das ist gut. Meine Aufgabe ist es, für Chess die idealen Bedingungen zu schaffen. Was glaubst du, ist deine?«, fragte Hikari.

»Gar keine. Ich will einfach nur die Freundin von ihnen sein. Nicht mehr und nicht weniger.«

»Dann hast du wahrscheinlich die wichtigste Aufgabe von uns allen. Ich bin froh, dass du dabei bist, Rylee.«

Isa lag auf Alisas Schoß. Sie hatte beide Arme um sie gelegt und kämpfte mit dem Schlaf.

Hikari stieß Isa mit dem Finger an. »Du bist der interessanteste Neuzugang bei uns.«

»Ich bin schon immer da gewesen. Die Bücher erzählen von mir. Von uns allen. Ihr müsst diese Jahre nutzen.« Müde fügte Isa hinzu: »Ich vermisse meinen richtigen Papa.«

Hikari nickte. »Ist es Wahnsinn, so hat es doch Methode. Hamlet. Shakespeare. Die nächste Gottheit ist eingezogen.« Sie sah zu Mute und Rylee. »Ihr solltet es euch überlegen, doch hier zu arbeiten. Es gibt keinen Ort auf der Erde, wo man mehr Göttinnen trifft.«

XI

Monate waren vergangen. Isa hatte sich schnell eingelebt und war fester Bestandteil des Klosterbetriebes geworden. Stundenlang hatte sie damit zugebracht, jeden Meter zu erkunden. Weder schreckten sie dunkle Gänge noch die zahlreichen Tiere, die im Verborgenen in einer friedlichen Koexistenz mit dem Kloster lebten.

So groß ihr Interesse für ihre Umwelt, das Kloster und die Menschen war, so gering war ihr Ansporn in der Schule. Nun neigte sich das Schuljahr dem Ende entgegen, und sie stand in jedem Fach auf einer 7. Das war die unterste Grenze, die Chess und Alisa mit ihr in langen Verhandlungen festgelegt hatten. Isa hielt sich akribisch daran. Sobald sie eine 10 in einer Arbeit hatte, lernte sie für die nächste nicht mehr. Sie bekam eine 4, was dann zusammen nur eine 7 ergab. Das war ihr System.

Chess blätterte in einem Modemagazin. »Was willst du machen? Wir haben es so mit ihr besprochen.« Sie sah sich die Hochglanzfotos von Alisa und sich an. Ihr Begehren hatte sie in der Aufnahme nicht verbergen können, und der Gedanke, dass nun alle Menschen an diesem intimen Moment teilhaben konnten, reizte sie irgendwie.

Alisa nahm ihr die Zeitschrift aus der Hand. »Seit einer Ewigkeit siehst du dir das Foto an. Jetzt ist Schluss. Wir führen eine wichtige Diskussion. Isa könnte viel besser sein, wenn sie wollte. Es ist so schade.«

»Es füllt sie nicht aus. Ich kann das gut verstehen.«

»Da liegt unser wirkliches Problem, Chess. Du signalisierst ihr unterschwellig, dass es okay ist. Ihr seid euch total ähnlich in dieser Beziehung.«

Chess versuchte, ihr Grinsen zu unterdrücken. »Das würde ich bestimmt niemals zugeben.«

»Wahr ist es trotzdem. Ich schlag ihr ein Geschäft vor. Sie strengt sich in der nächsten Arbeit mehr an, dafür machen wir am Sonntag einen Ausflug. Sie darf sich aussuchen, wohin.«

Chess lachte. »Das ist nicht gerade Erziehung. Bestenfalls Bestechung. Außerdem musst du zugeben, dass sie die meiste Zeit bei Laima verbringt. Sie lobt sie in den höchsten Tönen.«

»Das stimmt. Aber ist es auch wirklich gut? Manchmal ist es mir unheimlich. Es ist wie eine Zeitreise siebenhundert Jahre zurück.«

Isas Arme legten sich von hinten um Alisa. »Du kannst nur nicht sehen, warum es so wichtig ist. Wir machen den Deal mit dem Ausflug. Okay?«

»Also gegen ihr Englisch kannst du nichts sagen.« Chess küsste Isa auf den Kopf.

»Du weißt, dass ich dir nicht böse sein kann. Wohin willst du?«

»Zur Basilika Santa Maria. Wir müssen um elf Uhr da sein.«

Chess und Alisa sahen sich fragend an.

»Können wir machen, aber was willst du da? Hast du eine Verabredung?«

»Nein. Wir helfen Chess.«

»Mir? Wobei willst du mir helfen?«

»Mathe. Du bekommst etwas Nachhilfe.«

»Ich gehe jetzt mit meiner Gitarre in den Garten«, sagte Alisa. »Wenn

287

ich zurückkomme, hat Chess das kleine Einmaleins ordentlich aufgeschrieben. Isa kontrolliert.«

Alisa nahm ihr Instrument und küsste Chess zum Abschied. »Jetzt bist du dran.«

Sie setzte sich unter die alte Eiche, stimmte ihre Gitarre und ließ sich von der Musik treiben.

Dass Kopernikus sich etwas abseits gesetzt hatte, bemerkte sie nicht, bis er sprach. »Das war wirklich sehr schön. Du bist so begabt.«

Alisa sah ihn überrascht an. »Wie geht es dir?«

»Nun ja, für mein Alter würde ich sagen sehr gut. Dir?«

»Eigentlich ist alles in Ordnung. Ich mache mir nur zu viele Sorgen um Isa. Die Schule und alles andere.«

»Das musst du nicht. Isa hat einen eingebauten Kompass für ihr Leben.«

»Bist du sicher?«

»Ja. Fällt dir nicht auf, wie sehr sich alles verändert hat in diesen wenigen Monaten? Ihr habt euch heimlich eingefügt in das Klosterleben. Isa macht es sich in gewisser Hinsicht untertan. Die Schriftabteilung scheint nur noch für sie zu existieren.«

»Aber einen Plan kann ich nicht entdecken. Was ist das Ziel?«

»Was würdest du von dem großen El-Greco-Bild sehen, wenn du nur einen Schritt von der Leinwand entfernt stündest?«

Alisa überlegte einen Moment. »Nichts. Bis auf eine einzige Farbe. Keine Konturen. Keinen Bildinhalt. Einfach nur Blau, Rot oder Grün.«

»Deshalb stehst du immer mindestens zwei oder drei Meter entfernt.«

»Das Bild ist riesig. Das ist der Mindestabstand, den man braucht, um das Ganze zu erfassen.«

»Das ist dein Problem. Du musst manchmal einfach mehr Abstand haben von Isa.«

Alisa zuckte mit den Schultern. »Irgendwie geht das nicht.«

»Doch, das geht«, widersprach Kopernikus. »Du fürchtest nur, du würdest sie vernachlässigen, wenn du das machst. Das stimmt aber nicht. Was wäre, wenn du immer so nahe und fordernd an Chess sein würdest?«

»Nach einem Tag würden wir uns prügeln.«

»Gib dir und Isa etwas Abstand. Dann kannst du besser sehen. Auf das Ganze.«

»Du klingst, als ob du selbst Kinder hättest.«

Kopernikus blieb stumm.

»Du musst irgendwann dein Wissen mit uns teilen.«

»Du meinst, bevor ich sterbe?«

Alisa nahm seine Hand und strich sich über ihre Wange damit. »Verzeih mir. Ja. Bevor du stirbst.«

»Die Zeit wird kommen.«

»Was werden wir dann erfahren? Wird unser Leben danach noch das gleiche sein?«

»Nein. Aber vergesst nie, dass ihr die Wahl getroffen habt. Euer Schicksal liegt in euren Händen. Aber eure Bestimmung könnt ihr nicht ändern. Niemand kann das. Vielleicht nicht mal Gott.«

»Erwarte nicht zu viel von ihm.«

Kopernikus drehte sich im Gehen noch einmal um. »Wir haben mehr erhalten, als wir jemals zu hoffen gewagt haben. Euch.«

Chess arbeitete auf der Terrasse. Als Alisa zurückkam, stieß sie Isa an. »Mutti ist da zur Kontrolle.«

Alisa dachte an den Ratschlag von Kopernikus. Abstand. »Okay. Ich habe es verstanden. Ich will nur, dass du gut in der Schule bist.«

Isa hielt ihr das Heft mit den Hausaufgaben hin.

Alisa sah nur flüchtig darauf und sagte: »Wenn du zufrieden bist, Isa, bin ich es auch. Wollen wir was essen gehen?«

»Ich kann nicht. Ich fahre heute zu Mute. Sie lädt mich ins Kino ein. Danach gehen wir was essen. Vor zwei Wochen haben wir darüber geredet.«

»Stimmt. Habe ich vergessen. Grüße sie von uns und sag, dass wir uns vernachlässigt fühlen. Vergiss den Schlüssel für die Wohnung nicht und pass auf dich auf. Hast du eine Bahnkarte?«

»Es ist nicht das erste Mal, und ich kann auf mich aufpassen.« Isa hielt genervt den roten Schlüssel von Mutes Wohnung in Mailand hoch.

»Warum, sagtest du noch mal, müssen wir an einem Sonntag so früh aufstehen?«, fragte Chess.

»Den Grund habe ich euch nicht gesagt.«

»Bis übermorgen, Nervensäge, und vergiss nicht, ein paar Sachen mitzunehmen.« Chess warf ihr eine Kusshand zu.

»Ich nehme mir einfach von euren Klamotten. Passen mir schon fast.«

»Das ist ekelig. Nimm dir wenigstens Unterwäsche mit.«

»Eure sieht besser aus. Mute wäscht die eh. Eins habe ich noch vergessen. Wir gehen alle barfuß.«

»Muss das sein?«, fragte Chess.

Alisa deutete auf sie. »Für mich ist es kein Problem. Aber die?«

»Du musst, Chess. Sonst wird es kein Spaß. Du hast es versprochen.«

»Stimmt. Du hast es versprochen, Chess.«

»Warum bin ich nur von Verrückten umgeben? Also gut. Ich hoffe, du hast danach eine gute Erklärung für mich.«

Isa winkte beiden noch mal zum Abschied.

»Ohne Mute wären wir aufgeschmissen. Hätten niemals mal etwas Zeit für uns«, sagte Chess.

»Sie brauchen sich. Isa vertraut ihr total. Das Geschehene verbindet sie.«

»Hast du die Zeit genutzt, einen Erziehungsratgeber zu lesen? Du hast ihr Heft gar nicht kontrolliert.«

»Nein. Kopernikus hat mir einen Rat gegeben. Außerdem wird sie im Zeitraffer erwachsen. Stichwort Unterwäsche.«

»Das blenden wir mal aus. Schließlich lebt sie in einem Kloster. Ihre Möglichkeiten sind beschränkt«, sagte Chess und wechselte das Thema. »Gestern sah Kopernikus sehr müde aus. Er konnte sich kaum konzentrieren, als ich mit ihm sprach.«

»Davon habe ich heute nichts gemerkt. Es ging ihm gut.«

»Hoffentlich lebt er weitere siebzig Jahre.«

»Lass uns was essen. Wir haben heute Abend sturmfreie Bude.«

Chess nahm Alisas Hand. »Kommst du mit mir nach Mestre? Wir schlafen dort.«

»Mestre? Ist was Besonderes?«

»Wir haben uns als Kinder immer den Sternenhimmel angesehen. Heute Nacht wird es klar. Wir nehmen unsere Schlafsäcke und übernachten auf dem Dach. Bitte sag Ja. Ich muss mal raus hier.«

»Wir besitzen keine Schlafsäcke.«

Chess deutete auf eine große Tüte. »Jetzt schon. Habe ich letzte Woche bestellt. Die gehen bis minus zwanzig Grad. Wir werden nicht frieren.«

Alisa sah sie überrascht an. »Du bist deshalb nur von Verrückten umgeben, weil du selber irre bist.«

»Wir gehen vorher ins Kino. Karten habe ich auch schon.«

»Hey, wir haben ein richtiges Date.«

Am Mittag hatte Chess ein Treffen mit Hikari. Danach würde sie weiter über die Poincaré-Vermutung nachdenken. Sie war der Spur gefolgt, die sie gefunden hatte. Trotzdem war es schwer, die Zusammenhänge zu erkennen. Außerdem stand sie im Moment vor einem mathematischen Zwischenschritt, der wie eine riesige Tresortür zwischen ihr und der weit entfernten Lösung lag. Mit Nachdenken allein war die Tür nicht zu öffnen. Sie brauchte ein Hilfsmittel, einen mathematischen Schlüssel oder Trick. Etwas, das sie als Werkzeug benutzen konnte. Das sie hinter der Tür platzieren würde und das ihr das Schloss von innen öffnete.

Das Problem konnte nur gelöst werden, wenn man das Ergebnis kannte. So wie man eine Minikamera durch einen Türspalt schiebt, um zu sehen, was in dem Raum dahinter ist, so würde es ihr ein kleiner mathematischer Term ermöglichen, einen kurzen Blick auf die Natur der Gleichung zu werfen. Wie ein Kind, das zu Weihnachten zuerst die Geschenke schüttelt und daran horcht, um zu erraten, was sich darin befindet. Nur wusste Chess nicht, was sie dafür benutzen sollte.

Alisa besorgte in der Zwischenzeit ein kleines Geschenk für sie. Einen

Lippenstift in der Farbe von Chess' Augen. Chess mochte Farbakzente, und ihr Gesicht war wie geschaffen dafür.

Alisa hatte noch etwas Zeit, und sie hatte Lust auf einen der typisch italienischen Kringel bekommen. An den Touriständen waren sie papp-süß und ungenießbar. In den kleinen Seitengassen von San Polo gab es aber einen unscheinbaren Laden, der eigentlich Zeitschriften und Schreibwaren verkaufte. Im hinteren Teil stand ein Tisch, und manchmal buk die Großmutter der Besitzerin einige dieser Kringel nach einem ve-nezianischen Originalrezept. Die alte Dame mochte Alisa, und sie würde sich freuen, sie zu sehen.

Alisa betrat den Laden, nickte kurz der Tochter hinter dem Tresen zu und setzte sich an das äußere Eck des Tisches, das halb im Dunkeln lag.

Die Großmutter, mit Küchenschürze, kam, strich ihr über den Kopf und stellte ihr einen Kaffee und einen kleinen Teller mit dem frischen Gebäck hin. »Du bist groß geworden«, sagte die Frau.

»Ja, das bin ich.«

Sie nahm einen kräftigen Schluck vom Kaffee. Die bittere Süße tat ihr gut, und Alisa genoss die kleine Blutdrucksteigerung, die das Kof-fein bewirkte.

Die Kringel waren so, wie sie es liebte. Steinhart, innen trocken, aber eben doch von angenehmer Konsistenz. Sie schmeckten leicht nach Anis. In Verbindung mit dem Kaffee eine herrliche Kombination.

Langsam aß sie das Gebäck. Hier war einer der wenigen Orte, der nur ihr gehörte. An dem sie praktisch völlig allein war.

Alisa nahm die aktuelle Ausgabe der *Vogue* aus dem schlichten Holz-regal. Chess war auf dem Titelbild. Auf der Innenseite war das ge-meinsame Foto von ihnen, das Chess in ihrer Wohnung so lange an-gesehen hatte.

Wenn ich ihr die Zeitschrift nicht weggenommen hätte, würde Chess jetzt noch auf das Foto starren, dachte Alisa. *Eigentlich sind wir ein ungleiches Paar. Chess genießt die Aufmerksamkeit. Ich hingegen erdulde es. Man sieht es mir immer ein bisschen an. Deshalb funktionieren unsere gemeinsamen Bilder so gut. Der Widerspruch verleiht ihnen Spannung. Eine Botschaft ist aber auch darin. Chess blickt zu mir, so wie sie es immer tut, kurz bevor wir miteinander schlafen. Es ist das erste Mal, dass ich das auf einem Foto sehe. Im Moment der Aufnahme ist es mir nicht aufgefallen. Ein Ausrutscher ist es nicht, sondern eine Botschaft. Nur verstehe ich sie nicht. Oder es erfüllt einen bestimmten Zweck. Dann kann es nur Chess wissen.*

Alisa stürmte durch die Tür und fiel außer Atem zu Chess' Füßen.

»Alles gut bei dir?«, fragte Chess, die die Schlafsäcke zuband.

»Ich hab die Zeit vergessen. Dafür habe ich ein Geschenk für dich. Du musst es gleich auspacken.«

Chess riss das Papier auf und öffnete den Lippenstift. »Perfekt. Genau der hat mir gefehlt.«

Sie stellte sich vor den Spiegel und schminkte ihre Lippen, bis sie ganz türkisfarben waren.

»Ob der wohl kussecht ist?«, überlegte Alisa laut.

»Das erfährst du heute Abend unter den Sternen.«

Sie sahen sich in einem Programmkino in Mestre *Über den Dächern von Nizza* an. Beide liebten die Farben der frühen Technicolor-Filme. Die leichte Unschärfe, die über allem lag und die Szenen in Gemälde verwandelte.

Gegen zweiundzwanzig Uhr waren sie wieder bei Chess zu Hause. Auf dem Dach leuchteten überall kleine Teelichter. Die beiden Schlafsäcke hatte Chess zu einem verbunden. Wortlos öffnete sie den Reißverschluss auf der anderen Seite, und Alisa legte sich zu ihr.

»Die Stunde in Astronomie beginnt.«

Chess deutete auf die Sternbilder der Fische, Jungfrau, den Großen und den Kleinen Wagen.

Alisa bewegte ihre Beine hin und her. »Es ist so eng, wir können uns kaum bewegen.«

»Sollst du auch nicht. Ich beginne doch erst«, sagte Chess.

Das Meiste, von dem Chess erzählte, war mit bloßem Auge nicht zu sehen. Sie wies in etwa in die Richtung, und Alisa lauschte interessiert den Ausführungen über Mars, Jupiter, Venus und Neptun.

»Der Jupiter hat Monde, oder?«, fragte Alisa.

Chess drehte sich auf den Bauch und sah direkt in Alisas Gesicht. »Rate, wie viele. Die Differenz zwischen dem, was du sagst, und der tatsächlichen Anzahl habe ich an Küssen gut.«

»Ich küsse dich oder du mich?«

»Das darf ich bestimmen, weil ich den ganzen Abend organisiert habe.« .

Alisa überlegte. »Von zweien weiß ich.«

Chess kicherte. »Also wie viele?«

»Ich sage zehn. So bleibt kein Kuss für dich übrig. Das hast du nicht bedacht«, sagte Alisa siegessicher.

Chess rutschte ganz nah an Alisa. »Neunundsiebzig – in Zahlen 7 – 9.«

Alisa setzte sich mit einem Ruck auf. »Neunundsiebzig? Das glaube ich niemals. Ich brauche ein Handy.«

Einige Minuten später sah Alisa auf das Display und flüsterte. »Die Liste ist endlos. Du hast recht.«

Sie legte sich zurück und zog Chess zu sich. »Das sind eine Menge Küsse. Schaffen wir das, bis die Sonne aufgeht?«

»Es ist eine Frage der Zeit, und das ist mein Spezialgebiet.«

»Ich bin ein unbekannter Planet in deinem Universum, und du musst mich erkunden.« Alisa küsste Chess. »68.«

»Auf fremden Planeten gibt es viel Neues zu entdecken. 67.«

»Entdecke so viel möglich. 66.«

»Es ist eine Frage meines Mutes. 65.«

Alisa schloss die Augen. »Dann sei so mutig, wie es überhaupt nur geht. 64.«

Danach lag Alisa zusammengerollt wie eine Schnecke neben Chess im Schlafsack. Ihre Haut glühte und war schweißbedeckt.

Chess sah zu den Sternen. *Eine Milliarde Augen haben mir zugesehen. Nichts habe ich vor euch versteckt. Alisa hat nicht verstanden, worum es mir wirklich ging. Noch fehlt mir der Mut, es auszusprechen. Aber die Zeit wird kommen. Du warst auch bei mir, Tinte. Hast mein Geheimnis genutzt. Vielleicht hat mir das ganze Multiversum zugesehen. Irgendwann werde ich mich nicht mehr verstecken. Aber genau das macht es auch reizvoll.*

Du transformierst mich, konditionierst mich für den Kontakt. Nur das erste Mal ging es zu schnell. Als ich ohnmächtig wurde in der Stadtbibliothek. Seitdem hast du dich langsam in mir ausgebreitet. Zelle für Zelle. Es ist mir nicht verborgen geblieben. Du hast mich gerettet, sonst wäre ich an dem Nachmittag gestorben. Es ist etwas passiert, mit dem selbst du nicht gerechnet hast. Du kannst durch mich empfinden. Ich bin dir wichtig. Sonst hättest du dein Experiment einfach neu gestartet. Ich werde alles organisieren, aber ohne Hilfe des Schicksals geht es nicht. Das ist deine Aufgabe.

Das, was ich dir anbiete, ist Teilhabe an meinem Leben. Wenn Alisa was passiert, werde ich mich umbringen, und du verlierst meine Gefühlswelt. In deiner Sphäre nütze ich dir nichts. Das ist mein Angebot.

Ein Leuchten lag auf Chess' Gesicht. Alisa kniete sich zu ihr herunter und küsste sie auf die Nasenspitze.

Chess schlug die Augen auf und sah auf den Kaffee, den Alisa ihr hinhielt.

Alisa strich ihr durchs Haar. »Erde an Jupiter. Du siehst müde aus, Chess.«

»Glücklich müde. Glücklich wach, wenn du mir den Kaffee gibst.« Sie setzte sich auf und trank Schluck für Schluck. »Ich möchte gerne noch eine Nacht hier mit dir bleiben.«

»Bis Sonntag, wenn wir uns mit Isa treffen?«

»Ja. Ein Wochenende ohne Kloster, Verpflichtungen und Arbeit.«

»Nur hier auf dem Dach zu liegen, ist mir aber zu langweilig.«

»Das habe ich mir schon gedacht. In meinem Rucksack ist ein Geschenk für dich.«

Alisa stand auf und holte es. Sie sah auf die goldene Schleife und das silber-melierte Papier. »Das ist von der Buchhandlung in Castello. Ich erkenne das Muster.« Ungeduldig entfernte sie die Schleife und riss das Papier auf. »Frauen in der Kunst des Mittelalters«, las sie vor.

»Ich dachte, es interessiert dich. Im Kloster gibt es kein einziges Bild, das von einer Frau gemalt ist. Nur Männer. Oder ich habe es bisher nicht gesehen.«

»Nein. Das ist mir auch schon aufgefallen.«

Alisa sah in das Inhaltsverzeichnis. »Es geht aber auch um die Frauen, die dargestellt sind. Chess, das ist total interessant. Leider wirst du heute für mich alles machen müssen. Das Buch hat fast fünfhundert Seiten.«

»Ich kümmere mich um das Mittagessen.«

»Kaffee und Kuchen sowie das Abendbrot auch. Und Getränke. Außerdem brauche ich einen Stift, um mir die wichtigen Stellen anzustreichen.«

Chess kam Alisas Gesicht ganz nahe. »Das alles sollst du bekommen. Aber es kostet auch etwas.«

»Ich werde in der Währung bezahlen«, flüsterte Alisa und lächelte dabei Chess an, »in der die Frauen in diesem Buch es auch taten.«

✦✦

»Du hast was vergessen«, sagte Alisa und deutete dabei auf Chess' Schuhe.

»Ehrlich? Was soll das?«

»Versprechen werden nicht gebrochen.«

Seufzend zog Chess Schuhe und Strümpfe wieder aus.

Sie leisteten sich den Luxus eines Taxibootes, um pünktlich zu sein. Zeitgleich kamen sie mit Isa und Mute an.

»Erfahren wir jetzt, was wir hier machen?« Chess war müde.

»Nein. Wir müssen uns beeilen«, sagte Isa und lief vor.

An der Basilika trafen sie auf eine Gruppe von jungen Menschen. Isa ging zielgerichtet auf sie zu.

»Das kann nicht ihr Ernst sein, dass wir jetzt an einer Führung teilnehmen.« Chess klang fassungslos. »Ich bin in Venedig aufgewachsen. Mit der Schule waren wir mindestens fünf Mal hier.«

»Falls du es vergessen hast, Chess, ich bin auch hier aufgewachsen.« Alisa sah sie streitlustig an.

»Es geht los.« Isa zog Chess in die Gruppe. »Wir warten dort am Ufer auf dich.«

»Ihr kommt nicht mit?«, fragte Chess.

»Zu kompliziert.«

Die Führung begann. Der Vortrag wurde von einem Professor für Mathematik gehalten. Das Thema war der mathematische Hintergrund des Aufbaus der Basilika. Sie war 1670 erbaut worden. Die Summe der einzelnen Gebäudeteile ergab 11. Die Länge betrug 121 venezianische Fuß, das Quadrat von 11, die Höhe 88 Fuß, entsprechend 8 mal 11. Praktisch alle Maße und Stilelemente, wie die Anzahl der Säulen, konnten auf die Ziffern 8 und 11 reduziert werden.

Chess' Laune besserte sich schlagartig, und sie ließ sich bereitwillig in das Meer von Zahlen fallen, das sich vor ihr auftat. Die 8 stand für Heilung und Hoffnung. Wenn man die Zahl drehte, bedeutete sie Unendlichkeit. Die 11 symbolisierte Kraft. Die Summe der beiden Zahlen, 19, stand in der hebräischen Kabbala für die Mariensonne. Der gesamte Grundriss der Basilika drehte sich praktisch um die Kuppel, die die Krone Marias symbolisierte.

Noch nie hatte Chess einen Vortrag dieser Art gehört. Sie setzte sich auf die Stufen und ließ die Gruppe weiterziehen. Die Zahl 11 wirkte wie eine Droge auf sie, und ihre Gedanken veränderten sich. Ihre bloßen Füße ketteten sie an diesem Ort fest, wo sich früher oder später alles erfüllen oder enden würde. Die Basilika stand für das größte Glück, den schlimmsten Schmerz. Hier verschmolzen Schicksal und Bestimmung zu einem.

Es war ihr unmöglich, die Augen offen zu halten. Die Gleichung erschien ihr. Das Universum, nur für sie zugänglich, nahm sie mit. Chess kippte zur Seite.

Alisa reichte ein Blick, und sie rannte los. Die Gruppe war bereits weitergegangen, und niemand kümmerte sich um Chess. Außer Atem kam sie bei ihr an, setzte sich und nahm Chess' Kopf auf ihren Schoß.

Isa weinte. »Es ist meine Schuld.«

Mute fühlte den Puls von Chess. »Über zweihundert. Etwas passiert mit ihr. Sie muss ins Krankenhaus.«

Alisa überlegte kurz. »Nein. Es ist immer so, wenn sie über ihre Gleichung nachdenkt. Wir bleiben bei ihr.«

»Dann setzen wir uns in eine Reihe und legen sie über unsere Beine. Der Boden ist hart und kalt.«

Die Zahl 11 zwingt mein Denken in eine bestimmte Richtung. Es ist fast so wie in der Bibliothek, als ich das Mathematikbuch gesehen habe. Ich spüre Wärme und Freundschaft. Alisa, Isa und Mute sind bei mir. Nichts hilft mir mehr.

Universen entstanden und vergingen vor Chess' Augen. Wasser. Unendliche Mengen von Wasser. Für Bruchteile von Sekunden sah sie einzellige Lebewesen. Stürme. Vulkanausbrüche. Sterne, die kollabierten, zertrümmert wurden durch die Gravitation, dann wieder Zahlen. Sie beherrschten den leeren Raum. Der Raum selbst wurde zur Kugel.

Wieso sehe ich so viel Natur? Das war vorher nicht so. Es muss mit der 11 zusammenhängen. Zwei Einsen. Binäre Zeichen. Der Raum hat sich in eine gläserne Kugel verwandelt. Ich stehe aber außerhalb. Türkis. Überall Türkis. Meine Augenfarbe.

Logarithmen fluteten die Endlosigkeit, die vor Chess lag.

Wahrscheinlichkeiten. Vielleicht dreht sich alles darum. Mein Mund ist ausgetrocknet. Ich muss zurück. Zeitkonstanten. Überall. Die Zeit ist der Schlüssel zu allem. Nur wie, verstehe ich nicht. 11. Nicht umsonst war ich heute hier. Ich muss zurück. Du musst mich freigeben, Tinte. Dieser Ort, das Türkis. Ich bin nicht so weit. Die 11. Ich darf die Zahl nicht vergessen.

Die Sonne ging gerade unter. Fünf Stunden waren vergangen, seit Chess' Bewusstsein weggetaucht war.

Mute sah zu Alisa. »Wie lange sollen wir noch warten? Vielleicht geht es ihr schlecht«, sagte sie und versuchte gar nicht erst, ihre Beunruhigung zu unterdrücken.

»Ihre Augenbewegung wird langsamer. Sie wacht gleich auf. Vertraue mir. Ich kenne sie.«

Eine Frau indischer Herkunft mit pechschwarzen Haaren kam direkt auf sie zu, kniete sich vor Chess hin und sah in ihr Gesicht. Sie trug eine Jeans und einen schlichten schwarzen Pullover. Wie die Mädchen trug sie keine Schuhe.

Chess blinzelte und öffnete ihre Augen.

Niemals zuvor hatte sie Augen gesehen, die so unergründlich waren. Die den Betrachter auf sich selbst zurückwarfen. Wie ein Spiegel für die Seele.

Die Frau hielt Chess die Hand hin. Niemand sprach. So wie Chess einen Ozean voller Zahlen und Gleichungen im Kopf hatte, so bestand Alisas Welt aus Ahnungen und Intuition. Das letzte Mal, dass Alisa solche Ruhe in sich gefühlt hatte, war am See in der anderen Welt gewesen. Sie erkannte die Macht in der Frau. Macht, die nichts wollte. Macht, die nur existierte. Macht, deren Plan unergründlich war. Macht, die kein Gut oder Böse kannte. Macht, die auf den Moment wartete, sich zu entfalten.

Isa starrte die junge Inderin an. »Es gibt sie wirklich. Ich dachte, es sei nur ein Traum.«

Chess wollte ihr Amulett abnehmen, um es der jungen Frau zu geben, aber sie fasste unter ihr schwarzes T-Shirt und holte die gleiche Kette mit dem Möbiusband hervor, das auch die Mädchen trugen. »Ihr könnt mich Yama nennen. Für eine kurze Zeitspanne bleibe ich.«

»11 Wörter«, sagte Chess leise.

Die Frau lächelte sie an, und gemeinsam gingen sie zum Kloster zurück.

Schweigsam saßen die Mädchen und Mute zusammen.

»Was ist heute passiert, Chess?«, fragte Alisa schließlich. »Wir haben uns totale Sorgen gemacht. Isa hat stundenlang geweint. Sie ist total fertig.«

»Ich kann es dir nicht sagen, Alisa. Die Zahl 11 hat irgendetwas in mir freigesetzt. Ich war wie auf Droge. Alles ereignete sich gleichzeitig. Es war ein Hinweis, aber verstehen kann ich ihn nicht. Noch nicht.«

»Warum fragen wir nicht, was Yama ist?«

»Deine Frage, Mute, gibt dir schon die Antwort.«

»Die wäre?«

»Du hast nicht gefragt, wer Yama ist, sondern, was sie ist.«

»Kennst du die Antwort?«

Alisa sah Mute lange an. »Yama ist kein Mensch. Nicht so, wie wir es verstehen.«

»Wieso kann ich das so selbstverständlich akzeptieren?«

»In ihrer Gegenwart wird alles belanglos. Alles, was dich bewegt, alles, was du fürchtest. Es zählt nur der Moment der Wahrhaftigkeit und die Frage, wie weit du bereit bist zu gehen. Sie ist keine Erleuchtung. Sie ist Erkenntnis. Gott ist nichts Mystisches. Gott ist Natur. Lebensraum. Liebe.«

Chess strich Isa über den Kopf. »So wie Isa?«

»Nein. Isa ist wie ich ein Mensch. Yama steht für etwas außerhalb unseres Verständnisses. Ich bin sicher, dass Isa keine Einsicht hat in das, was heute passiert ist. Sie hat lediglich die Botschaft überbracht. Eine Botschaft, deren Inhalt sie nicht kennt.«

»Was, meinst du, ist die Botschaft?«

»Ich kann es nicht sagen. Aber Yama hat auf Chess gewartet. Nicht auf mich. Vielleicht bist du der Lösung näher, als du denkst. Wenn ich meine innersten Gefühle befrage, glaube ich, dass sie hier ist, weil du Erfolg haben wirst. Du wirst das mathematische Problem lösen und eine Antwort erhalten.«

»Heute in der Basilika habe ich es gespürt. Die Lösung ist erreichbar für mich. Meine Füße sind richtig mit dem Marmor der Basilika verwachsen. Das ganze Gebäude war wie eine Antenne für mich. Ich bin ganz sicher, dass ich es mit Schuhen nicht gesehen hätte. Auch wenn es bescheuert klingt.«

»Klingt nicht bescheuert. Mir geht es nicht anders. Sobald ich barfuß bin, habe ich einen Sinn mehr.«

Chess stöhnte unter dem Gewicht von Isa auf. »Ich bringe sie ins Bett.«

Ohne die Augen zu öffnen, stolperte Isa an der Seite von Chess in ihr Kinderzimmer.

Yama war immer da und doch nicht sichtbar. Sie wurde in kürzester Zeit fester Bestandteil im Leben der Mädchen, ging wie selbstverständlich mit ihnen einkaufen, essen oder saß auf der Terrasse in ihrer Wohnung.

Lange dachte Alisa darüber nach, wie es sein konnte, dass Yama auf der einen Seite eine Präsenz hatte, die man nicht ignorieren konnte, aber auf der anderen Seite es niemand als aufdringlich empfand. Das Gegenteil war der Fall. Wenn sie mal nicht anwesend war, fehlte etwas.

Die meiste Zeit verbrachte Yama mit Isa. Beide verstanden sich, ohne zu reden. Stundenlang sahen sie sich Käfer und Ameisen an. Yamas Interesse an allem Lebendigen war unstillbar. Sie spazierten durch den Park, und Isa erklärte ihr, so gut sie konnte, Pflanzen und Tiere. Sie teilte das Leben mit den Mädchen, wobei sie immer ihre eigenen Entscheidungen traf. Yama war das Puzzleteil, von dem niemand gewusst hatte, dass es fehlte. Der Ort, wo es hingehörte, lag aber noch Jahre in der Zukunft.

Einige Wochen später, kurz bevor es dunkel wurde, saßen sie mit Yama auf der Terrasse. Isa war fasziniert von einer Eule, die hoch oben in einem Baum saß. Die großen Augen des Tieres beobachteten sie.

»Was sie wohl von mir möchte?«, fragte Isa.

»Bestimmt eine Maus«, sagte Alisa.

»Wenn sie zu mir kommt, kann sie es mir sagen.«

Yama streckte wortlos ihre Hand aus. Der Vogel segelte nach unten, bis seine Krallen sanft Yamas Finger umschlossen.

Isa hielt dem Vogel ihre Hand hin, der mit einem kurzen Flügelschlag darauf sprang. »Sie ist so wunderschön.« Isa schloss die Augen und berührte mit ihrem Kopf das Federkleid der Eule. Bilder erschienen. Wald, Nacht, Sterne. Gefühle. Schmerz, Verzweiflung, Liebe, Erfüllung. Für einen Moment stand ein rothaariges Mädchen vor ihr. Dann verwandelte es sich in eine Eule und flog weg.

Der Vogel breitete seine Schwingen aus und erhob sich langsam wieder in die Luft.

Isa weinte. Yama nahm sie auf den Arm und trug sie weg.

»Was denkst du?«, fragte Chess leise.

»Yama hat dir geholfen, aber der wahre Grund, weshalb sie hier ist, ist Isa.«

»Was kann sie von ihr wollen?«

»Vielleicht will Isa etwas von ihr, und wir können es nur nicht sehen.«

Chess seufzte. »Zu schwere Gespräche vor dem Einschlafen. Lass uns ins Bett gehen. Meine Liste für morgen ist endlos.«

»Hast du mal mit Hikari gesprochen, Chess?«

»Ich glaube schon«, sagte Chess leise.

»Also nicht.«

XII

Alisa kam etwas verspätet zum Abendessen in das Kloster. Das Buffet war schon fast vollständig abgeräumt. Sie sah enttäuscht auf den Tisch, wo das Sushi-Menü stand. Es war nur eine Platte übrig mit ein und derselben Sorte von Reisröllchen mit Fisch. Sie nahm die Rollen, setzte sich neben Hikari und sah kurz zu Isa, die neben Mute saß und kicherte.

»Alles gut gelaufen im Gritti?«, fragte Hikari.

»Wie immer. Ich bin Profi.«

Sie spürte Hikaris Finger, die ihr unter dem Tisch einen Zettel in die Hand drückten. »Steck ihn weg. Du darfst ihn erst öffnen, wenn ich es sage.«

Mit den Stäbchen nahm sie ihr erstes Stück Sushi vom Teller, aber bevor sie es essen konnte, legte Chess ihre Hand auf Alisas. »Wie viele Stücke sind das?« Chess begann zu zählen und beantwortete sich die Frage selbst. »Wieso hast du elfmal die gleiche Sorte?«

»Na ja, damit auf jeden Fall das Stück darunter ist, das am besten schmeckt.« Alle lachten. »Es war nur noch das da, Chess. Was hast du?«

Chess wiederholte leise, was Alisa gesagt hatte. »Damit auf jeden Fall das darunter ist, das am besten schmeckt.« Sie überlegte. »Du weißt nicht, welches am besten schmeckt. Also nimmst du elf davon.« Chess sprach weiter, aber ihr Blick war schon nicht mehr im Saal. »Deine Geschmacksnerven verarbeiten die Signale. Sie lernen durch den wiederkehrenden Reiz und vergleichen.«

Chess wandte sich Alisa direkt zu. Alle Moleküle um sie herum schienen reglos zu sein. Ihre Gedanken eröffneten einen Raum, der abgegrenzt von allem anderen war. Ein Orkan aus Zeichen und Zahlen, mit Chess im Zentrum, tobte darin.

Alisa sah in die Pupillen ihrer Freundin, die in rasender Geschwindigkeit von einem Augenwinkel zum anderen oszillierten. Chess flüsterte: »Eine Golay G11 Generator Matrix. Sie wird mir die Tür öffnen. Komm mit, ich zeig es dir.«

Alisa nahm Chess' Hand. Die anderen waren zu Chess geeilt und standen um sie herum.

»Nicht. Ihr dürft sie nicht stören«, sagte Alisa ganz leise.

Das Türkis war ein reißender Strom, der sie mitriss. Zum ersten Mal nahm Alisa den Strudel wahr, von dem Chess immer sprach. Die Gewalt der Gleichungen, größer als die Universen, die sie hervorbrachten, das Nebelartige, das sich Chess' gedanklichen Analysen zu entziehen versuchte und sie gleichzeitig umgab. Sie spürte Yamas Hand auf sich. Eine Warnung, ausgesprochen durch eine Berührung.

Alles rotierte um eine vertikale Achse. Universen wurden geboren und gingen unter, Schwarze Löcher entstanden, unaufhörlich strömte etwas durch sie hindurch. Es war ein Ort, an dem keines der naturwissenschaftlichen Gesetze galt, denn sie wurden erst dort erschaffen, um begrenzten Wesen, wie es die Menschen waren, ein Überleben zu ermöglichen. Ein Ort der Kälte und der Neutralität. Denn Leben und Tod waren hier bedeutungslos.

Alisa wurde zurückgerissen und fand zu sich selbst zurück. Sie drehte Chess zu sich. Küsste sie. »Du musst es beenden. Jetzt sofort.«

Chess öffnete die Augen, und das Meer aus türkisen Flammen verschwand. Sie sank auf den Boden.

Mute und Isa knieten beide vor Chess.

»Geht es dir gut?«

»Ja. Du hast etwas Wunderbares gemacht«, sagt sie in Alisas Richtung, die mit einer Serviette den Schweiß von Chess' Gesicht tupfte.

»Chess, ich habe auf den Strudel sehen können. Es ist viel gefährlicher, als du denkst.«

»Ich bin sicher, dass ich die Gleichung lösen kann. Mit deiner Hilfe.«

»Der Ort wartet nur auf einen Fehler von dir. Etwas Lauerndes liegt darin. Spürst du das nicht?«

»Alisa, seit ich denken kann, bin ich dort. Ich mache keinen Fehler.«

»Was macht dich so sicher?«

»Deine Liebe.« Glücklich sah Chess zu den anderen. »Ich weiß jetzt, welcher Term mir die Tür öffnen wird. Eine Golay G11 Generator-Matrix.«

»Soweit ich weiß, forscht eine Arbeitsgruppe aus dem Kloster an solchen Matrixen. Der Professor, der das leitet, hat eine Fields-Medaille«, sagte Hikari.

»Kannst du einen Kontakt herstellen?«

»Mach es selbst.« Die Härte des Tonfalls ließ alle schweigen.

»Habe ich dich verletzt, Hikari? Sag es mir bitte, damit ich mich entschuldigen kann.«

»Chess, ich liebe dich, wie alle anderen hier auch. Aber du verschließt die Augen vor der Wirklichkeit. Du kannst dich nicht ewig verstecken.«

Hikaris Satz traf Chess wie ein Schlag.

»Chess ist keine Erwachsene. Sie geht noch zur Schule«, sagte Mute.

»Dann wird sie sich entscheiden müssen. Hier und jetzt. Wenn sie ein Schulkind ist, dann soll sie auch so leben. In einem Jahr ist die Schule vorbei. Dann kann Chess studieren. Ist sie aber die einzigartige Person, die wir alle in ihr sehen, muss sie aus ihrem Versteck kommen. Allen zeigen, wer sie wirklich ist.«

Hikari wandte sich zu Chess. »Es ist fast schon zu spät. Merkst du das nicht? Wie lange wird Kopernikus noch leben? Er ist sterblich und wird sterben. Schneller, als du denkst. Was willst du dann machen? Dich hier auf den Tisch stellen, gegen ein Glas klopfen und dich vorstellen? Übrigens, ich bin das Genie, das euch seit Jahren insgeheim ausspioniert. Wenn Kopernikus stirbt, werden alle diese Menschen ihre Sachen packen. Niemand wird einen Gedanken an dich verschwenden oder dir zuhören, weil alle zu beschäftigt sind, Kisten zu beschriften.«

Chess war wütend und stand auf. »Ich habe nichts vorzuweisen, was diese Leute beeindrucken könnte. Alles existiert nur in meinem Kopf.«

»Dann fang jetzt damit an, deine Gedanken zu teilen. Du musst Zeit mit ihnen verbringen. Du musst raus ins Licht. Du kannst dich nicht ewig im Schatten von Kopernikus verstecken.«

Chess' Blick bohrte sich in Hikari. »Ich verstecke mich nicht. Noch lebt Kopernikus. Es ist in jedem Fall seine Entscheidung, auch meine, aber auf keinen Fall deine, Hikari.«

Hikari warf ihre Serviette auf den Tisch. »Wenn das so ist, kann ich ja gehen.« Sie sprang auf und lief aus dem Raum.

Chess rannte ihr hinterher und riss sie an der Schulter herum. »Wenn du glaubst, dass du mich einfach stehen lassen kannst, täuschst du dich. Ich sehe meine Verantwortung und brauche keine Nachhilfe von dir.«

Hikaris Nasenspitze berührte fast die von Chess. »Du belügst dich selbst. Das ist so enttäuschend. Anstatt zu handeln, steckst du wie eine Maus in deinem Loch.«

»In meinem Loch? Ich muss in die Schule gehen. Mir irgendwelchen Unsinn anhören, den ich schon im Alter von vier Jahren verstanden habe. Seit vierzehn Jahren warte ich darauf, dass mein Leben beginnt.«

Hikari stieß Chess von sich weg. »Es kann niemals beginnen, wenn du dich nicht traust, den nächsten Schritt zu gehen. Was willst du machen, wenn du hier scheiterst? Zurück nach Mestre, zu den Asozialen im Park, die dir ausgeliefert sind, weil sie nirgendwo anders hinkönnen. Die Wissenschaftler hier haben sehr wohl Alternativen, und bisher gehörst du nicht dazu.«

Chess schlug Hikari hart ins Gesicht. Sie fiel hin. »Wie kannst du es wagen?«, flüsterte Chess.

Langsam stand Hikari wieder auf. Sie blutete aus der Nase, aber Chess war es egal. »Du bist nicht wirklich besorgt um mich. Du und alle anderen hier, ihr wollt einfach nur den größten Teil von mir. Denn die Wahrheit ist, dass ich die Einzige bin, die die wissenschaftliche Abteilung weiter betreiben kann. Nur wenn ich an der Spitze stehe, wird die Kirche bereit sein, das hier zu finanzieren. Und jeder, der was anderes glaubt, soll zurück an seine Uni und Studenten unterrichten, die mehr Geld als Hirn haben. Nur du hast keinen Platz, an den du zurückkannst. Ich habe mir deinen Lebenslauf angesehen. Er ist frei erfunden.«

»Es hat dich nicht davon abgehalten, mich zu benutzen«, stieß Hikari hervor. »Das tust du nämlich. Ich bin deine Türsteherin, um dir die Menschen vom Hals zu halten und dämliche Listen zu schreiben.«

Chess konnte ihre Gefühle nicht mehr kontrollieren. Ihre Denkprozesse standen still. Begraben unter ihrer Wut. »Wenn ich raten sollte, würde ich auf Heimkind tippen. Stimmt doch?«

Hikari machte einen schnellen Schritt auf Chess zu. Unter der Wucht des Schlages fiel sie rückwärts über eine Bank. Blut tropfte von ihrer Lippe. Noch bevor Chess aufstehen konnte, sprang Hikari auf sie und drückte ihre Arme auf den Boden. »Dann hast du heute von dem Heimkind zwei Sachen gelernt. Erstens lege dich nicht mit einem an, denn schon im Alter von sieben Jahren habe ich trainiert, wie man kämpft. Zweitens nimm seinen Rat an, denn Heimkinder haben gute Überlebensreflexe.«

»Lass mich los. Du tust mir weh.«

»Anscheinend nicht genug.« Hikari presste mit ihrem ganzen Gewicht Chess' Handgelenke auf den harten Marmorboden.

Chess schrie auf.

»Sie tut ihr richtig weh!« Alisa zappelte in Mutes Griff.

»Ich vertraue Hikari«, sagte Mute.

Hikari sah Chess mitleidlos an. »Sag mir einen Grund, warum ich weiter an dich glauben soll.«

»Lass mich los. Dann bekommst du deinen Grund.«

Hikari hob die Hände, blieb aber weiter auf Chess sitzen. Sie wollte ihre Hand nehmen, aber Hikari schlug sie weg. »Heimkinder sind wählerisch mit ihren Freunden.«

»Dann sage ich dir jetzt, warum ich die richtige Wahl bin. Ich brauche dich. Manchmal verirre ich mich und weiß nicht weiter. Wie jetzt. Nur du kannst mir dann die Hand reichen, ohne die ich sonst nicht zurückfinde.«

Hikari sah zu Alisa, die Mute immer noch festhielt.

»Lies, was auf dem Zettel steht, Alisa.«

Mute öffnete ihre Arme, Alisa faltete das Papier auf und las laut vor: »Ich werde mich gleich mit Chess streiten. Es ist der einzige Weg. Vielleicht prügeln wir uns, bis sie es versteht. Aber sie muss es erkennen. Ich liebe Chess. Wenn wir uns hinterher nicht vertragen, hilf mir, Alisa. Ich liebe euch beide. Ihr seid meine Familie. Die einzige, die ich jemals hatte.«

Hikari stand auf und nahm eine der Servietten vom Tisch. Sie setzte sich neben Chess und begann vorsichtig ihre Lippen abzutupfen. »Halt still. Leider muss es nicht genäht werden. Es reicht, wenn ich zwei Tapes setze.«

»Sag, dass du mir verzeihst. Ich bin total unglücklich.«

»Du sprichst über deine Gefühle. Ein Fortschritt. Ich will dir jetzt mal vier Sachen sagen, und du wirst mir zuhören, Wunderkind. Erstens ist es total ätzend, dass man auf dich einschlagen muss, bevor du dich einem öffnest. Zweitens weißt du, dass ich recht habe. Drittens. Die Wahrheit ist, Chess, dass dies der einzige Ort ist, an dem du wirklich leben willst. Der einzige Ort, an dem du glücklich bist. Der einzige Ort, an dem du inspiriert wirst. Hier ist der Ort, an dem du von Menschen umgeben bist, die dich lieben und die alles für dich tun würden. So wie ich.«

»Niemals hätte ich dir so etwas sagen dürfen. Ich habe die Beherrschung verloren. Verzeih mir.«

»Sag es bitte noch mal.« Hikari saß Chess gegenüber und hielt ihre Hände.

»Verzeih mir.«

»Das doch nicht. Hast du es noch nicht kapiert?«

»Dass ich die Beherrschung verloren habe?«

»Ja. Ja. Ja. Seit ich dich kenne, funktionierst du wie ein Schweizer Uhrwerk. Nicht aus Perfektion, sondern weil du unsicher bist. Schau dir Alisa an. Keinem Streit geht sie aus dem Weg.«

Hikari sah zu Alisa. »Warum, Alisa?«

»Weil ich weiß, dass es danach besser wird. Die Menschen mich besser verstehen. Außerdem ist das Vertragen danach das Beste.«

»Du tust es, weil du dir der Menschen sicher bist. Chess tut es nicht – weil sie Angst hat, die Menschen zu verlieren.«

»Hikari?«

»Ja, Mute?«

»Was war die vierte Sache?«

Hikari sackte unter dem Gewicht der Erinnerung in sich zusammen.

Chess stand auf, setzte sich hinter sie und schlang die Arme um sie. »Ich bin bei dir.«

»Die reiche Herkunft in meinem Lebenslauf ist frei erfunden, wie Chess richtig gesagt hat. Ich bin in einem Slum von Shanghai aufgewachsen. Meine Eltern brieten Hühnerherzen auf einer Tonne. Wir hatten nichts. Schlimmer noch. Schulden zu fünfundzwanzig Prozent Zinsen. Unser Schlafplatz war die Straße. Abends kamen erst die Geldverleiher, dann die Banden. Es war ein Leben am Abgrund. Als ich acht Jahre alt wurde, kamen die ersten Angebote für mich.«

Niemand sagte etwas.

»Was für Angebote?« Alisa brach das Schweigen. Das Entsetzen blieb.

»Mich an reiche Touristen an Übersee zu vermieten. Für die erste Nacht hätten meine Eltern fünfhundert US-Dollar bekommen. Danach fünfzig Dollar für jede weitere Nacht. Meine Eltern liebten mich. Aber es gab keinen Ausweg. Sie brachten mich in ein Kinderheim.«

Alle saßen auf dem Boden. Alisa hielt sich die Hand vor den Mund. Das Grauen war zu groß. Chess vergrub ihr Gesicht an Hikaris Hals.

»Es klingt schlimm, aber in Wirklichkeit war es meine Rettung. Wir wurden zwar jeden Tag geschlagen, aber der Lehrer erkannte mein Potenzial. Durch ein paar Verbindungen konnte ich eine internationale Schule besuchen. Ich lernte Tag und Nacht. Sieben Tage die Woche.«

»Verzeih mir, Hikari. Ich war so ungerecht zu dir.« Chess schniefte.

»Meine Eltern habe ich nie mehr gesehen.« Hikari stand auf und reichte Chess die Hand. »Es gab keine andere Möglichkeit, Chess.«

»Du wirst keine einzige dieser bescheuerten Listen mehr schreiben. Ich brauch dich für mich. Zum Denken, zum Reden, Lachen, Weinen. Die Leute sollen selbst über ihre Probleme nachdenken. Ich tue es nicht mehr. Ich bitte dich, alles mit mir zu besprechen und zu organisieren, was ich brauche, um die Gleichung zu lösen. Nicht als meine Assistentin, sondern als meine Freundin.«

Chess fiel in einen unruhigen Schlaf. Ihre Lippe tat weh. Der Schmerz war wie eine ständige Erinnerung an ihr Versagen. Hikari hatte recht. Niemand würde ihr folgen. Morgen würde sie zumindest zum Schuldirektor gehen, sich für die Begleichung der Schulgebühren bedanken und die Rückerstattung regeln. Seit Anne es ihr auf der Party gesagt hatte, konnte sie sich nicht überwinden. Es gab aber noch etwas anderes, das viel tiefer in ihr lag. Hikari hatte es fast aufgedeckt. Gestern hatte sie einen Moment überlegt, es allen zu sagen, aber ihre Scham war zu groß gewesen.

Gleich beim Betreten des Schulgebäudes bog Chess in Richtung des Schulbüros ab. Sie setzte sich vor die Tür und wartete. Vor fast zehn Jahren hatte sie hier mit Anne gesessen.

Damals hatte ich mehr Selbstvertrauen.

Der Gedanke war bitter.

McPherson kam um die Ecke. Wortlos nahm er Chess mit in sein Büro. Die Sekretärin schickte er nach Orangensaft und Keksen.

Chess lächelte. »So wie bei unserem ersten Treffen.«

McPherson hielt ihr den Teller mit den Keksen hin.

»Ich will mich bei Ihnen bedanken. Sie zahlen meine Schulgebühren. Vor Monaten habe ich es schon erfahren.«

Er sah Chess an. »Weshalb bist du wirklich hier, Chess?«

Du setzt deine ganze Hoffnung in mich. Alles Lüge. Nur Feigheit.

Sie sah ihm direkt in die Augen. »Um mich zu entschuldigen, dass ich versagt habe. Ihr ganzes Geld war umsonst.«

McPherson hob die Augenbrauen. »Wieso versagt?«

»Sie haben an mich geglaubt. Deshalb haben Sie so viel für mich getan. Sie haben was Großes in mir gesehen, aber in Wirklichkeit bin ich klein und werde es wohl auch bleiben.«

»Was bringt dich zu dieser düsteren Einschätzung deines noch jungen Lebens?«

Chess erzählte McPherson vom Kloster, der wissenschaftlichen Abteilung, ihrer Rolle darin.

Er hörte geduldig zu. Dann sagte er: »Du bist siebzehn Jahre alt und sitzt nun hier vor mir, weil du glaubst, dass es deine Pflicht ist, eine Forschungseinrichtung, die anscheinend die Bedeutung von Stanford oder Harvard hat, aus dem Stand zu leiten. Eine Einrichtung, in der Nobelpreisträger arbeiten.«

»Eine Frau gibt es, die auch einen Nobelpreis hat. Laserphysik. Total faszinierend.«

»Entschuldige. Wie du siehst, schützt Intelligenz nicht vor Ignoranz. Erzähle weiter.«

»Es ist der Ort, an dem ich mich wohlfühle, an dem ich mit Alisa leben möchte. Es ist mein Zuhause. Dort kann ich am besten denken.«

»Als du hier an die Schule kamst – habe ich dir da die Leitung angeboten?«

Chess lachte. »Ich war ein Kind. Keine Lehrerin.«

»Hättest du es in Betracht gezogen, wenn ich dich gebeten hätte?«

»Sicher nicht. Wir wissen beide, dass das völliger Unsinn wäre.«

»Chess, du hast Jahre verbracht, dich in Arbeitsweise und Methoden der einzelnen Forschungsgruppen einzulesen. In Fachgebiete, die du nie studiert hast. Eine Forschungseinrichtung zu leiten bedeutet nicht, dass man alles besser weiß. Oder verhindert, dass andere Fehler machen.

Du musst wie eine Fackel in dunkler Nacht sein. Alle, die in dem Kloster arbeiten, suchen nur nach einem. Inspiration. Die Detailarbeit können sie allein machen und bestimmt besser, als wenn du versuchst, alles an dich zu ziehen. Sage ihnen einfach, wofür du stehst. Du als Mensch, als Person und als Wissenschaftlerin. Sie suchen einen Propheten, und ich kenne niemanden, der dies besser verkörpert als du.«

»Ich habe mein Leben lang nur daran gearbeitet, wie ich die Hypothese auf einen vierdimensionalen Raum anwenden kann. Das Erreichen einer Singularität.«

»Wie weit bist du gekommen?«

»Ich glaube, die Hälfte des Weges habe ich geschafft. Im Moment brauche ich noch einen geeigneten Golay G11 Matrixgenerator. Er soll mir Informationen darüber geben, wie das Haupttheorem beschaffen ist. Er macht praktisch die Arbeit für mich, bis ich genug Anhaltspunkte habe, um weiter zu denken.«

»Nur für diesen Satz werden die Wissenschaftler und Wissenschaftlerinnen deinen Führungsanspruch anerkennen.«

»Aber ich kann sie nicht wirklich teilhaben lassen. Es findet alles in meinem Kopf statt. Da ist nur Platz für mich.«

Der Direktor lächelte. »Es reicht, wenn du berichtest und ab und an ein paar Brotkrumen von deinem Teller fallen. Mehr werden sie eh nicht verstehen können. Auf diesem Weg kann dir niemand folgen. Außerdem haben alle ihre eigenen Projekte. Du musst sie vernetzen. Wie in einem neuronalen Computernetzwerk. Binde sie in eine Matrix ein, die sich selbst entwickeln kann. Bisher sitzt dort jeder in seiner engen Bucht und hat Angst, dass die anderen abschreiben.«

»Woher wissen Sie das? Genau so ist es.«

»Weil ich in Stanford und auch an einigen anderen Universitäten war. Es ist überall das Gleiche. Du weißt es nur noch nicht, weil du zu jung bist.«

»Lebenserfahrung kann nicht durch Intelligenz ersetzt werden?«

McPherson schüttelte den Kopf. »Selbstverständlich nicht. Du forderst einfach zu viel von dir.«

»Trotzdem habe ich nichts vorzuweisen. Nicht mal ein Abitur. Wie kann ich sicher sein, dass sie mich ernst nehmen?«

»Bist du sicher, dass du nichts vorzuweisen hast?«

»Sie wissen es so gut wie ich. Nichts außer Schulden bei Ihnen.«

»Du hast keine Schulden bei mir. Die Schulgebühren hast du selbst bezahlt.«

»Wovon hätte ich das tun sollen? Zweitausendsechshundert Euro jeden Monat. Das wüsste ich.«

McPherson stand auf und ging zu einem Schrank. Er holte eine kleine Kiste heraus und stellte sie vor Chess ab.

Chess sah ihn an. »Was ist das?«

»Du musst es aufmachen.«

Vorsichtig öffnete Chess das Kästchen. Es waren sechs goldene Medaillen darin. Und ein Heft mit Kontoauszügen. Sie nahm eine der Medaillen. Auf der Vorderseite war ein bärtiger Mann abgebildet. Auf der Rückseite stand groß das Wort *Mathematics*.

»Fields-Medaillen« stellte Chess bewundernd fest. »Das sind nicht Ihre. Das wüsste ich, weil ich Ihren Lebenslauf ein bisschen kenne.«

»Nein. Erinnerst du dich noch an die Mathematikrätsel, die ich dir gegeben habe?«

»Ja. Der einzige Grund, warum ich hier nicht verrückt geworden bin. Es gab allem einen Sinn. Mein Verstand konnte sich austoben.«

»Es waren die sechs definierten Millennium-Fragen. Du hast sie alle gelöst. Ich habe deine Hefte anonym eingereicht, und sie wurden als Lösung bestätigt. Alle sechs. Es sind deine Auszeichnungen, Chess. Seit Auslobung des Preises hat niemals jemand zwei erhalten. Du hast sechs. Meinst du nicht, dass du jetzt etwas vorzuweisen hast?«

Chess blieb stumm.

»Es war klar, dass du, wenn du Abitur hast, etwas Besonderes machen würdest. Diese Medaillen sind dein Türöffner für jede Einrichtung dieser Welt.«

»Aber es weiß niemand, dass ich es war, oder?«

»Nur der innerste Kreis des Entscheidungskomitees. Sie haben zugestimmt, es geheim zu halten, weil du ein Kind warst. Eine E-Mail von mir und es wird öffentlich.«

Chess fühlte einen Moment in sich hinein, um zu verstehen, was sich in ihr ausbreitete. Es war völlig neu für sie, und von einer Sekunde auf die andere verstand sie.

Selbstvertrauen – Hikari hatte völlig recht, deswegen hat es mich auch so verletzt. Seit Jahren sitze ich wie eine Maus in meinem Loch. Ab heute nicht mehr. Ich bin nicht vor 16 Jahren geboren worden, sondern jetzt in diesem Moment, in McPhersons Büro.

Zum ersten Mal in ihrem Leben hatte Chess das Gefühl, etwas erreicht zu haben, was außergewöhnlich war, und die ganze Welt würde davon erfahren.

»Könnten Sie es noch heute tun? Die Zeit des Versteckens ist vorbei.«

Der Schuldirektor sah ihr in die Augen. »So viele Jahre habe ich auf diesen Moment gewartet, Chess.«

Sie lächelte ihn an. »Ich auch. Nur wusste ich es nicht.«

McPherson beugte sich nach vorne und suchte etwas in Chess' Gesichtsausdruck. »Du musst unbedingt verstehen, dass du die Leitung der Abteilung und die administrativen Pflichten, die damit zusammenhängen, voneinander trennen musst.«

»Ich weiß, was Sie meinen.«

Die Medaillen klapperten in dem Holzkästchen, als sie Chess zurücklegte. »Das erklärt aber immer noch nicht, woher das Geld für meine Schulgebühr kommt.«

»In dem Kästchen ist noch mehr.«

Chess holte das Heft mit den Kontoauszügen heraus. Sie liefen auf ihren Namen. Der letzte Auszug war vier Wochen alt und wies einen Stand von knapp zehn Millionen Dollar aus.

Sie fiel in ihren Stuhl zurück. »Wie ist das möglich?«

»Jede Lösung der Millennium-Probleme wurde mit einem Preisgeld von einer Million Dollar honoriert. Du hast sechs gelöst. Der Rest wurde durch gute Geldanlage und die steigenden Aktienkurse erwirtschaftet.«

»Sie meinen, das ist mein Geld?«

»Niemand sonst hat Zugriff darauf. Es steht dir per Onlinebanking zur Verfügung. In dem Kasten sind auch die Passwörter. Nimm alles an dich und ändere ab heute die Zugangsdaten.«

Chess sah McPherson an. »Was bin ich Ihnen wirklich schuldig?«

»Ich mag dich sehr. Aber du hast recht. Die Wahrheit ist, dass mich etwas anderes angetrieben hat.«

»Es geht nicht um Geld oder Anerkennung.«

»Nein. Es geht darum, dass ich dich um ein Wunder bitten werde. Wenn du die Gleichung lösen kannst.«

Chess sah zur Wand. Es hing nur ein einziges Bild dort. McPhersons Sohn. Mit einer schwarzen Schleife um den Rahmen.

»Sie wollen, dass ich Kontakt zu Ihrem toten Sohn aufnehme. Wenn sich meine Annahme bestätigt.«

»Ja, und ich schäme mich nicht dafür. Was würdest du tun, wenn Alisa gestorben wäre und du vielleicht eine zweite Chance erhalten würdest? So unwahrscheinlich es auch sein mag. Wie weit wärst du bereit zu gehen, um sie noch ein einziges Mal in den Arm zu nehmen?«

»Wenn es notwendig wäre, würde ich den Lauf des Universums anhalten. Ihn umkehren. Jeder Verrat wäre mir recht. Ich würde mich mit den Göttern messen. Für eine einzige Minute mit Alisa.«

Sie stand auf und nahm den Kasten an sich. »Ich werde Ihren Wunsch erfüllen, wenn wirklich jemand auf der anderen Seite der Gleichung ist.«

McPherson stand ebenfalls auf. »Wenn dort niemand wäre, gäbe es dich nicht. Du bist der Beweis.«

Auf dem Weg zum Kloster kam sie an einem Elektronikmarkt vorbei. Die wenigen Menschen, die vor den Scheiben standen, starrten alle zu den Fernsehern. Das Foto von Alisa und ihr wurde eingeblendet. *Faith. Erlösung und Erfüllung.* Darunter lief in Endlosschleife ein Band mit ihrem Namen und der Nachricht über ihre Auszeichnung mit den sechs Fields-Medaillen.

Alisa hatte ohne Erfolg die ganze Schule nach Chess abgesucht. Sie war nirgendwo zu finden. McPherson meinte nur, dass sie etwa vierzig Minuten bei ihm gewesen und dann gegangen war.

Sie schloss ihre Sachen in der Schule ein und rannte zur nächsten Fähre. In der Wohnung lagen Chess' Büchertasche und ihr Mantel. Sonst keine Spur von ihr.

Weder war sie im Klostergarten, noch hatten Kopernikus oder Hikari Chess gesehen.

Alisa erinnerte sich an eine winzige Kellerwohnung, die sie in den ersten Wochen entdeckt hatten, nachdem sie heimlich in das Kloster gezogen waren. Die Räume standen die meiste Zeit unter Wasser. Nur in langen Trockenperioden war sie zugänglich.

Eine Kerze brannte in dem kleinen, fensterlosen Raum. Sie sah Chess schemenhaft auf der alten Pritsche sitzen. Mit einem Kästchen in der Hand. Ohne etwas zu sagen, setzte Alisa sich neben sie, nahm ihre Hand und wartete.

Eine halbe Stunde war vergangen, in der sie sich immer wieder ansahen, aber nicht sprachen. Dann hielt es Chess nicht mehr aus. »Du sagst gar nichts«, stellte sie fest und blickte immer noch auf die goldene Münze in ihrer Hand.

»Ich will nur bei dir sein. Wenn dir nach reden ist, rede du.«

Chess sah Alisa an. »Woher weißt du immer, was richtig ist?«

»Weiß ich doch nicht. Ich habe nur keine Angst, das Falsche zu tun.«

»Ich habe andauernd Angst, das Falsche zu tun.«

»Das Leben ist keine mathematische Gleichung mit nur einem möglichen Ergebnis. Du willst alles im Voraus berechnen. Das ist unmöglich. Du musst lernen, dich auch auf dein Gefühl zu verlassen. Deine Emotionen sind genauso mächtig wie dein Verstand. Du hast nur Lampenfieber. Viele Jahre hast du probiert, wie es wäre, wenn du die wissenschaftliche Abteilung leitest. Jetzt geht der Vorhang auf. Das geht mir genauso. Vor den ersten Tönen bin ich total aufgeregt. Aber ich weiß in dem Moment, wenn ich in das Licht trete, werde ich völlig ruhig. Und ich genieße nichts mehr als den Applaus des Publikums.«

»Versprichst du mir, dass es so sein wird?«

»Nur wenn die neue Chess, die sich nicht mehr versteckt und Hilfe annimmt, vor dem Vorhang steht. Ich ziehe mein Selbstvertrauen aus dem Wissen, wie gut ich Gitarre spielen und singen kann. Das lasse ich alle auf freundliche Art spüren, und sie liegen mir zu Füßen. Glaubst du, dass jemand besser in Mathematik ist als du?«

»Wenn ich das glauben würde, wäre ich bestimmt nicht hier. Was McPherson für einen Erstklässler ist, bin ich für diese Menschen. Unerreichbar.«

»Dann lass sie das auf freundliche Art spüren. Du willst keine Freundschaft, sondern Respekt.«

»Ich möchte, dass ihr alle mit dabei seid. Auf der Bühne neben mir steht.«

»Warum?«

»Ohne Hilfe kann ich es nicht, und das dürfen alle sehen. Dich als die Liebe meines Lebens, Isa und Yama, völlig unbegreiflich, aber unverzichtbar, Hikari, der Mensch, mit dem ich mich fachlich austauschen kann, Mute und Rylee. Freundinnen, deren Rat mir wichtig ist. Ich habe es satt, das Wunderkind zu sein, das allein durch die dunkle Nacht reitet. Ich will ins Licht, und alle Menschen, die mir wichtig sind, sollen neben mir sein. Sichtbar für jeden.«

Alisa umarmte Chess. Sie weinte. »Endlich.« Ihr Blick fiel auf die Goldmünzen. »Hast du hier unten einen Schatz gefunden?«

Die goldenen Medaillen glänzten zwischen Chess' Fingern. »Weißt du, was die Fields-Medaille ist?«

»Ich glaube, irgendeine Auszeichnung.«

»Eine Art Nobelpreis für Mathematik. Und ich habe sechs davon.«

Alisa sah bewundernd zu ihr. »Wie ist das möglich?«

»McPherson hat mir doch immer diese Rätsel gegeben. Das waren die Millennium-Probleme. Schau dir den Kontoauszug an. Dann verstehst du die Bedeutung.«

Alisa nahm den Auszug und hielt ihn sich vor die Nase. »Ich sehe nur endlose Zahlen. Mach mal dein Handylicht an.« Chess leuchtete auf das Papier.

Ihr Finger strich über die lange Zahl. So, als ob es nicht reichte, die Summe zu sehen. »Das sind zehn Millionen Dollar«, flüsterte sie. »Wem gehört das Geld?«

»Uns. Dir und mir. Es ist das Preisgeld für die Medaillen. Plus Zinsen. Es läuft schon im Fernsehen.«

Alisa lächelte Chess an. »Du hast fast alles erreicht. Bist du glücklich?«

»Das bin ich nur mit dir. Aber es schafft uns eine Perspektive jenseits dieser Mauern. Noch lieben wir es beide hier, aber es wird nicht ewig so sein. Du bist wenig beeindruckt?«

»Niemand braucht so viel Geld. Schon gar nicht ich. Aber für dich ist es wichtig. Das kann ich spüren.«

»Es bedeutet endgültige Unabhängigkeit. Sogar von unserem Modeljob.«

»Das gilt sicher für mich, aber nicht für dich. Du liebst die Aufmerksamkeit, auch wenn du es nicht zugeben willst.«

»Tue ich auch nicht.« Chess lachte Alisa an. »Ich habe eine oberflächliche Seite, die ich gerne verstecke. Ich mag schöne Dinge.«

»Das Schönste hast du doch schon. Mich. Weiß es Hikari?«

»Nein. Ich musste erst nachdenken.«

»Sie ist eine wunderbare Freundin für dich. Weil sie dir nichts durchgehen lässt. Sie hinterfragt das, was du tust, und hat keine Hemmungen, dich zu kritisieren.« Alisa sah Chess in die Augen. »Sprich jetzt sofort mit ihr.«

XIII

Alisa und Chess fanden Hikari vor ihrer Wohnung. Sie saß auf dem Boden.

Wortlos setzten sich die Mädchen neben sie.

»Du hättest mir sagen können, dass du die Millennium-Probleme gelöst hast«, murmelte sie.

»Ich habe es selber erst gestern erfahren. Der Schuldirektor hat sie mir als Hausaufgabe gegeben.« Chess legte den Arm um ihre Freundin. »Es war trotzdem alles richtig, was du mir gestern gesagt hast.«

»Wir haben uns beide verletzt, und damit meine ich nicht die Prügelei.«

»Es war meine Schuld. Sag mir, wie ich es wiedergutmachen kann.«

Hikari hob den Kopf. »Deine Frage macht es wieder gut. Ich bin

318

dir wichtig. Jeder hat eine Bestimmung im Leben. Meine ist an deiner Seite.«

»Ist dir denn nicht aufgefallen, dass du der einzige Mensch aus der Abteilung bist, dem ich vertraue? Ich habe dich gefragt, ob du meine Assistentin werden willst. In Wirklichkeit will ich dich als Freundin, Vertraute und Ratgeberin.«

»Du sagst es nicht nur so?«

»Ich habe es dir schon direkt nach unserem Streit gesagt.«

Hikari stand auf. »Dann beweise es und hör auf mich. Wir machen die Übergabe so bald wie möglich. Solange der Schock deiner Auszeichnungen nachwirkt. Niemals wird ihre Bewunderung für dich größer sein als in den nächsten Wochen. Mit deiner Erlaubnis spreche ich mit Kopernikus.«

»Ich verlasse mich auf deinen Rat, Hikari. Denn der ist es, den ich am meisten in den letzten Monaten vermisst habe.«

»Jetzt ist es beschlossen. Von uns allen dreien, und die unendliche Warterei hat ein Ende«, sagte Alisa und umarmte Hikari.

❁❁

Chess verbrachte die nächsten Tage damit, zu überlegen, was sie den Wissenschaftlerinnen und Wissenschaftlern erzählen würde und was besser nicht. Wie viel sie von sich preisgeben wollte.

Kopernikus hatte sofort zugestimmt. Er war der offizielle Leiter und verstand Hikaris Einwand, dass eine Übergabe seiner Position einfacher war, solange er noch lebte. Er beraumte eine Sondersitzung mit dem Rat des Klosters an und informierte alle über das Intranet.

Das Klosterleben schien sich daraufhin schlagartig zu ändern. Selbst der Küchenbetrieb verfiel in einer Art Notfallmodus.

Alisa lief mit ihrer Gitarre durch das Kloster und registrierte aufmerksam jede noch so kleine Veränderung.

Wie ein Bär aus dem Winterschlaf erwachte es zum Leben. Hungrig, gefährlich und auf Beute aus. Sie spürte schon fast ein körperliches

Verlangen des Gemäuers auf Veränderung seiner Existenz. Die Mönche hatten sich komplett gewandelt. Selbst ihr Gang schien sich verändert zu haben. Waren sie vorher eher langsam und behäbig gewesen, folgten sie nun einer völlig anderen Bestimmung.

In einem Gang, der die einzelnen Gebäudeteile verband, blieb Alisa stehen. Sie setzte sich auf einen Tisch, der am Rande stand. Aufmerksam betrachtete sie die Mönche, die eilig hin- und herliefen, und spielte dabei leise auf ihrer Gitarre.

Ein Mönch blieb vor ihr stehen und sah sie an.

Alisa erwiderte stumm seinen Blick und erkannte es schlagartig in seinen Augen. Es würde etwas passieren, worauf sie seit hundert oder tausend Jahren warteten.

»Wir erwachen.« Der Mönch lächelte sie an und ging weiter.

Alisa sprang vom Tisch und folgte ihm ein Stück. Nach einigen Metern stoppte sie. Eine kleine Öffnung in der Wand erregte ihre Aufmerksamkeit. Sie konnte sich nicht erinnern, diese schon mal gesehen zu haben. Eine schmale Treppe führte steil nach unten. Sie stellte ihre Gitarre seitlich an die Wand und setzte ihren Fuß vorsichtig auf die grob in den Fels geschlagene erste Stufe.

Nach einer gefühlten Ewigkeit stand sie vor einer Holztür mit unzähligen Schnitzereien. Figuren, Szenen und Symbole, die sie nicht kannte, wechselten sich ab. Manche waren so groß wie ihre Hand, andere waren winzig. An einer Stelle war ein ganzer Friedhof in der Größe einer Walnuss abgebildet. Es würde Tage brauchen, um alles zu betrachten. Monate, um den Zusammenhang herzustellen, Jahre, um alles zu verstehen. Allein wegen dieser Tür hatte es sich gelohnt, hier herabzusteigen. Ein kurzer Druck auf das Holz verriet ihr, dass sie abgeschlossen war.

»Bist du enttäuscht?«

Alisa fuhr herum. Der Mann stand direkt vor ihr. Er war schlicht angezogen, kein Mönch. Jung, um die fünfundzwanzig Jahre alt.

»Ich will dich nicht ängstigen. Aber ich kann die Tür öffnen, wenn du willst.«

»Dann gibt mir den Schlüssel«, sagte Alisa. Sie brauchte einen Vertrauensbeweis.

Der Mann nahm ihre Hand und legte ihre Fingerspitzen auf fünf winzige Symbole.

Alisa drückte, aber die Tür bewegte sich nicht.

»Es geht nicht«, sagte sie. »Gibt es einen Trick?«

Der Mann sah Alisa abwägend an und schien mit sich zu ringen.

»Ich bin Alisa. Sie sollten sich auch vorstellen, sonst ist es unhöflich.«

Er faltete die Hände, berührte kurz sein Herz und daraufhin ihre Stirn. Eine Botschaft, die sie nicht verstand, breitete sich in ihrem Körper aus.

»Mehr kann ich nicht über mich sagen. Du wirst es fühlen. Nicht sofort. Aber die Zeit wird kommen.«

»Kannst du die Tür öffnen? Ich bin neugierig.«

Er lachte ein leises und beruhigendes Lachen. »Du musst das singen.« Eine melodische, aber traurige Tonfolge erklang.

In dem Moment, als Alisa die Melodie nachsang, erkannte sie, dass sie von ihr selbst stammte. Es war ihre Komposition, aber ein Bild der Erinnerung fehlte in ihren Gedanken. Eine leere Stelle, die erst in Jahren mit Inhalt gefüllt werden würde.

Ihre Finger lagen immer noch auf den Symbolen. Die Tür schwang nach innen.

Der Raum sah aus wie eine Umkleidekabine im Schwimmbad. Moderne Taucherausrüstungen hingen an der Wand. Es gab Bänke und Spinde.

»Soll das der Spa-Bereich des Klosters sein?«, rätselte Alisa.

Der Mann lachte. »Ich mag deinen Humor. Er macht dich noch schöner.«

»Danke, aber ehrlich gesagt fühle ich mich unsicher mit dir hier unten.«

»Was sagt dir dein Gefühl?«

»Weiß nicht. Etwas erinnert sich in mir.«

»Du musst deinem Gefühl vertrauen.«

»Um was zu verstehen?«

»Wer ich bin.«

»Irgendwie erkenne ich dich. Aber es liegt nicht in der Vergangenheit.«

»Du bist ein Wunder.«

»Lass das. Es ist peinlich.«

Das Türkis seiner Augen umfing Alisa. Sie setzte sich auf eine Bank. Es roch nach Meer. Sie hörte die Wellen, die gegen die Stufen schlugen.

»Was ist das jetzt hier?«

»Der Zugang zur Bibliothek«, sagte der Mann.

»Das ist Unsinn. Die Bibliothek kenne ich. Die hat keinen Meereszugang. Die Bücher würden alle kaputt gehen.«

»Nicht diese Bücher. Nicht in dieser Bibliothek. Wie stark kannst du vertrauen?«

»Dir? Warum sollte ich?«

»Nur wenn du im richtigen Moment vertraust, wirst du alles retten. Es hängt so viel davon ab. Es ist dir nicht möglich, das Ganze zu sehen. Aber in der Stunde der größten Not wirst du verstehen, warum sie es tat. Hass, Enttäuschung, Stolz, Trauer. Lass alles hinter dir. Erkenne das Geschenk. Das Ergebnis ist wichtig, nicht die Umstände. Wie stark kannst du vertrauen?«

Alisa sah den Mann minutenlang an. Ohne Regung. »Was soll ich tun?«

»Dreißig Sekunden unter Wasser die Luft anhalten.«

»Kein Problem.«

»Wir müssen uns umziehen.«

Alisa nahm einen der Neoprenanzüge von der Wand und zog mit ganzer Kraft daran, um sich hineinzuquetschen.

»Ich kann kaum atmen. Soll das so sein?«

»Ja, sonst erfrierst du«, sagte der Mann, der nun ebenfalls in einen Taucheranzug stieg. »Es wird unglaublich kalt. Aber nach zehn Sekunden hat dein Körper das Wasser im Anzug aufgewärmt.«

Sie zogen sich Flossen und Brille an. Etwas ungelenk watschelte sie über den harten Boden. In den Stein gehauene Stufen führten direkt ins Meer. Es war eisblau, glasklar und kalt. Er hatte nicht übertrieben.

Alisa holte tief Luft und tauchte unter.

In den ersten Sekunden dachte sie, ihr Herz würde stehen bleiben. Sobald die Anzüge mit dem Wasser in Kontakt kamen, entwickelten sich hunderte von bunten Linien aus Licht auf ihnen. Beide hatten nun Ähnlichkeit mit Tintenfischen. Sie tauchten an einer endlosen Wand ins Meer hinab. Nie hatte sie so eine Vielfalt von Leben gesehen. Lebewesen jeder Größe und Art konkurrierten um die Plätze, die Korallen und Steine boten. Riesige Fische zogen ohne Interesse an ihnen vorbei. Das Wasser war glasklar, und Alisa drehte sich einige Male um sich selbst. Sie wollte so viel wie möglich von dieser fremden Welt sehen.

Der Mann berührte sie an der Hand. Nicht weit entfernt von ihnen sah sie den Zugang. Es war wie ein großer Kamin aus Marmor mit kunstvoller Umrandung.

Alisa wurde die Luft knapp, sie schwamm, so schnell sie konnte, zur Öffnung und machte einen tiefen Atemzug, als sie die Wasseroberfläche durchbrach. Sie war mitten in einem großen Raum, etwas kleiner als die Bibliothek des Klosters. Der schwarze polierte Marmor mit seinen kristallähnlichen Adern war ganz warm. Sie setzte sich auf die obere Stufe.

»Wo sind wir hier?«

Der Mann lächelte. Eine Antwort bekam sie nicht.

Den Boden durchzogen prachtvolle Intarsien aus Gold und Silber. Vorsichtig strich sie mit der Hand darüber. »Wundervoll.«

»Es wird noch besser«, versprach der Mann.

Sie zogen ihre Flossen aus, und gemeinsam stiegen sie einige Stufen hinauf.

Das Holz an den Wänden hatte eine Maserung im Leopardenmuster. Verschiedene Szenen waren tief hineingeschnitzt, durchzogen von geometrischen Mustern. Im Zentrum standen Vitrinen, die mit einer Flüssigkeit gefüllt waren. Darin lagen aufgeschlagene Bücher. Die Farben leuchteten und wurden durch das Wasser noch verstärkt.

Langsam ging Alisa von Vitrine zu Vitrine. Am Rand jeder Seite war kunstvoll eine Art Notenschlüssel gezeichnet. Sie sah die Buchstaben und die angegebenen Tonwerte an. Die verschiedenen Höhen der Buchstaben bildeten eine Linie.

Alisa wandte sich zu dem Mann. »Das muss man singen, oder? Es wird gar nicht gelesen.« Sie fühlte etwas, das ihr völlig fremd war. Nicht zu beschreiben. »Die Zeichen ergeben nur Sinn in der jeweiligen Tonlage, die die Linie vorgibt.«

»Versuche es«, sagte er.

Ihre ersten Töne waren unsicher, doch schon nach einigen Sekunden konnte sie die gesamte Seite erfassen. Durch die Modulation der Töne entstanden Bilder. Zuerst in ihrem Kopf.

Alisa wurde sicherer, und ihre Stimme erklang im gesamten Raum. Der Inhalt des Buches wurde wie in einem Planetarium in die Kuppel projiziert, und Alisa fand sich mit dem Mann in einer fremden Welt wieder. Die Szenen, in denen sie sich mittendrin befanden, handelten von Landwirtschaft und Erntemethoden. In einer langsamen wellenartigen Bewegung schlug die Seite um, und Alisa stand mit ihm wieder in der Bibliothek. Der Notenschlüssel der nächsten Seite zeigte wieder eine andere Tonart an.

»Wie geht das?«, flüsterte sie und sah den Mann an. »Es ist viel besser als im Kino.«

»Wir waren wirklich dort. Es sind alte vedische Bücher.«

»Es war nicht nur eine Fantasie?«

»Sieh zu deinen Füßen.«

Trockene Erde aus dem Feld klebte an ihrer feuchten Haut.

Sie bückte sich und nahm etwas zwischen ihre Finger und zerrieb es. »Tatsächlich. Es war keine Illusion. Wie viele Bücher gibt es?«

»11 plus 8 Bücher. Gerettet vom Tempelberg in Jerusalem. Vor zweitausend Jahren.«

»Die Bücher sind zweitausend Jahre alt? Wie kann das sein? Der Buchdruck wurde erst um das Jahr vierzehnhundert entwickelt.«

»Nein. Die Bücher sind fast hunderttausend Jahre alt. Sie wurden über die Zeitalter gerettet.«

»Wieso sagst du 11 plus 8? Warum nicht neunzehn?«

»11 Bücher, deren Tonwerte erhalten und überliefert sind. 8 Bücher, deren Tonwerte unbekannt sind. Also nicht gelesen werden können.«

Alisa überlegte, sah den jungen Mann an, der die Antwort ihrer stummen Frage in den Augen trug.

»Das ist der Grund, worum es hier eigentlich geht, oder? Das ganze Kloster, alle Wissenschaftler sind auf der Suche nach den Schlüsseln.«

»Kopernikus hat die Suche so gut wie möglich verschleiert. Niemand kennt das eigentliche Ziel. Es ist wie ein riesiges Puzzle, aber keiner weiß, was es zeigt.«

Alisa sah den Mann an. »Du schon, oder?«

»Ich bin der Bibliothekar.«

»So viel Geheimniskrämerei und List, nur wegen einiger Bücher? Das glaube ich nicht.«

»Nicht alle handeln von Landwirtschaft«, sagte der Mann vorsichtig.

»Sondern?«

»Astronomie, Physik, Medizin.«

Alisa sah den Mann prüfend an. »Es fehlt ein *und* und ein weiteres Wort.«

»Und Krieg«, sagte er leise.

Er nahm sie an der Hand und führte sie nach hinten in einen weiteren Raum. 8 Vitrinen waren mit einer schwarzen Flüssigkeit gefüllt. Nur schemenhaft konnte Alisa erkennen, dass sich darin Bücher befanden.

Zitternd legte sie ihre Hand an die matten Glasscheiben. »Das sind die 8 Bücher, die nicht gelesen werden können.«

»Ja. Sie sind in meiner Obhut.«

»Was ist, wenn sie jemand einfach da herausholt?«

»Was fühlst du?«, fragte er.

»Tod. Etwas ist in dem Wasser.«

»Die Legenden sagen, dass jemand kommen wird, der die Melodien in seinen Gedanken trägt. Erst dann wird das Wasser durchsichtig werden und den Inhalt der Bücher freigeben.«

»Du musst es verhindern. Es gibt einen Grund, warum die Veden sie so abgeschirmt haben.«

»Es ist meine Aufgabe. Ich trage die Erkenntnisse der Welten zusammen. Die Zeit ist noch nicht da, in der du es verstehen wirst.«

»Und Chess. Ihre Gleichung?«

»Sie erfüllt eine Schuld, gegeben in einer anderen Welt. Selbst für uns ist ihre Rolle unverständlich. Sie steht außerhalb jeder Erkenntnis. Sie wird in keinem der Bücher erwähnt. Nur das Bauernmädchen in eurer Welt sprach von ihr. Ihre Aufzeichnungen sind aber zu stark verfälscht, um sie zu deuten.«

»Und ich«, fragte Alisa. »Werde ich erwähnt?«

Der Mann sah sie voller Zuneigung an. Zuneigung, Bewunderung und Liebe. »In jedem dieser Bücher.«

»Was steht dort über mich?«, flüsterte sie.

Der Mann nahm Alisas Hand, und sie sah den Schmerz in seinen türkisfarbenen Augen.

»Wir müssen zurück«, sagte er. »Wenn die Flut kommt, steht alles unter Wasser.« Er bückte sich, nahm etwas aus dem Wasser und reichte es ihr. Der Kristall war etwa so groß wie eine Kirsche und funkelte in der Farbe von seinen und Chess' Augen. »Als Erinnerung an unseren Ausflug.«

»Wie ist dein Name?«

»Du kennst ihn schon.«

»Es gibt einen Grund, weshalb ich dich jetzt treffe. Es hängt mit der Übergabe der wissenschaftlichen Abteilung an Chess zusammen. Stimmt doch?«

»Indirekt«, sagte er ausweichend.

»Menschen, die nur mit einem Wort antworten, verbergen etwas.«

Alisa sah die Unsicherheit in seinem Blick. Fast so, als ob sie auf ein Kind sehen würde, las sie in seinen Augen.

Dann erkannte sie es. »Yama.«

»Was sagt dein Gefühl?«

»Sie ringt mit einer Entscheidung und wartet auf etwas.«

»Ihre Rolle ist nicht überliefert. Aber ihr müsst vorsichtig sein.«

Aus einem Gefühl heraus sagte sie: »Yama ist immer bei Isa. Sie sind praktisch unzertrennlich.«

Seine Finger legten sich auf Alisas Lippen. Das Wasser stieg unaufhörlich, und sie tauchten durch den Kamin zurück in das Kloster.

Vorsichtig schloss Alisa die massive Holztür und berührte mit allen fünf Fingerspitzen wieder die winzigen Symbole darauf. Sie drehte sich um, aber der Mann war gegangen.

Alisa lief die steile Treppe nach oben und rannte zum Saal der Wissenschaftler, wo sie Chess vermutete.

Sie besprach sich gerade mit jemandem, den Alisa nicht kannte.

»Ich muss dich sprechen. Sofort«, unterbrach Alisa. Ohne abzuwarten, zog sie Chess hinter sich her in den Garten zur alten Eiche.

»Was kann nicht warten, Alisa? Und wieso hast du nasses Haar?«

»Erkläre ich dir gleich«, sagte Alisa atemlos. »Worum geht es hier, Chess? Das Kloster, wir, alles?«

»Wissenschaft. Wir sehen es seit Jahren mit eigenen Augen.«

»Wir sehen nur das, was sie uns sehen lassen wollen. Es geht nur am Rande um Wissenschaft. In Wirklichkeit geht es um Religion. Das ist weder ein normales Kloster, noch sind das normale Mönche, wie wir geglaubt haben.«

Chess setzte sich zu den Wurzeln des Baumes. »Kannst du es erklären?«

»Es gibt eine versteckte Bibliothek. Unter Wasser. Die Bücher sind hunderttausend Jahre alt. Vedische Bücher. Insgesamt 11, die gelesen werden können, und 8, die nicht gelesen werden können. Die Schrift muss gesungen werden und ergibt nur in den jeweiligen Tonlagen Sinn. An den Seiten stehen die Zeichen dafür. Die 8 Bücher sind von einer schwarzen Flüssigkeit umgeben, die sie schützt. Die Tonlagen sind unbekannt.

Bei einem der Bücher habe ich die Noten gesungen, die am Rand standen. Der Mann und ich waren auf einmal in einer anderen Welt. Das Thema war Landwirtschaft. Aber es war kein Film. Wir waren wirklich dort.«

»Weißt du, wovon die anderen 8 Bücher handeln?«, fragte Chess ängstlich.

»Astronomie, Medizin und Physik.«

»Kannst du dir vorstellen, was das Wissen darin bedeutet?«

Alisa überlegte kurz. »Raumfahrt, Unsterblichkeit und ein völlig neuer Blick auf unsere Welt?«

»Nein. Jedes dieser Bücher steht für den Untergang unserer Zivilisation. Nicht in tausend Jahren hätten wir die geistige Reife, mit diesem Wissen umzugehen.«

»Es gibt noch ein Buch«, sagte Alisa unsicher.

»Wovon handelt es?«, flüsterte Chess.

»Krieg.«

Chess schloss die Augen und atmete tief ein.

»Niemals darf es gelesen werden. Nicht in einer Million Jahre.«

»Die schwarze Flüssigkeit schützt die 8 Bücher. Der Tod liegt darin. Ich konnte es deutlich fühlen. Ich hatte Angst.«

»Die Angst ist berechtigt. Siehst du nicht den Zusammenhang? 11+8 Bücher – bei der Basilika Santa Maria drehte sich alles um die 11 und die 8. Praktisch die gesamte Kirche ist auf diesen Zahlen aufgebaut. Die Zahl 11 ist auch von zentraler Bedeutung in meiner Gleichung. Davon habe ich den Matrix-Generator abgeleitet. Und wir haben Yama dort getroffen. Es hängt alles zusammen. Yama ist nicht nur hier, weil ich die Gleichung löse. Es gibt noch einen anderen Grund und es ist kein Zufall, dass die Veden die Bücher gesichert haben. Alle suchen in Wirklichkeit nach diesen Notenschlüsseln. Direkt oder indirekt. Kopernikus weiß es als Einziger.«

»Du meinst, er hat uns angelogen?«, fragte Alisa.

»Nein, das nicht. Kopernikus hat uns nur niemals die ganze Wahrheit gesagt. Vielleicht aus Fürsorge. Oder weil er gebunden ist.«

»Das Lösen deiner Gleichung scheint eine Schuld zu sein.«

»Schuld? Wem gegenüber?«

»Das weiß ich nicht. Aber dein ganzes Streben zielt darauf ab. Wenn du es schaffst, den Kontakt herzustellen – was wirst du fragen?«

Chess sah Alisa erstaunt an. »Darüber habe ich noch nie nachgedacht. Ich bin nicht religiös.«

»Eben. Der Kontakt ist nicht für uns. Deine Aufgabe ist, ihn zu finden. Für jemanden oder für etwas.«

»Woher weißt du das alles?«

»Ein Mann hat es mir gesagt. Er hat mir den Zugang zur Bibliothek gezeigt. Seinen Namen kenne ich nicht. Wir tauchten durch ein Meer. Deshalb mein nasses Haar.«

»Das Kloster ist auf Felsen gebaut. Das kann nicht sein.«

»Es war auf jeden Fall nicht das Mittelmeer. Das kenne ich. Die Unterwasserwelt war völlig anders. Den hat er mir gegeben.« Alisa zeigte Chess den Kristall.

Chess hob den Stein hoch und hielt ihn in das Licht. »Unglaublich. Wir müssen mit Kopernikus sprechen. Erwähne die Bücher; aber auf keinen Fall, worüber sie handeln.«

»Es ist schön, dass ihr beide zusammen kommt, aber auch selten.«

Chess setzte sich mit Alisa auf das Sofa neben seinem Schreibtisch. Sie sagte nichts, sah ihn nur an. Die Atmosphäre erinnerte Alisa an das Schachspiel.

Kopernikus' Eröffnungszug ließ alles offen. »Kann ich euch etwas anbieten?«

Chess lächelte verhalten. »Information, Erkenntnis, Wahrheit.«

»In dieser Reihenfolge?«

»Egal in welcher Reihenfolge, Kopernikus.«

»Ich hätte sowieso mit euch gesprochen. Ihr seid mir zuvorgekommen.« Er stand vom Schreibtisch auf und setzte sich in den Ledersessel, gegenüber dem Sofa. »Der Tag, als ihr das erste Mal ins Kloster gekommen seid, hat alles verändert. Aus Legenden wurden auf einmal Wahrheiten.«

»Gefährliche Wahrheiten«, sagte Alisa.

»Die Wahrheit ist immer gefährlich. Niemand will sie hören.«

»Wir schon«, sagte Chess.

»Ihr müsst mir glauben, dass ich euch beschützen will. Es ist sehr kompliziert, und es reicht lange zurück. Fast hundert Jahre.«

»Seit Jahren diskutieren wir zusammen, teilen unsere Gedanken. Sag mir, dass uns Freundschaft verbindet und nicht fremde Interessen.«

»Chess, ihr könntet mir nicht näher sein, wenn ihr meine Töchter wärt«, sagte Kopernikus. »Trotzdem sind viele andere Interessen im Spiel.«

»Ich will euch beiden was sagen«, mischte sich Alisa ein. »Wenn ihr jetzt nicht ehrlich seid, ist die Chance vertan. Ihr spielt wieder Schach miteinander. Aus purer Lust. Das verbindet euch nämlich am stärksten. Das fand ich schon komplett bescheuert bei eurer ersten Schachpartie.«

Kopernikus sah Alisa an, stand auf und holte aus einer Ledermappe zwei vergilbte Blätter. »Verzeiht mir. Du hast recht, Alisa. Alles geschieht aus tiefer Freundschaft, das müsst ihr glauben. Vor hundert Jahren hat ein portugiesisches Bauernmädchen eine Vision gehabt. Das Mädchen war Analphabetin. Nur für die Dauer der Prophezeiung konnte sie schreiben.«

Chess nahm die Seiten in die Hand. »Die Buchstaben sind kaum zu erkennen.«

»Wir haben fast dreißig Jahre gebraucht, um es zu entziffern. Die Sprachen wechseln sich darin ab. Manche Zeichen sind bis heute unbekannt. Sie spricht über euch …« Kopernikus hielt inne und sah Chess an.

»Was hat sie über mich geschrieben, Kopernikus?«

»Dich hat sie beschrieben als ein Wesen, das völlig unbegreiflich ist. Eine Anomalie, die notwendig, aber unerklärlich ist. Es war ein ungebildetes Mädchen. Ihr müsst berücksichtigen, dass die Botschaft, die sie empfing, weit über ihren Verstand hinausging. Sie schreibt davon, dass drei Schwestern des gleichen väterlichen Blutes ein Band in die jenseitige Welt spannen würden. Nicht aus Barmherzigkeit, sondern aus Rache. Zumindest haben wir die verständlichen Fragmente so gedeutet.«

Alisa sah Kopernikus an. »Drei Schwestern des gleichen väterlichen Blutes? Wer soll das sein? Isa könnte meine Schwester sein. Aber es gibt keine andere.«

»Niemand weiß das.«

»Was ist mit den Büchern? Die 11 plus 8 vedischen Bücher in der geheimen Bibliothek?«

Alisa bemerkte ein Augenzucken bei Kopernikus. Das hatte er nicht erwartet.

»Woher weißt du davon?«, fragte er. »Die Bibliothek ist eine Legende. Sie wurde nicht gefunden. Wir besitzen lediglich einige handschriftliche Kopien aus dem zwölften Jahrhundert. Sie wurden beim Überfall in Konstantinopel geraubt. Man braucht einen Schlüssel, um die Sprache zu lesen. Einige Seiten haben einen am Rand. Andere nicht.«

»Vor einer Stunde war ich in der Bibliothek. Ein junger Mann zeigte mir den Zugang. Sie ist nur durch das Meer zu erreichen. Es waren insgesamt neunzehn Bände. Der Mann sprach von 11 plus 8. 11 Bücher haben die notwendigen Schlüssel, um sie zu lesen, 8 nicht. Der Mann sagte, sie seien hunderttausend Jahre alt.«

»Konntest du eines der Bücher lesen?«

Alisa spürte den deutlichen Druck von Chess' Fuß auf ihrem. »Das fragte mich der Mann auch. Aber die Sprache war mir unbekannt«, log sie.

»Deine Beschreibung deckt sich mit dem, was wir wissen. Aber unter dem Kloster ist kein Meer. Nur Felsen. Seit tausendsechshundert Jahren leben wir hier. Es gibt keinen geheimen Raum innerhalb dieser Mauern. Wir haben Jahrhunderte gesucht.«

»Dann suche ich mit all den Wissenschaftlerinnen und Wissenschaftler in Wirklichkeit den fehlenden Schlüssel. Stimmt das, Kopernikus?«

»Es laufen viele Interessen hier zusammen. Wir sind Gläubige und suchen den Kontakt zu Gott. Versuchen, seine Pläne zu verstehen. Aber es gibt andere innerhalb dieser Mauern. Sie suchen einen Übergang, der beide Welten direkt verbindet. Für Menschen passierbar ist.«

»Ich habe diese Menschen gesehen«, sagte Chess. »Sie sind anders als ihr, Kopernikus.«

»Es sind Tempelritter. Von ihnen haben wir die Abschriften erhalten.«

»Als Gegenleistung habt ihr die wissenschaftliche Sektion gegründet. Um die Schrift zu entziffern und den Übergang für sie zu finden.«

»Das ist die vereinbarte Gegenleistung, Chess. Aber wir erhalten auch etwas dafür.«

»Schutz. Für mich und Alisa.«

»Ja. Wir sind Mönche. Die Tempelritter sind Krieger. Ihr seid umgeben von ihnen.«

»Wie viele sind es?«

»Das wissen nur sie.«

»Die wissenschaftlichen Projekte sind so angelegt, dass alle Titel erfasst werden«, sagte Chess. »Jedes einzelne Buch. Wonach suchst du wirklich, Kopernikus?«

»Ich wusste, dass es dir irgendwann auffallen würde.« Stolz schwang in der Stimme des Mönches mit. »Wir suchen nach Anomalien in der Schrift. In jedem einzelnen Buchstaben. Deshalb die Schriftabteilung. In jedem Programm, das die Wissenschaftler zur Auswertung der Texte benutzen, ist ein geheimes Unterprogramm versteckt. Nicht zu finden. Es vergleicht die Buchstaben und speichert ungewöhnliche Abweichungen.«

Chess sah Kopernikus fragend an. »Ihre einzige Aufgabe ist in Wirklichkeit, die Bücher durchzublättern. Im Grunde sind sie nicht mehr als Praktikanten für dich.«

»Wie später für dich, wenn du mir nachfolgst. Das Wissen ist aber auch wichtig. Für den Fall, wenn wir scheitern, bleibt immer noch der Wert der Erkenntnis, die aus dieser Bibliothek gezogen wurde.«

»Was genau soll meine Aufgabe sein? Von Religion weiß ich nichts.«

»Du musst nur das tun, was du bisher immer getan hast. Denken und dafür sorgen, dass die Projekte der Wissenschaft voranschreiten. Den Forschenden kleine Hilfen geben, falls notwendig, und Korrekturen in den Thematiken.«

»Damit wirklich jede Seite gelesen wird.«

»Ja. Es ist unverzichtbar. Alles hängt an den Buchstaben.«

»Gibt es ein Ergebnis irgendeiner Art?«

»Wir sind beim C.«

»Was soll das heißen?«, fragte Chess.

Kopernikus nahm ein Stück Papier aus dem Bücherregal, das zwischen den schweren Lederbänden versteckt war, legte es auf den Tisch und klappte es auf.

Die Mädchen starrten auf das Zeichen, das gestochen scharf auf das Papier aufgedruckt war.

»Die Zeichen aus Isas Zimmer«, flüsterte Chess.

»Wir haben fast hunderttausend As vergrößert um den Faktor fünfzig, dann alle aufeinandergelegt, und zum Schluss ist das entstanden.«

»Kann es nicht Zufall sein?«, fragte Alisa.

»Dachten wir auch.« Kopernikus holte sein Notebook vom Schreibtisch und öffnete ein Programm. Das A in fünfzigfacher Vergrößerung erschien.

Chess deutete auf die Abbildung. »Da ist so etwas wie eine kleine Nase. Aber es ist zu genau, um zufällig beim Schreiben entstanden zu sein.«

»Wir haben Jahre gebraucht, um darauf zu kommen.«

»Kannst du mir noch einige andere As zeigen?«

Kopernikus drückte eine Taste, und der Bildschirm wurde mit Fenstern überflutet.

Chess klickte sich durch die Bilder. »Sie wandert über den Buchstaben. Aber alle sind identisch.«

»Was glaubst du, wofür sie da sind?«

Chess sah noch mal auf das Zeichen, das auch Isa in ihrem Zimmer gemalt hatte. »Die Abbildung kann nur entstehen, wenn alles absolut genau ist. Es sind Markierungen, wie die As aufeinandergelegt werden müssen. Erst dadurch entsteht die geometrische Figur.«

»Verstehst du jetzt, weshalb du mir nachfolgen sollst?«

»Meine Lebensspanne wird nicht reichen.«

»So wie ich wirst du einen Nachfolger oder eine Nachfolgerin finden.«

»Ich verstehe immer noch nicht, wofür das gut sein soll. Wenn Gott uns etwas sagen möchte, könnte er es doch einfach an die Wand schreiben. Wofür diese Geheimniskrämerei?«, fragte Alisa.

»Darauf haben wir keine Antwort.«

Kopernikus sagte nichts, aber sein Blick blieb auf Alisa liegen. Etwas Unausgesprochenes lag im Raum. Wie der schwere Duft einer Räucherkerze.

Alisa sah auf die vergilbten Blätter des portugiesischen Mädchens. »Was steht noch darin?«

»Das Kind schreibt von einem Heer von Millionen von Kreuzrittern, das von einem Mädchen angeführt wird.« Kopernikus' Stimme stockte. Es fiel ihm schwer weiterzusprechen. »Das Ende der Barmherzigkeit. Welten, die ineinanderstürzen. Die Apokalypse. Die Aufzeichnungen sind größtenteils unverständlich. Wie im Fieber geschrieben.«

»Die Tempelritter glauben, dass ich das Mädchen bin?«

»Ja. Das ist der Grund, warum wir unbedingt den Kontakt brauchen.« Der Mönch sah den Mädchen direkt ins Gesicht. »Wir wollen Gott um Gnade bitten. Auch für euch.«

Alisa stand auf, und Kopernikus reichte ihr die Blätter. »Nehmt sie an euch. Wir konnten nur einen Bruchteil entschlüsseln. Das Meiste liegt im Dunkeln. Eins musst du noch wissen, Alisa. Das Kind schreibt, dass der erste Erzengel, der nach zweitausend Jahren wieder die Erde betritt, bereits hier ist. Als Wegbereiter. Es ist ein Mann. Ob du das Heer anführen wirst, ist nicht klar. Ebenso wie die drei Schwestern. Ihr müsst mit allem rechnen.« Er stand auf und ging zurück zu seinem Schreibtisch. »Ich war so ehrlich zu euch, wie ich konnte.«

Alisa führte Chess zu der steilen Treppe. Nach zehn Stufen kam eine Tür aus Eisen. Dahinter war ein Weinkeller. Nicht größer als ein Zimmer.

Alisa war verwirrt. »Das ist unmöglich. Hier war es! Es sieht ganz anders aus.«

»Vielleicht hast du zu viel vom Wein probiert und den Rest geträumt.«

»Und was ist das?« Alisa hielt den Stein hoch.

»Beruhige dich. Ich glaube dir.«

»Aber hier ist nichts. Außer vermoderter Wein, von dem ich bestimmt nicht getrunken habe. Warum glaubst du mir?«

»Du hast den Beweis in der Hand, und es passt alles zusammen. Wenn alles für das Unmögliche spricht, muss es berücksichtigt werden.«

»Chess, wenn du glaubst, dass ich über diese Kellertreppe einen Ausflug in eine andere Welt gemacht habe, dann bist du noch verrückter als ich. Wo ist die Wissenschaftlerin in dir?«

Chess schüttelte leicht den Kopf. »Du hast keinen Ausflug in eine andere Welt gemacht. Du warst in einer anderen Dimension. Die Dimensionen überlagern sich. Wahrscheinlich gibt es viele hundert davon. Wir können bestenfalls bis in die vierte Dimension, die Zeit, denken. Es gibt so viel, was wir nicht wissen, und noch mehr, was wir niemals verstehen werden. Trotzdem darf man sich dem nicht verschließen.« Chess nahm ein leeres Glas und fing an, Alisas Haare wie ein Handtuch auszuwringen.

»Was machst du?«

»Ich lasse es bei Rylee in Mailand analysieren. Mal sehen, ob ich recht habe.«

»Danke, dass du mir glaubst.«

»Gib mir kurz die Blätter.«

Chess breitete das Papier auf dem Boden aus und machte von jeder Seite Fotos mit ihrem Handy. »Darin liegt das Geheimnis. Wir denken nur alle in die falsche Richtung. Nur du lagst richtig.«

»Was meinst du?«

»Die Zeichen sind nicht von Gott. Er würde sie flammend am Himmel erscheinen lassen. Sie sind von Menschen, aus welcher Zeit und Dimension auch immer. Und es gibt einen Grund, warum es so kompliziert ist.«

Alisa sah ihre Freundin an. »Weißt du, welchen?«

»Nein. Aber vierzig Jahre lang Buchstaben aufeinanderzulegen, kann nicht die Lösung sein. Kopernikus hat etwas gefunden, aber wer sagt, dass es auch für uns gedacht war?«

»Das ist mir alles zu kompliziert.« Alisa nahm eine von den leeren Weinflaschen, rollte die Seiten von Kopernikus zusammen und schob sie in die Flasche hinein. »Hier sind die Seiten sicher.« Sie hielt inne und griff in ihre Hosentasche. Ein Foto von Chess kam zum Vorschein.

»Du hast ein Foto von mir mit?«

»Manchmal habe ich Sehnsucht, dann sehe ich es mir an.«

Chess lächelte, griff in die Tasche ihrer Jeans und holte wortlos ein Bild von Alisa heraus.

Alisa rollte beide Fotos zusammen, packte sie zu den Schriften in die Flasche, drückte den Korken hinein und legte die Flasche in die hinterste Reihe eines Weinregals.

»Wenigstens haben wir das perfekte Versteck gefunden.«

»Noch nicht ganz.« Chess nahm etwas Staub und Schmutz vom Boden und verteilte ihn auf dem Flaschenkörper. »Jetzt sieht es so aus, als ob seit hundert Jahren niemand mehr die Flasche angefasst hat.«

Mehrmals täglich suchte Alisa die kleine, steile Kellertreppe auf. Doch so sehr sie es sich auch wünschte: Weder traf sie den Fremden, noch konnte sie zur Holztür gelangen. Wenn sie den Stein nicht gehabt hätte, wäre sie bereit gewesen, zu glauben, dass sie sich alles nur eingebildet hatte.

Seit der Termin feststand, waren Hikari und Chess unzertrennlich. Jeden Abend stand Hikari mit einem riesigen Stapel Papier in den Armen vor ihrer Tür. Sie nannte es »das staubtrockene Zeugs«. Wirtschaftliche Auswertungen, Bestellvorgänge, Belegung der wissenschaftlichen Sektionen und der einzelnen Forschungsgruppen. Seit Wochen der gleiche Rhythmus.

Chess sah ein, dass sie sich damit befassen musste, aber es hatte einen katastrophalen Einfluss auf ihre Gemütsverfassung. Die anfängliche Euphorie war einer matten Kapitulation gewichen. Chess hasste den Papierkram. Ihr Gehirn war wie ein buckelndes Pferd, das den Reiter abwerfen wollte. Nur mit äußerster Kraftanstrengung gelang es ihr, Hikari in den Auswertungen zu folgen.

Mute und Rylee würden am Freitag zur Übergabe kommen. Für Donnerstag Abend war die letzte der endlosen Besprechungen angesetzt.

»Chess, ist alles in Ordnung mit dir?«, fragte Alisa.

»Fantastisch.«

»Du siehst grauenhaft aus. Müde, total fertig.« Alisa wollte sie in den Arm nehmen.

Chess wich zurück. »Genau das hat mir gefehlt. Eine Bestandsaufnahme meines Äußeren.«

Es war hoffnungslos. Alisa drehte sich, ohne ein Wort zu sagen, um und ging.

Der Geruch des Lavendels lockte sie von dem unweigerlichen Streit mit Chess weg, zu Isa in das Badezimmer. Alisa klopfte und setzte sich zu ihr auf den Wannenrand. Das Wasser war so heiß, dass es dampfte, und eine dicke Schaumschicht bedeckte Isas Körper.

»Sorgen?«, fragte sie.

Das eine Wort reichte, und Alisa begann zu weinen.

»Chess«, schniefte sie.

»Erwachsene sind komisch.«

»Meinst du Chess und mich? Wir sind keine Erwachsenen.«

»Wieso sagen Erwachsene nie, was sie wirklich wollen und was sie denken? Wir Kinder tun es doch auch.«

»Weil es bei uns mehr Auswirkungen hat. Meistens negative.«

»Nein.« Isa schüttelte den Kopf. »Ihr habt einfach weniger Mut, je älter ihr werdet.«

Alisa dachte darüber nach. Der kindlichen Logik konnte man sich nur schwer entziehen. »Wahrscheinlich hast du recht«, sagte sie. »Deshalb werde am besten nie erwachsen.« Isa pustete ihr einige Schaumflocken entgegen. »Komm rein ins Wasser. Dann macht es mehr Spaß.«

»Wirklich?«

»Wir können reden. Chess braucht noch.«

Das heiße Wasser und der Lavendel waren verlockend. Außerdem würde sie draußen nur Streit erwarten. Alisa zog sich aus und glitt in die Wanne. Die Wärme umschloss ihren Körper, und ihre Gedanken beruhigten sich.

»Was willst du wirklich, Alisa?«, fragte Isa.

»Ich bin mir nicht sicher, ob ich jetzt eine tiefenpsychologische Beratung von einer Zwölfjährigen will. Zum Beispiel.«

»Versuch es einfach. Bei mir ist gerade heute Happy Hour.«

»Du siehst zu viel Peanuts.« Alisa seufzte. »Ich will einfach nur meine Ruhe, mit Chess und dir zusammen sein, Musik machen. Mehr wünsche ich mir nicht.«

»Und was glaubst du, will Chess?«

»Ihre Gleichung lösen, mit uns zusammen sein und ihre Ruhe haben.«

»Also habt ihr beide den gleichen Wunsch.«

»Ja. Aber ich muss nicht zweihundert Wissenschaftlerinnen und Wissenschaftler führen.«

Isa zuckte die Achseln. »Ihr müsst auf das Stachelmädchen warten, sonst wird es nichts.«

»Stachelmädchen? Aus welcher Comicserie ist das denn?« Alisa tauchte kurz unter und machte Blasen.

Isa zog sie wieder an die Oberfläche. »Ihr seid wirklich wie Kinder.«

Es klopfte an der Tür. Chess kam rein und setzte sich zu ihnen. Ihre Finger spielten im Badewasser. Alisa spürte, wie unglücklich sie war. Aber sie selbst war es eben auch.

Sie brauchte einen Streit. Einen richtigen. Nur das konnte ihr Gefühlsleben wieder sortieren. »Hikari wartet.« Alisas Augen sprühten Feuer.

»Es tut mir leid.«

»Den Standardsatz kannst du dir für deine künftigen Angestellten aufheben.«

Chess weinte, aber es war Alisa egal. Sie wollte und brauchte diesen Streit. Chess hatte Angst. Das war es, was sie am meisten enttäuschte. Sie war nicht größer geworden in den Wochen der Vorbereitung. Sie war geschrumpft auf das Format einer Verwaltungsangestellten.

Isa sah von Chess zu Alisa und stand abrupt auf, sodass das Badewasser überschwappte. »Sagt doch endlich mal die Wahrheit. Beide. Mit euch ist es nicht auszuhalten. Ich gehe in mein Zimmer.«

»Es wird alles gut«, murmelte Chess.

Isa wickelte ein Badehandtuch um sich herum. »Seit wann erzählst du so einen Unsinn, Chess? Es wird nicht alles gut. Nicht, solange du Angst hast. Du folgst nicht deinem Verstand, sondern deiner Angst.« Isa stapfte aus dem Bad und knallte die Tür hinter sich zu.

»Sie hat recht, Chess. Sag mir, was dich so verunsichert.«

Chess nahm das Seifenstück und schmiss es mit voller Wucht gegen die Wand. »Was mich verunsichert?«, schrie sie außer sich. »Hast du mal gesehen, was ich alles gemacht habe, während du spazieren warst? Ich habe Bilanzen, Personal- und Bestelllisten durchgearbeitet. Endlose wissenschaftliche Fragestellungen, von denen mich nicht eine interessiert hat. Einen Haufen Papiere. Einen Haufen Scheiße.«

Alisa stand auf und nahm sich ein Handtuch. »Du versteckst dich«, sagte sie ruhig. »Komm zu mir, wenn du wirklich etwas zu sagen hast.«

Sie ging zu Isa ins Zimmer. Mit ihrem Bettzeug.

Isa malte. Blumen und Vögel.

»Kann ich mitmachen?«

»Ihr habt euch immer noch nicht die Wahrheit gesagt«, meinte Isa, ohne von ihrem Blatt aufzuschauen.

Alisa seufzte. »Nein. Es ist nicht so einfach.«

»Chess wird es nur sagen, wenn ihr Zorn größer ist als ihre Angst.«

»Du meinst, ich soll sie richtig provozieren?«

»Ja. Bis sie platzt.«

»Ich liebe sie. Ich habe Angst, ihr wehzutun.«

»Aber du kannst es. Chess nicht.«

»Hikari ist noch da.«

»Das Stachelmädchen kommt auch bald. Ich werde sie hereinlassen.«

Alisa küsste Isa auf die Stirn.

»Ich dachte, das Stachelmädchen wird hier einfach hereingebeamt.«

»Ihr seid beide blöd. Sie kommt durch die Tür.«

Hikari und Chess saßen auf der Terrasse, vertieft in Diagramme. Alisa setzte sich wortlos zu ihnen. Eine Zeit lang hörte sie den beiden zu. Haushaltspläne für das aktuelle und das kommende Jahr.

Sie konnte nicht anders und musste lachen.

»Was ist so komisch?«, fragte Chess. Ihre Augen waren zu Schlitzen zusammengekniffen.

»Merkst du eigentlich, wie absurd das hier ist? Irgendeiner von euch?«

Hikari entgingen die Wut und Enttäuschung in Alisas Stimme nicht. »Wahrscheinlich hast du recht, aber uns läuft die Zeit weg.«

Alisa wartete noch einen Moment, bis Hikari die Wohnung verlassen hatte. Ihr Hals war wie zugeschnürt aus Angst vor dem, was kommen würde. So herablassend, wie es ihr möglich war, sagte sie: »Tragen Buchhalter nicht Ärmelschoner? Wo sind deine?«

Chess stürzte auf sie zu, aber Alisa war schneller, erwischte Chess' Arm und drehte ihr ihn auf den Rücken. »Sagst du mir jetzt, was dir solche Angst macht?«

»Wenn du mich nicht loslässt, werde ich dir wehtun, Alisa.«

»Mir egal. Hauptsache, du sagst es.«

Chess holte mit ihrem freien Arm aus und schlug Alisa in die Nieren. Nicht mit voller Wucht, aber es tat weh. Sie ging zu Boden.

Chess setzte sich mit den Knien auf Alisas Rücken und zog ihren Kopf nach hinten. »Alisa, ich liebe dich, aber heute ist nicht der richtige Tag für Streit.« Chess weinte.

Alisa drehte sich ruckartig um, riss Chess zu Boden und setzte sich auf sie. »Wenn Hikari mit dir fertig ist, kannst du den Supermarkt in Mestre leiten«, schrie sie. »Ich liebe dich auch, und deshalb werde ich das nicht zulassen!«

Chess holte mit der flachen Hand aus.

»Schlag mich, so oft du willst, aber sage endlich, wovor du solche Angst hast. Eine Angst, die dich zerstört. Du hattest so viel Selbstvertrauen, als du von McPherson kamst, und sieh dich jetzt an – es tut mir unglaublich weh.«

Alisa stand in Flammen. Verzweiflung und Enttäuschung verglühten im Feuer einer Wut, die jede Zelle ihres Körpers einnahm. Das Denken erstarb in ihr.

Sie holte blitzschnell aus und schlug Chess, so fest sie konnte, ins Gesicht. Ihr Kopf flog zur Seite. Alisa schrie und heulte gleichzeitig. »Wenn du es jetzt nicht sagst, werde ich dich richtig verprügeln. Es ist mir egal. Ich schlage so lange auf dich ein, bis ich die Frau wiederfinde, die ich liebe.«

Chess' Körper verlor seine Spannung. Wie leblos schien sie auf den Grund eines unsichtbaren Ozeans zuzutreiben.

Alisa sank neben ihr zu Boden. »Was habe ich getan? Chess, was ist mit dir? Sag es doch, um Gottes willen. Ich habe dich geschlagen. Es tut mir so leid. Ich will nur noch sterben. Wenn du es nicht sagst, war alles umsonst.«

Alisa krümmte sich zusammen, schluchzte und wimmerte.

Blut tropfte aus Chess' Nase. Sie nahm Alisa in den Arm und wiegte sie wie ein Kind. »Ich kann das Kloster nicht leiten, Alisa. Wir sind einer Illusion aufgesessen. Alles, was damit zusammenhängt, alles, was organisiert werden muss. Dazu bin ich nicht in der Lage. Aus dem einfachen Grund, weil ich es nicht will. Alles war umsonst, und Kopernikus hat seine Jahre an mich verschwendet. Ich bin schuld, dass am Ende hier alles zum Erliegen kommt. Das ist die Wahrheit. Ich habe es McPherson schon vor Wochen gesagt. Es hörte sich so einfach an, als ich bei ihm im Büro saß. In Wirklichkeit hängt so viel mehr daran. Ich kann mein Denken nicht aufteilen. Ich bin Wissenschaftlerin, und ich liebe dich. Zu mehr bin ich nicht in der Lage.«

Sie sah auf das Blut, das von ihrer Nase auf ihre Hand tropfte. »Am meisten tut mir leid, was ich dir angetan habe, Alisa. Kannst du mir verzeihen?«

Alisa schluchzte nur ein Wort: »Natürlich.«

»Redet ihr jetzt miteinander?« Isa stand auf der Terrasse, hinter ihr eine junge Frau in einer schwarzen Lederjacke. Die Jacke war mit Nieten besetzt, die wie Stacheln abstanden. In die kurzen Haare der Frau waren Muster einrasiert. Sie hatte einige Tätowierungen und Piercings. Außerdem trug sie schwere Lederstiefel und einen Helm in der Hand.

»Ich bin das Stachelmädchen«, stellte sie sich vor. »Also, Isa nennt mich so. Wenn das euer üblicher Stil einer Arbeitssitzung ist, überlege ich es mir lieber noch mal.«

Alisa setzte sich auf und wischte Chess mit ihrem Ärmel das Blut aus dem Gesicht.

Die Frau mit der Lederjacke zog ein Laptop aus ihrem Rucksack und fing an, einige Diagramme zu laden. »Falls es doch jemanden interessiert – McPherson schickt mich. Ich komme direkt aus Stanford. Aber seit er weg ist, läuft es nicht mehr. Er sagte, dass Chess Hilfe brauchen würde. Mit der wirtschaftlichen Seite des Ladens hier. Also, hier bin ich. Das hier sind die Geschäftsberichte der letzten fünf Jahre. Ernüchternd. Falls ihr sprechen könnt, wäre es super, wenn ich wüsste, welche von euch beiden Chess ist. Es reicht auch ein Handzeichen.«

Chess hob die Hand und starrte die Frau an.

»Es ist euch wahrscheinlich nicht aufgefallen, aber ich bin schon seit einer Woche hier«, sagte das Stachelmädchen, während sie auf ihren Bildschirm schaute. »Ich habe mir alles genau angesehen. Besonders die Protokolle der Geräte, die ihr betreibt. Ich versuche eine kurze Zusammenfassung. Der Laden kostet fast so viel wie Stanford. Veröffentlicht wird aber nichts. Gar nichts. Außerdem steigen die Gehälter jedes Jahr um fast zehn Prozent.«

Chess unterbrach sie. »Woher weißt du das alles?«

»Ich habe mich in die Dateien der Verwaltung gehackt. In die wissenschaftliche Sektion kommt niemand rein. Die Firewall ist Profiarbeit. Aber das, was alle für langweilig halten, liegt praktisch offen im Netz. Deshalb habe ich auch kein schlechtes Gewissen.«

Sie deutete auf eine Grafik. Darunter war eine Liste. »Das ist mein Lieblingsposten. Ein Spiral-CT. Damit könnte man Mumien scannen. So steht es zumindest im Beschaffungsantrag. Leider gibt es hier aber keine Mumien. Habt ihr eine Ahnung, wie oft es in den letzten zwölf Monaten benutzt wurde?«

Alisa und Chess schüttelten gleichzeitig den Kopf.

»Exakt zweimal. Einmal zur Abnahmeprüfung, das andere Mal zur jährlichen Zwischenprüfung. Aber der Professor, der die Bestellung tätigte, ist verwandt mit dem Inhaber der Firma, die geliefert hat.«

»Ich hole Hikari.« Chess wollte aufstehen.

Alisa war schneller. »Ich hole sie. Ich liebe dich, Chess.« Sie stand auf und umarmte ihre Freundin. »Dein Blut schmeckt gut.« Alisa sah Chess glücklich an.

»Falls Scarlett und Rhett mir noch etwas Zeit schenken würden – Chess, du sollst das Kloster nicht allein leiten. Wir teilen es uns. Ich werde die wirtschaftliche Direktorin, du die wissenschaftliche Leiterin. Ich trete den Leuten in den Hintern, du gibst ihnen eine Vision. Oder wolltest du beides machen?«

»Ich dachte, ich muss«, sagte Chess und fuhr sich über das Gesicht.

»McPherson hat schon richtig vermutet, dass du nicht wirklich verstanden hast, was er gemeint hat. Ich bin deine Firewall, Chess. Die Idioten gehören mir, die Genies lasse ich zu dir vor. Okay?«

Zum ersten Mal seit langer Zeit leuchteten Chess' türkisfarbene Augen wieder. Sie strahlten richtiggehend. »Du meinst, ich bin allein für den wissenschaftlichen Teil zuständig? Den Rest machst du?«

»Ich meine, dass du nur zuständig für das bist, was dich interessiert. Und auf keinen Fall hast du mit deinem schlauen Kopf etwas auf der wirtschaftlichen Seite zu suchen. Da bin nämlich ich.«

Hikari und Alisa waren zurück und setzten sich neben Chess.

»Ich bin Hikari.« Die junge Wissenschaftlerin streckte ihre Hand aus.

»Alva. Fantastisch! Jemand, der sofort sprechen kann. Von dir brauchen wir mehr. Die sind ja noch im Schockzustand.«

Hikari sah zu Chess. »Wie siehst du denn aus? Du hast dich geprügelt. Ohne mich.«

»Erzähl ich dir später.« Chess drehte sich zu Alva. »Hikari hat die Firewall programmiert.«

»Das Beste, was ich bisher gesehen habe. War es deine Idee mit den Gegenmaßnahmen?«

»Der Eindringling darf keine Zeit haben. In einer Schlägerei steht man ja auch nicht still und lässt auf sich eindreschen.«

Alva grinste. »Du bist in jedem Fall ein Trumpf in dieser Mannschaft. Ziel ist es, eine gemeinsame Struktur zu schaffen. Jedes Ergebnis wird hier im Intranet online gestellt. Versehen mit einer Signatur der Mitarbeiter. Vom Professor bis zur Sekretärin. Jedes Analysegerät, jedes Ergebnisprotokoll. Jeder bekommt einen eigenen Algorithmus, der das Passende für ihn herausfiltert. So werden die Ergebnisse zum Allgemeingut, außerdem kann man so gut überprüfen, ob alle wirklich arbeiten. Wir schaffen eine selbstlernende Struktur. Chess hat nur mit der Leitung zu tun, wenn jemand fragt, oder sie eine Fragestellung online gibt. Ansonsten ist alles selbstkontrollierend. Die persönlichen Leistungsberichte sind für jeden einzusehen.«

Hikari sah Alva an. »Kannst du uns kurz sagen, was dich qualifiziert?«

»Ich bin Statistikerin und habe einen Doktor in Wirtschaftswissenschaften. Aber mein eigentliches Talent ist die Organisation von wissenschaftlichen Einrichtungen. Denn die Wahrheit ist – ohne die langweiligen Typen wie mich würde es die meisten Lehrstühle nach vierundzwanzig Monaten nicht mehr geben. Und wenn wir schon ein Einstellungsgespräch führen: Ich bekomme zweihunderttausend im Jahr und sechs Wochen Urlaub. Habe ich den Job?«

Die Mädchen sahen sich an.

»Ohne das Stachelmädchen schafft ihr es nie. Natürlich hast du den Job.«

Isa streckte ihre Hand aus.

»Du bist das Wunder, für das ich gebetet habe.« Chess hielt Alva ebenfalls die Hand hin.

»Ich glaube zwar, dass du mich gerade meinen Job kostest, aber du musst es machen.« Hikari sah von Chess zu Alva.

»Du bist die wissenschaftliche Assistentin von Chess«, sagte Alva.

»Das bin ich nicht. Noch mal, damit es jede versteht: Mit Wissenschaft habe ich nichts zu tun. Ich organisiere, dass ihr in zwölf Monaten noch eure Rechnungen bezahlen könnt.«

»Das hat es hier so noch nie gegeben. Was ist, wenn einige gehen werden?«, fragte Chess.

Alva lachte laut auf. »Das glaube ich nicht. Denen geht es hier viel zu gut. Selbst wenn. Die freien Stellen schreiben wir international aus. Die Leute werden sich darum reißen, hier zu arbeiten. Schließlich bist du das Wunderkind mit sechs Fieldsmedaillen. Das Einzige übrigens, wozu die gut sind. Vom Preisgeld mal abgesehen.«

»Alva, dich schickt der Himmel.« Alisa wollte sie umarmen, aber Alva wehrte sie ab.

»Sorry, ich kann nicht auf Körperkontakt. Ich mag euch alle. Aber meine Position braucht etwas Abstand.«

»Du bist in Ordnung«, sagte Isa.

»Woher kennt ihr euch?«, fragte Alisa.

»Sie hat mich im Klostergarten aufgerissen«, sagte Alva. »Stachelmädchen finde ich übrigens gut. Es passt zu mir.«

»Noch eine Frage, damit ich heute Nacht gut schlafen kann.« Chess nahm Alisas Hand. »Ich muss niemandem Rechenschaft ablegen?«

»Ihr Genies habt alle etwas gemeinsam. Angst vor der Wirklichkeit. Es ist, als wollte man mit einem Formel-Eins-Wagen an einer Rallye teilnehmen. Ich werde dafür sorgen, dass dein Verstand eine ideale Rennstrecke vorfindet. Du sagst mir einfach, was du brauchst. Ich lasse es Wirklichkeit werden. Trotzdem wäre es gut, wenn du den Menschen zumindest eine Ahnung gibst, was dich beschäftigt. Wenn dich etwas oder jemand stört, eliminiere ich es. Apropos Rennstrecke. Hat jemand Lust auf eine Runde Motorradfahren? Da unten steht eine 83er MV Agusta. Findet man nicht alle Tage.«

Hikari, Isa und Alisa rissen gleichzeitig die Hand hoch.

»Nimm Hikari mit«, sagte Chess. »Sie musste Wochen mit mir verbringen, und das war sicher kein Vergnügen. Sie hat es sich verdient.«

Isa verschwand kurz in ihrem Zimmer und kam mit ihrer Bettdecke und Kissen wieder.

»Was wird das?«, fragte Alisa.

»Ich schlafe heute bei euch.«

»Wieso, hast du Angst?«, fragte Chess.

»Nein, aber dann macht ihr keine komischen Geräusche und seid morgen ausgeruht.«

Das laute Klopfen an der Tür weckte alle auf. Sie hatten verschlafen. Es war fast zwölf Uhr.

Alisa reichte ein Blick auf Chess, um zu sehen, wie viel besser es ihr ging. Die Schatten unter ihren Augen waren verschwunden.

Hikari brachte Alva und vier große Becher Kaffee mit. »Besprechungen im Pyjama sind die produktivsten.«

Alva nahm Isa auf den Schoß. »Na, waren die Mädchen brav in der Nacht?«

»Im Vergleich zu sonst ja.«

»Hey! Du hast keinen Vergleich. Und wenn du nicht sofort die Klappe hältst, bringe ich dich persönlich in die Schule«, sagte Alisa, dann wandte sie sich wieder den anderen zu.

»Kannst du, Chess, in etwa definieren, woran ihr forscht?«, fragte Alva.

»Im Großen dreht es sich um die Entschlüsselung von alten Dokumenten. Geschichtsforschung«, sagte Chess vage.

»Ich bin nicht eitel, Chess. Wenn du eine Frage von mir nicht beantworten möchtest, sag es einfach. Du musst nicht lügen.«

»Alva, ich lüge nicht. Ich sage nur nicht alles. Es ist sehr kompliziert.«

»Kein Problem. Hikari wird die Matrix entwerfen, in die alles eingebettet wird. Sie wird etwa dreißig Minuten etwas dazu sagen. Alisa, was ist deine Aufgabe im Kloster?«

»Ich lebe hier mit Chess. Mache Musik und bin eine Art Kontakt.«

»Kontakt wohin?«, fragte Alva.

»Zu den Göttern.«

So ernsthaft, wie Alisa es sagte, so selbstverständlich akzeptierte Alva die Antwort.

»Ich will nur wissen, ob du in der wissenschaftlichen Sektion eine Aufgabe zu erfüllen hast. Damit ich dich berücksichtigen kann.«

»Bitte nicht, Alva. Ich bin der Freigeist hier.«

»Wenn ihr euch anzieht, gehen wir zum Essen und sondieren die Stimmung«, sagte Alva.

Chess knöpfte ihre Bluse zu. »Ehrlich gesagt bekomme ich keinen Bissen runter.«

»Iss etwas. Es wird anstrengend werden, außerdem sollen dich alle sehen.«

Alva suchte absichtlich den größten Tisch in der Mitte des Saales aus. »Habt ihr eine Ahnung, was das Essen hier kostet?«, fragte sie.

Alle zuckten mit den Schultern.

»Knapp zwei Millionen Euro im Jahr.«

»Sollen wir das reduzieren?«, fragte Chess.

Alva blickte entsetzt in die Runde. »Auf keinen Fall. In einer Umfrage geben neunzig Prozent der Arbeitnehmerinnen und Arbeitnehmer an, dass die Qualität der Kantine zu den Top-3-Prioritäten gehört. Neben Gehalt und Urlaub. Wer immer das hier eingerichtet hat, war sehr schlau.«

Zurück in der Wohnung stellten sie noch mal die Reihenfolge der Vortragenden um. Besprachen die Feinheiten. Sie hatten noch sechzig Minuten bis zum Beginn.

Alisa und Chess zogen sich bereits um, als Isa aufgeregt zu ihnen gerannt kam. »Der ganze Saal ist voller Ritter.«

»Ritter? Das will ich sehen.« Alisa nahm Isa an die Hand und lief los.

Sie spähten durch einen Türspalt hinein. Auf der Empore standen dicht gedrängt Männer in mittelalterlichen Gewändern. Die prunkvollen Stoffe waren mit Gold, Silber und Perlen durchwirkt. Auch der Hauptsaal füllte sich. Auf der Tribüne befanden sich Kopernikus und ein Mann in Weiß, der in einem verzierten goldenen Stuhl saß.

»Los, komm, wir gehen zu Kopernikus.«

Sie bahnten sich den Weg durch die Männer.

Kopernikus stand in einem Gewand aus blutrotem Samt da. Seine Autorität war im gesamten Raum greifbar.

Nur wenige Schritte trennten sie noch von ihm, als einer der Kreuzritter sich vor ihnen aufbaute. Es war der, den Alisa im Flur getroffen hatte und der nur diesen einen kurzen Satz zu ihr gesagt hatte – *Wir erwachen.*

Alisa ging auf ihn zu, und ihre Blicke trafen sich.

Zwischen ihm und mir wird es jetzt sofort entschieden. Ich darf nicht nachgeben.

Sie kam dem Kreuzritter ganz nah. »Wie lange wartet ihr schon auf den heutigen Tag?«

»Wer sagt dir, dass wir auf euch warten?«

Alisa hörte den Greif hoch am Himmel.

»Ich war in der Bibliothek und habe die Bücher gesehen. 11 plus 8 Bände. Reicht das, um deine Gefolgschaft zu erlangen?«

Dein Augenzucken hat dich verraten. Du schwankst schon.

Er reckte sein Kinn hoch. »Die Bibliothek existiert nur in Legenden«, sagte er grimmig.

»Mit mir werden die Legenden Wirklichkeit. Wenn du das nicht siehst, war alles, woran ihr in den letzten tausend Jahren geglaubt habt, Illusion.«

Er schlug die Augen nieder. »Gut gesprochen, du hast keine Angst.«

Gewonnen. Zum Nächsten.

Er führte sie auf die Tribüne. Der Mann, mit dem Alisa zur Bibliothek getaucht war, stand im Hintergrund. Seine Augen waren auf Isa geheftet. So viel Liebe im Bruchteil eines Wimpernschlages hatte Alisa noch nie gesehen. Für eine Sekunde galt Isas ganze Aufmerksamkeit nur ihm.

Kopernikus trat auf sie zu. »Alisa. Ich möchte euch jemanden vorstellen.«

Der Mann in Weiß sah zu ihnen. Der einzige Schmuck war ein goldenes Kreuz auf seiner Brust.

Isa kniete sich vor ihn hin und zerrte Alisa mit zu Boden. Sie ließ es geschehen.

Ihn übernimmt Isa. Sie spürt, dass nur sie es kann.

»Sie sind, wie du sie beschrieben hast«, sagte der Mann zu Kopernikus.

Alisa wollte aufstehen, doch Isa zog sie auf den Boden zurück. »Ihr müsst meiner Schwester verzeihen, sie kennt Euch nicht, Bischof.«

»Du bist Isa. Kopernikus hat mir von dir erzählt.«

»Es ehrt mich, Bischof. Von Euch hat mir niemand erzählt, trotzdem kenne ich Euch.«

»Wenn du mich kennst, weshalb nennst du mich dann Bischof?«

»Der andere Titel ist seit meiner Ankunft bedeutungslos. Nur die Ewige Stadt wird unter Eurem Einfluss bleiben.«

Die Ewige Stadt? Das ist Rom – natürlich! Der Mann in Weiß ist Papst Anterus.

»Was bedeutet deine Ankunft?«

»Habt Ihr die Weissagung nicht gelesen?«

Er sah beunruhigt zu Kopernikus. »Woher weißt du davon?«

»Woher weiß Wasser, dass es den Berg hinunterfließen muss?« Isa stand auf.

Der Kreuzritter legte seine Hand auf Alisas Schulter. Sie blieb kniend.

Der Blick des Mannes aus der Bibliothek war wie versteinert auf Isa gerichtet. Unmerklich kommunizierte er mit dem Mädchen. Nur ein Wort las Alisa von seinen Lippen ab. *Jetzt.* Die Zeit schien einen Moment stillzustehen. Alisa rührte sich nicht.

Isa brauchte mich nur, um an dem Kreuzritter vorbeizukommen. In dem, was jetzt passiert, habe ich keine Rolle.

Mit ausgestreckter Hand ging Isa auf den Bischof zu. Unverständnis lag in seinem Blick. Sie schloss die Augen.

Das Gewand des Bischofs begann sich rot zu färben von dem Blut, das unaufhörlich aus Isas Hand tropfte. Der Kreuzritter hinter Alisa kniete sich neben sie.

»Das letzte Mal habt ihr es in einem goldenen Kelch aufgefangen. Es hat begonnen, und keiner kann es aufhalten.« Nach diesen Worten sank Isa reglos zu Boden.

Der Mann aus der Bibliothek lief zu ihr, sah zu Alisa und nahm Isa auf den Arm. »Wir bringen sie nach oben in eure Wohnung.«

Chess besprach sich gerade mit Hikari und Alva, als Alisa und der Mann in die Wohnung stürzten. Isa war blutüberströmt.

Mit einer Handbewegung fegte Hikari alles vom Tisch. »Legt sie hier drauf. Was ist passiert?«

Sanft setzte der Mann Isa auf dem Tisch ab. Ihren Kopf legte er auf seinen Arm. »Es wird gleich vorbei sein.«

Hikari untersuchte die Hand von Isa. »Etwas Spitzes ist in ihren Handrücken eingedrungen. Sie muss ins Krankenhaus, sonst wird sie die Hand nie mehr gebrauchen können.«

»Vertraut mir«, sagte er sanft.

Fragend sah Hikari zu Alisa.

»Du musst sagen, was du weißt«, forderte Alisa ihn auf. »Wie sollen wir dir sonst vertrauen?«

»Es sind Zeichen. In eurer Welt Stigmata genannt. Sehr viel mehr wissen wir auch nicht darüber, aber es geht vorbei.«

»Bevor sie verblutet ist?«, fragte Hikari.

»Es ist nicht ihr Blut. Sie wird nicht sterben.«

Etwas veränderte sich. Das Blut, das Isa umgab und das aus der Wunde auf den Tisch geflossen war, wurde blasser. Isa regte sich und begann in einer Sprache zu reden, die niemand verstand. Nur der Mann antwortete ihr. Sie schlang ihre Arme um ihn und weinte leise. Er begann zu singen. Fremde Töne und Melodien.

Alisa setzte sich zu ihnen und legte ihren Kopf an Isas. Die Harmonien kannte sie und sang leise mit.

Nach einigen Minuten wischte sich Isa die Tränen aus dem Gesicht. Ohne etwas zu sagen, nahm sie den Mann an die Hand und verließ die Wohnung mit ihm.

Hikari fuhr mit dem Finger durch die helle Flüssigkeit, in die sich das

Blut verwandelt hatte. Sie roch daran und berührte vorsichtig mit der Zunge ihre Fingerspitze.

»Meerwasser«, stellte sie fest. Sie füllte etwas davon in ein kleines Glas. Dann sah sie auf die Uhr. »Wir müssen los. Der Zeitplan gilt auch für Götter.«

Alisa blieb kurz vor der Tür stehen. »Es gibt eine Programmänderung. Ich beginne mit der Einleitung. Die Verbindung zwischen Religion und Wissenschaft. Danach geht es weiter wie besprochen.«

»Was willst du sagen? Chess hat nur diese eine Chance. Wenn wir es vermasseln, wird es viel schwieriger«, sagte Alva.

»Meine Rolle ist nicht zu verstehen. Habe einfach Vertrauen.«

Chess nickte. »Wir machen es so, wie Alisa sagt.«

Alisa küsste Chess. »Danke. Sobald du vor der Mannschaft stehst, wirst du die sein, die du wirklich bist.«

»Was ist mit Isa?«

»Das, was wir immer allen anderen sagen, gilt auch für uns. Wir müssen vertrauen.«

Der Kapitelsaal war völlig überfüllt, und das Licht, das durch die bunten Glasfenster fiel, unterteilte den gesamten Versammlungsraum des Klosters in farbige Segmente. Im Säulengang, der um den Saal herumlief, drängten sich die Kreuzritter, ebenso auf der Loggia in der ersten Etage. Die Wissenschaftlerinnen und Wissenschaftler standen dicht beieinander. Alisa, Chess, Isa und Yama betraten die Tribüne.

Kopernikus sprach über die Entwicklung des Klosters und seine Tätigkeit als Leiter der wissenschaftlichen Abteilung. Es war eine Abschiedsrede. Als er schloss, gab es minutenlang Applaus. Alisa umarmte ihn, dann trat sie selbstbewusst nach vorn.

Sie wartete einen Moment, bis es absolut still war.

Wie bei einem Konzert. Alle hängen an meinen Lippen.

»Wenn Sie sich umsehen«, begann Alisa und ihre Stimme breitete sich wie Glockenklänge im Raum aus, »sind wir umgeben von Religion. Religion und Wissenschaft kann nicht getrennt werden. Je mehr wir wissen, desto weiter gelangen wir in den Bereich des Glaubens. Man muss selbst nicht religiös dafür sein. Ich bin es auch nicht. Hier ist der einzige Ort auf der Welt, an dem die Besten der Besten versuchen, die Grenzlinie, die vor vielen hundert Jahren errichtet wurde, wieder aufzulösen. Jeder wird selbst bestimmen, wie weit er bereit ist zu gehen. Uns zu folgen. Um es genau zu sagen, Çhess zu folgen, die wie der Abendstern am Himmel für euch alle leuchten wird. Es ist zu früh, um die ganze Verbindung zwischen uns und der Forschung offenzulegen. Wenn die Zeit kommt, wird jeder erkennen können, dass es beim Glauben nicht um blinde Religion geht. Wir versuchen, die Grundlage dafür zu schaffen, dass Sie alle etwas sehen werden, das unvorstellbar ist. Nie gedacht wurde. Jeder ist frei, sich mit uns auf die Reise zu begeben. Jeder ist frei, an einem beliebigen Punkt die Reise zu beenden. Ich hoffe, dass uns möglichst viele folgen, um eine Wahrheit aufzudecken, die seit zweitausend Jahren wartet und deren Zeit nun gekommen ist.«

Jemand nahm Alisas Hand. Isa stand neben ihr und lächelte ihr zu. Alisa folgte ihr zu Kopernikus und dem Bischof in Weiß.

»Papst Anterus«, begann Isa, »wir danken euch für eure Anwesenheit. Würdet Ihr zur Bestätigung dessen, was Alisa gesagt hat, uns Eure Ehrerbietung erweisen?«

Langsam stand der Papst auf und ging vor den Mädchen in die Knie. Alisa und Isa legten beide ihre Hände auf seine Schultern und Isa lächelte Alisa an.

Der Papst kniet vor uns. Niemals hätte ich das für möglich gehalten.

Alisa dreht sich zu dem Papst, der schwer atmete. Ihre Stimme zerriss die Luft. »So ist unser Anspruch nun für jeden sichtbar. Begründet durch das Blut des Kindes. Gesichert durch mich.«

Quer durch den Saal flog ein weißer Schmetterling, dessen Flügelschlag das einzige Geräusch war, und der die Nachricht in eine andere Welt trug.

Alva erläuterte im Anschluss ihre Position, die Veränderungen, die kommen würden, und stellte unmissverständlich klar, dass man einzelne Sektionen notfalls auch schließen würde.

Hikari gab einen Ausblick auf die Forschungsmatrix und deren Bedeutung.

Chess sprach zuletzt.

Es war, wie Alisa es vorhergesagt hatte. Kaum hatte sie das Mikrofon in der Hand, schien ihr Geist keine Grenzen mehr zu kennen. Sie sprach über allgemeine mathematische Ansätze, wie sie die Millennium-Probleme gelöst hatte, und sie gab den Wissenschaftlern einen kleinen Einblick in ihre Gleichung, mit der sie sich beschäftigte.

Sie redete fast eine Stunde ohne Pause. Die Luft schien nur noch aus Zahlen und Formeln zu bestehen. Nach den letzten Worten brandete tosender Applaus auf.

Gemeinsam verließen sie den Versammlungssaal.

»Wir müssen uns noch bedanken. Kommt mit«, sagte Alisa und lief Richtung Galerie.

»Bei wem?«, fragte Chess.

»Bei meiner Freundin. Du auch, Isa.«

Hand in Hand liefen sie die Stufen zur Gemäldegalerie hinunter.

Vor dem Marienbildnis von Antonello kniete sich Alisa hin. »Ihr müsst auch knien.« Mit geschlossenen Augen murmelte sie etwas, das Chess nicht verstand.

»Betest du?«

»Ich erzähle ihr, was passiert ist.«

Chess und Isa blieben stumm, um den Moment nicht zu stören.

»Jetzt müssen wir noch zu ihm.«

»Ihm?«

»Dem Mann unter der Grabplatte. Er ist auch einsam.«

»Sag ihm in Gedanken, dass er nicht allein ist«, sagte Isa.

»Er ist nicht allein. Er hat euch.« Der Mann, mit dem Alisa zu der Bibliothek getaucht war, stand plötzlich vor ihnen. Er hatte nur Augen für Isa. Völlig selbstverständlich lief sie zu ihm.

Sie umarmten sich, dann drehte sich Isa zu Alisa und Chess um. »Was fühlt ihr?«, fragte sie.

Alisa und Chess sahen sich kurz an.

»Wir kennen ihn«, sagte Chess, »aber die Zeit stimmt irgendwie nicht. Als ob sie verrutscht ist.«

Der Mann deutete auf die Grabplatte. »Es zeichnet euch aus, dass ihr an ihn denkt.«

»Am Anfang hatte ich Angst vor ihm. Aber als ich merkte, dass niemand zu ihm kommt, tat er mir leid.«

»Er hatte ein erfülltes Leben, und er ist glücklich gestorben«, sagte der Mann und sah dabei Isa an, der eine Träne aus dem Augenwinkel lief.

»Woher willst du das wissen?«, fragte Chess.

»Weil es mein Grab ist«, sagte er sanft.

Alisa und Chess blickten überrascht zu ihm und Isa.

»Das ist unmöglich. Dann könntest du jetzt nicht hier sein«, sagte Alisa.

»Das stimmt nicht, Alisa.« Chess schüttelte langsam den Kopf. »Es liegt nur in einer anderen Dimension. Deswegen erscheint uns auch die Grabplatte als unleserlich. Sie ist nicht zerstört, sondern nur in der anderen Dimension lesbar.«

»Die Legenden werden dir nicht gerecht, Chess.«

»Mein Zeitmodell stimmt, dass die Zukunft die Vergangenheit korrigiert. In welcher Zeit bist du gestorben?«

»Vor tausend Jahren. Ich war glücklich, weil ich wusste, dass ihr bei mir sein würdet. In der frühen Zeit eures Lebens. Es hat mein ganzes Leben erfüllt.«

»Wir leben in einer korrigierten Gegenwart«, stellte Chess fest.

»Ja. Aber trotzdem bist du für uns nicht zu verstehen.«

»Und wie kannst du jetzt hier sein?«, fragte Alisa.

Chess nahm Alisas Hand. »Die Zeitebenen überlagern sich.«

»Ich möchte euch beide noch mal in den Arm nehmen, bevor ich gehe«, sagte der Mann. Er umarmte Alisa und küsste sie auf die Stirn, ebenso Chess. Isa drückte er lange an sich und flüsterte ihr etwas in einer unbekannten Sprache ins Ohr. »Ihr werdet den Moment erkennen und auch mich. Ich liebe euch.« Dann drehte er sich um und ging.

Alisa und Chess sahen ihm nach. Isa beugte sich zur Grabplatte, und ihre Lippen berührten das unkenntliche Gesicht des Mannes. »Ich liebe dich auch.«

Sie sank auf der Grabplatte zusammen und weinte leise. Alisa nahm sie in den Arm.

»Du darfst mich nicht fragen«, sagte Isa schniefend.

»Das weiß ich doch. Aber meine Schwester bist du nicht.«

»Nein. Aber mir ist nichts anderes eingefallen, was ich hätte sagen können. Ich bleibe die Nacht bei Yama.«

»Der Mann hat auch etwas über Yama angedeutet«, sagte Alisa vorsichtig.

Isa legte ihr die Finger auf die Lippen. »Noch ist es nicht entschieden.«

Alisa und Chess gingen hinauf zu ihrer Wohnung. Sie setzten sich nach draußen.

»Jetzt weißt du zumindest, dass ich mir den Mann und die Bibliothek nicht eingebildet habe.«

»Wenn Isa nicht deine Schwester ist, was ist sie dann?«

»Ich weiß es nicht. Das Geheimnis kennen nur der Mann und Isa. Aber es ist gut so.«

»Warum?«

»Ich bin mir nicht sicher, ob wir es aushalten könnten. Leg dich zu mir, Grüblerin.«

Chess lachte. »Was hast du mit der Andeutung wegen Yama gemeint?«

Bevor Alisa antworten konnte, erregte ein lautes Geräusch von schlagenden kleinen Flügeln ihr Interesse.

Eine Libelle flog zu Chess und setzte sich auf ihre Schulter. Aus dem Augenwinkel sah sie das große Insekt an. »Wer bist du denn?«, fragte sie.

»Er ist mein Freund«, sagte Alisa. »Bleib still liegen.«

Das Tier kroch etwas nach vorn. Vorsichtig hielt ihm Chess ihre Hand hin. Es krabbelte auf ihre Finger.

»Er ist ein Wunder. So schön«, sagte Alisa.

»Gib's zu, du bist verliebt in ihn.«

»Natürlich. Er hat vier Flügel.«

Vorsichtig hob Chess die Libelle zu ihrem Ohr. Sie stieß sich von ihrem Handrücken ab und flog weg.

»Was hat er gesagt?«, fragte Alisa.

Chess kam ganz nah, küsste sie und knöpfte ihr Hemd auf. »Er hat gesagt, dass ich dich lieben soll. Hier draußen. Er sitzt auf einer Pflanze und sieht uns zu dabei.«

Chess wird mir etwas von sich zeigen, was sie bisher versteckt hat, und ich muss nicht auf ihre Frage antworten.

Sie hatten in Schlafsäcken auf der Terrasse geschlafen. Die Sonne ging gerade auf.

Alisa drehte sich zu Chess. »Du bist gerne im Freien.«

»Ja. So kann ich die Sterne fühlen.«

»Du meinst Tinte.«

»Ja. Dann ist er bei mir.«

»Du teilst mich mit ihm.«

»Ist das schlimm?«

»Nicht nur mit ihm. Auch mit der Libelle. Sie saß auf einer Blume und sah uns zu. Ist es dir nicht schwergefallen? Vor ihren vielen Augen?«

»Ich habe es genossen«, flüsterte Chess.

»Dann werde ich meinem vierflügeligen Freund sagen, dass er uns öfters am Abend besuchen soll.«

»Lass uns Schlafanzüge anziehen, und wir gehen zum Frühstück in die Küche. So wie wir es früher gemacht haben. Bitterer Kaffee und Schokocroissants.«

»Nur wenn du mir noch mehr von gestern Abend und deinen Gefühlen erzählst.«

Sie saßen an dem kleinen Holztisch und tunkten schweigend ihre Croissants in den Kaffee.

»Du musst mir noch was erzählen, Chess. Ich lass dich nicht vom Haken.«

Sie spielte verlegen an ihrem Fuß, so wie Chess es immer tat, wenn sie mit sich kämpfte. »In meiner Fantasie fühlt es sich schön an, wenn die Blicke anderer auf mir ruhen dabei. Dann sehe ich mich auch. Wie in einem Film. Das, was mir am besten daran gefällt, ist, dass mein Verstand mir nicht in die Quere kommt. Ich gebe mich den Blicken hin und bin frei, alles zu tun.«

Alisa nahm Chess' Hand. »Deine Gefühle sind genauso mächtig wie dein Verstand. Endlich verstehst du.«

»Wir werden später Libellen züchten.«

Alisas Lippen schmeckten noch nach dem Schokocroissant.

Nach einer kleinen Ewigkeit sahen sich die beiden um.

Isa saß ihnen gegenüber und beobachtete sie. »Wie fühlt sich das an?«

»Was?«, fragte Chess.

»Wenn ihr euch küsst.«

Chess verzog das Gesicht. »Es tut weh, und man möchte sich am liebsten übergeben. Die Übelkeit danach hält noch Stunden an.«

Isa runzelte die Stirn. »Das glaube ich nicht. Sonst würdet ihr es nicht andauernd machen. Also, wie ist es?«

Alisa nahm Isas Hand. »Erst ist es etwas rau, wenn die Lippen sich berühren. Man wartet kurz, ob der oder die andere auch wirklich will. Wenn man dann den Mund öffnet und sich die Zungenspitzen finden, denkt man, dass man fliegt. Du kannst an nichts mehr denken als an den Menschen, den du liebst. Du bist ihm so nahe, dass du ihn riechen kannst, schmecken kannst, spüren kannst. Alle deine Sinne verschmelzen mit ihm.«

»Das ist die Version für sechzehn plus«, sagte Chess trocken. »Bleib lieber noch ein bisschen bei meiner.«

»Ich gehe zu Yama. Wir suchen Tiere im Klostergarten. Bis heute Mittag.« Isa lief los.

»Was machst du, wenn sie nächste Woche Flaschendrehen in ihrem Zimmer veranstaltet?«, fragte Chess. »Dein Gesicht möchte ich sehen.«

»Ich will, dass sie weiß, was Liebe wirklich bedeutet. Dann kann sie auch die richtige Entscheidung für sich treffen.«

»Wahrscheinlich hast du recht.«

»Ist das die neue Chess?«

»Ich befreie mich gerade von dem Zwang, alles zu regeln oder besser zu wissen. Seit gestern weiß ich, wie genau du Stimmungen erfassen kannst. Es ist, als ob ich dich erst jetzt wirklich zu sehen beginne.«

»Hoffentlich reicht meine Intuition auch für unser gemeinsames Treffen mit meiner Mutter«, sagte Alisa und verdrehte die Augen. »Wollen wir Mute und Rylee mitnehmen? Bitte. Bitte. Bitte.«

»Ich bestelle einen Tisch bei Arturo. Sei lieb. Deine Mutter meint es gut und macht sich Sorgen.«

XIV

Chess' Augen klebten an dem Mann, der durch den Klostergarten direkt auf sie zulief.

»Gleich ist er da, ich stehe auf, frage freundlich, was er möchte, und dann beginnt er zu reden. Wetten? Genauso wird es sein.«

Alisa verdrehte die Augen und stieß Hikari an. »Wenn du unser Frühstück rettest, gebe ich in dieser Woche ein Privatkonzert. Nur für dich.«

»Kein Problem.« Hikari stand auf und lief dem Mann entgegen.

»Du bist jetzt die Leiterin«, sagte Mute und strich sich Marmelade auf ihr Brötchen, »die Wissenschaftler akzeptieren dich, und deshalb kommen sie zu dir.«

»Das weiß ich«, sagte Chess. »An manchen Tagen ist es total okay für mich, und ich freue mich sogar. Aber es gibt auch andere Tage. Da will ich nur mit euch zusammen sein, und keiner soll mich ansprechen.«

Rylee sah gebannt auf ihr Handy und murmelte: »Sei einfach du selber. An den guten und an den schlechten Tagen. Alles andere hältst du sowieso nicht durch.« Leise fügte sie an: »Er ist unglaublich.«

Isa stand auf und legte sich neben Rylee. »Wenn ich hier nur auf mein Handy sehen würde, hätte ich schon längst einen Rüffel bekommen. Was siehst du dir die ganze Zeit an?«

»Der japanische Junge, von dem Hikari erzählt hat, hat sich bei mir gemeldet. Er ist Apnoetaucher. Seht euch mal das Video an.« Rylee drehte ihr Handy so, dass es alle sehen konnten.

»Okay, er ist unter Wasser und taucht. Was ist so besonders daran?«, fragte Isa.

Rylee tippte auf die Uhr, die im Video eingeblendet wurde. »Er ist seit neunzehn Minuten unter Wasser. In einer Tiefe von hundertsiebenundsechzig Metern.«

Isas Stirn legte sich in Falten. »Du meinst, er holt seit neunzehn Minuten keine Luft?«

»Ja. Genau das.«

»Wie macht er das? Ich habe schon nach dreißig Sekunden das Gefühl zu ersticken.«

Hikari kam von dem Mann zurück, und Chess sah sie fragend an. »Was wollte er?«

»Sie haben ein Problem in den statistischen Auswertungen. Ich habe ihm gesagt, dass er es schriftlich genau identifizieren und mir dann geben soll. Wenn er überhaupt wiederkommt, dann erst in einigen Tagen. Auf diese Art sortiere ich schon mal die Unmotivierten heraus, die einfach nur Arbeit weitergeben wollen. Drei von fünf Fragestellungen erledigen sich damit von selbst.«

»Du darfst dir was von mir wünschen«, sagte Chess erleichtert. »Ohne dich würde ich untergehen.«

Alisa flüsterte etwas in Chess' Ohr, worauf sie aufstand und Hikari auf den Scheitel küsste. »Der Wunsch ist für meine Freundin, nicht für meine Assistentin.«

Hikari strahlte Chess an. »Deine Assistentin hat aber einen dringenden Wunsch.«

»Was ist es? Du musst es nur sagen.«

Hikari hielt ihr Handy hoch. »Isa kann Aya in ein paar Wochen selbst

fragen, wie er das macht. Er kommt nach Venedig. Ich würde gerne frei-
haben in der Zeit.«

»Was will er hier?«, fragte Isa.

Hikari lächelte. »Wir schreiben uns öfters. Außerdem ist er neugierig
auf Rylee.«

Rylee lachte laut auf. »Neugierig ist er sicher, aber deswegen fliegt er niemals achtzehn Stunden.« Mit verschwörerischer Miene sah sie Hikari an
und fügte hinzu: »Ich würde auf dich tippen – dass er wegen dir kommt.«

Hikari rief die letzte Nachricht des jungen Mannes auf. Der ganze
Bildschirm füllte sich mit Herzen. »Das ist unser aktueller Status. Es wird
ein richtiges Abenteuer.«

»Das wird total interessant«, flüsterte Isa in Alisas Ohr. »Anschauungs-
unterricht sozusagen.«

»Alles steuert irgendwie auf eine Richtung zu. Alisa schreit in der Nacht.
Seit Isas Stiefvater ist es wieder schlimmer geworden.«

Chess saß mit ihrem Vater in der kleinen Küche in Mestre. Er sah sie
an, so wie er es schon immer tat, wenn er darauf wartete, dass sich Chess
ein Problem von der Seele redete. »Es ist Teil einer Wahrheit, die du noch
nicht kennst. Du musst Geduld haben.«

»Ich will ihr helfen, aber ich weiß nicht, wie.«

»Seit deinem neunten Lebensjahr bist du ständig bei ihr.«

»Das klingt so einseitig. Ohne Alisa könnte ich nicht leben.«

»Aber du schreist nicht in der Nacht«, sagte Peter.

»Nein, das tue ich nicht. Wieso endet es nicht? Was kann so schlimm
sein?«

»Das weiß nur Gott.«

»Meinst du, Gott lässt mit sich verhandeln?«

Peter schwieg. Dann sah er Chess direkt in die Augen. »Bei einer
Verhandlung mit Gott bist du in der schlechteren Position. Du bist ein
Mensch.«

»Nicht, wenn ich ihm etwas anzubieten habe.«

»Was sollte das sein?«

»Mich.«

Peter stand auf. »Als ihr in das Kloster gezogen seid, begriff ich, dass ihr keine normalen Kinder seid. Ich habe niemals versucht zu verstehen, was das Wesen eurer Begabung ist. Du bist meine Tochter, und das reicht für mein ganzes Leben. Deshalb nimm einen Rat von mir an. Weder dein Erfolg, die Fieldsmedaillen oder das Geld machen dich unverwundbar. Eine alte Soldatenregel lautet, dass es immer einen gibt, der genauer zielt als man selbst. Dass man noch lebt, bedeutet nur, dass man demjenigen noch nicht begegnet ist.«

»Meine Intelligenz ist mein Schutzschild«, antwortete Chess. »Ich bin sicher, dass es etwas gibt, das Gott von mir will. Die Tatsache, dass er es sich nicht einfach nimmt, bedeutet, dass ich Einfluss darauf habe. Das ist meine Verhandlungsoption.«

»Ich würde gerne etwas sagen, das dir hilft. Die Wahrheit ist, dass ich diese Zusammenhänge niemals verstehen werde. Es tut mir leid.«

»Sag, dass du mich liebst. So wie ich bin. Egal, wer oder was ich bin. Egal, was kommen wird.«

»Ich liebe dich, Nevia.«

»Das letzte Mal, als mich jemand so genannt hat, war ich fünf Jahre alt.«

»Es kommt aus dem Hebräischen und bedeutet Prophetin.«

»Hast du mir den Namen gegeben?«

»Nein. Deine Mutter.«

Chess rollte eine Orange über den Tisch.

»Willst du etwas über deine Mutter wissen?«

Ihr Körper spannte sich an, wie bei einem Sprung ins kalte Wasser. »Nein. Sie hat mich aufgegeben. Das reicht mir schon.«

»Das stimmt nicht«, sagte Peter. »Sie war jung und in einer schwierigen Situation.«

»Ich hätte anders gehandelt.«

»Du bist ein Wunder. Sie ist ein Mensch.«

»Lass uns nicht streiten. Ich will noch kurz deine Meinung zu etwas anderem hören. Alisa und ich werden dieses Jahr achtzehn. Ich dachte mir, dass ich die Party für Alisa organisiere und sie meine. Findest du das gut?«

»Ihr beide werdet am besten wissen, was zu euch passt.«

»Wenn Alisa es organisiert, kann es sein, dass wir nur zu zweit sind. Ich weiß es nicht.«

»Du meinst, ob ich dir dann böse bin, wenn ich nicht dabei bin?« Peter blickte seine Tochter fragend an.

Chess sah zu Boden. »Ja. Ich will dich nicht verletzen.«

»Ich bin immer bei dir. Ich liebe dich. Es gibt nichts, wofür du dich bei mir entschuldigen müsstest.«

Chess umarmte ihren Vater. »Danke, dass du mir zugehört hast.«

»Ist das nicht selbstverständlich?«

»Nein. Weil du niemals versuchst, mich zu beeinflussen oder mir eine Richtung aufzuzwingen.«

»Ich habe einfach nur früh erkannt, dass du selber durch dein Leben findest.« Peter lächelte. »Deine Bedenken wegen deines Geburtstags sind übrigens grundlos. Ich werde da sein. Alisa hat mit mir gesprochen.«

»Ich habe ihr noch gar nichts gesagt.«

»Seit eurem neunten Lebensjahr seid ihr unzertrennlich. Meinst du nicht, Alisa kennt dich so gut, dass sie von selbst darauf kommt? Aber verraten werde ich es dir nicht. Ich bin Alisa genauso verpflichtet wie dir.«

»Ich liebe dich für deine Neutralität. Niemals habe ich meine Mutter auch nur eine Sekunde vermisst.«

Peter sah seine Tochter an. »Doch, das hast du.«

Chess hatte noch Zeit bis zum Treffen bei Arturo. Sie zog ihre Schuhe aus und schlenderte am Strand entlang. Das kalte Wasser umspülte ihre Füße. Sand und kleine Muscheln sammelten sich zwischen ihren Zehen.

Chess lief eine Weile, bis sie sich auf einen Mauervorsprung setzte und den Wellen dabei zusah, wie diese ihre Fußspuren wegspülten.

Meine Mutter ist die Letzte, an die ich jetzt denken will. Peter hatte einen Grund für seine letzten Worte. Es ist mir aber egal. Seine Art, mich auf ein Problem hinzuweisen. Es sitzt wie ein Stachel in mir. Aber diesmal täuscht er sich. Niemals kann jemand zum Problem werden, den ich nicht kenne und auch nicht kennenlernen werde. Ich will zu Alisa.

Chess sah auf ihre sandigen Füße und dachte: »*Schuhe werde ich auch keine tragen.*«

Anne saß schweigsam auf der Bank bei Arturo und aß ihr Steak, während Alisa ihr von der Übergabe der wissenschaftlichen Abteilung an Chess erzählte. Sie hätte sich freuen müssen, aber sie konnte es nicht. Insgeheim hatte sie gehofft, irgendwann doch noch ihre Mutterrolle einzunehmen. Probleme zu besprechen und etwas Gemeinsames zu planen. Doch in diesem Moment verstand sie, dass Alisa niemals ein normales Leben führen würde. Der Kosmos, in dem ihre Tochter lebte, war für sie nicht zugänglich, und mehr als ein Gast, mit dem man ein freundliches Gespräch führte, war sie nicht.

»Ich will etwas ankündigen«, sagte Chess. »Alisa hat es schon erraten. Jede organisiert in diesem Jahr die Geburtstagsfeier der anderen.«

»Kannst du wenigstens ein bisschen was verraten?«, fragte Anne. Es fiel ihr schwer, die Enttäuschung zu unterdrücken, dass sie nicht einmal gefragt wurde.

»Alles wird nicht verraten. Aber wir feiern in Mailand. Es wird laut und groß. Und Punkt Mitternacht gibt es eine Überraschung. Mein eigentliches Geschenk.«

Alisa strahlte und nahm Chess' Hand.

»Es gibt nichts, was wichtiger ist für mich in diesem Jahr. Ich will dir was zurückgeben, Alisa.«

Zurückgeben. Das Wort hallte in Annes Kopf wider.

Gib mir meine Tochter zurück.

Anne schämte sich für diesen Gedanken. Aber er war wie ein Gift, das sich in ihr ausbreitete.

»Was machen wir mit Isa?«, fragte Alisa. »Sie wird auf jeden Fall mitkommen wollen. Es ist mein Geburtstag.«

»Daran habe ich auch gedacht. Wir haben für alle Zimmer gemietet. Yama nehmen wir mit. Dann können sie zusammen Spaß haben.«

»Wieso verfügt ihr so uneingeschränkt über das Mädchen?«, fragte Anne und stierte Alisa an. »Wo kommt sie her?«

Wieso fühle ich mich so einsam, wenn ich an einem Tisch mit meiner Tochter sitze?

»Sie heißt Isa. Und wir verfügen nicht uneingeschränkt über sie. Isa lebt bei uns.« Alisas Stimme war hart wie Stahl und nicht weniger schneidend.

»Das ist nicht normal. Jemand muss euch das sagen.«

»Bist du jetzt die Tante vom Jugendamt?«

Chess stieß Alisa mit dem Fuß an. Aber es half nichts.

»Nur, um das endgültig zu klären: Isa gehört zu uns.«

»Du musst wahnsinnig sein, Alisa«, sagte Anne. »Du kannst in deinem Alter keine Verantwortung für ein Kind übernehmen.«

»Isa ist kein Kind. Sie ist dreizehn Jahre alt. Mir ist nur wichtig, was ich fühle. Außerdem geht es allein Chess und mich etwas an.«

Deutlicher konnte Alisa es nicht sagen, dass Anne im Leben ihrer Tochter keinen Einfluss mehr hatte.

Anne verlor die Kontrolle. Sie war enttäuscht und verletzt. Aber das war es nicht allein. Sie fühlte sich getäuscht. Der Tag, als Chess die goldenen Punkte auf Alisas Bild geklebt hatte, war nicht der Tag, an dem sie ihrer Tochter zurückbekommen hatte, sondern der, an dem sie ihre Tochter verloren hatte. An das kleine Mädchen aus Mestre, dessen Absichten Anne erst jetzt verstand.

»Fällt euch nicht auf, dass euer Leben in keiner Weise der Norm entspricht?«, fragte sie mit gepresster Stimme. »Ihr seid siebzehn Jahre alt. Ihr verfügt über ein Konto, auf dem Millionen sind. Chess leitet eine Forschungsabteilung. Was machst du, Alisa, wenn du mit der Schule fertig bist? Den Haushalt führen?«

Alisa geriet völlig außer sich. Sie stand auf und schrie: »Wie kannst du es wagen, so mit mir zu reden? Ich habe genauso mein Einkommen wie Chess. Ich bin Musikerin. Meine Talente sind anders, aber nicht weniger wert. Was willst du?«

»Ich will, dass ihr normal lebt«, sagte Anne aufgebracht. »Nicht wie Erwachsene, die ihr nicht seid. Ich will eine normale Tochter, die nicht ein Kind von der Straße aufliest und glaubt, dass es ihre Schwester sei.«

»Dieses *Kind*, wie du es nennst, mit Namen Isa wird bei mir bleiben. Daran können selbst die Götter nichts ändern. Ich werde auf sie aufpassen und nicht versagen, wie du es getan hast. Du hattest eine normale Tochter. Diese Tochter wollte sich umbringen, als wir damals die Fähre zurück nach San Marco nahmen. Alles, was ich bin, habe ich Chess zu verdanken. Nicht dir. Und schon gar nicht dem Säufer, mit dem du immer noch zusammen bist.« Alisa nahm ein Messer und rammte es mit voller Wucht in die Tischplatte. Der Griff brach ab. Das Ende, durch den Bruch messerscharf, bohrte sich durch Alisas Handrücken. Sie sah von ihrer Mutter zu Chess.

»Ich zeige dir, wer ich wirklich bin.«

Sie zog langsam ihre Hand aus der Klinge, die fest im Holztisch steckte. Hikari nahm sofort zwei Servietten und drückte sie gegen die Wunde. »Ich bringe sie ins Krankenhaus.« Sie packte Alisa, so fest sie konnte, und zwang sie nach draußen.

Chess stand auch auf. »Mach dir keine Sorgen, Anne. Alles wird gut. Vertraue uns.«

Nach einigen Metern auf der Straße warf Alisa die Servietten weg und betrachtete ihre Hand. Die Verletzung war verschwunden.

Sie atmete tief durch. »Lasst uns zum Kloster zurückgehen. Ich entschuldige mich morgen bei meiner Mutter. Ich hätte sie umbringen können.«

Mute und Rylee machten im Restaurant den Tisch sauber, so gut es ging.

»Wieso versage ich als Mutter so? Sie hat sich schwer verletzt, und ich bin schuld.« Anne weinte.

»Vielleicht, weil beide keine Kinder sind.«

»Sie waren niemals Kinder. Seit siebzehn Jahren versuche ich zu verstehen, wer oder was Alisa ist. Es gelingt mir einfach nicht.«

»Manches kann nicht verstanden werden, Anne«, sagte Mute. »Wo der Verstand endet, beginnt der Glaube.«

»Isa ist Alisa wie aus dem Gesicht geschnitten. Kein Wunder, dass sie denkt, das Mädchen wäre ihre Schwester.«

»Warum akzeptierst du es dann nicht einfach? Alisa ist vor allen Dingen eine junge Frau, die ihren Platz im Leben sucht. Das gilt auch für Chess, und du verwehrst es ihnen.«

»Die Mädchen treffen ihre Entscheidungen allein, seit sie neun Jahre alt waren. Wie kann ich etwas verwehren, wenn ich niemals gefragt werde?«

»Durch deine stille Weigerung«, erklärte Mute. »Es ist schlimmer, als zu streiten. Was glaubst du, wie lange Alisa noch versuchen wird, den Kontakt zu dir zu halten? Vielleicht war es heute schon das Ende eurer Beziehung.«

»Das will ich nicht«, sagte Anne leise.

Das Tablett mit dem Frühstück klapperte, als Chess ins Schlafzimmer kam. Alisa war schon wach und lächelte sie an. Isa rannte schreiend zu ihnen. »Frühstück!« Sie schmiss sich auf das Bett der Mädchen.

Alisa hielt sie fest. »Tausend Mal habe ich dir gesagt, dass du nicht einfach in unser Schlafzimmer kommen sollst. Wir haben auch ein Privatleben.«

»Stell dich nicht so an. Man hört euch sowieso. Und wenn man nichts hört, seid ihr garantiert am Essen. Ich will auch ein Hörnchen.«

Chess schloss die Arme um Isa. »Los, ich beschütze dich vor Alisa, die immer so grässliche Sachen mit mir macht.«

»Unterstütz sie auch noch, Chess. Ab heute wird hier strenger erzogen.«

Isa hatte ein Stück Papier in der Hand und hielt es Alisa hin.

»Was ist das?«

»Ein Bild. Ich habe es gemalt.«

Alisa strich das Blatt auf dem Bettlaken glatt. Es waren einige Bäume und ein großer Hund darauf zu sehen. »Möchtest du uns damit sagen, dass du einen Hund willst?« Sie zupfte die Krümel vom Bettlaken, die Isa beständig fallen ließ.

»Das ist doch kein Hund. Es ist ein Wolf. Ein lieber Wolf.«

»Hier gibt es keine Wölfe. Du musst keine Angst haben. Wir leben in einer Stadt. Wölfe leben im Wald«, sagte Chess.

»Dieser nicht. Ihr werdet sehen.«

»Los, zieh dich an, dann machen wir einen kleinen Ausflug.«

»Ihr wollt mich nur loswerden und euch wieder küssen.«

Alisa zog eine Grimasse und streckte Isa die Zunge heraus. »Tu nicht so, als ob wir nichts anderes machen. Außerdem geht es dich wohl kaum etwas an.«

»Ihr macht es aber andauernd. Ich habe mal mitgezählt.«

»Und was sagt das Amt für Kussstatistik?«

»Bei fünfzig habe ich aufgehört, und es war noch nicht mal Mittag.«

»Das Kind ist gut in Mathe. Ich weiß gar nicht, was du willst, Alisa.«

Alisa kam dem Gesicht von Isa so nahe, dass sich ihre Nasen berührten. »Wenn du nicht gleich verschwindest und dich anziehst, drehe ich dir deinen kleinen süßen Hals um.«

»Ich muss mich noch mal mit Hikari treffen«, sagte Chess, als Isa das Zimmer verlassen hatte. »Sie will etwas mit mir besprechen. Wenn es lange geht, komme ich direkt ins Gritti. Singst du dann etwas nur für mich?«

»Du arbeitest zu viel, Chess. Machst du jemals Pause?«, fragte Alisa.

»Mir kommt es nicht wie Arbeit vor«, entgegnete Chess. »Seit Alva da ist, fühle ich mich fast wie früher.«

Alisa zuckte die Achseln. »Ich werde meiner Mutter Bescheid sagen, dass sie auch kommen soll. Sie macht sich bestimmt Sorgen wegen meiner Hand.«

»Willst du es ihr erklären?«

»Nein. Sie soll einfach mal an was glauben. An mich zum Beispiel.«

Im Café des Gritti waren alle Tische besetzt. Chess setzte sich auf den riesigen Teppich, der in der Mitte des Raumes lag. Eine der Bedienungen nahm ihr den Mantel ab und stellte ihr einen Kaffee und ein Stück Kuchen hin.

Selbstsicher sah Alisa zu den Menschen und ließ den Moment auf sich wirken. Chess bewunderte Alisa in diesen Augenblicken, in denen sie nur durch ihre Anwesenheit alle zum Verstummen brachte.

Sie beherrschte die Ruhe des Raumes, und ihr Blick wanderte zu Chess. »Hi everybody. Irgendwo hier muss meine Mutter sein. Ich kann dich nicht sehen, Anne, aber danke, dass du da bist. Wir haben uns gestern gestritten. Es tut mir leid. Jedes Kind, das mit seinen Eltern da ist, denkt jetzt einmal an die Menschen, die uns seit Jahren aushalten müssen.

Und ich möchte auch die Eltern bitten, ihre Kinder anzuschauen und für einen kurzen Moment zu versuchen, das Kind zu sehen, das wirklich existiert, und nicht das Kind in ihrer Vorstellung.«

Alisa deutete auf Chess. »Seht ihr das Mädchen auf dem Teppich? Das ist der Mensch, den ich mit aller Kraft und allen Sinnen liebe. Der Mensch, dessen Liebe in jeder Zelle meines Körpers die Mitochondrien auflädt. Ich wünsche jedem von euch, dass er seinen Menschen findet. So wie Chess mich fand.«

Chess nahm ihren Mut zusammen, stand auf und stellte sich neben Alisa. »Hi, sonst sage ich hier nie etwas. Aber einen Satz will ich loswerden, bevor Alisa startet.«

Sanft und melodisch begann Alisa zu spielen. Es war eine einfache Klangfolge, aber sie passte perfekt zur Stimmung.

»Das Wunder unserer Liebe liegt in uns. Vielleicht unbegreiflich für andere, aber das ist egal.«

Alisa deckte das Mikrofon mit der Hand ab. »Los, wir singen was zusammen.«

Chess riss die Augen auf. »Bist du verrückt?«

»Das erste Lied werden wir gemeinsam singen. Nur für euch heute hier«, sagte Alisa ins Mikro.

»Alisa, bitte. Ich sterbe gleich.«

»Dein Lieblingslied. Sing einfach nur den Refrain.«

Sie standen nebeneinander, und der Zauber lag in der Improvisation. Chess verlieh dem Lied Unschuld und Alisa Perfektion. Die letzte Textzeile sang Chess allein. Der Applaus wollte nicht enden, und beide verbeugten sich vor den Gästen.

»Du warst perfekt«, raunte Alisa Chess zu. »Setz dich wieder. Sonst stiehlst du mir die Show.«

Anne saß an einem der kleinen Ecktische an den Säulen und dachte nach. *Wieso betrachte ich sie wie eine Fremde? Sie ist meine Tochter.*

All diese Jahre waren vergangen, ohne dass sie selbst etwas erhalten hatte. Anne mochte Saguso, aber das war kein Ersatz für die Jahre, die verstrichen waren, ohne dass sie ihrer Tochter wirklich nahegekommen war.

Alisa spielte routiniert ihr Programm. In diesen dreißig Minuten kontrollierte sie alles. Wie eine Königin, die Hof hielt. Je leiser und langsamer die Passagen waren, desto konzentrierter war das Publikum. Die Menschen waren Alisas Geiseln, über die sie uneingeschränkt bestimmte.

Nach dem Schlussapplaus stand Chess neben Alisa, die sich gerade von den Kabeln befreite.

»Du hast eine wundervolle Stimme, Chess. Es war dein Applaus, nicht meiner. Da hinten sitzt meine Mutter. Wenn du mich liebst, kommst du mit und stehst mir bei.«

»Du versprichst, nicht zu schreien, egal, was ist?«

Alisa atmete tief durch. »Versprochen.«

»Du warst sehr gut, Alisa. Wirklich«, sagte Anne.

»Chess war fantastisch. Ich war wie immer«, sagte Alisa knapp.

Anne nickte und sah auf Alisas Hand. »Ich habe befürchtet, dass du für Monate nicht spielen kannst. Darf ich deine Hand einmal sehen?«

Wortlos streckte Alisa ihr die Hand hin. Die Haut war zart und zeigte keinerlei Anzeichen einer Verletzung.

»Das muss ja ein wunderbarer Arzt gewesen sein«, sagte Anne.

»Wäre es dir lieber, wenn meine Hand unbrauchbar wäre?«

»Mir wäre es am liebsten, wenn ich es verstehen könnte. Irgendetwas von dem, das seit Jahren passiert.«

»Das ist dein Problem. Du willst immer verstehen. Versuch es einfach mit glauben.«

»Ich habe immer an dich geglaubt.« Anne sah Alisa in die Augen. »Aber im religiösen Sinn ist es mir unmöglich, weil es bedeutet, dich als Tochter aufzugeben. Das kann ich nicht. Und ich will es auch nicht.«

Alisa lachte laut auf. »Du müsstest dich mal hören. In Wirklichkeit geht es dir nur um Kontrolle. Dich wurmt, dass du seit Jahren keine Macht mehr über mich hast. Niemand bestimmt über uns. Im Grunde bist du neidisch.«

»Das darfst du nicht sagen, Alisa. Es ist unfair«, versuchte Chess zu schlichten.

»Ich bin deine Mutter. Vergiss das nicht.«

Alisa erinnerte sich an ihr Versprechen. »Entschuldige. Es ist nur so, dass du dich nicht über unseren Erfolg freust. Wieso bist du nicht stolz auf mich?«

»Für Erfolg muss man normalerweise im Leben schwer arbeiten. Euch fällt alles einfach so zu. Das, was mit deiner Hand passiert ist, war ein Wunder. Allein, dass wir hier darüber so ruhig reden, ist grotesk.«

»Zu Punkt eins – wir arbeiten hart. Sehr hart. Chess hat einen Vierzehn-Stunden-Tag. Ich habe neun Jahre lang Gitarre geübt, bis mir die Fingerkuppen geblutet haben. Seit wir ins Kloster gezogen sind, starten unsere Tage um fünf Uhr morgens und enden nicht vor einundzwanzig Uhr.« Alisa machte eine Pause und holte tief Luft. »Zu Punkt zwei: Wäre es dir lieber, wenn alle vor mir auf die Knie fallen? Ich habe nicht darum gebeten. Es ist wie eine Krankheit, nur im positiven Sinne. Man bekommt es einfach.«

»Es tut mir leid«, sagte Anne. »Aber es ist nur einfach so, dass ich nichts von deinem Leben weiß. Und ich habe auch nichts dazu beigetragen.«

Alisa schloss für einen Moment die Augen. »Mom, wie kommst du darauf, dass du nichts beigetragen hast?«

»Sag mir eine Sache. Irgendwas.«

Alisa nahm die Hände ihrer Mutter. »Ich sage dir vier. Wer hat die Entscheidung getroffen, dass wir nach Venedig ziehen?«

»Dein Vater war einverstanden.«

»Das ist zu wenig. Du hast darauf gedrängt. Stimmt doch?«

»Ja. Aus einem Gefühl heraus. Ich konnte es nicht mal richtig begründen.«

»Wer hat Chess den Schulbesuch ermöglicht?«

»Das war Chess ganz allein. Es war ihre Leistung.«

»Das stimmt nicht, Anne«, sagte Chess. »Wenn du nicht gewesen wärst, hätte mich die Sekretärin niemals vorgelassen.«

»Drittens, wer hat den Tintenfisch gerettet? Das warst du.«

Anne musste lachen. »Welche Rolle spielt er?«

Alisa konnte ihre Bestürzung nicht verbergen. Sie sagte ganz leise: »Siehst du es nicht? Die Zusammenhänge. Durch ihn haben wir Michele kennengelernt, den Menschen, den du jetzt liebst. Ich bekam die Möglichkeit, im Gritti aufzutreten. Tinte hat alles verändert.«

»So habe ich es nie gesehen.«

»Die Wunder passieren in den kleinen Dingen. Du hast auch den Schwertfisch gerettet. Dadurch durften wir in das Kloster ziehen.«

»Kopernikus hat das Zeichen erkannt. Deswegen das Schulprojekt.«

»Alles, was ich bin, habe ich mir erarbeitet, aber deine Handlungen haben mir letztendlich die Gelegenheiten eröffnet, die Chess und ich genutzt haben.«

Anne lächelte schmal. »Vielleicht kann ich es irgendwann so sehen. Aber ich habe jetzt verstanden, dass du Respekt für mich empfindest. Das macht es mir einfacher. Chris wird in die USA zurückkehren. Er kommt hier nicht klar und möchte die letzten zwei Jahre auf ein College in New York. Er hat mit Großvater alles besprochen.«

»Ich habe mich nie um ihn gekümmert. Das ist ein Punkt, den du mir vorwerfen kannst.«

»Alisa, wir hatten ein wirklich gutes Gespräch«, sagte Anne sanft. »Wollen wir uns beide versprechen, dass die Vorwürfe mit heute enden? Es stimmt, dass du dich nicht um Chris gekümmert hast, aber wir haben alle Fehler gemacht, und du warst ein Kind. Ich habe es satt, nach hinten zu sehen. In eine Vergangenheit, die ich nicht verstehen kann.«

»Die Zukunft wird vielleicht auch nicht leichter.«

»Dann müssen wir uns helfen. Und mit uns meine ich auch dich, Chess.«

Chess nickte stumm.

Gemeinsam verließen die Mädchen das Gritti.

Anne blieb noch, um auf Saguso zu warten.

Alisa kitzelte Chess im Laufen an ihrem Nacken. »Ich weiß, warum du nichts gesagt hast.«

Sie schlug Alisas Hand weg. »Lass das.« Chess beschleunigte ihren Schritt.

Alisa rannte kurz und stellte sich ihr in den Weg. »Sag es. Ich will es von dir hören.«

Chess wich ihrem Blick aus. »Es ist peinlich, besitzergreifend und falsch.«

Alisa legte die Arme um sie. »Letzte Chance.«

»Ich will dich für mich allein. Schon immer. Jetzt ist es mal raus.«

»Du willst mir nicht ernsthaft erzählen, dass du eifersüchtig auf meine Mutter bist.«

»Das Essen, als dein Vater uns rausgeschmissen hat – es war kein zufälliges Gespräch. Ich habe es genau geplant.«

Alisa grinste Chess an.

»Das ist nicht lustig. Ich konnte es nicht ertragen, dich mit deiner Familie zu teilen. Ich bin das Monster.«

»Chess, du liebst mich, da will man nicht teilen. Das ist völlig normal. Ich musste niemandem etwas von dir abgeben. Es war so viel einfacher für mich.«

»Du bist nicht enttäuscht von mir?«

»Ich liebe nichts mehr, als wenn du so besitzergreifend bist. Außerdem habe ich es schon geahnt. Das passte einfach alles zu genau ineinander.«

»Sag mir, dass du mir allein gehörst.«

»Ich gehöre dir allein. Für immer. Und wenn du mich noch ein bisschen fester küsst, muss ich zum Zahnarzt.«

Chess sah auf die Uhr. »Los. Wenn wir uns beeilen, schaffen wir es noch.«

Sie rannten die Strecke, bis beide außer Atem vor dem Palazzo Grassi standen.

»Warum rennen wir so?« Alisa keuchte. »Was gibt es hier, das du mir zeigen möchtest?«

»Das wirst du gleich sehen.«

Zwei große Marmortreppen führte in die erste Etage.

»Du rechts, ich links. Wir treffen uns oben und kennen uns nicht. Wer dem anderen einen Kuss entlocken kann, zahlt bei Arturo.«

Alisa sah sie erstaunt an. »Das ist dein Ernst, oder?«

Chess lächelte sie wortlos an.

Langsam liefen sie getrennt nach oben, ohne den Blickkontakt zu verlieren. Dann trafen sie sich.

»Sie haben mich die ganze Zeit angesehen. Es war verwirrend«, sagte Alisa.

»Verzeihen Sie. Ich kam hierher, um schöne Bilder zu sehen. Aber auf Ihre Schönheit war ich nicht vorbereitet.«

»Muss man auf Schönheit vorbereitet sein?«

»Auf Ihre schon.«

»Sie schmeicheln mir. Einer Fremden, das ist nicht schicklich. Wie ist Ihr Name?«

»Nevia.«

»Der Name ist so seltsam wie Sie.«

»Die Prophetin.«

»Dann testen wir Sie jetzt. Wie ist mein Name?«

»Alice.«

»Alice?« Alisa hatte das Gefühl, nicht mehr atmen zu können. Der Name schien im ganzen Gebäude widerzuhallen.

»Sie sind auf einmal so blass?«

»Dürfte ich Sie um ein Getränk bitten? Ich setze mich hierhin.«

Nevia lief schnell in das kleine Restaurant, das sich im unteren Geschoss befand.

Als sie wiederkam, lag Alice lang ausgestreckt auf der kühlen Marmorbank. Nevia setzte sich und legte vorsichtig ihren Kopf auf ihre Beine.

»Genau das habe ich jetzt gebraucht. Sie können wirklich hellsehen.« Alice trank in großen Schlucken die Cola aus.

Sanft strich Nevia Alice das Haar aus dem Gesicht.

»Nur weil ich einen kleinen Schwächeanfall habe, dürfen Sie es nicht ausnutzen.«

»Das wäre nur der Fall, wenn Sie mich nicht mögen. Ich habe mein Herz an Sie verloren.«

»Das geht schnell. Wie viele Herzen haben Sie?«

»Drei. Ich bin das einzige Lebewesen, das so viele hat.«

»Dann können Sie zwei verlieren und haben immer noch eines, das nur Ihnen gehört.«

»Das geht nicht, weil alle drei Ihnen gehören. Wissen Sie, was ich für ein Tier bin?«

»Das ist nicht schwierig, so wie Sie aussehen.« Alice zog Nevia zu sich herab und küsste sie. Dabei flüsterte sie: »Ein Tintenfisch. Ich befinde mich in Ihren Fängen.«

Nevias Hand legte sich auf Alices Bauch. »Ich nehme Sie mit in die Tiefe. Dann gehören Sie mir allein.«

»Dort ist es dunkel. Ich fürchte mich davor.«

»Nein, es ist hell. Strahlend hell vor Liebe.«

»Sie sollten sich erklären, was wir hier nun machen.«

Nevia stand auf und reichte ihr die Hand.

»Wo wollen Sie mit mir hin?«, fragte Alice.

»In Ihre Träume.«

Vorsichtig, als ob sich Alice einem scheuen Reh näherte, ging sie auf das Bild zu. »*Das Frühstück der Ruderer* von Renoir. Woher hast du das gewusst?«

»Es stand in einem deiner Kunstmagazine. Die Seite habe ich danach herausgerissen. Es sollte eine Überraschung sein.«

»Ich will sofort wieder Alisa sein, damit ich Chess, die Frau, die mir das geschenkt hat, küssen kann.« Alisa schlang die Arme um sie. »Die Farben sind ein Wunder. Nur Renoir beherrschte die Kunst, Ölfarbe in Pastell zu verwandeln. Kannst du mir sagen, was du fühlst?«

»Etwas Komisches.«

»Du kannst nichts Falsches sagen.«

»Man kann sehen, dass sich alle über was anderes unterhalten. Fast so, wie wenn Sprechblasen darüber sind.«

»Das macht das Bild so besonders. Die Frau vorne links ist die Ehefrau von ihm.«

Ein langes Ledersofa stand direkt vor dem Bild.

»Wir setzen uns und sehen es an, bis das Museum schließt.«

Chess setzte sich in eine Ecke des Sofas.

Alisa lehnte sich gegen sie. »Sag nur die Farbe, wo du bist, Chess.«

»Orange.« Chess küsste Alisa.

»Dunkelgrün.« Alisa küsste Chess' Hand.

»Gelb.« Chess' Finger fuhren über Alisas Nasenrücken.

»Blau.« Alisa streckte sich aus und legte die Füße auf das Sofa.

Chess legte ihre Hand auf Alisas Bauch. »Weiß.«

»Das wollte ich sagen. Es ist wundervoll und doch leicht gebrochen. So wie ich. Sie nehmen es mir weg.«

»Da es Ihnen entspricht, scheint es mir der wertvollste Teil in diesem Bild. Haben Sie mir ein Pfand anzubieten?«

»Ein Pfand? Das ist unverfroren. Es gehört Ihnen nicht.«

»Warum fragen Sie mich dann? Oder geht es nur um das Pfand?«

»Weil ich fühle, dass Sie es gefangen halten. Was muss ich Ihnen anbieten?«

»Eine Berührung.«

»Die haben Sie bereits.«

Chess' Lippen berührten die von Alisa. »Diese reicht mir nicht.«

»Sie müssen ganz und gar wahnsinnig sein.«

»Vor Liebe.«

Alice schloss die Augen und versank unter Nevias Händen im Ozean ihrer Gefühle.

»Wir machen was?« Alisa sah Chess entgeistert an.

»Das Kloster hat keine Trüffel mehr, und die nächste Lieferung wird sich um Wochen verspäten. Jemand aus der Küchenmannschaft hat es mir erzählt, und ich habe totale Lust darauf. Bitte komm mit.«

Alisa lachte. »Du tust so, als ob das Trinkwasser ausgegangen wäre.«

»Für mich ist es so. Bitte.«

»Okay. Ich werde mir schwere Stiefel anziehen und gemeinsam mit einem Hund – das ist übrigens der Grund, weshalb ich mitkomme – einen ganzen Tag lang durch einen Wald rennen und mit den Händen in der Erde wühlen. Wann geht es los?«

Chess sah zu ihr. »Um drei fahren wir los.«

»Wenigstens etwas. Nur ein halber Tag.«

»Alisa.«

»Ja?«

»Drei Uhr morgens.«

»Das ist nicht dein Ernst! Ich gehe jetzt sofort ins Bett, und du bringst mir was vom Abendessen. Vitello und ein frisch gebackenes Brötchen.«

Alisa duschte sich und legte ihre Sachen bereit. Eine Jeans, dicke Stiefel, die sie normalerweise nur im Winter trug, und ein Cordhemd, damit sie vor Stacheln im Gestrüpp geschützt war.

Sie sah sich im großen Spiegel des Badezimmers an. »Ich freue mich auch richtig darauf, aber sagen werde ich es Chess nicht. Sie wird mir einen richtig großen Gefallen dafür schulden. Wie ein Bluff beim Poker.«

Chess hatte ihr das Brötchen mitgebracht und dazu einen kleinen Salat. »Es ist ein echter Liebesbeweis, dass du mitkommst«, sagte sie und legte den Arm um Alisa.

»Dann denk dir was für mich aus. Du schuldest es mir.«

Nach dem Essen legten sie sich ins Bett.

Chess' Hand berührte Alisa.

»Chess. Wenn du das tust, kannst du mich morgen im Wald beerdigen«, murmelte Alisa.

Sanft küsste Chess Alisas Nacken, ihre Ohren und den Hals.

Alisa wand sich. »Nicht.«

»Zu spät. Als Strafe dafür, dass du mich täuschen wolltest. In Wirklichkeit freust du dich auf den Ausflug. Du wolltest mir nur einen Wunsch entlocken.«

Ein Schiff brachte sie in der Nacht an das Festland. Von Mestre aus fuhren sie mit dem Bus in ein etwa zwei Stunden entferntes Waldgebiet.

Alisa schlief. Der Hund, weiß mit schwarzen Tupfen, lag zu ihren Füßen. Er war alt und seine Nase grau.

Der Weg wurde immer enger, und die Äste der Bäume schlugen gegen die Scheiben, als der Bus mitten auf einem einsamen Waldweg stoppte.

Chess rüttelte Alisa sanft. »Es geht los. Du musst deine Schuhe anziehen.«

Alisa streckte sich. »Schon besser.« Sie sah zu dem Hund, der ihre Füße beschnüffelte. »Deinetwegen ziehe ich mir jetzt meine Winterstiefel bei fünfundzwanzig Grad an.«

»Ich liebe dich dafür. Wir sehen uns heute Nachmittag wieder hier.«

»Ich lauf einfach drei Stunden in eine Richtung und gehe dann wieder zurück. Richtig?«

»Genau. Es kann nichts schiefgehen. Zur Not benutzt du einfach die App.«

Die Küchenmannschaft verteilte sich mit den Hunden in kleinen

Gruppen, und jede lief für sich in eine andere Richtung, damit sie ein möglichst großes Gebiet abdeckten.

Alisa wartete einige Minuten und strich ihrem Hund über den Kopf. »Wir laufen allein, okay? Ich will für mich sein.«

Schon nach einer Viertelstunde waren die anderen nicht mehr zu hören, und Alisa verschwand im Dickicht des Waldes. Der Hund lief lustlos an ihrer Seite. »Ein bisschen musst du dich schon anstrengen. Du bist der Profi, wenn auch ein alter. Ich will mich nicht blamieren. Lauf los und such.«

Der Hund trottete voran, und Alisa hängte sich die Schleppleine um.

Seit Jahrhunderten wuchs der Wald, wie die Natur es für ihn vorgesehen hatte: Große, kleine und riesige Bäume wechselten sich ohne erkennbares Muster ab. Trockene Bodenflächen folgten weich moosigen, die in den Schatten der großen Laubbäume die Feuchtigkeit speicherten.

Nach einer Stunde setzte sich Alisa auf einen großen Findling. Der Hund kuschelte sich an sie.

»Du brauchst mir gar nichts vorzumachen. Du hast genauso wenig Ahnung wie ich. Deswegen haben sie dich mir gegeben. Oder du kannst schon nichts mehr riechen.« Sie streichelte seine Seite, worauf der Hund sich auf den Rücken legte, sich komisch verrenkte und alle vier Pfoten von sich streckte.

Alisa seufzte. »In Wirklichkeit bin ich froh, dass du bei mir bist.« Sie öffnete ihren Rucksack, trank etwas aus der Feldflasche und gab dem Hund Wasser, der es aus ihrer hohlen Hand leckte. Dann sah er aus treuen Augen zu ihr hoch.

»Wenn du glaubst, dass ich dich auch noch trage, hast du dich verrechnet. Eine Stunde laufen wir noch, dann gibt es eine lange Pause. Für mich, weil ich faul bin, und für dich, weil du alt bist.« Sie küsste ihn auf seinen schwarz-weißen Kopf.

Der Hang, der vor ihnen lag, war teilweise so steil, dass Alisa auf allen vieren hochkrabbelte. Immer wieder rutschte sie auf dem feuchten Laub aus. Die Vegetation war dicht, und die Sonne schaffte es kaum, den Boden zu berühren.

Sie sah hoch und wischte sich den Schweiß aus der Stirn. »Mein Ehrgeiz ist angestachelt. Bis oben will ich es schaffen. Danach ist mir alles egal. Die anderen werden schon was finden.«

Sie brauchten weitere eineinhalb Stunden, bis das Gelände flacher wurde. Eine kleine Lichtung mit einem See lag vor ihnen. Große Bäume spendeten Schatten.

»Wir wissen beide, was wir jetzt machen. Du hast seit Jahren schon keine Trüffel mehr gerochen, und ich bin kurz vorm Herzinfarkt.«

Sie lehnte ihren Rucksack an einen Baumstamm, nahm ein kleines Stück von der Salami und gab sie dem Hund. »Das Futter habe ich. Also wird nicht weggelaufen.«

Sie zog sich aus, legte ihr Kleider ordentlich auf den Rucksack und watete langsam in das kalte Wasser.

Nach einigen Schritten überwand sie sich.

Ruhig schwamm der Hund neben ihr.

»Das ist deine wahre Natur«, sagte sie zu ihm. »Du hast genauso wenig Lust in der Erde zu graben wie ich. Das macht die Nägel kaputt, und mein Gitarrenspiel klingt eine Woche mies.«

Etwas berührte sie an den Beinen. Alisa schrie kurz auf. »Hier gibt es Fische. Wie wäre es, wenn du einen fängst?«

Der Hund leckte ihr durch das Gesicht.

Alisa lachte. »Also ein Charmeur bist du in jedem Fall.«

Der Hund schwamm langsam weiter. Immer wieder war er mit seinem ganzen Kopf unter Wasser. Alisa drehte sich auf den Rücken, um möglichst ruhig im See zu liegen. Für einen Moment bewegte er sich nicht, um Sekunden später mit einer kräftigen Bewegung seines Kopfes komplett unterzutauchen. Als er wieder hochkam, zappelte ein großer, silbrig glänzender Fisch in seinem Maul und schlug mit seiner Schwanzflosse hin und her. Der Hund ließ sich nicht beeindrucken, drehte um, und gemeinsam schwammen sie zum Ufer. Er warf Alisa den Fisch, der hektisch sein Maul auf und zu riss, vor die Füße.

Alisa grinste. »Wenn ich es richtig verstehe, soll ich ihn für uns zubereiten.«

Mit dem Messer, das eigentlich für die Trüffel bestimmt war, schnitt sie den Bauch des Fisches auf und entfernte die Innereien. Gierig stürzte der Hund sich darauf und verschlang sie. Dann saß er zu ihren Füßen und sah Alisa zu.

»Jetzt noch die Schuppen runter, grillen und das Festmahl kann beginnen«, sagte sie zufrieden und tätschelte dem Hund den Kopf.

Chess' Hund, der seit fast zwei Stunden konzentriert neben ihr lief, stürmte auf einmal los. Hektisch rannte sie ihm hinterher, stieß Äste und Sträucher vor sich weg, um dem Zickzackkurs folgen zu können. Mit einem großen Satz sprang das Tier über einen umgestürzten Baum, blieb wie angewurzelt stehen und senkte den Kopf, bis seine Nase den Boden berührte. Immer wieder, rechts und links ausbrechend, schnüffelte der Hund über den Waldboden, bis er an einer hohen Buche stehen blieb. Mit seinen Pfoten begann er zu buddeln.

Chess machte einen schnellen Schritt zu ihm. »Es ist meiner. Dir schmeckt er sowieso nicht.« Sie zog ihn vom Baumstamm zurück, und der Hund legte sich hin.

»Dafür gibt es was Leckeres.«

Gierig nahm der Hund das kleine Stück Salami, das Chess für ihn abgeschnitten hatte. Sie begann, mit den Händen den Boden zu entfernen. Nach einigen Zentimetern fühlten ihre Fingerspitzen etwas Rundes. Vorsichtig grub sie mit einer kleinen Metallharke einen Trichter, um den Pilz nicht zu verletzen. Er war etwa so groß wie eine Kartoffel, und seine Oberfläche war schwarz und runzelig.

Chess stieß einen Triumphschrei aus. »Ich habe wirklich einen Trüffel gefunden!«

Um besser sehen zu können, kniete sie sich hin und grub an der Seite mit den Fingern immer weiter in das Erdreich.

Sie war so konzentriert, dass sie das Mädchen erst bemerkte, als es Chess an der Hand berührte. »Wenn du tiefer gräbst, verletzt du seine Wurzeln, und es werden keine mehr nachwachsen.«

Chess drehte sich vor Schreck so schnell auf die Seite, dass sie umkippte.

Ein Mädchen, so alt wie Isa, kniete neben ihr. Ihre Hand mit der kleinen Harke hielt das Kind so fest, dass Chess' Finger blau wurden.

»Du tust mir weh«, sagte Chess.

Die Kleidung war selbst genäht und passte nicht. Von den alten Turnschuhen lösten sich die Sohlen.

»Wirst du mir damit wehtun?«, fragte das Kind.

»Bist du wahnsinnig? Lass mich los.«

»Versprichst du es?«

Der Hund stand auf und kam langsam auf das Mädchen zu. Sein Körper war angespannt, das Rückenhaar aufgestellt, und er knurrte leise.

Ängstlich sah das Kind zu ihm. »Nimm ihn weg.«

»Vertraue mir und lass mich los.«

Der Hund zog seine Lefzen nach oben, und das Kind sah wie hypnotisiert auf seine Fangzähne. »Bitte nicht«, flehte es.

»Er beißt dich jeden Moment«, rief Chess verzweifelt. »Lass mich los, damit ich dir helfen kann.«

Das Mädchen löste ihren Griff um Chess' Handgelenk und stolperte rückwärts zu dem Baum.

Schnell stellte sich Chess zwischen das Mädchen und den Hund, holte aus ihrem Rucksack die Salami heraus und schnitt zwei große Stücke ab. Eines warf sie dem Hund hin, um ihn abzulenken, das andere gab sie dem Mädchen. »Gib es ihm. Damit zeigst du, dass er dir vertrauen kann.«

Zitternd streckte sie ihren Arm aus.

Der Hund kam vorsichtig näher und beschnüffelte die Hand. Sanft nahm er das Stück, ließ sich zu den Füßen des Mädchens fallen und kaute laut schmatzend.

Die Glut des Feuers glimmte in sicherem Abstand zu einem Baum. Alle paar Minuten drehte Alisa den Fisch.

Sie sah an sich herunter. An ihrer Haut klebten Laub, Gras und andere kleinere Pflanzen. »Du passt auf unser Mittagessen auf«, sagte sie zu dem Hund, »und ich wasche mich. Wenn ich angezogen bin, gibt es Essen.«

Ein leichter Wind kam auf und fachte die Glut an. Die Haut des Fisches löste sich bereits. Sie nahm den Stock und betrachtete ihren Fang von allen Seiten. »Noch eine Runde«, beschloss sie. »Wir teilen. Du hast ihn gefangen, ich habe ihn zubereitet.«

Sie schloss den Gürtel ihrer Hose und sah zum Feuer. »Es tut mir leid, aber heute war dein Schicksalstag. Dafür hattest du ein langes und ruhiges Leben.« Vorsichtig nahm sie das Tier von der Glut, zupfte ein kleines Fleischstück von seinem Gerippe und hielt es dem Hund hin, der es langsam fraß.

»Manieren hast du ja. Jetzt bin ich dran.«

Das Fleisch war warm, zart und fett. Ein leichtes Fischaroma breitete sich in Alisas Mund aus. »Köstlich. Tausendmal besser als Trüffel. Aber Chess sagen wir das nicht.«

Gemeinsam aßen sie den Fisch auf. Die Reste warf Alisa in das Gebüsch. »Da gibt es bestimmt welche, die schon darauf gewartet haben.«

Sie trank einen großen Schluck aus der Wasserflasche und gab auch dem Hund etwas. »Du kannst richtig froh sein, dass du bei mir eingeteilt wurdest«, sagte sie zu ihm. »Die anderen strampeln sich jetzt einen ab. Wir schlafen eine Runde. Deine alten Knochen sind bestimmt dankbar für etwas Ruhe. Außerdem müssen wir beide verdauen.«

Den Rucksack schob sie unter ihren Kopf. In Kreisen kam der Hund immer näher zu ihr, bis er sich eng an ihren Bauch legte. Mit ihrer Hand konnte sie sein Herz spüren. »Schlaf gut.« Sie küsste ihn hinter sein haariges Ohr.

Alisa träumte von einem Waldsee. Ein Mädchen stand darin. Es hatte rote Haare und blassblaue Augen. Das andere Mädchen konnte sie nicht erkennen. Beide schwammen umeinander herum. Hielten sich an den Händen. Sie waren jung. Trotzdem spürte man die Liebe zwischen ihnen. Es gab auch Schmerz und Verzweiflung, aber beides war dabei zu heilen.

Das Unterholz knackte. Langsam kehrten Alisas Gedanken in den Wald zurück.

Direkt am Ufer des Sees stand ein Hirsch und trank.

»Du musst ganz ruhig sein«, flüsterte Alisa dem Hund zu. »Es ist sein Reich. Wir sind seine Gäste.«

Das Geweih ragte weit über das Tier hinaus, als es sich zu ihr drehte. Langsam kam der Hirsch immer näher. Der Hund rührte sich nicht. Alisa traute sich kaum zu atmen.

Zentimeterweise senkte der Hirsch seinen Kopf, bis sie die rauen Härchen an ihrer Stirn spürte. Das Smaragdgrün von Alisa spiegelte sich in den großen dunklen Augen des Tieres.

Der Hund in ihrem Arm zeigte keine Reaktion. Sanft drückte Alisa ihre Hand an seinen Brustkorb.

Das Herz stand still. Er war im Schlaf gestorben.

Langsam kniete sie sich hin und strich dem Hund über den Kopf.

Der Hirsch war einige Schritte weggegangen. Noch einmal sah er Alisa an, dann verschwand er mit einem großen Satz im Wald.

»Jetzt musst du dich vor denen in Acht nehmen, die du früher auf die Jagd begleitet hast.« Sie küsste den Hund zum Abschied auf seinen Kopf, holte die kleine Schaufel aus ihrem Rucksack und begrub ihn. Die alten Äste, Blätter und Moos legte sie danach wieder über die Erde, damit es unberührt aussah.

Auf dem Rückweg zum Bus überlegte sie, warum sie nicht weinte oder verzweifelt war. Der Hund hatte sie gewählt. Zum Sterben. Sie hatte sich ihm geöffnet, und das Gefühl von Freundschaft und Vertrauen hatte ihn begleitet. Sie hatte ihm Respekt und Liebe gewährt. Dafür hatte er den wichtigsten Moment seines Lebens mit ihr geteilt. Seinen Tod.

Die anderen warteten bereits am Bus.

Chess hatte ein dunkelhaariges Mädchen an der Hand.

Alisa sah sie fragend an.

»Ich habe einen Trüffel und Lupa gefunden. Lupa, das ist Alisa.«

Das Mädchen hatte dunkle, wache Augen. Langsam streckte es seine Hand aus.

Isa und das Bild, das sie gemalt hat. Lupa, der Wolf.

Alisa lächelte das Mädchen an. »Du bist in jedem Fall wertvoller als der Pilz.«

Verlegen sah es zu Boden. »Bisher hat noch nie jemand gesagt, dass ich wertvoll bin«, murmelte es.

Einer der Mönche kam zu Alisa. »Wo ist der Hund?«

»Er ist im Wald gestorben. Ich habe ihn begraben.«

Betreten sah der Mönch sie an.

»Es tut mir sehr leid. Er war ein guter Hund.«

Sein Blick fiel auf Lupa. »Sollen wir die Polizei benachrichtigen? Sie kümmern sich um das Kind.«

Lupa versteckte sich hinter Chess' Beinen. Alisa sah die Furcht in ihren Augen.

»Ich habe ihr versprochen, dass wir das nicht tun«, sagte Chess. »Wir nehmen sie mit.«

Während der Busfahrt schlief Lupa.

Alisa tippte unaufhörlich auf ihrem Handy herum.

»Wem schreibst du die ganzen Nachrichten?«, fragte Chess.

»Isa. Erinnerst du dich an ihr Bild?«

»Ja«, sagte Chess nachdenklich.

»Sie hat es vorhergesehen.«

Es war spät geworden, und Isa hatte bereits ihren Schlafanzug an. Lupa ging langsam auf sie zu und sah sie an.

»Der Wolf«, flüsterte Isa mit großen Augen.

Alisa hatte ein Badehandtuch geholt. »Du kannst jetzt duschen gehen.«

Lupa sah erschrocken zu ihr. »Ihr habt Wasser in der Wohnung? Ich bade sonst immer im Meer.«

»Wir haben Wasser hier, und wir nutzen es täglich.«

»Ich wasche mich nur allein.«

»Wir uns auch.«

»Isa gibt dir ein Nachthemd«, sagte Chess. »Wenn du fertig bist, komm heraus.«

»Ich trage nur Schlafanzüge«, sagte Lupa leise.

Chess suchte aus ihrer Kommode einen Pyjama heraus, der ihr zu klein geworden war. »Hier. Nimm den. Was anderes habe ich jetzt nicht.«

Lupa sah zu Boden. »Danke. Es tut mir leid.«

Chess strich ihr über die Wange. »Dir muss nichts leidtun. Hier entschuldigt sich niemand für sich selbst.«

Isa kam mit einer zweiten Decke in der Hand. »Sie schläft bei mir.«

Als Lupa im Bad war, setzte Chess sich zu Alisa und hielt ihre Hand. »Was habe ich nur angerichtet, Alisa?«

»An einer Trüffelsuche teilgenommen mit unerwartetem Ausgang. Wo hast du sie gefunden?«

»Mitten im Wald. Ich habe nach dem Trüffel gegraben, und auf einmal hielt sie meine Hand fest.«

»Warum?«

»Ich habe zu tief gegraben.«

»Ihr passt gut zusammen. Beide Trüffelexpertinnen.«

Chess legte den Kopf an Alisas Schulter. »Es fühlt sich richtig an, dass sie hier ist.«

»Sag der Grüblerin, dass ich alles organisiere.«

»Willst du erzählen, was mit deinem Hund passiert ist?«

»Er ist glücklich gestorben, und er hat mich gewählt, ihn zu begleiten. So wie Lupa sich dir angeschlossen hat. Wir haben beide heute ein Geschenk erhalten.«

»Was genau?«

»Du Freundschaft, und ich durfte für einen Moment den Kreislauf des Lebens sehen. Es war ein Augenblick des Glücks, nicht der Trauer.«

Lupa kam aus dem Badezimmer. »Ich bin fertig.«

Alisa und Chess starrten das Mädchen an, das sich nur durch den ordentlichen Schlafanzug völlig verändert hatte. Die Last der Armut und der Unsicherheit war von ihr abgefallen, und die Würde, die von dem Kind ausging, breitete sich wie eine Schwingung im ganzen Raum aus.

Alisa ging zu ihr, nahm ihr die alten Kleider aus den Armen und schmiss sie kurzerhand in den Müll. »Jetzt kommt Teil zwei des Beautyprogramms. Zeig mal deine Hände und Füße.« Zu ihrem Erstaunen gab es aber nichts auszusetzen: Die Nägel waren gepflegt und ordentlich gekürzt.

Isa nahm Lupa an die Hand. »Jetzt lass sie in Ruhe«, sagte sie in Alisas Richtung, und beide verschwanden in Isas Zimmer.

»Wir wissen nichts über Lupa, und jetzt liegt sie neben Isa im Bett. Ich mach mir irgendwie Sorgen«, meinte Alisa.

»Jetzt weißt du, wie sich deine Eltern gefühlt haben müssen, als wir uns kennenlernten.«

Isas lautes Lachen drang aus dem Kinderzimmer. Es war vielmehr ein nicht enden wollender Lachanfall.

»Auf jeden Fall haben sie Spaß«, sagte Chess und gähnte. »Morgen widmen wir uns den restlichen tausend Problemen, die ich uns eingebrockt habe, aber jetzt muss ich schlafen.«

Alisa stieß Chess dreimal an, bevor sie aufwachte.

»Die beiden haben Frühstück für uns gemacht. Total süß. Los, komm.«

Es gab geschnittenes Obst, Brot, Marmelade und Butter. Isas Augen leuchteten.

»Wie war eure Nacht?«, fragte Chess.

Lupa aß ihr Brötchen mit zwei Bissen auf. »Ich habe noch nie in einem Bett geschlafen«, sagte sie mit vollen Backen. »Es war so weich!«

»Wir gehen heute, wenn Isa von der Schule kommt, einkaufen. Anziehsachen, Friseur. Alles, was du brauchst.« Alisa fing an, eine Liste zu schreiben.

Isa sah erstaunt von ihrem Teller auf. »Und Lupa? Sie muss auch in die Schule, oder nicht?«

Chess sah Alisa an. »Nimm sie mit. Ich gehe zum Direktor. Er hat sicher nichts dagegen.«

»Wir brauchen einen Vormund für Lupa«, sagte Alisa.

Isa gab Lupa eine Jacke von sich.

»Wir machen es so wie bei mir. Kopernikus wird uns wieder helfen.«

Zu viert nahmen sie das Boot nach Mestre.

Nach dem Anlegen rannten Isa und Lupa vor.

»Ich habe gleich Kunst in der ersten Stunde. Du?«

»Keine Ahnung. Vielleicht gehe ich gleich wieder. Mein Kopf läuft Amok«, sagte Chess.

»Die Grüblerin soll mir Bescheid sagen«, sagte Alisa. »Sonst suche ich dich und mache mir Sorgen.«

Nach der ersten Stunde ging Chess zu Alisa, die an einem Stillleben malte.

»Es sieht richtig gut aus«, sagte Chess leise in ihr Ohr.

»Hallo, Grüblerin.« Alisa betrachtete einen Moment ihr Bild. »Nicht so gut, wie wenn Renoir es gemalt hätte.«

»Es war die schönste Bildbesprechung, die ich jemals hatte. Ich gehe ins Kloster zurück. Mein Kopf ist am Limit.«

»Bleib doch einfach auf der Fähre. Im Kloster wirst du sofort arbeiten. Nach drei kompletten Runden kommen wir.«

»Die Grüblerin liebt dich für diesen Einfall.«

Das Boot war fast leer. Für die Touristen war es zu früh, für Berufstätige und Schüler zu spät.

Chess setzte sich nach hinten und zog ihre Schuhe aus. Das Meerwasser und der feuchte, kalte Stahl an ihren Füßen waren wie eine

Erlösung. Der Wind und der Geruch des Meeres umgaben sie wie eine ätherische Wolke. Ihre Zehen spielten mit den kleinen Pfützen am Boden des Schiffes, die leicht mit den Wellen wogten. Sie schloss die Augen.

Die Fähre fuhr auf einer Kreisbahn. So, dass sie in neunzig Minuten wieder da sein würde, wo sie eingestiegen war.

Die Gischt spritzte ab und zu über die Reling und füllte die kleinen Pfützen zu ihren Füßen mit frischem kalten Wasser auf. Sie sah auf das Meer. *Der Ursprung von allem*, dachte sie. *Alles, was jemals gelebt hat und leben wird, findet hier seine Herkunft. Auch ich und sogar du, Tinte, bist hier zu Hause. Wir hätten im Wasser bleiben sollen. Als intelligente Wesen. Jeden Morgen wäre ich mit Walen zur Oberfläche geschwommen, hätte mir in der Frühsonne die Müdigkeit aus meiner Schwanzflosse geschüttelt und übermütig mit den Wellen gespielt. Alisa hätte mich wieder unter Wasser gezogen, und wir hätten uns geliebt. Vielleicht wäre das aber schwieriger geworden.*

Die leichte Bewegung des Schiffes tut mir gut. Als ob alles neu sortiert wird.

Die erste Runde der Fähre war vorbei.

Sie legte sich auf die Sitzbank. Ihre Füße ruhten auf einem dicken Seil an der Reling. Am Himmel zogen die Wolken ihre Bahnen.

Warum hat Isa so gelacht gestern Abend? Lupa hat ihr etwas gesagt. Etwas, das wir nicht wissen. Die Verbindung von Alisa und Isa ist das eigentliche Wunder. Sie stellt etwas dar, womit keiner gerechnet hat. Keiner aus einer Zukunft, die sich niemand vorstellen kann. Alisa hat recht, dass sich alles zum Guten wendet. Man muss nur auf unser Leben sehen. Das kann nur an dir liegen, Tinte. Kann es sein, dass du in unser Schicksal eingreifst? Ein Gott sich Sorgen um eine Ameise macht? Ich bin keine Ameise. Falls die Hindus recht haben und ich wiedergeboren werde, möchte ich ein Adler sein. Und Alisa soll bei mir sein.

Die Tropfen des Meeres kitzelten sie an ihren Füßen. Ihr Hosenbein wurde etwas nass dabei.

Die zweite Runde war beendet. Auf der dritten würden Alisa und die Mädchen zusteigen.

Chess kämpfte mit dem Schlaf, blinzelte. Die Augen fielen ihr zu. Eine Welle überspülte ihre Füße. Ihre Gedanken waren völlig frei, klar und spiegelglatt wie ein Bergsee.

Ich kann dich spüren, Tinte. So bin ich nur, wenn du in mir bist. Die Kontrolle über jede meiner Nervenzellen übernimmst. Was du wohl für ein Wesen bist? Ich habe immer noch das Bild eines Tintenfisches in mir. Wenn ich dir gegenübertrete, musst du mir die Angst nehmen. Mich in den Zustand versetzen, in dem ich jetzt bin.

Etwas veränderte sich. Chess sah den Renoir und Alisa.

Du fragst meine Erinnerungen ab. Wenn du mich einschlafen lässt, kannst du sie alle haben. Dann fällt es mir leichter. Ich halte mich an unsere Abmachung. Das, was dich an mir fasziniert, sind meine Gefühle. Meine Wünsche und Sehnsüchte. Das Geheime, was ich selbst vor Alisa noch verstecke. Sie erahnt es manchmal. Das Wunder ist unsere Liebe. Da hat Kopernikus recht. Aber in Wirklichkeit hast du keinerlei Interesse an den Dingen, die wir für wichtig erachten. Die Bücher der Veden, Politik, Wissenschaft, Geld. Alles unwichtig. Wir sind so auf uns selbst konzentriert, dass wir blind sind für das Wunder, das uns umgibt. Natur, Liebe und ein Tod, der uns Möglichkeiten gibt, die wir nicht im Ansatz verstehen. Nur Alisa hat Zugang zu diesem Geheimnis. Vajra? Er denkt, dass er ein Gott ist, aber in Wirklichkeit ist er nur ein Naturphänomen. Ein mächtiges. Aber nichts Übernatürliches. Wir sind nur nicht in der Lage, die Natur als solches zu begreifen. Wie Hikari gesagt hat. Mangels Erklärungsmöglichkeit halten wir es für ein Wunder. Alisas Wunden schließen sich von selbst. Wenn man genau darüber nachdenkt, ist es eine rein biologische Funktion, die uns neu ist. Bisher unbekannt. Das, was ungewöhnlich ist, sind die Schnelle der Regeneration und die Qualität, in der es stattfindet. Die Schnelligkeit könnte durch die Modulation der Zeit erklärt werden. Die Qualität durch einen biologischen, uns neuen Mechanismus.

Die Grüblerin nimmt für heute ihren Abschied und wird sich allein positiven Gedanken und der Liebe hingeben. Ob Alisa versteht, dass ich sie manchmal an dich verschenke? Den Moment, in dem auch ihr Denken ver-

schwindet, und alles andere bis auf das Gefühl unwichtig wird? Deine stille Beobachtung macht es so ungewöhnlich. Ich habe kein schlechtes Gewissen, weil es auch der Moment ist, in dem du mich wahrnimmst.

Es ist unser beider Geschenk.

Das Boot fuhr behäbig seine Stationen ab, und Chess schlief, bis etwas ihre Lippen berührte. Jemand saß bei ihr. Sie schlug die Augen auf und blickte in eine dunkle Wolke aus Haaren. Alisas Haare.

Sie berührte Chess' Fuß. »Hilft es dir?«

»Es ist wundervoll. Wie wenn sich der Nebel am Morgen auflöst.« Chess zog Alisa zu sich, spürte die kleinen Grübchen und Falten an Alisas Mund, den Übergang nach innen.

»Tinte war da.«

»Was hat er gewollt?«

»Er hat meine Erinnerungen an den Renoir und die Nacht danach abgefragt.«

»Hast du sie ihm gegeben?«

»Ja.« Alisa küsste Chess. »Sag ihm, dass noch viele davon kommen werden, ich aber auch etwas dafür möchte.«

»Was?«, flüsterte Chess.

»Er soll auf dich aufpassen. Werde ich den Rest des Tages mit der Grüblerin verbringen?«

»Wenn du vom Einkauf zurück bist, warte ich im Klostergarten mit einem Picknick auf dich. Die Grüblerin ist nicht eingeladen.«

Chess ging direkt zu Kopernikus. Es saß wie immer an seinem Schreibtisch und studierte Bücher.

Sie setzte sich in den schweren Lederstuhl daneben und sah ihn an. »Dein Kopf ist voller Geheimnisse.«

Er nickte.

»Wie viele sind es wert, über die Generationen weitergetragen zu werden?«

Kopernikus wandte sich ihr zu und lächelte. »Nur du und Alisa. Ihr seid lebende Geschichte, Mysterium und Wunder in einem.«

Chess lachte laut auf. »Wir leben hier wie die Hippies, tun, was wir wollen, und beachten keine eurer Regeln.«

»Ich habe immer gehofft, dass ein solcher Moment mal kommt. Die Mauern aus ihrer tödlichen Starre erwachen und vom Glück durchdrungen werden.«

»Wie viele sehen das noch so wie du?«

»Keiner.«

»Wieso wir? Niemand ist ungeeigneter.«

»Das war schon immer die Wahl Gottes. Es tut mir leid, dass ich dir diese Bürde auferlegt habe. Wir sahen nur die Prophezeiung und euch. Ihr wart Kinder, und wir haben euch keine Wahl gelassen.«

»Du hast für uns getan, was du konntest.«

»Nein habe ich nicht. Du musst erkennen, dass der Punkt kommen wird, an dem du dich entscheiden musst. Zwischen dem Kloster und deinem Leben. Versprich mir, dass du dich für dein und Alisas Leben entscheiden wirst. Auch wenn ihr hier nicht mehr seid, wird es weitergehen. Selbst wenn nicht, ist das egal.«

»Das Kloster und die wissenschaftliche Abteilung sind dein Lebenswerk.«

»Mein Lebenswerk ist, dass ich euch gefunden habe. Lass dein Leben nicht erdrücken von diesen jahrhundertealten Mauern. Wenn der Moment kommt, befreie dich. Zur Not brenne alles nieder. Aber erkenne dich selbst und Alisa. Das Wunder, das euch verbindet, sind nicht eure geistigen Fähigkeiten und was ihr damit erreichen könnt. Das Wunder ist eure Liebe. Nur die musst du retten.«

»Ich hoffe, dass ich gar nichts retten muss«, sagte Chess. »Alisa und ich wollen ein normales Leben.«

»Das wollte Luna auch und hat es nicht bekommen.«

»Kommt sie bald wieder?«, fragte Chess.

»Ich weiß es nicht. Sie arbeitet im Verborgenen, und niemand kennt ihre Pläne.«

»Nicht mal du?«

»Nur das große Ziel. Ich habe ihr ganzes Leben bestimmt. Sie hatte niemals eine Wahl. Wenn ich sterbe, müsst ihr Luna beistehen. Falls sie austreten möchte, musst du ihr vielleicht finanziell helfen. Würdest du das tun?«

»Ich verspreche es dir.«

»Luna hat ihr ganzes Leben einer Aufgabe gewidmet, die ich ihr aufgebürdet habe, und vielleicht wird alles umsonst sein. Fang sie auf, wenn es so sein sollte. Niemanden sonst kann ich darum bitten.«

»Wer ist sie, dass sie dir so am Herzen liegt?«

Kopernikus sah aus dem Fenster zu den Schwalben. »Drei Menschen haben mein Leben gerettet. Luna, Alisa und du.«

»Nicht der Glaube?«

»Als ich die wissenschaftliche Abteilung gegründet habe, dachte ich, ich könnte eine Brücke schlagen zwischen dem Glauben und den Naturwisschaften. Etwas, das sie verbindet und das eine das andere erklärt.«

»Was ist das Ergebnis?«

»Ihr. Alisa steht für die Kraft des Glaubens. Sie hinterfragt wenig und lässt sich in den Ereignissen treiben. Sie hat Vertrauen, dass alles nur zum Guten geschieht.«

Chess nickte. »Alisa kann nichts erschüttern.«

»Weil sie glaubt. Du bist ganz anders. Eher so wie ich. Dein Leben besteht aus Formeln und Algorithmen. Dein Geist versucht, alles zu durchdringen, und schafft es wohl auch.«

»Aber?«

»Irgendwie bist du dem Schicksal sehr viel stärker ausgeliefert. Das klingt komisch, weil dir ja zum Glück nichts Schlimmes passiert ist, aber wenn du mich fragst, mache ich mir mehr Sorgen um dich als um Alisa.«

»Das musst du nicht. Ich habe einen mächtigen Verbündeten.«

»Mächtiger als Gott?«

»Vielleicht gibt es den einen Gott gar nicht. Würde dich das schockieren?«

»Nein.« Kopernikus schüttelte den Kopf. »Es würde bestätigen, was ich seit Jahrzehnten fühle. Der Glaube hilft uns, bessere Menschen zu sein. Dinge zu akzeptieren, die unser Verstand nicht begreifen kann. Aber er trägt uns nicht wie ein Kind.«

»Nein. Das tut er nicht. Unsere Lebensspanne ist zu begrenzt. Das Problem, das wir jetzt noch nicht lösen können, ist die Zeit. Sie sperrt uns wie Mäuse in einem Laufrad ein. Wenn wir das überwunden haben, können wir die ganz großen Rätsel lösen.«

»Daran werde ich leider keinen Anteil mehr haben.«

Chess stand auf und umarmte ihn kurz. »Du hast Anteil an uns. Eigentlich hast du die Rolle von Petrus.«

»Sag das nicht. Ihr wisst zu wenig über Religion.«

»Das klingt besorgt.«

»Es ist eine Warnung, die ihr unbedingt befolgen müsst.« Kopernikus blätterte die nächste Seite in seinem Buch um. Chess überlegte einen Moment, ob sie noch mal nach Luna fragen sollte, entschied sich aber dagegen.

Chess hatte sich umgezogen und aus der Küche einen großen Weidenkorb mit verschiedenen Speisen geholt. Sie hatte ein Sommerkleid an, und unzählige Zahlen und Formeln verteilten sich über ihren Körper. Kleine Rechenaufgaben, verbunden mit bunten Linien.

Sie saß im Schatten der alten Eiche und sah von Weitem, wie Alisa mit Isa und Lupa durch das Tor kam. Sie schickte ihr eine Textnachricht, dann legte sie sich auf die Decke und beobachtete die Vögel. Der kühle Wind und das leichte Sommerkleid brachten ihr Erleichterung, und sie schlief ein.

Etwas versuchte, in ihr Nasenloch zu krabbeln. Chess berührte ihre Nase und machte die Augen auf.

Alisa lag neben ihr, mit einem kleinen Grashalm in der Hand, und grinste sie an. »Ich habe Hunger und will nicht allein essen.«

»Ich liebe dich.«

»Das weiß ich. Hunger habe ich trotzdem.«

»Kommen Isa und Lupa nicht?«

»Die sind völlig k.o. vom Einkaufen. Lupa hat eine Kurzhaarfrisur bekommen. Sie ist ausgeflippt, aber Isa konnte sie wieder beruhigen.«

Chess setzte sich auf und öffnete den Korb. »Für dich habe ich ein frisches Brot mit Mortadella und Senf gemacht.«

»Gemacht oder geholt?«

»Alles da drinnen habe ich selbst gemacht. Nur für dich.«

»Was isst du?«

»Salat mit Thunfisch und Oliven.«

»Wollen wir teilen?«

Chess strich ihr Kleid glatt und brach das Brot in zwei Hälften.

»Es ist sehr lieb von dir, dass du dir so viel Mühe gegeben hast.«

»Wie findest du mein neues Kleid?«

»Es passt gut zu dir. Zahlen, Formeln und verschlungene Wege.«

»Ich habe es extra machen lassen.« Chess sah Alisa eindringlich an. »Wollen wir uns jetzt den Salat teilen?«

Mit einem großen Biss verschwand das Brot in Alisas Mund. »Unsere Bilder hängen ganz groß in den Shops.«

»Hat dich jemand erkannt?«

»Noch nie. Alle denken, wir sind Supermodels und leben in Paris oder New York. Das Leben des Jetsets. Das barfüßige Mädchen in Jeans nimmt niemand wahr.«

Chess goss Alisa ein großes Glas von der Holunderlimonade ein und reichte es ihr. »So ein Leben könnte ich niemals aushalten. Wie findest du die Zahlen?«

»Die Zahlen?«

»Auf meinem Kleid.«

»Würdest du einmal aufstehen und dich drehen, damit ich auch die Rückseite sehe?«

Alisa betrachtete das Gewirr aus Formeln, Variablen und Operatoren und runzelte die Stirn. »Irgendwie ungewöhnlich.«

Chess nickte.

Alisa legte sich zu ihr.

»Dein Haar ist ganz nass«, stellte Chess fest.

»Ich war duschen. Deshalb habe ich so lange gebraucht.«

»Ich habe auch noch einen kleinen Nachtisch für dich.«

»Auch selbst gemacht?«

»Fast.« Chess holte zwei kleine Marmeladengläser heraus, die bis zum Rand mit Nüssen, Honig und einigen Kräutern gefüllt waren.

»Es ist ein besonderer Abend, oder?«

Chess nickte wieder stumm.

»Was ist, wenn ich es nicht erkenne?«

»Es liegt vor deinen Augen.«

Alisa probierte den Honig mit den Nüssen. »Hast du dir das ausgedacht?«

»Ein altes venezianisches Rezept. Von meiner Großmutter.«

»Es wird langsam dunkel. Wollen wir lange hier draußen bleiben?«, fragte Alisa.

»Du musst mich ansehen.«

»Okay. Ein Rätsel. Ich versuche, es zu lösen.«

Alisa sah auf die Zahlen. Große und kleine, lange und kurze Ziffern waren wild verteilt. Manche waren verbunden mit farbigen Linien.

»Es gibt keine Null.«

»Das stimmt schon mal. Erster Kuss.« Chess lag ausgestreckt auf dem Boden.

»Die Gleichungen sagen mir nichts, die sind viel zu kompliziert. Wenn ich raten sollte, ist es eine Finte.«

»Du bist gut. Du hast deinen zweiten Kuss verdient.«

»Ich nehme sie mir später alle zusammen. Die Zahlen haben Farben. Verschiedene.«

»Das ist offensichtlich. Dafür gibt es gar nichts.«

Alisa fuhr mit dem Finger über die farbigen Linien. »Sie sind verbunden«, sagte sie leise. »Das Türkis hat die Farbe deiner Augen.« Sie malte die Linie nach. »Die türkise Linie verbindet die Zahlen der Reihe nach. Sie sind über deinen ganzen Körper verteilt.«

Chess zog Alisa zu sich. »Du musst nur den Zahlen folgen«, sagte sie leise in Alisas Ohr. »Fang bei eins an.«

Alisa lächelte. »Es ist eine Gebrauchsanweisung.«

»Für das, was ich mir wünsche.«

Die Sonne, die sich langsam über dem Meer erhob, tauchte Chess' Gesicht in flüssiges Gold.

Alisa rückte dicht an sie heran und flüsterte in ihr Ohr: »Es war wundervoll gestern mit dir. Wieso sagst du mir nicht einfach, was du begehrst?«

»So macht es mehr Spaß.«

»Du liebst das Ungewöhnliche.«

»Ich *bin* das Ungewöhnliche. In jeder Beziehung.«

»Darf ich das Kleid auch anziehen?«

»Du musst dir eine Farbe aussuchen.«

»Steht jede Farbe für etwas anderes?«

»Alle stehen für dich.«

Alisa spielte leise auf ihrer Gitarre und sah zu Chess.

Sie blätterte in einem Modemagazin und lächelte Alisa zu. »Es ist ganz anders gekommen, als ich dachte.«

»Meinst du Isa und Lupa?«

»Ja. Ich hatte Angst, dass es total anstrengend wird und wir keine freie Minute mehr haben. Tatsächlich ist aber das Gegenteil eingetreten. Isa und Lupa sind entweder in der Schule oder bei Laima. Nur zum Schlafen kommen sie noch zu uns.«

»Auch nicht mehr lange. Sie wollen Mute besuchen, außerdem streift Isa durch das Kloster auf der Suche nach einem leeren Quartier. Ich rechne jeden Tag mit ihrem Auszug.«

»Sind sie nicht zu jung?« Chess klang besorgt.

Alisa lächelte. »Wie alt waren wir denn?«

»Nicht zu jung.«

»Du musst dir mal das letzte Heft ansehen. Isas Schrift ist wie ein Gemälde. Und hast du die Bilder von Lupa gesehen? Laima hat extra winzige Pinsel für sie anfertigen lassen.«

»Man nennt es Illumination. Das hat mir Laima erklärt. Sie arbeitet an einem großen Bild.«

»Groß ist hier relativ. Es wird eine kleine Buchseite füllen.«

»Es war kein Zufall, dass ich Lupa getroffen habe.«

»Bestimmt nicht, und du hast instinktiv die richtige Entscheidung getroffen. Außerdem hat es noch einen anderen Nebeneffekt. Isa bereitet den ganzen Schulstoff für Lupa auf. Die schlechteste Note in ihrem Zwischenzeugnis ist eine Acht. Sie ist besser als ich.«

»Das will was heißen. Du bist so eine Streberin!«

»Wenn das so ist, vergesse ich mein Organisationstalent und lade alles auf deine Schultern. Morgen musst du neue Schulhefte kaufen, mit Isa und Lupa kurz in die Stadt gehen, neue Klamotten kaufen, Isa will ein Buch, Lupa braucht neue Schuhe, und wir brauchen alle möglichen Artikel für das Badezimmer.«

Chess seufzte. »Ich tue alles, wenn du mir das ersparst.«

»Einen Wunsch, den du nicht ablehnen darfst.«

»Okay. Spielst du noch ein bisschen? Es klingt schön.«

»Selbst komponiert. Gefallen dir unsere neuen Fotos?«

»Es wiederholt sich, aber die Menschen mögen es.«

»Wenn es anders sein soll, musst du was von dir preisgeben.«

Chess sah zwischen ihren blonden Haarsträhnen zu Alisa.

»Meinst du, ich merke nicht, dass du dich versteckst? In keinem der Fotos kann ich die Chess sehen, die ich liebe. Nur das eine, das du so ewig angestarrt hast, ist anders.«

»Wer ich wirklich bin, geht niemanden etwas an.«

»Im Grunde weist du die Menschen ab. Nur in diesem einzigen Foto nicht. Was ist damit?«

»Was muss ich tun, damit das tiefenpsychologische Gespräch endet?«
Alisa setzte sich auf Chess und sah ihr direkt ins Gesicht. »Sag es.«
»Es ist ein Hinweis. Nur für dich.«
»Welcher Art? Du teilst die Botschaft mit Zehntausenden, die diese Zeitschrift kaufen, um mir etwas zu sagen?«
Alisa bekam nur ein Lächeln als Antwort.

Chess sah einen Lichtschein in Isas Zimmer. Auf dem Tisch standen verschiedene Schüsseln mit Essen. Leise klopfte sie an die Tür.
Beide Mädchen saßen am Schreibtisch.
»Ihr seid noch wach?«
»Wir üben. Laima hat es uns aufgegeben. Sieh mal.« Isa hielt ihr Papier hoch.
Schriftliche Division. Nichts Aufregendes, aber Chess' Blick blieb trotzdem an den Zahlen hängen. Sie setzte sich auf Isas Bett. »Die Zahlen haben eine Bedeutung, die über die Gleichung selber hinausgeht.«
»Laima sagt, dass jeder etwas anderes herauslesen kann. Für mich ist es einfach nur Mathematik.«
»Wahrscheinlich hat sie recht.« Chess gab Isa das Papier zurück.
Lupa berührte Chess am Arm. »Hast du unser Abendbrot für euch gefunden?«
»Ja. Das war sehr lieb von euch. Vielen Dank.«
Sie umarmte Lupa und Isa.
»Ihr müsst ins Bett. Es ist spät.«
»Ich kann die Uhr lesen, und wir sind alt genug, selber zu entscheiden. Wir müssen weiter arbeiten. Außerdem ist morgen Wochenende.«

Mit den ersten Gesängen der Vögel wachte Alisa auf. Sie hatte sich in den Jahren daran gewöhnt, die frühen Stunden zu nutzen. Für Hausaufgaben oder ein langes Frühstück mit Chess.

Als sie die Augen aufschlug, saß zu ihrem Erstaunen Isa auf ihrem Bett. Sie hielt ein Heft in der Hand.

»Wie lange sitzt du schon hier?«

»Weiß nicht. Eine halbe Stunde?«

»Du sollst nicht einfach in unser Schlafzimmer kommen.«

Isa grinste Alisa frech an. »Keine Sorge, wenn es ungünstig ist, hört man euch.«

Alisa wurde rot und streckte die Hand nach Isas Heft aus. »Halt die Klappe und zeig mal.«

Isa streckte ihr das Heft mit den Italienischhausaufgaben entgegen. »Wenn ich einen Raum im Kloster finde, ziehen Lupa und ich um. Dann habt ihr das Problem nicht mehr.«

Alisa zog Isa an ihrer Schlafanzugjacke zu sich. »Wieso habe ich das Gefühl, dass dieses Problem von dir provoziert wird?«

»Damit ihr auch *Ja* sagt.«

»Und wenn nicht?«, fragte Alisa grimmig.

»Ich bin dreizehn und du nicht meine Mutter. Wir ziehen in jedem Fall aus.«

Alisa stöhnte entnervt auf. »Wahrscheinlich besser für uns alle. Ist es ordentlich, Isa? Es ist zu früh für Ärger. Für uns beide.« Alisa schlug das Heft auf. Die ersten Seiten waren fürchterlich. Ein einziges Gekrakel. Fast unlesbar. Die letzten fünf Seiten waren das genaue Gegenteil. Große und kleine Buchstaben wechselten sich auf festgelegten Höhen ab, die Strichstärken variierten, und durch die Verwendung von Tinte färbten sich die dicken Striche tief dunkelblau, die leichten Striche hingegen erinnerten an die Farbe des Himmels. Die Seiten hatten Ähnlichkeit mit Aquarellen.

»Das ist ja unglaublich, Isa. Wann hast du das alles geschrieben?«

»Gestern und etwas heute Morgen. Damit es fertig ist.«

»Ich bin stolz auf dich.« Alisa berührte Isa an der Hand.

»Das ist mir wichtig, Alisa. Außerdem liebe ich Schrift. Ich wusste nur nicht, wie es geht. Laima zeigt uns alles.«

Alisa sah Isa an. »Vielleicht ist es zu früh, dir das in deinem Alter zu sagen. Aber alles, was du tust, musst du für dich tun. Es muss dir entsprechen. Ich versuche, so gut wie möglich auf dich aufzupassen. Ich liebe dich, aber alles kann ich nicht wissen.«

Isa drehte Alisas Hand um und küsste die Handfläche von ihr.

Alisa deutete auf Chess. »Los, wir wecken sie, dann kann sie auch dein Heft sehen. Außerdem hat sie genug geschlafen.«

»Braucht ihr nicht. Wie soll man schlafen, wenn zwei sich über einen hinweg unterhalten?« Chess setzte sich auf. »Es ist Wochenende. Habt ihr das vergessen? Zeig mal her.«

Alisa reichte Chess das Heft. »Das ist mehr Kunst als Schrift«, sagte sie.

»Das ist vor allen Dingen unglaublich schön. Womit hast du es geschrieben?«

»Wir schreiben mit Federn. Heute lernen wir, wie man aus einer Getränkedose selbst eine herstellt. Ist das nicht cool?«, sagte Isa stolz.

»Aus einer Getränkedose?«, fragte Alisa.

»Ja. So kann man an jedem Ort der Welt auf diese Art schreiben. Ich wecke Lupa, und dann gehen wir zu Laima.«

Alisa sah ihr hinterher.

»Und wir, Chess?«

»Frühstück Café Flo. Ich bezahle. Danach entscheidet das Schicksal.«

»Wie immer in unserem Leben.«

Alisa lehnte sich in die schmalen Polster der Sitzbank und sah zu den Wänden – zu den filigranen Bronzestreben, die die Malereien umgaben und gleichzeitig einen Rahmen bildeten.

»Kannst du dir vorstellen, dass auf unseren Plätzen schon vor dreihundert Jahren Menschen gefrühstückt haben?«

Chess lachte. »Vielleicht waren wir zu dieser Zeit auch da und gehen deshalb jetzt so gerne hierher?«

»Deine berühmte Zeit-durcheinander-Theorie?«

»Ja. Wenn es so war, dann mussten wir uns heimlich treffen, um das Gerede der Leute nicht anzufachen.«

»Du hättest dich als Mann verkleidet, und wir wären immer freitags hierhergekommen. Am Maskentag. Unerkannt von allen.«

»Es gibt nur ein Problem. Wir hätten auch Männer gebraucht. Als unverheiratete Frauen wären wir sofort aufgeflogen.«

Chess gab dem Ober ein Zeichen. »Dann haben wir bestimmt nicht zu dieser Zeit gelebt, weil ich mir das nicht vorstellen kann.«

Alisa stand auf. »Ich weiß, wo wir als Nächstes hingehen. Außerdem kann ich dir was Interessantes über Hikari erzählen.«

Die Fähre brachte sie zum Vaporettohalt Redentore, direkt vor die Kirche auf Giudecca, der schmalen vorgelagerten Insel. Früher war hier das industrielle Zentrum Venedigs gewesen.

»Komm, wir setzen uns erst auf die Stufen und genießen die Aussicht«, sagte Alisa.

»Mich interessiert mehr das von Hikari.«

»Hikari hat einen Herrenschlafanzug aus japanischer Seide gekauft. Isa hat ihn zufällig gesehen.«

»Das war bestimmt kein Zufall. Wieso rechnet sie fest damit, dass er bei ihr schlafen wird?«

»Chess, das fragst du mich jetzt nicht im Ernst, oder? Er wird nicht bei ihr, sondern sie wird mit ihm schlafen.«

Chess umklammerte ihre Beine und sagte leise: »Ist mir schon klar. Deswegen auch der Urlaub.«

»Du wirst auf sie verzichten müssen, solange er hier ist.«

»Können wir von was anderem reden?«

»Erst wenn du mir sagst, was dich daran so erschreckt.«

»Wenn du mich liebst, muss ich nicht darauf antworten.«

Alisa stand auf und reichte Chess die Hand. »Also gut. Unter der Bedingung, dass du Hikari nicht das Gefühl vermittelst, etwas Falsches zu tun. Denn falls es dir noch nicht aufgefallen ist, Hikari ist total auf dich fixiert, und sie könnte niemals eine Beziehung zu Aya haben, wenn sie glaubt, dass du dagegen bist.«

Chess zog sich an Alisas Hand hoch. »Da täuschst du dich gewaltig. Wenn Aya hier ist, wird er der einzige in Hikaris Leben sein, der zählt.«

»Du bist eifersüchtig«, stellte Alisa amüsiert fest.

Unvermittelt zog Chess Alisa zu sich und küsste sie. »Ende der Diskussion. Wir gehen jetzt in die Kirche.«

Langsam liefen sie durch das kühle Hauptschiff.

»Den Altar fand ich schon als Kind am besten«, sagte Chess.

»Ich weiß, warum. Die vier Evangelisten, die die goldene Weltkugel tragen.«

»Ich habe mich immer gefragt, warum Frauen in der Bibel keine Rolle spielen.«

»Sie wirken im Verborgenen. Außerdem ging es um Akzeptanz der Botschaft. Leonardo hat es erkannt.«

»Was erkannt?«

»Das Abendmahl von ihm. Petrus ist ganz nahe an der Person mit den langen blonden Haaren. Judas sitzt einfältig vor ihnen.«

»Und was willst du daraus ableiten?«

»Die blonde Person ist eine Frau. Die Gefährtin von Jesus. Petrus ist in sie verliebt und stiftet Judas zum Verrat an. Das ist die wahre Geschichte.«

Stirnrunzelnd sah Chess sie an. »Wenn du das öffentlich erzählst, wirst du noch im einundzwanzigsten Jahrhundert verbrannt. Das verspreche ich dir.«

»Werde ich nicht, weil du mich retten würdest.«

»Ich würde die ganze Insel in Flammen aufgehen lassen, um dich zu retten.«

Alisa wurde still. »Retten musst du mich, aber nicht um den Preis der Zerstörung.«

Bei ihrer Rückkehr gingen sie in die Schriftabteilung, um die Mädchen abzuholen. Sie saßen an einem der Tische, gemeinsam mit Laima und einem anderen Mönch, den Alisa und Chess nicht kannten.

Die Federn gaben ein knirschendes Geräusch von sich, während sie von Laima über feines Sandpapier gezogen wurden. Sie sah hoch zu Chess.

»Danke, dass du dir die Zeit nimmst, die Kinder zu unterrichten, Laima.«

»Wir brauchen eine halbe Stunde. Wir schleifen gerade neue Federn. Wollt ihr zusehen?«

Chess nickte.

Isa tauchte die Feder in die tiefschwarze Tinte und schrieb mit Schwung ein großes B, dann gab sie sie Laima zurück. »Er kratzt, wenn man mit der schmalen Seite der Feder schreibt.«

»Dann musst du jetzt eine Entscheidung treffen. Schleife ich die Seite weiter an, wird es nicht mehr kratzen auf dem Papier. Aber die Linien werden dafür nicht mehr so scharf in den Übergängen sein. Was ist wichtig?«

Isa überlegte etwas und sah zu Chess. »Sag du es.«

»Darf ich für sie sprechen?« Lupa stand auf.

»Vertraut ihr euch so sehr, dass der eine das Wort des anderen führen darf?«

»Ja.« Chess nickte. »Lupa darf für mich sprechen. Nicht nur, um meine Unwissenheit zu verstecken, sondern weil sie ein Teil von uns ist.«

»Die Schrift erinnert mich an den Flug einer Schwalbe. Die Kurven sind niemals rund, der Flug niemals gerade. Je schärfer die Winkel, desto größer die Energie. Die Federn sollten so bleiben, Isa.«

Isa nahm Lupa an die Hand. »Es ist entschieden.«

Chess wollte aufstehen, aber Laima ergriff ihre Hand und zog sie zu sich. Alisa war zu verblüfft, um zu reagieren.

»Sind wir so unbedeutend, dass du dich in den ganzen Jahren nicht einmal für unsere Arbeit interessiert hast?«

Der Griff wurde immer stärker. Chess' Hand verlor die Farbe.

»Verzeih mir, Laima. Ich habe jeden Tag bis in die Nacht gearbeitet.«

»Warum bist du jetzt hier?«

Chess befreite sich aus ihrem Griff. »Vielleicht war es ein Fehler.« Sie nahm Isa bei der Hand, drehte sich aber noch mal zu Laima um. »Ich wusste nicht, wie ich alles schaffen sollte. Du bist im Recht. Versuche, mich zu verstehen. Ich war ein Kind, als ich hierhergekommen bin.«

»Meinst du, es war Zufall, dass Kopernikus dich uns niemals zur Ausbildung anbot?«

»Wie meinst du das?«

»Es ist zu spät für dich, um die Schrift zu lernen und ihre wirkliche Bedeutung zu erfassen. Isa und Lupa werden deine Augen und deine Hand sein. Sehen und verstehen musst du selber.«

»Deswegen habe ich Chess meine Matheaufzeichnungen doch gezeigt, Laima«, sagte Isa. »Sie kann es sehen. Verstehen allemal. Sie ist der schlaueste Mensch auf der ganzen Welt.«

Chess sah in Laimas Blick Mitleid und Zuneigung. »Aber ist sie auch der mutigste Mensch auf der ganzen Welt? Es reicht nicht, zu wissen, wo man hinwill. Man muss auch den Mut haben, den Weg zu gehen.«

»Wenn wir ihr alle helfen, kann sie es«, sagte Isa. »Und jetzt habe ich Hunger.«

Beim Abendessen war Chess schweigsam. Ihr gingen die Worte von Laima nicht aus dem Kopf, genauso wenig wie die Zahlen in Isas Heft.

Alisa räumte den Tisch ab. Sie stellte eine volle Schale mit Nüssen und Weintrauben vor Chess hin.

»Danke, Alisa, aber ich bin satt.«

»Sie sind nicht für dich. Bring sie Laima. Daran denkst du doch die ganze Zeit.«

Chess' Augen glänzten. »Ich kann vor dir nichts verbergen, oder?«

»Du sollst nichts verbergen. Und allein bist du auch nicht. So viele stehen bereit, um dir zu helfen. Du musst lernen, Hilfe anzunehmen.«

Laima polierte unermüdlich mit einem samtenen Tuch die Feder. Chess setzte sich wortlos zu ihr und stellte die Schüssel auf den Tisch.

Laima sah kurz hoch und lächelte. »Gleich mache ich eine Pause.«

Immer wieder veränderte sie den Winkel der Feder und prüfte, wie sie über das Papier glitt. Sie aß eine der Weintrauben. »Das ist sehr nett von dir. Danke.«

»Alisa sagt, ich muss lernen, Hilfe anzunehmen.«

Laima stand wortlos auf, nahm ein Papier und einen dicken Pinsel und malte ein chinesisches Schriftzeichen auf. »Weißt du, was es bedeutet?«

Chess schüttelte den Kopf.

»Es bedeutet Mensch. Wie sieht es aus?«

»Als ob ein Strich den anderen stützt. Sonst würden alle umfallen.«

»Genau richtig. Ein Mensch kann niemals allein sein. Er braucht andere. Je größer die Aufgabe, desto mehr Hilfe ist nötig.«

»Die Zahlen, die Isa geschrieben hat – es schien, als ob sie über die reine Mathematik hinaus noch eine weitere Bedeutung hätten.«

»Jedes Zeichen, egal ob Buchstabe oder Zahl, erzählt eine eigene Geschichte. Eine Geschichte, die über das Offensichtliche weit hinausgeht. Es offenbart den Schreiber oder die wahre Bedeutung.«

»Ich notiere praktisch nie etwas Mathematisches. Die Millennium-Probleme habe ich nur in ein Heft geschrieben, weil ich dachte, es sei eine Hausaufgabe.«

»Was hättest du auch sonst denken sollen? Du warst ein Kind. Wir werden Isa und Lupa so gut wie möglich ausbilden. Ihnen alles zeigen. Sie können dir helfen.«

»Sie sollen nur das machen, was sie für sich wollen. Die Mädchen sind frei und unabhängig von mir.«

Laima nahm die Hand von Chess. »Niemand hier ist unabhängig von dir. Nicht mal die Götter. Alisa und du, ihr habt alles durchdrungen wie Farbe den Stoff.«

»Es gibt vieles, was wir nicht verstehen«, sagte Chess leise.

»Dann kann ich dir noch etwas zeigen, das in diese Kategorie fällt.« Laima ging zu einem Regal und holte eine Mappe.

Darin waren Zeichnungen. Das Kloster und Isa. Sie waren so genau, dass Chess im ersten Moment dachte, es wären Fotos.

»Wer hat das gemacht? Man kann jedes Detail erkennen.«

»Lupa.«

Laima holte ein weiteres Papier heraus. Es war komplett beschrieben. Die schwarze Tusche wirkte wie gedruckt, war aber von Hand geschrieben.

»Isa?«, fragte Chess.

»Verstehst du den Zusammenhang?«

»Über die Zeichen aus Isas Kinderzimmer sagtest du, nur ein bestimmter Mensch könnte diese entschlüsseln.«

»Lupa ist das geistige Gegenstück zu Isa. Der Schlüssel. Ich bin ganz sicher.«

»Vielleicht ist es nur Zufall.«

»In eurem Leben ist nichts Zufall.«

»Hast du es ihr gesagt?«

»Nein.«

Chess stand auf. »Behalte es für dich. Keiner weiß, was sich hinter den Zeichen verbirgt.«

Laima nahm Chess noch mal in den Arm. Es war eine aufrichtige und herzliche Umarmung. »Vergiss nicht, du bist nicht allein.«

Rylee öffnete die Heckklappe des Kleinlasters, den Mute angemietet hatte, um die Ausrüstung zu transportieren, und warf Isa und Lupa die Neoprenanzüge vor die Füße. »Die müsst ihr anziehen.«

»Warum? Haben wir doch sonst auch nicht an«, fragte Isa.

»Wir bleiben den ganzen Tag im Wasser. Ohne die Anzüge kühlt ihr zu stark aus. Außerdem macht es mehr Spaß. Probiert es einfach aus.«

Beide brauchten ihre ganze Kraft, um sich hineinzuzwängen. Die Anzüge gaben ein quietschendes Geräusch von sich.

Isa war außer Atem. »Gleich ersticke ich, Rylee. Das ist ja wie in einer Zwangsjacke.«

»Wenn ihr ins Wasser geht, wird es besser.«

Alisa lud mit Mute zusammen den Rest der Ausrüstung und einen riesigen Essenskorb von der Ladefläche, den die Küche des Klosters für sie zusammengestellt hatte.

»Ihr lebt wirklich wie im Hotel«, spottete Mute.

»Wir sind Teil davon, und das ist unser gerechter Lohn. Außerdem haben wir sonst einen echten Notfall, wenn Chess keine Trüffel bekommt.«

»Wo ist sie?«, fragte Mute.

Alisa deutete auf eine Person, die weit entfernt regungslos am Strand saß. »Sie denkt nach.«

Mit zwei großen Klatschern ließen sich Isa und Lupa ins Wasser fallen.

»Wir gehen gar nicht unter«, rief Lupa erstaunt.

»Das liegt an den vielen kleinen Luftblasen im Neopren. Die halten euch über Wasser«, erklärte Mute. »Der Schwimmunterricht beginnt.«

Kalte Wassertropfen, die wie ein kurzer Regen auf sie fielen, brachten Chess' Gedanken zurück zum Strand.

»So nachdenklich?« Mute setzte sich neben sie.

»Isa hat doch diese Zeichen in ihrem Zimmer an die Wand geschrieben.«

»Weißt du, was sie bedeuten?«

»Nein. Aber Laima. Sie hat damals die Fotos gesehen und sagte, dass nur ein bestimmter Mensch die Botschaft lesen könnte. Sie glaubt, dass es Lupa ist.«

»Sie sind beide noch Kinder, und niemand kennt die Bedeutung. Du musst vorsichtig sein«, mahnte Mute.

»Du meinst, es könnte ihnen schaden?«

»Es könnte sie überfordern.«

»Ich weiß nicht. Irgendwas irritiert mich.«

Mute nahm Chess' Hand. »Ich muss dir was sagen.«

»Sind deine Hände deswegen so kalt?«

»Ja. Ich brauche noch etwas Zeit.«

»Erst morgen. Schenk mir diese eine Nacht.«

Chess stand auf.

»Wo gehst du hin?«, fragte Mute.

»Ich fliehe. In diese Richtung. Sag es Alisa.«

Nach einer halben Stunde hatte Chess einen Strandabschnitt erreicht, an dem sie allein war. Sie zog das Oberteil ihres Neoprenanzuges aus und benutzte es als Kopfkissen. Einen Moment überlegte sie, ob sie in ihren Ozean aus Zahlen abtauchen sollte. Aber sie entschied sich für den leichten Wind, der ihren Oberkörper umspielte. Wie eine sanfte Berührung. Das Meer brandete auf und ab.

Was für ein wundervoller Tag. Wieso bin ich so ausgeglichen und ruhig? Selbst wenn jetzt Touristen kämen, wäre es mir egal, dass ich die Jacke nicht mehr anhabe. Kopernikus hat gesagt, dass ich die Liebe zu Alisa retten soll. Indirekt meinte er, dass wir das Kloster verlassen müssen. Nicht sofort, aber sehr lange wird es auch nicht dauern. Bis zu diesem Gespräch hätte ich es mir nicht vorstellen können, aber jetzt fühlt es sich richtig an.

Glücklich stürzte sie in den Schlaf.

Etwas Orangefarbenes leuchtete durch ihre geschlossenen Augenlider. Außerdem hörte sie ein permanentes Knacken. Langsam stieg ihr Bewusstsein an die Oberfläche. Das Orange wurde auf einmal verdeckt.

Alisa flüsterte in ihr Ohr: »Ich habe dich gefunden, also gehörst du mir.«

Es dämmerte. Das Knistern und das Orange kamen von dem Feuer, das Alisa gemacht hatte. Chess war zugedeckt.

»Wo sind die anderen?«

»Sie sind gegangen. Mute und Rylee schenken uns diese Nacht hier draußen. Sie passen auf Isa und Lupa in unserer Wohnung auf. Schlafen bei ihnen.«

»War das ihre Idee?«

»Es war meine. Beide waren sofort einverstanden, und die Mädchen haben sich total gefreut. Du musst kein schlechtes Gewissen haben.«

Alisa holte etwas vom Grill, der über dem Feuer schwebte. »Es gibt Rindfleisch mit Salat und Hummus. Wir sind auf einer einsamen Insel gestrandet. Im Orient. Du gehörst jetzt zu meinem Harem.«

Chess aß ein paar Bissen, bevor sie antwortete. »Es schmeckt wundervoll, Alisa. Hast du das alles geplant?«

»Wenn ich ehrlich bin, ja. Ich musste einfach mal raus aus dem Kloster. Und du auch.«

Die untergehende Sonne färbte das Meer blutrot. Chess sah lange, ohne an etwas zu denken, zum Horizont.

Alisa hatte sich zu ihr gelegt. »Wo bist du?«, fragte sie leise.

»Weit weg.« Chess sah Alisa an.

Alisa konnte Chess' Gedanken förmlich sehen. »Du möchtest das Kloster verlassen, oder?«

»Nicht sofort. Isa wird bei uns leben, bis die Schule fertig ist. Ebenso Lupa. Wenn wir dann im Alter von Mute und Rylee sind, auf jeden Fall. Kopernikus hat es mir gesagt.«

»Was gesagt?«

»Dass das wirkliche Wunder nicht unsere Fähigkeiten sind. Das wirkliche Wunder ist unsere Liebe.«

»Das habe ich niemals anders empfunden.«

Die Sterne standen hoch am Himmel. Das Firmament erstrahlte wie eine Kristallkugel über ihnen. Alisa und Chess lagen nebeneinander und hielten sich an den Händen.

»So habe ich den Himmel noch nie gesehen«, sagte Alisa leise.

»Hier draußen gibt es kein künstliches Licht. Deshalb ist alles so deutlich.«

»Man kann richtig die Krümmung des Weltraumes erkennen.«

»Die Endlosigkeit vor Augen, und trotzdem versteht es keiner.«

»Ist wirklich alles aus einem faustgroßen Stück Materie entstanden? Das ganze Universum?«

»Das ist Unsinn. Es ist wie im frühen Mittelalter. Die Menschen dachten, dass die Welt eine Scheibe sein muss, weil man ja sonst herunterfallen würde. Ihnen fehlten die grundlegenden Kenntnisse über Gravitation. Erst später verstanden sie es.«

»Dann erklär mir, wie das Universum entstanden ist.« Alisa legte sich mit ihrem Kopf auf Chess' Bauch.

»Qubits. Das ist die kleinste Einheit. Sogar noch kleiner als Quanten. Sie bilden die Matrix, in der die Atome schwingen. Elektronen, Protonen, Neutronen. Alles, was es so gibt. Sie kodieren das gesamte Universum. Speichern alles ab. Den Saturn und dich. Die Venus und mich.«

»Hey. Ich will die Venus haben.«

»Du bekommst sie nur, wenn du mich küsst.«

»Das war Absicht.« Alisa küsste Chess.

»Die große Unbekannte ist in Wirklichkeit die Zeit. Alle denken, sie verläuft linear, das stimmt aber nicht. Vergangenheit und Zukunft sind eins.«

»Was ist mit der Gegenwart?«

»Die gibt es gar nicht. Sie ändert sich viel zu schnell.«

Genauso wie der Morgen, an dem Mute mir sagen wird, was ich als Kind nicht begreifen konnte, ergänzte Chess in Gedanken.

»Und wie ist jetzt das Universum entstanden?«

»Ich glaube, die Qubits haben die Zeit aufgespannt wie ein Fischer das Netz, wenn er es in das Meer wirft. Vergangenheit und Zukunft oszillierten unvorstellbar schnell. Das hat die Evolution ermöglicht.«

»Ist das nicht komisch, dass die Gegenwart fehlt?«

»Das ist am einfachsten zu verstehen. Sie wird ja immer wieder durch eine korrigierte Vergangenheit verändert.«

»Wenn ich dich jetzt küsse, warum tue ich es dann?«

Chess drehte sich zu Alisa und sah ihr in die Augen. »Weil du es in einer möglichen Zukunft nicht getan und es bereut hast.«

»Das ist in jedem Fall richtig«, flüsterte Alisa. Ihre Lippen berührten sich.

»Damit wäre meine Theorie bewiesen.«

»Erst wenn ich fertig bin. Ich habe nämlich ganz viel bereut in dieser möglichen Zukunft und werde nun alles nachholen.«

XV

Chess zog die Beine an, legte ihren Kopf auf die Knie und sah zu Mute.

»Du musst mir zuhören, Chess. Bis zum Ende.«

Die Luftblase in der Tiefe des Meeres, dachte Chess.

»Es ließ mir keine Ruhe, dass Alisa in der Nacht schreit«, erklärte Mute. »Ich habe recherchiert. Über Alisas Vater. Wo er aufgewachsen ist.«

»Wie schlimm wird es?«

»Schlimm in Bezug auf Tom.«

»Und Alisa?«

»Ich kann nur vermuten.«

»Erzähl weiter.«

»Er hat einen Bruder. Stuart. Beide sind in Davidson aufgewachsen. Davidson hat mehr Kühe als Einwohner. Ein totales Kaff. Sie sind in Wichita Falls auf die Schule gegangen. Ein siebenjähriges Mädchen wurde dort vergewaltigt. Es gab an, dass Stuart Taylor der Täter sei. Alisas Vater hat für seinen Bruder ausgesagt. Durch seine Aussage wurde Stuart freigesprochen.«

»Was ist aus dem Mädchen geworden? Ist es weggezogen?«, flüsterte Chess ängstlich.

»Mary Neal. Das war ihr Name. Es hat sich zwei Jahre später, im Alter von neun Jahren, umgebracht. Sie hat sich im Stall von Toms Vater erhängt.« Mute sah auf das Meer. Tränen liefen ihr über die Wangen. Ohne Chess anzusehen, sagte sie leise: »Diese Menschen können sich nicht kontrollieren. Es würde Alisas Albträume erklären.«

Die Möwen flogen um sie herum, auf der Suche nach Resten. Die Thermik hob sie an. Chess sah zu jedem einzelnen Vogel. Ihre Hände waren taub.

Ich kann nicht mehr denken. Du schirmst mich ab, Tinte. Die Möwen sollen meine Gedanken mitnehmen. Jetzt kann ich mich dem nicht stellen. Sonst verlierst du mich.

Chess sah zu Mute. »Es ist eine Vermutung. Wir machen in vier Wochen Abitur. Das Lernen wird uns beide noch etwas betäuben. So lange habe ich Zeit, eine Entscheidung zu treffen.«

Am letzten Sonntag im Juni, vor Ende des Schuljahres, saßen alle zusammen auf der Terrasse.

»Nächsten Freitag ist die Abifeier. Ich will nicht hingehen.« Alisa sah verzweifelt zu Chess.

»Du hast das beste Abi und wirst geehrt. Selbst schuld. Wärst du nicht so eine Streberin, würde niemandem auffallen, dass du nicht da bist.«

»Du bist nur sauer, dass ich besser bin als du.«

Chess lächelte Alisa an. »Gerade wollte ich vorschlagen, dass ich Tom die Einladung bringe. Jetzt nicht mehr.«

»Wenn du das für mich machen würdest, Chess, hast du einen Wunsch frei.«

»Gib mir einen Vorgeschmack, dann überlege ich es mir.«

Alisa beugte sich zu ihr und flüsterte.

Chess grinste. »Noch nicht genug.«

Sie überlegte kurz. Dann flüsterte sie wieder.

»Noch ein kleines bisschen, dann mache ich es«, sagte Chess.

»Du bist richtig gemein. Mein letztes Angebot.« Alisa flüsterte noch mal in Chess' Ohr, die zufrieden nickte.

»Ich bleibe heute Nacht bei meinem Vater. Danach gehe ich zu Tom.«

»Grüß ihn lieb von mir, und alles Gute zu seinem Geburtstag.«

»Du gehst nicht mit?«, fragte Mute.

»Nein. Chess' Geschenk ist, dass er sie ganz für sich haben darf. Zwölf Stunden. Wie früher, als Chess klein war. Danach gehört sie wieder mir.«

»Hast du alles?« Alisa nahm Chess in den Arm.

»Pyjama, Zahnbürste, Buch.«

»Schuhe?« Alisa zeigte auf Chess' Füße.

»Auf keinen Fall.«

»Du steckst in Schwierigkeiten.«

Chess küsste Alisa. Lange.

»Grüß mir Tinte«, sagte Alisa, »wenn du heute Abend auf dem Dach liegst. Ich weiß, dass du fliehst. Ich lass mein Handy an in der Nacht.«

»Ich liebe dich.«

»Ich weiß.«

Chess ließ sich Zeit auf ihrem Weg zur Fähre.

Wenn ich bei meinem Vater bin, gib mich frei, Tinte. Ich muss es verarbeiten, das kannst du mir nicht abnehmen. Zieh dich so weit wie möglich von mir zurück. Nur sterben darfst du mich nicht lassen. Auch wenn ich es mir vielleicht wünsche.

Ihre Großmutter hatte gekocht. Ein einfaches Ragout mit Nudeln. Es war als Kind das Lieblingsessen von Chess gewesen.

Die großen, starken Arme ihres Vaters schlossen sich um sie. »Ich habe auf dem Dach alles vorbereitet. Wir essen dort oben.«

Die Sterne bildeten eine Kuppel über ihnen.

Niemand sagte etwas beim Essen. Ihre Blicke trafen sich. Er kannte seine Tochter. Schon als sie ihm dieses Treffen vorgeschlagen hatte, wusste er, dass sie in Not war.

Nach dem Essen stand Chess auf, nahm seine Hand. Gemeinsam sahen sie zum Himmel.

»Du musst mir jetzt sagen, warum du da bist«, sagte Peter sanft.

»Ich schäme mich. Es ist dein Geburtstag.«

»Es ist Alisa.«

Sie weinte. Ihr Vater legte beruhigend seine Hand auf ihre.

»Mute hat Nachforschungen über Tom angestellt. Als wir in Mailand übernachtet haben, hat Alisa wieder geschrien.«

»Was hat sie herausbekommen?«

Chess erzählte ihm alles über den Bruder. »Sie hat eine Andeutung wegen Alisa gemacht.« Sie schluchzte, das Atmen fiel ihr schwer.

»Als ihr noch Kinder wart, habe ich sie auch gehört. Ich saß fast jede Nacht vor eurer Tür, falls du Hilfe brauchtest.«

»Die Worte waren unverständlich.«

»Nur weil du ein Kind warst. Dein Verstand hat dich davor abgeschirmt, es nicht zugelassen, dass du es verstehst.«

»Ist es wirklich passiert?«

Chess konnte sich nicht erinnern, ihren Vater jemals weinen gesehen zu haben. Jetzt rann ein stetiger Fluss Tränen über seine Wangen und tropfte auf Chess' Hand.

Ihre Beine trugen sie nicht mehr. Sie sank auf die Knie.

»Mit dem, was Mute herausgefunden hat, bin ich sicher.«

Sicher. Das Wort hallte in ihrem Kopf nach und wurde immer größer. *Sicher. Kein Entkommen mehr möglich.*

Langsam kippte sie zur Seite. Das Licht der Sterne blendete sie. Warum der Boden sich bewegte, verstand sie nicht. Dann war etwas Weiches unter ihr. Dunkelheit.

Die Wahrheit war wie ein glühendes Eisen. Jede Berührung verkohlte ihre Haut. Nur Bruchteile von Sekunden war es Chess möglich zu denken. Das Geschehen aus den Scherben zusammenzusetzen.

Lass mich los, Tinte. Ich muss es wissen. Bevor Alisa es erkennt. Versteck dich. Wenn ich nicht sterbe, komm zurück.

Ihr Unterbewusstsein gab die Worte frei, die Alisa vor Jahren in die Nacht geweint hatte. Chess öffnete beide Augen und sah auf ihre wahre Bedeutung. Sie brannte innerlich. Jemand hielt sie fest, passte auf, dass sie sich nicht verletzte. Sie wehrte sich, schlug um sich, aber die Kraft ihres Vaters war zu groß. Jemand schrie. Ohne Pause. Aber es war zu weit weg. Die Bilder, die ihre Augen sahen, waren die Flammen, die ihr Bewusstsein verschlangen.

Es wurde wieder dunkel. Ihre Gedanken starben und nahmen den Schmerz mit. Sie blieb zurück.

Rette mich, Tinte!

Das Wesen kehrte langsam in sie zurück. Füllte ihren wunden Körper aus. Ihr Bewusstsein war ein kleines Licht in dunkler Nacht. Aus einem unendlichen Abgrund musste sie die Oberfläche erreichen. Alisa würde dort sein. Und ihr ganzes Leben.

Sie hörte ein Geräusch. Ein lautes Brummen. Kleine Füße, die nach ihr griffen. Die vier Flügel zogen Chess durch die Dunkelheit nach oben. Wie im Zeitraffer sah sie auf ihr Leben. Der Malwettbewerb. Das Smaragd, das ihr alles bedeutete. Das Gefühl, Alisas Hand zu halten. Die Bilder wechselten immer schneller. Der erste Kuss. Gemeinsame Berührungen und Hingabe. Verzweiflung und Angst schnappten wie wilde Tiere um sich. Aber das kleine Insekt wich den blassen Händen aus, die nach ihm griffen.

Chess erreichte die Oberfläche und machte einen tiefen Atemzug. Sie öffnete die Augen.

Die Libelle saß auf ihrer Nachttischlampe und sah sie an. Ihre Augen leuchteten in den Farben des Regenbogens. Der lange Körper sah aus wie Metall.

Sie lächelte das Tier an. »Sag Alisa, dass ich komme. Solange gehört sie dir.«

Ihr Vater saß am Tisch. Er trank einen Kaffee.

»Danke, dass du mir beigestanden hast.«

»Ich wünschte, ich hätte es verhindern können.«

»Du hast mich gerettet, und ich rette Alisa. Es wird alles gut werden.«

»Ich bin so wütend!«

»Wut ist zerstörerisch. Deshalb hast du die Armee verlassen.«

Peter sah sie überrascht an. »Woher weißt du das?«

»Ich habe deine Uniform schon vor Jahren gefunden. Erzähl mir von dir. Ich will meinen Vater kennenlernen. Das ist mein Geschenk an dich.« Sie nahm seine Hände in ihre und sah ihn aufmerksam an.

»Ich habe die Fremdenlegion nach zwanzig Jahren im Rang eines Obersts verlassen.«

»Warum?«

»Weil ich verstand, dass alles Töten umsonst war. Für jeden, den ich umbrachte, standen vier neue Gegner auf. Als ich anfing, kämpften wir gegen Männer. Zum Schluss gegen Frauen und Kinder.«

»Ich bin trotzdem froh, dass du mein Vater bist.«

»Danke, dass du das sagst. Wie fühlst du dich?«

»Besser. Ich verstehe jetzt vieles, und das Gefühl der unbekannten Bedrohung ist vorbei.«

»Ihr solltet euch Hilfe holen.«

»Ich bin die Hilfe.«

Ihr Handy klingelte. Alisa.

»Kannst du ihr unbefangen gegenübertreten?«, fragte Peter.

»Ja. Weil ich sie liebe und weiß, dass das, was passiert ist, nur den kleinsten Teil von ihr ausmacht. Und Alisa ist nicht allein.«

»Du meinst dich?«

»Nein. Etwas anderes. Zu schwer zu erklären. Ich muss gehen. Ich liebe dich.«

»Gott schütze euch.«

»Bist du religiös?«

»Ja. Man kann mit niemand anderem reden, wenn man Kinder umbringt.«

»Hat er dir vergeben?«

Peter nickte. »Du bist der Beweis dafür.«

»Hast du dich deshalb um mich gekümmert? War es ein Ablasshandel?«

»Nein. Ich habe erkannt, wie wertvoll das Leben ist und dass du das größte Geschenk bist, das ich jemals erhalten konnte. Ich liebte dich, noch bevor du auf der Welt warst.«

Chess lächelte. »Ich bin froh, dass du mein Vater bist.«

»Darum dreht sich mein ganzes Leben.«

»Die Zeit des Versteckens ist vorbei. Für uns beide.«

Toms Büro war auf Giudecca, der größten Nachbarinsel Venedigs, in einer alten Uhrenfabrik untergebracht. Im Laufe der Jahre hatte er es umgebaut, und nun glich es mehr einem futuristischen Museum als einem schlichten Ort, an dem vier Dutzend Menschen über den Meeresspiegel und die Möglichkeiten, ihn dauerhaft niedrig zu halten, nachdachten.

Chess dachte sich, dass es besser war, ihn hier zu besuchen und die Einladung zu übergeben. In einem Büro voller Angestellter hatte er keinen Handlungsspielraum, unangenehm zu werden.

Eine Sekretärin führte sie hoch. Sein Arbeitszimmer war ernüchternd. Überall lagen Kartons, Bücher und Festplatten herum. Offensichtlich packte er seine Sachen.

Sie räusperte sich.

»Mr. Taylor, hier ist eine junge Frau, die Sie sprechen möchte«, sagte die Sekretärin.

Alisas Vater kroch mit einem kleinen USB-Stick in der Hand unter einem Schreibtisch hervor und sah Chess an. »Das Wunderkind. Schön, dich zu sehen.«

Die Ehrlichkeit der Begrüßung verunsicherte Chess. Tom sah völlig verändert aus. Er hatte abgenommen, trug Jeans und einen Pullover, der auch Alisa gefallen hätte. Er hatte nichts mehr von dem Alkoholiker, der sich kaum unter Kontrolle hatte.

»Es ist lange her, dass wir uns das letzte Mal gesehen haben«, sagte er.

»Sie haben sich verändert, Mr. Taylor.«

»Tom, Chess. Du bist bei uns aufgewachsen. Seit deinem neunten Lebensjahr. Es würde mich sehr freuen, wenn du Tom zu mir sagst.«

Chess ignorierte sein Angebot. »Trinken Sie noch?«

»Nein. Ich habe mein Leben geändert. Anne hat mich verlassen, was ehrlich gesagt eine Befreiung war. Ich werde nie mehr trinken und mich nie mehr wie ein Arschloch aufführen. Ich muss mich bei dir entschuldigen.«

Chess verlor die Kontrolle über ihren Plan. Sie nahm allen Mut zusammen und verließ sich auf ihr Gefühl. »Warum entschuldigen Sie sich nicht bei Alisa? Für das, was Sie ihr angetan haben.«

Sie hatte einen Wutausbruch erwartet, aber Tom sah sie nur ruhig an. »Wie viel weißt du?«

»Genug, um Sie zu verachten. Egal, wie Sie sich verändert haben.«

»Du hast leicht reden, Chess. Ihr habt die Welt um euch herum nach euren Wünschen geformt. Nichts und niemand konnte euch widerstehen.«

»Das ist keine Entschuldigung dafür, einen Mörder und Vergewaltiger zu decken.«

Die Sekretärin kam herein. »Mr. Taylor, Ihr nächster Termin ist da.«

Chess stand auf und warf die Einladung auf den Tisch. »Ich wollte sowieso gehen.«

»Setz dich wieder, Chess. Sagen Sie ihm, dass er warten muss.«

»Es ist alles gesagt zwischen uns.«

»Gib mir dreißig Minuten, danach kannst du frei entscheiden«, bat Tom.

Chess nickte.

»Tatsache ist, dass ich einen Meineid geschworen habe, um meinen Bruder zu entlasten. Ob er das Mädchen wirklich vergewaltigt hat, ist bis heute nicht geklärt. Aber ich glaube es.«

»Wieso haben Sie es dann getan?«

»Ich war zwölf Jahre alt, als mich meine Familie zwang, den Meineid zu schwören. Mein Vater sagte mir, dass wir alles verlieren und meine Mutter sich umbringen würde. Sie selbst drohte mir, mich in ein Heim abzuschieben, wenn ich es nicht machen würde. Mein Großvater erklärte mir haarklein, was die größeren Jungs dort jede Nacht mit den Kleineren machten. Was glaubst du, wie lange ein Kind diesem Druck gewachsen ist?«

Er wirkte nicht verzweifelt. Tom schien alles durchdacht und verstanden zu haben.

»Weiß Anne es?«

»Sie weiß vom Meineid. Ihr Vater hatte es mit seiner Kanzlei schnell herausgefunden. Er wollte verhindern, dass sie mich heiratet. Verständlich. Ich hätte es an seiner Stelle auch nicht gewollt.«

»Wenn Sie glauben, dass ich Mitleid mit Ihnen habe, täuschen Sie sich. Sie haben ihm Alisa ausgeliefert.«

Tom war die Ruhe selbst. »Ich konnte nicht mehr klar denken. Der Meineid war wie Gift in mein Gehirn eingedrungen. Ich glaubte ernsthaft, dass ich einen Beweis hätte, wenn er auf Alisa aufpasst. Ich mich selbst endlich entlasten würde. Seine Unschuld bewiesen wäre.«

Chess schrie, außer sich vor Wut: »Sie haben sie als Versuchskaninchen genommen. Nicht mal einem Tier hätte man so etwas angetan. Sie sind ein Monster.«

»Wie immer hast du recht mit dem, was du sagst. Aber die Welt ist nicht in Schwarz und Weiß eingeteilt. Auch deine Welt hat viele Grautöne.«

»Wie meinen Sie das?«, fragte Chess mit gepresster Stimme.

»Deine Sichtweise auf die Menschen war schon immer elitär und gnadenlos. Nur die, die dir nahestehen, können mit Nachsicht rechnen. Wie dein Vater.«

»Mein Vater?« Chess starrte Tom an. »Ich wüsste nicht, was er damit zu tun hat.«

»Du bist nicht die Einzige, die denken kann. Ich hatte einen ranghohen Offizier aus der italienischen Armee kennengelernt. Ich sagte, dein Vater und ich wären alte Freunde. Ob er wüsste, was er macht. Eine Woche später hat er mich angerufen.«

Chess sank in sich zusammen. »Sie hassen mich.«

»Nein. Ganz im Gegenteil. Aber dein Vater hat Sondereinsätze bei der Fremdenlegion angeführt. Massaker unter seiner Führung. Was wiegt schwerer? Ein Wahnsinniger, der Befehlen in seinem Kopf folgt, oder ein Mann, der die Befehle von Wahnsinnigen ausführt?«

»Mein Vater war im Krieg. Er hatte keine Wahl.«, sagte Chess angewidert.

»Mein Bruder war im Krieg mit sich selbst. Aber das darf keine Entschuldigung sein für das, was er meiner Tochter angetan hat. Dein Vater hat sich im wichtigsten Moment seines Lebens für dich entschieden. Das macht ihn menschlich. Mein Bruder ist eine Bestie. Ein wildes Tier frei von Gewissen und Moral.«

»Was wollen Sie wirklich von mir?«

»Ich will mich verabschieden. Ich gehe nach Amerika zurück. Im September wird mein Anwalt den Meineid von mir öffentlich machen. Ich werde alles sagen. Wie es wirklich war. Es gibt einen riesigen Skandal. Mein Bruder ist ein Kriegsheld. Silverstar und der ganze Mist. Ich selbst werde wohl nicht mehr als Ingenieur arbeiten. Aber es ist mir egal. Ich will reinen Tisch machen. Du hast bis September, um es Alisa zu sagen.«

Die Panik kroch wie ein kleines Tier an ihr hoch. »Wie soll ich es ihr sagen?«

»Mach nicht den gleichen Fehler wie ich. Das Grau ist ein gefährlicher Ort, wo nur Treibsand auf dich wartet. Je mehr du dich bewegst, desto schneller verschluckt er dich. Ein Ort, von dem niemand zurückkehrt. Sag es ihr. Sie liebt dich und wird erkennen, dass du sie gerettet hast. Ich habe versagt und meine Schuldgefühle in Alkohol ertränkt. Ich will dich warnen, solang noch Zeit ist.«

»Wie konntest du dich so verändern, ohne zu sterben, Tom?«, fragte Chess mit leiser Stimme.

Er stand auf, griff in eine Kiste, nahm einen Umschlag in die Hand und reichte ihn Chess. »Ich bin gestorben. Nur so war es mir möglich, zu erkennen, was richtig ist. Wenn alles vorbei ist, besucht ihr mich vielleicht mal in Amerika. Ich werde mit einem Freund ein Diner mit Autoreparaturwerkstatt übernehmen. Es liegt an der Küste. Pazifik. Auch wenn es Jahre braucht – ich würde mich freuen, euch beide zu sehen.«

»Was ist in dem Umschlag?«

»Erlösung. Das, worum es im Leben geht. Alisa ist nicht meine Tochter. Ich wusste es, seit sie zwei Jahre alt war. Ich habe einen Gentest machen lassen. Anne weiß nichts davon. Jahrelang habe ich mich gefragt, ob ich sie deshalb meinem Bruder ausgeliefert habe. Als Rache an Anne. Aber es stimmt nicht. Wenn es anders gewesen wäre, hätte ich mich umgebracht. Ein Weiterleben wäre mit dieser Schuld für mich unmöglich gewesen. Das macht es nicht besser, aber vielleicht verständlich.«

»Es ist seltsam, dass die größte Hilfe für Alisa von dir kommt. Und der Staudamm?«

»Ihn zu bauen war nie oberste Priorität. Allerdings ging es auch nicht um Kreuzfahrtschiffe. Hier hast du dich mal geirrt.«

»Worum dann?«

»Es ging nur um euch und Milliarden von Staatsgeldern, die irgendwo verschwunden sind. Die endlosen Personalwechsel, Verzögerungen und Budgetverhandlungen … Geplant war, dass ich nach zwei Jahren wieder gehe. Alisa wäre ja zwangsläufig mitgekommen. Das wollten sie in jedem Fall verhindern. Ein Pater Kopernikus hat mit jemandem zusammen in Rom die Fäden gezogen. Es ging einzig und allein darum, dass die Kirche nicht den Zugriff auf euch verliert. Warum, ist mir unbekannt. Ein unzufriedener Mitarbeiter hat es mir erzählt, nachdem sie ihn gefeuert haben. Sie benutzen euch. Ihr müsst vorsichtig sein.«

»Bist du ein Freund?«

»Es ist zu spät. Der Umschlag und die Warnung sind das Einzige, was ich jemals für euch getan habe. Das ist in jedem Fall zu wenig. Ich habe all die wundervollen Jahre, die ich mit euch hätte haben können, weggeworfen.«

»Wann gehst du?«

»In fünf Tagen bin ich weg.«

Chess sah Tom ins Gesicht. »Alisa wird kommen und mit dir sprechen.«

»Wo warst du so lange?«, fragte Alisa.

Der Lärm aus Isas Zimmer war ohrenbetäubend.

»Sag ich dir gleich. Was machen die Mädchen?«

»Abschiedsfeier von ihrem alten Zuhause.«

»Was soll das heißen?«

»Isa ist fündig geworden. Sie ziehen beide in den Keller. Ich zeige es dir.«

Chess folgte Alisa über die zentrale Treppe nach unten, dann bogen sie dreimal ab, und schließlich standen sie vor einer Öffnung in der Wand, von der eine schmale Holzstiege nach unten führte.

»Du musst den Kopf einziehen«, warnte Alisa Chess.

Sie gelangten in einen schmalen Flur, an dessen Ende zwei Holztüren waren. Auf einer war ein kunstvolles Schild.

Amüsiert las Chess laut vor: »Isa und der Wolf. Besuch nur unter Voranmeldung!«

Es gab einige Kisten als Sitzmöbel, Besteck, Getränke und Geschirr. Außerdem Bettwäsche und ein ordentliches Bett. Die Kerzen verströmten den Duft von Rosen.

»Wann hat sie das alles gemacht?«, fragte Chess.

»Während du spazieren warst. Wir haben alle geholfen. Wie findest du es?«

»Schön und romantisch. Hoffentlich vertragen sie sich auf die Dauer.«

»Sie sind ein Herz und eine Seele.« Alisa sah sie an. »Wie war es bei meinem Vater?«

»Er hat sich total verändert. Du würdest ihn nicht wiedererkennen.«

»Zum Schlechten?«

»Nein. Zum Guten.« Chess ließ sich auf das Bett fallen und sah zu Boden.

»Du bist verändert. Was ist passiert?« Das Smaragd aus Alisas Augen breitete sich um sie herum aus.

Chess rang mit sich. Mit dem Wissen, das vielleicht erst real werden würde, wenn sie es aussprach. Ihr Mund öffnete sich, um die ersten Worte zu sagen, aber Alisas Finger legten sich auf ihre Lippen. »Nicht. Wenn es dir so schwerfällt, ist die Zeit noch nicht gekommen.« Ihr Blick fiel auf den Umschlag in Chess' Hand. »Was ist das?«

»Mach ihn auf. Dann verstehst du.«

Alisa faltete die vergilbten Blätter auseinander. Und las stirnrunzelnd die erste Seite. »Das ist was für dich. Hier geht es um Wahrscheinlichkeiten.« Als sie bei der zweiten Seite angekommen war, ließ sie die Blätter fallen. »Es stimmt also. Er ist nicht mein Vater.«

»Ja, du hattest die ganze Zeit recht.«

»Es fühlt sich komisch an. Bisher hatte ich ja ein eindeutiges Feindbild. Aber jetzt erweist sich der, den ich am meisten verachte, als derjenige, der sich traut, mir die Wahrheit zu sagen. Wie war er?«

»Ehrlich. Mit sich und mit uns. Er verlässt Venedig in fünf Tagen. Du solltest ihn sehen.«

»Ich weiß nicht.«

»Er erwartet es nicht. Wenn wir wollen, können wir ihn in den USA besuchen. Er übernimmt ein Diner mit Autoreparaturwerkstatt an der Westküste.«

»Er konnte schon immer gut basteln. Es liegt ihm. Über die Konsequenzen muss ich nachdenken.«

»Leg dich zu mir. Wir müssen beide über etwas nachdenken.«

Etwas kitzelte Chess an der Nase. Sie blinzelte und hörte ein Kichern.

»Isa. Was tust du hier? Wenn Alisa aufwacht, bringt sie dich um«, flüsterte Chess.

»Das muss ich euch fragen. Es ist schließlich unsere Wohnung. Ihr liegt in unserem Bett.«

»Verzeih mir. Wir sind eingeschlafen.«

Isa zog ein Heft hervor und hielt es Chess hin. In kunstvoll geschriebenen Buchstaben stand dort: *Die Lüge ist die Schwester der Wahrheit.*

»Das stimmt nicht«, raunte Chess dem Mädchen zu. »Entweder man sagt die Wahrheit, oder man lügt. Dazwischen gibt es nichts.«

Isa schüttelte den Kopf. »Jeder hat seine eigene Wahrheit. Die Wahrheit des einen ist die Lüge des anderen. Wie ein Kristall, der in unterschiedlichen Farben leuchtet. Aber am Ende ist es immer der gleiche

Kristall. Der, der rechts von ihm steht, sieht Grün, der, der links steht, Rot. Wer hat recht und wer lügt?«

Chess überlegte. »Der, der den Kristall in der Hand hält und alle Blickwinkel hat, der kann es beurteilen.«

»Das könnt ihr Menschen aber nicht. Das ist euer Schicksal. Ihr seid blind in einer Welt voller Licht und trefft fast immer die falsche Entscheidung.«

»Was bist du, Isa? Wieso kannst du mehr sehen als wir?«

»Ich bin der Kristall.«

»Wie fühlt es sich an, ein Kristall zu sein?«

»Nach gar nichts. Es ist ein Moment absoluter Einsicht.«

»Kannst du ein Beispiel geben?«

»Dass ihr nicht in mein Bett gehört.«

»Der Punkt geht an dich. Wo ist Lupa?«

»Die liegt auf deiner Seite oben in eurem Bett.«

Chess setzte sich auf. »Ihr habt in unserem Bett geschlafen?«

»Wo sonst. Oder meinst du, wir legen uns auf den Boden?«

»Es ist schön hier unten. Vielleicht kommen wir jetzt öfter.«

Alisa organisierte sich eine Taxigondel. Sie wollte Gewissheit oder zumindest die Situation klären. Morgen würde Tom in die USA zurückkehren. Ob sie überhaupt mit ihm sprechen würde, wusste sie nicht. Aber es gab nur einen Weg, das herauszufinden.

Vom Anlegeplatz waren es nur ein paar Schritte zu Toms Büro. Ein Anhänger stand auf der Straße. Mehrere Menschen luden Kisten ein.

Sie kam langsam näher. Tom unterhielt sich. »Kann ich dich sprechen?«

Chess hatte recht. Sie hätte ihn fast nicht erkannt. Er wirkte sportlich. Seine Kleidung war elegant.

Tom sah Alisa nur an. Sie folgte ihm zu einer Bank auf der Uferpromenade.

»Du sagst gar nichts. Versuchst nicht, mich einzuschüchtern oder mir zu schmeicheln.«

»Du bist eine erwachsene Frau. Und ich bin derjenige, der Abbitte leisten muss. Es ist nicht an mir, das Wort zu führen.«

Alisa wollte ihn provozieren. »Wie viele Stunden beim Psychologen brauchtest du, um das zu erkennen?«

»Bisher etwa fünfzig. Allein hätte ich es nicht geschafft.«

Auf diese Offenheit war sie nicht vorbereitet.

»Immerhin bist du ehrlich zu mir. Im Gegensatz zu meiner Mutter.«

Tom zeigte ein Erkennen im Blick, das Alisa nicht einordnen konnte. »Hast du den Brief gelesen?«

»Ja. Chess hat ihn mir gegeben. Es überrascht mich nicht.«

»Hat sie sonst etwas gesagt?«

»Nein. Gibt es noch mehr zu sagen?«

Tom sah Alisa an. Sie wusste es nicht. »Es gibt immer mehr zu sagen.«

»Du hast dich verändert.«

»Warum bist du da?«

»Ich wollte das Bild des widerlichen Säufers, das ich in meinem Kopf habe, korrigieren.«

»Es wäre ein Anfang.«

»Ich liebe dich nicht, und du liebst mich auch nicht.«

»Das habe ich früh erkannt. Ich versuchte es mit aller Macht. Aber der Vertrauensbruch deiner Mutter wog zu schwer.«

»Sie war feige. Und ist es immer noch.«

Tom atmete tief ein. »Urteile nicht so hart über sie. Anne war verzweifelt. Weder du noch Chess wissen, wie es ist, wenn sich das Leben gegen einen wendet. Ihr seid wie Zauberer, die ihre eigene Wirklichkeit erschaffen haben. Der Rest sitzt in den Rängen und hat die Aufgabe, euch zuzujubeln. Wenn ich ehrlich bin, bist du mir fremd.«

»Vielleicht komme ich mit Chess mal in dein Diner. Ich mag deine Ehrlichkeit.«

»Ich werde das Bild des Mädchens durch das der Frau ersetzen, die ich jetzt sehe. Es würde mich sehr freuen, euch zu sehen.«

»Ich fühle einen Abstand zwischen uns. Wollen wir den als Schutz behalten, bis wir uns vertrauen können?«

»Es würde mein Leben erfüllen, wenn das möglich wäre, Alisa.«

Wortlos stand sie auf. Mehr gab es nicht zu sagen.

Nachdenklich bestieg sie die Fähre nach San Marco. Ihre negativen Gefühle, die Vorwürfe, die sie ihm hatte machen wollen, waren nicht mehr da.

Auf direktem Weg ging sie zu ihrer Mutter. Die neue Wohnung war auch in San Marco, im vierten Stock eines Palazzos aus dem vierzehnten Jahrhundert.

Im Erdgeschoss war ein kleiner Lebensmittelladen. Anne stand davor und winkte ihr.

»Du strahlst ja richtig, Mom«, stellte Alisa fest.

»Es fühlt sich gut an, sein eigenes Leben wieder in der Hand zu haben.«

»Ich will mit dir reden. Außerdem habe ich deine neue Wohnung noch gar nicht gesehen.«

Anne nahm Alisas Hand, und sie gingen in den schmalen Aufgang, der nach oben führte. Teilweise waren die Decken so niedrig, dass Alisa sich bücken musste. Die kleinen Holzstufen der Treppe waren alle unterschiedlich. Vorsichtig setzte Alisa einen Fuß vor den anderen.

»Das ist ja wie eine Bergbesteigung.«

»Mein ganz persönliches Fitnessprogramm. Die Aussicht ist die Belohnung.«

Anne schloss die Haustür auf, und Alisa lief durch die Zimmer. »Vier Zimmer wie in der anderen Wohnung.« Sie hielt sich die Hand vor den Mund, weil sie lachen musste. »Verzeih mir, Anne, aber wie groß ist die Wohnung? Wenn ich es richtig einschätze, würde sie komplett in unser altes Wohnzimmer passen.«

Anne legte ihr die Hand auf die Schulter. »Ziemlich genau sogar. Aber ich bin total verliebt.«

»In Michele oder die Wohnung?«, fragte Alisa herausfordernd.

»In meinem Alter ist Unabhängigkeit das Wichtigste. Trotzdem mag ich Michele und seine sanfte Art wirklich sehr.«

Alisa deutete auf eine schmale Holztreppe, die aus dem Wohnzimmer direkt auf das Dach führte.

»Kann ich hochgehen?«, fragte Alisa neugierig.

»Ja. Ich bringe die Einkäufe in die Küche.«

Alisa lehnte sich gegen die Brüstung und genoss die Aussicht. Der Markusplatz, Dogenpalast und das Meer breiteten sich direkt vor ihr aus.

»Wie findest du es?« Ihre Mutter hatte für sie beide einen Kaffee gemacht und hielt zwei Becher in der Hand.

»Wahnsinn. Jetzt verstehe ich dich.«

»Ich bin glücklich. Es fühlt sich so gut an.«

Alisa trank vorsichtig von ihrem Kaffee. Ihre Mutter hatte sie noch nie so entspannt erlebt. Sie war wie verwandelt.

»Weshalb bist du da?«, fragte Anne.

»Ich war bei Tom. Er hat sich total verändert.«

»Die Trennung war richtig für uns beide.«

Alisa nahm ihren Mut zusammen und sah Anne direkt in das Gesicht. »Ich weiß es.«

Anne schaute über das Meer. Die Schnellboote, die beständig zwischen dem Flughafen und San Marco hin- und herfuhren, röhrten in der Ferne.

Alisa hatte eine Reaktion erwartet. Irgendetwas zwischen Weinen und Wutausbruch. Sie fühlte, wie der Ärger in ihr hochstieg. Wie Pflanzen, die man in Zeitraffer aufnahm, rankte sich das Gefühl um ihren ganzen Körper. »Du musst was sagen, Anne.«

»Seit wann wusste er es?«

»Tom hat einen Gentest machen lassen, als ich zwei Jahre alt war. Er hat mir die Ergebnisse selbst gegeben.«

»So lange«, sagte Anne teilnahmslos.

Alisa hatte ein Gefühl, als ob ihr ganzer Körper zusammengepresst wird. »Ja. Und er hat es dir nicht gesagt«, brach es aus ihr heraus.

Anne drehte sich zu ihrer Tochter. »Was erwartest du von mir?«

Alisa wollte eine Reaktion. Außerdem fühlte sie sich ungerecht behandelt. Das Schlimmste aber war die Gleichgültigkeit ihrer Mutter.

Als ob Anne auf einem Podest stehen würde und auf sie herabsah. *Das werde ich nicht zulassen,* dachte Alisa. *Ich bin nicht diejenige, die Abbitte leisten muss!*

»Du hast mich jahrelang angelogen, nur um einen auf heile Familie zu machen. Die Opfer waren dir egal«, schrie sie und fügte in einem eisigen Ton an: »Ich war dir egal und bin es anscheinend immer noch.«

»Ich habe alles versucht, um dich zu beschützen. Dir eine Familie zu geben.« Anne weinte, was Alisa befriedigt registrierte.

»Kapierst du es nicht? Wir waren niemals eine Familie. Es gab kein Vertrauen. Wir haben uns beobachtet wie Fremde.«

»Du warst das unbekannte Element, das niemand verstehen konnte. Was hätte ich machen sollen? Dich aufgeben?«

»Du hast dich versteckt. Hinter Chess. Einem 9-jährigen Mädchen. Was hättest du gemacht, wenn Chess nicht gewesen wäre?«

»Wir hätten vielleicht die Chance gehabt, eine Familie zu werden. Ich wünschte mir nichts mehr als das.«

Alisa zog spöttisch die Mundwinkel nach unten. »Du hättest gar nicht den Mut gehabt, mit mir umzugehen. Du warst froh, dass Chess da war und dir die Verantwortung abgenommen hat.«

Anne drehte sich direkt zu Alisa und sah ihr in die Augen »Warum meinst du, ist das so, Alisa?«

Ich werde nicht weichen und lasse mich auch nicht einschüchtern. Ich bin kein Kind mehr.

»Weil du immer noch versuchst, mich zu begreifen. Etwas, das nicht zu begreifen ist. Sieh in mir einfach den Menschen. Deine Tochter, die ich bin.«

»Im Grunde bist du eine religiöse Figur. Vergleichbar mit Maria. Es ist für mich fast unmöglich, das in Einklang mit meinen Gefühlen zu bringen.«

»Weder bin ich eine Heilige, noch bin ich schwanger. Diese Rolle würde ich für mich niemals annehmen. Und ich will auch nicht von dir so gesehen werden.«

»Gib mir Zeit.«

Alisas Stimme überschlug sich. »Waren achtzehn Jahre nicht genug?«

»Anscheinend nicht.« Anne griff in die Hosentasche und hielt Alisa einen Schlüssel hin.

»Was ist das?«

»Der Schlüssel zu dieser Wohnung. Du bist meine Tochter. Hast du doch eben gesagt.«

»Verzeih mir, Anne, aber ich bin eine erwachsene Frau. Wenn ich einen Schlüssel in meiner Tasche trage, wird es der von dem gemeinsamen Zuhause von Chess und mir sein.«

Anne schloss die Finger um den Schlüssel und steckte ihn wieder ein. »Mein Fehler. Verzeih mir.«

Alisa senkte den Blick. In diesem Moment verstand sie, dass sie ihrer Mutter überlegen war.

Erst jetzt sehe ich, dass ich mich immer noch als Kind wahrnehme, wenn ich ihr begegne. Deshalb bin ich auch so wütend geworden. Weder sie kann die Zeit zurückdrehen noch ich. Die Akzeptanz, die ich mir wünsche, fordert das Kind ein, und Anne kann sie mir nicht gewähren, weil die Jahre vorüber sind. Ihre Versäumnisse liegen in der Vergangenheit. Vielleicht im nächsten Leben. Aber in dieser Gegenwart bin ich frei!

»Nein. Meiner. Ich wollte dich verletzen. Manchmal habe ich ein so starkes Rachegefühl in mir, dass ich es nicht unterdrücken kann. Gibst du ihn mir?«

Anne berührte Alisas Hand, als sie ihn in ihre Handfläche legte. »Wir müssen beide vorsichtig sein mit dem anderen. Wollen wir so verbleiben? Und keine Lügen mehr.«

Alisa umarmte Anne. *Für deine Mutterrolle ist es zu spät. Viel zu spät. Wir können Freundinnen sein, aber das sage ich ihr nicht. Es wäre grausam, und Anne hat ihr Glück verdient. Und ich meine Freiheit.*

Chess packte die Sachen für Mailand zusammen. Ein Blick auf Alisa genügte ihr. »Du warst bei deiner Mutter.«

»Falsch. Ich war erst bei Tom, dann bei meiner Mutter.« Alisa ließ sich in einen Sessel fallen.

»Soll ich fragen, wie es gelaufen ist?«

»Bei meinem Vater besser als gedacht. Ich mochte seine ehrliche Art.«

»Bei deiner Mutter?«

»Sie hat mir den Schlüssel zu ihrer neuen Wohnung gegeben. Erst bin ich ausgeflippt, aber dann ist mir klar geworden, worin mein Fehler liegt.«

»Der wäre?«

»In ihrer Gesellschaft bin ich immer noch das Kind. Aber die Jahre sind endgültig vorbei. Anne kann es gar nicht mehr gutmachen. Wenn ich ehrlich bin, ist es mir jetzt egal. Im Leben der erwachsenen Alisa hat sie keine Rolle mehr. Weil ich es ihr ab heute verwehre. Es ist meine Entscheidung – nicht ihre.«

»Trotzdem ist sie deine Mutter.«

»Du hast Schuldgefühle, weil sie so viel für dich getan hat. Brauchst du aber nicht zu haben. Sie war heilfroh, dass sie die Verantwortung für mich an das arme Kind aus Mestre abgeben konnte.«

»Ich will nicht streiten vor deinem Geburtstag«, sagte Chess, »aber sie hat einen Beitrag geleistet. Aus Sorge um dich.«

Isa rannte in den Raum und schmiss sich auf Alisas Schoß.

»Endlich kommst du mal zur richtigen Zeit. Chess und ich wollen uns gerade streiten.«

»Wegen mir?« Isa wurde ernst.

»Du bist viel zu süß, um sich deinetwegen zu streiten.« Alisa küsste Isa direkt auf den Mund.

Isa funkelte Alisa mit den Augen an. »Der war ja wohl bestenfalls eine 4.«

Alisa hielt sie fest. »Ach ja? Verfügen wir denn schon über einschlägige Erfahrungen, um das zu beurteilen?«

Isa befreite sich mit ihren Armen. »Das werde ich dir bestimmt nicht sagen.«

Sie ging aus dem Zimmer, kam aber gleich wieder. »Nicht böse sein. Bin gerade in einer etwas schwierigen Phase. Ich bin bei Laima.«

Alisa sah ihr hinterher, wie sie die Wohnung verließ.

Sie ist kein Kind mehr, und ich werde nicht die gleichen Fehler wie meine Mutter machen.

»Kann es sein, dass die Einstellung, die ich meiner Mutter gegenüber habe, bereits Isa mir gegenüber hat?«, fragte Alisa beunruhigt.

»Beruhig dich. Sicher nicht. Ihr seid ein Herz und eine Seele, aber ihr liebt es auch, euch gegenseitig auszutesten – und auf diesem Gebiet kann Isa in jedem Fall mit dir mithalten.«

»Das nehme ich mal so hin. Wann fahren wir?«, wollte Alisa wissen.

»Morgen nach dem Mittagessen. Mit dem Zug. Mute und Rylee nehmen unser Gepäck heute schon mit. Hikari begleitet uns.«

»Und Isa, Lupa und Yama?«

»Die fahren mit den Rittern. Es kommen zwanzig von ihnen mit. Es ging nicht anders.«

»Wofür das denn?«

»Peyr hat darauf bestanden. Und warum nicht? Isa hat ihren Spaß. Und wir unsere Ruhe.«

Alisa sah Chess fragend an. »Wer ist Peyr?«

Chess grinste. »Endlich weiß ich mal was, das du nicht weißt. Er führt die Kreuzritter. Kopernikus hat mich ihm vorgestellt.«

»Was weiß er von uns?«, fragte Alisa beunruhigt.

»Er war es, der dich schwer verletzt aus dem Klostergarten vor das Marienbildnis in der Galerie getragen hat. Also alles.« Chess schluchzte kurz auf und hielt sich die Hand vor den Mund. »Noch immer sehe ich deine zerstörten Hände vor mir.«

Alisa stand auf und nahm sie in den Arm. »Chess, es ist vorbei. Lange. Sieh mich an. Nichts ist zurückgeblieben.«

»Verzeih mir. Manchmal träume ich davon. Wenn ich dann aufwache, küsse ich jeden einzelnen Finger von dir.«

»Sieh auf das Gute. Wir werden beschützt, und die Beziehung zu meinen Eltern wendet sich auch zum Besseren. Sagst du mir jetzt, was der wahre Grund ist, warum die Kreuzritter mitkommen?«

»Die Party wird riesig. Es kommen bestimmt fünfhundert Menschen.

Von den Göttern mal abgesehen. Vielleicht hat Yama welche eingeladen. Wir kennen bestenfalls fünfzig der Gäste. Es ist richtig, dass sie mitkommen. Sie werden normale Kleidung tragen und niemandem auffallen.«

»Echt unauffällig, Chess.«

Der Zug war gerade eingefahren, und die Kreuzritter standen einer nach dem anderen an der Seite und warteten darauf, einsteigen zu können. Sie trugen Kutten mit einem blutroten Kreuz auf dem Rücken.

Chess zog eine Grimasse. »Es ist, wie es ist. Hauptsache, niemand geht verloren.« Sie winkten Isa nach, bis der Zug nicht mehr zu sehen war, und kehrten zum Kloster zurück. Im Speisesaal saß Hikari. Sie war vertieft in ihr Handy.

»Du holst Essen, und ich schleiche mich an. Mal sehen, wem sie schreibt.«

Alisa beugte sich über Hikaris Schulter. Endlose Herzen waren auf dem Display zu sehen. Sonst nichts.

»Gib es zu. Du bist verliebt.«

Sie erschrak und bedeckte ihr Handy.

»Ich freue mich für dich«, sagte Alisa und grinste.

Chess stellte eine Platte Sushi vor Hikari hin und setzte sich neben sie.

»Du musst was essen. Wenn er kommt, brauchst du jede Kalorie«, sagte Alisa.

Chess stieß Alisa an. »Lass sie in Ruhe. Du bist nicht besser als Isa.«

»Ich wünschte, ich könnte so sein wie du, Alisa«, sagte Hikari.

»Wie bin ich denn?«

»Offen. Dir ist nichts peinlich, und dein Selbstbewusstsein ist unerschütterlich.«

»Du kannst genauso sein. Akzeptiere dich einfach so, wie du bist. Außerdem liebt mich das hübscheste Mädchen der Welt.«

»Schon jetzt denke ich nur daran, wie das unterschiedliche Alter sich auf uns auswirken wird«, meinte Hikari. »Was erwarte ich, was erwartet er? Bleibt er nur die paar Wochen? Was bedeute ich ihm? Was kann er mir bedeuten? Am liebsten würde ich schon Schluss machen, bevor es überhaupt angefangen hat.«

»Du hast das gleiche Problem wie Chess. Ihr denkt zu viel und bevorzugt nur an Probleme. Du musst einfach deinen Körper die Entscheidungen treffen lassen. Der Rest ergibt sich von selbst.«

»Wenn ich das mache, werdet ihr weder ihn noch mich in den nächsten zwei Wochen sehen.«

Alisa legte den Arm um Hikari. »Das ist ein vernünftiger Plan. Zwischendurch kommst du zu mir und erzählst, wie es ist.«

»Das Gleiche hat deine Schwester auch vorgeschlagen.«

»Darf ich auch was dazu sagen? Von Kopfmensch zu Kopfmensch.«

»Nur, wenn du nicht wieder mit irgendwelchen trüben Gedanken kommst, Chess«, warnte sie Alisa.

Sie umarmte Hikari und flüsterte etwas in ihr Ohr.

»Was hast du ihr gesagt? Sie ist ganz rot geworden und gegangen.«

»Dass sie sofort, wenn er kommt, mit ihm schlafen soll.«

Alisa zog die Augenbrauen hoch. »Interessant, Chess. Du hast anscheinend Erfahrung.«

»Man weiß es nicht, bevor man es ausprobiert hat. Ein rein naturwissenschaftlicher Ansatz.«

»Darüber werden wir uns noch mal ganz genau unterhalten.«

XVI

Chess lehnte an der Brüstung der Dachterrasse ihrer Suite im Interconti und sah über die Stadt. Die Menschen in den Straßen waren nur Punkte und flossen durch die Arterien der Stadt wie Blutkörperchen.

»Ob jemand zum Himmel schaut und uns sieht?«

»Feiere ich meinen Geburtstag mit der Grüblerin?«

Sie lächelte Alisa an. »Eigentlich sollten wir mit Rucksäcken in einer Jugendherberge sein und nicht hier.«

»Das glaube ich nicht. Die Tatsache, dass wir hier stehen, ist der Beweis, dass wir es uns verdient haben.«

»Ich liebe deine Sicht auf unser Leben.«

»Ich liebe dich, und außerdem kann nur eine in der Beziehung die Grüblerin sein. Wann kommen die Visagisten?«

»Um fünfzehn Uhr. Wir haben noch Zeit.«

»Ich hasse das eigentlich. Wieso muss es sein?«

»Weil die halbe Welt zusieht, das erwartet, und ich es liebe.«

»Der letzte Punkt ist okay. Wollen wir nicht Hikari dazuholen?«, fragte Alisa. »Sie sollen sie auch stylen. Dann kann sie Aya ein Bild schicken.«

»Ich fühle mich wie ein Gemälde.« Alisa ging einen Schritt auf die große Spiegelfläche ihrer Suite zu, um ihr Gesicht genau zu betrachten. Die dunkel geschminkten Lider verwandelten das Smaragd ihrer Augen in Kristall.

»Ein unglaublich schönes Gemälde«, sagte Chess.

Hikari trug schwere Stiefel zu einem pastellfarbenen Kleid, das ihre blasse Haut wie Porzellan aussehen ließ.

»Bin das wirklich ich?«

»Nein«, sagte Chess, »es ist ein anderes asiatisches Mädchen, das aber auch in dir und jetzt für alle sichtbar ist. Es bringt etwas zum Vorschein, das sonst versteckt ist. Aus dem gleichen Grund mag es Alisa nicht. Weil sie alles, was sie ausmacht, offen auslebt. Es hat fast den gegenteiligen Effekt bei ihr.«

Alisa spürte das Wummern der Bässe unter ihren Füßen. »Wir gehen jetzt tanzen, und ihr hört auf, tiefenpsychologische Gespräche zu führen.«

Die Dachterrasse gliederte sich in verschiedene Ebenen. Überall standen Kameras und erfassten jeden Winkel.

»Das ist die größte Ansammlung von schönen Menschen, die ich jemals gesehen habe«, brüllte Hikari in Chess' Ohr.

Sie schoben sich durch die Menge. Manchmal berührte die Mädchen jemand, um ein Lächeln von ihnen zu bekommen. Chess kannte einige der Models und stellte Alisa und Hikari vor. Überall hingen riesige Bildwände mir ihren Fotos. Die Kameras übertrugen die Feier in die ganze Welt.

»Es ist schwer zu glauben, dass so viel Menschen Interesse an uns haben«, sagte Alisa zu Hikari.

»Du ignorierst es nur permanent. Mich wundert es nicht.«

»Ich gehe tanzen und verstecke mich hinter der Musik.« Alisa zog Hikari mit. »Hast du Aya ein Bild von dir geschickt?«

Hikari nickte.

»Was hat er geantwortet?«

Sie hielt ihr Handy hoch. Der ganze Bildschirm war mir roten Herzen bedeckt.

Alisa schlang ihre Arme um sie, und beide ließen sich im Rhythmus treiben.

»Du tanzt mit dem schönsten Mädchen des Abends. Das ist gefährlich.« Chess stand hinter Alisa und blinzelte Hikari zu.

»Die letzten Stunden mit dir als Mädchen«, flüsterte Alisa in Chess' Ohr.

»Lass uns nicht vorher darüber reden.«

»War es abgesprochen, dass Isa auch eingekleidet und geschminkt wird?«

»Natürlich nicht. Aber als die Stylisten sie entdeckt hatten, gab es kein Halten mehr. Wir können froh sein, dass sich überhaupt noch jemand um uns gekümmert hat.«

»Das wird das Ego von Isa explodieren lassen. Die sollen keine Bilder von ihr veröffentlichen.«

»Habe ich schon besprochen. Ich freue mich, wenn Isa in der Pubertät ist. Dagegen werden die Streitigkeiten mit deiner Mutter wie ein Kaffeekränzchen sein.«

»Was hast du mit meiner Mutter geredet?«

»Belanglosigkeiten. Aber sie ist froh, hier zu sein.« Chess sah Alisa an. »Du bist doch auch froh, dass sie da ist.«

»Das würde ich niemals zugeben. Lass uns einfach nur tanzen. Ich will mit niemandem reden. Mindestens für die nächsten zwei Stunden.«

Chess deutete zur Tanzfläche. »So wie Isa und Lupa es machen.«

Arm in Arm wiegten sich beide im Takt und waren völlig versunken. Es irritierte Alisa, aber der Grund war ihr unverständlich, weshalb sie es überging und Chess an die Hand nahm.

Die Musik trug beide davon.

Isa stand mit einem Gitarrenkoffer vor ihnen. »Ihr werdet noch Alisas Geburtstag versäumen. In zehn Minuten ist es so weit.«

»Soll ich was singen, Chess? Ich hab nichts vorbereitet.«

»Du sollst mich begleiten«, sagte Chess. »Du bekommst heute drei Geschenke.«

»Drei?«

»Sieh in den Koffer.«

Isa legte den Gitarrenkoffer auf einen freien Tisch neben der Tanzfläche und öffnete ihn. Darin befand sich die Gitarre, mit der Alisa früher immer gespielt hatte. Vorsichtig nahm sie das Instrument heraus.

»Woher hast du gewusst, dass ich sie so vermisse?«

»Francisco rief mich an, nachdem du ihn gefragt hast.«

»Er sagte mir, er hätte sie verkauft. Auf einer Auktion.«

»Das stimmt. Ich war die Höchstbietende.«

»Was ist das zweite und das dritte Geschenk?«, wollte Isa wissen.

»Ich singe für Alisa. Vor allen hier.« Chess warf einen Blick in die Runde. »Ich werde gleich ohnmächtig vor Angst.«

»Das dritte?«, ließ Isa nicht locker.

Chess kniete vor Isa. Nahm ihre Hand.

»Das dritte bin ich selber. Alisa wird mich auffangen, wenn ich das

Gefühl habe und in die Endlosigkeit stürzen werde. Deshalb ist es so wichtig, dass man dieses Gefühl nur mit Menschen teilt, die man wirklich liebt. Sonst fangen sie einen nicht auf. Und man hört nicht auf zu fallen.«

Isa umarmte Chess und lief wieder zu Lupa.

»Ich kann nicht glauben, dass du ihr das gesagt hast.«

»Du musst mir helfen, sonst schaffe ich es nicht.«

Die Musik wurde abgestellt und Chess angekündigt. Vorsichtig streifte Alisa die Saiten des Instruments.

Chess hauchte nur in das Mikrofon. Ihre dunkle, gebrochene Stimme hatte eine eigene Magie. Jede Textzeile enthielt ein Geheimnis, das nur Alisa entschlüsseln konnte. Die letzte Liedzeile sangen Chess und Alisa gemeinsam.

»Für den Menschen, der mein Leben ist.« Chess umarmte Alisa.

Isa stand neben Chess und nahm ihr das Mikrofon ab. »Wir feiern jetzt weiter, und die beiden dürfen gehen. Wer ihnen nachstellt, kommt in die Hölle.«

Sofort setzten auf ein Zeichen von Isa hämmernde Bässe ein. Das Licht schwenkte von der Bühne weg und tauchte die Tanzfläche in alle Farben des Regenbogens.

Alisa war froh, als sie das Kleid ausgezogen hatte und wieder ihre Jeans trug. »Wie lange hast du das geübt?«, fragte sie. »Und mit wem?«

»Fast zwei Monate. Mit dem Chorleiter. Ich habe ihn bestimmt zehn Jahre seines Lebens gekostet. Aber ich wollte unbedingt. Wie fandest du es?«

»Es war unglaublich. Du hast eine tolle Stimme, Chess. Wir sollten gemeinsam auftreten. Ehrlich.«

»Auf keinen Fall. Das war das letzte Mal. Um das zu wollen, muss man ein Star sein, und ich bin keiner«, sagte Chess.

Alisa genügte ein kurzer Blick auf Chess, um die endlose Enttäuschung in ihrem Gesicht zu erkennen. »Was ist, Chess? Du musst nicht.«

»Ich hatte es mir ganz anders vorgestellt.« Sie nahm eine der kleinen

Schokoladentafeln, die auf den Kopfkissen lagen. »Es ist total langweilig.« Tränen liefen ihr über die Wange. Alisa nahm sie in den Arm. »Es ist nicht ungewöhnlich genug. Stimmt doch?«

»Ich brauche eine Geschichte, um mich fallen zu lassen. Sonst kann ich es nicht«, sagte Chess ganz leise, »und hier ist gar nichts. Das Zimmer sperrt mich und meine Gedanken ein. Hier kann ich es niemals.«

Alisa zog sich ihre Jacke an.

»Was machst du?«, fragte Chess.

»Die Geschichte suchen. Vertraue mir und komm mit.«

Nur zwei Straßen weiter fanden sie ein kleines Programmkino. Eine ältere Dame, sehr elegant gekleidet, stand an der Kasse.

»Läuft noch ein Film?«, fragte Alisa.

Die Frau zögerte einen Moment. »King Kong. Die Originalversion. Da hängen die Spielzeugflugzeuge an Fäden.«

Alisa mochte die offene Art der älteren Dame. »Zwei Karten. Und die kleine Flasche Champagner, wenn wir dürfen.«

Die Frau stellte alles vor sie hin. »Der Film startet automatisch. Wenn er zu Ende ist, müsst ihr durch den Notausgang den Saal verlassen. Ich schließe jetzt ab. Ihr seid die Einzigen im Kino. Ist das für euch okay?«

Alisa spürte Freundlichkeit und ein Verstehen, das sie nicht erwartet hatte.

»Es ist genau das, was wir suchen.«

Der Saal war groß. Die Mädchen setzten sich in die Mitte. Alisa öffnete die Champagnerflasche, nahm einen Schluck und reichte sie Chess. »Die Geschichte beginnt«, flüsterte sie in ihr Ohr.

Chess leerte die Flasche mit einem Zug, und beide zogen sich aus. Das Türkis von Chess' Augen kam immer näher, und sie setzte sich auf Alisa. Ihre Bauchmuskeln spannten sich an, und der Duft von ihrem Körper umgab Alisa. Ihre Hand wanderte. Aber nie zu der Stelle, die Chess so begehrte. Zu der Grenze, hinter der sich die Frau versteckte. Chess bewegte sich, atmete immer schneller, dann stand sie unvermittelt auf und zog Alisa direkt auf das Podest, das vor der Leinwand war. Drückte sie sanft auf den Samtteppich.

Der Film wurde auf Chess' Körper projiziert. Die Flugzeuge, das Gesicht der blonden Frau, die Arme des Gorillas. Chess sah an sich herab. Ihre Augen durchdrangen Alisa. Zum ersten Mal sah Alisa das Verlangen, das sie unterdrückt hatte. Die Fantasie, die sie ausfüllte. Den Mut der Frau, den Chess so fürchtete. Sie fuhr mit dem Finger den Flugzeugen nach, die sie umkreisten, die haarige Hand des Affen, der sie umschlang. Ihr Blick schweifte über die Reihen des Kinosaals.

»Du willst gesehen werden. Stimmt doch, Chess?«, fragte Alisa leise, während sich Chess' Körper langsam hob und senkte.

»Ich will mich nicht mehr verstecken«, sagte Chess mit zitternder Stimme.

»Ich bin bei dir. Befreie dich.«

Chess beugte sich nach unten zu Alisa. Küsste sie grob und leidenschaftlich. Das Türkis ihrer Augen stand in Flammen. »Tinte sieht dich.«

Alisa erkannte die wahre Natur von Chess. Ein Wesen, das vorgab, Mensch zu sein, aber es doch nur zum kleineren Teil war.

»Du musst bei mir bleiben, Chess. Sonst kann ich es nicht.«

Chess drängte das Wesen zurück, bis es sie freigab. Das Verlangen, das ihren Körper durchzog, gab ihr die Macht dazu.

Alisa berührte Chess' Körper, umklammerte ihn und zog sie ganz auf ihren Schoß. »Jetzt wird die Frau in dir für immer mir gehören.«

Chess wand sich, aber der Gorilla hielt sie gefangen. Seine Arme zwangen sie mit aller Macht auf Alisa. Sie warf ihren Kopf nach hinten und schrie.

Blut floss über Alisas Finger, Hand und Unterarm. Wie gebannt sah sie auf die hellroten Bahnen, die immer weiter, wie Schlangen, ihren Arm hinaufkrochen.

Alisa stürzte in die Tiefe und verlor das Bewusstsein. Als sie die Augen wieder öffnete, sah sie Nirriti an den Ufern des silbernen Sees sitzen.

Sie rührte sich nicht. Tränen aus Blut verteilten sich in roten Bahnen über den Körper des Kindes.

»Du hast den zweiten Kreis durchschritten. Du bist gebunden. Das

Geheimnis wird an die Oberfläche steigen wie eine Luftblase im Wasser. Ein weiteres Verstecken ist unmöglich.«

Alisa sackten die Beine weg. »Wann wird es beginnen?«

Sie sah den Schmerz in Nirritis Augen und verstand.

»Nirriti, nicht jetzt. Ich bin nicht vorbereitet. Ich muss dir von ihr erzählen.«

»Wir sind eins, Alisa. Ich weiß alles. Sie hat sich dir hingegeben. Ihre Schuld ist eingetreten. Strecke deine Hand in die Luft.«

»Was wird passieren?«

Sie deutete zum Himmel.

Der Vogel stürzte zu Alisa hinunter. Erst jetzt wurde ihr die wahre Größe bewusst. Die Spannweite der Flügel musste bei vier Metern liegen. Sie spürte den Druck der Luftschichten, die von seinen Schwingen nach unten gezwungen wurden.

Alisa stand auf. Der Greif bremste scharf ab, packte sie im langsamen Überflug mühelos am Handgelenk und hob sie hoch.

Alisa konnte zum ersten Mal die Ufer von Vajra erkennen. Es war kein See. Vajra war ein Ozean.

Bevor der Greif sie losließ, glaubte sie, ein *Verzeih mir* in ihrem Kopf zu hören. Sie stürzte aus ungeheurer Höhe und hatte keinen Zweifel, dass sie sterben würde. In den Sekunden, die ihr blieben, wollte sie auf die Wahrheit sehen.

Er trug eine Uniform. Der Bruder ihres Vaters. Ihre Eltern verabschiedeten sich ins Kino. Sie sah das Bett im Kinderzimmer. Einen riesigen männlichen Körper. Der Schmerz, der sie in Stücke riss. Sie war sieben. Für die nächsten zwei Jahre geschah es regelmäßig am Kinoabend ihrer Eltern. Jede Woche.

Der Fall wurde immer langsamer. Ihre Füße berührten das silbrige Wasser, und sie glitt sanft unter die Oberfläche. Vajra nahm sie auf.

Lass mich sterben.

Alisa schaffte einige Schwimmzüge, bis sie atmen musste. Sie kämpfte mit aller Macht dagegen an. Ihr Körper ließ ihr keine Wahl. Statt Wasser trat Luft in ihre Lunge. Alisa starb nicht.

Etwas zog sie weiter nach unten. Der Ozean schien seine Dichte verändert zu haben. Wie an einem Fallschirm schwebte sie, bis sie auf einer grünen Wiese lag. Ein Baum war direkt neben ihr. Die Wurzeln schlängelten sich meterweit über das Gras, bis sie in einem felsigen Abgrund verschwanden. Hohe Berge umgaben den Ort. Der Boden war warm und pulsierte. Herzschläge. Schneeweiße Blätter wiegten sich in einem Wind, den es nicht gab. Alisa streckte die Hand aus, um ein Blatt zu berühren. Es löste sich und flog auf ihre Hand. Es war ein Schmetterling.

Alisa setzte sich mit ihm auf die Wurzeln und sah ihn genau an. Mit seinen kleinen Beinchen erkundete das Tier ihren Handrücken, bis es an einer ihrer oberflächlich verlaufenden Venen stehen blieb, den Rüssel entrollte und hineinstach. Nach kurzer Zeit verfärbten sich die Flügel des Tieres blutrot.

Es erhob sich und flog zurück. Das Rot ihres Blutes breitete sich über den gesamten Baum aus. Abwechselnd waren die Flügel der Millionen Schmetterlinge schneeweiß oder rot. Die Blätter pulsierten im Rhythmus ihres Herzschlages.

Vajra erwachte. »Nur zwei Menschen vor dir kamen so weit wie du.«

»Wer waren sie?«

»Den Mann hatten sie an ein Kreuz geschlagen. Er bat um Vergebung für alle. Ich habe es ihm nicht gewährt. Nur ihn rettete ich.«

»Bist du Gott?«

»Gott?« Das Wesen schwieg einen Moment. »Für eine Amöbe ist die Ameise Gott, für eine Ameise ist ein Affe Gott, für den Affen seid ihr Gott und für euch sind die Veden Gott. Für die Veden bin ich Gott. Aber wer ist für mich Gott? Bist du das, Alisa? Bist du mein Gott?«

»Nein. Etwas ist in mir, das sich wie Gift ausbreitet. Ich bin wertlos. Jeder deiner Schmetterlinge wiegt mich millionenfach auf.«

Die Wurzeln fingen an, sich zu bewegen. Sie rissen Alisa zu Boden, umschlangen sie. »Willst du nicht wissen, wer der andere Mensch war?«

»Ich habe Angst davor.«

»Du hast alle ihre Leben bestimmt, und nur dir gelten ihre Gedanken, Wünsche und Gefühle.«

»Chess. Ich erbitte nichts für mich, aber alles für sie.«

»Dann wirst du nun den Tod kennenlernen.«

»Ich bin ihm schon begegnet, als ich sieben Jahre alt war.«

Langsam zogen sich die Wurzeln enger um ihren Körper. Sie atmete kaum noch. Deutlich sah sie den Farbwechsel der Schmetterlinge. Der Rhythmus war so schnell, dass aus Weiß und Rot ein flirrendes Rosa wurde. Ihr Herz raste, und Alisa wusste, dass sie in einigen Sekunden sterben würde.

Vermisse mich nicht. Die letzten zwölf Stunden reichen für mein ganzes Leben und den Tod. Ich liebe dich, Chess!

Doch im nächsten Augenblick verließen die Schmetterlinge ihren Platz, ließen sich auf den Wurzeln von Vajra nieder, und mit ihrem leichten Flügelschlag hoben sie das Geflecht, das Alisa am Boden fesselte, so weit an, dass sie sich darunter wegdrehen konnte. Kaum war ihr Körper wieder frei, wurde jeder Millimeter ihrer Haut von den Tieren bedeckt. Ein Schild, geformt aus den zerbrechlichen Flügeln umgab Alisa.

»Selbst ich, der jenseits der Zeit existiert, habe nur selten Wunder gesehen. Doch du, Alisa, bist eines. Euch verbindet die reinste Liebe, die meine Schmetterlinge jemals geschmeckt haben. Deshalb haben sie dich gerettet.«

Alisa fiel auf die Knie und flüsterte: »Chess und ich sind eins. Aber wie könnte ich mit dem Wissen weiterleben?«

»Stehe auf, wenn du mit mir redest. Ich rette keine Bettler.«

»Ich bin keine Bettlerin. Ich liebe Chess. Töte mich, aber sei gnädig mit ihr, Vajra.«

»Bedeutet sie dir so wenig, dass du dich wieder in den Tod flüchten willst? Wenn du sie so liebst, wie die Schmetterlinge sagen, weshalb willst du sie allein zurücklassen?«

Alisa verließ die Kraft.

»Stehe auf. Ich sage es nicht noch mal. Stehst du nach dem letzten

Satz, werde ich vielleicht dein Schicksal ändern. Kniest du vor mir, wirst du sterben.«

Alisa zwang sich hoch. Wut stieg in ihr auf. »Ich werde ihr niemals geben können, was sie mir gab.«

»Nein, das ist es nicht. Denn du weißt gar nicht, was sie dir gegeben hat, bevor du die Gabe nicht erwidert hast. Du gibst dir die Schuld, weil du es nicht verhindert und deinem Onkel keinen Einhalt geboten hast.«

Die Antwort traf sie wie ein Schlag. Sie schwankte. Alisa schrie Vajra entgegen: »Wieso habe ich es nicht sofort meinen Eltern erzählt? Dann hätte ich es nur einmal erdulden müssen und nicht endlose zwei Jahre.«

»Wie solltest du etwas deinen Eltern sagen, für das du keine Worte hattest? Nein, du denkst etwas anderes, tief in deinem Inneren. Etwas, das du selbst in der Stunde deines Todes zu verheimlichen versuchst. Vor dir und vor mir. Was ist es?«

Alisa sah in sich hinein. In den endlosen Abgrund. Ihre ganze Persönlichkeit war nur ein Stein, der vor einem Gebirge lag.

»Was hast du all die Jahre insgeheim gedacht? Es war nicht die Tat deines Onkels, die dich in die Dunkelheit zwang. Es war das, was er dir danach sagte. Soll ich die Worte wiederholen?«

»Nein«, schrie Alisa, dann war ihre Stimme ganz leise: »Er erklärte mir, er würde spüren, dass ich es wollte, ich sei nur zu jung, um es zu sagen, was aber normal sei. Meine Eltern wüssten, was passiert. Sie gingen ins Kino, damit wir ungestört sein könnten.« Verzweiflung stieg in ihr auf. »Er hatte überhaupt keine Angst, entdeckt zu werden«, schrie sie. »Wenn ich ihm nicht glauben wolle, soll ich einfach meine Eltern fragen, sagte er zu mir. Er hielt mir sein Handy hin! Danach war für mich klar, dass sie es wussten.«

»Nur dadurch konnte sich ein siebenjähriges Mädchen erklären, warum niemand etwas tat. Aber dich quält noch ein anderer Gedanke. Ein Gedanke, der dich so erschreckt, dass du lieber tot wärst, als ihn dir bewusst zu machen. Selbst deine Liebe zu Chess würdest du opfern, um ihn von dir fernzuhalten.«

Der Berg nahm eine blutrote Farbe an. Die Spitzen verwandelten sich in flüssiges Gold.

Chess, das stimmt nicht. Niemals würde ich unsere Liebe preisgeben.

»Deine Gedanken sind an diesem Ort so laut wie dein gesprochenes Wort. Außerdem lügst du.« Vajras Stimme klang drohend.

Alisa war außer sich. Wut erstickte die Angst. »Ich war sieben Jahre alt! Was hätte ich tun können? Ich war ihm ausgeliefert.«

»Ein Ablenkungsmanöver. Glaubst du wirklich, dass du mich täuschen kannst?«

»Töte mich endlich! Nicht einmal ein Gott kann so grausam sein.«

Vajras Stimme war ganz ruhig. »Nein, das werde ich nicht. Es gibt eine Abmachung, an die ich mich halten muss. Das Mädchen, das du so liebst und allein im Kinosaal liegt – das werde ich vor dir töten. Vor deinen Augen wird sie ihren letzten Atemzug machen. Denn wenn du nicht lebend zurückkehrst, ist auch sie ohne Wert für mich.«

Bilder entstanden in Alisas Kopf. Chess auf dem Podest im Kino. Leblos. Sie atmete kaum noch. Ihr bloßer Körper hatte die Farbe des Todes.

Sie stürzte zur Seite und zitterte am ganzen Körper. Ihre Knie berührten ihr Kinn. »Nicht Chess. Ich tue es.«

Alisa wusste, wo sie den Gedanken, den sie mit aller Kraft elf Jahre in sich begraben hatte, versteckte.

»Sag es jetzt oder stirb. Während wir uns unterhalten, gehen Millionen Universen in die Vernichtung der Zeit. Was ist die Frage, auf die du keine Antwort hast?« Vajras Stimme war wie ein Peitschenhieb auf Alisas Haut.

Angst und Schmerz konkurrierten in jeder Zelle von ihr. Sie brannte in dem Feuer der Erkenntnis. In dem Moment, als sie sicher war zu sterben, sah sie das Türkis von Chess' Augen. Es umgab sie wie ein Nebel und drängte die Glut zurück. Nahm Besitz von ihr.

Dann sah sie auf die Frage. »Wie konnte ich es zwei Jahre ertragen, wenn er nicht recht hatte?«

Ihr Satz durchdrang das Multiversum und verband die Dimensionen. Die Zeit. Die Atome. Alles stand still. Chess' Liebe umgab sie, beschützte sie, heilte ihre Verletzungen. Es war kein Gefühl, sondern Materie in einer unbekannten Form. Alisa war die Bestätigung einer Legende, die selbst den Göttern Rätsel aufgab.

Vajras Stimme wütete wie ein Orkan, und die Schmetterlinge entfachten einen Sturm, der Alisa glauben ließ, in Stücke gerissen zu werden. Aber Chess' Liebe umgab sie wie ein Festungswall, hob sie in die Luft und gab ihr die Kraft, sich Vajra entgegenzustellen.

Im Sturm der Erkenntnis blickte Alisa auf sich selbst. Das Gebirge war sie und die Frage der kleine Stein, der sie seit elf Jahren in die Dunkelheit zwang.

Jemand wimmerte, und Alisa drehte sich um. Ein kleines Mädchen mit schwarzen Haaren saß auf dem felsigen Boden direkt bei dem Abgrund, hielt einen Stein in seiner Hand und weinte. Alisa ging zu ihr und sah in ihre verheulten Augen.

»Ich kann nicht weg von hier«, schluchzte das kleine Mädchen und starrte auf den kleinen Felsbrocken in ihrer Hand. »Wenn ich ihn loslasse, kommt er wieder.« Ihre kleinen Finger waren ganz weiß, so fest hielt es den Stein.

Alisa kniete sich zu dem Kind herunter. »Vertraue mir. Wirf ihn weg. In den Abgrund vor dir. Dann bist du frei.«

Das Kind deutete zu den Bergen, die hoch und drohend über ihnen aufragten. Der Fels war dunkel und abweisend. Ohne Leben. »Er passt auf«, sagte sie leise.

Sie strich dem Mädchen die Haare aus dem Gesicht. »Du bist das Gebirge, und der schreckliche Mann ist dieser kleine Stein. Er hat dich täuschen können, weil du noch so jung bist. Vertraue mir. Es ist unsere einzige Chance.«

»Wer bist du?«, fragte sie.

Alisa hielt ihr die Hand hin. »Wenn du den Stein wegwirfst, kannst du es erkennen.«

Zitternd stand das Mädchen auf, stellte sich neben Alisa und sah in den Abgrund. »Du versprichst mir, dass er nicht zurückkommt?«

»Ich schwöre es bei unserem Leben.«

Das Smaragdgrün in den Augen des Kindes begann zu leuchten, sie hob ihren Arm und schleuderte den Stein, so fest sie konnte, von sich weg. Sie hörten ihn nach einigen Sekunden hart aufschlagen und zerspringen.

»Ich wollte nicht, dass er das mit mir macht. Das musst du mir glauben«, flehte das Kind.

Alisa hielt sich die Hand vor den Mund und schluchzte. »Das weiß ich doch.«

Chess' Liebe schwebte um sie, wie Wolken. Die kleine Hand berührte neugierig die unbekannte Materie.

Sie kicherte und sagte: »Das kitzelt.«

»Das ist Liebe«, sagte Alisa sanft. »Du wirst ein Mädchen lieben, das dich retten wird.«

Alisa folgte mit ihren Fingern der Hand des kleinen Mädchens und tauchte in die blaue Wolke ein. Sie sah auf Chess. Auf die Liebe, die nun beide umgab.

»Bist du das Mädchen?«, fragte sie, während das Türkis sich über den ganzen Körper des Kindes ausbreitete.

»Nein, das bin ich nicht.«

Glück durchströmte den geschundenen Körper des Kindes. Alisa fühlte es.

Der Blick des Mädchens veränderte sich. »Wenn du die Augen schließt, gelangst du zurück.«

»Was passiert mit dir?«, fragte Alisa voller Sorge.

Das kleine Mädchen lächelte wissend. »Du nimmst mich mit.«

Sie stand vor Vajra und hörte seine mächtige Stimme. »Das ist die Frage, die du mehr fürchtest als den Tod. Das ist die Frage, die das Kind in dir nicht ertrug zu sehen. Das ist die Frage, die dich dazu treibt, eher zu sterben, als sie zu beantworten. Doch nun ist der Zeitpunkt gekommen.«

»Chess. Ihre Liebe war in mir, noch bevor ich sie traf. Ich habe es eben selbst gesehen.«

»Ja, du selbst hast eine Zukunft möglich gemacht, die nun deine Gegenwart ist, weil du die Vergangenheit korrigiert hast. Aber nicht um deiner selbst willen. Dein einziger Gedanke ist, dem Menschen zu dienen, dessen Blut du vergossen hast. Ihre Gabe war nicht rein körperlich. Erwidere sie, und du wirst die wahre Natur erkennen. Die Schmetterlinge haben recht. Niemals gab es eine Liebe wie eure. Eine Weissagung, die älter ist als ich, erfüllt sich mit dir.«

»Ohne dich hätte ich mich niemals der Frage stellen können. Ich dachte, du bist grausam, aber es stimmt nicht.«

»Wovon du sprichst, sind Eigenschaften der Menschen. Ich habe nur ein Ziel. Die Antwort auf meine Frage. Deshalb musste ich dich und deine Liebe zu ihr retten. Es war ein Versprechen, das ich gab.«

Amala trat hinter dem Baum hervor und nahm Alisa an die Hände. Der Schmerz verband beide.

»Du warst nicht das einzige Opfer deines Onkels. In seiner Schulzeit hat er ein siebenjähriges Mädchen vergewaltigt. Er war siebzehn Jahre alt. Das Mädchen hatte die Kraft, ihn anzuzeigen. In dem Prozess, der folgte, gab dein Vater seinem Bruder ein Alibi. Er wurde freigesprochen. Zwei Jahre später hat das Mädchen sich erhängt.«

Ein Teil ihrer Vermutung war wahr. Ihr Vater hatte es gewusst.

»Du bist das Mädchen, Amala«, wisperte Alisa.

»Ja ich bin es. Mary Neal. Da stieß ich auf dich und sah, wie die Geschichte sich wiederholen würde. Du dir, wie ich, das Leben nehmen würdest. Ich sah aber auch die Liebe zwischen dir und Chess, und ich verstand, dass wir alle nur Erlösung durch Vergebung erreichen können. Du musst erkennen, dass dich keine Schuld trifft.«

»Du hast mich gerettet. Die Tochter des Mannes, der dich verraten hat. Mein Vater, der den Täter geschützt hat.«

»Auch du hast jemanden gerettet. Gutes kann niemals aus Rache entstehen. Kehre zurück in deine Welt. Ich habe meine Schuld nun eingelöst.«

»Wem warst du es schuldig, Amala?«

»Nirriti und der anderen Person. Wir schulden ihnen alles. Diese Schuld wird deine letzte Prüfung.«

Vajras Stimme breitete sich um sie herum aus. »Du bist nicht Gott, Alisa. Aber du und Chess, ihr steht für eine Legende, die sich nun erfüllt hat. Deshalb gewähre ich dir, so wie ich es Amala gewährte, nicht nur diesen Ort zu verlassen, sondern auch zurückzukehren. Für eine Bitte. Amalas Bitte war, dich zu retten. Diese ist nun erfüllt. Dein Körper trägt nicht mehr die Verletzungen, die dir dein Onkel zugefügt hat, und ist bereit, die Gabe zu erwidern. Deine Furcht hast du selbst besiegt. Der Greif wird dich zurückbringen und an deiner Seite bleiben.«

Alisa kniete sich hin und berührte sanft eine Wurzel von Vajra mit ihren Lippen.

Lebe wohl, du Wesen jenseits der Zeit. Vielleicht ist der Sinn deiner Existenz dieser Moment mit mir. Das Wissen um die Tat hätte mich in meiner Welt getötet. Du wusstest, dass ich nur hier mich dem stellen konnte. Deshalb sollst du für immer Teil unserer Liebe sein. Dies ist mein Geschenk an dich.

Der Raubvogel setzte sie am Ufer ab, wo Nirriti sie erwartete.

»Du bist nicht gestorben.«

»Nein, Nirriti, bin ich nicht.«

»Chess hat vor Wochen selbst erkannt, was dir zugestoßen ist. Sie hat dich zum Schutz angelogen. Nimm ihr die Last.«

Alisa nickte. »Wo ist Amala?«

»Sie blieb deinetwegen. Jetzt ist es nicht mehr notwendig.«

»Und du?«

»Unsere Aufgabe ist anders. Verzeih, Chess. Sie kann nicht mehr. Das Kind konnte die Last tragen. Die Frau nicht.«

Alisa weinte. »Natürlich verzeihe ich ihr. Sie hat mein Leben gerettet.«

»Chess hat immer geglaubt, dass du Erlösung suchst und sie Erfüllung. In Wirklichkeit ist es umgekehrt. Du warst immer auf der Suche nach Erfüllung und hast sie in Chess gefunden, während Chess Erlösung sucht, von einem Versprechen, das sie hier gab, um dein Leben retten zu können. Vergiss niemals, was sie für dich getan hat, und verzeihe ihr das Unverzeihliche.«

»Was ist Chess?«

»Selbst Vajra hat darauf keine Antwort. Als er auf sie traf, verstand er, dass es noch ein Wesen über ihm geben muss. Seitdem sucht er nach der Antwort.«

»Wer ist der Mensch, bei dem du lebst? Er hat mir zugewunken. Ich konnte seine Trauer fühlen.«

»Es ist immer noch zu früh. Sie hat zwei Leben für diesen Moment geopfert. Ihr schuldest du alles. Genau wie ich.«

»Ihr? Es ist eine Frau. Ich habe mich nicht getäuscht.«

»Was sie wirklich ist, weiß bis heute niemand. Du wirst irgendwann das Rätsel lösen. Chess braucht dich, du musst zurück.«

Alisa erinnerte sich. Sie schlug die Augen auf und sah den Kinosaal mit seinen endlosen Sitzreihen. Es war kühl, aber die Daunendecke, die auf ihnen lag, war mit Seidenbettwäsche bezogen. Das Muster bestand aus Schmetterlingsschwärmen, die um Blumen flogen.

Vorsichtig setzte sich Alisa auf und ließ ungläubig ihre Hand über den weichen Stoff gleiten. Etwas entfernt lagen ein Zettel und Schokolade. Sie nahm ein Stück, und die Süße strömte sofort wohltuend durch ihren Körper.

»Chess. Wie geht es dir?« Sanft rüttelte Alisa an Chess' Schulter.

Sie drehte sich zu ihr und öffnete die Augen.

»Sag was, Chess. Ich habe richtig Angst um dich.«

»Jetzt gehöre ich dir für immer.«

Alisa schloss sie fest in den Arm.

»Wo kommen die Decken her?«, fragte Chess heiser.

Alisa nahm den Zettel und las laut vor. »Wenn ihr aufwacht, nehmt die Feuertreppe nach oben. Sie führt direkt in mein Badezimmer. Es ist alles bereit.«

»Das kann nur von der alten Dame stammen. Sie hat uns hier gefunden. So wie wir waren. Ich sterbe vor Scham, Chess.«

»Ich nicht. Lass uns hochgehen. Du musst mir helfen.«

Alisa stützte Chess, während sie langsam aufstand.

»Deine Lippen schmecken nach Schokolade. Gibt es noch mehr davon?«

Alisa packte das andere Stück aus und steckte es Chess in den Mund. Sie zitterte. Alisa holte ihre Kleidung. »Chess, bevor wir da hochgehen, muss ich eins wissen, und du musst ehrlich sein. Bist du glücklich?«

»Du hast mir eine Fantasie gegeben, die die Frau in mir erwachen ließ. Tinte ist keine Erfindung. Er war in mir. Hat sich in meinem ganzen Körper ausgebreitet wie eine Explosion. Seine direkte Anwesenheit war unglaublich anstrengend.«

»Hattest du keine Angst?«

»Nein. Es gehört zu mir. Wie du.«

»Kannst du dich genau erinnern, was passiert ist?«

»Ich sah dich und ein kleines Mädchen. Es hatte so viel Angst, aber du hast sie ihm genommen.«

»Nein, Chess. Du hast uns beide gerettet.«

»Ich habe noch etwas gesehen«, sagte Chess unsicher.

»Was?«

»Ich glaube, es gibt eine Möglichkeit für uns, die unvorstellbar ist.« Chess begann zu zittern. »Wir müssen hoch, bevor ich nicht mehr kann.«

Vorsichtig, Stufe für Stufe, gingen sie über die Feuerleiter nach oben, bis sie den Balkon erreichten. Die Tür war geöffnet und gab den Blick auf eine Badewanne frei, die auf vier goldenen Löwenköpfen stand. Der Duft des Badeöls im heißen Wasser füllte den Raum. Chess setzte sie auf einen Stuhl.

»Meinst du, ich muss ihr Bescheid sagen?«

Chess schüttelte nur den Kopf und stieg in die Badewanne. Das Wasser färbte sich rosa.

Es klopfte an der Tür. »Seid ihr in Ordnung?« Die Stimme der Frau war freundlich, nicht aufdringlich.

»Ja, vielen Dank. Und verzeihen Sie«, rief Alisa.

»Ich habe Frühstück gemacht. Lasst euch Zeit.«

Chess' Hand verschwand mit dem Waschlappen im Wasser. Sie stöhnte auf unter den Schmerzen. »Mach dir keine Sorgen«, brachte sie heraus, als sie Alisas Blick sah. »In ein paar Tagen bin ich wie neu.« Der Schweiß perlte von ihrer Stirn.

Alisa half Chess, wusch ihr Haar, dann holte sie ein Badehandtuch. Chess trocknete sich ab und zog den Pyjama an, der auf einem kleinen goldenen Stuhl lag. »Ich gehe schon raus zu der alten Dame und erkläre ihr alles. Dann kannst du dich fertig machen.«

»Was willst du ihr sagen? Sie hat mich und dich gesehen. Das lässt nicht viel Raum zum Lügen.«

»Ich lüge nicht mehr. Vertraue mir.«

Alisa stieg in das rosa Wasser. Sie ließ sich Zeit. Ölte nach dem Bad ihren Körper ein und zog sich an. Vorsichtig öffnete sie die Tür und betrat einen Flur mit prachtvoller Tapete. Samt und Gold wechselten sich ab. Gedämpfte Stimmen drangen zu ihr. Nach ein paar Schritten stand sie in einem Salon mit Rokoko-Möbeln und einem großen Marmorkamin. Ein kleinerer Salon schloss sich an. Die alte Dame saß an einem Tisch. Gegenüber von ihr schlief Chess auf einem Ledersofa.

»Hallo.« Mehr brachte Alisa nicht heraus.

»Komm, du musst nicht schüchtern sein. Ich bin Elizabeth.«

Alisa setzte sich. »Sie haben uns gefunden, oder?«

Die Dame lächelte zur Bestätigung.

»Es tut mir so leid. Wir haben uns falsch verhalten.«

Sie nahm Alisas Hand. »Ihr habt euch genau richtig verhalten. Das Kino ist ein wunderbarer Ort für so etwas. Früher habe ich es mit meiner Freundin regelmäßig dafür genutzt. Wo hätten wir sonst auch hingehen sollen?«

»Wie lange ist das her?«

»Sechzig Jahre. Da standen gleichgeschlechtliche Beziehungen noch unter Strafe. Man konnte dafür ins Gefängnis kommen.«

Alisa klappte der Mund auf. »Ins Gefängnis? Nur weil man sich liebt.«

»Ja. Es reichte schon ein Kuss.«

»Verzeihen Sie. Ich bin Alisa Taylor.«

»Höre auf, dich zu entschuldigen. Ich weiß, wer ihr seid. Alisa und Chess. Ich war auf eurer Party eingeladen. Bin aber nicht hingegangen.«

»Wir kennen Sie nicht, oder?«

»Nein. Aber in dieser Stadt findet kein bedeutendes gesellschaftliches Ereignis ohne mich statt.«

Alisa sah zu den Wänden. Viele große und kleine Fotografien hingen dort, aus der goldenen Ära Hollywoods.

»Du musst etwas essen. Die Croissants sind selbst gemacht. «

Alisa tunkte ihr Hörnchen in den Kaffee. »Vielen Dank. Sie wussten, was wir vorhatten, oder?«

»Elizabeth, Alisa. Nenn mich bitte Elizabeth. Mir war klar, dass ihr nicht gekommen wart, um euch King Kong anzusehen.« Sie deutete auf Chess. »Der Alkohol war keine gute Idee. Sie hat es übertrieben. Ich muss gleich ins Kino. Bleibt, so lange ihr wollt. Gegen Mittag müsste meine Tochter kommen. Sie ist nett und wird euch gefallen. Braucht ihr noch etwas?«

»Nein. Wieso hilfst du uns?«

»Ganz einfach. Weil ihr Hilfe braucht. Es gibt keinen besseren Grund, einem Menschen zu helfen. Setz dich zu deiner Freundin.«

Chess atmete ruhig und gleichmäßig. Alisa legte sich zu ihr und schlief ebenfalls ein.

Ein Flüstern holte Alisa zurück. Sie verstand nur Wortfetzen und war zu müde, um über ihren Sinn nachzudenken.

Jemand kniete vor ihr und strich ihr die Haare aus dem Gesicht. »Hey, geht es euch gut? Kann ich was machen?«

Alisa sah eine dunkelblaue Uniform vor sich. Abzeichen, farbige Bereiche über der Brusttasche und ein goldenes Emblem. Streifen auf den Schultern. Ihr Herz setzte aus. Sie riss die Augen auf.

Eine braunhaarige Frau Mitte dreißig saß vor ihr. »Verzeih mir, ich wollte dich nicht erschrecken. Ich bin Claire. Elizabeths Tochter.«

»Bist du Soldatin?«

»Nein. Ich bin Pilotin. Ich fliege Jets.«

Alisa fiel ihr um den Hals. Und schluchzte. Sie kannte Claire nicht, aber es war ihr egal.

Claire sagte kein Wort, setzte sich neben Alisa und nahm sie in den Arm.

Nach einer kleinen Ewigkeit hörte Alisa Chess' Stimme. »Ich bin Chess. Alisa, beruhige dich. Mir geht es gut.«

»Was ist euch passiert?«

»Was Wundervolles. Wir haben uns geliebt. Im Kino«, flüsterte Chess.

Claire lachte leise. »Da seid ihr nicht die Einzigen. Ich war auch dort mit meinem ersten Freund.«

»Du?« Alisa hob den Kopf.

»Es ist ein wunderbarer Ort.«

»Das sagt deine Mutter auch.«

Chess setzte sich langsam auf.

»Ist es das, was ich denke?«, fragte Claire.

Chess nickte.

»In ein paar Tagen ist wieder alles wie vorher. Fast alles. Brauchst du ein paar Hygieneartikel?«

Chess nickte zur Antwort, und Claire griff in ihre Reisetasche, woraufhin Chess im Bad verschwand.

»Bist du in Ordnung?«

Alisa wischte sich die Tränen aus dem Gesicht. »Ich habe nur so Angst um Chess. Es war ganz anders, als ich gedacht hatte. Vielleicht wäre es besser gewesen, wir hätten die Vorstellung verpasst.«

Claire sah Alisa liebevoll an. »Elizabeth hat den Film extra für euch gestartet. Um diese Uhrzeit gibt es gar keine Vorstellung mehr. Sie war nur noch da, um abzuschließen.«

Alisa legte die Hand über ihren Mund und weinte. Sie umarmte Claire erneut. »Wir müssen heute auch noch irgendwie nach Venedig zurück«, schluchzte sie.

»Ich weiß ehrlich gesagt nicht, ob ich das schaffe.« Chess stand im

Türrahmen. »Am liebsten würde ich mich nach Mestre verkriechen mit dir.«

»Wie soll das gehen? Niemals kann ich dich dorthin bringen. Dein Vater ist hier.«

»Ihn will ich auch nicht sehen.«

»Meint ihr Mestre bei Venedig?«

»Ja, wieso?« Alisa sah Claire an.

»Mestre hat einen Sportflugplatz. Wie wäre es mit Fliegen?«

»Fliegen? Chess schafft es niemals durch einen Flughafen mit den Sicherheitskontrollen.«

»Brauchen wir nicht. Ich habe ein Sportflugzeug. In einer Stunde seid ihr in Mestre. Vielleicht weniger.«

Mailands Sportflughafen lag außerhalb, und Chess verschlief die Fahrt auf dem Rücksitz von Claires Auto. Sie fuhren direkt bis zum Hangar. Claire und Alisa zogen die Maschine zusammen heraus. Alisa hatte schon Kleinflugzeuge gesehen. Aber niemals eins wie dieses. Es hatte ein Einziehfahrwerk, der Motor an der Spitze war riesig. Alles bestand aus Aluminium, und es gab zwei Kabinen hintereinander.

»Wie gefällt es dir?«, fragte Claire.

»Es sieht aus wie ein Kriegsflugzeug. Aber wunderschön.«

»Das ist es auch. Kunstflugtauglich.«

Alisa kletterte zuerst in die hintere Kabine und half dann Chess. Langsam rollte die Maschine zur Startbahn. Sie trugen Helme mit Sprechfunk.

»Hören mich alle?«, fragte Claire. »Auch die Schwerverletzten?«

Chess hob den Daumen.

»Wir starten. Es wird ziemlich schnell. Ich fliege so vorsichtig, wie es geht. Aber der geringe Flächenauftrieb lässt gemütliches Bummeln in der Luft nicht zu. Vor euch sind Tüten, falls jemandem schlecht wird. Atmen nicht vergessen. Egal, was ist. Besonders im Moment des Abhebens.«

Der Motor heulte auf. Eine unsichtbare Hand riss das Flugzeug wie

454

ein Geschoss nach vorn. Alisa sah Chess an. Das türkisblaue Leuchten kehrte in ihre Augen zurück. Der Moment, in dem sie abhoben, war, als ob eine riesige Faust sie in den Sitz drücken würde. Sobald das Fahrwerk eingezogen war, stieg die Maschine steil in den Himmel.

»Wie hoch sind wir?«, fragte Chess.

»Sie lebt«, jubelte Alisa. »Das ist genau die richtige Therapie für sie, Claire.«

»Tausendfünfhundert Meter. Wir könnten bis auf dreitausend steigen. Wollt ihr?«

Chess wartete Alisas Antwort nicht ab. »Unbedingt.«

Der Motor heulte auf, und Claire zog die Nase fast senkrecht nach oben.

»Dort vorn könnt ihr Venedig sehen. Ich frage mal, ob wir einen Überflug bekommen.«

Nach kurzer Zeit meldete sich Claire wieder. »Wir dürfen von der Meerseite anfliegen. In zehn Minuten landen wir.«

Das Flugzeug setzte hart auf, und Alisa war froh, wieder festen Boden unter den Füßen zu haben.

Isa rannte auf sie zu. »Was machst du hier?«, fragte Chess erstaunt.

»Alisa hat mir eine Nachricht geschrieben. Falls sie Hilfe braucht. Das ist das schönste Flugzeug, das ich jemals gesehen habe.«

Alisa hielt Isa die Augen zu. »Du bist unhöflich. Stell dich erst mal Claire vor. Vielleicht darfst du dann mal darin sitzen.«

»Es tut mir leid. Ich bin Isa.« Sie hielt Claire die Hand hin, aber sah immer noch zum Flugzeug.

»Soll ich dir alles zeigen?«, fragte Claire.

»Ich geh schon vor.« Isa rannte los.

»Anscheinend habe ich jemanden getroffen, der Flugzeuge mindestens so liebt wie ich.«

»Claire, wir stehen unendlich in deiner Schuld. Du musst mir irgendetwas sagen, das wir für dich tun können. «

Chess nickte nur. Sie saß am Boden.

»Wenn ihr mir einen Gefallen tun wollt, besucht Elizabeth in Mailand, wenn ich wieder in Übersee bin. Sie ist etwas einsam.«

»Sag einfach nur wann, und wir kommen.«

Alisa blickte kurz zum Flugzeug und sah gerade noch, wie Isa auf die Flügel stieg und in der Kabine verschwand.

»Das gibt es doch nicht!«, rief Alisa erschrocken. Sie wollte zum Flugzeug rennen, aber Claire hielt sie am Ärmel fest. »Lass sie, ich habe den Schlüssel. Darf ich eine Runde mit ihr drehen?«

»Was meinst du, Chess?«

»Es ist wundervoll. Und du bekommst sie bestimmt nicht da raus, ohne dass sie einmal geflogen ist.«

»Zwei zu eins. Ich hätte es ihr nicht erlaubt.«

XVII

Die Sterne strahlten von einem kristallklaren Nachthimmel. Chess stand auf dem Dach und sah zu ihnen hoch.

»Bedrückt dich etwas?«

Chess nickte.

»Jetzt wäre ein guter Moment, um es loszuwerden. Schon seit zwei Tagen kämpfst du mit dir. Seit uns Claire hierhergeflogen hat.«

»Ich kann nicht. Dein Vater hatte recht. Ich bin feige.«

»Du kennst meinen Vater nicht. Genauso wenig wie ich. Wieso hat Tom das gesagt?«

»Es war eine Feststellung. Aber er hatte recht. Ich bin im grauen Bereich. Nicht in Schwarz oder Weiß. Umgeben von Treibsand. Je mehr ich mich bewege, desto tiefer rutsche ich hinein.«

Alisa nahm Chess' Hand und stellte sich neben sie. »Da oben ist das Sternbild der Waage. Richtig?«

»Ja. Immerhin hat mein Unterricht etwas gebracht.«

»Ich weiß, was du mir sagen willst.«

»Das glaube ich nicht.«

»Bisher hast du immer an mich geglaubt. Ich kenne die ganze Wahrheit. Von meinem Onkel, den Kinobesuchen meiner Eltern, was er mit mir gemacht hat, den Meineid und den Tod von Mary.«

Alisa kontrollierte die Schwingungen jedes einzelnen Atoms in sich. Chess weinte.

»Wenn du dich so verhältst, machst du mich zum Opfer. Aber ich bin keines. Sieh mich an, Chess.«

»Wie kannst du das Wissen aushalten?«

»Weil ich der Berg mit den goldenen Spitzen bin. Du hast ihn für mich erschaffen. Mein Onkel ist nur der kleine Stein am Fuß des Berges. All das, was er getan hat, verschwindet durch unsere Liebe. Das Mädchen in der anderen Welt ist Mary Neal. Sie hat mich, mit dir zusammen, gerettet. Sie bat um das Leben der Tochter des Mannes, der sie verraten hatte. Tom. So wie ich Isa gerettet habe. Unser Streben zielt nicht auf Rache. Es geht um Gerechtigkeit. Das ist die Aufgabe, die Mary mir gestellt hat. Ich soll ihr Gerechtigkeit widerfahren lassen. Ohne Rache.«

»Tom wird es im September in Amerika öffentlich machen. Er sagte es mir, damit wir uns darauf vorbereiten können.«

»Dann wird er für Gerechtigkeit sorgen und nimmt mir diese Bürde ab.«

»Anne?«

»Vielleicht wird es sie zerstören.«

»Du hast kein Mitleid?«

»Nein. Ich habe ein Recht auf mein Leben. Wir sind eine eigenständige Familie.«

»Ich mache mir Vorwürfe, dass ich es nicht verhindern konnte.« Chess lehnte ihren Kopf an Alisa.

»Wir kannten uns damals nicht. Du warst sieben Jahre alt und hast in Venedig gewohnt. Ich war in Amerika. Das ist Unsinn.«

Chess wich Alisas Blick aus.

»Da ist noch was. Woran denkst du wirklich?«

457

»Die Zukunft korrigiert die Vergangenheit. Ich bin mir sicher, dass mein Konzept richtig ist. Es hätte nicht passieren dürfen.«

»Wir leben doch gerade erst in der Gegenwart, in der du versuchen wirst, die Gleichung zu lösen«, wandte Alisa ein.

Chess überlegte. »Wenn du es so siehst, bleibt nur ein logischer Schluss. Eine weitere korrigierte Vergangenheit liegt noch vor uns. Das bedeutet, dass wir noch mal leben werden.«

»Und das kleine Mädchen, das ich war. Es war so real wie Nirriti in der anderen Welt.«

»Es ist der Beweis für meine Annahme. Du bist gestorben und hast deinen Selbstmord in der Vergangenheit korrigiert, wodurch uns unser Leben in dieser Gegenwart ermöglicht wird. Jetzt, wo ich von dem Missbrauch weiß, werde ich in allen möglichen Zukünften alles daransetzen, dass es nicht geschieht. In der Zukunft dieser Gegenwart gelingt es mir aber nicht. Etwas muss passieren, das mich daran hindert. Wir müssen uns in diesem Leben überlegen, wie unser nächstes Leben aussehen soll. Die Gegenwart wirkt sowohl in die Vergangenheit als auch in die Zukunft. Hier beurteilen wir das Ergebnis der Veränderungen und treffen Anpassungen. Die Gegenwart bildet einen Ereignishorizont, der von Vergangenheit und Zukunft beeinflusst wird. Deshalb gibt es sie auch nicht wirklich.«

»Das ist total verrückt. Merkst du es nicht selbst? Vielleicht ist es so, wie du sagst, aber glaubst du wirklich, dass ein Mensch in die Position kommt, darauf Einfluss zu nehmen? Wenn überhaupt, kommen nur die Götter dafür infrage.«

»Nein. Ich bin mir sicher, dass ich das Bindeglied für ein göttliches Wesen bin. Es braucht mich, und das ist meine Verhandlungsposition.«

Alisa strich Chess durchs Haar. »Und wie soll unser nächstes Leben aussehen, Träumerin?«

»Du wirst berühmt. Richtig berühmt und ich studiere Astronomie.«

»Wirst du mich zu den Sternen mitnehmen?«

»Du bist die Sterne. Ich komme zu dir.«

»Dann leuchte ich dir, so hell ich kann.« Alisa küsste Chess. »Versprich mir was.«

»Alles.«

»Sei vorsichtig. Götter können grausam sein.«

Zum Wochenende waren sie wieder ins Kloster zurückgekehrt. Chess versank in ihrer Wissenschaft, und Alisa übte neue Songs ein.

»Wenn man mal ein paar Tage weg ist, vermisse ich das Kloster«, sagte Chess. Sie brachte Alisa einen Espresso vom Buffet.

»Du vermisst die Arbeit. Wie geht es Hikari?«

Chess schüttelte nur den Kopf. »Sie ist nicht mehr ansprechbar. Sie hat, glaube ich, ihren kompletten Kleiderschrank erneuert. Jeden Tag trägt sie was anderes und fragt mich, wie ich es finde.«

»Sie ist so süß! Ich freue mich für sie.«

»Isa hat sie auch schon in der Mangel. Sie ist praktisch Dauerpatient in ihrer psychologischen Fachpraxis.«

»Woher weiß es Isa?«

Chess zuckte mit den Schultern. »Gibt es etwas, was Isa innerhalb dieser Mauern nicht weiß?«

»Isas Interesse hat einen bestimmten Grund«, sagte Alisa.

»Das ist es, was mir, ehrlich gesagt, am meisten Sorge macht. Sie will was. Keine Ahnung was, aber sie haben sich in jedem Fall geeinigt. Worauf auch immer.«

Alisa trank ihren Espresso aus und stand auf. »Ich hole Isa und Lupa von Laima ab. Kommst du mit?«

Beide saßen an einem großen Tisch am Fenster. Sie hatten viele kleine Briefumschläge vor sich, die Farbpigmente enthielten. Auf einer Porzellantafel mischten beide eifrig unterschiedliche Töne an.

»Die Aufgabe ist, von Gelb nach Schwarz zu kommen. So sanft wie möglich.« Laima zog zwei Hocker hervor, damit Alisa und Chess sich setzen konnten.

Schon an Isas Körperhaltung erkannte Alisa, dass sie in Schwierigkeiten war. Hektisch und verkrampft mischte sie die Pigmente zusammen, nur um dann immer mehr Wasser dazuzugeben. Lupa schien nur geringste Mengen zu brauchen, um den Ton exakt zu treffen.

Alisa legte ihr die Hände auf die Schultern. »Nicht so hektisch. Lass dir doch Zeit.«

Laima sah Alisa strafend an. »Lass sie. Scheitern gehört zum Leben.«

»Sie scheitert nicht, Laima. Sie braucht nur etwas mehr Zeit.«

»Wieso willst du ihr Versagen verlängern? Niemand kann alles. Selbst ihr nicht. Isas Schrift grenzt an ein Wunder. Mit Farbe kann sie nicht umgehen.« Laima hielt das Papier von Isa und Lupa hoch. Lupas Farbverlauf war wie ein stetiger Fluss. Für Alisa war es unmöglich, die Farbübergänge zu sehen.

Isa hörte auf zu mischen. »Laima hat recht. Hier geht es ja nicht um eine Hausaufgabe. Es geht um Talent. Und dafür habe ich einfach keines. Niemals könnte ich es so gut machen wie Lupa. Unmöglich.«

Laima nahm Isa in den Arm. »Jetzt wissen wir, dass mein Hauptaugenmerk für dich die Schrift ist. Und für Lupa die Buchmalerei. Ihr ergänzt euch perfekt. Es ist kein Grund, traurig zu sein.«

»Darf ich Alisa und Chess meine Schrift zeigen?«

Laima nickte kurz, und Isa zog ein Stück Papier hervor. Die Titelzeile war fertig geschrieben. Der Anfangsbuchstabe war groß und in ein Abbild der Basilika Santa Maria eingefasst. Die Farben waren teils mit Gold voneinander getrennt. Die hellen und dunklen Stellen formten ein dreidimensionales Bild. Das H warf einen Schatten auf die Basilika. Die Buchstaben selbst waren exakt angeordnet. Aber aus der Symmetrie entstand keine Langeweile. Winzige Unregelmäßigkeiten, mit dem Auge kaum wahrnehmbar, verliehen den Wörtern Leben und eine geheime Bedeutung.

Alisa und Chess starrten auf den Titel.

»Kannst du das lesen, Chess? Also vorlesen?«

»Unmöglich. Zu kompliziert.« Chess sah Isa an. »Liest du es uns vor?«

»Ist doch einfach. Hypnerotomachia Poliphilo.«

»Noch mal«, bat Chess.

»Hypnerotomachia Poliphilo.«

»Was bedeutet das?«, fragte Alisa.

»Traum des Poliphilo vom Kampf für die Liebe. Es ist eine Liebesgeschichte. Mit vielen Geheimnissen.«

Laima erriet die nächste Frage von Alisa. »Isa hat selbst gewählt. Der Text wird nur von wenigen Schriftmeistern bewältigt. Am Anfang war ich überzeugt, dass es den Mädchen unmöglich sein würde. Doch diese eine Zeile kann sich mit dem Besten messen, was dieses Kloster jemals hervorgebracht hat. Vielleicht ist es sogar das Beste. Wegen der kindlichen Unschuld darin.«

»Du meinst, sie sind richtig begabt?«, fragte Alisa.

»Was bist du, Chess, in Mathematik? Würdest du sagen, dass du begabt bist?«

»Ich bin einzigartig. Der Begabte mag der Beste unter vielen sein. Da, wo ich bin, ist aber kein anderer Mensch. Deshalb trifft das Wort Begabung auf mich nicht zu.«

»Du hast gut gesprochen. Und vor allen Dingen die Wahrheit gesagt.« Laima nickte. »Isa ist wie du, einzigartig. Schulbildung ist wichtig, aber sie ist nicht der einzige Maßstab. Sie könnte mehr erreichen, wenn sie länger bei uns ist.«

»Was meinst du?«, fragte Alisa.

Unsicher sah Isa von Chess zu Alisa. »Laima meint, dass ich, wenn ich meine Stunden in der Schule reduzieren würde, hier mehr von den Dingen lernen könnte, die ich für die Schrift brauche.«

»Das kommt nicht infrage«, entgegnete Alisa sofort. »Wie willst du jemals dein Abitur machen?«

»An der Prüfung kann ich trotzdem teilnehmen.«

»McPherson wird dem niemals zustimmen«, sagte Chess. »Sonst kommen in einem Jahr die Kinder nur noch zu den Prüfungen und bleiben den Rest der Zeit zu Hause.«

»Ich habe ihn schon gefragt. Er wäre unter gewissen Bedingungen einverstanden.«

»Nur mal so zur Information«, Alisa fasste Isa am Kinn und drehte ihr Gesicht zu sich, »da haben wir auch etwas mitzureden, und wir werden die Entscheidung bestimmt nicht hier in zwei Minuten treffen. Was meinst du, Chess?«

»Isa soll uns einen genauen Plan machen, dann können wir darüber sprechen«, schlug Chess vor. »Was ist mit dir, Lupa?«

»Ich will auf der Schule bleiben. So bin ich Isas Verbindung zum Unterricht.«

Alisa stand auf. »Los, ihr Wunderkinder. Wir gehen zum Abendbrot.«

»Geht schon vor. Ich komme gleich nach. Ich habe noch einen Patienten.«

»Chess, hat sie das eben wirklich gesagt? Du bist dreizehn. Du hast keine Patienten.«

Isa grinste. »Ich bin bald vierzehn. Und ich habe Patienten. Leider darf ich nicht sagen, wer es ist. Ärztliche Schweigepflicht. Macht ihr mir einen großen Teller von dem flüssigen Mozzarella und den Tomaten? Das ist zu lecker.«

Chess hielt sich die Hand vor den Mund und versuchte, ihr Lachen zu unterdrücken.

Alisa sah sie missbilligend an. »Was ist so lustig? Isa ist völlig irre, und alle unterstützen sie darin.«

Der Speisesaal war hell erleuchtet, und das unablässige Reden der Menschen bildete einen gleichmäßigen Grundton, der über allem lag.

Sie hatten sich einen Tisch am Rand gesucht. Chess hielt ihr Brot in der Hand und sah es sich an. »Das war mein Trüffel, den ich gefunden habe.«

Alisa sah zweifelnd auf das Brot. »Woher willst du das wissen? Sie sehen alle gleich aus.«

Chess schüttelte den Kopf. »Meiner hatte so eine kleine Nase. Ich habe es erkannt, als der Küchenjunge ihn in der Hand hatte.« Sie biss in das Brot, auf dem nur eine dünne Schicht gesalzene Butter und einige Trüffelscheiben lagen. »Selbst gefunden schmecken sie noch besser«, sagte sie und kaute langsam.

»Wenn ich mal kurz das Thema wechseln darf – was bespricht eine Siebenundzwanzigjährige mit einer Dreizehnjährigen?«

»Isa wird bald vierzehn und ist Psychotherapeutin.« Chess biss ein großes Stück ab.

»Ich meine es ernst. Ich frage einfach Hikari. Irgendetwas geht hier vor sich. Lupa hat kein Wort gesagt und ist gleich gegangen, nachdem sie fertig mit dem Essen war.«

»Lass ihnen ihren Spaß. Außerdem sind sie alt genug, und wir sind nicht ihre Eltern.«

Alisa sah sie wütend an. »Ich hätte Lust, mich so richtig mit dir zu streiten.«

Isa setzte sich und zog den Teller mit dem Mozzarella zu sich heran. »Mit Chess kann man sich nicht streiten.«

»Ich bin lernfähig, Isa. Und ehrlich gesagt empfinde ich Streiten nicht als die höchste Form der menschlichen Kommunikation.«

»Nimm ein paar Stunden bei mir. Dann kann ich es dir zeigen.«

Alisa verdrehte die Augen. »Chess wird bestimmt keine Stunden bei dir nehmen. Was um alles in der Welt besprichst du mit Hikari? Sie ist richtig verliebt, und das ist kein Spaß. Du musst aufpassen.«

»Wer sagt, dass es Hikari ist?«

Alisa klopfte auf den Tisch. »Buschtrommeln?«

Beide sahen sich in die Augen. Es war ein Kräftemessen zwischen ihr und Alisa. Chess betrachtete sie neugierig und fragte sich, ob sie gleich aufeinander losgehen würden. Nach einigen Minuten stand Alisa auf und strich Isa über den Kopf. »Versprich mir, dass du vorsichtig bist. Hikari ist kein Versuchsobjekt.«

»Ich verspreche es. Können wir über die Schule reden?«

Alisa setzte sich wieder. »Was hast du mit McPherson besprochen?«

»Wie Chess richtig gesagt hat, will er auf keinen Fall, dass ich nur zu den Prüfungen erscheine. Aber er würde mir ein Stundenkonto einrichten. In den Hauptfächern muss ich anwesend sein. Die Nebenfächer kann ich mit dem ausgleichen, was ich bei Laima lerne. Das muss ich dokumentieren und der ganzen Klasse zur Verfügung stellen.«

»Du wirst mehr zu tun haben als jetzt«, sagte Chess.

»Ja, aber trotzdem habe ich viel mehr Zeit für Laima und die Schrift.«

Alisa nahm Isas Hände in ihre. »Du bist noch so jung. Warum der ganze Stress?«

»Weil es mich ausfüllt. Außerdem werde ich, wenn ich mein Abitur habe, von hier weggehen. Bis dahin muss ich so viel wie möglich von Laima lernen.«

»Wohin willst du gehen?«, fragte Chess erstaunt.

»Ich weiß es noch nicht. Aber in keinem Fall werde ich im Kloster bleiben. Ich will studieren. Vielleicht sogar im Ausland.«

»Gefällt es dir hier nicht mehr?«, fragte Alisa erschrocken.

»Es ist mein ganzes Leben, hier mit euch zu sein. Aber ich will etwas Eigenes. Du hast die Musik, gemeinsam macht ihr euren Modeljob, Chess lebt in ihrer Mathematik. Aber wo bin ich?«

»Wir lieben dich, das weißt du.«

»Es geht nicht um Liebe. Ich will Erfolg haben, so wie ihr. Die ganze Welt schaut auf euch, und ihr lebt hier wie in einem Versteck. Das ist für euer Leben die ideale Ergänzung. Weil ihr beides habt. Es ist aber was völlig anderes, wenn es keine Alternative hierzu gibt. Dann fühlt es sich für mich zu eng an.«

Alisa küsste Isa auf den Kopf. »Du hast in allem recht. Ich bin einverstanden. Du, Chess?«

»Ja. In jedem Fall.«

Isa umarmte die beiden stürmisch. »Ich muss zu Lupa. Danke, dass ihr mich versteht.«

Chess aß den letzten Bissen von ihrem Brot.

»Wir hatten gar keine Wahl, oder?«, fragte Alisa nachdenklich.

»Sie ist eine kühle Strategin, und wir waren nicht vorbereitet.«

»Findest du es falsch?«

»Nein. Ich glaube, sie weiß am besten, wie ihr Leben funktioniert. Wir dürfen nicht so sehr von uns ausgehen.«

»Vertrauen. Das, was ich meiner Mutter predige. Gilt auch für uns.«

»Willst du über deine Mutter reden?«

»Eher bringe ich mich um. Ich habe keine Ahnung, wie ich es ihr sagen soll.«

»Soll ich?«

»Nein, das muss jemand aus der Familie machen.«

»Das habe ich vergessen. Ich gehöre ja nicht dazu.« Chess stand auf, warf ihre Serviette auf den Tisch und verschwand ohne ein weiteres Wort.

Alisa saß noch eine Weile sitzen und rollte eine Weintraube hin und her. Sie war in Gedanken versunken.

Isa war zurück und setzte sich leise neben sie. »Danke für euer Vertrauen in mich.«

»Darum geht es doch im Leben, oder?« Alisa sah auf die Weintraube.

»Warum bist du so traurig?«

»Ich habe Chess verletzt. Ihr gesagt, dass sie nicht zur Familie gehört.«

»Zu welcher Familie?«

Alisa sah erstaunt hoch. »Wie meinst du das?«

»Du hast zwei Familien. Eine, in der du aufgewachsen bist, die du nicht liebst, und deine eigene Familie. Chess, mich, Mute, Rylee, Hikari und Lupa. Die liebst du von ganzem Herzen.«

»So klar habe ich es bisher nicht unterschieden.«

»Das ist das Problem. Chess gehört nicht zu der Familie, in der du aufgewachsen bist. Schließt du sie von der Familie aus, die du liebst, ist es grausam.«

Alisa ließ die Weintraube durch die kleine Pfütze ihrer Tränen, die sich auf dem Tisch gebildet hatte, rollen. »Das wäre, als ob ich mir einen Arm abhacken würde. Ich hätte ihr hinterherlaufen sollen.«

Sie wollte aufstehen, aber Isa zog sie auf die Bank zurück. »Nein. Chess ist es gewohnt, dass sie abdampft und ihr alle hinterherrennen. Warte, bis sie zu dir kommt. Wie soll sie es sonst lernen?«

»Sie ist bestimmt unglücklich. Das halte ich nicht aus.«

»Aber Chess scheint auszuhalten, dass du unglücklich bist.«

Isas Griff lockerte sich nicht um Alisas Hand.

»Du meinst, es ist eine Machtdemonstration von ihr?«

»Ja. Lass sie damit nicht davonkommen.«

»Was soll ich machen?«

»Gehe zum Baum und spiele auf deiner Gitarre. Ignoriere sie. Aber baue ihr eine Brücke. Spiele nur traurige Lieder. Ich hol die Gitarre für dich.«

Alisa setzte sich auf die Wurzeln der knorrigen alten Eiche. Die Sonne war gerade dabei, hinter dem Horizont zu verschwinden, und der Schatten des Baumes reichte fast bis auf die andere Seite des Klostergartens. Sie hatte einen spanischen Trauermarsch gewählt, den sie viele Male variierte, bis sich Chess stumm neben sie setzte. Alisa spielte weiter, ohne Notiz von ihr zu nehmen.

Nach einer Weile hielt es Chess nicht mehr aus. »Ich muss mich nicht entschuldigen. Wieso bist du nicht hinter mir her?«

»Weil du es erwartet hast. Und jetzt immer noch tust.«

»Weil es richtig ist.«

»Du willst Macht ausüben. Die Menschen sollen sich dir unterwerfen. Das werde ich niemals tun. Ich gehöre dir, aber ich bin dir ebenbürtig. Du streitest dich nicht, weil du es nicht kannst, sondern weil du schlicht keine Lust hast.«

»Hat Isa dir das gesagt?«

»Nur zum Teil. Was hat sie dir gesagt?«

Chess sah auf ihre Zehen, die Muster in den Boden zwischen den Wurzeln kratzten. »Dass ich ein egozentrisches Arschloch sei und deine Liebe nicht verdient hätte.«

Alisa lachte und weinte gleichzeitig.

»Wie teuer war das?«

»Umsonst. Sie hat es mir gesagt, als sie die Gitarre für dich geholt hat.«

»Du musst mir etwas ehrlich sagen, Chess. Bist du nur hier, weil Isa dich geschickt hat?«

Chess legte sich zu Alisas Füßen, schluchzte und umklammerte ihre Beine.

Alisa zog sie zu sich auf den Schoß. Leise summte sie ihr eine Melodie ins Ohr. »Ich liebe dich. Auch das egozentrische Arschloch in dir. Beruhige dich. Verstehst du jetzt, warum man den anderen nicht einfach stehen lassen soll? Das macht man nur mit Menschen, die einem egal sind.«

Aus Chess strömten die Anspannung der letzten Tage und die Angst des Mädchens. Die Unsicherheit, die sie seit Jahren verbarg. Alisa sang Lied um Lied für sie. Mittlerweile war es Mitternacht.

Chess löste ihren Griff um Alisa und sah sie an. »Ist unser Streit vorbei?«

»Was sagt dein Gefühl, Chess?«

»Dass du mir vergeben hast. Aber wir haben gar nicht geredet.«

»Unsere Körper haben den Streit zwischen uns beendet. Ohne zu reden. Verstehst du jetzt, wie wichtig es ist, für denjenigen, mit dem man sich streitet, auch da zu sein? Versprich mir, dass du nicht mehr wegrennst. Sonst kann ich nicht an die Frau in dir glauben.«

Chess' Lippen berührten Alisas. »Die Frau in mir möchte diesen Ort für uns haben.«

Blätter, Erde, Gras – alles Lebendige klebte an Chess' Haut. Sie verwandelte sich in ein Zwischenwesen aus Mensch und Natur. Ein Wesen, das Alisa in Besitz nahm.

Der äußerste Rand der Sonne erschien am Horizont, und orange Streifen, wie bei einem Tiger, liefen über Chess' bloßen Körper.

»Baumwesen, du musst aufwachen. Die Gärtner kommen gleich«, flüsterte Alisa in ihr Ohr.

Chess' Augen leuchteten hinter ihrer mit Erde verkrusteten Haut hervor. »Ich schlage Wurzeln und bleibe für immer hier. Um Mitternacht beginnt meine Verwandlung, du kommst und liebst mich. Am

Tage unterhalte ich mich mit der Libelle und den vielen Ameisen und Käfern, die auf mir herumlaufen.«

»Das ist ein guter Plan. Aber Aya kommt in vier Stunden an. Soll ich allen sagen, dass du jetzt ein Baumwesen bist?«

Chess stand auf, streckte sich und legte die Arme um Alisa. »Es wird nichts anderes übrig bleiben.«

Alisa zupfte einige kleine Blätter aus Chess' Haar. »Als Baumwesen bist du mir zu umbequem, und dich nur nachts zu lieben reicht mir auch nicht.«

Gemeinsam liefen sie zum Kloster zurück.

»Noch niemals habe ich mich so frei gefühlt wie in dieser Nacht. Ich träumte, wir liegen in endloser Weite«, sagte Chess.

»Das ist es, was du eigentlich möchtest.«

»Oder Tinte. Der Raum um mich herum hat Einfluss auf mein Denken und Fühlen. Je weiter er ist, umso tiefer reichen meine Gedanken, und der Kontakt zu Tinte wird intensiver.«

Isa saß gemeinsam mit Mute an dem großen Tisch vor einer Schüssel Müsli.

»Danke, Isa.« Chess legte beide Arme um das Mädchen.

Alisa setzte sich. »Ihr könnt euch loslassen. Alles ist gut, und ich habe Hunger.«

»Jetzt versteht es Chess endlich, und du denkst nur ans Essen«, sagte Isa.

Chess drückte sich neben die beiden auf die Bank. »Ich möchte bei meiner Psychiaterin sitzen.«

Isa nahm eine Hand von Chess. »Deine Fingernägel sind total schwarz. Was hast du gemacht?«

»Meine Finger in die Erde gegraben, während mich deine Schwester geliebt hat«, sagte Chess beiläufig und lachte.

Isa zog eine Grimasse. »Das ist nicht lustig. Wenn du mich nicht ernst nimmst, kann ich dir nicht helfen.«

Alisa starrte Chess an. »Du hast ihr schon genug geholfen. Iss was, wir müssen uns beeilen.«

»Ich muss noch kurz zu Laima«, sagte Isa und lief los.

Mute sah ihr kurz hinterher und drehte sich dann zu Chess. »Wahr oder nicht wahr?«, fragte sie amüsiert.

Wie in einem Ameisenhaufen rannten die Touristen mit ihren Rollkoffern kreuz und quer durch die Flughafenhalle. Sie hatten sich mit Aya direkt am Ausgang verabredet. Isa hatte darauf bestanden, ein Schild mit seinem Namen zu schreiben, das sie vor sich hielt.

»Das ist mehr Kunst als Schrift. Hoffentlich kann er es überhaupt lesen«, sagte Chess.

»Drei Buchstaben«, sagte Isa. »Noch dazu die aufregendsten im gesamten Alphabet. Ich konnte nicht anders.«

Chess beugte sich zu dem Mädchen herunter. »Ich finde es total gut, dass du etwas gefunden hast, das dich so ausfüllt.«

Isa zuckte die Achseln. »Schule ist mir einfach zu wenig.«

»Das kann ich verstehen. Aber wenn du es Alisa sagst, bekommen wir beide Ärger.«

Alisa stieß Chess an. »Schau lieber, ob er kommt.«

Isa flüsterte Hikari etwas ins Ohr.

»Was sagt sie ihr?«, fragte Alisa.

Chess grinste. »Sie gibt letzte Anweisungen.«

Aya trug Jeans und Sneakers. Die Carbonfeder, die seinen Unterschenkel ersetzte, war nicht zu sehen.

»Sein Gang ist perfekt. Wie ist das möglich?« Rylee studierte jede seiner Bewegungen.

Ayas Verbeugung vor Hikari war extrem förmlich. Nur im letzten Augenblick glaubte Alisa ein Blinzeln zwischen den beiden zu sehen. Eine Absprache, getroffen im Moment eines Wimpernschlages.

Sie nahmen ein Boot vom Flughafen nach Cannaregio. Hikari saß neben Chess. Isa unterhielt sich mit Aya, der auf der anderen Seite saß.

»Blinzel mal, sonst trocknen deine Augen aus«, konnte Chess sich den Kommentar nicht verkneifen.

Hikari umarmte sie und flüsterte dabei in ihr Ohr.

Alisa beugte sich zu ihr. »Aya ist der schönste Mann, den ich je gesehen habe. Falls das was zählt.«

»Isa und ich haben was ausgefressen«, sagte Hikari kleinlaut. »Ihr dürft nicht böse sein.«

»Jetzt komm du nicht auch noch mit etwas Unverzeihlichen.«

»Sag es einfach«, meinte Chess.

»Unmöglich. Aber ich bin schuld.«

»Wenn Isa was damit zu tun hat, ist in jedem Fall sie schuld.«

Das Boot legte an.

Isa nahm Aya an die Hand. »Ich zeige Aya das Kloster.«

Alisa und Chess gingen mit Lupa zu Laima.

Sie deutete auf die Hocker neben sich. »Du hast dich verändert, Chess«, sagte sie.

»Deine Augen sehen nicht nur die Schrift.«

Laima arbeitete konzentriert an einem großen Buchstaben.

»Ich habe noch niemals so ein C gesehen«, sagte Alisa beeindruckt.

»Warum?«, fragte Laima.

Alisa überlegte. »Weiß nicht. Aber es ist aufregend.«

»Das normale C ist ein Teil eines Kreises. Mein C wird aus vierzehn verschiedenen Kreisen mit unterschiedlichen Radien zusammengesetzt. Für die Serifen braucht es sechs unterschiedliche Kreisradien.«

»Was sind Serifen?«, fragte Chess.

»Die kleinen Häkchen am Ende der Buchstaben.«

Laima holte ein großes Blatt Papier hervor und legte es aus. Es war die geometrische Konstruktionszeichnung des C. Alisa und Chess waren sprachlos. Jedes Winkelmaß, jeder Radius, jede Gerade waren exakt berechnet.

»Tatsächlich bedarf jeder Buchstabe einer Konstruktionszeichnung wie dieser. Für das Alphabet brauche ich etwa ein Jahr.«

»Ich finde, er hat mehr von einer Landkarte als von einem Buchstaben. Etwas ist darin versteckt«, vermutete Chess.

»Kopernikus hat gut gewählt. Niemand sonst hätte das entdeckt. Die Bedeutung ist nicht festgelegt. Schrift kann alles sein und alles verstecken – Landkarte, Musik, Wegbeschreibung. Es gibt kein Geheimnis, das nicht Platz in ihr hätte. Gegenwart, Vergangenheit, Zukunft, Tod, Schmerz, Liebe, Erkenntnis, Geburt.«

Alisa wiederholte es leise. »Tod, Schmerz, Liebe, Erkenntnis, Geburt. Wie seltsam.«

»Wie meinst du das?«, fragte Chess.

»Die Reihenfolge ist komisch.«

Laima stand auf. »Ich zeige euch etwas.«

Sie gingen einen verwinkelten Gang an endlosen Bücherregalen entlang. Dann standen sie in einem schmucklosen Raum mit einem Sandsteinboden. Auf der einen Seite waren große Wannen mit einer milchigen Flüssigkeit darin, daneben stand eine Art Presse. Auf der anderen Seite gab es ein Bett.

»Was ist das hier?«, fragte Alisa.

»Hier machen wir unser Papier. Isa und Lupa nutzen den Raum auch zum Schlafen. Wenn sie müde sind. Oft bleiben sie bis nach Mitternacht.«

»Und warum sind wir hier?«, fragte Chess.

Laima deutete auf die Wand im Rücken zu ihnen.

»Die Zeichen aus Isas Kinderzimmer«, flüsterte Chess.

»Ja. Sie hat an dem Tag damit begonnen, als Lupa zu euch gezogen ist. Es ist ihr aber nicht bewusst.«

»Wie meinst du das?«

»Sie legt sich zum Schlafen hin. Etwas später steht sie wie in Trance auf und fängt an, diese Zeichen zu malen. Dann legt sie sich wieder hin. Wenn sie aufwacht, verlässt sie diesen Raum und kann sich an nichts erinnern.«

471

»Sagt sie denn nichts, wenn sie die Zeichen sieht?«

»Sie sieht sie nicht. Für Isa ist es eine leere Wand.«

Alisa und Chess sahen sich an.

»Und Lupa?«, fragte Chess.

»Sie steht oft stundenlang davor. Sagt aber auch nichts dazu.«

Chess holte ihr Handy heraus. »Wir müssen alles aufnehmen.« Sie machte ein Foto und blickte konzentriert auf das Display.

Alisa sah Chess an, dass etwas nicht stimmte. »Du starrst so auf dein Handy.«

Wortlos hielt sie Alisa das Foto hin, das sie gemacht hatte. Die Wand war leer. Die Schriftzeichen waren nicht zu sehen.

»Sie lassen sich nicht abbilden«, sagte Laima.

Alisa ging zur Wand und berührte vorsichtig eines der Zeichen. Alle begannen zu schwingen wie Atome, und die Oberfläche der Wand schien sich in Wasser zu verwandeln. »Es ist etwas Wundervolles. Ich kann es spüren. Aber es ist nicht für uns.«

Alisa nahm Chess die Modezeitschrift aus der Hand und setzte sich zu ihr aufs Sofa. »Hör auf zu schmollen und freu dich für Hikari.«

Chess seufzte. »Seit zwei Tagen habe ich sie nicht mehr gesehen. Ich brauche sie. Alle meine Termine muss ich selbst organisieren, es ist total nervig.«

»Dann erkennst du endlich mal, was du an ihr hast.«

»Was kann man machen, dass man zwei Tage nicht aus seiner Wohnung kommt? Nicht mal im Speisesaal sind sie. Essen die nichts?«

»Sie ernähren sich von Luft und Liebe. Außerdem bin ich ziemlich sicher, dass Isa ihnen was bringt. Ich habe sie erst vor zwei Stunden mit einer riesigen Platte aus der Küche kommen sehen.«

»Das ist nicht normal.«

Alisa musste lachen. »Du bist eifersüchtig. Auf Aya.«

»Das stimmt nicht. Ich gönne es Hikari von ganzem Herzen.«

»Aber du fühlst dich ausgeschlossen. Und soll ich dir was sagen – du bist es. Genauso wie ich und alle anderen.«

»Wir sind Freundinnen.«

Alisa küsste Chess. »Dann verhalte dich auch so.«

»Ein kleines Tier ist unter meinem Bademantel.«

Alisas Lippen schmeckten nach Vanille. »Es ist von Aya und Hikari weggelaufen und ist jetzt bei uns.«

»Wird uns Isa auch etwas zu essen bringen?«

»Wirst du es denn zwei Tage lang mit mir allein aushalten?«

Chess zog Alisa auf sich und schlang ihre Beine um sie. »Zwei ganze Leben lang.«

Alisa lag wach neben Chess, die leise und erschöpft atmete. Immer noch dachte sie an den Mann in der Bibliothek. Wie wenn man den Namen von jemandem vergessen hatte, den man früher einmal gut gekannt hat. Ihre Gedanken wanderten weiter zu Chess' Zeittheorie und den Auswirkungen, die diese Annahme mit sich brachte.

Das Gefühl kommt nicht aus der Vergangenheit. Nach Chess' Theorie der Zeit bleibt dann nur die Zukunft. Deshalb kann er nicht mein Vater sein. Vom Alter mal abgesehen. Mein Bruder? Nein. Ich habe keinen weiteren Bruder. Da bin ich sicher.

Außerdem sind mir die Gefühle meinem Bruder gegenüber vertraut. Das würde ich erkennen. Oder finde ich ihn nur nett? Das ist eine Million Mal zu wenig. Nirriti. Ich hätte es Chess nicht sagen sollen. Alle Alarmglocken sind in mir angegangen. Etwas verbindet die beiden. Es muss mit dem Konzept der Zukunft zu tun haben, das Chess entwickelt hat. Isa. Wenn sie nicht meine Schwester ist, was dann? Chess würde sagen, zu viele Unbekannte in einer Gleichung. Sie ist sich sicher, dass wie noch einmal leben werden. Auch in diesem Leben werde ich dir gehören, aber leicht werde ich es dir nicht machen. Im Gegenteil. Wenn sie nicht alles wagt, werde ich sie abweisen. Nur so kann ich sicher sein, dass Chess mich wirklich liebt und nicht einfach einer Gewohnheit aus ihrem vorherigen Leben folgt. Unserem Leben jetzt. Ich bin müde.

Vorsichtig, ohne sie zu wecken, strich sie die blonden Haarsträhnen von ihrem Ohr. Sie flüsterte: »Wenn du glaubst, dass du alleine bestimmst, wie unser zweites Leben wird, täuschst du dich.«

Der morgendliche Seewind kämpfte noch mit der Wärme der aufgehenden Sonne. Chess saß im Sand und sah auf das Meer. Selbst die Möwen kümmerten sich nicht um sie, sondern genossen es, sich in der Thermik treiben zu lassen.

Das ist es, was ich hier am Meer am meisten liebe. Es schläft, wartet auf den Ersten, der die Oberfläche durchbricht und die kleinen Wellen in Gang setzt, die sich am anderen Ende der Welt in große Wellenbrecher verwandeln. Wie in meiner Gleichung bin ich an einem Ort, den vor mir kein Mensch betreten hat.

Chess lächelte in sich hinein.

Mensch und Tinte-Wesen trifft es besser. Schwimmst du gerne, Tinte? Es ist deine Natur. Das kann ich spüren. Als Kind habe ich den ganzen Sommer im Meer verbracht.

Chess sprang auf, rannte los und hechtete in das still liegende Wasser. Das Meer umschloss sie, und sie fühlte sich zu Hause – in einer Welt, die ihrem mathematischen Ozean so ähnlich war. Sie kraulte durchs Wasser, bis kleine Wellen hinter ihr sie erreichten.

Das muss Aya sein. Niemand sonst würde so still in das Wasser gleiten können.

Langsam holte er auf, und sie nahm seine Hand. Zusammen tauchten sie hinab. Seine Bewegungen verschmolzen mit dem Rhythmus des Meeres, und sie folgte ihm einige Meter in die Tiefe. Aya schien vergessen zu haben, dass man als Mensch atmet. Er gab Chess frei und verschwand im Dunkel des Wassers, während sie mit großen Schwimmzügen die Oberfläche durchbrach, um den ersehnten Atemzug zu machen.

Sie ließ sich in das flache Wasser treiben, bis sie sich mit den Händen am Grund abstützen konnte.

Alisa lief auf sie zu. Ihre Blicke trafen sich.

Gleich wird sie bei mir sein und mich küssen. Das Wissen darum bedeutet das absolute Glück. Ihre Lippen zu spüren. Wenn sie mir nahe ist, sagt sie nichts vorher.

Alisa legte sich ins Wasser und trieb zu Chess. Ihre Gesichter berührten sich, und nur die kleinen Wellen zwischen ihren Lippen trennten sie. Gleichmäßig hoben und senkten sie sich. Die Welt um sie verschwand. Die Geräusche der anderen. Das Toben von Isa und Lupa. Mute und Rylee, die ein Strandlager bauten. Das Meer pausierte, der Mond vergaß seine Aufgabe, die Wellen zu erzeugen. Noch immer sahen sie sich an, waren aneinandergekettet durch ihre Blicke.

Die Libelle setzte so behutsam neben ihnen auf, dass die Oberflächenspannung des Wassers sie hielt, verhinderte, dass ihre Flügel nass wurden.

Alisa sah zu ihr. »Jetzt ist der Moment, oder?«, fragte sie das Insekt mit sanfter Stimme.

Es bewegte seine vier Flügel zur Antwort.

Alisa schloss die Augen und berührte die Lippen von Chess.

Die Libelle flog steil in den Himmel hinauf, und ihr Flügelschlag setzte die Bewegung des Meeres wieder in Gang. Es war ein stiller und sanfter Kuss.

»Danke, dass du nichts gesagt hast.«

»Die Libelle gab mir den Tipp. Ich möchte etwas mit dir besprechen.«

»Im Wasser?«

»Ja. Es ist der richtige Ort. Zu deinem Geburtstag wird etwas geschehen. Es wird für mich nur möglich sein, wenn ich frei von meinem Onkel bin. Ich will mich nicht mehr verstecken.«

»Was willst du tun?«, fragte Chess. »Du weißt, dass ich dich liebe. Nur du zählst für mich.«

Alisa tauchte einmal kurz unter. Ihre Augen waren rot, als sie sich das Meerwasser herausrieb. »Heute Abend werde ich es Mute, Rylee und Hikari erzählen. Ich fühle, dass es der richtige Moment ist.«

»Und Isa und Lupa?«

»Sie sollen selbst entscheiden.«

Chess sah auf das Wasser. Feine silberne Partikel schwammen darauf. Sie glitt mit ihrer Hand unter den silbrigen Teppich und betrachtete den glänzenden Puder auf ihren Fingern.

Alisa nahm ihre Hand und führte Chess' Finger zu ihren Lippen. Die silbrigen Partikel glänzten im Sonnenlicht wie Lippenstift. »Libellenstaub«, sagte Alisa leise. »Er bringt mir schon immer Glück.«

Sie küsste Chess und lächelte. »Jetzt ist er auch auf deinen Lippen.«

»Ist es entschieden?«, fragte Chess unsicher.

»Die Libelle hat entschieden.«

»Bist du sicher, dass du dabei sein möchtest?«, fragte Alisa. Sie weinte leise.

»Ich werde bei dir bleiben«, sagte Isa bestimmt, »außerdem kommt Yama auch.«

»Yama? Ich habe sie seit Tagen nicht gesehen.«

»Sie wird da sein.«

»Und Lupa.«

»Sie ist mit Aya zum Kloster zurückgefahren. Hikari hat ihn weggeschickt. So wie ich Lupa.«

Es dämmerte, und Isa kam, um Chess zu holen. Viele kleine Schüsseln mit den verschiedenen Speisen standen im Sand. Der kühle Seewind spendete Trost für das, was kommen würde.

Alisa saß neben Chess, Isa auf Yamas Schoß. Daneben saßen Mute, Rylee und Hikari.

»Ihr müsst essen. Denkt einfach, dass wir auf einer Beerdigung sind. Das trifft es sogar ziemlich genau. Heute wird die alte Alisa beerdigt. Nur so kann ich zu der werden, die ich sein will. Ihr müsst mir helfen. Alle.«

Nachdem sie gegessen hatten, wollte Alisa mit ihrer Geschichte beginnen.

Isa setzte sich ihr direkt gegenüber und sah sie an.

Alisa strich ihr durch das Haar. »Du musst nicht, Isa.«

Isas Augen verfärbten sich in ein strahlendes Gold.

Mit tonloser Stimme begann Alisa zu sprechen. Sie war wieder in ihrem Kinderzimmer. »Fünfmal. Er hat immer fünfmal geklingelt. Ring, Ring, Ring, Ring und Ring. Mit jedem Mal starb etwas in mir. Nach dem fünften Mal spürte ich nichts mehr. Dann fünfmal Füße abputzen auf dem Abtreter.« Sie hob die Hand und spreizte alle fünf Finger. »Er begrüßte meine Eltern, sprühte vor Freude. Ich stand im Flur. Abholbereit wie ein Paket.«

Rylee sank wimmernd im Sand zusammen.

»Dann sah er mich an. Das war der Moment, in dem er mich in Besitz nahm. Die Selbstverständlichkeit, mit der er mich hochhob. Der Missbrauch war nicht nur das, was in meinem Zimmer geschah. Ich gehörte ihm. Daran gab es keinen Zweifel für mich. Der Satz, mit dem alles begann, war immer der gleiche: *Wir werden viel Spaß haben.* Meine Eltern lachten. Es war der Beweis für sie, wie gut wir uns verstanden. Das Lachen meiner Eltern nahm mir jede Hoffnung auf Rettung. Ein Satz von mir hätte alles beendet, aber ich war gefangen in einer Zwischenwelt, deren Regeln mir unbegreiflich waren.«

»Er hat dich konditioniert«, flüsterte Mute. Sie sah zu Rylee. »Die Kluft zwischen dem Erlebten und der Außenwelt wird immer größer. Der Verstand kann es nicht mehr erfassen, und deshalb sind auch die naheliegendsten Handlungen nicht mehr möglich. Du hattest keine Chance.«

»Meine ganze Persönlichkeit flüchtete an einen geheimen Ort. Unerreichbar für ihn. Das Schlagen meiner Zimmertür, von dem ich wusste, dass es unweigerlich kommen würde, besiegelte mein Schicksal. Es war das letzte Geräusch, das ich wahrnahm. Den Aufprall auf der Matratze spürte ich kaum. Das Zerren an meinen Kleidern und der Unterwäsche gar nicht mehr.«

Chess sprang auf und rannte zum Meer. Fiel auf die Knie und schrie.

Alisa sah zu Mute. »Bring sie zurück. Ich brauche sie.«

Chess' letztem Schrei folgte nur ein heiseres Wimmern. Mute lief zu ihr, stützte sie und kam mit ihr zurück.

»Ich musste ihn ansehen, während er sich auszog. Er ließ sich Zeit. Jedes Kleidungsstück wurde ganz ordentlich zusammengelegt. Dann nahm er meine Sachen, roch daran und legte sie auf den Stuhl. Seinen Körper, der immer näher kam, konnte ich nicht verstehen.«

Rylee stand auf. Sie hielt sich die Hand vor den Mund und schluchzte. »Wenn ich das höre, sterbe ich.«

»Bleib bei mir. Ich bitte dich.«

Langsam, wie ein Baum, der gefällt wird, knickte Rylee ein. Sie ließ sich auf den Sand fallen und weinte stumm. Selbst die Möwen segelten lautlos über sie hinweg, als ob der Schrecken der Erzählung ihnen die Stimme genommen hatte.

Die Finger von Alisa strichen langsam durch Chess' Haar. Kein Laut war von ihr zu hören, nur das Beben ihrer Schultern verriet den Schmerz.

»Ich wusste, dass es beginnen würde, als er seine Uniformjacke anzog und zuknöpfte. Er behielt sie dabei an. Geschrien habe ich nur beim ersten Mal, als der Schmerz mich unvorstellbar traf. Die anderen Male half mir der Schmerz irgendwie. Er war die Verbindung zu meinem Körper. Ich selbst war unendlich weit weg. Wenn er fertig war, drückte er meine Beine zusammen, und ich wusste, dass ich zurückmusste. Ich folgte dem Schmerz. Er war wie eine Spur kleiner Perlen, die durch ein unendliches Labyrinth führten. Ohne ihn hätte ich es nicht zurückgeschafft. Danach durfte ich mich nicht bewegen. Er zog sich an, setzte sich neben mich und las mir ein Buch vor. *Alice im Wunderland*. Das Lesezeichen wanderte von Mal zu Mal immer weiter in den Seiten. Irgendwie hatte ich geglaubt, wenn wir am Ende ankommen, würde es aufhören. Ich wusste nicht, dass es einen zweiten Band gab. Er schenkte ihn mir zu meinem Geburtstag. ›Wenn dir der erste Band schon so gut gefallen hat‹, sagte er, ›dann wirst du den zweiten Band lieben.‹ Er hat ihn mir zu meinem achten Geburtstag geschenkt.«

Das Gold in Isas Augen brannte. Es loderte und wartete auf den Moment. Die anderen lagen wie tot im Sand. Unfähig, sich zu rühren.

Isa stand auf und zeichnete geometrische Muster in den Sand. Sie schienen sich mit flüssigem Gold zu füllen. Es entstand ein ganzes Netz fremder Zeichen, das lebte, sich selbst vervollständigte.

Niemand redete. Raum und Zeit wurden eins. Am Himmel war kein Vogel mehr.

Yama ging zu jedem der Mädchen und sah ihnen in die Augen. Der stummen Frage folgte ein Nicken. Alisa und Chess waren noch übrig.

»Meine Aufgabe ist die Barmherzigkeit«, sagte Alisa, »auch wenn es mir schwerfällt.«

Isa stand auf, zog ein Holzscheit aus dem Lagerfeuer und stellte sich neben Yama. »Deine Entscheidung fehlt noch, Chess.«

Wie bei einer Raupe schien sich Chess' Körper zu entrollen. Ihre Augen hatten sich in leblosen Kristall verwandelt. Mit schneidender Stimme sagte sie entschlossen: »Ja. Denn sonst werde ich es tun.«

Am Ufer angekommen gab Isa Yama die Fackel. Die Flammen schlugen meterweit in den Himmel. Die Linien und Muster im Sand stürmten auf Yamas Körper zu, überzogen ihn. Immer mehr der Muster bedeckten ihre Haut. Sie leuchtete so hell wie die Sonne. Im hohen Bogen warf sie die Fackel dem Meer entgegen. Das Holzstück berührte das Wasser, tauchte brennend hinab. Das Meer selbst stand in Flammen. Es bäumte sich auf.

Ein Strudel entstand, aus dem weißes Feuer weit in den Himmel schoss und von den kreisenden Wassermassen zurückgerissen wurde. Im nächsten Moment schloss sich die Wasseroberfläche, und es wurde still.

Isa drehte sich langsam zu ihnen. »Das Feuer wird für ewig auf ihm brennen.« Die Symbole auf ihrer Haut erloschen, und sie fiel ohnmächtig Yama zu Füßen.

Am Morgen erwachte Alisa aus einem tiefen Schlaf. Sie fühlte sich leicht. Etwas war gegangen. Die Last, die sie seit dem siebten Lebensjahr auf ihren Schultern getragen hatte.

Sie nahm sich vom Kaffee, den Mute gekocht hatte, und setzte sich zu ihnen.

»Was ist passiert?«, fragte Isa, die noch in ihrem Schlafsack lag.

»Woran erinnerst du dich?«

»Du hast erzählt, was der Mann mit dir gemacht hat. Ich war wütend. Yama half mir. Sonst habe ich keine Erinnerung.«

Alisa empfing eine Nachricht auf ihrem Handy.

Sie war von Tom. Laut las sie vor: »Stuart ist tot. Verbrannt ohne ersichtlichen Grund bei einer Parade. Es wird keinen Prozess geben. Entscheide du, ob es öffentlich werden soll.«

Es ist vorbei, schrieb sie zurück.

Isa sah sie mit großen Augen an. »Ich habe ihn getötet, oder?«

»Wir verstehen alle nicht, was gestern passiert ist, Isa«, sagte Rylee.

»Die goldenen Symbole kamen von mir, aber ohne Yama hätte ich es nicht geschafft. Sie hat das Feuer gemacht.«

»Er war ein böser Mensch und hätte sicher nicht aufgehört«, sagte Alisa sanft.

»Du meinst, es war gerecht?«

Alisa sah Hilfe suchend zu Mute.

»Niemand von uns weiß, was Gerechtigkeit ist. Die ganzen Jahre bei der Polizei dachte ich, dass es eine klare Grenze gibt. Das stimmt aber nicht. Es fühlt sich nicht falsch an, und das muss uns allen reichen.«

»Es gibt etwas, das ich euch sagen will.« Isa sah in die Runde. »Alisa hat meinen Stiefvater nicht getötet. Ich habe ihn getötet.«

»Du hast deines und Alisas Leben gerettet. Das ist keine Straftat, Isa. Jeder Richter hätte dich freigesprochen.«

»Ich hatte so Angst davor, was er mit mir macht, wenn er versteht, dass ich ihn absichtlich zu Alisa geführt hatte.« Ihre Stimme wurde ganz leise. »Die Zeichen. Ich bewahre sie auf. Wenn mir was passiert wäre, kann sich die Zukunft nicht ereignen.«

Yama setzte sich vor Isa und legte ihr die Finger auf die Lippen, nahm ihre Hand, und beide gingen zum Wasser.

Eine Gruppe Delfine kam und lag still im Meer vor ihnen. Die stumme Frage in ihren Augen beantwortete Yama mit einem Lächeln. Beide zogen sich aus, und Isa watete langsam zu den Delfinen, die sie in die Mitte nahmen und gemeinsam mit ihr durch die Wellen in das offene Meer hinausschwammen.

»Es fühlt sich nicht wie ein Wunder an, obwohl es direkt vor meinen Augen passiert«, sagte Mute.

Zu dritt standen sie bei Yama und sahen auf ihren Körper, der von den gleichen Zeichen überzogen war, wie sie Isa an die Wände malte. Die geometrischen Symbole bedeckten sie von den Füßen bis zum Hals. Leicht rötlich glimmten sie in der Sonne, als ob sie sich mit Energie aufladen wollten. Alisa streckte langsam ihre Hand aus, aber Yama hielt sie fest. Tränen und Schmerz waren in ihren Augen. »Du bist nicht alleine«, sagte Alisa sanft.

Yamas Widerstand brach, und Alisas Fingerkuppen berührten einen kleinen Kreis, der direkt über ihrem Herz lag. Bilder entstanden in Alisas Kopf. Vernichtung und Tod. Schuld. Auslöschung. Immer wieder Tod. Keine Vergebung.

»Auch du trägst Wunden in dir, wie Isa und ich, die heilen müssen. Isa kann dir dabei helfen.« Alisa sah auf den Kampf in Yamas Augen. Das Ringen mit ihrer Bestimmung. Sanft küsste Alisa Yamas Lippen. »Der Tod ist dein Begleiter, aber du liebst das Leben und die Tiere. Isa und uns. Es ist kein Zufall, dass du hier bist. Was auch immer deine dunkle Aufgabe war, sie hat sich verwandelt. Liebe und Hoffnung füllen dich aus. Nur sie können den Schmerz und den Tod besiegen.«

Yama umarmte Alisa und schwamm zu Isa und den Delfinen hinaus.

Am letzten Abend vor Chess' Geburtstag blieben Alisa und Isa beim Lagerhaus. Sie luden große Kisten in das Schlauchboot, das Rylee mitgebracht hatte.

»Wofür ist das?«, fragte Isa.

»Wirst du gleich sehen. Wir fahren zum Oktagon.«

Isa verzog das Gesicht. »Die Leute sagen, dass es da spukt. Die Pestkranken wurden dort zusammengepfercht. Sie sind alle gestorben.«

»Die Leute reden wie üblich Mist. Warte ab.«

Die Überfahrt war nur kurz. Alisa machte das Boot fest und trug mit Isa die Kisten zu einem kleinen, verfallenen Haus. Es war ein Gärtnerhaus aus dem siebzehnten Jahrhundert mit einem zentralen achteckigen Raum. Sie entfernten zusammen alte Blätter und Zweige. Dicke Rosensträucher wuchsen durch die gebrochenen Glasscheiben hindurch. Es duftete wie in einer Blumenhandlung.

»Das ist ja total romantisch hier«, sagte Isa.

»Chess und ich werden die Nacht hier verbringen.«

»Damit ihr euch lieben könnt?«

»Das könnten wir auch in unserer Wohnung machen. Weißt du ja.«

»Warum dann?«

»Weil es eine besondere Nacht für mich werden soll.«

Alisa stellte Unmengen von Windlichtern auf. Außerdem hatte sie die Schlafsäcke und Luftmatratzen mitgenommen, die Chess für Mestre gekauft hatte.

Isa spürte, wie aufgeregt Alisa war.

»Du hast Angst«, stellte sie fest.

Alisa setzte sich auf den Boden und nickte. »Ich werde endgültig zur Frau. Aber es ist noch was anderes.«

Isa setzte sich neben Alisa. »Sag es mir. Ich habe Happy Hour.«

Alisa strich Isa durchs Haar. »Ich will Chess eine Frage stellen und habe Angst, dass sie entweder *Nein* sagt oder es lächerlich findet.«

»Chess würde dir niemals eine Bitte abschlagen.«

»Sie kann ein egozentrisches Arschloch sein. Deine Worte.«

»Es war eine Schocktherapie. Einer musste es ihr ja mal sagen.«

»Es geht darum, dass sie das Gleiche fühlen soll wie ich und sich dafür entscheidet. Spontan und ehrlich. Da nützt es nichts, wenn sie mir einen Gefallen tun will.«

Alisa nahm eine Rose und steckte sie hinter Isas Ohr.

Isa zuckte zusammen. »Da sind Dornen dran.«

»Umso besser. Dann blutest du mal aus einem natürlichen Grund.«

»Es wird bald noch einen anderen natürlichen Grund geben, warum ich blute.«

Alisa sah Isa erstaunt an. »Ist es schon so weit bei dir?«

»Bald. Ich kann es spüren. Laima sagt es auch. Meine Schrift verändert sich.«

»Willst du etwas darüber wissen?«

»Tut es weh?«

»Das ist bei jeder Frau anders. Ich merke wenig davon. Andere haben totale Bauchschmerzen.«

»Dann hoffe ich, dass es so wie bei dir sein wird.«

»Wenn es so weit ist, kannst du schwanger werden.«

»Nur, wenn ich mit einem Jungen schlafe.«

»Das musst du für dich entscheiden. Es zählt nur die Liebe und nicht das Geschlecht.«

»Muss man sich festlegen?«, fragte Isa schüchtern.

»Du meinst, ob man einen Jungen oder ein Mädchen liebt?«

»Ja. Beim Essen sagen immer alle, man muss probieren. Aber dabei nicht.«

Alisa lachte. »Aus diesem Blickwinkel habe ich es bisher noch nicht gesehen. Für mich gab es nie eine andere Wahl als Chess. Die Liebe wird es für dich entscheiden.«

»Und mein Mut«, sagte Isa leise. »Chess wird *Ja* sagen. Das ist sicher.«

»Nichts bleibt vor dir verborgen. Ihr Vater wird da sein und sie führen. Und Kopernikus. Er wird uns trauen. Wie bei einer echten Hochzeit.«

»Das ist mutig von ihm. Ein katholischer Mönch, der zwei Frauen vermählt.«

»Du darfst es niemanden sagen. Auch nicht Laima. Versprich es mir.«

»Versprochen. Wer soll dich führen? Mute, Rylee oder Hikari?« Isa sah zu Boden. Ihr unausgesprochener Wunsch füllte den ganzen Raum. Alisa hob ihr Kinn.

»Der Mensch, der mir, neben Chess, am nächsten ist. Du wirst mich führen und uns die Ringe geben.«

Alisa und Isa kamen gerade rechtzeitig, bevor das Abendessen im Kloster beendet war.

»Ihr seht total verheult aus. Habt ihr euch gestritten?«, fragte Chess.

»Nein«, sagten beide gleichzeitig.

»Dann habt ihr etwas ausgefressen.«

»Ja.«

»Ich will es gar nicht wissen. Esst was, gleich wird geschlossen.« Chess hatte noch etwas mit dem Stachelmädchen zu besprechen und eilte davon.

»Ich glaube, jetzt wäre der richtige Moment, um dir etwas zu sagen, Alisa«, meinte Isa.

»Das Unverzeihliche?«

»Nein. Das ist zu groß. Es geht um meine Tätigkeit als Psychiaterin.«

Alisa seufzte. »Leg los. Im Moment könnte ich dir alles verzeihen.«

»Mein Honorar wird morgen in der Wohnung installiert.«

»Was genau bedeutet ›installiert‹?« Alisas Nase berührte fast die von Isa.

»Hikari richtet mir einen Computer ein, dann kann ich mit Claire den Flugsimulator laufen lassen. Sie wird mich übers Internet unterrichten.«

»Ihr habt Kontakt?«

»Ja. Claire hat mir ihre E-Mail-Adresse gegeben. Sie ist total nett. Außerdem hat sie es selbst vorgeschlagen. Nichts wünsche ich mir mehr. Bist du sauer?«

»Nein.« Alisa schüttelte den Kopf. »Ich freue mich für dich. Es ist wichtig, etwas im Leben zu haben, das einen ausfüllt.«

»Da wäre noch ein anderer Punkt.« Isa holte ein Stück Papier aus ihrer Tasche.

»Hör auf mit der Salamitaktik. Mit dem nächsten Satz sagst du alles, oder ich werde wirklich richtig sauer.«

Chess legte von hinten den Arm um Isa und riss ihr den Zettel aus der Hand. »Schon erledigt.« Sie grinste und steckte das Papier ein. »Ich war beim Stachelmädchen.«

»Wir sehen uns morgen. Ich liebe euch beide.« Isa rannte aus dem Saal.

»Ich weiß schon, was es ist. Die Rechnung für den Computer.«

Chess setzte sich zu Alisa. »Wusstest du, dass Claire und Isa andauernd zusammen telefonieren und sich schreiben?«

»Habe ich eben erst erfahren. Zwei Fliegerasse haben sich gefunden.«

»Hikari, warum hat Isa einen leistungsfähigeren PC als ich?«

»Weil du alles im Kopf machst, Chess. Um den zu ersetzen, bräuchten wir wahrscheinlich eine Cray-Maschine. Aber der hier ist auch nicht schlecht. Die Grafikkarte und der Monitor sind extrem gut.« Hikari kroch wieder unter die Tischplatte.

Alisa nahm Chess beiseite. »Was hat Isa ihr gesagt, dass Hikari hier wirklich alles gibt?«

»Werden wir nie erfahren.«

»Irgendwann frage ich sie. Bist du nicht neugierig?«

Chess zog Alisa auf die Terrasse in das äußerste Eck. »Ich hab totale Angst vor morgen, Alisa. Ich weiß nicht, was ich machen soll, und werde es bestimmt verderben.«

Alisa nahm Chess in den Arm. »Chess, das ist doch normal. Sei einfach du selbst. Und noch ein bisschen mehr. Wie oft waren wir schon kurz davor? Ich habe keine Angst.«

»Tinte wird das unberechenbare Element sein«, sagte Chess zögerlich.

»Nein. Ich werde das unberechenbare Element sein, und Tinte und du müsst euch was ausdenken.«

485

Die Nacht flog an Alisa vorbei. Heimlich sah sie Chess an. Der schwere Teil in ihrem Leben würde noch kommen, trotzdem war sie dankbar. Morgen würde das passieren, was sie sich am meisten wünschte. Ein Band zwischen ihr und Chess, dass niemals jemand wieder lösen könnte. Weder Mensch noch Gott.

Sie schloss die Augen und trat in die andere Welt über. Der Greif war hoch oben in der Luft und segelte lautlos auf seiner Bahn. Zwei Yaks standen am Seeufer und fraßen. Beide trugen einen Holzsattel, gehalten von einem Pflanzengeflecht. Langsam näherte sich Alisa den Tieren, die sie nicht beachteten. Die Haare waren drahtig und zottelig. Ihre Finger schafften es kaum, unter das Fell zu gleiten.

Sie kletterte einen Hügel hinauf und sah auf die Steppenlandschaft, die sich endlos zwischen den hohen Bergen hindurchschlängelte.

Um die Jurte herum waren Felle auf Holzrahmen gespannt. Eine Frau stand davor. Es war zu weit weg, um mehr zu erkennen. Der Greif verlor an Höhe. Alisa riss eine Blume mit roten Blättern ab und hob die andere Hand zum Himmel. Sanft glitt der riesige Vogel nach unten, bis er neben ihr landete. Vorsichtig griff er die Blüte mit seinem Schnabel und flog los. Einige Flügelschläge später war er bei der Frau, die die Blume nahm. Sie hob die Arme zum Hals.

Der Vogel schwebte wieder zu Alisa und legte einen schmalen Lederriemen mit einem Anhänger neben sie. Es war auch ein Möbiusband, wie sie es bereits trug. Aber das Metall war von Mustern durchzogen und hatte Einschlüsse. Manche dunkel, manche hell. Andere waren wie Glas. Die Oberfläche war rau, und Alisa konnte noch kleine Unebenheiten vom Schmieden fühlen. Sie nahm ihr eigenes Band mit dem goldenen Möbiussymbol ab, und der Greif trug es wieder zur Frau an der Jurte. Sie sah es lange an und legte es sich schließlich um den Hals. Zum Abschied winkte sie ihr.

Die Endlosigkeit lag vor Alisa, aber sie spürte, dass der Moment noch nicht da war. Den Yaks strich sie zum Abschied noch mal durch das Fell.

Chess nahm Alisas Hand und verzog die Nase. »Was hast du angefasst?«

»Ein Yak. Ich war am See. Zwei von ihnen waren dort.«

»Wie sieht es denn in deiner Welt aus?«

»Wundervoll. Berge, Steppe, ein großer Fluss und Wälder in den Höhenlagen. Und ein endloser Himmel.«

Isa kam fertig angezogen zu ihnen. »Jetzt beeile dich mal, wir haben so viel zu tun.«

Alisa sprang aus dem Bett.

Zusammen mit Isa lud Alisa die Kisten in das Taxiboot. Im kleinen Gärtnerhaus angekommen, packten sie alles aus.

Vorsichtig hängte Isa Alisas Kleid auf. »Es ist unglaublich schön.«

»Da ist auch eines für dich.«

Isas Kleid war aus grüner Seide mit Spitze. Rote Schmucksteine bildeten einen Kontrast. Sprachlos lief Isa mit dem Kleid nach draußen und betrachtete es im hellen Sonnenlicht.

Alisa fegte noch mal und verklebte die offenen Fenster mit durchsichtiger Folie. Die Luftmatratzen band sie zusammen, sodass eine große Liegefläche entstand. Die Bettwäsche hatte sie passend zum Raum und den Pflanzen ausgesucht. Rose rankte sich an Rose, die genauso aussahen wie die, die den Innenraum erobert hatten.

»Wenn es dir nichts ausmacht, Isa, könntest du Holz sammeln gehen? So viel, wie du findest. Aber nur das trockene vom Boden.«

»Wofür braucht ihr das?«

»Um zu kochen und uns warm zu halten in der Nacht.«

»Hast du keine Konserven mit?«

»Ich will angeln und jagen. Wir ernähren uns von dem, was hier ist.«

Isa blieb der Mund offen stehen. »Das ist nicht dein Ernst. Hier gibt es nichts.«

Alisa lachte. »Wenn man von den Fischen im Meer absieht, den Vögeln in der Luft, und ein Kaninchen habe ich auch schon gesehen.«

»Du willst sie selbst töten und zubereiten?«, fragte Isa entsetzt.

»Genau das. Hier gibt es keinen Kühlschrank. Alles Essen ist nach vierundzwanzig Stunden verdorben.«

Isa sah Alisa genau an. »Das ist ein Test. Ein Probelauf für etwas, das du planst.«

Alisa setzte sich zu Isa. »Ja. Ich will eine richtige Expedition mit Chess machen. Aus einem Grund, den ich nicht verstehe, weiß ich, dass ich es kann. Aber ich muss sicher sein.«

»Wann willst du los?«

»Es wird vielleicht noch Jahre dauern, und wenn es tatsächlich losgeht, können du und Lupa auch mit. Wenn ihr wollt. Jetzt hole das Holz, und danach stellen wir zusammen die Fallen auf.«

Alisa öffnete die letzte Kiste. Darin befanden sich Angelruten, Haken, Messer, Netze und einige Fallen.

Nach einer Weile kam Isa mit einem Berg Holz zurück. »Reicht das?«

»Für einen Tag ja. Du musst noch drei Mal gehen. Bitte.«

Isa sammelte bis in den frühen Nachmittag Holz. Sie stapelte es ordentlich in einer der acht Ecken.

Mit sicherer Hand verknotete Alisa die Schnur am Haken. Ihre Finger bewegten sich so schnell, dass Isa ihnen kaum folgen konnte.

»Woher kannst du so was? Es sieht aus, als ob du es schon immer machst.«

»Ich habe dir doch von der anderen Welt erzählt. Dort sind zwei Mädchen. Eines hat sein ganzes Wissen auf mich übertragen. Es hat dort viertausend Jahre in freier Natur gelebt. Eine andere Erklärung habe ich nicht.«

»Du bist ungenau. Was sagst du nicht?«

»Jetzt kann ich nicht darüber reden. Verzeih mir.«

»Du willst mit Chess dorthin.«

»Es ist ein Traum. Ich kann sie nicht mit auf die andere Seite nehmen. Nur, wenn der Übergang gefunden wird.«

»Wenn ihr ihn findet, sagt niemandem davon«, flüsterte Isa. »Die Absichten der Kreuzritter liegen im Dunkeln.«

»Hast du sie noch mal gesehen?«

»Peyr kommt manchmal zu Laima. Er schleicht um mich herum wie eine Katze um die Maus.«

»Wenn er dich ängstigt, ziehe ich ihm die Zähne.«

»Er hat nicht verstanden, dass ich die Katze bin, und er ist die Maus.«

Alisa sah ihre Schwester ernst an. »Versprich mir, dass du deine Macht behutsam und wohlüberlegt einsetzt.«

»Ein Komma ist unbedeutend. Dennoch kann es Sätze trennen und deren Inhalt völlig verändern. Der Ort bestimmt die Wirkung.«

»Du meinst, ein kleiner Stein an der richtigen Stelle bringt die Lawine ins Rollen.«

»Verstanden. Lass uns die Fallen aufstellen. Ich will sehen, wie du es machst.«

Sie verbrachten die nächsten zwei Stunden damit, geeignete Orte zu finden. Die Vegetation rund um das Gärtnerhaus war dicht und stachelig. Teils mussten sich die beiden Mädchen durch das Gestrüpp kämpfen.

»Wir müssen uns fertig machen. Chess kommt in einer Stunde«, sagte Isa atemlos.

Sie rannten beide zurück.

»Gibt es hier eine Dusche?«

Alisa lachte. »Eine Badewanne. Das Meer. Zieh dich aus und los geht's.«

Eine alte Treppe im Stein führte direkt ins Wasser. Die kühle Temperatur beruhigte Alisas Gedanken. Nachdem sie einige Male untergetaucht war, um sich die Seife aus dem Haar zu spülen, schwamm Alisa ans Ufer und gab Isa ein Handtuch.

»Was denkst du?«, fragte Isa.

»Du bist kein Kind mehr.«

»Waren wir jemals Kinder, Alisa?«

»Nicht im herkömmlichen Sinn.«

Isa sah neugierig auf Alisas Hals. »Du hast eine neue Kette«, stellte sie fest.

»Von der Frau in der anderen Welt«, sagte Alisa leise.

Mit ihren Fingern drehte Isa den Anhänger von der einen zur anderen Seite. »Fast so wir unsere. Nur nicht aus Gold.«

»Ich glaube, sie hat ihn selbst gemacht.«

»Hat sie das gesagt?«, fragte Isa.

Alisa drehte sich von Isa weg. »Nein. Der Raubvogel hat sie transportiert. Komm, wenn wir uns jetzt nicht beeilen, stehen wir nackt vor Chess und ihrem Vater.«

Mit der Hand fasste Isa an Alisas Arm. »Mit der Frau ist irgendwas, oder?«

»Nicht«, murmelte Alisa und machte sich von Isa los.

Sie trockneten sich ab, zogen ihre Kleider an und schminkten sich. Alisa verwandelte Isa in ein Geschöpf der Natur. Tiefes Grün und Rot wechselten sich ab.

Schließlich sahen sie sich beide im Spiegel an.

»Du siehst unglaublich aus, Alisa«, sagte Isa. »Sie wird dir zu Füßen liegen.«

»Nur wegen meines Aussehens?«

»Nein. Das, was Chess will, ist eine Familie. Ein Band, das alles aushält. Unwiderruflich ist. Genauso wie du. Sei selbstbewusst.«

Sie hörten das Motorboot kommen.

»Hier. Das Gold stammt von der Plünderung Konstantinopels.« Isa öffnete das Kästchen und hielt es Alisa hin. Die Ringe waren mit der Hand in Form gehämmert worden. Auf der Innenseite befanden sich Zeichen.

Alisa sah Isa erstaunt an. »Die gleichen Symbole wie in deinem Zimmer.«

»Laima sagt, dass ich sie eingeritzt habe. Ich kann mich aber nicht erinnern. Nicht mal sehen kann ich sie.«

Alisa sah die Verzweiflung in Isas Blick. Sie kniete sich vor das Mädchen hin und nahm ihre Hand.« Sie bedeuten etwas Schönes. Ich bin ganz sicher, Isa.«

»Ich habe Angst, dass ich euch Unglück bringe.«

»Du hast mein Leben gerettet. Mich beschützt. Du bist unser größtes Glück.«

»Und das sagst du nicht nur so?«

Alisa küsste Isa. »Das ist meine Antwort.«

Das Boot legte an.

Isa lief aufgeregt zum Steg.

Chess trug ein mit Silber durchwirktes Kleid, das mit unzähligen kleinen Kristallen besetzt war. Die späte Abendsonne färbte die Kristalle orange, und es sah fast so aus, als ob Chess in Flammen stehen würde.

Isa nahm Chess' Hand. Sie war eiskalt und feucht. »Du bist aufgeregt, Chess.«

»Ja, und du siehst toll aus, Isa. Mehr Elfe als Mensch.«

»Darauf kommt es nicht an.«

Isa spürte die Verunsicherung in Chess.

»Worauf dann?«, fragte Peter.

»Ehrlichkeit, Hingabe, Vertrauen.«

»Meine Stärken«, sagte Chess.

Isa drehte sich zu ihr und sah sie ernst an. »Wenn du es vermasselst, ist alles vorbei. Viele Fehler können korrigiert, verpasste Gelegenheiten wiederholt werden. Die nächsten Minuten nicht. Wenn du jetzt nicht dein Innerstes offenbarst, verlierst du Alisa. Und mich.«

Kopernikus berührte Chess an der Schulter. »Niemand soll sich Sorgen machen an diesem glücklichen Tag.«

In dem Gartenhäuschen blieben alle stehen.

»Wartet hier.«

Isa verschwand nach draußen.

»Wie sieht sie aus? Was hat sie gesagt?«, fragte Alisa aufgeregt.

»Für ihr Aussehen gibt es in keiner der Sprachen, die ich kenne, ein Wort. Gehe zu ihr und frag sie.«

Chess' Erscheinung füllte den gesamten Raum aus.

Alisa nahm ihre Hände. »Heute ist dein Geburtstag. Aber das ist nicht der Grund, warum du hier bist. Ich liebe dich mehr als mein eigenes Leben. Das ist heute unbedeutend. Du hast mich gerettet. Das ist lange vorbei. Wir sind verbunden durch ein Band, das von Göttern geflochten wurde. Das ist eine Tatsache. Die gleichen Götter verlangen von dir eine Antwort auf eine Frage, die das ganze Universum bewegt. Ich bin sicher, dass du sie ihnen geben wirst. Das zählt heute aber nicht. Ich kann in eine Welt übertreten, die voller Wunder ist und selbst in Legenden nur furchtsam erwähnt wird. Das nützt mir heute nichts. Für mich zählt nur die eine Frage, die du ehrlich beantworten musst. Aus deinem tiefsten Inneren. Nicht um mir einen Gefallen zu tun, sondern weil du genauso fühlst wie ich. Die Frage, die uns als menschliches Paar definieren wird. Die eine Frage, die ich in meinem ganzen Leben nur heute dir stellen werde.«

Chess' Tränen hinterließen dunkle Spuren auf ihrer Wange. Sie flüsterte. »Alisa, frag mich doch endlich.«

»Solange du heulst, tue ich es nicht. Nur der Frau in dir werde ich die Frage stellen.«

Chess sah sie an. Das Türkis ihrer Augen drang zu Alisa. Bittend. Flehend.

»Willst du mich heiraten, Chess? Du sollst meine Frau sein und ich deine.«

»In allen meinen Leben habe ich mir nichts mehr gewünscht als das. Ich liebe dich, Alisa.«

Kopernikus trat zu ihnen und nahm beide an die Hand.

Leise sang er ein lateinisches Lied. Als er fertig war, sah er zu Isa und nickte ihr zu.

Sie öffnete das kleine Kästchen mit den Ringen darin. Erstaunt sah Chess hinein. »Wieso vier?«

»Isa ist Teil unserer Verbindung«, sagte Alisa.

»Und für wen ist der vierte Ring?«, fragte Isa.

»Für den Partner, den du dir erwählst.«

»Werdet ihr meine Wahl akzeptieren?«

»Du hast unser Versprechen aus der Nacht, in der unsere Vermählung stattfand.«

Beide Ringe befestigte Isa an ihrer Halskette.

Kopernikus segnete alle und strich Chess und Alisa über die Wangen. »Ich weiß noch, wie euer erster Tag im Kloster war.«

Alisa lächelte. »Und jetzt hast du uns getraut. Ich hatte so Angst, dass du ablehnst.«

»Und ich hatte Angst, dass du nicht fragst, Alisa. Euch zu trauen ist die Erfüllung meines spirituellen Lebens und Denkens. Für mich ist es ebenso wichtig wie für euch.«

Chess umarmte noch mal ihren Vater und Kopernikus. »Ihr müsst jetzt gehen. Ich will nicht, dass ihr mich die ganze Zeit heulen seht.«

Alisa setzte sich auf das Bett und klopfte neben sich auf die Matratze. »Ich bin so glücklich, dass du *Ja* gesagt hast.«

Chess sagte nichts. Sie heulte.

»In dir sind nicht nur die egozentrische Person und die Frau, die ich beide liebe. Es ist auch das Kind da, das von seiner Mutter verlassen wurde. Das sich wünscht, eine richtige Familie zu haben.«

Chess' Fingernägel bohrten sich in ihre Arme.

»Das Kind kann sich beruhigen. Es hat jetzt eine Familie.«

Alisa summte leise eine Melodie, während sie sich auszog und auf das Bett legte. Die kleinen Flammen der Windlichter, die Chess anzündete, spiegelten sich in den Kristallen ihres Kleides wider.

Eine Libelle setzte sich auf Alisas Schulter.

»Da bist du ja wieder. Ich bin froh, dass ich damals nicht mit dir weggeflogen bin.«

Die untergehende Sonne färbte den Himmel in ein leuchtendes Rot. Chess hatte sich ausgezogen und stand neben Alisa.

Die Libelle flog zu ihr.

»Ab jetzt gehört Alisa mir. Du musst dir eine andere suchen. Am besten mit vier Flügeln.«

Chess führte Alisa nach draußen auf die Wiese und setzte sich mit ihr hin. Ihre Finger wanderten über Alisas Körper.

»Ich habe uns extra ein Bett gemacht«, sagte Alisa unsicher.

»Tinte wird bei uns sein.«

»Wir sind zu dritt?«

»Nein. Wir sind zu Millionen mal Millionen.«

Ein Schmetterling kam zu ihnen geflogen und setzte sich auf Alisas Brust. Sie konnte nicht unterscheiden zwischen den Berührungen des Insekts und denen von Chess. Sie wog ihren Körper unter den Händen von Chess. Fühlte die Lippen ihrer Frau auf sich. Jede Stelle, die sie berührte, wurde von einem Schmetterling besetzt.

Die Grenze von Alisas Körper löste sich auf, und sie verwandelte sich in ein Wesen mit Millionen kleiner Flügel. Der Schmerz setzte sanft ein und fachte ihr Verlangen an. Die Schmetterlinge nahmen auch Chess in Besitz und führten die Körper von beiden zusammen.

Alisa hob Chess' Kopf an. Sie sah auf das Wesen in ihren Augen. Die Flügel der Schmetterlinge leuchteten türkis. Die Sonne verwandelte sie in geschliffene Opale, in denen ihr Licht so stark gebündelt wurde, dass Alisa nur eine Lichtgestalt über sich wahrnahm. Auf einmal verstand sie, was geschah, und flüsterte in Chess' Ohr: »Es ist nicht deine Entscheidung, Tinte.«

Die Schmetterlinge stoben gen Himmel, bildeten eine Kuppel über den Mädchen. Es war dunkle Nacht um sie herum.

»Was passiert?«, hauchte Chess.

»Tinte ist bei uns. Hab keine Angst. Meine Seele ist ein weites Land, in das ich geflohen bin. Zu den Bergen mit den goldenen Spitzen, die du für mich ersonnen hast. Ich bin zurückgekehrt. Zu dir. Jetzt ist der Moment, Chess.«

Sie verschmolzen zu einem Organismus. Die Kuppel, die die Schmetterlinge über ihnen bildeten, wechselte die Farbe. Aus Nacht wurde gleißender Tag. Chess' Körper nahm die Farbe von Porzellan an, reflektierte das Türkis und schickte es zurück zu den Schmetterlingen. Der Lärm ihrer Flügel war ohrenbetäubend.

Alisa gab sich Chess' wildem Verlangen hin. Spürte sie in sich. Chess' Körper, der mit aller Kraft gegen ihren stürmte. Sie schrie. Bäumte sich auf.

Dann wurde es auf einmal still. Ein Rot zog sich über die Flügel der Tiere und breitete sich in der ganzen Kuppel aus. Es war die erste Verbindung zwischen Menschen, die über die Welten hinweg geschmiedet worden war. Vajra selber flocht das Band und sendete ihnen die Antwort.

Das leise Knacken der Äste am Boden kündigte Isa an. Sie kniete neben Alisa nieder. »Verzeiht mir.«

»Es gibt nichts zu verzeihen. Ich wusste, dass du nicht gehen würdest.«

Isa blickte nach oben zu der Kuppel, die immer noch von den Schmetterlingen gebildet wurde. »Hat Chess das gemacht?«

Beide sahen zu ihr. Das Türkis von Chess' Augen war nicht in ihrer Welt.

»Vajra, glaube ich«, sagte Alisa. »Der Gott aus meiner Welt. Die Schmetterlinge gehören zu ihm.«

»Einer kam zu mir geflogen. Deshalb bin ich hier.«

Chess flüsterte, ohne sie anzusehen: »Du musst dich ausziehen, dann erhalten wir alle ein Geschenk.«

Alisa, Chess und Isa stellten sich nebeneinander.

Die Kuppel über ihnen löste sich auf, und sie sahen auf einen fremden Sternenhimmel in tiefdunkler Nacht.

»Die Zeit läuft nicht linear ab«, flüsterte Chess.

Sie stellten sich nebeneinander, und jeder Millimeter ihrer Haut wurde von den Schmetterlingen besetzt. Ihre Rüssel waren wie Nadeln und ließen feinste Linien auf den Körpern der Mädchen zurück.

Chess streckte ihre Hände zu Isa und Alisa aus, und die Zeichen verbanden sich, bildeten ein Netz, das sie alle drei einwob.

»Wo sind wir?«, flüsterte Isa und drehte sich langsam im Kreis. Berge, die den Himmel berührten, umgaben sie.

Sie standen auf einem Hochplateau und sahen auf die Venus, die Monde des Saturns, Sternennebel und Galaxien zogen an ihnen vorbei, Planeten zerrissen von den Kräften der schwarzen Löcher, die sie umgaben. Sterne wurden geboren, und Universen implodierten.

Dann waren sie in einem leeren Raum, der von den unzähligen Symbolen, die ihre Haut überzogen, ausgefüllt wurde. Glühten in einem orangen Licht, das von ihnen selber ausging.

»Zum ersten Mal kann ich sie sehen«, sagte Isa ängstlich.

»Was fühlst du?«, fragte Alisa sanft.

»Sie sind nicht komplett. Etwas fehlt.«

Alisa hörte den Greif schreien, und sie waren wieder am Oktagon. Sie flüsterte. »Danke, mein treuer Freund, dass du uns zurückgeholt hast.«

»Muss ich jetzt gehen, Alisa?«, fragte Isa unsicher.

»Nein. Du bist Teil des Wunders.«

Alisa berührte ihr Möbiusband, das sie um ihren Hals trug. Das fremde Metall war warm an ihren Fingern.

Du hast mein Geschenk angenommen, Vajra. Mögen wir alle unsere Götter finden und nicht enttäuscht sein.